EDIÇÕES BESTBOLSO

O Punho de Deus

Frederick Forsyth nasceu na Inglaterra, em 1938. Começou sua carreira como jornalista e obteve notoriedade a partir de seu trabalho como correspondente estrangeiro, que lhe possibilitou conhecer profundamente os meandros da política internacional.

Após dois anos cobrindo a guerra civil em Biafra, na Nigéria, Forsyth decidiu escrever seu primeiro livro de ficção: *O dia do Chacal*, publicado em 1970. Sua especialidade são os romances que envolvem espionagem e política internacional, consequência do jornalismo investigativo que se reflete em toda sua obra. A BestBolso publicou *O negociador, O vingador, O pastor, Ícone* e *O veterano e outros contos de suspense*.

Frederick Forsyth

O PUNHO DE DEUS

Tradução de
A.B. PINHEIRO DE LEMOS

1ª edição

EDIÇÕES
BestBolso

RIO DE JANEIRO – 2014

CIP-BRASIL. CATALOGAÇÃO NA PUBLICAÇÃO
SINDICATO NACIONAL DOS EDITORES DE LIVROS, RJ

Forsyth, Frederick, 1938-
F834p   O Punho de Deus / Frederick Forsyth; tradução A.B. Pinheiro de Lemos.
– 1ª ed. – Rio de Janeiro: BestBolso, 2014.
12x18 cm.

Tradução de: The Fist of God
ISBN 978-85-7799-316-1

1. Ficção inglesa. I. Lemos, Pinheiro de. II. Título.

CDD: 823
13-07547   CDU: 821.111-3

O Punho de Deus, de autoria de Frederick Forsyth.
Título número 364 das Edições BestBolso.
Primeira edição impressa em abril de 2014.
Texto revisado conforme o Acordo Ortográfico da Língua Portuguesa.

Título original inglês:
THE FIST OF GOD

Copyright © 1994 by Bantam Books, a division of Bantam Doubleday Dell Publishing Group, Inc.
Publicado mediante acordo com Bantam Books, um selo de The Random House Publishing Group, divisão de Random House, Inc.
Copyright da tradução © by Editora Record Ltda.
Direitos de reprodução da tradução cedidos para Edições BestBolso, um selo da Editora Best Seller Ltda. Editora Record Ltda. e Editora Best Seller Ltda. são empresas do Grupo Editorial Record.

www.edicoesbestbolso.com.br

Capa: Sérgio Campante sobre imagem iStockphoto ("Tired by the Sun").

Todos os direitos reservados. Proibida a reprodução, no todo ou em parte, sem autorização prévia por escrito da editora, sejam quais forem os meios empregados.

Direitos exclusivos de publicação em língua portuguesa para o Brasil em formato bolso adquiridos pelas Edições BestBolso um selo da Editora Best Seller Ltda.
Rua Argentina 171 – 20921-380 – Rio de Janeiro, RJ – Tel.: 2585-2000.

Impresso no Brasil

ISBN 978-85-7799-316-1

Para as viúvas e órfãos do Regimento Especial de Serviço Aéreo.

E para Sandy, pois sem seu apoio este livro seria muito mais difícil.

Para aqueles que sabem o que realmente aconteceu no Golfo,
e que me falaram a respeito, meus sinceros agradecimentos.
Vocês sabem quem são; deixemos assim.

Lista de personagens

Os americanos

George Bush	Presidente
James Baker	Secretário de Estado
Colin Powell	Chefe do Estado-maior das Forças Armadas
General Norman Schwarzkopf	Comandante das Forças da Coalizão no Golfo
General Charles (Chuck) Horner	Comandante das Forças Aéreas da Coalizão no Golfo
General Buster Glosson	Subcomandante de Chuck Horner
Bill Stewart	Vice-diretor (Operações) da CIA
Chip Barber	Chefe da Divisão do Oriente Médio, CIA
William Webster	Diretor da CIA
Don Walker	Piloto de caça Força Aérea Americana
Steve Turner	Comandante de Esquadrilha de Caças da Força Aérea Americana
Tim Nathanson	Copiloto de Don Walker
Randy Roberts	Ala de Don Walker
Jim Henry	Copiloto de Randy Roberts
Harry Sinclair	Chefe da Estação de Londres, CIA
Saul Nathanson	Banqueiro e filantropo
"Daddy" Lomax	Físico nuclear aposentado

Os britânicos

Margaret Thatcher	Primeira-ministra
John Major	Sucessor de Thatcher como primeiro-ministro
General Sir Peter de la Billière	Comandante das Forças Britânicas no Golfo
Sir Colin McColl	Chefe do SIS
Sir Paul Spruce	Chefe do Setor Britânico do Comitê Medusa
General J. P. Lovat	Diretor das Forças Especiais
Coronel Bruce Craig	Comandante do 22º Regimento, SAS
Major Mike Martin	Major do SAS
Major "Sparky" Low	Oficial do SAS, Khafji
Dr. Terry Martin	Acadêmico e arabista
Steve Laing	Diretor de Operações, Divisão do Oriente Médio, SIS
Simon Paxman	Chefe da Seção do Iraque, SIS
Stuart Harris	Executivo britânico, Bagdá
Julian Gray	Chefe da Estação do SIS, Riad
Dr. Bryant	Bacteriologista, Comitê Medusa
Dr. Reinhart	Perito em gás venenoso
Dr. John Hipwell	Perito nuclear, Comitê Medusa
Sean Plummer	Chefe dos Serviços Árabes, CCG
Comandante Philip Curzon	Comandante da 608ª Esquadrilha, RAF
Líder de Esquadrilha Lofty Williamson	Piloto, 608ª Esquadrilha, RAF
Tenente-aviador Sid Blair	Navegador de Williamson
Tenente-aviador Peter Johns	Piloto, 608ª Esquadrilha, RAF
Tenente-aviador Nickytyne	Navegador de Johns
Sargento Peter Stephenson	Homem do SAS
Cabo Ben Eastman	Homem do SAS
Cabo Kevin North	Homem do SAS

Os iraquianos

Saddam Hussein	Presidente
Izzat Ibrahim	Vice-presidente
Hussein Kamil	Genro de Saddam, Ministro da Indústria e Industrialização Militar
Taha Ramadam	Primeiro-ministro
Sadoun Hammadi	Vice-primeiro-ministro
Tariq Aziz	Ministro do Exterior
Ali Hassan Majid	Governador-geral do Kuwait ocupado
General Saadi Tumah Abbas	Comandante da Guarda Republicana
General Ali Musuli	Comandante do Corpo de Engenharia
General Abdullah Kadiri	Comandante do Corpo de Blindados
Dr. Amer Saadi	Vice-ministro de Hussein Kamil
General Hassan Rahmani	Chefe da Contraespionagem
Dr. Ismail Ubaidi	Chefe da Espionagem no Exterior
General Omar Khatib	Chefe da Polícia Secreta (Amn-al-Amm)
Coronel Osman Badri	Coronel do Corpo de Engenharia
Coronel Abdelkarim Badri	Coronel da Força Aérea Iraquiana (piloto de caça)
Dr. Jaafar Al-Jaafar	Diretor do programa nuclear
Coronel Sabaawi	Chefe da Polícia Secreta no Kuwait ocupado
Dr. Salah Siddiqui	Engenheiro nuclear

Os israelenses

Itzhak Shamir	Primeiro-ministro
General Yaacov "Kobi" Dror	Diretor do Mossad
Sami Gershon	Chefe da Divisão de Combatentes, Mossad
David Sharon	Chefe da Seção do Iraque, Mossad
Benjamin Netanyahu	Vice-ministro do Exterior
Gideon "Gidi" Barzilai	Controlador de Missão, Operação Josué
Dr. Moshe Hadari	Arabista, Universidade de Tel Aviv
Avi Herzog, ou Karim Aziz	Agente do Mossad em Viena

Os kuwaitianos

Khaled Al-Khalifa	Piloto, capitão
Ahmed Al-Khalifa	Negociante
Coronel Abu Fouad	Movimento de resistência
Asrar Qabandi	Heroína da resistência

Os vienenses

Wolfgang Gemütlich	Vice-presidente do Winkler Bank
Edith Hardenberg	Secretária de Gemütlich

1

O homem com dez minutos para viver estava rindo.

A fonte de seu divertimento era uma história que acabara de lhe ser contada por sua assessora especial, Monique Jaminé, que o levava de carro, ao final da tarde fria e chuvosa de 22 de março de 1990, do escritório para seu apartamento.

Envolvia uma colega na sede da Corporação de Pesquisa Espacial, na rue Stalle, uma mulher considerada uma autêntica *vamp*, uma devoradora de homens, que se descobrira gay. A fraude era fascinante para o senso de humor mais vulgar do homem.

Haviam deixado o escritório no subúrbio de Uccle, em Bruxelas, Bélgica, às 18h50, com Monique ao volante do Renault 21. Alguns meses antes, ela vendera o Volkswagen do seu chefe, um motorista tão ruim que Monique receava que acabasse se matando.

Era uma viagem de apenas dez minutos do escritório até o apartamento dele, no bloco central do condomínio Cheridreu, de três prédios, na rue François Folie, mas eles pararam numa padaria, no meio do caminho. Os dois entraram, ele para comprar o *pain de campagne*, que tanto apreciava. A chuva era tangida pelo vento; ambos baixaram a cabeça e não notaram o carro que os seguia.

Nada havia de estranho nisso. Nenhum dos dois era treinado no ofício; o carro sem qualquer identificação, com seus ocupantes de rosto moreno, seguia o cientista fazia semanas, sem o perder de vista, sem jamais se aproximar, os homens apenas observando; e ele não percebera. Outros já haviam notado, mas ele não sabia disso.

Saindo da padaria, o cientista largou o pão no banco traseiro e embarcou para concluir o percurso até seu apartamento. Às 19h10, Monique parou o carro diante das portas de vidro do prédio, recuado da rua cerca de 15 metros. Ofereceu-se para subir com ele, levá-lo até o apartamento, mas o homem recusou. Monique sabia que ele esperava por sua namorada, Helene, e não queria que as duas se encontrassem. Era uma de suas vaidades, com a qual as funcionárias, que o adoravam, se mostravam indulgentes, a alegação de que Helene era apenas uma boa amiga, fazendo-lhe companhia em Bruxelas, enquanto a esposa permanecia no Canadá.

Ele saiu do carro, a gola da capa com cinto levantada, como sempre, e ajeitou no ombro a enorme bolsa de lona preta, que quase nunca abandonava. Pesava mais de 15 quilos e continha um volume de documentos científicos, projetos, cálculos, dados. O cientista desconfiava de cofres e pensava, de uma forma ilógica, que todos os detalhes dos seus últimos projetos ficavam mais seguros se pendurados em seu ombro.

Monique viu seu chefe pela última vez parado diante das portas de vidro, a bolsa pendurada no ombro, o pão debaixo do outro braço, procurando pelas chaves. Esperou que ele passasse pelas portas de vidro, que se fecharam em seguida, com a tranca automática. Só depois é que ela partiu.

O cientista morava no sexto andar do prédio de oito andares. Os dois elevadores subiam pela parede dos fundos, cercados pela escada, com uma porta de incêndio em cada andar. Ele pegou um elevador, saltou no sexto andar. As luzes fracas do corredor se acenderam automaticamente no momento em que ele saiu. Ainda balançando as chaves, um pouco inclinado ao peso da bolsa, o pão firme debaixo do braço, ele caminhou sobre o carpete castanho-avermelhado, virou à esquerda, outra vez à esquerda, e estendeu a mão para enfiar a chave na fechadura da porta de seu apartamento.

O assassino ficara esperando no outro lado do poço dos elevadores, que se projetava pelo corredor escuro. Adiantou-se sem fazer barulho, empunhando uma Beretta 7.65mm automática, munida de silenciador e envolta por um saco plástico, para evitar que os cartuchos ejetados se espalhassem por todo o carpete.

Cinco tiros, disparados de menos de um metro de distância, todos atrás da cabeça e do pescoço, foram mais do que suficientes. O homem alto e corpulento tombou para a frente, contra a porta do apartamento, e resvalou para o chão. O pistoleiro nem se deu ao trabalho de conferir; não havia necessidade. Já fizera aquilo antes, praticando em prisioneiros, e sabia que o trabalho fora completo. Desceu os seis andares pela escada, saiu pelos fundos do prédio, atravessou o jardim arborizado e embarcou no carro que o esperava. Uma hora depois estava dentro da embaixada de seu país, e deixou a Bélgica no dia seguinte.

Helene chegou cinco minutos depois do crime. A princípio, pensou que o amante sofrera um infarto. Em pânico, entrou no apartamento e chamou uma ambulância. Em seguida, lembrou que o médico dele residia no mesmo quarteirão e chamou-o também. A ambulância chegou primeiro.

Um dos médicos tentou virar o pesado corpo, ainda de barriga para baixo. Ficou com a mão encharcada de sangue. Minutos depois, os médicos comunicaram que a vítima morrera. A única outra ocupante dos quatro apartamentos daquele andar, uma senhora idosa, apareceu em sua porta; escutava na ocasião um concerto de música clássica, e nada ouvira, por trás da porta de madeira maciça. O Cheridreu era esse tipo de condomínio, muito discreto.

O homem estendido no chão era o Dr. Gerald Vincent Bull, um gênio instável, projetista de armas para o mundo e ultimamente trabalhando para Saddam Hussein, do Iraque.

NA ESTEIRA DO ASSASSINATO do Dr. Gerry Bull, algumas coisas estranhas começaram a acontecer por toda a Europa. Em Bruxelas, o serviço belga de contraespionagem admitiu que havia alguns meses o cientista vinha sendo seguido, numa base quase diária, por uma série de carros indefinidos, sempre com dois homens de pele morena, com a aparência do Mediterrâneo Oriental.

No dia 11 de abril, inspetores da alfândega britânica apreenderam nas docas de Middlesborough oito seções de imensos tubos de aço, forjados com perfeição e passíveis de serem ajustados uns aos outros por gigantescos flanges nas extremidades, e presos com porcas e parafusos. Autoridades triunfantes anunciaram que aqueles tubos não eram para uma indústria petroquímica, conforme especificado nos manifestos de embarque e certificados de exportação, mas sim partes do cano de um imenso canhão, projetado por Gerry Bull e destinado ao Iraque. Nasceu assim a farsa do Supercanhão, que iria se perpetuar por muito tempo, revelando traição, as garras furtivas de várias agências secretas, uma massa de inépcia burocrática e alguma chicana política.

Num período de semanas, componentes do Supercanhão começaram a aparecer por toda a Europa. Em 23 de abril, a Turquia anunciou que detivera um caminhão húngaro transportando um único tubo de aço de 10 metros para o Iraque, que se acreditava ser parte do Supercanhão. Nesse mesmo dia, autoridades gregas apreenderam outro caminhão com peças de aço e mantiveram preso por várias semanas o desafortunado motorista britânico, acusado de cumplicidade. Em maio, os italianos interceptaram 75 toneladas de peças de aço, fabricadas pela Società della Fucine, e mais 15 toneladas foram confiscadas na fábrica, nos arredores de Roma. Estas últimas eram de uma liga de titânio e aço, e seriam parte da culatra do canhão, assim como outras peças encontradas num depósito em Brescia, no norte da Itália.

Os alemães entraram em cena, com descobertas em Frankfurt e Bremerhaven, também identificadas como partes do Supercanhão, que agora já se tornara famoso no mundo inteiro.

A verdade é que Gerry Bull distribuíra as encomendas para sua criação com a maior habilidade e eficiência. Os tubos formando os canos foram de fato fabricados na Inglaterra, por duas firmas, Walter Somers, de Birmingham, e Sheffield Forgemasters. Mas as oito seções interceptadas em abril de 1990 eram as últimas das 52, suficientes para se montar dois canos completos, com 156 metros de comprimento e um incrível calibre de 1 metro, capazes de disparar um projétil do tamanho de uma cabine telefônica cilíndrica.

Os munhões ou eixos viriam da Grécia, os tubos, bombas e válvulas que formavam o mecanismo de recuo da Suíça e Itália, o bloco da culatra da Áustria e Alemanha, o propulsor da Bélgica. No total, havia oito países envolvidos como fornecedores, e nenhum sabia direito o que estava fabricando.

A imprensa sensacionalista teve um prato cheio, assim como os exultantes inspetores alfandegários e o sistema judiciário britânico, que na maior ansiedade se pôs a processar toda e qualquer parte inocente envolvida. O que ninguém ressaltou, no entanto, foi que houvera um equívoco. Os componentes interceptados constituíam os Supercanhões Dois, Três e Quatro.

O assassinato de Gerry Bull, por sua vez, gerou algumas insólitas teorias na mídia. Como era de se prever, a CIA foi acusada pela brigada da CIA-é-responsável-por-tudo. O que constituía outro absurdo. Embora Langley, no passado e sob determinadas circunstâncias, tenha aprovado a eliminação de certos elementos, quase sempre gente no mesmo ofício – contratados que se tornaram uma ameaça, renegados e agentes duplos. A noção de que o saguão de Langley se encontra quase obstruído com os cadáveres de ex-agentes, liquidados por seus próprios colegas, a mando de diretores genocidas no último andar, pode ser fascinante, mas é totalmente irreal.

Além disso, Gerry Bull não pertencia ao mundo clandestino. Era um cientista famoso, projetista e fornecedor de armas de artilharia, convencionais e muito anticonvencionais, um cidadão americano que durante anos trabalhara para os Estados Unidos, e que falava copiosamente aos seus amigos no exército americano sobre o que andava fazendo. Se cada projetista e fabricante na indústria de armamentos trabalhando para um país que não fosse (na ocasião) considerado um inimigo da América tivesse de ser "liquidado", cerca de quinhentos cavalheiros nas Américas do Norte e Sul e na Europa estariam qualificados.

Por fim, Langley tornou-se, pelo menos nos últimos dez anos, entravada pela nova burocracia dos comitês de controle e supervisão. Nenhum profissional do serviço de informações vai autorizar uma "liquidação" sem uma ordem por escrito, devidamente assinada. No caso de um homem como Gerry Bull, essa assinatura teria de ser do próprio diretor da CIA.

O diretor nessa ocasião era William Webster, um ex-magistrado do Kansas que pautava suas ações pelos regulamentos. Arrancar uma autorização assinada por William Webster para eliminar alguém seria tão fácil quanto escavar um túnel para fugir da Penitenciária de Marion com uma colher rombuda.

Mas o líder dos suspeitos no enigma de quem-matou-Gerry-Bull foi o Mossad israelense, como era de se esperar. Toda a imprensa e a maioria dos amigos e parentes de Bull chegaram à mesma conclusão. Bull trabalhava para o Iraque; o Iraque era inimigo de Israel. Dois mais dois é igual a quatro. O problema é que no mundo das sombras e dos espelhos de distorção o que pode ou não parecer dois, quando multiplicado por um fator que pode ou não ser dois, talvez dê um quatro como resultado, mas provavelmente não dará.

O Mossad é o menor, mais implacável e mais eficiente dos principais serviços de informações do mundo. No passado, sem a menor dúvida, já efetuou muitos assassinatos, usando uma das suas três equipes de *kidon* – a palavra hebraica para baioneta. O kidonismo está a cargo da Divisão dos Combatentes ou Komemiute, os agentes secretos, a turma da ação. Mas até o Mossad tem suas regras, embora autoimpostas.

As execuções enquadram-se em duas categorias. Uma é a da "necessidade operacional", uma emergência imprevista em que uma operação envolvendo vidas amigas fica em risco, e a pessoa que a ameaça tem de ser removida, depressa e em caráter permanente. Nesses casos, o oficial controlador ou *katsa* tem o direito de "liquidar" o oponente que põe em perigo toda a missão, e receberá um apoio retroativo de seus superiores em Tel Aviv.

A outra categoria é para as pessoas que já constam da lista de execução. Essa lista encontra-se em dois lugares, no cofre particular do primeiro-ministro e no cofre do diretor do Mossad. Cada novo primeiro-ministro assumindo o cargo é obrigado a tomar conhecimento da lista, que pode conter entre 38 nomes. Ele pode aprovar cada nome, dando autorização ao Mossad, na base do "se-e-quando", ou exigir que o consultem antes de cada nova missão. Em qualquer dos casos, deve assinar a ordem de execução.

De um modo geral, as pessoas nessa lista pertencem a três classes. Há os poucos nazistas dos altos escalões que ainda sobrevivem, embora essa classe já tenha quase cessado de existir. Anos atrás, embora

Israel tenha montado uma grande operação para sequestrar e julgar Adolf Eichmann, porque queria convertê-lo num exemplo internacional, outros nazistas foram simplesmente liquidados, com absoluta discrição. A segunda classe é formada por quase todos os terroristas contemporâneos, principalmente árabes, que já derramaram sangue israelense ou judeu, como Ahmed Jibril, Abu Nidal, ou que gostariam de fazê-lo, com uns poucos não árabes também incluídos.

A terceira classe, na qual poderia constar o nome de Gerry Bull, é a dos que trabalham para os inimigos de Israel e cujas ações acarretam um grande perigo para Israel e seus cidadãos, se progredirem ainda mais.

O denominador comum é o fato de os alvos terem sangue em suas mãos, já derramado ou em perspectiva.

Se há necessidade de uma execução, o primeiro-ministro encaminhará a questão a um investigador judicial, tão secreto que poucos juristas sabem de sua existência e os cidadãos comuns nunca ouviram falar a respeito. O investigador promove um "julgamento", em que as acusações são apresentadas, e se manifestam um promotor e um defensor. Se o pedido do Mossad é confirmado, o caso volta ao primeiro-ministro, para assinar a ordem. A equipe de *kidon* cuida do restante... se puder.

O problema da teoria de Mossad-matou-Bull é o de ser falha em quase todos os níveis. É verdade que Bull trabalhava para Saddam Hussein, projetando sua nova artilharia convencional (que nunca poderia alcançar Israel), um programa de foguetes (que um dia poderia alcançar) e um canhão gigantesco (que não preocupava Israel). Mas o mesmo acontecia com centenas de outros. Meia dúzia de firmas alemãs encontravam-se por trás da monstruosa indústria de gás venenoso do Iraque, com cujos produtos Saddam já ameaçara Israel. Alemães e brasileiros trabalhavam direto nos foguetes de Saad 16. Os franceses eram os principais impulsionadores e fornecedores da pesquisa iraquiana para uma bomba nuclear.

Não resta a menor dúvida de que Bull, seus projetos, suas atividades e seu progresso interessavam a Israel. Na esteira de sua morte, muito se falou sobre o fato de que, em meses anteriores, ele andara preocupado com repetidas entradas furtivas em seu apartamento, durante sua ausência. Nada jamais fora levado, mas sempre ficavam vestígios. Copos mudavam de lugar, janelas eram deixadas abertas, uma fita de vídeo fora rebobinada e tirada do aparelho. Estaria sendo advertido, especulara Bull, e era o Mossad quem estava por trás? A resposta era afirmativa para as duas indagações, só que por uma razão não tão óbvia.

Mais tarde, os estrangeiros de rosto moreno e sotaque gutural que o seguiram por toda Bruxelas foram identificados pela mídia como assassinos israelenses, preparando-se para o momento oportuno. Infelizmente para a teoria, os agentes do Mossad não costumam parecer e agir como Pancho Villa. Estiveram lá, sem dúvida, mas ninguém os viu; nem Bull, nem seus amigos ou parentes, nem a polícia belga. Compareceram a Bruxelas com uma equipe que podia parecer e passar por europeus – belgas, americanos, qualquer coisa que escolhessem. Foram eles que avisaram aos belgas que Bull estava sendo seguido por *outra* equipe.

Além disso, Gerry Bull era um homem de extraordinária indiscrição, não podia resistir a um desafio. Já trabalhara para Israel antes, gostava do país e do povo, tinha muitos amigos no exército israelense e não era capaz de manter a boca fechada. Desafiado com uma frase como "Gerry, aposto que você nunca vai conseguir pôr em funcionamento aqueles foguetes em Saad 16...", Bull se lançava a um monólogo de três horas, descrevendo de forma meticulosa o que vinha fazendo, o desenvolvimento do projeto, quais eram os problemas, como esperava resolvê-los... tudo, enfim. Para um agente secreto, ele era um sonho de indiscrição. Mesmo na última semana de vida, recebera em seu escritório dois generais israelenses, oferecendo-lhes um relato completo e atualizado, tudo gravado por aparelhos em suas pastas. Por que destruir essa cornucópia de informações confidenciais?

Por último, o Mossad possui outro hábito quando lida com um cientista ou um industrial, embora nunca se aplique a um terrorista. Sempre faz uma advertência final; não um arremedo de arrombamento, com copos mudando de lugar e fitas de vídeo rebobinadas, mas uma autêntica advertência verbal. Mesmo com o Dr. Yahia El Meshad, o físico nuclear egípcio que trabalhava no primeiro reator nuclear iraquiano, assassinado em seu quarto no Hotel Meridien, em Paris, em 13 de junho de 1980, o procedimento foi observado. Um *katsa* que falava árabe foi ao seu quarto e comunicou francamente o que aconteceria se ele não desistisse. O egípcio disse ao estranho que não o incomodasse mais, que sumisse... o que não foi uma reação das mais sensatas. Mandar uma equipe de *kidon* do Mossad efetuar um ato inviável contra si mesma não é uma tática aprovada pela indústria dos seguros. Duas horas depois, Meshad estava morto. Mas tivera sua oportunidade. Um ano mais tarde, todo o complexo nuclear em Osirak Um e Dois, suprido pelos franceses, foi destruído por um ataque aéreo israelense.

Bull era diferente – um cidadão americano nascido no Canadá, afável, acessível, um bebedor de uísque de talento incomparável. Os israelenses podiam conversar com ele como um amigo, e era o que faziam constantemente. Seria a coisa mais fácil do mundo enviar um amigo para lhe dizer que tinha de parar, ou o pelotão de execução partiria em seu encalço... nada pessoal, Gerry, mas a vida é assim.

Bull não estava interessado em ganhar uma medalha póstuma por ato de bravura. Além do mais, já dissera aos israelenses e a seu grande amigo George Wong que queria se afastar do Iraque, em termos físicos e contratuais. Já se cansara. O que aconteceu com o Dr. Gerry Bull foi algo muito diferente.

GERALD VINCENT BULL nasceu em 1928, em North Bay, Ontário. Na escola, demonstrou ser inteligente e possuir um ímpeto de ter êxito e obter a aprovação de todo mundo. Concluiu o curso secundário aos 16 anos, mas por ser tão jovem só foi aceito pela faculdade de Engenharia da Universidade de Toronto. Ali, provou que não apenas era inteligente, mas também brilhante. Aos 22 anos, tornou-se o mais jovem ph.D. de todos os tempos. O que atraiu sua imaginação foi a engenharia aeronáutica, a balística em particular – o estudo de corpos, quer fossem projéteis ou foguetes, em voo. Foi isso que o levou pela estrada para a artilharia.

Depois de Toronto, foi para o Centro Canadense de Pesquisa e Desenvolvimento de Armamentos, o CARDE, em Valcartier, que na ocasião era uma pacata cidadezinha nos arredores de Quebec. No início da década de 1950, o homem virava os olhos não apenas para os céus, mas também para o próprio espaço exterior. A palavra de ordem era "foguetes". Foi nessa ocasião que Bull provou ser algo mais do que um mero técnico brilhante. Era um homem cheio de iniciativa, inventivo, imaginativo, anticonvencional. Foi durante os dez anos no CARDE que ele desenvolveu a ideia que se tornaria o sonho de sua vida pelo restante de seus dias.

Como todas as novas ideias, a de Bull parecia bastante simples. Ao avaliar os foguetes americanos, em grande desenvolvimento no final dos anos 1950, ele compreendeu que nove décimos daqueles artefatos, então com uma aparência impressionante, eram apenas o primeiro estágio. Por cima, apenas uma fração do tamanho, ficavam o segundo e o terceiro estágios e, ainda menor, como uma protuberância mínima, a carga útil.

O gigantesco primeiro estágio deveria projetar o foguete pelos 150 quilômetros iniciais de ar, onde a atmosfera era mais densa, a gravidade mais forte. Depois desse estágio, precisava de muito menos potência para levar o satélite ao espaço propriamente dito, lançando-o numa órbita entre 400 e 500 quilômetros acima da Terra. Cada vez que um foguete subia, todo esse primeiro estágio, volumoso e dispendioso, era destruído, queimava, mergulhava para sempre nos mares.

E se pudéssemos lançar o segundo e terceiro estágios, mais a carga útil, pensou Bull, por esses primeiros 150 quilômetros, do cano de um canhão enorme? Em teoria, argumentou ele, para os homens que controlavam o dinheiro, era possível, mais fácil, mais barato, e o canhão poderia ser usado muitas e muitas vezes.

Foi o seu primeiro contato real com políticos e burocratas, e ele fracassou, em grande parte por causa de sua personalidade. Detestou-os, e eles também o detestaram. Em 1961, no entanto, Bull teve sorte. A Universidade McGill entrou em cena, porque previa uma publicidade favorável. O exército americano também entrou em cena, por razões particulares. Como guardião da artilharia americana, o exército encontrava-se numa disputa de poder com a força aérea, que reivindicava o controle sobre todos os foguetes ou projéteis que ultrapassassem a distância de cem quilômetros. Com os recursos combinados, Bull pôde criar um pequeno centro de pesquisas, na ilha de Barbados. O exército americano cedeu-lhe um canhão naval de 16 polegadas (o maior calibre que havia no mundo), um cano sobressalente, uma pequena unidade de radar de rastreamento, um guindaste e alguns caminhões. A McGill instalou uma oficina metalúrgica. Era como tentar enfrentar a indústria de carros de Grand Prix com as instalações de uma oficina de garagem. Mas Bull teve sucesso; sua carreira de invenções espantosas começara. Tinha 33 anos, era tímido, inseguro, desordenado e indisciplinado.

Chamou sua pesquisa em Barbados de Projeto de Pesquisa em Alta Altitude, ou HARP, a sigla em inglês (High Altitude Research Project). O velho canhão naval foi devidamente instalado, e Bull pôs-se a trabalhar em projéteis. Deu-lhes os nomes de Martlet, andorinha-de-casa, em homenagem ao passarinho heráldico que aparece na insígnia da Universidade McGill.

Bull queria lançar uma carga útil de instrumentos em órbita da Terra mais barato e mais depressa do que qualquer outro. Sabia muito bem que nenhum ser humano seria capaz de suportar as pressões de ser disparado de um canhão, mas raciocinava, com razão, que no futuro 90 por cento da pesquisa científica e do trabalho espacial seriam realizados por máquinas, não por homens. Os Estados Unidos, no governo Kennedy, instigados pelo voo do russo Gagarin, empenhavam-se no mais fascinante – mas, em última análise, inútil – exercício de lançar, de Cabo Canaveral, camundongos, cachorros, macacos e depois homens ao espaço exterior.

Em Barbados, Bull continuava a trabalhar, com seu único canhão e os projéteis Martlet. Em 1964, lançou um Martlet a 92 quilômetros de altura. Depois acrescentou mais 16 metros ao cano de seu canhão (ao custo de apenas 41 mil dólares), convertendo o novo cano de 36 metros no mais longo do mundo. Com isso, alcançou a marca mágica de 150 quilômetros, com uma carga útil de 180 quilos.

Resolvia os problemas à medida que surgiam. Um dos maiores era o propulsor. Num canhão pequeno, a carga dá um único impacto no projétil, ao se expandir do sólido para o gasoso, num microssegundo.

O gás tenta escapar de sua compressão, não tem por onde sair, a não ser pelo cano, e empurra o projétil à sua frente no processo. Mas com um cano tão comprido quanto o de Bull, era necessário um propulsor especial, de queima mais lenta, para não partir o cano. Ele precisava de uma pólvora que enviasse seu projétil por aquele cano enorme numa aceleração prolongada e constante. Por isso, tratou de projetá-lo.

Sabia também que nenhum instrumento poderia resistir à força de gravidade 10.000 causada pela explosão até mesmo da carga propulsora de queima mais lenta; por isso, projetou um sistema de absorção de choques para reduzir o impacto a 200 gravidades. Um terceiro problema era o recuo. Afinal, não se tratava de uma espingarda de ar comprimido, e o coice seria tremendo, à medida que os canos, explosivos e cargas úteis se tornassem maiores. Por isso, ele projetou um sistema de molas e válvulas para reduzir o recuo a proporções aceitáveis.

Em 1966, os antigos adversários de Bull, entre os burocratas do Ministério da Defesa do Canadá, resolveram combatê-lo, exortando o ministro a cortar suas verbas. Bull protestou, com o argumento de que podia lançar uma carga útil de instrumentos no espaço por uma fração do custo em Cabo Canaveral. Foi em vão. A fim de resguardar seus interesses, o exército americano transferiu Bull de Barbados para Yuma, Arizona.

Ali, em novembro daquele ano, Bull lançou uma carga útil a 180 quilômetros de altitude, um recorde que resistiria por 25 anos. Mas em 1967 o Canadá se retirou por completo do projeto, tanto o governo quanto a Universidade McGill. O exército americano também saiu em seguida. O projeto HARP foi encerrado. Bull abriu um escritório de consultoria, a Space Research Corporation, numa propriedade que adquirira na fronteira de Vermont com o Canadá.

Houve dois pós-escritos para o HARP. Em 1990, custava 10 mil dólares lançar cada quilo de instrumentos no espaço com o programa do ônibus espacial, partindo de Cabo Canaveral. Até o dia de sua morte, Bull sabia que podia fazer isso ao custo de 600 dólares por quilo. E em 1988 foi iniciado um novo projeto, no Laboratório Nacional Lawrence Livermore, na Califórnia. O projeto envolve um

Supercanhão, mas até agora com um calibre de apenas 4 polegadas e um comprimento de cano de apenas 50 metros. Ao final, a um custo de centenas de milhões de dólares, espera-se construir um canhão muito maior, a fim de disparar cargas úteis para o espaço. Recebeu o nome de Projeto de Pesquisa de Superalta Altitude, com a sigla SHARP (Super-High Altitude Research Project).

GERRY BULL VIVEU e conduziu seus negócios em Highwater, na fronteira, durante dez anos. Nesse período, abandonou o sonho irrealizado de um canhão que dispararia cargas úteis para o espaço exterior e concentrou-se em sua segunda área de competência – a artilharia convencional, mais lucrativa.

Começou pelo problema maior: quase todos os exércitos do mundo baseavam sua artilharia em grande parte no canhão de campanha universal de morteiros de 155mm. Ele sabia que, num combate de artilharia, o homem com maior alcance é rei. Pode se recostar e destruir o inimigo, enquanto permanece inviolável. Bull decidiu ampliar o alcance e aumentar a precisão do canhão de campanha de 155mm. Começou pela munição. Já fora tentado antes, mas ninguém jamais tivera êxito. Em quatro anos, Bull encontrou a solução.

Em testes de controle, o projétil de Bull percorreu uma vez e meia a distância do canhão-padrão, foi mais acurado e explodiu com a mesma força em 4.700 fragmentos, em contraste com os 1.350 de uma granada OTAN. Só que a OTAN não se mostrou interessada. E, pela graça de Deus, nem a União Soviética.

Inabalável, Bull continuou a trabalhar, produzindo um novo projétil de carga total, com o alcance ampliado. Nem assim a OTAN se interessou, preferindo ficar com os fornecedores tradicionais e o projétil de curto alcance.

Mas se as grandes potências não lhe davam a menor atenção, o mesmo não acontecia com o restante do mundo. Delegações militares foram a Highwater para consultar Gerry Bull, inclusive de Israel (e foi a ocasião em que ele consolidou amizades iniciadas quando oficiais israelenses apareceram em Barbados como observadores), Egito, Venezuela, Chile e Irã. Bull também realizou trabalhos de consultoria sobre outras questões de artilharia para Inglaterra, Holanda, Itália, Canadá e Estados Unidos, cujos cientistas militares (talvez o Pentágono) continuavam a estudar com algum respeito o que ele vinha fazendo.

Em 1972, numa cerimônia discreta, Bull tornou-se cidadão dos Estados Unidos. No ano seguinte, começou a trabalhar no canhão de campanha de calibre 155 propriamente dito. Em dois anos, efetuou outra importante descoberta, concluindo que o comprimento ideal para o cano de um canhão era de 45 vezes o seu calibre, não mais, não menos. Aperfeiçoou um novo projeto do canhão de campanha de 155, a que deu o nome de CC (para Calibre de Canhão) 45. O novo canhão, com seu alcance ampliado, superaria qualquer artilharia em todo o arsenal comunista. Mas, se esperava contratos, Bull ficou desapontado. Mais uma vez, o Pentágono permaneceu com o *lobby* dos canhões, e sua nova ideia de projéteis impulsionados também por foguetes, oito vezes mais caros. O desempenho dos dois projéteis era idêntico.

Bull caiu em desgraça na maior inocência, quando foi convidado, com a conivência da CIA, a ajudar a melhorar a artilharia e os projéteis da África do Sul, que na ocasião lutava em Angola com os cubanos, apoiados por Moscou.

Bull era de uma ingenuidade política espantosa. Foi até lá, descobriu que gostava dos sul-africanos e se dava bem com eles. O fato de a África do Sul ser um pária internacional, por causa de sua política de *apartheid*, não o preocupava. Ajudou-os a reformular seu arsenal de artilharia, nos termos de seu CC-45, de cano comprido e longo alcance, uma arma cada vez mais requisitada. Mais tarde, os sul-africanos produziram sua própria versão, e foi com esse canhão que massacraram a artilharia soviética, obrigando russos e cubanos a recuarem.

De volta aos Estados Unidos, Bull continuou a enviar seus projéteis. O presidente Jimmy Carter assumira o poder, e a correção política era a nova ordem. Bull foi preso, acusado de exportações ilegais para um regime proscrito. A CIA abandonou-o, como uma batata quente. Ele foi persuadido a se manter calado e a se declarar culpado. Era uma formalidade, como lhe disseram; sofreria apenas uma repreensão por sua violação técnica.

No dia 16 de junho de 1980, um juiz federal condenou-o a um ano de prisão, com seis meses de suspensão condicional da pena, e uma multa de 105 mil dólares. Bull chegou a cumprir quatro meses e 17 dias na Penitenciária de Allenwood, Pensilvânia. Para Bull, no entanto, não era esse o problema.

Mas sim a vergonha e a desgraça, mais a sensação de que fora traído. Como podiam fazer isso com ele? Ajudara os Estados Unidos, sempre que pudera, tornara-se um cidadão do país, atendera ao apelo da CIA em 1976. Enquanto ele estava em Allenwood, sua empresa faliu e encerrou as atividades. Bull ficou arruinado.

Ao sair da prisão, deixou os Estados Unidos e o Canadá para sempre, emigrou para Bruxelas, recomeçou do nada, num apartamento conjugado, de um prédio sem elevador. Os amigos disseram mais tarde que ele mudou depois do julgamento, nunca mais foi o mesmo. Jamais perdoou a CIA e jamais perdoou os Estados Unidos; e, no entanto, continuou a lutar por anos para que o processo fosse reaberto e lhe concedessem o perdão.

Retomou os serviços de consultoria e aceitou uma oferta apresentada antes do julgamento – trabalhar para a China, na melhoria de sua artilharia. Do início e até meados dos anos de 1980, Bull trabalhou principalmente para Pequim e reformulou seu parque de artilharia, ao longo das linhas do CC-45, agora sendo vendido sob licença internacional pela Voest-Alpine, da Áustria, que comprara as patentes de Bull por um pagamento único de 2 milhões de dólares. Bull sempre foi um péssimo homem de negócios, ou teria se tornado multimilionário.

Durante a ausência de Bull, muitas coisas ocorreram. Os sul-africanos desenvolveram e aperfeiçoaram seus projetos, criando um canhão rebocado, o C-5, baseado no CC-45, e um canhão de autopropulsão, o C-6. Ambos tinham projéteis com alcance de quarenta quilômetros. A África do Sul os estava vendendo no mundo inteiro. Por causa de seu péssimo acordo com os sul-africanos, Bull não recebia nem um único centavo de *royalties*.

Entre os clientes desses canhões havia um certo Saddam Hussein, do Iraque. Foi esse canhão que rechaçou as ondas humanas de fanáticos iranianos, na guerra dos oito anos entre Irã e Iraque, acabando por derrotá-los, nos pântanos de Fao. Mas Saddam Hussein acrescentara um novo elemento, em particular na batalha de Fao. Incluíra gás venenoso nos projéteis.

Bull trabalhava na ocasião para a Espanha e Iugoslávia, convertendo a antiga artilharia de 130mm do exército iugoslavo, de fabricação soviética, para o novo canhão de 155mm, com projéteis de longo alcance. Embora ele não vivesse para testemunhar, esses foram os canhões herdados pelos sérvios, no colapso da Iugoslávia, para pulverizar as cidades dos croatas e muçulmanos, na guerra civil. Em 1987, ele soube que os Estados Unidos, no final das contas, pesquisariam o lançamento de cargas úteis no espaço exterior através de canhões, mas com Gerry Bull fora do programa.

NAQUELE INVERNO, o Dr. Bull recebeu um estranho telefonema da embaixada iraquiana em Bonn, perguntando se ele gostaria de visitar Bagdá, como convidado do Iraque.

O que ele não sabia era que, em meados dos anos 1980, o Iraque acompanhara com a maior atenção a "Operação Estanque", um esforço americano concentrado para fechar todas as fontes de exportações de armamentos para o Irã. Isso se seguiu ao massacre dos fuzileiros americanos em Beirute, num ataque a seu quartel pelos fanáticos do Hezbollah, apoiados pelos iranianos.

Embora beneficiado pela Operação Estanque em sua guerra contra o Irã, a reação do Iraque foi a seguinte: se eles podem fazer isso com o Irã, também podem fazer conosco. A partir desse momento, o Iraque decidiu que, em vez de importar armamentos, passaria a importar a tecnologia para produzi-los diretamente, sempre que possível. Bull era o projetista mais destacado; e, por isso, interessava a eles.

A missão de recrutá-lo foi entregue a Amer Saadi, o número dois no Ministério da Indústria e Industrialização Militar, conhecido como MIMI. Quando Bull chegou a Bagdá, em janeiro de 1988, Amer Saadi, um diplomata/cientista refinado e cosmopolita, falando inglês, francês e alemão, além de árabe, recebeu-o com todas as honras.

O Iraque, explicou ele, queria a ajuda de Bull para realizar seu sonho de lançar satélites pacíficos no espaço. Para isso, precisavam projetar um foguete que transportasse a carga útil. Seus cientistas egípcios e brasileiros haviam sugerido que o primeiro estágio seria a junção de cinco dos mísseis Scud que o Iraque comprara da União Soviética, num total de novecentos. Mas havia problemas técnicos, muitos problemas. Precisavam ter acesso a um supercomputador. Bull poderia ajudá-los?

Bull adorava problemas, eram a sua *raison d'être*. Não tinha acesso a um supercomputador, mas sobre duas pernas era a coisa mais próxima. Além do mais, se o Iraque queria realmente se tornar a primeira nação árabe a lançar satélites no espaço, havia outro meio... mais barato, mais simples, e mais rápido do que foguetes começando do nada. Explique tudo, pediram os iraquianos. E foi o que Bull fez.

Por apenas 3 milhões de dólares, disse ele, poderia produzir um canhão gigante, que faria esse trabalho. Seria um programa de cinco anos. Poderia superar os americanos em Livermore com a maior facilidade. Seria um triunfo árabe. O Dr. Saadi demonstrou toda a sua admiração. Levaria a ideia a seu governo e a recomendaria com o maior vigor. Enquanto isso, perguntou se o doutor poderia fazer uma avaliação da artilharia iraquiana.

Ao final de sua visita de uma semana, Bull concordara em resolver os problemas de juntar cinco Scuds para formar o primeiro estágio de um foguete de desempenho intercontinental ou espacial, projetar duas novas peças de artilharia para o exército e apresentar uma proposta formal para seu Supercanhão que lançaria uma carga útil no espaço.

Como já acontecera na África do Sul, ele foi capaz de bloquear sua mente para a natureza do regime que estava prestes a servir. Os amigos haviam lhe falado da ficha de Saddam Hussein, o homem com as mãos mais ensanguentadas do Oriente Médio. Mas em 1988 havia milhares de respeitáveis companhias e dezenas de governos querendo fazer negócios com o Iraque, que gastava muito dinheiro.

Para Bull, a isca foi seu canhão, seu amado canhão, o sonho de uma vida, finalmente com um financiador disposto a ajudá-lo a concluir o projeto e inscrever seu nome no panteão dos cientistas.

Em março de 1988, Amer Saadi enviou um diplomata a Bruxelas para conversar com Bull. Ele disse que fizera progressos nos problemas técnicos do primeiro estágio do foguete iraquiano. Teria o maior prazer em entregar tudo, na assinatura de um contrato com sua companhia, outra vez a Space Research Corporation. O negócio foi fechado. O Iraque compreendeu que sua oferta de um canhão por 3 milhões de dólares era absurda; aumentou para 10 milhões, mas pediu mais rapidez.

Quando Bull trabalhava depressa, a rapidez era espantosa. Em um mês, ele reuniu uma equipe dos melhores técnicos e cientistas independentes disponíveis. Liderando a equipe do Supercanhão no Iraque havia um engenheiro projetista britânico, Christopher Cowley. O próprio Bull batizou o programa do foguete, sediado em Saad 16, no norte do Iraque, de Projeto Pássaro. O Supercanhão recebeu o nome de Projeto Babilônia.

Em maio, foram definidas as especificações exatas do Babilônia. Seria uma máquina incrível. Um metro de diâmetro interno; um cano de 156 metros de comprimento, e pesando 1.665 toneladas – ou seja, a altura do Monumento de Washington; quatro cilindros de recuo, pesando 60 toneladas cada um; e dois cilindros de amortecedor, de 7 toneladas. A culatra pesaria 182 toneladas.

O aço tinha de ser especial, resistindo a uma pressão interna de 70 mil libras por polegada quadrada, e com uma força tênsil de 1.250 megapascals.

Bull já explicara a Bagdá que teria de fazer um protótipo menor, um mini-Babilônia, com diâmetro interno de 350mm, pesando apenas 113 toneladas, mas no qual poderia testar ogivas que também seriam úteis ao projeto do foguete. Os iraquianos gostaram, porque também precisavam da tecnologia de ogivas.

O pleno significado do insaciável apetite iraquiano por tecnologia de ogivas parece ter escapado a Gerry Bull na ocasião. Talvez, em seu entusiasmo ilimitado de ver a realização final do sonho de uma vida, ele tenha simplesmente suprimido a questão. Para impedir que uma carga útil queime do calor da fricção, ao reentrar na atmosfera da Terra, há necessidade de ogivas de projeto muito avançado. Mas as cargas úteis orbitando no espaço não voltam; permanecem lá em cima.

Ao final de maio de 1988, Christopher Cowley apresentou suas primeiras encomendas à Walter Somers, de Birmingham, para seções do tubo que formariam o cano do mini-Babilônia. As seções dos Babilônias Um, Dois, Três e Quatro seriam encomendadas mais tarde. Outros pedidos de componentes de aço diferente foram feitos por toda a Europa.

Era impressionante o ritmo em que Bull trabalhava. Em dois meses, ele realizara progressos que uma organização governamental levaria dois anos para concluir. Ao final de 1988, projetara para o Iraque dois novos canhões – de autopropulsão, ao contrário dos canhões rebocados que a África do Sul fornecia. As duas peças seriam tão poderosas que poderiam esmagar a artilharia das nações ao redor, Irã, Turquia, Jordânia e Arábia Saudita, que compravam seus canhões da OTAN e Estados Unidos.

Bull também conseguiu resolver os problemas de unir os cinco Scuds para formar o primeiro estágio do foguete Pássaro, que seria chamado de Al-Abeid, o Crente. Ele descobrira que os iraquianos e brasileiros em Saad 16 trabalhavam com dados falhos, produzidos por um túnel de vento defeituoso. Entregou seus novos cálculos e deixou que os brasileiros cuidassem do restante.

Em maio de 1989, a maior parte da indústria de armamentos e da imprensa mundial compareceu a uma grande exposição de armas em Bagdá, assim como observadores governamentais e agentes de informações. Houve um considerável interesse pelos protótipos dos dois grandes canhões. Em dezembro, o Al-Abeid foi testado, com grande repercussão na imprensa, e surpreendeu os analistas ocidentais.

Com ampla cobertura das câmeras de TV iraquianas, o enorme foguete de três estágios partiu de Al-Anbar, a Base de Pesquisa Espacial, afastou-se da Terra e desapareceu. Três dias depois, Washington admitiu que o foguete parecia de fato capaz de lançar um satélite em órbita.

Mas os analistas também chegaram a outras conclusões. Se o Al-Abeid podia fazer isso, também podia se tornar um míssil balístico intercontinental. Abruptamente, as agências de informações ocidentais foram arrancadas de sua suposição de que Saddam Hussein não constituía um perigo real, e ele ainda se encontrava a anos de virar uma ameaça séria.

As três principais agências, CIA nos Estados Unidos, SIS na Inglaterra, e Mossad em Israel, assumiram a posição de que, dos dois sistemas, o canhão Babilônia era um brinquedo divertido, enquanto o foguete Pássaro era uma ameaça concreta. Todas as três se enganaram. Foi o Al-Abeid que não funcionou.

Bull sabia por quê, e contou aos israelenses o que acontecera. O Al-Abeid subiu a 12 mil metros e sumiu de vista. O segundo estágio não se separou do primeiro. O terceiro estágio não existia. Era uma simulação. Ele sabia por que fora incumbido de tentar persuadir a China a fornecer um terceiro estágio, e iria a Pequim em fevereiro.

Bull foi mesmo, e os chineses recusaram-se a atender ao pedido. Durante sua estada, Bull encontrou e conversou com seu velho amigo George Wong. Alguma coisa saíra errada no relacionamento com os iraquianos, algo que deixava Gerry Bull na maior preocupação, e não eram os israelenses. Em diversas ocasiões, ele comentou que queria "cair fora" do Iraque, e o mais depressa possível. Alguma coisa de fato acontecera, dentro de sua própria cabeça, e ele queria romper o acordo com o Iraque. Nessa decisão, estava absolutamente certo, só que já era tarde demais.

EM 15 DE FEVEREIRO DE 1990, o presidente Saddam Hussein convocou uma reunião plena de todos os seus assessores do círculo interno, no palácio em Sarseng, no alto das montanhas curdas.

Ele gostava de Sarseng. Fica no topo de uma colina, e através das janelas de vidro triplo podia contemplar os campos ao redor, onde os camponeses curdos encolhiam-se ao longo dos invernos inclementes, em suas cabanas e choupanas. Não distante muitos quilômetros da aterrorizada cidade de Halabja, onde ordenara, por dois dias, 17 e 18 de março de 1988, que os 60 mil habitantes fossem punidos, por suposta colaboração com os iranianos.

Quando sua artilharia terminara o serviço, 5 mil dos cães curdos haviam morrido e 7 mil ficaram mutilados pelo restante da vida. Saddam verificara pessoalmente e ficara bastante impressionado com os efeitos do cianeto de hidrogênio lançado dos projéteis de artilharia. As companhias alemãs que o ajudaram a adquirir e produzir o gás, junto com os agentes dos nervos Tabun e Sarin, mereciam toda a sua gratidão. Haviam feito jus a isso com seu gás, tão parecido com o Zyklon-B, que fora usado contra os judeus anos antes, e poderia muito bem voltar a ser utilizado.

Naquela manhã, Saddam Hussein postou-se diante da janela de seu quarto de vestir e contemplou a paisagem lá embaixo. Detinha o poder, um poder incontestável, fazia 16 anos, e fora forçado a punir muitas pessoas. Mas também realizara muita coisa.

Um novo Senaqueribe surgira de Nínive, e outro Nabucodonosor saíra da Babilônia. Alguns haviam aprendido pelo caminho mais fácil, por meio da submissão. Outros aprenderam pelo caminho mais difícil, muito mais difícil, e a maioria morrera. Outros, muitos outros, ainda tinham de aprender. Mas aprenderiam, com toda certeza.

Ele escutou o barulho do comboio de helicópteros procedente do sul, enquanto seu criado ajustava o lenço verde que gostava de usar, no V por cima da túnica de combate, a fim de esconder a papada. Depois que ficou arrumado, à sua satisfação, ele pegou sua arma pessoal, uma Beretta revestida de ouro, de fabricação iraquiana, ajeitou-a no coldre, e prendeu o cinto. Já usara esta arma antes num ministro do gabinete, e talvez quisesse fazê-lo de novo. Sempre a usava.

Um lacaio bateu à porta e informou ao presidente que as pessoas convocadas já o aguardavam na sala de reunião.

Quando ele entrou na sala comprida, com janelas de placas de vidro dando para a paisagem nevada, todos se levantaram em uníssono. Só ali, em Sarseng, seu medo de ser assassinado diminuía. Sabia que o palácio era cercado por três linhas dos melhores homens da polícia presidencial, a Amn-al-Khass, comandada por seu próprio filho, Kusay, e que ninguém poderia se aproximar daquelas enormes janelas. No telhado havia mísseis antiaéreos franceses, os Crotales, e seus caças circulavam pelo céu por cima das montanhas.

Ele sentou na cadeira que parecia um trono, no centro da mesa elevada que formava a barra do T. Ficou ladeado por quatro de seus assessores de maior confiança, dois de cada lado. Para Saddam Hussein, só havia uma qualidade que exigia de um homem a seu favor. Lealdade. Uma absoluta, total e submissa lealdade. A experiência ensinara-lhe que havia graduações nessa qualidade. No alto da lista situava-se a família; depois, o clã; em seguida, a tribo. Há um antigo ditado árabe: "Eu e meu irmão contra nosso primo; eu e meu primo contra o mundo." Ele acreditava nisso. E funcionava.

Viera das sarjetas de uma cidadezinha chamada Tikrit e da tribo de al-Tikriti. Uma quantidade extraordinária de parentes e membros da tribo ocupava altos cargos no Iraque. Podiam ser perdoados por qualquer brutalidade, qualquer fracasso, quaisquer excessos pessoais, desde que lhe fossem leais. Seu segundo filho, o psicopata Uday, não espancara um criado até a morte e fora perdoado?

À sua direita sentavam-se Izzat Ibrahim, seu segundo no comando, e seu genro, Hussein Kamil, no comando do MIMI, o homem encarregado da obtenção de armamentos. À esquerda sentavam-se Taha Ramadan, o primeiro-ministro, e Sadoun Hammadi, vice-primeiro-ministro e um devoto muçulmano Shi'a. Saddam Hussein era sunita, mas sua única área de tolerância era em questões de religião. Como um não praticante (a não ser quando lhe convinha), não se importava. Seu Ministro do Exterior, Tariq Aziz, era um cristão. E daí? Ele fazia o que lhe mandava.

Os chefes militares encontravam-se próximo ao topo da haste do T, os generais no comando da guarda republicana, infantaria, blindados, artilharia e engenheiros. Mais abaixo, ficavam os quatro especialistas por cujos relatórios ele convocara a reunião.

Dois sentavam-se ao lado direito da mesa, o Dr. Amer Saadi, tecnólogo e vice do seu genro, e o general Hassan Rahmani, chefe do serviço de contraespionagem da Mukhabarat. No outro lado estavam o Dr. Ismail Ubaidi, que controlava a divisão exterior da Mukhabarat, e o coronel Omar Khatib, chefe da temida polícia secreta, a Amn-al-Amm, ou AMAM.

Os três homens do serviço secreto tinham setores de atuação bem definidos. O Dr. Ubaidi cuidava da espionagem no exterior; Rahmani contra-atacava a espionagem estrangeira dentro do Iraque; Khatib mantinha a população iraquiana em ordem, esmagando toda possível oposição interna, por meio de uma combinação da vasta rede de agentes e informantes e do puro e simples terror, gerado pelos rumores do que fazia com os adversários presos e levados para a prisão de Abu Ghraib, a oeste de Bagdá, ou para seu centro de interrogatório pessoal, conhecido jocosamente como o Ginásio, por baixo do quartel-general da AMAM.

Muitas haviam sido as queixas apresentadas a Saddam Hussein sobre a brutalidade do chefe da polícia secreta, mas ele sempre ria e as ignorava. Circulavam rumores de que fora o próprio Saddam quem dera a Khatib o seu apelido, Al-Mu'azib, o Carrasco. Khatib, é claro, era Al-Tikriti e leal até o fim.

Alguns ditadores, quando problemas delicados são discutidos, optam por reuniões pequenas. Saddam Hussein pensava da maneira oposta; se havia um trabalho sujo a ser feito, todos deveriam ficar envolvidos. Nenhum homem poderia dizer que tinha as mãos limpas, que não sabia. Assim, todos ao seu redor entendiam o recado: se eu cair, vocês também caem.

Depois que todos tornaram a se sentar, o presidente acenou com a cabeça para seu genro, Hussein Kamil, que pediu ao Dr. Saadi que apresentasse seu relatório. O tecnocrata leu o documento sem levantar os olhos. Nenhum homem sensato levantava os olhos para fitar Saddam diretamente. O presidente proclamava que podia ler a alma de um homem através dos olhos, e muitos acreditavam. Fitá-lo poderia significar coragem, desafio, deslealdade. Se o presidente desconfiava de deslealdade, o ofensor, de um modo geral, sofria uma morte horrível.

Depois que o Dr. Saadi terminou, Saddam pensou por um momento.

– Esse homem, o tal canadense, o quanto ele sabe?

– Nem tudo, mas creio que o suficiente para tirar conclusões, *sayidi*.

Saadi usou o tratamento honorífico árabe equivalente a "senhor", só que mais respeitoso. Um título alternativo e aceitável era Sayid Rais, ou Senhor Presidente.

– Quando?

– Muito em breve, *sayidi*, se é que isso já não aconteceu.

– E ele tem falado com os israelenses?

– Constantemente, Sayid Rais – respondeu o Dr. Ubaidi. – Tem amigos entre eles há anos. Visitou Tel Aviv e fez conferências sobre balística para seus oficiais no estado-maior da artilharia. Tem muitos amigos lá, talvez mesmo no Mossad, embora seja possível que não saiba disso.

– Poderíamos terminar o projeto sem ele? – indagou Saddam Hussein.

– Ele é um homem estranho – interveio seu genro, Hussein Kamil. – Insiste em carregar por toda parte seus documentos científicos mais importantes, numa enorme bolsa de lona. Instruí o pessoal da contraespionagem a dar uma olhada nesses documentos e copiá-los.

– E isso foi feito? – O presidente olhava para Hassan Rahmani, seu chefe de contraespionagem.

– Imediatamente, Sayid Rais. No mês passado, quando ele esteve aqui. O homem bebe muito uísque. Dopamos sua bebida, e ele caiu num sono profundo e longo. Pegamos a bolsa e copiamos tudo o que continha. Também gravamos todas as suas conversas técnicas. As cópias e transcrições foram entregues ao nosso camarada Dr. Saadi.

O olhar presidencial tornou a se desviar para o cientista.

– Portanto, mais uma vez, devo perguntar: podemos concluir o projeto sem ele?

– A resposta é sim, Sayid Rais, creio que podemos. Alguns dos seus cálculos só fazem sentido para ele próprio, mas pedi que nossos matemáticos os estudassem durante um mês. Conseguiram compreendê-los. Os engenheiros podem cuidar do restante.

Hussein Kamil lançou um olhar de advertência para seu vice. É melhor você estar certo, meu amigo.

– Onde ele está agora? – indagou o presidente.

– Partiu para a China, *sayidi* – respondeu o homem da espionagem no exterior, Ubaidi. – Está tentando nos conseguir um terceiro estágio para o foguete Al-Abeid. Infelizmente, vai fracassar. Deve voltar a Bruxelas em meados de março.

– Tem bons homens lá?

– Tenho, *sayidi*. Há dez meses que o mantemos sob vigilância em Bruxelas. Foi assim que soubemos que ele recebeu delegações israelenses em seu escritório. Também temos cópias de chaves do seu apartamento.

– Pois então que seja feito. Assim que ele voltar.
– Sem demora, Sayid Rais.

Ubaidi pensou nos quatro homens que tinham em Bruxelas, fazendo o serviço de vigilância. Um deles já fizera aquilo antes. Abdelrahman Moyeddin seria o encarregado da missão.

Os três homens do serviço de informações e o Dr. Saadi foram dispensados. Os outros continuaram na sala. Assim que ficaram a sós, Saddam Hussein virou-se para o genro.

– E o outro caso, quando o terei?
– Foi-me garantido que até o final do ano, Abu Kusay.

Sendo da "família", Kamil podia usar agora o título mais íntimo de "Pai de Kusay". Também servia para lembrar aos outros presentes quem era da família e quem não era. O presidente soltou um grunhido.

– Vamos precisar de um lugar, um lugar novo, uma fortaleza; não serve nenhum lugar já existente, por mais secreto que seja. Um lugar novo e secreto, do qual ninguém saberá. Apenas uns poucos, nem sequer todos os presentes. E não pode ser um projeto de engenharia civil. Tem de ser militar. Pode cuidar disso?

O general Ali Musuli, do corpo de engenharia do exército, empertigou as costas, olhando para o meio do peito do presidente.

– Com orgulho, Sayid Rais.
– O homem no comando tem que ser o melhor.
– Já sei quem pode ser, *sayidi*. Um coronel. Brilhante na construção e na camuflagem. O russo Stepanov disse que ele foi o melhor discípulo em *maskirovka* que já teve.
– Pois então traga-o à minha presença. Não aqui, mas em Bagdá, dentro de dois dias. Vou encarregá-lo da missão pessoalmente. Ele é um homem confiável, esse coronel? Leal ao partido e a mim?
– Uma lealdade absoluta. Morreria pelo *sayidi*.
– Espero que todos vocês façam isso. – Uma pausa. – Mas vamos torcer para que a situação nunca chegue a esse ponto.

Como um meio de encerrar a conversa, funcionou. E, por sorte, a reunião terminara de qualquer maneira.

O Dr. Gerry Bull voltou a Bruxelas em 17 de março, exausto e deprimido. Os colegas presumiram que a depressão fora causada pela rejeição na China. Mas havia mais do que isso.

Desde sua primeira visita a Bagdá, mais de dois anos antes, ele se permitira ser persuadido, porque era o que queria acreditar, que o programa de foguete e o canhão Babilônia se destinavam ao lançamento de pequenos satélites com instrumentos em órbita da Terra. Podia perceber os enormes benefícios em autoestima e orgulho para o mundo árabe se o Iraque conseguisse fazer isso. Além do mais, seria lucrativo, pagaria o custo, à medida que o Iraque lançasse satélites de comunicações e meteorológicos para outras nações.

Pelo que podia compreender, o plano era o Babilônia lançar o míssil com o satélite para sudeste, por toda a extensão do Iraque, passando sobre a Arábia Saudita e o sul do Oceano Índico, até entrar em órbita. Fora isso o que projetara.

Tivera de concordar com seus colegas de que nenhuma nação ocidental perceberia assim. Todas presumiriam que se tratava de um canhão militar. Daí o subterfúgio de encomendar em lugares diversos partes do cano, culatra e mecanismo de recuo.

Somente ele, Gerald Vincent Bull, conhecia a verdade, que era muito simples: não poderia ser usado como uma arma lançando cargas explosivas convencionais, por maiores que fossem.

Por um lado, o canhão Babilônia, com seu cano de 156 metros, não poderia permanecer rígido sem suportes. Precisava de um suporte a cada par das 26 seções do cano, mesmo que, como ele previa, o cano fosse apoiado na encosta de uma montanha, num ângulo de 45 graus. Sem esses suportes, o cano penderia como um espaguete molhado e se romperia, com a abertura das articulações.

Portanto, não poderia aumentar ou reduzir sua elevação, nem ser deslocado de um lado para outro. Assim, não teria condições de apontar para uma variedade de alvos. Para se mudar o ângulo, para cima ou para baixo, de um lado para outro, seria preciso desmontá-lo, o que levaria semanas. Até mesmo para limpar e recarregar, entre os disparos, haveria necessidade de dois ou três dias. Ainda por cima, disparos repetidos desgastariam o dispendioso cano. E, por último, o Babilônia não poderia ser oculto de contra-ataques.

Cada vez que disparasse, uma língua de fogo de 90 metros sairia do cano, podendo ser avistada por satélites ou aviões. Suas coordenadas no mapa seriam do conhecimento de americanos em segundos. Além disso, as ondas de choque da reverberação seriam registradas por qualquer bom sismógrafo até na Califórnia. Fora por isso que ele dissera a todos que quisessem escutar: "Não pode ser usado como uma arma."

Seu problema era o fato de que, depois de dois anos trabalhando para o Iraque, compreendera que para Saddam Hussein a ciência só tinha uma aplicação, e apenas uma: servia para ser usada em armas de guerra, pelo poder que lhe proporcionavam, *e para mais nada*. Então, por que ele financiava o Babilônia? Só podia ser disparado uma vez em combate, antes que os caças-bombardeiros retaliadores o destruíssem, e só podia disparar um satélite ou um projétil convencional.

Foi na China, em companhia do simpático George Wong, que ele descobriu qual era o propósito. E foi a última equação que Gerry Bull resolveria ·

2

O enorme Ram Charger seguia em alta velocidade pela estrada principal do Qatar para Abu Dhabi, nos Emirados Árabes Unidos. O ar-condicionado mantinha o interior fresco, e o motorista dispunha de algumas fitas com as suas canções *country* e *western* prediletas, oferecendo-lhe os sons de sua terra.

Depois Ruweis, entraram em campo aberto, o mar, à esquerda, visível apenas nos intervalos entre as dunas, e à direita o grande deserto, estendendo-se por quilômetros desolados e arenosos, na direção de Dhofar e do Oceano Índico.

Ao lado do marido, a Sra. Maybelle Walker contemplava excitada o deserto ocre-castanho, tremeluzindo sob o sol do meio-dia. O marido Ray mantinha os olhos na estrada. Um homem do petróleo durante toda a sua vida, já vira desertos antes. E quem via um, via todos, comentava ele, quando a esposa fazia um dos seus frequentes comentários de admiração pelas vistas e sons que constituíam uma novidade para ela.

Para Maybelle Walker, no entanto, era tudo novo; e embora tivesse acumulado, antes de deixar Oklahoma, remédios suficientes para abrir uma filial da Eckerd, adorara cada minuto de sua excursão de duas semanas pelo Golfo Arábico, que também era conhecido como Golfo Persa.

Haviam começado pelo norte, no Kuwait, depois seguiram para o sul, no veículo emprestado pela companhia, entrando na Arábia Saudita, passando por Khafji e Al-Khobar, virando para Bahrain, depois voltando e descendo pelo Qatar e os Emirados Árabes Unidos. Em cada escala, Ray Walker efetuara uma rápida "inspeção" do escritório da companhia – o motivo ostensivo para sua viagem –, enquanto a esposa saía com um guia para conhecer as paisagens locais. Maybelle sentia-se muito corajosa, percorrendo todas aquelas ruas estreitas tendo apenas um homem branco como escolta, sem imaginar que correria um perigo maior em qualquer das cinquenta maiores cidades americanas do que entre os árabes do Golfo.

As paisagens a fascinavam, em sua primeira e talvez última viagem para fora dos Estados Unidos. Admirava os palácios e minaretes, espantava-se com a quantidade de ouro em exposição nos mercados e se impressionava com a maré de rostos escuros e túnicas multicoloridas que turbilhonavam ao seu redor nos quarteirões mais antigos das cidades.

Tirara fotos de tudo e de todos, a fim de poder mostrar às amigas, quando voltasse, onde estivera e o que vira. Acatara a advertência do representante da companhia no Qatar para tomar cuidado ao tirar a foto de um árabe do deserto sem a sua permissão, já que alguns ainda acreditavam que uma foto capturava parte da alma da pessoa fotografada.

Era uma mulher feliz, como lembrava a si mesma com frequência, e tinha muitos motivos para se sentir assim. Casara pouco depois de concluir o curso secundário com o namorado firme por dois anos e descobrira que tinha um marido bom e estável, com um emprego na companhia petrolífera local, que fora sendo promovido à medida que a empresa crescia, até se tornar agora um dos vice-presidentes.

Tinham uma excelente casa nos arredores de Tulsa e uma casa na praia para as férias de verão, em Hatteras, entre o Atlântico e o estreito de Pamlico, na Carolina do Norte. Fora um sólido casamento de trinta anos, recompensado com um filho maravilhoso. E agora aquela excursão de duas semanas, à custa da companhia, com todas as visitas e sons exóticos, os cheiros e experiências de outro mundo, o Golfo Arábico.

– É uma boa estrada – comentou ela, ao subirem uma elevação.

A faixa de betume estendia-se à frente, tremeluzindo e se perdendo na distância. Se a temperatura no interior do carro era de 22°C, lá fora, no deserto, devia beirar os 40°C.

– Nem podia deixar de ser – disse o marido. – Fomos nós que a construímos.

– A companhia?

– Não. Tio Sam, droga.

Ray Walker tinha o hábito de arrematar com a palavra "droga" qualquer informação que oferecia. Permaneceram por algum tempo num silêncio cordial, enquanto Tammy Wynette a exortava a ficar ao lado do seu homem, o que ela sempre fizera e tencionava continuar a fazer, ao longo da aposentadoria.

Chegando aos 60 anos, Ray Walker ia se aposentar, com uma boa pensão e algumas generosas opções de compra de ações. A companhia agradecida oferecera-lhe aquela viagem de primeira classe, por duas semanas, todas as despesas pagas, para "inspecionar" seus vários postos ao longo da costa. Embora nunca tivesse visitado a região antes, tinha de admitir para si mesmo que não ficara tão fascinado quanto a esposa, mas se sentia satisfeito por ela.

Pessoalmente, aguardava ansioso o final da excursão, com escalas em Abu Dhabi e Dubai, para depois embarcar num avião, na primeira classe, de volta aos Estados Unidos, via Londres. Poderia pelo menos pedir uma Bud longa e gelada, sem ter de se refugiar no escritório da companhia para bebê-la. O islã podia ser ótimo para algumas pessoas, mas depois de se hospedar nos melhores hotéis do Kuwait, Arábia Saudita e Qatar, sendo informado de que eram completamente secos, ele não podia deixar de se perguntar que tipo de religião proíbe alguém de tomar uma cerveja gelada num dia quente.

Vestia o que considerava o traje apropriado para um homem do petróleo no deserto – botas de cano alto, *jeans*, cinto, camisa e chapéu Stetson –, o que não chegava a ser tão necessário assim, pois era na verdade um químico no controle de qualidade.

Ele verificou o hodômetro; faltavam 130 quilômetros para alcançarem a estrada que levava a Abu Dhabi.

– Vou ter que tirar água do joelho, querida – murmurou ele.

– Tome cuidado – advertiu Maybelle. – Há escorpiões por aqui.

– Mas eles não podem saltar por uma altura de meio metro – respondeu Ray, rindo da própria piada.

Ser picado na pica por um escorpião saltador... era uma boa piada para contar à turma quando voltasse.

– Ray, você é um homem horrível! – exclamou Maybelle, rindo também.

Walker levou o Ram Charger para a beira da estrada vazia, desligou o motor, abriu a porta. A lufada de calor entrou no carro como se saísse da porta de uma fornalha. Ele saltou, batendo a porta, para evitar que o resto do ar fresco escapasse.

Maybelle permaneceu no assento de passageiro, enquanto o marido se encaminhava para a duna mais próxima e abria a braguilha. Olhou aturdida pelo para-brisa e murmurou para si mesma:

– Oh, Deus, olhe só para isso!

Ela estendeu a mão para sua Pentax, abriu a porta, saltou também.

– Ray, você acha que ele se importaria se eu tirasse uma foto?

Ele se encontrava virado para o outro lado, absorvido numa das maiores satisfações de um homem de meia-idade.

– Já vou, querida. Quem está aí?

O beduíno se encontrava parado no outro lado da estrada, dando a impressão de que surgira entre duas dunas. Num instante ele não estava ali, no seguinte estava. Maybelle Walker parou ao lado do para-lama dianteiro, à beira da estrada, a câmera na mão, indecisa. O marido virou-se, levantando o zíper. Olhou para o homem no outro lado da estrada.

– Acho que não – murmurou ele. – Mas não chegue muito perto. É bem provável que ele tenha pulgas. Vou ligar o carro. Tire uma foto rápida e, se ele não gostar, embarque depressa e iremos embora.

Ray foi sentar-se ao volante, ligou o motor. O ar-condicionado voltou a funcionar, o que foi um alívio.

Maybelle Walker deu vários passos à frente, ergueu a câmera.

– Posso tirar sua foto? – indagou ela. – Câmera? Foto? Clique-clique? Para meu álbum de recordações?

O homem permaneceu imóvel, fitando-a. Seu *djellaba*, outrora branco, agora manchado e empoeirado, caía dos ombros para a areia a seus pés. O *keffiyeh* vermelho e branco, bastante sujo, era preso na cabeça por dois cordões pretos, e um dos cantos fora enfiado sob a têmpora oposta, o pano cobrindo seu rosto da ponta do nariz para baixo. Por cima do pano manchado, os olhos escuros não se desviavam da mulher. A pouca pele que ela podia ver, na testa e órbita dos olhos, era queimada pelo sol do deserto. Maybelle já tinha muitas fotos para o álbum que tencionava fazer quando voltasse para casa, mas nenhuma de um beduíno com a vasta extensão do deserto saudita por trás.

Ela apontou a câmera. O homem não se mexeu. Maybelle contraiu o olho para fitá-lo através da abertura, enquadrando a figura no centro do visor, especulando se conseguiria alcançar o carro a tempo, caso o árabe saísse correndo em sua direção. Clique.

– Muito obrigado – murmurou ela.

O beduíno continuou imóvel. Maybelle recuou para o carro, com um sorriso jovial. Sempre sorria, ela recordou o conselho que *Reader's Digest* dava aos americanos confrontados com alguém que não sabia inglês.

– Entre no carro, meu bem! – gritou o marido.

– Acho que ele não se incomodou – disse Maybelle, abrindo a porta.

A fita terminara enquanto ela tirava a foto e o rádio passara a funcionar.

Ray Walker estendeu a mão, puxou-a bruscamente para o banco e arrancou, os pneus rangendo.

O árabe observou-os partirem, deu de ombros, voltou para trás da duna em que deixara seu Land-Rover, camuflado pela areia. Também partiu poucos segundos depois, na direção de Abu Dhabi.

– Por que a pressa? – queixou-se Maybelle. – Ele não ia me atacar.
– Não é esse o problema, querida. – Ray Walker comprimia os lábios, o homem no controle, capaz de lidar com qualquer emergência internacional. – Temos de chegar logo a Abu Dhabi e pegar o primeiro avião para os Estados Unidos. Parece que esta manhã o Iraque invadiu o Kuwait, droga. Podem chegar aqui a qualquer momento.

Eram 10 horas, horário do Golfo, 2 de agosto de 1990.

DOZE HORAS ANTES, o coronel Osman Badri esperava, tenso e excitado, junto às lagartas de um tanque T-72, parado perto de um pequeno aeroporto chamado Safwan. Embora ele não pudesse saber disso na ocasião, a guerra pelo Kuwait começaria e acabaria ali, em Safwan.

Nas proximidades do aeroporto, que tinha pistas mas nenhum prédio, a estrada principal corria do norte para o sul. Ao norte, por um caminho que ele percorrera três dias antes, ficava o entroncamento do qual os viajantes podiam seguir para leste, até Basra, ou para noroeste, até Bagdá.

Ao sul, a estrada seguia direto para o posto de fronteira kuwaitiano, a 8 quilômetros de distância. Do lugar em que se encontrava, olhando para o sul, ele podia avistar a tênue claridade de Jahra e, mais além, para o leste, do outro lado da baía, o brilho mais forte das luzes da Cidade do Kuwait.

Sentia-se excitado porque chegara o momento de seu país. O momento de punir a ralé kuwaitiana pelo que fizera à nação, pela guerra econômica não declarada, pelos danos financeiros, por sua desdenhosa arrogância.

Afinal, o Iraque não contivera por oito anos as hordas persas, impedindo-as de se espalhar pelo norte do Golfo e acabando com seu luxuoso estilo de vida? Sua recompensa agora seria a de ficar de braços cruzados, em silêncio, enquanto os kuwaitianos roubavam mais do que sua parcela justa de petróleo do campo partilhado de Rumailah? Deveriam agora mendigar, enquanto o Kuwait se lançava a um excesso de produção e forçava para baixo o preço do petróleo? Deveriam sucumbir mansamente, enquanto os cães de Al Sabah exigiam o pagamento do miserável empréstimo de 15 bilhões de dólares feito ao Iraque durante a guerra?

Nada disso. O Rais tomara a iniciativa certa, como sempre. Historicamente, o Kuwait era a décima nona província do Iraque; sempre fora, até que os britânicos traçaram sua amaldiçoada linha pela areia, em 1913, e criaram o mais rico emirado do mundo. Agora, o Kuwait seria recuperado, naquela noite, naquela mesma noite, e Osman Badri participaria de tudo.

Como um engenheiro do exército, não integraria a primeira linha, mas iria logo atrás, com suas unidades de construção de pontes, tratores e sapadores, a fim de abrir os caminhos, caso os kuwaitianos tentassem bloqueá-los. Não que a observação aérea tivesse constatado qualquer obstrução. Nenhuma trincheira, nenhum fosso, nenhuma armadilha de concreto. Mas, para qualquer emergência, os engenheiros se encontravam de prontidão, sob o comando de Osman Badri, a fim de abrir a estrada, para os tanques e a infantaria mecanizada da Guarda Republicana.

A poucos metros do lugar em que ele se postava, a barraca do comando de campanha estava repleta de oficiais superiores, examinando os mapas, efetuando ajustes de última hora no plano de ataque, enquanto as horas e minutos se escoavam, aguardando a ordem final para a invasão do Rais, em Bagdá.

Osman Badri já conversara com seu comandante direto, o general Ali Musuli, que dirigia todo o corpo de engenharia do exército iraquiano, e a quem devia uma total devoção, por recomendá-lo para o "dever especial", em fevereiro último. Pudera garantir a Musuli que seus homens estavam plenamente equipados e prontos para a batalha.

Enquanto ele falava com Musuli, outro general se aproximara e fora apresentado a Abdullah Kadiri, comandante dos blindados. À distância, vira o general Saadi Tumah Abbas, comandante das tropas de elite da Guarda Republicana, entrar na barraca. Como um membro leal do partido e admirador de Saddam Hussein, ele ficara perplexo ao ouvir o comandante dos tanques murmurar o termo "verme político", olhando para Tumah Abbas. Como era possível? Afinal, Tumah Abbas não era íntimo de Saddam Hussein e não fora recompensado por vencer a crucial batalha de Fao, que finalmente derrotara os iranianos? O coronel Badri descartara de sua mente os rumores de que a vitória em Fao pertencia na verdade ao general Maher Rashid, agora desaparecido.

Ao seu redor, enxameavam na escuridão praças e oficiais das divisões Tawakkulna e Medina da Guarda Republicana. Seus pensamentos vaguearam para aquela noite memorável em fevereiro, quando o general Musuli ordenara que deixasse seu posto, dando os retoques finais nas instalações em Al-Qubai, e se apresentasse no quartel-general, em Bagdá. Badri presumira que seria transferido para outro posto.

– O presidente quer falar com você – anunciara Musuli, abruptamente. – Mandará chamá-lo. Mude-se para os alojamentos dos oficiais aqui e mantenha-se à disposição dia e noite.

Badri mordera o lábio. O que teria feito? O que dissera? Nada desleal, pois isso seria impossível. Fora falsamente denunciado? Não. O presidente jamais chamaria um homem assim. O culpado seria detido por um pelotão da Amn-al-Amm do general Khatib e levado a algum lugar para aprender uma lição. Vendo sua reação, Musuli desatara a rir, os dentes faiscando por baixo do espesso bigode preto, usado por tantos oficiais, numa imitação de Saddam Hussein.

– Não se preocupe. Ele tem uma missão para você, uma missão especial.

E tinha mesmo. Em menos de vinte e quatro horas, Badri fora chamado à entrada dos alojamentos dos oficiais, onde um carro preto o esperava, com dois homens da Amn-al-Khass, a guarda presidencial. Fora conduzido direto ao palácio presidencial, para o encontro mais emocionante e importante de sua vida.

O palácio situava-se então na esquina da rua Kindi com a rua 14 de Julho, perto da ponte com o mesmo nome, celebrando a data do primeiro dos dois *golpes* de julho de 1968, que levara o Partido Ba'ath ao poder, acabando com o regime dos generais. Badri fora conduzido a uma sala de espera e mantido ali durante duas horas. Haviam-no revistado de forma meticulosa, duas vezes, antes de ser levado à presença do presidente.

Assim que os guardas ao seu lado pararam, ele parara também, depois batera uma continência trêmula, por três segundos, antes de tirar a boina, metendo-a sob o braço esquerdo. Permanecera em posição de sentido pelo restante da reunião.

– Então é você o gênio da *maskirovka*?

Badri fora advertido a não fitar o Rais nos olhos, mas não pudera evitar ao ouvir sua voz. Saddam Hussein estava num bom ânimo. Os olhos do jovem oficial à sua frente transbordavam de amor e admiração. Ótimo, nada a temer. Num tom ponderado, comunicara ao engenheiro o que queria. O peito de Badri estufara de orgulho e gratidão.

Durante cinco meses, ele trabalhara contra um prazo fatal impossível e conseguira concluir o trabalho com poucos dias de sobra. Contara com todas as facilidades que o Rais lhe prometera. Tudo e todos se puseram à sua disposição. Se precisava de mais concreto ou aço, bastava ligar para Kamil, por seu telefone particular, e o genro do presidente providenciava de imediato, de fontes do Ministério da Indústria. Se precisava de mais gente, centenas de operários chegavam, sempre coreanos ou vietnamitas contratados. Eles cortavam e escavavam, viviam em acampamentos miseráveis, no fundo do vale, ao longo do verão, e depois eram levados embora, Badri não sabia para onde.

Além dos cules, mais ninguém vinha por terra, pois a única estrada, improvisada, a ser mais tarde destruída, servia apenas para os caminhões que traziam aço e outras cargas, e para as betoneiras. Todas as outras pessoas, à exceção dos motoristas dos caminhões, vinham em um dos helicópteros russos MIL, e só quando chegavam é que as vendas eram removidas, para serem repostas no momento em que partiam. Isso se aplicava a todos os iraquianos, dos mais destacados aos mais humildes.

O próprio Badri escolhera o local, depois de dias de reconhecimento, sobrevoando as montanhas de helicóptero. Ficava no alto da Jebal al Hamreen, ao norte de Kifri, onde as colinas da cordilheira de Hamreen se transformavam em montanhas, na estrada para Sulaymaniyam.

Ele trabalhara vinte horas por dia, dormindo no local das obras, pressionara, ameaçara, persuadira e subornara, obtendo um desempenho espantoso de seus homens, até a conclusão, antes do final de julho. Todos os vestígios de obras foram removidos da área, cada tijolo e fragmento de concreto, cada pedaço de aço que pudesse refletir os raios do sol, todas as marcas nas rochas.

As três aldeias para os guardas haviam sido preparadas, inclusive com cabras e ovelhas. Ao final, a estrada fora destruída, os escombros e cascalho foram empurrados para a ravina lá embaixo. Os três vales e a montanha haviam sido restaurados ao que eram antes. Ou quase.

Pois ele, Osman Badri, coronel dos engenheiros, herdeiro do talento de construção que erguera Nínive e Tiro, discípulo do grande Stepanov da Rússia, mestre da *maskirovka*, a arte de disfarçar uma coisa para parecer outra ou mesmo nada, construíra para Saddam Hussein a Qa'ala, a Fortaleza. Ninguém podia vê-la, e ninguém sabia onde era.

Antes da conclusão, Badri observara os outros, os montadores do canhão e os cientistas, instalarem aquela arma impressionante, cujo cano parecia se projetar para as estrelas. Quando tudo ficou pronto, eles foram embora e só a guarnição permaneceu. Viveriam ali. Ninguém sairia. Quem mais chegasse ou partisse, seria de helicóptero. Nenhum dos helicópteros jamais pousaria, limitando-se a pairar sobre uma pequena área gramada, afastada da montanha. Os poucos que chegassem ou partissem estariam sempre vendados. Os pilotos e outros tripulantes ficariam encerrados numa única base aérea, sem visitantes, sem telefones. As últimas sementes de relva foram espalhadas, os últimos arbustos plantados, e a Fortaleza fora deixada em seu isolamento.

Embora Badri não soubesse, os operários que haviam chegado de caminhão também partiram de caminhão, depois foram transferidos para ônibus com janelas pintadas de preto. Longe do local, numa ravina, os ônibus com 3 mil trabalhadores asiáticos pararam, e os guardas se afastaram correndo. Quando as explosões derrubaram a encosta da montanha, os ônibus ficaram soterrados para sempre. Depois, os guardas foram fuzilados por outros. É que tinham visto a Qa'ala.

O devaneio de Badri foi interrompido por uma erupção de gritos da tenda do comando, e num instante se espalhou entre os soldados à espera a notícia de que já chegara a ordem final para o ataque.

O engenheiro correu para seu caminhão, acomodou-se no assento de passageiro e o motorista ligou o motor. Ficaram esperando, enquanto os tripulantes dos tanques das duas divisões da Guarda Republicana, que constituiriam a vanguarda da invasão, povoavam o ar com ruídos ensurdecedores. Os T-72s russos deixaram o aeroporto, pegaram a estrada para o Kuwait.

Fora muito fácil, como Badri diria mais tarde ao irmão Abdelkarim, piloto de caça e coronel da força aérea. O insignificante posto policial na fronteira fora esmagado. Por volta das 2 horas da madrugada, a coluna já passara pela fronteira e seguia para o sul. Se os kuwaitianos se iludiam, pensando que aquele exército, o quarto maior exército permanente do mundo, avançaria apenas até o cume de Mutla e ameaçaria com um ataque total, até que as exigências do Rais fossem atendidas, estavam sem sorte. Se o Ocidente pensava que eles capturariam apenas as ilhas desejadas de Warbah e Bubiyan, proporcionando ao Iraque seu acesso ao Golfo, há tanto tempo desejado, também se enganava. As ordens de Bagdá eram expressas: tomem tudo.

Pouco antes do amanhecer, houve um combate de tanques na pequena cidade petrolífera kuwaitiana de Jahra, ao norte da Cidade do Kuwait. A única brigada blindada kuwaitiana fora enviada às pressas para o norte, mas recuara na semana anterior à invasão, a fim de não provocar os iraquianos.

Foi uma batalha desigual. Os kuwaitianos, que supostamente não passavam de mercadores e aproveitadores do petróleo, lutaram bem e com valentia. Detiveram a nata da Guarda Republicana por uma hora, permitindo que alguns de seus caças Skyhawk e Mirage decolassem da base de Ahmadi, mais ao sul. Mas não tinham a menor chance. Os imensos T-72s soviéticos destroçaram os T-55s chineses, bem menores, os tanques usados pelos kuwaitianos. Os defensores perderam vinte tanques em vinte minutos, e os sobreviventes acabaram recuando.

Osman Badri, observando de uma distância de 1,5 quilômetro os mastodontes dispararem em meio a nuvens de poeira e fumaça, enquanto uma linha rosa surgia no céu, sobre o Irã, não podia saber que um dia aqueles mesmos T-72s das divisões Medina e Tawakkulna seriam também destroçados pelos Challengers e Abramses dos britânicos e americanos.

Ao amanhecer, as primeiras unidades da vanguarda alcançaram ruidosamente os arredores da Cidade do Kuwait, a noroeste, as forças se dividindo para cobrir as quatro estradas de acesso por esse lado: a estrada de Abu Dhabi, ao longo da costa, a estrada de Jahra, entre os subúrbios de Granada e Andalus, e o Quinto e Sexto Anéis Rodoviários, mais ao sul. Depois da divisão, as quatro pinças seguiram para o centro da cidade.

Os serviços do coronel Badri não foram necessários. Não havia valas para seus sapadores encherem, nenhuma obstrução a ser dinamitada, nenhum bloco de concreto a ser removido pelos tratores. E só uma vez ele teve de correr para salvar sua vida.

Voando ao longo da Sulaibikhat, bem perto (embora ele não soubesse disso) do cemitério cristão, um único Skyhawk surgiu do céu e atacou o tanque à sua frente, com quatro foguetes ar-terra. O tanque foi sacudido, perdeu uma lagarta e começou a pegar fogo. Os tripulantes em pânico escaparam pela torre. O Skyhawk voltou logo em seguida, disparando contra os caminhões que vinham atrás, as chamas saltando do nariz. Badri viu a pista explodindo à sua frente e jogou-se pela porta, no momento em que seu motorista, gritando, tirou o caminhão da estrada, caindo numa vala e capotando.

Ninguém saiu ferido, mas Badri ficou furioso. O cão insolente. Ele concluiu o percurso em outro caminhão.

Houve tiroteios esporádicos durante todo o dia, enquanto as duas divisões, com seus blindados, artilharia e infantaria mecanizada, espalhavam-se pela cidade. Um grupo de oficiais kuwaitianos se alojou no Ministério da Defesa e tentou deter os invasores com algumas armas pequenas que encontraram lá dentro.

Um dos oficiais iraquianos, num espírito de razão complacente, ressaltou que todos morreriam se abrisse fogo com o canhão de seu tanque. Poucos defensores kuwaitianos ainda argumentaram com ele, antes da rendição, mas os outros tiraram seus uniformes, vestiram trajes civis e escaparam pelos fundos do prédio. Um desses se tornaria mais tarde o líder da resistência kuwaitiana.

A principal oposição ocorreu na residência do Emir Al Sabah, embora ele e sua família há muito tivessem fugido para o sul, à procura de refúgio na Arábia Saudita. Foi esmagada.

Ao pôr do sol, o coronel Osman Badri estava de costas para o mar, na ponta setentrional da Cidade do Kuwait, na rua do Golfo Arábico, e olhava para a fachada daquela residência, o Palácio Dasman. Já havia alguns soldados iraquianos no interior do palácio, e de vez em quando um deles saía, carregando um artefato de valor inestimável, arrancado das paredes, passando por cima dos cadáveres nos degraus e no gramado, para colocar o saque num caminhão.

Ele se sentiu tentado a também pegar um objeto qualquer, um presente valioso para o pai, a ser exibido na casa do velho, em Qadisiyah, mas algo o conteve. A herança daquela amaldiçoada escola inglesa que cursara, fazia tantos anos, em Bagdá, e tudo por causa da amizade do pai com o inglês Martin e sua admiração por tudo o que era britânico.

– Saquear é roubar, rapazes, e roubar é errado. A Bíblia e o Corão proíbem. Portanto, não façam isso.

Até hoje, ele podia recordar o Sr. Hartley, o diretor da Escola Preparatória da Fundação, administrada pelo Conselho Britânico, falando para seus alunos ingleses e iraquianos.

Quantas vezes argumentara com o pai, desde que ingressara no Partido Ba'ath, que os ingleses sempre haviam sido agressores imperialistas, mantendo os árabes acorrentados por séculos, para colher seus próprios lucros?

E o pai, que tinha agora 70 anos, tão mais velho do que os filhos, porque Osman e seu irmão haviam nascido do segundo casamento, sempre sorria e dizia:

– Eles podem ser estrangeiros e infiéis, mas são corteses e têm padrões, meu filho. Pode me dizer quais são os padrões do seu Sr. Saddam Hussein?

Era impossível meter na cabeça dura do velho como o partido era importante para o Iraque e como seu líder levaria o Iraque à glória e ao triunfo. Ao final, ele passara a evitar essas conversas, para que o pai não dissesse alguma coisa sobre o Rais que pudesse ser ouvida por um vizinho e criasse problemas para todos. Discordava do pai só nesse ponto e continuava a amá-lo muito.

Assim, por causa do diretor da escola em que estudara 25 anos antes, ele se manteve apartado e não participou do saque do Palácio

Dasman, embora fosse justo na tradição de todos os seus ancestrais e soubesse que os ingleses não passavam de tolos.

Pelo menos os seus anos na Tasisiya (Fundação) haviam-lhe ensinado um inglês fluente, o que acabara se tornando útil, por ser a língua em que melhor podia se comunicar com o coronel Stepanov, que por muito tempo fora o principal oficial de engenharia do Grupo Militar Soviético de Assessoria, antes da Guerra Fria acabar e ele voltar a Moscou.

Osman Badri tinha 35 anos, e o ano de 1990 estava se tornando o mais importante de toda a sua vida. Como ele disse mais tarde ao irmão mais velho:

– Fiquei parado ali, de costas para o Golfo, o Palácio Dasman à minha frente, e pensei: "Pelo Profeta, conseguimos! Finalmente capturamos o Kuwait! E em um dia apenas!" E isso foi o fim.

Ele estava enganado, como se constatou depois. Isso foi apenas o começo.

ENQUANTO RAY WALKER, para citar sua própria expressão, "esperneava" no aeroporto de Abu Dhabi, insistindo nos balcões das empresas aéreas que tinha o direito constitucional de americano de obter uma passagem de avião imediatamente, alguns dos seus conterrâneos chegavam ao fim de uma noite insone.

A sete fusos horários de distância, em Washington, o Conselho de Segurança Nacional passara a noite inteira reunido. Em dias anteriores, costumavam se reunir pessoalmente na Sala de Situação, no porão da Casa Branca; agora, a nova tecnologia permitia-lhes conferenciar por um circuito fechado de TV, inviolável, de vários locais.

Na noite anterior, ainda 1º de agosto em Washington, as primeiras informações indicavam alguns tiroteios ao longo da fronteira norte do Kuwait. Não era inesperado. Fazia dias que as câmeras dos grandes satélites KH-11, sobre o norte do Golfo, mostravam a concentração de forças iraquianas, revelando a Washington mais do que o embaixador americano no Kuwait sabia. O problema era o seguinte: Quais as intenções de Saddam Hussein, ameaçar ou invadir?

Pedidos frenéticos haviam sido enviados no dia anterior ao quartel-general da CIA, em Langley, mas a Agência fora menos do que útil, apresentando análises de "talvez", com base nas imagens de satélites fornecidas pela Organização Nacional de Reconhecimento e nas informações políticas já conhecidas da Divisão do Oriente Médio do Departamento de Estado.

– Qualquer retardado pode fazer isso – resmungou Brent Scowcroft, presidente do CSN. – Não temos ninguém dentro do regime iraquiano?

A resposta foi um pesaroso "não". Era um problema que se estenderia por meses.

A resposta ao enigma veio antes das 10 horas da noite, quando o presidente George Bush já fora se deitar e não atendia mais aos telefonemas de Scowcroft. Já passava do amanhecer pelo horário do Golfo e os tanques iraquianos já se encontravam além de Jahra, entrando nos subúrbios do noroeste da Cidade do Kuwait.

Foi uma noite e tanto, como os participantes recordariam mais tarde. Havia oito pessoas no circuito fechado de TV, que representavam o CSN, o Tesouro, o Departamento de Estado, a CIA, os chefes do Estado-Maior Conjunto e o Departamento de Defesa. Ordens nervosas foram transmitidas e executadas. Ordens similares eram emitidas de uma reunião convocada às pressas do comitê COBRA (o grupo de emergência do governo britânico, Cabinet Office Briefing Room Annex), em Londres, que ficava a cinco horas de distância de Washington, mas apenas a duas do Golfo.

Todos os recursos financeiros iraquianos no exterior foram congelados pelos dois governos, assim como todos os recursos kuwaitianos (com a concordância dos embaixadores do Kuwait em ambas as capitais), a fim de que nenhum novo governo marionete, trabalhando para Bagdá, pudesse se apoderar do dinheiro. Essas decisões congelaram bilhões e bilhões de petrodólares.

O presidente Bush foi acordado às 4h45 da madrugada de 2 de agosto para assinar os documentos. Em Londres, a Sra. Margaret Thatcher, há muito de pé e em atividade, cada vez mais furiosa, já fizera o mesmo, antes de pegar o avião que a levaria aos Estados Unidos.

Outra providência importante foi a convocação do Conselho de Segurança da ONU, em Nova York, para condenar a invasão e exigir a retirada imediata do Iraque. Isso foi feito com a Resolução 660, assinada às 4h30 daquela madrugada.

A reunião pelo circuito interno foi concluída ao amanhecer, e os participantes tiveram duas horas para voltar as suas casas, tomar um banho, fazer a barba, trocar de roupa, antes de seguir para a Casa Branca, onde às 8 horas houve uma reunião completa do CSN, presidida pelo próprio presidente Bush.

Entre os novos participantes da reunião completa estavam Richard Cheney, do Departamento de Defesa, Nicholas Brady, do Tesouro, e o procurador-geral Richard Thornburgh. Bob Kimmitt continuava a representar o Departamento de Estado, porque o secretário James Baker e o subsecretário Lawrence Eagleburger não estavam em Washington.

O chefe do Estado-Maior das Forças Armadas, Colin Powell, chegara da Flórida, trazendo em sua companhia o general responsável pelo Comando Central, de quem muito se ouviria falar mais tarde. Norman Schwarzkopf estava ao lado do general Powell ao entrarem na sala.

George Bush deixou a reunião às 9h15, quando Ray e Maybelle Walker já se encontravam no ar, agradecidos, em algum lugar sobre a Arábia Saudita, seguindo para noroeste, de volta ao lar e à segurança. O presidente foi de helicóptero do gramado sul da Casa Branca para a base Andrews da Força Aérea, onde embarcou no avião presidencial, o Força Aérea Um, e voou para Aspen, Colorado. Devia fazer ali um discurso sobre as necessidades de defesa dos Estados Unidos. Era um tema dos mais apropriados, mas o dia seria muito mais movimentado do que o previsto.

Em pleno ar, ele recebeu um telefonema do rei Hussein, da Jordânia, monarca do vizinho do Iraque, menor e mais ofuscado. O rei hashemita estava no Cairo, conferenciando com o presidente egípcio, Hosni Mubarak.

O rei Hussein queria desesperadamente que a América concedesse aos estados árabes alguns dias para tentar resolver o problema sem uma guerra. Propôs uma conferência de quatro chefes de Estado, ele próprio, o presidente Mubarak, Saddam Hussein e, sob a presidência de sua majestade, o rei Fahd, da Arábia Saudita. Estava confiante de que tal conferência persuadiria o ditador iraquiano a se retirar pacificamente do Kuwait. Mas precisava de três ou quatro dias, sem a condenação pública do Iraque por qualquer das nações participantes da conferência.

– Tem esse prazo. Aceito sua proposta – disse o presidente Bush.

O infortunado George ainda não se encontrara com a dama de Londres, que o esperava em Aspen. A primeira reunião foi naquela noite.

A Dama de Ferro logo ficou com a impressão de que seu bom amigo se achava prestes a vacilar de novo. Em duas horas de conversa, ela pressionou o presidente americano ao máximo.

– Não se pode, de jeito nenhum, permitir que ele escape impune de uma ação assim, George.

Confrontado com aqueles olhos azuis faiscantes e o tom incisivo, cortando o zumbido do ar-condicionado, George Bush disse que essa não era também a intenção dos Estados Unidos. Seus íntimos sentiram mais tarde que ele se preocupava menos com a artilharia e tanques de Saddam Hussein do que com aquela mulher destemida.

Em 3 de agosto, a América teve uma conversa discreta com o Egito. Foi lembrado ao presidente Mubarak o quanto suas forças armadas dependiam dos armamentos americanos, o quanto o Egito devia ao Banco Mundial e ao Fundo Monetário Internacional e quanta ajuda recebia dos Estados Unidos. Em 4 de agosto, o governo egípcio emitiu uma declaração pública, condenando a invasão do Kuwait por Saddam Hussein.

Para consternação do rei jordaniano, mas não para sua surpresa, o déspota iraquiano recusou-se no mesmo instante a ir à conferência de Jedá e sentar-se ao lado de Hosni Mubarak, sob a presidência do rei Fahd.

Para o rei da Arábia Saudita, foi uma brutal esnobação, cometida numa cultura que se orgulha de sua requintada cortesia. O rei Fahd, que oculta um astuto cérebro político por trás de uma personalidade sempre gentil, não ficou nada satisfeito.

Esse foi um dos dois fatores que fizeram fracassar a conferência de Jedá. O outro foi o fato de que o monarca saudita viu fotos americanas, tiradas do espaço, provando que o exército iraquiano, em vez de interromper seu avanço, continuava em plena ordem de batalha, e se deslocando para o sul, na direção da fronteira saudita, na extremidade meridional do Kuwait.

As tropas ousariam prosseguir e invadir a Arábia Saudita? A aritmética somava. A Arábia Saudita possui as maiores reservas de petróleo do mundo. Em segundo lugar vem o Kuwait, com mais de cem anos de reservas, nos atuais níveis de produção. O terceiro é o Iraque. Ao capturar o Kuwait, Saddam Hussein invertera o equilíbrio. Além disso, 90 por cento dos poços e reservas de petróleo sauditas situam-se no canto nordeste do reino, em torno de Dhahran, Al-Khobar, Dammam e Jubail, e para o interior desses portos. O triângulo ficava no caminho das divisões em avanço da Guarda Republicana, e as fotos provavam que mais divisões entravam no Kuwait.

Por sorte, Sua Majestade nunca descobriu que as fotos haviam sido adulteradas. As divisões próximas da fronteira estavam se entrincheirando, mas os tratores haviam sido apagados.

Em 6 de agosto, o reino da Arábia Saudita solicitou formalmente que tropas dos Estados Unidos ingressassem em seu território para defendê-lo.

As primeiras esquadrilhas de caças-bombardeiros partiram para o Oriente Médio no mesmo dia. O Escudo do Deserto começara.

O GENERAL HASSAN RAHMANI saiu de seu carro e subiu apressado os degraus do Hotel Hilton, que fora confiscado para se tornar o quartel-general das forças de segurança iraquianas no Kuwait ocupado. Ao passar pelas portas de vidro e entrar no saguão, naquela manhã de 4 de agosto, ele se divertiu com o pensamento de que o Hilton ficava ao lado da embaixada americana, ambos na beira da praia, com uma vista espetacular das águas cintilantes do Golfo Arábico.

A vista era tudo o que o pessoal da embaixada teria por algum tempo – por sugestão sua, o prédio fora imediatamente cercado por soldados da Guarda Republicana e assim permaneceria. Ele não podia evitar que os diplomatas estrangeiros transmitissem mensagens do interior de seu território soberano para seus governos e sabia que não contava com os supercomputadores necessários para decifrar os códigos mais sofisticados, como os britânicos e americanos estariam usando.

Mas, como chefe da contraespionagem da Mukhabarat, podia garantir que tivessem pouca informação interessante a transmitir, limitando suas observações ao que podiam ver das janelas.

Claro que restava a possibilidade de obterem informações por telefone de compatriotas ainda à solta no Kuwait. Outra alta prioridade: assegurar que todas as linhas telefônicas para o exterior fossem cortadas ou grampeadas... e grampeá-las seria o melhor, mas a maioria de seus melhores homens se encontrava muito ocupada em Bagdá.

Ele entrou na suíte que fora reservada à equipe de contraespionagem, tirou a túnica militar, jogou-a para o suado assessor que trouxera as duas valises com documentos e foi até a janela, a fim de contemplar a piscina do Hilton Marina. Uma boa ideia dar um mergulho mais tarde, pensou ele, antes de notar que dois soldados enchiam seus cantis ali e outros dois urinavam na piscina. Rahmani deixou escapar um suspiro.

Aos 37 anos, era um homem esguio, bonito, a barba raspada – ele não se dava ao trabalho de ostentar um bigode ao estilo Saddam Hussein. Ocupava seu cargo, e sabia disso, porque era competente na função, não por qualquer influência política, um tecnocrata num mundo de cretinos promovidos em termos políticos.

Amigos estrangeiros costumavam indagar por que servia àquele regime. A pergunta era quase sempre formulada depois que os embriagava, no bar do Hotel Rashid, ou em algum lugar mais particular. Tinha permissão para se misturar com os estrangeiros porque fazia parte do seu trabalho. Mas sempre permanecia sóbrio, em todas as ocasiões. Não tinha objeções ao álcool por razões religiosas; pedia uma gim-tônica, mas cuidava para que o *barman* lhe servisse apenas a água tônica. Sorria à pergunta, dava de ombros e respondia:

– Sou um iraquiano e me orgulho disso; a que governo gostaria que eu servisse?

Em particular, sabia muito bem por que servia a um regime que desprezava a maioria dos luminares. Se havia alguma emoção em Rahmani – e com frequência ele alegava que não existia nenhuma –, então era a de genuína afeição por seu país e seu povo, as pessoas comuns, que o Partido Ba'ath havia muito deixara de representar.

Mas o principal motivo era o fato de que queria progredir na vida. Para um iraquiano de sua geração, havia bem poucas opções. Podia se opor ao regime e ir embora, ganhar a vida ao acaso no exterior, esquivando-se dos esquadrões da morte e recebendo alguns centavos como tradutor do árabe para o inglês, e vice-versa. Ou podia permanecer no Iraque.

Neste caso, havia três opções. Opor-se mais uma vez ao regime e acabar numa das câmaras de tortura do animal que era Ornar Khatib, uma criatura a quem pessoalmente abominava, com o pleno conhecimento de que o sentimento era mútuo; ou tentar sobreviver como um homem de negócios independente numa economia que vinha sendo arrasada de forma sistemática; ou se manter sorrindo para os idiotas e subir dentro de suas fileiras, por meio da inteligência e talento.

Nada via de errado na última opção. Como Reinhard Gehlen, servindo primeiro a Hitler, depois aos americanos, e em seguida aos alemães ocidentais; como Marcus Wolf, servindo aos comunistas alemães orientais sem acreditar numa só palavra do que diziam, Rahmani era um jogador de xadrez. Vivia para o jogo, os movimentos intricados da espionagem e contraespionagem. O Iraque era o seu tabuleiro de xadrez pessoal. Sabia que os profissionais no mundo inteiro podiam compreender isso.

Hassan Rahmani voltou da janela, sentou-se na cadeira por trás da mesa e começou a escrever algumas notas. Havia muita coisa a fazer para que o Kuwait se tornasse um lugar relativamente seguro como a décima nona colônia do Iraque.

Seu primeiro problema era que não sabia por quanto tempo Saddam Hussein pretendia permanecer no Kuwait. Duvidava que o próprio ditador soubesse. Não havia sentido em montar uma gigantesca operação de contraespionagem, tapar todos os vazamentos e falhas de segurança possíveis, se o Iraque fosse se retirar em breve.

Em particular, ele acreditava que Saddam Hussein poderia escapar impune da invasão. Mas isso implicava ter a astúcia de um lutador de boxe, fazer os movimentos certos, dizer as coisas certas. A primeira manobra seria o comparecimento à conferência no dia seguinte em Jedá, lisonjeando o rei Fahd até envolvê-lo por completo, alegando que o Iraque queria apenas um tratado justo sobre o petróleo, acesso ao Golfo e uma solução para o empréstimo pendente, e depois voltaria a Bagdá. Com isso, a questão seria mantida nas mãos dos árabes; evitando a qualquer custo a interferência de americanos e britânicos, Saddam poderia contar com a preferência árabe de ficar discutindo até o inferno congelar.

O Ocidente, com seu período de atenção se limitando a poucas semanas, deixaria o problema aos cuidados dos quatro árabes – dois reis e os dois presidentes –, e enquanto o petróleo continuasse a fluir, para criar a poluição que os sufocava, os anglo-saxões se sentiriam felizes. A menos que o Kuwait fosse selvagemente brutalizado, a imprensa internacional abandonaria o assunto, o regime de Al Sabah seria esquecido no exílio, em algum lugar da Arábia Saudita, os kuwaitianos prosseguiriam em suas vidas, sob um novo governo, e a conferência para a retirada do Kuwait poderia remoer as palavras por dez anos, até que não tivesse mais qualquer importância.

Era tudo possível, mas seria preciso o toque certo. O toque de Hitler – procuro apenas uma solução pacífica para minhas justas exigências, esta é com certeza a minha última ambição territorial. O rei Fahd cairia nessa conversa; afinal, ninguém tinha mesmo qualquer amor pelos kuwaitianos, muito menos pelos indolentes de Al Sabah. O rei Fahd e o rei Hussein os abandonariam, como Chamberlain abandonara os tchecos em 1938.

O problema era que Saddam podia ter a maior esperteza das ruas, caso contrário não continuaria vivo, mas em termos estratégicos e diplomáticos não passava de um tolo. De alguma forma, raciocinou Hassan Rahmani, o Rais faria uma besteira; não se retiraria, nem seguiria em frente, para capturar os campos de petróleo sauditas e apresentar ao mundo ocidental um *fait accompli*, sobre o qual nada poderiam fazer, a não ser destruir o petróleo e sua própria prosperidade por uma geração.

O Ocidente significava a América, com os britânicos a seu lado, e eram todos anglo-saxões. Rahmani conhecia os anglo-saxões. Cinco anos na Escola Preparatória da Tasisiya, com o Sr. Hartley, lhe ensinaram seu inglês perfeito, uma compreensão dos britânicos e a cautela contra o hábito anglo-saxão de acertar um violento soco no queixo sem qualquer aviso.

Ele esfregou o queixo, onde recebera um soco assim, há muito tempo, e soltou uma gargalhada. Seu ajudante de ordens, no outro lado da sala, levantou-se de um pulo. Mike Martin, onde está você agora?

Hassan Rahmani, inteligente, culto, cosmopolita, instruído e refinado, um herdeiro da classe superior que servia a um regime de bandidos, concentrou-se em sua tarefa. E era muito grande. De 1,8 milhão habitantes no Kuwait naquele mês de agosto, apenas 600 mil eram kuwaitianos. A esses se podia acrescentar 600 mil palestinos, alguns dos quais permaneceriam leais ao Kuwait, outros ficariam do lado do Iraque, porque a OLP assumira tal posição, e muitos queriam apenas se manter em segundo plano e tentar sobreviver. Havia ainda 300 mil egípcios, alguns dos quais sem dúvida trabalhando para o Cairo, o que hoje em dia equivalia a trabalhar para Washington ou Londres, e 250 mil paquistaneses, indianos, bengaleses e filipinos, na maioria operários ou criados domésticos – como um iraquiano, ele achava que os kuwaitianos não eram capazes de coçar uma picada de pulga na bunda sem convocar um criado estrangeiro.

E depois havia os 50 mil cidadãos do Primeiro Mundo – britânicos, americanos, franceses, alemães, espanhóis, suecos, dinamarqueses e por aí afora. E ele deveria suprimir a espionagem estrangeira... Rahmani suspirou pelos dias em que mensagens significavam mensageiros ou telefones. Como chefe da contraespionagem, podia fechar as fronteiras e cortar as linhas telefônicas. Agora, qualquer tolo com um satélite podia apertar números num telefone celular ou acionar um modem de computador e falar com a Califórnia. Era difícil interceptar ou localizar a fonte, exceto com os melhores equipamentos, de que ele não dispunha.

Sabia que não podia controlar o fluxo de informações para o exterior, nem o constante escoamento de refugiados escapando pela fronteira. Também não podia fazer nada contra os satélites americanos, todos os quais, como desconfiava, deviam ter sido reprogramados para deslocar suas órbitas sobre o Iraque e o Kuwait, sobrevoando os dois países a intervalos de poucos minutos. (Ele tinha razão.)

Não havia sentido em tentar o impossível, mesmo que tivesse de fingir que fizera isso e que obtivera êxito. O alvo principal teria de ser a prevenção da sabotagem ativa, o assassinato de iraquianos e a destruição de seus equipamentos, e a formação de um autêntico movimento de resistência. E ele teria também de impedir que o exterior enviasse ajuda a qualquer resistência, sob a forma de homens, *know-how* ou equipamentos.

Nisso, teria de enfrentar seus rivais da AMAN, a polícia secreta, que se instalara dois andares abaixo. Khatib, ele soubera naquela manhã, designara o sanguinário Sabaawi, um idiota tão brutal quanto seu chefe, para chefiar a AMAN no Kuwait. Se os resistentes kuwaitianos caíssem nas mãos deles, aprenderiam a gritar tão alto quanto os dissidentes no Iraque. Assim, ele, Rahmani, se ateria aos estrangeiros. Era essa a instrução que recebera.

NAQUELA MANHÃ, o Dr. Terry Martin concluiu sua aula na Escola de Estudos Orientais e Africanos (SOAS), *School of Oriental and African Studies*, uma faculdade da Universidade de Londres, na Gower Street, pouco antes do meio-dia, e seguiu para a sala dos professores. Ao se aproximar da porta, deparou com Mabel, a secretária que partilhava com dois outros professores de estudos árabes.

– Ah, Dr. Martin, tem um recado para o senhor.

Ela abriu sua pasta, apoiando-a no joelho coberto pela saia de *tweed*, e tirou um papel.

– Este senhor telefonou. Disse que era urgente e pediu que ligasse para ele.

Entrando na sala, ele largou em cima da mesa as anotações da aula sobre o Califado Abassid e usou um telefone público na parede. Uma voz de mulher atendeu ao segundo toque da campainha e enunciou o número do telefone chamado. Nada de nome da companhia, apenas o telefone.

– O Sr. Stephen Laing está? – perguntou Martin.

– Posso saber quem deseja falar?

– Ahn... Dr. Martin, Terry Martin. Ele me ligou.

– Ah, sim, Dr. Martin. Pode esperar um momento, por favor?

Martin franziu o rosto. A mulher sabia da ligação, conhecia seu nome. Por sua vida, não se lembrava de nenhum Stephen Laing. Um homem entrou na linha.

– Steve Laing falando. É muita gentileza sua responder ao meu telefonema tão depressa. Sei que é um prazo curto, mas nos conhecemos há algum tempo, no Instituto de Estudos Estratégicos (IES). Logo depois daquela sua brilhante conferência sobre a organização iraquiana de obtenção de armamentos. Eu gostaria de saber quais são os seus planos para o almoço.

Laing, quem quer que fosse, adotara um tratamento ao mesmo tempo tímido e persuasivo, difícil de se rejeitar.

– Hoje? Agora?

– A menos que já tenha algum compromisso. O que tinha planejado?

– Sanduíches na cantina – respondeu Martin.

– Eu não poderia lhe oferecer um bom *sole meunière*, no Scott's? Creio que sabe onde fica a rua Mount.

Martin conhecia o lugar, um dos melhores e mais caros restaurantes de frutos do mar de Londres. A vinte minutos de táxi. Já eram 12h30. Ele adorava peixe. E o Scott's situava-se além do seu salário acadêmico. Laing por acaso sabia dessas coisas?

– Você é mesmo do IES? – indagou ele.

– Explicarei durante o almoço, doutor. Digamos às 13 horas. Aguardarei ansioso.

O telefone emudeceu. Quando Martin entrou no restaurante, o *maître* adiantou-se para cumprimentá-lo.

– Dr. Martin? O Sr. Laing está à sua espera. Acompanhe-me, por favor.

Era uma mesa num canto sossegado, bastante discreta. Podia-se falar ali sem que ninguém ouvisse. Laing, que a esta altura Martin tinha certeza que jamais conhecera, levantou-se para cumprimentá-lo, um homem magro, de terno escuro, gravata sóbria, cabelos grisalhos já se tornando ralos. Indicou uma cadeira para o convidado, gesticulou com uma sobrancelha alteada para uma garrafa de Meursault num balde de gelo. Martin acenou com a cabeça.

– Não pertence ao Instituto, não é mesmo, Sr. Laing?

Laing não se mostrou desconcertado. Observou o vinho ser servido, esperou que o garçom se afastasse, deixando um cardápio com cada um. Levantou o copo para seu convidado.

– Century House, para ser franco. Isso o incomoda?

O Serviço de Informações Secreto britânico, o SIS, tem seu quartel-general na Century House, um prédio em mau estado de conservação, ao sul do Tâmisa, entre o Elephant e o Castle e a Old Kent Road. Não é uma construção nova e não se encontra à altura das funções que deveria ter. O interior é um labirinto tão incrível que os visitantes não precisam realmente de passes de segurança; perdem-se em poucos segundos e acabam suplicando por misericórdia.

– Não, apenas me interessa – respondeu Martin.

– Na verdade, somos nós que estamos interessados. Sou um fã seu. Tento me manter atualizado, mas não consigo ser tão bem-informado quanto você.

– Acho difícil acreditar nisso.

Mas Martin sentiu-se lisonjeado. É muito agradável quando um acadêmico ouve alguém dizer que o admira.

– É a pura verdade. *Sole meunière* para os dois? Excelente. Espero já ter lido todos os seus ensaios apresentados ao Instituto, ao pessoal dos Serviços Unidos e de Chatham. Além daqueles dois artigos na *Survival*.

Ao longo dos cinco anos anteriores, apesar de sua juventude, pois tinha apenas 35 anos, o Dr. Martin tornara-se mais e mais requisitado como conferencista, apresentando seus ensaios eruditos em organizações como o Instituto de Estudos Estratégicos, o Instituto dos Serviços Unidos e Chatham House, outro estabelecimento de estudos intensivos de questões estrangeiras. *Survival* é a revista do IES, e 25 exemplares de cada edição são automaticamente enviados ao Centro de Assuntos Exteriores e da Commonwealth, na King Charles Street, dos quais cinco seguem para a Century House.

O interesse que Terry Martin despertava entre essas pessoas não era em decorrência de seus profundos conhecimentos sobre a Mesopotâmia medieval, mas sim por sua segunda área de estudos. Como um interesse particular, ele começara, anos antes, a estudar as forças armadas do Oriente Médio, frequentando exposições de material bélico, cultivando amizades entre os fabricantes e seus clientes árabes, entre os quais fizera muitos contatos, já que falava um árabe fluente. Depois de dez anos, tornara-se uma enciclopédia ambulante em seu passatempo e era ouvido com respeito pelos maiores profissionais, da mesma forma como o escritor americano Tom Clancy é considerado um especialista mundial sobre equipamentos de defesa da OTAN e do antigo Pacto de Varsóvia.

Os dois *sole meunières* foram servidos, e eles começaram a comer com a maior satisfação.

Oito semanas antes, Laing, que era na ocasião diretor de operações da Divisão do Oriente Médio, na Century House, pedira ao pessoal de pesquisa um retrato de Terry Martin. Ficara impressionado com o que vira.

Nascido em Bagdá, criado no Iraque, tendo depois estudado na Inglaterra, Martin deixara Haileybury com três níveis superiores, todos com distinção, em inglês, história e francês. Haileybury o destacara como um estudante brilhante, destinado a uma bolsa de estudos em Oxford ou Cambridge.

Mas o rapaz, que já falava árabe fluentemente, queria se concentrar em estudos árabes e por isso se candidatara à SOAS, em Londres, onde fora entrevistado na primavera de 1973. Aceito de imediato, começara a estudar ali no outono do mesmo ano, fazendo o curso de história do Oriente Médio.

Concluíra o curso em três anos e depois fizera mais três anos de doutorado, especializando-se no Iraque dos séculos VIII ao XV, em particular no Califado Abassid, de 750 a 1258 d.C. Obtivera o seu ph.D. em 1979 e depois tirara um ano de licença. Estava no Iraque em 1980 quando as forças iraquianas invadiram o Irã, desencadeando a guerra de oito anos, e essa experiência despertara seu interesse pelas forças armadas do Oriente Médio.

Ao voltar, recebera a oferta de um cargo de preletor, com apenas 26 anos, uma homenagem especial da SOAS, considerada uma das melhores – e, portanto, uma das mais exigentes – escolas de estudos árabes do mundo. Fora promovido a professor auxiliar de história do Oriente Médio, em reconhecimento à excelência de sua pesquisa original, aos 34 anos, e era evidente que estava destinado a se tornar catedrático aos 40 anos.

Laing tomara conhecimento de tudo isso na biografia que encomendara. O que o interessara ainda mais fora a segunda área de interesse de Martin, o compêndio de informações sobre os arsenais do Oriente Médio. Durante anos fora um assunto periférico, ofuscado pela Guerra Fria, mas agora...

– Gostaria de falar sobre o problema do Kuwait – anunciou ele, finalmente.

Os pratos de peixe já haviam sido retirados. Os dois recusaram uma sobremesa. O Meursault descera muito bem, e Laing, com extrema habilidade, cuidara para que Martin bebesse a maior parte. Agora, como num passe de mágica, dois cálices de vinho do Porto apareceram sobre a mesa.

– Como pode imaginar, tem havido uma confusão infernal nos últimos dias.

Laing podia compreender a situação. A Dama voltara do Colorado no que os mandarins chamavam de seu ânimo de Boadiceia, uma referência a uma rainha britânica da antiguidade que costumava cortar os joelhos dos romanos, com espadas se projetando das rodas de seu carro de guerra, se por acaso tentavam se interpor em seu caminho. Dizia-se que Douglas Hurd, o Ministro do Exterior, estava pensando em passar a usar um capacete de aço, e as demandas de informações imediatas haviam chovido sobre a Century House.

– O fato é que gostaríamos de enviar alguém ao Kuwait para descobrir o que exatamente está acontecendo.

– Sob ocupação iraquiana? – indagou Martin.

– Receio que sim, já que eles parecem ter assumido o controle.

– E por que veio me procurar?

– Deixe-me ser franco – disse Laing, que não tinha a menor intenção de ser franco. – Precisamos muito saber o que está acontecendo por lá. O exército iraquiano de ocupação... quantos, qual sua eficiência, quais equipamentos. Os cidadãos britânicos... como são tratados, correm perigo, podem ser retirados sãos e salvos. Precisamos de um homem no local. Essas informações são vitais. Tem de ser alguém que fale árabe como um árabe, um kuwaitiano ou iraquiano. E você tem passado sua vida entre pessoas que falam árabe, muito mais do que eu...

– Mas deve haver centenas de kuwaitianos aqui na Inglaterra que poderiam voltar – sugeriu Martin.

– Na verdade, preferimos que seja um dos nossos.

– Um britânico? Alguém que possa passar por árabe, bem no meio deles?

– É justamente do que precisamos. Mas duvidamos que haja alguém assim.

Deve ter sido o Meursault, ou o vinho do Porto. Terry Martin não tinha o hábito de beber tanto no almoço. Mais tarde, teria mordido a própria língua de bom grado, se pudesse voltar o relógio por uns poucos segundos. Mas ele falou, e no instante seguinte já era tarde demais.

– Conheço um. Meu irmão Mike. Ele é major do SAS. Pode passar por um árabe.

Laing ocultou a pontada de excitamento que o invadiu, enquanto tirava da boca com o palito o incômodo pedaço de peixe.

– Pode mesmo? – murmurou ele. – Tem certeza?

3

Steve Laing voltou à Century House de táxi, num espírito de alguma surpresa e entusiasmo. Marcara o almoço com o acadêmico arabista na esperança de recrutá-lo para outra missão, que ainda tinha em mente, e só levantara a questão do Kuwait como uma alavanca para a conversa.

Anos de prática haviam-lhe ensinado a começar com uma pergunta ou um pedido a que o alvo não pudesse satisfazer, e depois passar para o que de fato queria. A teoria era a de que o especialista, desafiado pelo primeiro pedido, se tornaria mais dócil, pressionado por seu amor-próprio, a concordar com o segundo.

A revelação surpreendente do Dr. Martin por acaso respondia a uma indagação que já fora levantada numa reunião de alto nível na Century, no dia anterior. Na ocasião, todos haviam considerado que era um desejo sem qualquer esperança. Mas se o jovem Dr. Martin estivesse certo... Um irmão que falava árabe ainda melhor do que ele... E que já integrava o regimento do SAS, o Serviço Aéreo Especial, estando assim acostumado a operações secretas... Interessante, muito interessante.

Ao chegar na Century, Laing seguiu direto para a sala de seu superior imediato, o controlador do Oriente Médio. Depois de uma hora de conversa, os dois subiram para falar com um dos dois subchefes.

O SIS (Secret Intelligence Service), também conhecido popularmente, embora de forma incorreta, como MI-6, permanece mesmo nos dias de suposto governo "aberto" como uma organização nas sombras, que faz questão de manter seu sigilo. Só em anos recentes é que o governo britânico admitiu de maneira formal sua existência. E foi só em 1991 que o mesmo governo revelou ao público quem era seu diretor, uma iniciativa considerada pela maioria dos profissionais como tola e míope, já que não servia a qualquer outro propósito que não o de obrigar o desventurado cavalheiro à novidade indesejável de precisar de seguranças, pagos pelo público. Assim são as futilidades da correção política.

Os funcionários do SIS não estão relacionados em qualquer manual, mas seus nomes constam, quando constam, das relações de servidores civis de diversos ministérios, em particular o do Exterior, sob cujos auspícios o Serviço funciona. O orçamento específico não aparece em nenhuma contabilidade, sendo as verbas distribuídas pelos orçamentos de uma dúzia de ministérios diferentes.

Até mesmo seu precário quartel-general foi por anos um suposto segredo de Estado, até que se tornou evidente que qualquer motorista de táxi de Londres, quando um passageiro pedia para ir à Century House, respondia:

– Ah, você quer ir à Casa dos Fantasmas?

A esta altura, admitiu-se que, se os motoristas de táxi de Londres sabiam onde ficava, então a KGB já devia também saber.

Embora muito menos famosa do que a CIA, infinitamente menor e com menos recursos, a "Firma" adquiriu uma sólida reputação, entre amigos e inimigos, pela qualidade de seu "produto" (informações obtidas por meios secretos). Entre as principais agências de informações do mundo, apenas o Mossad israelense é menor e ainda mais secreto.

O homem que dirige o SIS é conhecido oficialmente como o Chefe, e *nunca*, apesar dos equívocos incessantes na imprensa, como o diretor-geral. É a organização irmã, o MI-5, ou Serviço de Segurança, responsável pela contraespionagem dentro das fronteiras do Reino Unido, que tem um diretor-geral.

Para o pessoal da casa, o Chefe é conhecido como "C", que deveria representar Chefe, mas não é esse o caso. O primeiro chefe foi o almirante Sir Mansfield Cummings, e o "C" vem do sobrenome desse cavalheiro, há muito falecido.

Sob o Chefe, há dois subchefes, e depois cinco chefes-assistentes. Esses homens dirigem os cinco departamentos principais: Operações (que colhe as informações secretas); Informações (que analisa os dados colhidos, na esperança de projetar uma situação compreensível); Técnico (responsável por documentos falsos, minicâmeras, escrita secreta, equipamentos de comunicação ultracompactos e todos os outros recursos necessários para fazer alguma coisa ilegal e escapar impune num mundo hostil); Administração (que cuida de salários, pensões, contabilidade das verbas, assessoria jurídica, registros etc.); e Contraespionagem (que tenta evitar a infiltração de agentes inimigos).

Em Operações, há os controladores, que tratam das várias divisões do mundo – Hemisfério Ocidental, Bloco Soviético, África, Europa, Oriente Médio e Australásia – com mais uma divisão para Ligação, que tem a incumbência difícil de tentar promover a cooperação com agências "amigas".

Para ser franco, não é tão bem-organizado assim (nada britânico jamais é), mas eles parecem vicejar na confusão.

Naquele mês de agosto de 1990, o foco das atenções era o Oriente Médio, e em particular a Seção do Iraque, para a qual pareciam convergir todo o mundo político e burocrático de Westminster e Whitehall, como um fã-clube ruidoso e indesejável.

O subchefe escutou com a maior atenção o que o controlador do Oriente Médio e o diretor de operações para essa região tinham a dizer e acenou com a cabeça várias vezes. Em sua avaliação, era uma opção interessante, ou pelo menos podia ser.

Não que houvesse uma ausência de informações do Kuwait. Nas primeiras quarenta e oito horas, antes dos iraquianos fecharem as linhas telefônicas internacionais, todas as companhias britânicas com um escritório no Kuwait haviam-se mantido em contato com seu representante local, através de telefone, telex ou fax. A embaixada kuwaitiana também transmitira suas informações ao Ministério do Exterior, com as primeiras histórias de horror, exigindo a libertação imediata do país.

O problema era que quase nenhuma dessas informações era do tipo que o Chefe podia apresentar ao Gabinete como absolutamente confiável. Na esteira da invasão, o Kuwait se tornara uma imensa "estática da escuta", como expressara o ministro do Exterior, de forma tão mordaz, seis horas antes.

Até mesmo o pessoal da embaixada britânica achava-se agora cercado em sua sede, à beira do Golfo, tentando entrar em contato pelo telefone com os cidadãos britânicos no país, os nomes relacionados numa lista já superada, para verificar se estavam bem. A sabedoria recebida desses assustados executivos e engenheiros era a de que podiam de vez em quando ouvir disparos – "Digam-nos alguma coisa que não saibamos", fora a reação na Century a essas pérolas de informação.

Agora, surgia a perspectiva de um homem no local, treinado em infiltração profunda, em operações secretas, um homem que podia passar por árabe... podia ser de fato muito interessante. Além de algumas informações concretas e objetivas sobre o que vinha realmente acontecendo no Kuwait, havia também a oportunidade de mostrar aos políticos que se estava fazendo alguma coisa, e ainda provocar um engasgo em William Webster, da CIA, quando tomasse seu licor depois do jantar.

O subchefe não tinha ilusões sobre a estima (mútua) quase coquete de Margaret Thatcher pelo SAS, desde aquela tarde de maio de

1980 em que haviam explodido os terroristas na embaixada iraniana em Londres, e ela passara a noite com o grupo, no quartel na Albany Road, tomando uísque e escutando suas histórias de temeridade.

– Acho que é melhor eu ter uma conversa com o DFE – declarou o subchefe, ao final.

Oficialmente o regimento do SAS nada tem a ver com o SIS. As cadeias de comando são diferentes. O 22º Regimento do SAS, em serviço ativo (o 23º é uma reserva mobilizada em emergências), está baseado num quartel conhecido apenas como "linha Stirling", nos arredores da cidadezinha de Hereford, no Oeste da Inglaterra. Seu comandante está subordinado ao Diretor das Forças Especiais (DFE), cujo escritório fica num prédio enorme na zona oeste de Londres. Situa-se, para ser mais preciso, no topo de um edifício outrora elegante, que parece agora viver encoberto por andaimes, e cujo interior dá a impressão de ser um labirinto de cubículos. A falta de esplendor contradiz a importância das operações planejadas ali.

O DFE está subordinado ao Diretor de Operações Militares (um general), que se reporta ao Chefe do Estado-Maior das Forças Armadas (um general de patente ainda maior), subordinado ao Ministério da Defesa.

Mas o "Especial" no título do SAS ali se encontra por uma razão. Desde a sua criação, no Deserto Ocidental, em 1941, por David Stirling, o SAS vem realizando operações secretas. Suas missões sempre incluíram infiltração profunda, para observação dos movimentos do inimigo, ou para atos de sabotagem, assassinatos e atos violentos em geral; eliminação de terroristas; recuperação de reféns; proteção rigorosa, um eufemismo para segurança dos poderosos; e funções de treinamento no exterior.

Como membros de qualquer unidade de elite, os oficiais e praças do SAS tendem a levar uma vida discreta dentro de sua própria sociedade, sendo incapazes de discutir seu trabalho com estranhos e quase nunca emergindo das sombras.

Assim, porque os estilos de vida dos membros das duas organizações secretas tinham muito em comum, o SIS e o SAS se conheciam pelo menos de vista, e com frequência haviam cooperado no passado, em operações conjuntas, ou com o pessoal do SIS tomando "emprestado" um especialista do SAS para uma missão específica. Era esse segundo tipo de cooperação que o subchefe do SIS (depois de pedir autorização a Sir Colin) tinha em mente, ao aceitar um copo de uísque do general J. P. Lovat, no quartel-general secreto do regimento em Londres, ao pôr do sol.

O alvo involuntário daquela conversa em Londres sobre o Kuwait estava naquele momento estudando um mapa, em outro local, a muitos quilômetros de distância. Durante as últimas oito semanas, ele e sua equipe de 12 instrutores militares viviam nos alojamentos destinados à unidade de guarda particular do Xeque Zayed bin Sultan, de Abu Dhabi.

Era uma missão que o regimento já assumira muitas vezes antes. Por toda a margem ocidental do Golfo, do Sultanato de Oman ao sul a Bahrain no norte, há uma série de sultanatos, emirados e xecados, com os quais os britânicos se relacionam há séculos. Os Estados da Trégua, agora os Emirados Árabes Unidos, foram assim chamados porque a Inglaterra outrora assinou uma trégua com seus soberanos, prometendo protegê-los com a Marinha Real contra as incursões de piratas, em troca de privilégios no comércio. O relacionamento continua, e muitos desses soberanos contam com unidades de guarda treinadas em táticas de proteção por instrutores visitantes do SAS. Há o pagamento de honorários, é claro, mas para o Ministério da Defesa, em Londres.

O major Mike Martin tinha um grande mapa do Golfo e da maior parte do Oriente Médio aberto sobre a mesa do refeitório, e o estudava com a maior atenção, cercado por vários de seus homens. Aos 37 anos, não era o homem mais velho na sala; dois de seus sargentos já haviam passado dos 40, soldados duros, vigorosos e competentes, que um homem vinte anos mais moço seria um tolo de desafiar.

– Alguma coisa para nós, chefe? – perguntou um dos sargentos.

Como em todas as unidades pequenas e unidas, os primeiros nomes são bastante usados no regimento, mas os oficiais costumam ser tratados de chefe pelos subordinados.

– Não sei – respondeu Martin. – Saddam Hussein consolidou sua posição no Kuwait. A questão é a seguinte: ele vai sair de lá por sua livre e espontânea vontade? Se não sair, a ONU vai autorizar a entrada de uma força para expulsá-lo? Se autorizar, acho que deve haver alguma coisa para fazermos ali.

– Seria ótimo! – exclamou o sargento, com evidente satisfação.

Os outros seis homens em torno da mesa balançaram a cabeça em concordância. Para eles, já se passara tempo demais desde a última vez que sentiram a adrenalina de uma operação de combate real.

Há quatro disciplinas básicas no regimento, e cada recruta deve dominar uma delas. Há os Queda-livre, especializados em saltos de paraquedas de elevadas altitudes, os Montanhistas, cujo terreno preferido é de paredões rochosos e altos picos, os homens do Carro de Reconhecimento Blindado, que operam em Land-Rovers blindados por longas distâncias, em terreno aberto, e os Anfíbios, eficientes em canoas, infláveis silenciosos e operações submarinas.

Em sua equipe de 12 homens, Martin contava com quatro especialistas de Queda-livre, inclusive ele próprio, quatro técnicos em Carro de Reconhecimento, ensinando aos militares de Abu Dhabi os princípios do ataque e contra-ataque rápido no deserto, e também, já que Abu Dhabi fica à margem do Golfo, quatro instrutores de operações submarinas.

Além de suas especialidades, os homens dos SAS devem conhecer bem outras áreas para que a permutabilidade entre eles seja comum. Eles devem saber mais do que primeiro socorros, idiomas e o uso do rádio.

A unidade de combate básica consiste em apenas quatro homens. Se um fica fora de ação, suas tarefas serão no mesmo instante partilhadas entre os três sobreviventes, quer estejam operando um rádio, como uma unidade paramédica.

Eles se orgulham de um nível educacional muito mais elevado que o de qualquer outra unidade do exército, e, porque estão sempre viajando, o conhecimento de outras línguas é indispensável. Cada soldado deve aprender uma, além do inglês. Durante anos, o russo era a língua predileta, agora saindo de moda, desde o fim da Guerra Fria. O malaio é muito útil no Extremo Oriente, onde o regimento lutou por anos em Bornéu. O espanhol vem se tornando cada vez mais importante, desde as operações secretas na Colômbia contra os barões da cocaína de Medellín e Cali. Também se aprende o francês... para qualquer emergência.

E porque o regimento passara anos ajudando o sultão Qaboos, de Oman, em sua guerra contra os infiltradores comunistas do Iêmen do Sul, no interior de Dhofar, além de outras missões por toda a região do Golfo e na Arábia Saudita, muitos homens do SAS falam um árabe aceitável. O sargento que pedira alguma ação era um deles, embora tivesse de admitir.

— O chefe é que é espantoso. Nunca ouvi nenhum estrangeiro falar como ele. E até parece um árabe.

Mike Martin passou a mão morena pelos cabelos pretos.

— Está na hora de nos recolhermos.

Passava um pouco das 22 horas. Iriam se levantar antes do amanhecer, para a corrida habitual de 15 quilômetros com seus pupilos, antes que o sol se tornasse muito quente. Era um exercício que os árabes detestavam, mas seu xeque insistia. Se aqueles soldados estrangeiros da Inglaterra diziam que era bom para eles, então era mesmo bom. Além do mais, ele pagava por aquilo e queria que seu dinheiro fosse aproveitado ao máximo.

O major Martin foi para o seu quarto, e num instante mergulhou num sono profundo. O sargento tinha razão; ele parecia mesmo um árabe. Seus homens volta e meia especulavam se não teria herdado a pele azeitonada, olhos escuros e cabelos pretos de antepassados mediterrâneos. Martin nunca lhes dissera, mas eles estavam enganados.

Seu avô materno fora um plantador de chá britânico em Darjeeling, na Índia. Quando pequenos, Martin e o irmão haviam visto um retrato dele, alto, rosto rosado, bigode louro, cachimbo na boca, revólver na mão, de pé sobre um tigre abatido. O típico *pukka sahib*, os ingleses do Raj Indiano.

Depois, em 1928, Terence Granger cometera o ato inconcebível: apaixonara-se por uma jovem indiana e insistira em casar. Não importava que ela fosse gentil e bela. Era uma coisa que simplesmente não se fazia. A companhia de chá não o despedira, pois isso significaria levantar a questão em público. Em vez disso, enviara-o para o exílio interno (era assim mesmo que chamavam), numa plantação isolada, na distante Assam.

Se servia como uma punição, não funcionou dessa forma. Granger e sua esposa, a ex-Srta. Indira Bohse, adoraram o lugar — uma região selvagem, com montanhas e vales, abundando em caça e tigres, as plantações verdes de chá subindo pelas encostas, o clima, o povo. E ali Susan nasceu, em 1930. Foi criada ali mesmo, uma jovem anglo-indiana, com amigos indianos.

Em 1943 a guerra alcançou a Índia, com os japoneses avançando pela Birmânia na direção da fronteira. Granger já era bastante velho para não ter de se apresentar como voluntário, mas insistiu em ir. Depois de um treinamento básico em Delhi, ele recebeu o posto de major nos Fuzileiros de Assam. Todos os cadetes britânicos eram promovidos direto a major, pois não deveriam servir sob as ordens de um oficial indiano. Os indianos podiam chegar a tenente ou capitão.

Ele morreu em 1945, na travessia do Irrawaddy. Seu corpo nunca foi recuperado; desapareceu para sempre nas úmidas selvas birmanesas, um de dezenas de milhares que participaram em alguns dos mais violentos combates corpo a corpo da guerra.

Com uma pequena pensão da companhia, a viúva retornou à sua própria cultura. Novos problemas surgiram dois anos depois. A Índia estava sendo dividida em 1947. Os britânicos iam se retirar. Ali Jinnah lutava por seu Paquistão muçulmano ao norte, Pandit Nehru por sua Índia na maior parte hinduísta ao sul. Enquanto ondas de refugiados das duas religiões se deslocavam para o norte e sul, irromperam violentos combates. Mais de um milhão de pessoas morreram. A Sra. Granger, apreensiva com a segurança da filha, mandou-a para completar sua educação com o irmão mais moço do falecido pai, um respeitável arquiteto em Haslemere, Surrey. Seis meses depois, a mãe morreu em meio aos tumultos.

Aos 17 anos, Susan Granger chegou à Inglaterra, a terra de seu pai, que ela nunca vira antes. Passou um ano numa escola para moças perto de Haslemere e depois dois anos como aprendiz de enfermeira no Hospital Geral de Farnham, seguidos por mais um ano como secretária de um advogado em Farnham.

Aos 21 anos, a idade mínima permitida, candidatou-se a um lugar de aeromoça na British Overseas Airways Corporation. Foi preparada com outras moças na escola da BOAC, o antigo convento adaptado de St. Mary, em Heston, nos arredores de Londres. Seu treinamento como enfermeira foi o fator preponderante para sua aceitação, a que se somavam a aparência e a simpatia.

Era uma jovem linda, com cabelos castanhos caindo pelos ombros, olhos cor de avelã, e a pele como de uma europeia com um bronzeado permanente. Ao se formar, foi designada para a Linha Número Um, Londres–Índia, uma escolha óbvia para quem falava hindi fluentemente.

Era uma longa viagem naquele tempo, no quadrimotor Argonaut. O percurso era Londres–Roma–Cairo–Basra–Bahrain–Karachi e Bombaim. Depois Delhi, Calcutá, Colombo, Rangoon, Bangkok e finalmente Cingapura, Hong Kong e Tóquio. Claro que uma única tripulação não podia cobrir todo o percurso. Assim, a primeira tripulação ficava em Basra, no sul do Iraque, onde uma segunda assumia o avião.

Foi ali, em 1951, tomando drinques no Port Club, que ela conheceu um jovem contador um tanto tímido, que trabalhava na Iraq Petroleum Company, então sob o controle e direção dos britânicos. Seu nome era Nigel Martin, e convidou-a para jantar. Susan fora alertada contra os lobos – entre os passageiros, tripulantes e nas escalas. Mas ele parecia gentil, e por isso aceitou o convite. Quando a levou de volta à casa da BOAC em que as aeromoças ficavam alojadas, ele estendeu a mão. Susan ficou tão surpresa que a apertou.

Depois, ficou acordada no calor terrível, imaginando como seria beijar Nigel Martin.

Em sua passagem seguinte por Basra, tornou a encontrá-lo. Só depois de casarem é que ele admitiu que ficara tão apaixonado que descobrira, através do responsável pelo posto local da BOAC, Alex Reid, quando ela deveria voltar. Naquele outono de 1951, jogaram tênis, nadaram no Port Club e passearam pelos bazares de Basra. Por sugestão de Nigel, ela tirou uma licença e acompanhou-o a Bagdá, onde ele estava baseado.

Logo compreendeu que era um lugar em que poderia viver. As multidões em túnicas coloridas, as vistas e cheiros das ruas, as carnes cozinhando na margem do Tigre, as incontáveis lojinhas vendendo ervas e especiarias, ouro e joias... tudo a lembrava de sua Índia nativa. Quando ele a pediu em casamento, Susan aceitou no mesmo instante.

Casaram em 1952, na Catedral de St. George, a igreja anglicana na rua Haifa. Embora Susan não tivesse ninguém no seu lado da igreja, muitas pessoas da companhia e da embaixada britânica compareceram para ocupar os dois lados.

Era uma época boa para se viver em Bagdá. A vida era tranquila e fácil, o rei-menino Faisal ocupava o trono, com Nuri-as-Said dirigindo o país, e a influência estrangeira predominante era a britânica. Isso acontecia em parte por causa da enorme contribuição da IPC à economia, em parte porque a maioria dos oficiais do exército era treinada pelos britânicos, mas principalmente porque toda a classe superior fora educada por rígidas babás inglesas, o que sempre deixa uma impressão duradoura.

O casal Martin teve dois filhos, nascidos em 1953 e 1955. Batizados como Michael e Terry, eram bem diferentes. Em Michael prevaleceram os genes da Srta. Indira Bohse; ele tinha cabelos pretos, olhos escuros, pele azeitonada. Os gaiatos da comunidade britânica diziam que ele mais parecia um árabe. Terry, dois anos mais moço, saiu ao pai, baixo, atarracado, pele rosada, cabelos ruivos.

Às 3 horas da madrugada, o major Martin foi acordado por um ordenança.

– Acaba de chegar uma mensagem, *sayidi*.

Era uma mensagem simples, mas o código de urgência era "*blitz*", e a assinatura indicava que vinha pessoalmente do diretor das Forças Especiais. Não exigia resposta. Apenas lhe ordenava que voltasse a Londres no primeiro avião disponível.

Martin transmitiu seus deveres ao capitão do SAS que cumpria seu primeiro turno de serviço no regimento, e era o seu subcomandante na missão de treinamento, e partiu para o aeroporto, à paisana.

O voo das 2h55 para Londres já deveria ter partido. Mais de cem passageiros roncavam ou resmungavam a bordo quando a aeromoça anunciou, na maior jovialidade, que a "razão operacional" para o atraso de noventa minutos seria em breve resolvida.

Quando a porta do avião tornou a se abrir, para permitir a entrada de um único homem, esguio, usando *jeans*, botas do deserto, camisa e um blusão de aviador, com uma sacola de lona pendurada no ombro, alguns passageiros ainda despertos o fitaram com irritação. O homem foi conduzido a uma poltrona vazia na Club Class, ajeitou-se confortável e poucos minutos depois da decolagem inclinou a poltrona para trás e mergulhou num sono profundo.

Um executivo ao seu lado, que jantara muito bem – com muitos refrescos ilícitos – e que havia esperado duas horas no aeroporto, e mais duas no avião, pôs na boca outro tablete antiácido e lançou um olhar furioso para o homem relaxado e adormecido.

– Maldito árabe! – murmurou ele e tentou dormir em vão.

A madrugada surgiu no Golfo duas horas depois, mas o jato da British Airways já seguia para noroeste, pousando em Heathrow pouco antes das 10 horas, horário local. Mike Martin foi um dos primeiros a passar pela alfândega, porque não tinha bagagem no compartimento de carga do avião. Não havia ninguém à sua espera; ele sabia que não haveria. Também sabia para onde ir, e pegou um táxi.

AINDA NÃO AMANHECERA em Washington, mas as primeiras indicações do sol iminente já tingiam de rosa as colinas distantes do condado de Georges, por onde o rio Patuxent corria, para desaguar na Baía de Chesapeake. No sexto e último andar do prédio grande e retangular, no meio do conjunto que forma o quartel-general da CIA, e é conhecido simplesmente como Langley, as luzes ainda continuavam acesas.

O juiz William Webster, o diretor-geral, esfregou os olhos cansados com as pontas dos dedos, levantou-se, foi até as janelas panorâmicas. A faixa de bétulas prateadas, que obstruíam sua vista do rio Potomac quando desabrochavam por completo, como acontecia agora, ainda se encontrava amortalhada pela escuridão. Dentro de uma hora, o sol nascente lhes devolveria o verde-claro. Fora outra noite insone. Desde a invasão do Kuwait, ele vinha cochilando entre telefonemas do presidente, do Conselho de Segurança Nacional, do Departamento de Estado e de qualquer um, ao que parecia, que tivesse seu telefone.

Por trás dele, também exausto, sentavam-se Bill Stewart, seu Vice-Diretor (Operações), e Chip Barber, chefe da Divisão do Oriente Médio.

– Então isso é tudo? – indagou Webster, como se formular a pergunta de novo pudesse produzir uma resposta melhor.

Mas não houvera qualquer mudança. O presidente, o CSN e o Departamento de Estado clamavam por informações secretas, do coração de Bagdá, dos círculos íntimos de Saddam Hussein. Ele permaneceria no Kuwait? Trataria de se retirar, sob a ameaça das resoluções da ONU, que o Conselho de Segurança vinha aprovando? Recuaria diante do embargo do petróleo e bloqueio comercial? O que ele pensava? O que planejava? E onde ele estava?

E a CIA não sabia. Tinha um chefe de estação em Bagdá, é claro. Mas o homem era mantido afastado de tudo fazia semanas. O desgraçado do Rahmani, que chefiava a contraespionagem iraquiana, sabia quem ele era e agora se tornara patente que ele andara fornecendo só besteiras ao chefe da estação por semanas. Suas melhores "fontes", ao que tudo indicava, trabalhavam para Rahmani e nada lhe contavam de proveitoso.

É claro que eles tinham as fotos, em quantidade suficiente para soterrá-los. Os satélites, KH-11 e KH-12, sobrevoavam o Iraque a intervalos de poucos minutos, tirando fotos de tudo, em todo o país. Os analistas trabalhavam 24 horas por dia para identificar o que *podia* ser uma fábrica de gás venenoso, ou uma instalação nuclear... ou o que alegava ser, uma fábrica de bicicletas.

Muito bem. Os analistas do Centro Nacional de Reconhecimento, um empreendimento conjunto da CIA e da Força Aérea, junto com os técnicos do ENPIC, o Centro Nacional de Interpretação Fotográfica, preparavam em cooperação um quadro que um dia seria completo. Isto aqui é um importante posto de comando, isto é uma base de mísseis SAM, isto é uma base de caças. E assim mesmo, porque as fotos assim nos dizem. E um dia, talvez, tudo teria de ser bombardeado de volta à idade da pedra. Mas o que mais ele tinha? Oculto, guardado debaixo da terra?

Os anos de negligência do Iraque davam frutos agora. Os homens amados em suas cadeiras, por trás dele, eram veteranos, que haviam operado no Muro de Berlim quando o concreto ainda nem secara.

Datavam de um passado distante, antes que as engenhocas eletrônicas assumissem a predominância na coleta de informações.

E haviam-lhe dito que as câmeras dos satélite do CNR e os equipamentos de escuta da Agência de Segurança Nacional, em Fort Meade, não podiam revelar planos, não podiam espionar intenções, não podiam entrar dentro da cabeça de um ditador.

Ou seja, o CNR tirava fotos e os ouvidos de Fort Meade escutavam e gravavam cada palavra transmitida do ou para o Iraque, por telefone ou rádio, mas nem assim ele tinha as respostas.

O mesmo governo federal e o mesmo Congresso que haviam se mostrado tão fascinados pelos equipamentos eletrônicos, investindo bilhões de dólares no desenvolvimento de cada aparelho que a mente engenhosa do homem podia imaginar, agora clamavam que queriam respostas que as engenhocas pareciam não ser capazes de fornecer.

E os homens por trás dele diziam que a *elint*, o nome para a coleta de informações por meios eletrônicos, era um apoio e um complemento para a *humint*, a coleta de informações por meios humanos, jamais um substituto. O que era bom saber, mas não representava uma solução para seus problemas.

E o problema era que as respostas exigidas pela Casa Branca só podiam ser fornecidas com plena autoridade por uma fonte, um agente, um espião, um traidor, qualquer que fosse, infiltrado nos altos escalões da hierarquia iraquiana. *O que ele não tinha.*

– Já falaram com a Century House?

– Já, sim, Diretor. Eles se encontram na mesma situação que nós.

– Irei a Tel Aviv dentro de dois dias – disse Chip Barber. – Vou me encontrar com Yaacov Dror. Devo perguntar a ele?

O diretor balançou a cabeça. O general Yaacov "Kobi" Dror era o chefe do Mossad, a menos cooperativa de todas as agências "amigas". O diretor ainda se sentia irritado com o caso de Jonathan Pollard, dirigido pelo Mossad dentro do território americano, contra os Estados Unidos. Que amigos... Ele detestava pedir favores ao Mossad.

– Fale com ele, Chip. Não vamos criar problemas por aqui. Se ele tiver uma fonte em Bagdá, nós a queremos. Precisamos desse produto. Enquanto isso, é melhor eu voltar à Casa Branca e enfrentar Scowcroft de novo.

E com esse comentário desolado a reunião foi encerrada.

Os QUATRO HOMENS que esperavam no quartel-general do SAS em Londres, naquela manhã de 5 de agosto, haviam estado ocupados durante a maior parte da noite.

O diretor das Forças Especiais, general Lovat, passara bastante tempo ao telefone, permitindo-se apenas um cochilo em sua cadeira, entre 2 horas e 4 horas da madrugada. Como tantos militares de combate, havia muito que ele desenvolvera a capacidade de aproveitar poucas horas de sono, sempre e onde a situação permitisse. Nunca se sabia quando ocorreria a próxima oportunidade de recarregar as baterias. Antes do amanhecer, ele tomara um banho, fizera a barba e se encontrava preparado para continuar por mais um dia, a pleno vapor.

Fora seu telefonema para um contato na British Airways, à meia-noite (horário de Londres), que retardara a decolagem do avião em Abu Dhabi. Quando as autoridades britânicas querem agir depressa, sem burocracia, ter um "contato" no lugar certo pode ser da maior utilidade. O executivo da British Airways, acordado em sua casa, não indagara por que deveria retardar um avião a 5 mil quilômetros de distância, até que um passageiro extra pudesse embarcar. Conhecia Lovat porque ambos eram sócios do Clube das Forças Especiais, em Herbert Crescent, tinha uma noção do que ele fazia e prestara o favor sem pedir explicações.

Ao desjejum, o sargento-ordenança verificara com Heathrow e informara que o voo de Abu Dhabi recuperara um terço do atraso de noventa minutos e deveria pousar em Londres por volta das 10 horas. O major chegaria ao quartel-general em torno das 11 horas.

Um motociclista fora buscar uma ficha pessoal no Quartel Browning, a base do Regimento de Paraquedistas, em Aldershot. O subcomandante do regimento mandara retirá-la dos arquivos logo depois de meia-noite. Cobria toda a carreira de Mike Martin nos paraquedistas, desde o dia em que se apresentara ali pela primeira vez, como um estudante de 18 anos, estendendo-se pelos 19 anos em que fora um soldado profissional, exceto os dois longos períodos em que fora transferido para o SAS.

O comandante do 22º Regimento do SAS, coronel Bruce Craig, outro escocês, viajara de carro durante toda a noite, desde Hereford, trazendo a ficha que cobria esses dois períodos. Chegou pouco antes do amanhecer.

— Bom dia, JP. Qual é o problema?

Os dois se conheciam muito bem. Lovat, sempre conhecido como JP, comandara o esquadrão que recapturara a embaixada iraniana dos terroristas, dez anos antes, e Craig fora um comandante de unidade, sob suas ordens, na ocasião.

— Century quer pôr um homem no Kuwait — respondeu Lovat.

Parecia ser uma explicação suficiente. Falas compridas não eram sua paixão.

— Um dos nossos? Martin? — O coronel largou na mesa a pasta de arquivo que trouxera.

— É o que parece. Mandei que ele voltasse de Abu Dhabi.

— Ora, eles que se danem. Vai concordar?

Mike Martin era um dos oficiais de Craig e também se conheciam fazia muito tempo. Não gostava que seus homens fossem "surripiados" pela Century House. O DFE deu de ombros.

— Talvez tenha de concordar. Se ele se enquadrar. E se eles quiserem mesmo, provavelmente irão muito alto.

Craig soltou um grunhido, pegou a xícara com café puro oferecida pelo sargento-ordenança. A quem ele cumprimentou como Sid. Haviam lutado juntos em Dhofar. Quando se tratava de política, o coronel sabia qual era a situação. O SIS podia agir com hesitação, mas quando queria alguma coisa, era capaz de recorrer ao ponto mais alto da hierarquia. Os dois militares conheciam muito bem a Sra. Margaret Thatcher e eram seus grandes admiradores; também sabiam que, como Churchill, ela possuía uma predileção para a "ação hoje". Era mais do que provável que a Century House ganhasse aquela parada, se assim desejasse. O regimento teria de cooperar, embora o controle geral ficasse com a Century, sob a guisa de "missão conjunta".

Os dois homens de Century chegaram pouco depois do coronel e foram todos apresentados. O mais importante era Steve Laing, que viera com Simon Paxman, chefe da Seção do Iraque. Sentaram-se numa sala de espera, receberam café e as duas pastas para lerem. Ambos se concentraram nos antecedentes de Mike Martin, dos 18 anos de idade em diante. Na noite anterior, Paxman passara quatro horas com o irmão mais moço, descobrindo tudo sobre a vida da família em Bagdá e Haileybury.

Martin escrevera uma carta ao Regimento de Paraquedistas, quando cursava o último ano da escola, no verão de 1971, e chamaram-no para uma entrevista em setembro, no quartel em Aldershot, ao lado do velho Dakota de que os homens do regimento haviam se lançado para capturar a ponte em Arnhem.

A escola informara (os paraquedistas sempre conferiam) que ele era um estudante regular, mas um magnífico atleta. O que convinha muito bem ao regimento. O rapaz fora aceito e iniciara o treinamento naquele mesmo mês, 22 semanas extenuantes que levaram os sobreviventes do curso a abril de 1972.

Foram quatro semanas de treinamento básico, uso de armas fundamentais e exercícios físicos; depois mais duas com as mesmas coisas, a que se acrescentaram primeiros socorros, sinalização e estudo de precauções contra NBQ (guerra nuclear, bacteriológica e química).

A sétima semana foi mais de exercícios físicos, cada vez mais rigorosos, mas não tão terrível quanto as oitava e nona semanas – marchas de resistência pelas montanhas de Brecon Range, em Gales, onde homens fortes e em boas condições físicas já morreram de exposição, hipotermia e exaustão.

Na décima semana o curso fora em Hythe, Kent, exercícios no estande de tiro, onde Martin, que acabara de completar 19 anos, destacara-se como um exímio atirador. A décima primeira e décima segunda semanas foram de "teste" em campo aberto, perto de Aldershot, apenas subir e descer correndo pelas encostas de areia, carregar três troncos na lama, chuva e granizo enregelante, em pleno inverno.

– Semanas de teste? – murmurou Paxman, virando a página. – Como terá sido o restante?

Depois das semanas de teste, os jovens receberam a cobiçada boina vermelha e a túnica de paraquedista, antes de mais três semanas nas Brecons para exercícios de defesa, patrulhamento e "fogo ao vivo". Àquela altura (final de janeiro de 1972), as Brecons estavam totalmente geladas e inóspitas. Os homens dormiam no chão duro e úmido, sem qualquer fogueira para esquentá-los.

Da décima sexta à décima nona semanas dedicaram-se ao curso básico de paraquedismo, na base da RAF em Abingdon, onde mais uns poucos caíram fora, e não apenas do avião. Ao final, viera a "parada das asas", quando os novos paraquedistas ganharam suas insígnias. Embora o relatório não o dissesse, muitas cervejas foram consumidas naquela noite, no velho 101 Club.

Depois de mais duas semanas dedicadas a um exercício de campo chamado "última cerca", assim como um aprimoramento da ordem-unida, a vigésima segunda semana marcara a Parada da Formatura, em que os pais orgulhosos finalmente tiveram permissão para ver os jovens instáveis que os haviam deixado seis meses antes.

O soldado Mike Martin havia muito que fora registrado como PPO, potencial para oficial, e em maio de 1972 ingressara na Real Academia Militar, em Sandhurst, participando do primeiro do novo Curso Militar Padrão (CMP), em apenas um ano, que na ocasião substituía o currículo antigo, de dois anos.

O resultado fora que a Parada de Formatura, na primavera de 1973, se tornara a maior já realizada em Sandhurst, com 490 cadetes-oficiais, os remanescentes dos antigos Cursos 51 e 52 somados aos homens do primeiro CMP. A cerimônia fora presidida pelo general Sir Michael Carver, mais tarde promovido a marechal de campo Lorde Carver, chefe do Estado-Maior das Forças Armadas.

O novo tenente Martin seguira direto para Hythe, a fim de assumir o comando de um pelotão em treinamento preparatório para a Irlanda do Norte. Comandara o pelotão durante 12 semanas angustiantes, agachado num posto de observação chamado Flax Mill, que cobria o enclave ultrarrepublicano de Ardoyne, em Belfast. Naquele verão, no entanto, a vida fora tranquila em Flax, porque o IRA, desde o Domingo Sangrento de janeiro de 1972, tendia a evitar os paraquedistas como se fossem a peste.

Martin fora designado para o Terceiro Batalhão, conhecido como Para Três, e depois de Belfast voltara ao quartel em Aldershot, a fim de comandar o Pelotão de Recrutas, submetendo os novatos ao mesmo purgatório que ele próprio suportara. No verão de 1977, voltara ao Para Três, que estava baseado, desde o mês de fevereiro anterior, em Osnabrück, como parte do exército britânico do Reno.

Fora outro período difícil. O Para Três se encontrava alojado no Quartel Quebec, de instalações precárias, um antigo campo de refugiados. Os paraquedistas cumpriam o "módulo pinguim", significando que em três anos de cada nove, ou um turno de serviço em cada três, os saltos de avião são suspensos e eles são usados como a infantaria comum, transportada em caminhões. Todos os paraquedistas detestam o módulo pinguim. O moral era baixo, irrompiam brigas entre os paraquedistas e os soldados da infantaria, Martin tinha de punir homens com quem simpatizava. Aguentara firme por quase um ano, até que em novembro de 1977 pedira transferência voluntária para o SAS.

Uma boa parcela do SAS vinha dos paraquedistas, talvez porque o treinamento tivesse semelhanças, embora o SAS alegue que o seu é mais rigoroso. Os papéis de Martin foram encaminhados ao regimento, em Hereford, onde seu árabe fluente fora registrado, e o convidaram a fazer o curso de seleção, no verão de 1978.

O SAS proclama que recebe homens na melhor forma física e começa a trabalhá-los com afinco. Martin fizera o curso "inicial" de seleção, de seis semanas, junto com outros paraquedistas, fuzileiros e voluntários da infantaria, blindados, artilharia e até engenheiros. É um curso simples, que segue um preceito simples.

Logo no primeiro dia, um sorridente instrutor anunciara a todos:
– Neste curso, não tentamos treiná-los. Tentamos matá-los.

E fora de fato o que acontecera. Apenas dez por cento passaram pelo curso inicial do SAS. Poupa tempo mais tarde. Martin passara. Depois, viera a continuação do treinamento, com exercícios na selva, em Belize, e um mês extra de volta à Inglaterra, dedicado à resistência a interrogatório. "Resistência" significa tentar permanecer calado enquanto se infligem algumas das mais desagradáveis práticas. A boa notícia é que tanto o regimento quanto o voluntário têm o direito, a qualquer momento, de exigir um RUO – retorno à unidade de origem.

– Eles são loucos – murmurou Paxman, largando a pasta e servindo-se de outro café. – Completamente loucos.

Laing limitou-se a soltar um grunhido. Estava absorto na outra pasta; era a experiência do homem na Arábia que ele precisava para a missão que tinha em mente.

Martin passara três anos com o SAS em seu primeiro turno de serviço, com o posto de capitão e função de comandante de companhia. Optara pelo Esquadrão "A", o pessoal de queda livre – os esquadrões são A, B, C e G –, o que era uma escolha natural para um homem que integrara, quando estava no Corpo de Paraquedistas, a equipe de exibição de queda livre de grandes altitudes, os Demônios Vermelhos.

Se os paraquedistas não tinham motivos para aproveitar seus conhecimentos de árabe, o regimento bem que precisava. Nos três anos, 1979 a 1981, ele servira com as forças do Sultão de Oman, no Dhofar Ocidental, ensinara proteção VIP em dois emirados do Golfo, dera instruções à Guarda Nacional saudita em Riad e orientara os guardas particulares do xeque Isa em Bahrain. Havia registros de tudo isso em sua pasta do SAS: que reconstituíra o forte vínculo da infância com a cultura árabe, cuja língua ele falava como nenhum outro oficial do regimento, e que tinha o hábito de realizar longos passeios pelo deserto, quando queria pensar sobre algum problema, indiferente ao calor e às moscas.

A ficha indicava que ele voltara aos paraquedistas depois de três anos no SAS, no inverno de 1981, e descobrira, para sua alegria, que os paraquedistas estavam participando da Operação Rocky Lance, em janeiro e fevereiro de 1982, em Oman, entre todos os lugares. Retomara a Jebel Akdar durante esse período, antes de tirar licença, em março. Em abril, fora chamado às pressas, porque a Argentina invadira as Falklands.

O Para Um permanecera no Reino Unido, mas o Dois e o Três seguiram para o Atlântico Sul. Viajaram no navio de passageiros *Canberra*, convertido para o transporte de tropas, desembarcando em San Carlos Water. Enquanto o Para Dois expulsava os argentinos de Goose Green, o comandante, coronel H. Jones, ganhando uma

Cruz da Vitória póstuma no processo, o Para Três se arrastara pela East Falkland, sob chuva e granizo, na direção de Port Stanley.

– Pensei que vocês usavam o verbo rastejar – comentou Laing para o sargento Sid, que tornava a encher sua xícara de café.

O sargento contraiu os lábios. Aqueles paisanos não sabiam de nada.

– Os fuzileiros é que chamam de rastejar, senhor. Os paraquedistas e o regimento chamam de arrastar.

Os dois verbos indicam a mesma coisa, uma marcha forçada nas piores condições, carregando mais de 50 quilos de equipamentos.

O Para Três se instalara numa solitária fazenda, chamada Estância House, e se preparara para a ofensiva final contra Port Stanley, o que implicaria capturar primeiro o Monte Longdon, fortemente defendido. Fora na terrível noite de 11 para 12 de junho que o capitão Mike Martin recebera sua bala.

Começara como um ataque noturno silencioso contra as posições argentinas, mas logo se tornara bastante ruidoso quando o cabo Milne pisara numa mina, que arrancara seu pé. As metralhadoras argentinas abriram fogo, os foguetes luminosos iluminaram a encosta como se fosse dia, e o Para Três podia recuar apressado em busca de cobertura ou enfrentar o fogo e capturar Longdon. Capturaram Longdon, com 23 mortos e mais de quarenta feridos. Um dos feridos fora Mike Martin, atingido na perna e soltando uma torrente de palavrões em árabe.

Depois de passar a maior parte do dia na encosta do Monte Longdon, vigiando oito trêmulos prisioneiros argentinos e fazendo o maior esforço para não desmaiar, ele fora levado para a enfermaria avançada em Ajax Bay, onde fizeram um curativo e o despacharam de helicóptero para o navio-hospital *Uganda*. O *Uganda* parara em Montevidéu para desembarcar os argentinos. Martin fora um dos que tinham condições de voltar de avião, num voo comercial, e seguira para Brize Norton. Passara três semanas em Headley Court, Leatherhead, para a convalescença.

Fora ali que conhecera a enfermeira Lucinda, que se tornaria sua esposa depois de um breve namoro. Talvez ela gostasse do *glamour*, mas estava enganada. Foram morar num chalé perto de Chobham, a uma distância conveniente do trabalho de Susan em Leatherhead, e do trabalho de Mike em Aldershot. Depois de três anos, em que convivera de fato com o marido por apenas quatro meses e meio, Lucinda dera um ultimato: pode ficar com os paraquedistas e seu maldito deserto, ou pode ficar comigo. Mike Martin pensara a respeito e escolhera o deserto.

Lucinda tinha toda razão em sair do casamento. No outono de 1982, Mike Martin começara a estudar para o curso de Estado-Maior, o portão de acesso às patentes superiores e um trabalho burocrático, talvez no ministério. Em fevereiro de 1983, fora reprovado no exame.

– Ele fez isso deliberadamente – comentou Paxman. – A anotação do oficial comandante diz que ele poderia ter sido aprovado, se quisesse.

– Sei disso – respondeu Laing. – Já li o relatório. O homem é... estranho.

No verão de 1983, Martin se tornara o assessor militar britânico no quartel-general das Forças de Terra do Sultão de Oman, em Muscat. Passara dois anos ali, conservando a insígnia de paraquedista, mas assumindo o comando do Regimento da Fronteira Setentrional, baseado em Muscat. Fora promovido a major em Oman, no verão de 1986.

Oficiais que já serviram um turno no SAS podem voltar para um segundo turno, mas apenas a convite. Mal desembarcara na Inglaterra, no inverno de 1987, quando seu divórcio incontestado fora homologado, recebera o convite de Hereford. Voltara como comandante de esquadrão, em janeiro de 1988, indo servir no Flanco Norte (Noruega), depois com o Sultão de Brunei, em seguida seis meses na equipe de segurança interna do quartel em Hereford. Em junho de 1990, fora enviado para Abu Dhabi, com sua equipe de instrutores.

O sargento Sid bateu na porta, esticou a cabeça pela sala.

– O general pergunta se não querem se juntar a ele. O major Martin já está a caminho.

Assim que Martin entrou, Laing notou o rosto queimado pelo sol, os cabelos e os olhos, e lançou um olhar para Paxman. Um ponto a favor, faltam dois. Ele tem o físico para o papel. Mas aceitará a missão? E será que sabe mesmo falar árabe como dizem?

JP adiantou-se, apertou a mão de Martin com uma força de esmagar ossos.

– É bom vê-lo de volta, Mike.

– Obrigado, senhor. – Martin apertou também a mão do coronel Craig.

– Quero apresentá-lo a estes dois cavalheiros – disse o DFE. – O Sr. Laing e o Sr. Paxman são da Century. Eles têm uma... ahn... proposta que gostariam de fazer. Podem falar. Ou preferem conversar com o major Martin em particular?

– Oh, não, por favor! – apressou-se em dizer Laing. – O Chefe espera que, se resultar alguma coisa desta reunião, seja uma operação conjunta.

Uma boa manobra, pensou JP, a referência a Sir Colin. Só para mostrar quanta influência esses desgraçados pretendem exercer, se for necessário.

Os cinco se sentaram. Laing explicou o panorama político: a incerteza se Saddam Hussein sairia depressa do Kuwait, se pretendia demorar, ou se ficaria para sempre, caso não fosse expulso. Mas a análise política era a de que o Iraque primeiro despojaria o Kuwait de tudo o que fosse valioso e depois exigiria concessões absurdas, que a ONU não tinha a menor disposição para atender. O impasse podia se prolongar por meses e meses.

A Inglaterra precisava saber o que vinha acontecendo dentro do Kuwait... não intrigas e rumores, nem as histórias sinistras que a imprensa vinha divulgando, mas informações concretas, objetivas. Sobre os cidadãos britânicos ainda retidos ali, sobre as tropas de ocupação, se seria preciso eventualmente recorrer à força, se uma resistência kuwaitiana poderia ser útil para imobilizar mais e mais soldados de Saddam, que de outra forma poderiam ser lançados na linha de frente.

Martin escutou, balançou a cabeça de vez em quando, fez algumas perguntas pertinentes, mas de um modo geral se manteve em silêncio. Os dois oficiais superiores olhavam pela janela. Laing concluiu pouco depois do meio-dia.

– Isso é tudo, major. Não espero uma resposta imediata, neste momento, mas o tempo é essencial.

– Importa-se de conversarmos em particular com o nosso colega? – indagou JP.

– Claro que não. Simon e eu voltaremos ao escritório. Já tem o meu telefone. Não poderia me passar qualquer informação esta tarde?

O sargento Sid acompanhou os dois paisanos até a rua, onde eles fizeram sinal para um táxi. Depois tornou a subir para o seu posto, sob as vigas do telhado, por trás dos andaimes.

JP foi até uma geladeira pequena, pegou três cervejas geladas. Os três as abriram e tomaram um gole.

– Escute, Mike, você sabe qual é o problema. É isso o que eles querem. Se você achar que é um absurdo, nós o apoiaremos.

– Com toda certeza – acrescentou Craig. – No regimento, você não tem marcas negativas por dizer não. E lembre-se que a ideia é deles, não nossa.

– Mas se aceitar – continuou JP –, se passar pela porta, por assim dizer, ficará com eles até voltar. Seremos envolvidos, sem dúvida, pois é provável que não possam dirigir uma operação assim sem a nossa ajuda, mas estará sob o comando deles. E, quando acabar, voltará para nós como se tivesse tirado uma licença.

Martin sabia como funcionava. Já ouvira de outros que haviam trabalhado para a Century. Você simplesmente cessa de existir para o regimento, até voltar. E era o momento em que todos diziam: "É um prazer tê-lo de volta" e nunca mencionavam ou indagavam por onde você andara.

– Vou aceitar – declarou ele.

O coronel Craig levantou-se. Tinha de voltar a Hereford. Estendeu a mão.

– Boa sorte, Mike.

– Antes que eu me esqueça – disse o general –, você tem um almoço marcado. Nesta mesma rua. Tudo acertado pela Century. – Ele entregou um pedaço de papel a Martin e despediu-se.

Mike Martin desceu a escada, de volta à rua. O papel dizia que seu almoço seria num pequeno restaurante a cerca de 400 metros dali, com o Sr. Wafic Al-Khouri.

Além do MI-5 e do MI-6, o terceiro grande braço do sistema de informações britânico é o Centro de Comunicações do Governo, ou CCG, um complexo de prédios numa área vigiada, nos arredores da pacata cidadezinha de Cheltenham, em Gloucestershire.

O CCG é a versão britânica da Agência de Segurança Nacional (ASN) dos Estados Unidos, com a qual mantém a mais estreita colaboração – as escutas cujas antenas captam quase todas as transmissões de rádio e conversas telefônicas no mundo, se assim desejarem.

Por meio de sua cooperação com o CCG, a ASN americana mantém algumas estações externas na Inglaterra, além de seus outros postos de escuta no mundo inteiro. O CCG também tem estações no exterior, em particular uma enorme no território britânico soberano de Akrotiri, em Chipre.

A estação de Akrotiri, por estar mais próxima do local, monitora o Oriente Médio, mas transmite todo o seu produto para análise em Cheltenham. Entre os analistas, há vários que são árabes por nascimento, mas receberam um registro de segurança do mais alto nível. Um deles era o Sr. Al-Khouri, que havia muito optara por se estabelecer na Inglaterra, obter a cidadania britânica e casar com uma inglesa.

Esse afável ex-diplomata jordaniano trabalhava agora como analista sênior na Divisão Árabe do CCG. Embora houvesse ali muitos britânicos que eram estudiosos do árabe, ele podia com frequência perceber um significado por trás de um discurso gravado de um líder do mundo árabe. Era o homem que esperava por Mike Martin no restaurante, a pedido da Century.

Tiveram um almoço cordial, que se prolongou por duas horas, e só falaram em árabe. Ao se separarem, Martin voltou ao prédio do SAS. Haveria horas de reuniões e instruções, antes que pudesse partir para Riad, com um passaporte que sabia que a Century já teria providenciado a esta altura, completo, com todos os vistos necessários, sob um nome falso.

Antes de deixar o restaurante, o Sr. Al-Khouri fez uma ligação telefônica no banheiro.

– Não tem problema, Steve. Ele é perfeito. Para dizer a verdade, creio que nunca ouvi ninguém assim. Não é o árabe do erudito, mas muito melhor, do seu ponto de vista. O árabe das ruas, cada palavrão, gíria... não, não há o menor vestígio de sotaque... claro que sim, ele pode passar por um árabe... em qualquer rua do Oriente Médio. Ora, não foi nada, meu caro. Tive o maior prazer em poder ajudar.

Meia hora depois, ele já estava em seu carro, seguindo pela estrada M4, de volta a Cheltenham. Antes de entrar no quartel-general, Mike Martin também fez uma ligação, para um telefone na Gower Street. O homem com quem ele queria falar atendeu, já que o telefone ficava em sua sala, onde trabalhava num ensaio, pois não tinha nenhuma aula naquela tarde.

– Olá, mano, sou eu.

O soldado nem precisava se apresentar. Desde pequenos, em Bagdá, sempre chamara seu irmão mais moço de "mano". Houve um ofego audível no outro lado da linha.

– Mike? Onde você está?

– Em Londres, numa cabine telefônica.

– Pensei que se encontrava em algum lugar do Golfo.

– Voltei esta manhã. E talvez torne a partir à noite.

– Escute, Mike, não vá. A culpa é toda minha... eu deveria ficar com a droga da boca fechada...

A risada do irmão mais velho ressoou pela linha.

– Eu me perguntei por que eles se interessaram de repente por mim. Levaram você para almoçar, hein?

– Isso mesmo. Conversávamos sobre outra coisa. O assunto surgiu subitamente, e deixei escapulir. Mas você não é obrigado a ir. Diga que eu me enganei...

– Tarde demais. De qualquer forma, aceitei.

– Oh, Deus!... – Em sua sala, cercado por volumes eruditos sobre a Mesopotâmia medieval, o irmão mais novo se achava à beira das lágrimas. – Cuide-se, Mike. Rezarei por você.

Mike pensou por um momento. Era verdade, Terry sempre se preocupava com religião. E era provável que rezasse mesmo.

– Faça isso, mano. Falarei com você quando voltar.

Ele desligou. Sozinho em sua sala, o acadêmico ruivo que idolatrava o irmão soldado baixou a cabeça para as mãos.

Quando o voo de 20h45 da British Airways decolou de Heathrow para a Arábia Saudita, naquela noite, dentro do horário, Mike Martin se encontrava a bordo, com um passaporte falso. Seria recebido pouco antes do amanhecer pelo chefe da estação da Century na embaixada em Riad.

4

Don Walker pisou no freio, e o Corvette Stingray 1963 parou por um instante na entrada da Base Seymour Johnson, da Força Aérea, a fim de permitir a passagem de dois *campers*, antes de sair para a estrada.

Fazia calor. O sol de agosto se despejava com toda intensidade sobre a cidadezinha de Goldsboro, na Carolina do Norte, de tal forma que a pista parecia tremeluzir como água em movimento, à sua frente. Era bom ter um carro conversível, com a capota aberta, e sentir o vento, mesmo quente, passar pelos cabelos louros curtos.

Ele conduziu o clássico carro esporte, ao qual dedicava tanta atenção, pela pequena cidade sonolenta, até a rodovia 70, depois passou para a rodovia 13, seguindo para nordeste.

Don Walker, naquele verão quente de 1990, tinha 29 anos, solteiro, jóquei de caça, e acabara de saber que ia para a guerra. Aparentemente, ainda dependia de um estranho árabe chamado Saddam Hussein.

Naquela manhã, o comandante do Grupo de Esquadrilhas, coronel (mais tarde general) Hal Hornburg, expusera a situação: dentro de três dias, em 9 de agosto, sua esquadrilha, a 336ª "Rocketeers", da 9ª Força Aérea do Comando Aéreo Tático, partiria para o Golfo Arábico. A ordem viera do CAT, na Base Langley da Força Aérea, em Hampton, Virgínia. A reação dos pilotos fora de exultação. De que adiantava tantos anos de treinamento se nunca tinham a oportunidade de disparar os brinquedos?

Faltando três dias para a partida, havia muito trabalho a realizar e, para Don Walker, como oficial de armamentos da Esquadrilha, mais do que a maioria. Mas ele suplicara por uma licença de apenas vinte e quatro horas, a fim de se despedir de seu pessoal. O tenente-coronel Steve Turner, o Chefe de Armamentos, dissera-lhe que se faltasse algum detalhe, por menor que fosse, em 9 de agosto, quando os Eagles F-15E partissem, acertaria um chute em seu rabo, pessoalmente. Depois, ele sorrira e dissera a Walker que era melhor partir logo, se quisesse voltar ao amanhecer do dia seguinte.

Por isso, Walker seguia a toda velocidade, passando por Snow Hill e Greenville por volta das 9 horas daquela manhã, a caminho do pequeno arquipélago a leste do estreito de Pamlico. Tinha sorte dos pais não terem voltado ainda para Tulsa, Oklahoma, ou jamais conseguiria alcançá-los. Sendo agosto, eles passavam as férias anuais na casa de praia da família, em Hatteras, a cinco horas de carro da base.

Don Walker sabia que era um excelente piloto e se deleitava com isso. Ter 29 anos e fazer a coisa que mais se ama no mundo, ainda por cima fazer muito bem, é um sentimento dos mais agradáveis. Ele gostava da base, gostava dos companheiros e adorava a exultação e senso de poder que lhe proporcionava o avião que pilotava, o McDonnell Douglas F-15 Strike Eagle, a versão para ataque terrestre do caça 15C, que contava com a superioridade aérea. Achava que era o melhor avião de toda a Força Aérea dos Estados Unidos, e que se danasse o que diziam os homens dos Fighting Falcons. Só o Hornet F-18 da Marinha podia se comparar, ou assim eles diziam, mas Walker nunca voara um Hornet, e o Eagle era mais do que suficiente para ele.

Em Bethel, ele virou para leste, na direção de Columbia e Whalebone, o ponto em que a estrada se desviava para o arquipélago; com Kitty Hawk para trás, à sua esquerda, ele virou para o sul, a caminho de Hatteras, onde a estrada finalmente terminava e havia mar por todos os lados. Passara férias maravilhosas em Hatteras, quando era pequeno, saindo para o mar ao amanhecer, com o avô, para pescar enchova, até que o velho ficara doente e não pudera mais acompanhá-lo.

Agora, o pai estava se aposentando de seu emprego no petróleo, em Tulsa, e talvez ele e a mãe passassem mais tempo na casa de praia. Neste caso, Don Walker poderia ir até lá com mais frequência. Era bastante jovem para sequer acalentar o pensamento de que poderia não voltar do Golfo, se houvesse uma guerra.

Concluíra o curso secundário em Tulsa, aos 18 anos de idade, com uma única ambição intensa – queria voar. Por todo o tempo que podia recordar, sempre desejara voar. Passara quatro anos na Universidade Estadual de Oklahoma, formando-se em engenharia aeronáutica, em junho de 1983. Cumprira seu tempo no Corpo de Treinamento de Oficiais da Reserva e naquele outono se alistara na Força Aérea.

Fizera o treinamento de piloto na base de Williams, perto de Phoenix, Arizona, voando o T-33 e o T-38. Depois de 11 meses, na parada de formatura, soubera que passara com distinção, o quarto entre quarenta cadetes. Para sua imensa alegria, os cinco primeiros foram para a Escola de Pilotos de Caça, na base de Holloman, perto de Alamogordo, Novo México. O restante da turma, pensara ele, com a suprema arrogância de um jovem destinado a pilotar caças, se tornaria lançadores de bombas ou transportadores de lixo.

Na Unidade de Treinamento de Reposição, em Homestead, Flórida, ele finalmente largara o T-38 e passara para o Phantom F-4, um avião grande e potente, mas um caça de verdade.

Os nove meses em Homestead culminaram com seu primeiro posto numa esquadrilha, em Osan, Coréia do Sul, voando os Phantoms por um ano. Era bom, e sabia disso, e aparentemente o "pessoal lá de cima" também sabia. Depois de Osan, mandaram-no para a Escola de Armamentos de Caça, na base McConnell, em Wichita, Kansas.

A Escola de Armamentos de Caça talvez seja o curso mais exigente da Força Aérea dos Estados Unidos. Destaca os pilotos de primeira classe, os mais devotados à carreira. A tecnologia de novas armas é impressionante. Os graduados de McConnell têm de compreender cada porca e parafuso, cada *chip* de silício e microcircuito da espantosa variedade de material bélico que um moderno avião de caça pode usar contra os oponentes, no ar ou em terra. Walker concluíra o curso com distinção, mais uma vez, o que significava que todas as esquadrilhas de caça da Força Aérea teriam o maior prazer em contar com seus serviços.

A 336ª em Goldsboro o recrutara, no verão de 1987, voando Phantoms por um ano, seguindo-se quatro meses na base Luke, em Phoenix, Arizona, adaptando-se ao Strike Eagle, com que os Rocketeers estavam sendo reequipados. Ele pilotava o Eagle há mais de um ano quando Saddam Hussein invadira o Kuwait.

O Stingray alcançou as ilhas pouco antes de meio-dia, alguns quilômetros ao norte do monumento em Kitty Hawk, onde Orville e Wilbur Wright levaram pelo ar sua engenhoca de cordões e arames, por alguns metros, para provar que o homem podia de fato voar num aeroplano com impulsão própria. Se eles soubessem...

Através de Nags Head, ele seguiu os *campers* e *trailers* em marcha lenta, até que foram se desviando, e a estrada ficou vazia, depois do cabo Hatteras, na extremidade da ilha. Entrou com o Stingray no caminho de acesso à casa de madeira dos pais pouco antes de uma hora. Encontrou-os na varanda, de frente para o sereno mar azul.

Ray Walker foi o primeiro a avistar o filho e soltou um grito de alegria. Maybelle saiu da cozinha, onde estivera preparando o almoço, e correu para abraçar Don. O avô encontrava-se sentado em sua cadeira de balanço, olhando para o mar. Ele foi até lá e disse:

– Oi, vovô, sou eu, Don.

O velho levantou os olhos, balançou a cabeça e sorriu; depois tornou a olhar para o mar.

– Ele não está muito bem – comentou Ray. – Às vezes o reconhece, às vezes não. Mas sente-se e nos conte as novidades. Ei, Maybelle, que tal uma cerveja para dois homens sedentos?

Enquanto tomavam cerveja, Don informou aos pais que partiria para o Golfo em cinco dias. Maybelle levou a mão à boca, o pai assumiu uma expressão solene.

– Bom, acho que foi para isso que você se preparou, com o treinamento, e tudo mais – murmurou ele, depois de um longo momento.

Don tomou um gole da cerveja e se perguntou, não pela primeira vez, por que os pais sempre tinham de se preocupar tanto. O avô fitou-o agora, alguma espécie de reconhecimento aflorando nos olhos remelentos.

– Don vai para a guerra, vovô! – gritou Ray Walker.

Os olhos do velho faiscaram. Durante toda a sua vida fora um fuzileiro, ingressando na corporação assim que saíra da escola, havia muitos e muitos anos. Em 1941, dera um beijo de despedida na esposa, deixando-a com sua família em Tulsa, junto com a recém-nascida Maybelle, e partira para o Pacífico. Estivera com MacArthur em Corregidor, ouvira-o dizer "Eu voltarei", e se encontrava a vinte metros do general no dia do retorno.

No intervalo, lutara em uma dúzia de atóis insignificantes nas Marianas e sobrevivera ao inferno de Iwo Jima. Tinha 17 cicatrizes no corpo, todas sofridas em combate, e o direito de usar no peito as fitas de uma Silver Star, duas Bronze Stars e sete Purple Hearts.

Sempre se recusara a ser oficial, feliz em permanecer como primeiro-sargento, pois sabia onde se situava o verdadeiro poder. Desembarcara em Inchon, Coreia, e quando finalmente o enviaram para Parris Island, a fim de encerrar sua carreira no Corpo de Fuzileiros Navais como instrutor, seu uniforme de gala exibia mais condecorações que qualquer outro na base.

Ao ser reformado, depois de dois adiamentos, quatro generais compareceram à cerimônia, mais do que normalmente aparecia para outro general.

O velho fez um sinal para que o neto se aproximasse. Don levantou-se, inclinou-se para o avô.

– Tome cuidado com os japoneses, meu jovem – sussurrou o velho –, ou eles vão pegar você.

Don passou o braço pelos ombros esqueléticos do velho.

– Não se preocupe, vovô. Eles não vão nem chegar perto de mim.

O velho acenou com a cabeça, parecia satisfeito. Tinha 80 anos.

Ao final, não foram os japoneses ou os coreanos que pegaram o sargento imortal. Fora o Sr. Alzheimer. Agora, ele passava a maior parte do tempo num sonho agradável, aos cuidados da filha e do genro, porque não tinha nenhum outro lugar para onde ir.

Depois do almoço, os pais de Don relataram sua excursão pelo Golfo Arábico, de onde haviam voltado quatro dias antes. Maybelle foi buscar suas fotos, que tinham chegado pouco antes do laboratório.

Don sentou-se ao lado da mãe, enquanto ela mostrava toda a pilha, identificando os palácios e mesquitas, as praias e mercados da sucessão de emirados e xecados que visitara.

– Deve tomar muito cuidado quando chegar lá, Don – advertiu ela. – É esse o tipo de pessoas que vai enfrentar. São pessoas perigosas, repare só nos olhos.

Don Walker examinou a fotografia na mão. O beduíno estava parado entre duas dunas, com o deserto por trás, uma ponta do *keffiyeh* cobrindo o rosto. Só os olhos escuros apareciam, fitando a câmera com uma expressão desconfiada.

– Tomarei cuidado e ficarei atento a ele – prometeu Don.

Maybelle pareceu ficar satisfeita com a garantia. Às 17 horas, ele calculou que era o momento de iniciar a viagem de volta à base. Os pais acompanharam-no até a frente da casa, onde deixara o carro. Maybelle abraçou o filho, pediu-lhe mais uma vez que tomasse cuidado. Ray também o abraçou e disse que se orgulhavam dele. Don entrou no carro, deu marcha à ré, saiu para a estrada, olhou para trás.

O avô, apoiado em duas bengalas, apareceu na varanda. Lentamente, ajeitou as duas bengalas na grade e empertigou-se, apesar do reumatismo nas costas e ombros. Depois, ergueu a mão, a palma virada para baixo, até a pala do boné de beisebol, e a manteve ali, um velho soldado batendo continência para o neto, a caminho de mais uma guerra.

Don, do carro, também bateu continência, em resposta. Depois, pisou no acelerador e partiu. Nunca mais tornou a ver o avô. O velho morreu enquanto dormia, no final de outubro.

A ESTA ALTURA, já escurecera em Londres. Terry Martin trabalhara até tarde. Apesar dos alunos estarem longe, nas férias de verão, tinha de preparar as aulas. Além disso, por causa dos cursos de férias especializados que a escola oferecia, mantinha-se sempre bastante ocupado, mesmo durante os meses do verão. Mas naquela noite ele se obrigava a procurar alguma coisa para fazer, a fim de evitar que a mente se preocupasse.

Sabia para onde o irmão fora, e sua imaginação projetava os perigos de tentar se infiltrar em segredo no Kuwait ocupado pelos iraquianos.

Às 10 horas, enquanto Don Walker, deixando Hatteras, seguia para o norte, Terry Martin saiu da escola, murmurando um cortês boa-noite ao velho zelador, que trancou tudo depois que ele se retirou. Desceu pela Gower Street e St. Martin's Lane, na direção da Trafalgar Square. Talvez as luzes feéricas o animassem, pensou ele. Era uma noite quente e agradável.

Em St. Martin-in-the-Fields, ele constatou que as portas se encontravam abertas e o som de hinos saía do interior. Entrou, sentou-se num banco no fundo e ficou escutando o ensaio do coro. Mas as vozes melodiosas só contribuíram para aumentar ainda mais sua depressão. Pensou na infância que ele e Mike haviam partilhado em Bagdá, trinta anos antes.

Nigel e Susan Martin moravam numa casa antiga e espaçosa, de dois andares, em Saadun, o distrito elegante da parte da cidade conhecida como Risafa. Mike nascera em 1953 e Terry, dois anos depois, em 1955. Sua recordação mais antiga, quando tinha 2 anos de idade, era do irmão de cabelos escuros sendo vestido para o seu primeiro dia no jardim de infância da Srta. Saywell. Era o uniforme de um menino inglês, camisa, calça curta, sapatos e meias, e Mike gritara em protesto por ser privado do seu habitual *dish-dash*, a túnica de algodão branco que lhe proporcionava liberdade de movimentos e mantinha o corpo fresco.

A vida fora fácil e tranquila para a comunidade britânica em Bagdá nos anos 1950. Frequentavam o Mansour Club e o Alwiya Club, com piscina, quadras de tênis e quadra de *squash*, onde os funcionários da Iraq Petroleum Company se encontravam com o pessoal da embaixada para jogar, nadar e tomar drinques gelados no bar.

Lembrava de Fatima, sua *dada*, ou babá, uma jovem gentil e gorducha de uma aldeia das terras altas, cujos salários eram guardados para formar um dote, a fim de que pudesse fazer um bom casamento quando voltasse à tribo. Ele brincava com Fatima no gramado, até chegar o momento de irem buscar Mike na escola da Srta. Saywell.

Antes de completarem 3 anos, os meninos já eram bilíngues, falando inglês e árabe, o segundo aprendido com Fatima, o jardineiro e a cozinheira. Mike se mostrara mais hábil no aprendizado da língua. Como o pai era um grande admirador da cultura árabe, a casa era bastante frequentada por seus amigos iraquianos.

Os árabes tendem a amar as crianças, todas elas, e demonstram muito mais paciência do que os europeus. Quando Mike corria pelo gramado, cabelos pretos e olhos escuros, os movimentos livres no *dish-dash* branco, gritando em árabe, os amigos do pai riam de satisfação e comentavam:

– Puxa, Nigel, ele é mais parecido com um dos nossos.

Havia excursões nos fins de semana para assistir à Caçada Real de Harithiya, uma variação da caça à raposa inglesa transplantada para o Oriente Médio. Caçavam chacais, sob a liderança do arquiteto municipal, Philip Hirst, e depois havia um *kuzi* de carneiro e legumes para todos. Também faziam piqueniques maravilhosos, na Ilha do Porco, no meio do lento rio Tigre, que cortava a cidade.

Aos 2 anos, ele fora também para o jardim de infância da Srta. Saywell. Mas como se mostrara muito adiantado para a sua idade, fora com Mike para a Escola Preparatória da Fundação, dirigida pelo Sr. Hartley.

Ele estava com 6 anos e o irmão, com 8 no primeiro dia de aula na Tasisiya, onde estudavam alguns meninos ingleses, mas também jovens iraquianos da classe superior.

A essa altura, já ocorrera um golpe de Estado. O rei-menino e Nuri-as-Said foram mortos, e o general Kassem, um neocomunista, assumira o poder absoluto. Embora os dois meninos ingleses ignorassem tudo isso, seus pais e o restante da comunidade britânica começavam a ficar preocupados. Favorecendo o Partido Comunista Iraquiano, Kassem vinha executando um implacável *pogrom* entre os membros do Partido Ba'ath, de tendências nacionalistas, que por sua vez tentavam assassinar o general. Um dos homens do grupo que tentara metralhar o general, e fracassara, era um jovem agitador chamado Saddam Hussein.

No primeiro dia na escola preparatória, Terry se descobrira cercado por um bando de meninos iraquianos.

– Ele é uma lagarta – dissera um deles.
Terry começara a chorar.
– Não sou, não!
– É, sim – insistira o menino mais alto. – É gordo e branco, com cabelos esquisitos. Parece uma lagarta. Lagarta, lagarta, lagarta...
Os outros meninos aderiam ao coro. Mike aparecera por trás deles. Todos falavam em árabe, é claro.
– Não chamem meu irmão de lagarta – advertira ele.
– Seu irmão? Ele não parece seu irmão, mas é igual a uma lagarta.
O uso do punho cerrado não faz parte da cultura árabe. Na verdade, é estranha à maioria das culturas, exceto em determinadas áreas do Extremo Oriente. Mesmo ao sul do Saara, o punho cerrado não é uma arma tradicional. Os negros da África e seus descendentes tiveram de ser ensinados a cerrar o punho e desferir um soco e depois se tornaram os melhores do mundo nisso. O golpe com o punho cerrado é mais uma tradição do Mediterrâneo Ocidental e particularmente dos anglo-saxões.

O mais surpreendente é que Mike e o menino iraquiano se tornaram depois grandes amigos. Foram inseparáveis ao longo dos anos na escola preparatória. O nome do garoto alto era Hassan Rahmani. O terceiro membro da turma de Mike era Abdelkarim Badri, que tinha um irmão mais moço, Osman, da mesma idade de Terry. Assim, Terry e Osman também se tornaram amigos, o que era bastante conveniente, porque o velho Badri era encontrado com frequência na casa de seus pais. Ele era médico, e a família Martin sentia-se feliz em tê-lo como médico próximo.

Fora ele quem ajudara Mike e Terry Martin durante as doenças normais da infância, como sarampo, caxumba e catapora.

O mais velho dos meninos Badris, recordou Terry, era fascinado por poesia, vivia com a cabeça curvada sobre um livro de poetas ingleses e ganhara prêmios por leitura de poesia, mesmo quando enfrentava meninos ingleses. Osman, o mais jovem, era bom em matemática e dizia que queria ser engenheiro ou arquiteto para poder construir lindas coisas. Sentado no banco da igreja, naquela noite quente de 1990, Terry se perguntou o que teria acontecido com todos eles.

Enquanto estudavam na Tasisiya, a situação no Iraque estava mudando. Quatro anos depois de assumir o poder, com o assassinato do rei, o próprio Kassem fora derrubado e morto por um exército preocupado com seu flerte com o comunismo. Seguiram-se 11 meses de regime partilhado entre o exército e o Partido Ba'ath, durante os quais os baatistas se vingaram de seus antigos algozes, os comunistas.

Depois, o exército expulsara o Ba'ath, despachando seus líderes outra vez para o exílio, e governara sozinho até 1968.

Em 1966, aos 13 anos de idade, Mike fora completar sua educação numa escola inglesa, chamada Haileybury. Terry o seguira em 1968. Naquele verão, os pais levaram-no para a Inglaterra, no final de junho, a fim de poderem passar as férias juntos, antes que Terry se juntasse a Mike em Haileybury. Assim, perderam por acaso os dois golpes, em 14 e em 30 de julho, que derrubaram o exército e instalaram o Partido Ba'ath no poder, sob o presidente Bakr, com um vice-presidente chamado Saddam Hussein.

Nigel Martin desconfiara que algo estava para acontecer e fizera seus planos. Deixara a IPC e ingressara numa companhia petrolífera baseada na Inglaterra, a Burmah Oil. Depois de encerrar os negócios em Bagdá, fora residir com a família nos arredores de Hertford, de onde podia ir de trem todos os dias para o seu novo emprego, em Londres.

Ele se tornara um entusiasta do golfe, e nos fins de semana seus filhos muitas vezes serviam como *caddies* quando jogava com outro executivo da Burmah Oil, um certo Sr. Denis Thatcher, cuja esposa interessava-se por política.

Terry adorara Haileybury, então dirigida pelo Sr. William Stewart; os dois meninos ficaram na Melvill House, cujo prefeito era Richard Rhodes-James. Como era de se prever, Terry se revelara o estudioso e Mike o atleta. Se a atitude protetora de Mike em relação ao irmão mais jovem e mais gorducho começara na escola do Sr. Hartley, em Bagdá, fora confirmada em Haileybury, assim como a adoração de Terry pelo irmão mais velho.

Desprezando um lugar na universidade, Mike anunciara ainda cedo que queria fazer uma carreira no exército. Fora uma decisão com a qual o Sr. Rhodes-James concordara na maior felicidade.

Terry Martin deixou a igreja apagada quando o ensaio do coro terminou, atravessou a Trafalgar Square e pegou um ônibus para Bayswater, onde ele e Hilary partilhavam um apartamento. Ao passar pela Park Lane, recordou a final de rúgbi contra Tonbridge, em que Mike encerrara seus cinco anos em Haileybury.

Tonbridge era sempre o adversário mais difícil, e naquele ano a partida final fora lá. Mike era zagueiro, faltavam cinco minutos para acabar o jogo, e Haileybury perdia por dois pontos. Terry acompanhava o desempenho do irmão na maior ansiedade.

A bola oval saíra da formação dos dois times no meio de campo para as mãos do armador de Haileybury, que se esquivara de um adversário e depois a passara para o companheiro mais próximo. Por trás deles, Mike começara a correr. Terry fora o único a perceber sua partida. Ele acelerara para a velocidade máxima, passara direto por sua linha de defesa, interceptara na corrida um passe destinado ao ala, abrira um rombo na defesa de Tonbridge e avançara para a linha lateral. Terry pulava na arquibancada, gritando como um louco. Renunciaria de bom grado a todas as suas boas notas e à bolsa de estudos para estar ali no campo, correndo ao lado do irmão, embora soubesse que as pernas curtas e brancas não o levariam por mais de dez metros, antes de ser derrubado pelos adversários.

Houvera uma pausa nos gritos quando um zagueiro de Tonbridge se aproximara para derrubar Mike. Os dois rapazes de 18 anos se chocaram com o maior estrépito, o adversário caíra, sem fôlego, e Mike Martin cruzara a linha de Tonbridge para marcar os três pontos necessários para a vitória.

Quando os dois times deixaram o campo, Terry se encontrava parado junto à corda que isolava a passagem para o vestiário, sorrindo. Mike estendera a mão e desmanchara seus cabelos.

– Conseguimos, mano.

E agora, por sua estupidez, quando deveria ter mantido a boca fechada, enviara o irmão ao Kuwait ocupado. Sentia-se à beira das lágrimas de preocupação e frustração.

Ele saltou do ônibus, caminhou apressado para Chepstow Gardens. Hilary, ausente fazia três dias, numa viagem a trabalho, já deveria ter voltado. Terry esperava que sim, pois precisava ser confortado. Ao entrar no apartamento e chamar, ouviu com a intensa alegria a voz em resposta da sala de estar.

Num súbito impulso, relatou a besteira que fizera. E foi envolvido pelo abraço afetuoso e reconfortante do gentil corretor com quem partilhava sua vida.

MIKE MARTIN PASSARA dois dias com o chefe da estação de Riad, que fora ampliada com o acréscimo de mais dois homens da Century.

A estação de Riad normalmente funciona na embaixada e, como a Arábia Saudita é considerada uma nação amiga para os interesses britânicos, nunca foi encarada como um posto "difícil", exigindo uma equipe grande e instalações complexas. Mas a crise de dez dias no Golfo mudara a situação.

A recém-criada Coalizão de países ocidentais e árabes se opunha de forma intransigente à continuação da ocupação do Kuwait pelo Iraque, e já designara dois co-comandantes supremos, o general Norman Schwarzkopf, dos Estados Unidos, e o príncipe Khaled bin Sultan bin Abulaziz, um soldado profissional de 44 anos, treinado em Sandhurst, na Inglaterra, e nos Estados Unidos, sobrinho do rei e filho do ministro da Defesa, príncipe Sultan.

O príncipe Khaled, em resposta a um pedido britânico, fora prestativo como sempre e com extraordinária rapidez providenciara uma residência isolada, nos arredores da cidade, para a embaixada britânica alugar.

Técnicos de Londres instalavam ali receptores e transmissores, com os inevitáveis aparelhos de codificação para uma utilização segura. O lugar se tornaria o quartel-general do serviço secreto britânico por toda a duração da emergência. Em algum lugar no outro lado da cidade, os americanos faziam a mesma coisa para a CIA, que pretendia ter uma presença destacada. O ânimo que mais tarde se desenvolveria entre os altos escalões das forças armadas americanas e os civis da agência ainda não começara.

Mike Martin ficou hospedado na residência particular do chefe da estação, Julian Gray. Os dois concordaram que não haveria qualquer proveito em Martin ser visto por alguém na embaixada. A simpática Sra. Gray, uma esposa compreensiva, foi uma anfitriã que nunca sonhou em perguntar quem ele era ou o que fazia na Arábia Saudita. Martin nunca falava árabe com os criados sauditas, limitando-se a aceitar o café oferecido com um sorriso, e um "Obrigado" em inglês.

Na noite do segundo dia, Gray transmitia as informações e instruções finais. Parecia que já haviam coberto tudo o que era possível, pelo menos de Riad.

– Voará para Dharran amanhã de manhã. Um voo civil da Saudia. Suspenderam os voos diretos para Khafji. Haverá alguém à sua espera. A Firma instalou um despachante em Khafji; ele o receberá e o levará para o norte. Creio que ele já foi do regimento... Sparky Low. Você o conhece?

– Conheço – respondeu Martin.

– Ele tem tudo que você disse que precisava. Descobriu um jovem piloto kuwaitiano com quem você pode gostar de conversar. Enviaremos para lá as últimas fotos dos satélites americanos mostrando a área da fronteira e as principais concentrações de tropas iraquianas a serem evitadas, junto de qualquer outra coisa que obtivermos. Agora, quero que veja estas fotos que acabamos de receber de Londres.

Espalhou na mesa de jantar uma série de fotos grandes e brilhantes.

– Ao que tudo indica, Saddam ainda não designou um governador geral para o Kuwait. Continua tentando formar uma administração de *quislings* kuwaitianos, mas sem sucesso. Nem mesmo a oposição kuwaitiana quer cooperar. Mas parece que a presença da polícia secreta ali já é intensa. Este aqui deve ser o chefe local da AMAM. Seu nome é Sabaawi, um homem implacável e brutal. Seu chefe em Bagdá, e que pode aparecer no Kuwait, é o diretor da Amn-al-Amm, Ornar Khatib. Aqui está ele.

Martin examinou o rosto na foto, um homem soturno, enfezado, com uma mistura de crueldade e astúcia camponesa nos olhos e na boca.

– Sua reputação é de sanguinário. A mesma de seu representante no Kuwait, Sabaawi. Khatib tem cerca de 45 anos, vem de Tikrit, o clã de Saddam, de quem é um lacaio antigo. Não sabemos muita coisa sobre Sabaawi, mas ele estará em grande evidência.

Gray pegou outra foto.

— Além do pessoal da AMAM, Bagdá enviou uma equipe do serviço de contraespionagem da Mukhabarat, provavelmente para cuidar dos estrangeiros e de qualquer tentativa de espionagem ou sabotagem dirigida do exterior para sua nova conquista. O chefe da contraespionagem é este homem... tem uma reputação de astúcia e prudência. Talvez seja o homem com quem precise ter mais cuidado.

Era o dia 8 de agosto. Outro C-5 Galaxy passou por cima da casa, para pousar num aeroporto militar próximo, parte da vasta máquina logística americana já em operação, despejando seu interminável fluxo de material num reino muçulmano nervoso, confuso e extremamente tradicional.

Mike Martin olhava para o rosto de Hassan Rahmani.

Era Steve Laing ao telefone outra vez.

— Não quero conversar com você — disse Terry Martin.

— Acho que devemos, Dr. Martin. Está preocupado com seu irmão, não é?

— E muito.

— Pois não precisa ficar. É um homem duro e capaz, e cuidaremos muito bem dele. E lhe demos o direito de recusar nossa proposta.

— Eu deveria ter permanecido de boca fechada.

— Procure ver as coisas por outro ângulo, doutor. Se o pior acontecer, talvez tenhamos de enviar ao Golfo muitos outros irmãos, maridos, filhos, tios e por aí afora. Se há alguma coisa que possamos fazer para reduzir as baixas, não devemos tentar?

— Está bem. O que você quer?

— Outro almoço, eu acho. É mais fácil numa conversa frente a frente. Conhece o Montcalm Hotel? Pode se encontrar comigo ali à uma hora?

No início daquela manhã, Laing comentara com Simon Paxman:

— Apesar da inteligência, ele é um imbecil em termos emocionais.

— Santo Deus! — exclamara Paxman, como um entomologista que acabara de ser informado de uma nova e estranha espécie descoberta por baixo de uma pedra.

O espião e o acadêmico foram para um reservado isolado, providenciado pelo Sr. Costa. Depois que as postas de salmão defumado foram servidas, Laing abordou o motivo para o encontro.

– O fato é que podemos ter pela frente uma guerra no Golfo. Ainda não, é claro, pois precisamos antes concentrar as forças necessárias. Mas os americanos controlam a situação, e então absolutamente determinados, com o apoio de nossa dama na Downing Street, em expulsar Saddam Hussein e seus capangas do Kuwait.

– Vamos supor que ele saia por sua livre e espontânea vontade – sugeriu Martin.

– Neste caso, ótimo, não haverá necessidade de uma guerra – respondeu Laing.

No fundo, porém, ele achava que essa opção não seria tão boa assim. Havia rumores inquietantes, e fora isso que motivara seu almoço com o arabista.

– Caso contrário, teremos de entrar em ação, sob os auspícios da ONU, e expulsá-lo.

– Nós?

– Os americanos, principalmente, mas também enviaremos forças para ajudá-los, de terra, mar e ar. Já temos navios no Golfo neste momento e esquadrilhas de caças e caças-bombardeiros seguindo para o sul. Esse tipo de coisa. A Sra. T decidiu que não seremos complacentes. Por enquanto, é apenas o Escudo do Deserto, para impedir que o desgraçado resolva se deslocar para o sul e invadir a Arábia Saudita. Mas pode se tornar mais do que isso. Já ouviu falar de ADM, não é mesmo?

– Armas de destruição em massa. Claro que sim.

– É esse o problema. NBQ. Armas nucleares, bacteriológicas e químicas. Aqui entre nós, nosso pessoal na Century vem tentando alertar os políticos, há alguns anos, sobre esse tipo de coisa. No ano passado, o Chefe apresentou um estudo a respeito, intitulado "Informações Estratégicas nos Anos Noventa". Advertia que a grande ameaça agora, desde o fim da Guerra Fria, é e será a proliferação dessas armas. Ditadores arrogantes e instáveis se apoderando de armas de alta tecnologia e tentados a usá-las. Ora, isso é bobagem, disseram eles, e nem se incomodaram. Agora, no entanto, estão apavorados.

– Ele tem muitas dessas armas... Saddam Hussein – comentou o Dr. Martin.

– É essa a questão, meu caro. Calculamos que Saddam gastou 50 bilhões de dólares nos últimos dez anos na aquisição de armamentos. É por isso que está falido... deve 15 bilhões aos kuwaitianos, outros 15 aos sauditas, e isso apenas por empréstimos feitos durante a guerra Irã-Iraque. Invadiu o Kuwait porque eles se recusaram a cancelar a dívida e a lhe emprestar mais 30 bilhões para recuperar sua economia. O problema é que um terço desse dinheiro, a incrível quantia de 17 bilhões de dólares, foi gasto na aquisição de ADM, ou em meios para fabricá-las.

– E o Ocidente finalmente despertou?

– Com uma vingança. Há uma vasta operação em andamento. Langley recebeu ordens para investigar no mundo inteiro, descobrir cada governo que já vendeu alguma coisa ao Iraque e verificar as guias de exportação. Estamos fazendo isso também.

– Não deve demorar muito, se todos cooperarem, o que é provável que aconteça – disse Martin, quando foi servido o segundo prato, uma asa de raia.

– Não é tão fácil assim – ressaltou Laing. – Embora a investigação ainda esteja no início, já é evidente que o genro de Saddam, Kamil, montou um sistema muito eficiente para a obtenção de armamentos. Centenas de pequenas companhias de fachada por toda a Europa e Américas do Norte, Central e do Sul. Comprando peças e componentes que pareciam não ter a menor importância. Falsificando pedidos de exportação, adulterando os detalhes dos produtos, mentindo sobre o uso final, desviando as aquisições por meio de países que constavam das guias de exportação. Mas juntando-se todos esses fragmentos aparentemente inocentes pode-se chegar a um quadro terrível.

– Sabemos que ele tem gás – declarou Martin. – Usou-o contra os curdos e também contra os iranianos, em Fao. Fosgênio, gás de mostarda. Mas ouvi dizer que ele conta também com agentes dos nervos. Não tem odor, nenhum sinal visível. É letal, de curta duração.

– Eu já sabia, meu caro. Você é uma mina de informações.

Laing sabia tudo sobre o gás, mas sabia ainda mais sobre lisonja.

– Há também o antraz. Ele vem fazendo experiências com isso, e talvez com agentes pneumônicos. Mas não se pode manipular essas coisas com um par de luvas de cozinha. É preciso ter equipamentos químicos bastante especializados, o que deve aparecer em guias de exportação.

Laing acenou com a cabeça, deixou escapar um suspiro de frustração.

– Deveria, é verdade. Mas os investigadores já estão deparando com dois problemas. Uma muralha de ofuscação de algumas companhias, em particular na Alemanha, e a questão do duplo uso. Alguns navios partem com uma carga de pesticida... não poderia ser mais inocente, para um país tentando impulsionar sua produção agrícola, ou pelo menos é o que alega. Outra companhia, em outro país, remete uma substância química diferente... a mesma suposta razão, como pesticida. E depois um químico esperto junta as duas coisas, e bingo... um gás venenoso. E os fornecedores lamentam: "Nós não sabíamos."

– A chave estará no equipamento de mistura química – ressaltou Martin. – Isso é química de alta tecnologia. Não se pode misturar essas substâncias numa banheira. Descubra as pessoas que forneceram as fábricas de virar a chave e os homens que as montaram. Podem protestar e negar, mas sabiam exatamente o que faziam. E para que serviria.

– Fábricas de virar a chave?

– Fábricas completas, construídas por companhias estrangeiras contratadas. O novo proprietário apenas vira a chave e entra. Mas nada disso explica nosso almoço. Você deve ter acesso a químicos e físicos. Só conheço essas coisas por um interesse geral. Por que me procurou?

Laing mexeu seu café, pensativo. Precisava jogar a cartada com o maior cuidado.

– Tem razão, contamos com a ajuda de químicos e físicos. Especialistas de todos os tipos. E sem dúvida eles darão algumas respostas. Depois, traduziremos essas respostas para o inglês comum. Trabalhamos nesse caso em estreita cooperação com Washington. Os americanos farão o mesmo, e compararemos as nossas análises.

Obteremos algumas respostas, mas não todas. Achamos que você tem algo diferente a oferecer. Por isso é que o convidei para almoçar. Sabia que a maior parte dos nossos altos escalões ainda mantém a opinião de que os árabes não são capazes de montar uma simples bicicleta, muito menos inventá-la?

Ele tocara num ponto sensível e sabia disso. O perfil psicológico do Dr. Terry Martin que encomendara estava prestes a demonstrar seu valor. O acadêmico ficou vermelho, fez um esforço para se controlar.

– Fico bastante irritado quando meus compatriotas insistem que os árabes não passam de um bando de condutores de camelos que gostam de usar toalhas de chá na cabeça. Já ouvi esse comentário, mas a verdade é que eles já construíam obras da maior complexidade, palácios, mesquitas, portos, estradas, sistemas de irrigação quando nossos ancestrais ainda eram nômades vestindo peles de urso. Tinham soberanos e legisladores de espantosa sabedoria quando ainda vivíamos na Idade Média, a era das trevas.

Martin inclinou-se para a frente, apontou a colher do café para o homem da Century.

– Posso lhe garantir que existem no Iraque cientistas brilhantes e técnicos incomparáveis. Seus engenheiros são melhores que quaisquer outros num raio de mil quilômetros de Bagdá, e incluo Israel nisso. Muitos podem ter sido treinados no Ocidente ou pelos soviéticos, mas absorveram nossos conhecimentos como esponjas e depois acrescentaram seus próprios conceitos... – Ele fez uma pausa.

Laing aproveitou para dar o bote.

– Dr. Martin, não posso deixar de concordar. Só estou há um ano na Divisão do Oriente Médio da Century, mas cheguei à mesma conclusão. Os iraquianos são muito talentosos. Mas acontece que são governados por um homem que provou ser genocida. Todo esse dinheiro e todo esse talento serão aplicados para matar dezenas de milhares de pessoas, talvez centenas de milhares? Saddam vai trazer glória ao povo do Iraque, ou vai levá-lo a uma carnificina?

Martin suspirou.

– Tem razão. Ele é uma aberração. Houve uma época em que não era, faz muito tempo, mas acabou se tornando. Desvirtuou o nacionalismo do velho Partido Ba'ath para o nacional-socialismo, extraindo sua inspiração de Adolf Hitler. O que você quer de mim?

Laing pensou por um momento. Estava perto, perto demais, para perder o homem agora.

– George Bush e a Sra. T concordaram que nossos países devem se unir para investigar e analisar toda a área de ADM de Saddam. Os investigadores nos trarão os fatos, à medida que os descobrirem, os analistas nos dirão o que significam. O que ele tem? Como desenvolveu? Qual a quantidade? De que precisamos para nos proteger, se vier a guerra? Máscaras contra gás? Trajes especiais? Seringas com antídoto? Ainda nem sabemos o que ele tem, ou de que podemos precisar...

– Mas não sei de nada sobre isso – interrompeu Martin.

– Não, mas conhece algo que ignoramos. A mente árabe, a mente de Saddam. Ele usará o que tem? Vai continuar no Kuwait ou sair? Que pressões o forçarão a se retirar? O que o fará ir até o fim? Nosso pessoal não compreende o conceito árabe de martírio.

Martin riu.

– O presidente Bush e todas as pessoas ao seu redor agirão de acordo com sua criação. E ela se baseia na filosofia moral judaico-cristã apoiada no conceito de lógica greco-romano. E Saddam reagirá com base em sua visão de si mesmo.

– Como um árabe e muçulmano?

– O islã nada tem a ver com isso. Saddam não se importa com o *hadith*, os ensinamentos codificados do Profeta. Faz suas orações para as câmeras, quando lhe é conveniente. É preciso remontar a Nínive e Assíria. Ele não se importa com quantos possam morrer, desde que pense que pode vencer.

– Ele não pode vencer a América. Ninguém pode.

– Isso é um erro. Usa a palavra "vencer" como um britânico ou americano. A maneira como Bush, Scowcroft e os outros usam neste momento. Saddam verá de um modo diferente. Se deixasse o Kuwait porque o rei Fahd lhe pagara, o que poderia acontecer se fosse realizada a conferência de Jedá, ele poderia vencer com honra. Ser pago para sair é aceitável. Ele venceria. Mas a América não permitirá isso.

– De jeito nenhum.

– Mas se sair sob ameaça, ele perde. Toda a Arábia perceberá assim. Ele perderia e provavelmente morreria. Portanto, não sairá assim.

– E se a máquina de guerra americana for lançada contra ele? – indagou Laing. – Seria aniquilado.

– Não importa. Ele tem sua casamata. Seu povo morrerá. Não importa. Mas se puder causar danos à América, ele vencerá. E se os danos forem consideráveis, ficará coberto de glória. Morto ou vivo. Ele vencerá.

– É muito complicado – comentou Laing, suspirando.

– Nem tanto. Há um salto quantitativo na filosofia moral quando se cruza o Jordão. Mas deixe-me perguntar de novo: o que quer de mim?

– O comitê está sendo formado. Para avaliar e aconselhar nossos superiores sobre essas armas de destruição de massa. Os canhões, tanques, aviões... o Ministério da Defesa cuidará dessa parte. Não são o nosso problema. Não passam de ferramentas... podemos destruir tudo do ar.

Laing fez uma pausa e logo continuou:

– Na verdade, são dois comitês, um em Washington e o outro aqui em Londres. Observadores britânicos no deles, observadores americanos no nosso. Haverá representantes do Ministério do Exterior, de Aldermaston, Porton Down. A Century tem duas vagas. Vou mandar Simon Paxman. Gostaria de mandá-lo junto com ele, para o caso de haver algum problema de interpretação que pudéssemos perder por ser tipicamente árabe. Esse é o seu forte... o ponto em que pode contribuir.

– Está certo, pelo que posso contribuir, e que talvez não seja nada. Como é o nome do comitê? E quando vai se reunir?

– Simon telefonará para avisar quando e onde. E o comitê tem um nome bastante apropriado. Medusa.

Um entardecer quente e agradável da Carolina envolveu a base Seymour Johnson da Força Aérea ao final da tarde de 10 de agosto, do tipo que pedia um ponche de rum numa jarra com bastante gelo e um bife de vaca alimentada com milho na grelha.

Os homens da 334ª Esquadrilha Tática de Caças, que ainda não operavam com o F-15E, e os da 335ª, os Chiefs, que voariam para o Golfo em dezembro, estavam parados perto da pista, observando. Junto com a 336ª Esquadrilha, formavam o 4º Grupo Tático de Esquadrilhas de Caça da 9ª Força Aérea. Era a 336ª que estava de partida.

Dois dias de frenética atividade finalmente chegavam ao fim; dois dias a preparar os aviões, planejar a rota, decidir os equipamentos, aprontar os manuais secretos e fornecer ao computador da esquadrilha todos os dados de táticas de batalha. Transferir de local uma esquadrilha de aviões não é como transferir uma casa, o que por si só já é bastante complicado. É como transferir uma pequena cidade.

Junto da pista, os 24 Eagles mantinham-se parados, em silêncio, bestas assustadoras esperando pelas pequenas criaturas da mesma espécie que os projetara e construíra, e que subiriam a bordo para desencadear, com insignificantes movimentos das pontas dos dedos, todo o seu terrível poder.

Haviam sido preparados para um voo sem escala através do mundo até a península Arábica. Cada Eagle possui tanques internos para 6 mil quilos de combustível de aviação. Nos flancos, como se presos por solda, havia dois tanques "conformais", parecendo bolhas, projetados para acrescentar uma resistência mínima ao fluxo de ar, em torno da fuselagem, depois que o avião levantava voo. Esses tanques continham cerca de 2 mil quilos cada um. Sob a fuselagem, havia três tanques externos, no formato de torpedos, cada um com 1.800 quilos. Só o peso do combustível representava a carga útil de cinco bombardeiros da Segunda Guerra Mundial. E o Eagle é um caça.

Os enormes aviões petroleiros KC-10, que abasteceriam os caças por todo o percurso através do Atlântico, até a península saudita, cada um atendendo a seis Eagles, já se encontravam no ar, esperando sobre o oceano.

Mais tarde, uma caravana aérea de Starlifters e Galaxies levaria o restante, o pequeno exército de técnicos e mecânicos, especialistas em eletrônica e pessoal de apoio, a turma do material bélico e os substitutos eventuais, os guindastes e oficinas, as ferramentas e bancadas de trabalho. Não podiam contar com a possibilidade de encontrar qualquer coisa em seu destino; tudo para manter duas dúzias dos caças-bombardeiros mais sofisticados do mundo no ar, prontos para o combate, teria de ser transportado naquela mesma odisseia por metade do mundo.

Cada Strike Eagle representava 44 milhões de dólares em caixas-pretas, alumínio, compostos de fibra de carbono, computadores e hidráulica, além de um projeto dos mais inspirados. Embora o projeto tivesse se originado trinta anos antes, o Eagle era um avião de caça novo, pois a pesquisa e desenvolvimento leva todo esse tempo.

Hal K. Plonk, o prefeito de Goldsboro, chefiava a delegação cívica da cidade. Esse eficiente servidor público regozija-se com o apelido que lhe foi concedido pelos 20 mil cidadãos agradecidos da comunidade, "Kerplunk" – o que significa em inglês um baque abafado, uma alcunha por sua capacidade de divertir as delegações politicamente corretas de Washington com seu sotaque sulista e seu estoque de anedotas. Alguns visitantes da capital, depois de uma hora de piadas do prefeito, voltam para Washington em busca de uma terapia de trauma. Como não podia deixar de ser, o prefeito Plonk é reeleito depois de cada mandato com uma maioria crescente.

Parado ao lado do Comandante do Grupo de Esquadrilhas, Hal Hornburg, a delegação cívica contemplou com orgulho os Eagles saírem dos hangares, rebocados por tratores, e os tripulantes embarcarem, o piloto no banco da frente da cabine dupla e seu oficial dos sistemas de armamentos, o copiloto, atrás. Em torno de cada avião, os homens da equipe de terra iniciaram as verificações pré-decolagem.

– Já lhe contei alguma vez a história do general e da vigarista? – perguntou o prefeito, jovial, ao oficial da Força Aérea ao seu lado.

Foi nesse momento, por sorte, que Don Walker ligou os motores e o uivo dos dois turbojatos Pratt & Whitney F100-PW-220 abafou os detalhes das experiências da desafortunada dama nas mãos do general. O F100 pode converter combustível fóssil em muito barulho e calor, e em 10 mil quilos de empuxo, e era o que estava prestes a fazer.

Um a um, os 24 Eagles da 336ª começaram a rolar por 1,5 quilômetro até a cabeceira da pista. Bandeirinhas vermelhas tremulavam sob as asas, indicando onde os pinos prendiam os mísseis Sparrow e Sidewinder nos olhais. Esses pinos só seriam retirados um momento antes da decolagem. A viagem até a Arábia podia ser pacífica, mas despachar um Eagle para o ar sem quaisquer meios de defesa seria inconcebível.

Ao longo do curso de taxiagem, até o ponto de partida, havia grupos de guardas armados e homens da polícia da Força Aérea. Alguns acenaram, outros bateram continência. Pouco antes de alcançarem a cabeceira da pista, os Eagles pararam de novo e foram submetidos a uma inspeção, por um enxame da guarnição de terra e de técnicos em material bélico. Verificaram as rodas, os motores, à procura de vazamentos, componentes ou painéis frouxos... qualquer coisa que pudesse ter saído errada enquanto os aparelhos taxiavam. Ao final, os pinos dos mísseis foram removidos.

Pacientemente, os Eagles esperaram, 19 metros de comprimento, 5,5 metros de altura, 12 metros de largura, pesando 18 mil quilos inteiramente seco e 36 mil quilos no peso máximo de decolagem, o quanto tinham agora. Seria uma longa corrida para decolarem.

Ao final, os Eagles entraram na pista, viraram para a brisa ligeira e partiram, acelerando. Os motores adicionais aumentaram o empuxo, enquanto os pilotos empurravam os manetes através do "portão", e chamas de 10 metros saíam dos exaustores. Ao lado da pista, os chefes das equipes de terra, capacetes protegendo a cabeça do tremendo barulho, bateram continência para seus jovens, seguindo para a missão no exterior. Não tornariam a vê-los até chegarem na Arábia Saudita.

Um quilômetro e meio depois, a 185 nós, as rodas deixaram a pista e os Eagles decolaram. As rodas recolhidas, os flapes levantados, os manetes puxados para a posição de potência militar. Os 24 Eagles embicaram para o céu, subiram a um ritmo de 1.500 metros por minuto e desapareceram no crepúsculo.

Nivelaram a 7.500 metros, e uma hora depois avistaram as luzes de posição e o estroboscópio de navegação do primeiro KC-10. Tempo de reabastecimento. Os dois motores F100 têm uma sede fantástica. Com os motores adicionais em funcionamento, consomem

20 mil quilos de combustível por hora, e é por isso que os motores de empuxo adicional só são usados na decolagem, em combate, ou em manobras de emergência. Mesmo na posição de potência normal, os motores precisam de reabastecimento a cada hora e meia. Para chegar à Arábia Saudita, precisavam desesperadamente dos KC-10, seus "postos de abastecimento no céu".

A esquadrilha voava agora em formação ampla, cada ala emparelhado com seu líder de elemento, com cerca de 1,5 quilômetro de distância entre as pontas das asas. Don Walker, com seu copiloto Tim por trás, deu uma olhada e verificou que seu ala mantinha a posição correta. Voando para leste, encontravam-se agora em plena escuridão, sobre o Atlântico, mas o radar indicava a localização de todos os aviões, que podiam ser percebidos pelas luzes de navegação.

Na cauda do KC-10 por cima e à frente, o operador da mangueira abriu o painel que protegia sua janela do mundo e observou o mar de luzes em sua esteira. A mangueira de combustível foi estendida, esperando pelo primeiro freguês.

Cada grupo de seis Eagles já identificara seu KC-10 designado. Walker adiantou-se quando chegou sua vez. O Eagle foi se colocar sob o avião de reabastecimento, alinhando com a mangueira deste. No KC-10, o operador orientou a mangueira para o bocal que se projetava da asa esquerda do caça. Depois que houve o contato, o combustível começou a fluir, mil quilos de JP4 por minuto. O Eagle bebeu e bebeu.

Depois de reabastecido, Walker se afastou e o ala assumiu a posição. Através do céu, três outros KC-10 faziam a mesma coisa.

Voaram através da noite, que seria curta, porque seguiam na direção do sol, a 350 nós calibrados, cerca de 800 quilômetros por hora em terra. Depois de seis horas, o sol tornou a surgir. Cruzaram a costa da Espanha, voando para o norte, ao largo da costa africana, a fim de evitar a Líbia. Aproximando-se do Egito, que integrava as forças da Coalizão, a 336ª virou para sudeste, sobrevoou o Mar Vermelho e teve a primeira visão da vasta planície ocre-marrom de areia e cascalho, conhecida como o Deserto Arábico.

Depois de quinze horas no ar, cansados e com os músculos doloridos, os 48 jovens americanos pousaram em Dhahran, na Arábia

Saudita. Horas depois, seguiriam para seu destino final, a base aérea omanita de Thumrait, no Sultanato de Oman.

Ali viveriam em condições que mais tarde recordariam com nostalgia, a 1.100 quilômetros da fronteira iraquiana e da zona de perigo, durante quatro meses, até meados de dezembro. Voariam missões de treinamento sobre o interior omanita depois que os equipamentos de apoio chegassem, nadariam nas águas azuis do Oceano Índico e esperariam pelo que o bom Deus e Norman Schwarzkopf lhes reservavam.

Em dezembro, seriam transferidos para a Arábia Saudita, e um deles, embora não soubesse disso na ocasião, alteraria o curso da guerra.

5

O aeroporto de Dhahran estava apinhado. Mike Martin, chegando de Riad, teve a impressão de que a maioria dos habitantes da costa leste queria se deslocar de um lado para outro. Situada no centro da grande cadeia de campos petrolíferos que proporcionara à Arábia Saudita sua fabulosa riqueza, Dhahran havia muito que se acostumara com americanos e europeus, ao contrário de Taif, Riad, Yenbo e as outras cidades do reino.

Nem mesmo o movimentado porto de Jedá estava acostumado a tantos rostos anglo-saxões nas ruas; apesar disso, na segunda semana de agosto, Dhahran se sentia tonta com a invasão.

Alguns tentavam sair; muitos haviam percorrido a estrada até Bahrain, a fim de partir de lá. Outros se amontoavam no aeroporto de Dhahran, esposas e famílias do pessoal do petróleo, na maior parte, seguindo para Riad, onde pegariam um voo de conexão para suas terras.

Outros chegavam, uma torrente de americanos, com seus armamentos e suprimentos. O próprio voo comercial de Martin tivera de se espremer entre os pousos de dois enormes C-5 Galaxies, integrando um comboio aéreo quase ininterrupto que vinha da Inglaterra, Alemanha e Estados Unidos, numa incessante concentração de forças que transformaria o nordeste da Arábia Saudita num vasto acampamento militar.

Não era a Tempestade no Deserto, a campanha para libertar o Kuwait; ainda faltavam cinco meses para isso. Era apenas o Escudo do Deserto, projetado para dissuadir o exército iraquiano, agora com 14 divisões ao longo da fronteira e dentro do Kuwait, de avançar para o sul.

Para um observador no aeroporto de Dhahran, poderia parecer impressionante, mas um estudo mais meticuloso revelaria que a pele protetora era frágil como papel. Os blindados e artilharia americanos ainda não haviam chegado – os primeiros carregamentos por mar deixavam naquele momento a costa dos Estados Unidos, e os equipamentos transportados pelos Galaxies, Starlifters e Hercules eram apenas uma fração do que um navio podia trazer.

Os Eagles baseados em Dhahran e os Hornets dos fuzileiros baseados em Bahrain, mais os tornados britânicos que haviam acabado de chegar em Dhahran, e mal haviam esfriado da viagem desde a Alemanha, dispunham de material bélico em quantidade suficiente para realizar meia dúzia de missões antes que os suprimentos se esgotassem.

Seria preciso mais do que isso para deter uma ofensiva determinada de blindados concentrados. Apesar da impressionante exibição de equipamentos militares em alguns aeroportos, o nordeste da Arábia Saudita ainda se encontrava exposto sob o sol.

Martin abriu caminho pela multidão no salão de chegada, a mochila pendurada no ombro, e avistou um rosto familiar entre as pessoas que esperavam no outro lado da barreira.

Em seu primeiro curso de seleção para o SAS, quando lhe disseram que não tentariam treiná-lo, mas em vez disso tentariam matá-lo, quase o haviam conseguido. Um dia marchara por 50 quilômetros sobre as Brecons, uma das áreas mais inóspitas da Grã-Bretanha, sob uma chuva congelante, com 40 quilos de equipamentos na mochila Bergen. Como os outros, encontrava-se além da exaustão, encerrado num mundo particular, em que toda a existência era um miasma de dor e só a vontade sobrevivia.

E fora então que avistara o caminhão, o lindo caminhão à espera. O fim da marcha e, em termos de resistência humana, o fim da linha. Cem metros, oitenta, cinquenta; e o fim para a agonia absoluta de seu corpo, as pernas dormentes arrastando a ele e a Bergen por aqueles derradeiros metros.

Havia um homem sentado na traseira do caminhão, observando o rosto molhado pela chuva e contraído pela dor que cambaleava em sua direção. Quando a traseira do caminhão se achava a 10 metros de distância, o homem ali batera na parede posterior da cabine, e o motorista dera a partida, afastando-se. O caminhão rolara por 100 metros, até parar de novo; e continuara a rolar por 15 quilômetros. Sparky Low era o homem na traseira do caminhão.

– Oi, Mike. É um prazer tornar a vê-lo.

Não é fácil perdoar uma coisa assim.

– Oi, Sparky. Como estão as coisas?

– Muito difíceis, já que pergunta.

Sparky tirou do estacionamento seu jipe sem qualquer identificação, com tração nas quatro rodas, e meia hora depois já haviam saído de Dhahran e seguiam para o norte. Eram 300 quilômetros até Khafji, uma viagem de três horas, mas depois que passaram pelo porto de Jubail, à direita, pelo menos tiveram alguma privacidade. A estrada estava vazia, ninguém tinha o menor desejo de visitar Khafji, uma pequena comunidade petrolífera na fronteira do Kuwait, agora reduzida a uma cidade fantasma.

– Os refugiados continuam a chegar? – perguntou Martin.

– Alguns. Apenas um filete agora. O fluxo principal já veio e já foi. As pessoas que chegam agora pela estrada principal são quase todas mulheres e crianças com passes... os iraquianos deixam seguir, a fim de se livrarem delas. O que é muito esperto. Se eu estivesse dirigindo o Kuwait, também ia querer me livrar dos expatriados. Mas alguns indianos também passam... os iraquianos parecem ignorá-los. O que não é tão esperto. Os indianos trazem boas informações, e eu persuadi alguns a voltarem com mensagens para o nosso pessoal.

— Conseguiu o que pedi?
— Consegui. Gray deve ter usado toda a sua influência. O material chegou ontem, num caminhão com registro saudita. Guardei no quarto extra. Jantaremos esta noite com o jovem piloto da Força Aérea Kuwaitiana de que falei. Ele alega ter contatos dentro do Kuwait, pessoas confiáveis, que podem ser úteis.

Martin soltou um grunhido.

— Ele não deve ver meu rosto. Pode ser derrubado em alguma missão.

Sparky pensou a respeito por um momento.

— Certo.

A casa requisitada por Sparky Low até que era boa, refletiu Martin. Pertencia a um executivo americano da Aramco, que o tirara de lá, mandando para Dhahran.

Martin sabia que não devia perguntar o que Sparky Low fazia naquele povoado remoto. Era óbvio que fora "emprestado" à Century House, e sua missão parecia ser a de interceptar os refugiados que se deslocavam para o sul e, se estivessem dispostos a falar, extrair todas as informações sobre o que haviam visto e ouvido.

Khafji se encontrava praticamente deserta, além dos homens da Guarda Nacional saudita, entrincheirados em posições defensivas dentro e ao redor da cidade. Mas ainda restavam uns poucos sauditas desconsolados por ali, e um dono de barraca no mercado, que mal podia acreditar que arrumara um freguês. Martin comprou as roupas de que precisava.

A energia elétrica ainda chegava a Khafji, em meados de agosto, o que significava que o ar-condicionado funcionava, assim como a bomba do poço e o aquecedor de água. Havia um banheiro disponível, mas ele sabia que não devia tomar um banho.

Não tomava banho, nem fazia a barba ou escovava os dentes fazia três dias. Se a Sra. Gray, sua anfitriã em Riad, notara o cheiro cada vez mais forte, o que não podia deixar de acontecer, mostrara-se muito bem-educada para fazer qualquer menção a respeito. Como higiene dental, Martin limitava-se a palitar os dentes com uma lasca de madeira, depois das refeições. Sparky Low também não mencionou o assunto, mas conhecia o motivo.

O oficial kuwaitiano era um jovem bem-apessoado, de 26 anos, transbordando de raiva pela invasão de seu país, partidário da dinastia real derrubada de Al Sabah, agora instalada num luxuoso hotel em Taif, como hóspede do rei Fahd, da Arábia Saudita.

Ficou aturdido ao começar a refeição. O anfitrião era o que esperava, um oficial britânico à paisana, mas o terceiro homem parecia um árabe, vestindo um *thob* branco imundo, com um *keffiyeh* todo manchado na cabeça, um canto estendido pela metade inferior do rosto. Low apresentou-os.

– Você é mesmo britânico? – indagou o jovem, surpreso.

Foi-lhe explicado por que Martin se vestia assim e por que mantinha o rosto coberto. O capitão Al-Khalifa acenou com a cabeça.

– Minhas desculpas, major. Claro que compreendo.

Seu relato foi claro e objetivo. Fora chamado em sua casa, ao final da tarde de 1º de agosto, recebendo a ordem de se apresentar na base aérea de Ahmadi, onde servia. Ao longo da noite, ele e seus companheiros escutaram pelo rádio as notícias da invasão do país, pelo norte. Ao amanhecer, sua esquadrilha de caças Skyhawk fora abastecida, armada, e ficara pronta para decolar. O Skyhawk americano, embora não fosse um caça dos mais modernos, ainda podia ser bastante útil numa função de ataque a alvos em terra. Nunca seria um adversário à altura para os caças iraquianos, Migs 23, 25 e 29, além do Mirage, de fabricação francesa, mas por sorte, em sua única missão até aquele momento, não encontrara nenhum.

Descobrira seus alvos nos subúrbios ao norte da cidade pouco depois do amanhecer.

– Acertei um dos tanques com meus foguetes – contou ele, bastante excitado. – Sei porque pegou fogo. Como só me restava o canhão, ataquei os caminhões que vinham por trás. Atingi o primeiro... derrapou para uma vala e capotou. A munição acabou e voei de volta. Mas quando chegava a Ahmadi, a torre de controle mandou que seguíssemos para o sul, cruzando a fronteira, a fim de salvarmos os aviões. O combustível dava apenas para alcançar Dhahran.

– Salvamos mais de sessenta dos nossos aviões. Skyhawks, Mirages e os Hawks britânicos de treinamento. Mais helicópteros Gazelles,

Pumas e Super-Pumas. Agora, lutarei daqui e voltarei quando o Kuwait for libertado. Quando acham que o ataque vai começar?

Sparky Low sorriu, cauteloso. O jovem tinha uma certeza absoluta da retaliação.

– Ainda não, infelizmente. Deve ser paciente. Há todo um trabalho preparatório a ser realizado. Fale-nos sobre seu pai.

O pai do piloto, ao que parecia, era um mercador muito rico, amigo da família real, e com algum poder no Kuwait.

– Ele vai ajudar as forças de invasão? – perguntou Low.

Al-Khalifa se mostrou furioso.

– Nunca, mas nunca mesmo! Ao contrário, fará qualquer coisa que puder para ajudar na libertação. – Ele fitou os olhos escuros por cima do pano xadrez. – Vai se encontrar com meu pai? Pode confiar nele.

– É possível – respondeu Martin.

– Pode entregar um recado meu?

Ele escreveu numa folha de papel por vários minutos e depois a estendeu para Martin. Assim que o jovem oficial saiu, voltando a Dhahran, Martin queimou o papel num cinzeiro. Não podia levar nada que o incriminasse para a Cidade do Kuwait.

Na manhã seguinte, ele e Low puseram o "equipamento" que pedira na traseira do jipe e partiram de novo para o sul, até Manifah, onde viraram para oeste, pela estrada Tapline, que margeia a fronteira iraquiana com a Arábia Saudita. Era chamada de Tapline porque TAP representa o Trans-Arabian Pipeline, o oleoduto que atravessava toda a Arábia. A estrada atendia à manutenção do oleoduto, por onde passa grande parte do petróleo saudita que vai para o Ocidente.

Mais tarde, a estrada Tapline se tornaria a principal artéria de transporte da maior armada de terra militar que já se viu, com 400 mil americanos, 70 mil britânicos, 10 mil franceses e 200 mil sauditas e outros soldados árabes se concentrando para a invasão do Iraque e Kuwait pelo sul. Naquele dia, porém, estava vazia.

Depois de percorrê-la por alguns quilômetros, o jipe tornou a virar para o norte, de volta à fronteira saudito-kuwaitiana, mas num local diferente, bem para o interior. Perto da aldeia de Hamatiyyat, no lado saudita, a fronteira é o ponto mais próximo da Cidade do Kuwait.

Além disso, as fotos do reconhecimento aéreo americano, obtidas por Gray em Riad, mostravam que a concentração de forças iraquianas ficava num ponto acima da fronteira, mais próximo da costa. Quanto mais para o interior, mais se tornavam dispersos os postos avançados iraquianos. As tropas concentravam-se entre Nuwaisib, na costa, e o posto de fronteira de Al-Wafra, a 60 quilômetros para o interior.

A aldeia de Hamatiyyat ficava a 160 quilômetros para o deserto, num recuo da linha da fronteira, que encurta a distância para a Cidade do Kuwait.

Os camelos pedidos por Martin esperavam numa pequena fazenda nos arredores da aldeia, uma fêmea magra, no vigor da idade, e sua cria, um filhote creme, com um focinho aveludado e olhos gentis, ainda mamando. Cresceria para se tornar tão mal-humorada quanto toda a sua espécie, mas isso ainda não aconteceu.

– Por que a cria? – indagou Low, sentado no jipe, observando os animais no curral.

– História de cobertura. Se alguém perguntar, estou levando as duas para vender nas fazendas de criação de camelos em Sulaibiya. Os preços são melhores ali.

Martin saltou do jipe e arrastou no chão os pés metidos em sandálias, a fim de despertar o cameleiro, que cochilava à sombra de seu barraco. Por trinta minutos, os dois se mantiveram acocorados na poeira, negociando o preço dos animais. Nunca passou pela cabeça do cameleiro, olhando para o rosto escuro, os dentes manchados e a barba por fazer do homem agachado à sua frente, metido em roupas imundas e exalando mau cheiro, que não discutia com um mercador beduíno, com dinheiro para gastar em dois bons camelos.

Fechado o negócio, Martin pagou com um rolo de dinares sauditas que recebera de Low e mantivera por algum tempo sob a axila, até ficarem manchados do suor. Afastou-se com os animais por 1,5 quilômetro e só parou quando se achava a salvo de olhos bisbilhoteiros, protegido pelas dunas. Low alcançou-o no jipe.

Permanecera sentado a algumas centenas de metros do curral do cameleiro, observando a cena. Embora conhecesse muito o árabe peninsular, nunca trabalhara com Martin, e ficara impressionado. O homem não apenas fingia ser um árabe; ao saltar do jipe, tornara-se um beduíno, em todos os gestos e atitudes.

Embora Low não soubesse disso, no dia anterior, na Cidade do Kuwait, dois engenheiros britânicos, tentando escapar, deixaram seu apartamento vestindo o *thob* branco kuwaitiano, do pescoço aos pés, com o *ghutra* na cabeça. Haviam percorrido a metade do caminho para seu carro, a 15 metros de distância, quando uma criança gritara:

– Vocês podem se vestir como árabes, mas ainda andam como ingleses.

Os engenheiros voltaram ao apartamento e não saíram mais.

Suando ao sol, mas fora da vista de qualquer pessoa que pudesse estranhar o trabalho árduo sendo feito no auge do calor do dia, os dois homens do SAS transferiram o "equipamento" para as alcofas de bagagem que pendiam nos lados da camela. Ela estava sentada sobre as quatro patas, mas ainda assim protestou contra o peso extra, cuspindo e rosnando para os dois homens.

Os 100 quilos de explosivo Semtex-H foram para uma alcofa, cada bloco de 2 quilos envolto por um oleado, com alguns sacos de aniagem com grãos de café por cima, caso algum soldado iraquiano curioso insistisse em dar uma olhada. Na outra alcofa foram guardadas as submetralhadoras, munição, detonadores, mecanismos de tempo e granadas, além do pequeno mas potente transmissor de rádio de Martin, com sua antena parabólica dobrável e as baterias de cádmio e níquel de reserva. Tudo isso foi coberto também com sacos de café. Ao terminarem, Low perguntou:

– Mais alguma coisa que eu possa fazer?

– Não, obrigado. Isso é tudo. Ficarei aqui até o pôr do sol. Mas você não precisa esperar.

Low estendeu a mão.

– Desculpe por Brecons.

Martin apertou a mão estendida.

– Não tem problema. Eu sobrevivi.

Low soltou uma risada curta.

– É isso o que sempre fazemos. Sobrevivemos. Continue com sorte, Mike.

Ele se afastou. O animal revirou um olho, arrotou, regurgitou um pouco do bolo alimentar, pôs-se a mastigar. A cria tentou alcançar as tetas da mãe, não conseguiu, deitou-se ao seu lado.

Martin encostou-se na sela, puxou o *keffiyeh* em torno do rosto e pensou nos dias que teria pela frente. O deserto não seria problema, a agitação na Cidade do Kuwait ocupada poderia se tornar. Até que ponto os controles eram rigorosos, quão exigentes eram os bloqueios nas estradas e espertos os soldados que os guarneciam? A Century propusera falsificar documentos, mas ele recusara. Os iraquianos podiam mudar os documentos de identidade de um momento para outro.

Sentia-se confiante de que o disfarce que escolhera era um dos melhores no mundo árabe. Os beduínos circulam à vontade de um lado para outro. Não oferecem qualquer resistência aos exércitos invasores pois já viram muitos – sarracenos e turcos, cruzados e templários, alemães e franceses, britânicos e egípcios, israelenses e iraquianos. Sobreviveram a todos porque se mantêm afastados de todas as questões políticas e militares.

Muitos regimes já tentaram dominá-los, todos fracassaram. O rei Fahd, da Arábia Saudita, decretando que todos os seus cidadãos deviam ter uma casa, construíra uma linda aldeia chamada Escan, contando com todos os confortos modernos – uma piscina, banheiros, água corrente. Alguns beduínos foram instalados ali.

Beberam a água da piscina (parecia um oásis), cagaram no pátio, brincaram com as torneiras e depois foram embora, explicando polidamente a seu monarca que preferiam dormir sob as estrelas. Escan foi limpa e passou a ser usada pelos americanos, durante a crise do Golfo.

Martin também sabia que seu verdadeiro problema era a altura. Tinha 1,85 metro, e os beduínos em geral são muito mais baixos. Séculos de doença e desnutrição deixaram a maioria raquítica. A água no deserto só serve para beber, por homem, camelo ou cabra; por isso é que Martin evitara o banho. O encanto da vida no deserto, ele sabia, só existia para os ocidentais.

Não possuía documentos de identidade, mas isso não constituía um problema. Vários governos já tentaram emitir documentos de identidade para os beduínos. Eles ficam na maior satisfação, pois servem para se limparem melhor do que um punhado de seixos. Um policial ou soldado exigir os documentos de identidade de um beduíno é perda de tempo, e ambas as partes sabem disso. Do ponto de vista das autoridades, o importante é que os beduínos não causam problemas. Eles sequer sonhariam em se envolver em qualquer movimento de resistência kuwaitiano. Martin sabia disso; e esperava que os iraquianos também soubessem.

Ele cochilou até o pôr do sol, e só então montou. À sua exortação, a fêmea se levantou, a cria mamou por algum tempo, presa por uma corda à mãe, e logo partiram, naquele ritmo cadenciado e requebrado que parece lento, mas cobre uma distância espantosa. A fêmea fora bem alimentada e bebera bastante água no curral, não se cansaria por dias.

Ele se encontrava bem a noroeste do posto policial de Ruqaifah, onde uma estrada passa do Kuwait para a Arábia Saudita, quando cruzou a fronteira, pouco antes das 8 horas. Era uma noite escura, iluminada apenas pelo brilho suave das estrelas. A claridade do campo petrolífero kuwaitiano de Manageesh ficava à sua direita, e era bem provável que estivesse sob a vigilância de uma patrulha iraquiana, mas o deserto à sua frente era vazio.

No mapa, era de 50 quilômetros a distância até o centro de criação de camelos em Sulaibiya, um subúrbio da Cidade do Kuwait, onde pretendia deixar seus animais guardados, até que tornasse a precisar. Antes de chegar lá, no entanto, precisava enterrar o "equipamento" no deserto e marcar o local.

A menos que fosse detido e retardado, enterraria sua carga no escuro, antes do nascer do sol, dali a nove horas. A décima hora o levaria ao centro de criação de camelos.

Depois que os campos petrolíferos de Manageesh ficaram para trás, ele se guiou pela bússola, numa linha reta para seu destino. Os iraquianos, como presumira, podiam patrulhar as estradas, até mesmo as trilhas, mas nunca o deserto vazio. Nenhum refugiado tentaria escapar por aquele caminho, nem qualquer inimigo entraria.

Do centro de criação de camelos, depois do nascer do sol, ele sabia que poderia pegar carona num caminhão para o coração da cidade, 30 quilômetros adiante.

Lá em cima, silencioso no céu noturno, um satélite KH-11, do Centro Nacional de Reconhecimento, deslizava pelo céu. Anos antes, gerações anteriores de satélites-espiões americanos precisavam tirar suas fotos e ejetar as cápsulas a intervalos, em veículos de reentrada, para serem recuperadas com muito esforço e o filme, e então, ser revelado.

Os KH-11s, com 19,5 metros de comprimento, pesando 13 toneladas cada um, são mais eficientes. À medida que registram as imagens do solo lá embaixo, automaticamente codificam-nas para uma série de impulsos eletrônicos, que são transmitidos *para cima*, até outro satélite, numa altitude superior.

O satélite receptor integra uma rede posicionada numa órbita geossincronizada, significando que flutuam pelo espaço a uma velocidade e num curso que os mantêm sempre por cima do mesmo ponto na Terra. Na realidade, os satélites pairam sobre esse ponto.

Depois de receber as imagens do KH-11, o satélite pairando sobre o mesmo ponto pode transmiti-las direto para os Estados Unidos, ou se a curvatura da Terra se interpõe, despachá-las pelo espaço para outro "pássaro" pairando, que as envia para a estação receptora americana. Assim, o CNR pode coletar suas informações fotográficas no "tempo real", apenas segundos depois das fotos serem tiradas.

As vantagens em guerra são imensas. Significa que o KH-11 pode ver, por exemplo, um comboio inimigo em movimento a tempo de pedir um ataque aéreo para destruir os caminhões. Os desafortunados soldados nos caminhões nunca saberiam como os caças-bombardeiros os descobriram. Pois os KH-11s podem trabalhar noite e dia, com nuvens ou nevoeiro.

A expressão já fora usada para eles: "Tudo veem." Infelizmente, não passa de uma ilusão. Naquela noite, o KH-11 passou sobre a Arábia Saudita e o Kuwait. Mas não viu o beduíno solitário entrar em território proibido, nem teria se importado, se visse. Deslocou-se sobre o Kuwait, foi para o Iraque. Viu muitos prédios, as extensas minicidades industriais, em torno de Al-Hillah e Tarmiya, Al-Atheer e Tuwaitha, mas não podia ver o que havia dentro desses prédios. Não podia ver as cubas com gás venenoso em preparação, nem o hexafluoreto de urânio destinado às centrífugas de difusão de gás da usina de separação de isótopos.

Seguiu para o norte, fotografando aeroportos, estradas e pontes. Viu até o ferro-velho em Al-Qubai, mas não lhe dispensou qualquer atenção. Viu os centros industriais de Al-Quaim, Jazira e Al-Shirqat, a oeste e norte de Bagdá, mas não os artefatos de morte em massa que eram preparados lá dentro. Passou sobre a Jebel Al Hamreen, mas não viu a fortaleza que fora construída pelo engenheiro Osman Badri. Viu apenas uma montanha entre outras montanhas, uma aldeia entre outras aldeias. E depois atravessou o Curdistão, entrando na Turquia.

Mike Martin seguiu pela noite afora na direção da Cidade do Kuwait, invisível na túnica que não usara por quase duas semanas. Sorriu ao recordar o momento em que, voltando a seu Land-Rover, depois de uma excursão pelo deserto, nos arredores de Abu Dhabi, fora surpreendido por uma americana gorda, apontando-lhe uma câmera, e gritando: "Clique, clique."

Fora acertado que o Comitê Medusa deveria se reunir para uma conferência preliminar numa sala por baixo do Gabinete, em Whitehall. O principal motivo era o fato de o prédio ser seguro, sendo inspecionado a intervalos regulares, à procura de artefatos de escuta, embora tudo indicasse que os russos, tão cordiais hoje em dia, podiam ter suspendido finalmente as tentativas dessa incômoda prática.

A sala a que os oito convidados foram conduzidos ficava dois andares abaixo do térreo. Terry Martin já ouvira falar do labirinto à prova de interferências elétricas e de microfones ocultos, em que as mais delicadas questões de Estado podiam ser discutidas com absoluta discrição, por baixo do prédio de aparência inocente, em frente ao Cenotaph.

Sir Paul Spruce assumiu a presidência da reunião, um burocrata cortês e experiente, com o posto de secretário-assistente permanente do Gabinete. Apresentou-se e depois fez a apresentação dos outros. A embaixada americana, e por conseguinte os Estados Unidos, era representada pelo adido-assistente da Defesa e por Harry Sinclair, um astuto e eficiente agente de Langley, que há três anos chefiava a estação da CIA em Londres.

Sinclair era alto e magro, apreciava paletós de *tweed*, frequentava a ópera e mantinha o melhor relacionamento com seus equivalentes britânicos.

O homem da CIA acenou com a cabeça e piscou para Simon Paxman, com quem já se encontrara uma ocasião, numa reunião do Comitê Conjunto de Informações, em Londres, no qual a agência americana tinha uma vaga permanente.

A função de Sinclair seria a de registrar qualquer coisa de interesse que os cientistas britânicos pudessem abordar e transmitir essa informação para Washington, onde o lado americano do Comitê Medusa, muito maior, também se encontrava em sessão. Todas as conclusões seriam cotejadas e comparadas, na busca incessante de analisar o potencial do Iraque para causar baixas consideráveis.

Havia dois cientistas de Aldermaston, o Centro de Pesquisas de Armas, em Berkshire – eles gostam de omitir a palavra "Atômicas" ao final de CPA, mas é disso que Aldermaston cuida. A função deles seria a de julgar e esclarecer as informações procedentes dos Estados Unidos, Europa e qualquer outro lugar em que pudessem ser obtidas, analisar as fotos aéreas de possíveis instalações de pesquisa nuclear iraquianas e determinar até que ponto, se é que algum, o Iraque avançara em sua busca de adquirir a tecnologia para a fabricação de suas próprias bombas atômicas.

Havia dois outros cientistas, de Porton Down. Um deles era um químico, o outro um biólogo especializado em bacteriologia.

Porton Down tem sido acusada com frequência, pela imprensa esquerdista, de pesquisar armas químicas e bacteriológicas para uso britânico. Na verdade, suas pesquisas se concentram há anos na procura de antídotos para toda e qualquer forma de guerra de gás e germes que possa ser lançada contra soldados britânicos e aliados. Infelizmente, é impossível desenvolver antídotos para qualquer coisa sem primeiro estudar as propriedades da toxina. Por isso, os dois cientistas de Porton tinham sob a sua égide, em condições de absoluta segurança, algumas substâncias terríveis. Mas o mesmo acontecia, naquele dia 13 de agosto, com o Sr. Saddam Hussein. A diferença era que a Inglaterra não tinha intenção de usá-las contra os iraquianos, mas todos achavam que o Sr. Hussein podia não ser tão comedido.

A função dos homens de Porton seria a de verificar, pelas listas de substâncias químicas compradas pelo Iraque ao longo de um período de anos determinado, se podiam deduzir o que ele tinha, em que quantidade, até que ponto podia ser letal, quais as condições de utilização. Também estudariam fotos aéreas de fábricas e outras instalações no Iraque, para determinar se havia sinais reveladores nos tipos de estruturas de determinados tamanhos e formas – unidades de descontaminação, de remoção de poluentes – que pudessem identificar fábricas de gases venenosos.

– Agora, senhores – começou Sir Paul, dirigindo-se aos quatro cientistas –, o ônus maior cabe a vocês. Nós outros vamos assistir e ajudar onde pudermos. Tenho aqui dois volumes de informações recebidas até agora de nosso pessoal no exterior, funcionários de embaixada, missões comerciais e... ahn... operadores secretos. Ainda são dados preliminares. Aqui estão os primeiros resultados de um levantamento das licenças de exportação para o Iraque ao longo dos últimos dez anos, e é desnecessário dizer que vêm de governos que se mostram bastante prestativos.

Ele fez uma pausa, antes de continuar

– Lançamos a rede da forma mais ampla possível. Há referências a exportações de substâncias químicas, materiais de construção, equipamentos de laboratório, produtos de engenharia especializada... praticamente tudo, à exceção de guarda-chuvas, lã de tricotar e brinquedos para bebês.

"Algumas dessas exportações, talvez mesmo a maioria, devem ser aquisições normais para um país árabe em desenvolvimento, com propósitos pacíficos, e peço desculpas pelo que pode ser um desperdício de tempo. Mas, por favor, concentrem-se não apenas nas aquisições específicas para a fabricação de armas de destruição em massa, mas também nas aquisições de uso duplo... produtos que podem ser adaptados ou desvirtuados para outro propósito que não o enunciado.

"Creio que os nossos colegas americanos também já começaram a trabalhar."

Sir Paul entregou uma das pastas aos homens da Porton Down, a outra aos representantes da Aldermaston. O homem da CIA apresentou duas pastas e fez a mesma coisa. Os aturdidos cientistas contemplaram o volume de documentos.

– Tentamos não duplicar – explicou Sir Paul –, os americanos e nós, mas infelizmente pode haver informações repetidas. Peço desculpas de novo por isso. Agora, Sr. Sinclair, é a sua vez.

O chefe da estação da CIA ao contrário do servidor civil de Whitehall, que quase fizera os cientistas cochilarem com sua verbosidade, foi direto e objetivo.

– A verdade, senhores, é que talvez tenhamos de lutar contra aqueles filhos da puta.

Era mais apropriado. Sinclair falava como os britânicos gostam de pensar dos americanos – direto, sem rodeios. Os quatro cientistas dedicaram-lhe uma atenção extasiada.

– Se esse dia chegar, atacaremos primeiro com o poder aéreo. Como os britânicos, queremos ter o mínimo absoluto de baixas. Portanto, atacaremos infantaria, canhões, tanques e aviões. Teremos como alvos as bases de mísseis SAM, as linhas de comunicações, os centros de comando. Mas se Saddam usar armas de destruição em massa, haveria tremendas baixas, nos dois lados. Por isso, precisamos saber de duas coisas.

Ele fitou os cientistas, um a um.

– Primeiro, o que ele tem? Com isso, podemos planejar máscaras contra gases, capas protetoras, antídotos químicos. Segundo, onde ele guardou? Com isso, podemos alvejar as fábricas e depósitos... destruir tudo, antes que ele possa usar. Portanto, estudem as fotografias, usem lentes de aumento, procurem sinais reveladores. Continuaremos a investigar e entrevistar os fornecedores que construíram essas fábricas e os cientistas que as equiparam, o que deve nos dizer muita coisa. Mas os iraquianos podem ter mudado muitos planos. Ou seja, em última análise, tudo vai depender dos senhores, os analistas. Podem salvar muitas vidas com seu trabalho, e por isso devem se empenhar ao máximo. Identifiquem as ADMS para nós e vamos bombardeá-las até que não reste mais nada.

Os quatro cientistas estavam encantados. Tinham um trabalho a realizar e sabiam qual era. Sir Paul parecia um pouco atordoado.

– Bom, tenho certeza de que todos nos sentimos profundamente gratos ao Sr. Sinclair por sua... ahn... explicação. Posso sugerir uma nova reunião quando Aldermaston ou Porton Down tiverem alguma novidade para nós?

Ao deixarem o prédio, Simon Paxman e Terry Martin foram andando sob o sol quente de agosto, deixaram Whitehall, entraram na Parliament Square. Estava apinhada com as habituais fileiras de ônibus de turismo. Encontraram um banco vazio, perto da estátua de mármore de Winston Churchill, contemplando carrancudo os impertinentes mortais que se agrupavam por baixo.

– Já soube das últimas notícias de Bagdá? – perguntou Paxman.
– Claro.

Saddam Hussein acabara de oferecer a retirada do Kuwait se Israel abandonasse a Margem Ocidental e a Síria saísse do Líbano. Uma tentativa de vincular a invasão a outros problemas. A ONU rejeitara de imediato. As resoluções continuavam a sair do Conselho de Segurança, embargando o comércio iraquiano, as exportações de petróleo, movimentos de câmbio, viagens aéreas, recursos financeiros. E a destruição sistemática do Kuwait pelo exército de ocupação continuava.

– Algum significado?
– Não, apenas o mesmo de sempre. Previsível. Uma encenação para o público. A OLP gostou, como não podia deixar de ser, mas isso é tudo. Não é uma estratégia séria.

– E ele tem alguma estratégia séria? – indagou Paxman. – Se tem, ninguém consegue entender qual é. Os americanos acham que ele enlouqueceu por completo.

– Sei disso. Ouvi Bush ontem à noite na TV.
– E Saddam é louco?
– Como uma raposa.

– Então por que não continuou para o sul, invadindo os campos petrolíferos sauditas, enquanto tem essa possibilidade? A concentração de forças dos americanos mal começou, a nossa também. Poucas esquadrilhas, porta-aviões no Golfo. Mas nada em terra. E só o poder aéreo não será capaz de detê-lo. Aquele general americano que acabaram de designar...

– Schwarzkopf – informou Martin. – Norman Schwarzkopf.

129

– Esse mesmo. Ele calcula que precisará de dois meses inteiros antes de ter as forças necessárias para deter e repelir uma invasão em larga escala. Então por que Saddam não ataca agora?

– Porque assim estaria atacando outro Estado árabe com o qual não tem qualquer divergência. Acarretaria vergonha. E alienaria todos os árabes. É contra a cultura. Ele quer dominar o mundo árabe, ser aclamado, não injuriado.

– Ele invadiu o Kuwait – ressaltou Paxman.

– Era diferente. Podia alegar que apenas corrigia uma injustiça capitalista porque o Kuwait sempre foi historicamente parte do Iraque. Como Nehru invadindo a Goa dos portugueses.

– Ora, Terry, deixe disso. Saddam invadiu o Kuwait porque está falido. Todos nós sabemos.

– É o verdadeiro motivo, mas a razão de fachada é a recuperação de um legítimo território iraquiano. Acontece no mundo inteiro. A Índia tomou Goa, a China tomou o Tibete, a Indonésia tomou o Timor Oriental. A Argentina tentou apoderar-se das Falklands. Cada vez, a alegação é a retomada de uma parte do território legítimo. O que é bastante popular entre a população nacional, e você sabe disso.

– Então por que os outros árabes se viram contra ele?

– Porque acham que ele não vai escapar impune – respondeu Martin.

– E não vai mesmo. Eles têm toda razão.

– Só por causa da América, não pelo mundo árabe. Se ele quiser obter a aclamação do mundo árabe, deve humilhar a América, não seu vizinho árabe. Já esteve em Bagdá?

– Não recentemente.

– A cidade está cheia de retratos de Saddam, apresentado como o guerreiro do deserto, montado num garanhão branco, a espada erguida. Uma falsidade, é claro. Ele não passa de um pistoleiro das ruas, mas se vê como um guerreiro.

Paxman levantou-se.

– É tudo muito teórico, Terry. Mesmo assim, obrigado por suas avaliações. O problema é que tenho de lidar com fatos concretos. De qualquer forma, ninguém imagina como ele poderia humilhar a América.

"Os ianques dispõem de todo o poder, toda a tecnologia. Quando estiverem prontos, podem entrar lá e destruir todo o Exército e a Força Aérea de Saddam."

Terry Martin contraiu os olhos contra o sol.

– Baixas, Simon. A América pode absorver muitas coisas, mas não pode suportar baixas maciças. Saddam pode. Não têm a menor importância para ele.

– Mas ainda não há americanos em quantidade suficiente.

– Exatamente.

O ROLLS-ROYCE TRANSPORTANDO Ahmed Al-Khalifa aproximou-se do prédio que se anunciava, em inglês e árabe, como a sede da Al-Khalifa Trading Corporation Ltd. e parou com um ranger de pneus.

O homem ao volante, enorme, meio motorista, meio segurança, saltou primeiro e foi abrir a porta de trás para o patrão.

Talvez fosse uma tolice sair no Rolls, mas o milionário kuwaitiano ignorara todas as súplicas para que usasse o Volvo, a fim de não ofender os soldados iraquianos nas barreiras.

– Eles que apodreçam no inferno! – resmungara ele, no café da manhã.

Na verdade, a viagem transcorrera sem incidentes, desde sua luxuosa mansão, no meio de um jardim murado, no elegante subúrbio de Andalus, até o prédio do escritório, em Shamiya.

Dez dias depois da invasão, os soldados disciplinados e profissionais da Guarda Republicana Iraquiana haviam sido retirados da Cidade do Kuwait, sendo substituídos pela ralé recrutada do Exército Popular. Se ele odiava os primeiros, só sentia desprezo pelos outros.

Durante os primeiros dias, os soldados da guarda haviam saqueado sua cidade, mas de uma forma sistemática e deliberada. Vira-os entrarem no Banco Nacional e removerem os 5 bilhões de dólares em lingotes de ouro que constituíam a reserva nacional. Mas não fora um saque por ganho pessoal. Os lingotes haviam sido guardados em contêineres lacrados e despachados de caminhão para Bagdá.

O Bazar do Ouro proporcionara mais 1 bilhão de dólares em artefatos de ouro maciço, seguindo o mesmo caminho.

As barreiras da guarda, reconhecida pelas boinas pretas e a atitude geral, haviam sido rigorosas e profissionais. Depois, subitamente, esse pessoal foi deslocado para o sul, assumindo posições na fronteira meridional, diante da Arábia Saudita.

Em seu lugar, viera o Exército Popular, soldados esfarrapados, barbados, indisciplinados, e por isso mesmo mais imprevisíveis e perigosos. Os assassinatos ocasionais de kuwaitianos que se recusavam a entregar seu relógio ou carro demonstravam isso.

Em meados de agosto, o calor se abatera com o máximo de intensidade, como uma marreta golpeando a bigorna. Os soldados iraquianos, procurando abrigo, arrancaram blocos do calçamento, construindo pequenas cabanas de pedra pelas ruas que deveriam vigiar e se refugiando lá dentro. Na frescura do amanhecer e do anoitecer, saíam para fingir que eram soldados. Então perseguiam os civis, saqueavam comida e bens valiosos, com o objetivo de inspecionar carros à procura de contrabando.

O Sr. Al-Khalifa gostava de chegar para o trabalho às 7 horas, mas retardando a saída de casa até as 10 horas, quando o sol era mais quente, podia passar pelos bivaques de pedra, com os homens do Exército Popular lá dentro, sem que ninguém o detivesse. Dois soldados, desgrenhados, a cabeça descoberta, haviam até batido continência para o Rolls-Royce naquela manhã presumindo que devia transportar algum notável do seu lado.

Não podia durar, é claro. Algum bandido roubaria o Rolls sob a ameaça de uma arma, mais cedo ou mais tarde. E daí? Depois que eles fossem embora – e Al-Khalifa estava convencido de que iriam, embora não soubesse como –, compraria outro.

Ele saiu para a calçada no brilhante *thob* branco, com uma *ghutra* de algodão leve presa em torno da cabeça por dois cordões pretos, caindo sobre o rosto. O motorista fechou a porta, voltou para o outro lado do carro, a fim de levá-lo para a garagem da companhia.

– Uma esmola, *sayidi*, uma esmola. Para alguém que não come há três dias.

Al-Khalifa apenas vislumbrara o homem, agachado na calçada, perto da porta, aparentemente dormindo ao sol, uma cena comum em qualquer cidade do Oriente Médio. Agora, o homem se postava ao seu lado, um beduíno em roupas imundas, a mão estendida.

O motorista já começara a voltar, contornando o Rolls, a fim de afastar o mendigo com um fluxo de insultos. Ahmed Al-Khalifa levantou a mão. Era um muçulmano praticante e tentava seguir os ensinamentos do Santo Corão, um dos quais é o de que um homem deve dar esmolas com toda a generosidade que lhe for possível.

– Vá estacionar o carro – ordenou ele ao motorista.

Ele tirou a carteira do bolso lateral da túnica e pegou uma nota de 10 dinares. O beduíno recebeu o dinheiro com as duas mãos, o gesto indicando que o presente do benfeitor é tão grande que se precisa das duas mãos para sustentá-lo.

– *Shukran, sayidi, shukran.* – Depois, sem mudar o tom de voz, o homem acrescentou: – Assim que chegar à sua sala, mande me chamar. Tenho notícias do seu filho no sul.

O negociante pensou que não ouvira direito. O homem já se afastava pela calçada, embolsando o dinheiro. Al-Khalifa entrou no prédio, acenou com a cabeça num cumprimento ao porteiro e subiu para sua sala no último andar, meio atordoado. Sentou-se, pensou por um momento, e apertou o botão do interfone.

– Há um beduíno na calçada lá embaixo. Quero falar com ele. Mande-o subir, por favor.

Se a secretária particular pensou que o patrão enlouquecera, não deixou transparecer. Limitou-se a torcer o nariz ao introduzir o beduíno na frescura da sala, cinco minutos depois, indicando o que achava do odor pessoal do convidado inesperado do patrão.

Assim que ela se retirou, Al-Khalifa gesticulou para uma cadeira.

– Disse que viu meu filho? – perguntou ele, bruscamente.

Desconfiava que o homem tivesse vindo até ali à procura de mais dinheiro.

– Isso mesmo, Sr. Al-Khalifa. Estive com ele em Khafji, há dois dias.

O coração do kuwaitiano disparou. Já se haviam passado duas semanas, e não tivera qualquer notícia. Soubera apenas, indiretamente, que o filho decolara naquela manhã da base aérea de Ahmadi, e depois... nada. Nenhum dos seus contatos parecia saber o que acontecera. Houvera muita confusão naquele dia, 2 de agosto.

— Tem alguma mensagem dele?

— Tenho, *sayidi*.

Al-Khalifa estendeu a mão.

— Por favor, entregue-a. Será bem recompensado.

— Está na minha cabeça. Eu não podia trazer qualquer papel comigo. Por isso, memorizei-a.

— Está certo. Por favor, repita o que ele disse.

Mike Martin recitou a carta de uma página que o piloto do Skyhawk escrevera, palavra por palavra.

— Meu caro pai, apesar da aparência, o homem na sua frente é um oficial britânico...

Al-Khalifa teve um sobressalto na cadeira, examinou Martin atentamente, tendo alguma dificuldade para acreditar em seus olhos e ouvidos.

— Ele entrou no Kuwait numa missão secreta. Agora que sabe disso, tem a vida dele em suas mãos. Peço que confie nesse homem, como ele deve agora confiar em você, pois vai pedir sua ajuda.

"Estou seguro e bem, na base da Força Aérea Saudita em Dhahran. Consegui voar numa missão contra os iraquianos, destruindo um tanque e um caminhão. Voarei com a Real Força Aérea Saudita até a libertação de nosso país.

"Todos os dias rezo a Alá para que as horas passem depressa, até o momento em que eu possa voltar e tornar a abraçá-lo. Seu filho obediente, Khaled."

Martin parou de falar. Ahmed Al-Khalifa levantou-se, foi até a janela, olhou para fora. Respirou fundo várias vezes. Recuperou o controle e retornou à cadeira.

— Obrigado, muito obrigado. O que deseja?

— A ocupação do Kuwait não vai demorar apenas algumas horas, nem alguns dias. Vai se prolongar por alguns meses, a menos que Saddam Hussein possa ser persuadido a se retirar...

— Os americanos não virão depressa?

– Os americanos, britânicos, franceses e o restante da Coalizão precisarão de tempo para concentrar suas forças. Saddam tem o quarto maior exército permanente do mundo, mais de um milhão de soldados. Alguns não valem nada, mas muitos são competentes. Esta força de ocupação não será desalojada apenas por um punhado de soldados.

– Posso compreender.

– Enquanto isso, achamos que cada soldado, tanque e canhão iraquiano que puder ser imobilizado na ocupação do Kuwait não será usado na fronteira...

– Está falando de resistência, resistência armada, de luta – interrompeu Al-Khalifa. – Alguns jovens mais ousados tentaram. Foram fuzilados por patrulhas iraquianas. Metralhados como se fossem cães.

– Não duvido. Foram bravos, mas tolos. Há muitos meios de fazer essas coisas. O objetivo não é matar centenas, ou ser morto. O propósito é deixar o exército de ocupação iraquiano num nervosismo constante, sempre com medo, cada oficial precisando de uma escolta para onde quer que vá, jamais conseguindo dormir em paz.

– Escute, Sr. Inglês, sei que é bem-intencionado, mas desconfio que é um homem acostumado a essas coisas, e escolado nelas. Mas eu não sou. E esses iraquianos são cruéis e selvagens. Nós os conhecemos do passado. Se fizermos o que diz, haverá represálias.

– É como um estupro, Sr. Al-Khalifa.

– Como um estupro?

– Quando uma mulher está prestes a ser estuprada, pode reagir ou sucumbir. Se é dócil, será violentada, provavelmente espancada, talvez morta. Se reagir, será violentada, certamente espancada, talvez morta.

– O Kuwait é a mulher, o Iraque o estuprador. Isso eu já sei. Então por que reagir?

– Porque há o amanhã. Amanhã o Kuwait vai se contemplar no espelho. Seu filho verá o rosto de um guerreiro.

Ahmed Al-Khalifa fitou em silêncio, por um longo tempo, o rosto moreno e barbudo do inglês, antes de dizer

– E o mesmo acontecerá com seu pai. Que Alá tenha misericórdia do meu povo. O que você quer? Dinheiro?

– Não, obrigado. Já tenho dinheiro.

Ele tinha 10 mil dinares kuwaitianos, recebidos do embaixador em Londres, que sacara a quantia no Banco do Kuwait, na esquina da rua Baker com a George.

– Preciso de casas para ficar. Umas seis...

– Não é problema. Há milhares de apartamentos abandonados...

– Não apartamentos, mas casas, isoladas. Apartamentos têm vizinhos. Ninguém vai investigar um pobre homem empenhado em cuidar de uma casa abandonada.

– Darei um jeito.

Preciso também de documentos de identidade. Kuwaitianos, autênticos. Num total de três. Um para um médico kuwaitiano, outro para um contador indiano e o terceiro para um pequeno lavrador dos arredores da cidade.

– Tudo bem. Tenho amigos no Ministério do Interior. Creio que eles ainda controlam as máquinas que emitem os documentos de identidade. E os retratos para esses documentos?

– Para o lavrador, procure um velho nas ruas. Pague a ele. Para o médico e contador, escolha homens de sua equipe que pareçam mais ou menos comigo, mas de rosto raspado. Tais fotografias são sempre ruins. Por último, carros. Três. Uma caminhonete branca, um jipe com tração nas quatro rodas e uma *pick-up* meio avariada. Todos em garagens fechadas, todos com novas placas.

– Muito bem, será providenciado. Onde irá pegar os documentos de identidade e as chaves das garagens e casas?

– Conhece o cemitério cristão?

Al-Khalifa franziu o rosto.

– Já ouvi falar, mas nunca estive lá. Por quê?

– Fica na estrada de Jahra, em Sulaibikhat, ao lado do principal cemitério muçulmano. Um portão obscuro, com uma pequena placa, dizendo: para cristãos. A maioria das tumbas é de libaneses e sírios, com alguns túmulos de filipinos e chineses. No canto direito vai encontrar a sepultura de um comerciante marítimo, Shepton. A lousa de mármore está solta. Por baixo, abri uma cavidade no cascalho. Deixe tudo ali. Se tiver algum recado para mim, faça a mesma coisa. Verifique a sepultura uma vez por semana, a fim de ver se há mensagens minhas.

Al-Khalifa balançou a cabeça, atordoado.

– Não sou talhado para esse tipo de coisa.

Mike Martin desapareceu no turbilhão de pessoas que circulavam pelas ruas estreitas e vielas do distrito de Bneid-al-Qar. Cinco dias depois, sob a lousa de Shepton, ele encontrou três documentos de identidade, três jogos de chaves de garagem, com as locações indicadas, três jogos de chaves de carros e cinco jogos de chaves de casas, com os endereços nas etiquetas.

Dois dias mais tarde, um caminhão iraquiano voltando à cidade, procedente do campo petrolífero de Umm Gudayr, foi explodido em mil fragmentos por alguma coisa sobre a qual passou.

O CHEFE DA DIVISÃO do Oriente Médio da CIA, Chip Barber, encontrava-se em Tel Aviv havia dois dias quando tocou o telefone na sala que lhe tinham dado na embaixada americana. Era o chefe da estação local na linha.

– Chip, está tudo acertado. Ele já voltou à cidade. Marquei um encontro às 16 horas. Isso lhe dará tempo de pegar o último voo que sai do Ben Gurion para os Estados Unidos. Os caras dizem que passarão pelo escritório e nos pegarão.

O chefe da estação estava fora da embaixada, e por isso falou em generalidades, para o caso de a linha ter sido grampeada. Era o que de fato acontecia, mas pelos israelenses, que já sabiam de tudo.

O "ele" era o general Yaacov "Kobi" Dror, diretor do Mossad; o escritório era a própria embaixada; e os caras eram os dois do séquito pessoal de Dror, que chegaram num carro sem qualquer identificação, às 15h10.

Barber refletiu que cinquenta minutos eram muito para se ir da embaixada ao quartel-general do Mossad, situado num prédio de escritórios chamado Hadar Dafna, no Bulevar Rei Saul.

Só que a reunião não seria ali. O carro seguiu para o norte, deixou a cidade, passou pelo aeroporto militar de Sde Dov e pegou a estrada litorânea para Haifa.

Nos arredores de Herzlia há um grande balneário de prédios de apartamentos e hotéis conhecido simplesmente como O Country

Club. É um lugar para onde vão alguns israelenses, mas acima de tudo judeus idosos do exterior, a fim de relaxar e aproveitar as numerosas instalações de saúde e *spa* de que os administradores se gabam. Essas pessoas felizes quase nunca levantam os olhos para a colina acima do balneário.

Se o fizessem, veriam lá no alto uma esplêndida construção, com uma ampla vista dos campos ao redor e do mar. Se lhes perguntassem o que havia ali, diriam que era a residência de verão do primeiro-ministro.

O primeiro-ministro de Israel, na verdade, tem permissão para ir até ali, um dos bem poucos com esse privilégio, pois o prédio abriga a escola de treinamento do Mossad, conhecida dentro da agência como Midrasha.

Yaacov Dror recebeu os dois americanos em sua sala no último andar, espaçosa e clara, com o ar-condicionado no máximo. Baixo e atarracado, usava a regular camisa israelense de mangas curtas, aberta no pescoço, e fumava os sessenta cigarros por dia, o que também era típico de um esraelense.

O chefe da espionagem israelense levantou-se de sua mesa e adiantou-se em passos pesados.

– Chip, meu velho amigo, como tem passado?

Ele envolveu o americano mais alto num abraço. Agradava-lhe se comportar como um péssimo ator característico de personagens judeus e bancar o urso cordial e efusivo. Tudo encenação. Em missões anteriores, como um operador sênior, ou *katsa*, demonstrara que era muito esperto e bastante perigoso.

Chip Barber retribuiu o cumprimento. Os sorrisos eram tão artificiais quanto as memórias eram longas. E não fazia tanto tempo assim que um tribunal americano condenara Jonathan Pollard, do Serviço de Informações da Marinha americana, a uma longa pena de prisão, por espionar a favor de Israel, uma operação que, com toda certeza, fora dirigida contra os Estados Unidos pelo afável Kobi Dror.

Depois de dez minutos, eles entraram no assunto que importava: o Iraque.

– Deixe-me lhe dizer, Chip, acho que vocês estão jogando na medida certa – comentou Dror, ajudando o visitante a servir-se de outra xícara de café, que o manteria desperto por dias.

Ele apagou seu terceiro cigarro num cinzeiro grande de vidro. Barber tentou não respirar, mas teve de desistir.

– Se tivermos de entrar lá – disse o americano –, se ele não deixar o Kuwait, e tivermos de entrar, começaremos pelo poder aéreo.

– Nem poderia ser de outra forma.

– E visaremos as armas de destruição em massa. O que é do seu interesse também, Kobi. Precisamos de alguma cooperação neste ponto.

– Chip, estamos vigiando essas ADMs há anos. E temos alertado para o perigo. Para quem você pensa que estão destinados todo aquele gás venenoso, as bombas de germes e pestes? Temos advertido e advertido, mas ninguém deu importância. Há nove anos destruímos os geradores nucleares em Osirak, fazendo-o retroceder dez anos na busca da bomba, e o mundo nos condenou. A América também...

– Foi uma operação cosmética, e todos sabemos disso.

– Muito bem, Chip. Agora são vidas americanas que estão em jogo, e não é mais cosmético. Americanos de verdade podem morrer.

– Sua paranoia está transparecendo, Kobi.

– Não diga besteira. Convém a vocês destruir todas as fábricas de gás venenoso, os laboratórios de germes e a pesquisa da bomba atômica. Também nos convém. E temos de ficar de fora, porque Tio Sam tem agora aliados árabes. Mas quem está se queixando? Não Israel. Transmitimos a vocês tudo o que temos sobre os programas de armas secretas de Saddam. Tudo o que temos. Não escondemos nada.

– Precisamos de mais, Kobi. Muito bem, admito que podemos ter negligenciado um pouco o Iraque durante os últimos anos. Tínhamos de lidar com a Guerra Fria. Agora é o Iraque, e nos deparamos com uma escassez do produto. Precisamos de informações, não do lixo das ruas, informações concretas, que possibilitem resultados concretos. Por isso, farei uma pergunta direta: há alguém trabalhando para vocês nos altos escalões do regime iraquiano? Temos perguntas a fazer e precisamos de respostas. E pagaremos bem. Conhecemos as regras.

Houve um momento de silêncio. Kobi Dror contemplou a ponta de seu cigarro. Os outros dois israelenses olhavam para a mesa.

– Chip – disse Dror, em voz pausada –, dou minha palavra. Se estivéssemos controlando algum agente nos conselhos em Bagdá, eu lhe diria. E transmitiria tudo. Acredite em mim, não tenho ninguém.

O general Dror explicaria mais tarde a seu primeiro-ministro, um irado Itzhak Shamir, que no momento da reunião não estava mentindo. Mas deveria ter mencionado Jericó.

6

Mike Martin avistou o rapaz primeiro. Se não fosse por isso, o rapaz teria morrido naquele dia. Mike guiava uma *pick-up* toda amassada, suja e enferrujada, a traseira carregada de melancias que comprara numa das plantações perto de Jahra, quando percebeu a cabeça coberta de linho branco subir e descer, por trás de uma pilha de escombros, à beira da estrada. Também percebeu a ponta do rifle que o rapaz empunhava, antes que desaparecesse por trás dos escombros.

A *pick-up* servia bem a seu propósito. Pedira-a naquele estado porque calculara, com toda razão, que mais cedo ou mais tarde, provavelmente mais cedo, os soldados iraquianos começariam a confiscar os carros de boa aparência, para seu próprio uso.

Ele olhou pelo espelho retrovisor, freou e saiu da estrada. Aproximava-se por trás um caminhão cheio de soldados do Exército Popular.

O jovem kuwaitiano mirava o caminhão, tentando manter o veículo em movimento no visor do rifle, quando uma mão firme tapou sua boca e outra lhe arrancou o rifle.

– Não vai querer morrer hoje, não é? – sussurrou uma voz em seu ouvido.

O caminhão passou e o momento de acertar um tiro se perdeu. O rapaz já se sentia bastante assustado pelas próprias ações; agora, ficou apavorado.

Quando o caminhão saiu de vista, a pressão da mão em seu rosto e cabeça diminuiu. O rapaz se libertou e girou. Agachado sobre ele estava um beduíno alto, barbudão e mal-encarado.

– Quem é você? – balbuciou ele.

– Alguém que sabe que é melhor não matar um iraquiano quando há vinte outros no mesmo caminhão. Onde está seu veículo de fuga?

– Ali – respondeu o rapaz, que parecia ter 20 anos, com a primeira barba tentando crescer.

Era uma motoneta, a cerca de 20 metros de distância, junto de algumas árvores. O beduíno suspirou. Largou o rifle, um velho Lee Enfield 303, que devia ter sido comprado numa loja de antiguidades, e conduziu o rapaz até a *pick-up*.

Percorreu a curta distância de volta aos escombros e escondeu o rifle por baixo das melancias. Depois, foi até a motoneta e colocaram-na por cima da carga de frutas. Algumas melancias se partiram.

– Entre – ordenou ele.

Seguiu até um ponto isolado, perto de Porto Shuwaikh, e parou ali.

– Afinal, o que queria fazer? – perguntou o beduíno.

O rapaz olhava pelo para-brisa imundo, os olhos úmidos, os lábios trêmulos.

– Eles estupraram minha irmã. Uma enfermeira... no Hospital Al Adan. Quatro iraquianos. Ela ficou arrasada.

O beduíno balançou a cabeça.

– Isso vai acontecer com frequência. E agora quer matar iraquianos?

– Isso mesmo. Tantos quanto puder. Antes de morrer.

– O truque é não morrer. Se é isso o que você quer, acho melhor eu treiná-lo. Ou não vai durar um dia.

O rapaz soltou um grunhido desdenhoso.

– Os beduínos não lutam.

– Nunca ouviu falar da Legião Árabe?

O rapaz se manteve em silêncio.

– E, antes, do príncipe Faisal e da Revolta Árabe? Todos beduínos. Há mais como você?

O rapaz contou que era estudante de direito, na Universidade do Kuwait, antes da invasão.

– Somos cinco. Todos queremos a mesma coisa. E decidi ser o primeiro a tentar.

– Memorize este endereço.

O beduíno forneceu o local, uma casa numa rua secundária, em Yarmuk. O rapaz repetiu errado duas vezes, antes de acertar. Martin obrigou-o a repetir vinte vezes.

– Às 19 horas esta noite. Já estará escuro, mas o toque de recolher só vigora a partir das 22 horas. Cheguem separados. Estacionem a pelo menos 200 metros de distância e percorram o restante do caminho a pé. Entrem a intervalos de dois minutos. Encontrarão o portão e a porta abertos.

Ele observou o rapaz se afastar na motoneta e suspirou mais uma vez. O material mais tosco possível, pensou, mas no momento é tudo o que tenho.

Os jovens apareceram na hora marcada. Martin observou-os, deitado num telhado no outro lado da rua. Eles se mostravam nervosos e inseguros, olhando para trás a todo instante, entrando e saindo dos vãos dos portões. Filmes de Bogart em demasia. Depois que todos entraram, ele esperou mais dez minutos. Não apareceu nenhum homem da segurança iraquiana. Martin desceu do telhado, atravessou a rua e entrou na casa pelos fundos. Encontrou-os sentados na sala principal, com as luzes acesas, as cortinas abertas. Quatro rapazes e uma moça, morenos, compenetrados.

Olhavam para a porta da frente quando ele entrou pela cozinha. Num instante Martin não estava ali, no seguinte já estava. Os jovens puderam vislumbrá-lo por um instante, antes que apagasse a luz.

– Fechem as cortinas – ordenou ele.

A moça obedeceu. Trabalho de mulher. Só depois é que ele tornou a acender a luz.

– Nunca se sentem numa sala iluminada com as cortinas abertas – advertiu Martin. – Não querem ser vistos juntos.

Dividira as seis residências em dois grupos. Vivia em quatro, deslocando-se de uma para outra sem qualquer sequência específica. A cada vez, deixava pequenos sinais para si mesmo – uma folha presa no batente da porta, uma lata no degrau. Se não encontrava como deixara, saberia que a casa fora visitada. Nas outras duas, guardara metade do "equipamento" que trouxera da cova no deserto. O lugar que escolhera para se encontrar com os estudantes era o menos importante de todos e agora nunca mais o usaria para dormir.

Eram todos estudantes, à exceção de um, que trabalhava num banco. Martin fez com que se apresentassem.

– Agora, precisam de novos nomes. – Ele indicou cinco novos nomes. – Não revelem esses nomes a ninguém... nem a amigos, pais, irmãos, absolutamente *ninguém*. Sempre que forem usados, saberão que a mensagem vem de um de nós.

– E como vamos chamá-lo? – perguntou a moça, que acabara de se tornar "Rana".

– O Beduíno. Será suficiente. Você, pode me dizer qual é este endereço?

O jovem apontado pensou por um instante, depois tirou um pedaço de papel do bolso. Martin pegou-o.

– Nada pode ser escrito no papel. Memorizem tudo. O Exército Popular pode ser estúpido, mas a polícia secreta não é. Se fosse revistado, como explicaria isto?

Ele fez os três que haviam anotado o endereço queimarem os papéis.

– Conhecem bem sua cidade?

– Muito bem – respondeu o mais velho, o bancário de 25 anos.

– Não é suficiente. Comprem mapas amanhã, mostrando as ruas. E estudem como se fossem os exames finais. Decorem a localização de cada rua e viela, cada praça e jardim, cada prédio público importante, cada mesquita. Sabiam que as placas das ruas estão sendo retiradas?

Todos acenaram com a cabeça. Quinze dias depois da invasão, ao se recuperarem do choque, os kuwaitianos iniciavam uma forma de resistência passiva, de desobediência civil. Era espontânea, sem qualquer coordenação. Uma das iniciativas era a remoção das placas com os nomes das ruas. A Cidade do Kuwait já é bastante complicada, em circunstâncias normais; privada dos nomes das ruas, tornava-se um labirinto.

Como era de se prever, as patrulhas iraquianas estavam sempre se perdendo. Para a polícia secreta, encontrar o endereço de um suspeito era um pesadelo. Nos cruzamentos principais, as placas eram arrancadas durante a noite, ou mudadas de posição.

Naquela primeira noite, Martin deu uma aula de duas horas sobre segurança básica. Sempre tenham uma história de cobertura que possa ser confirmada para qualquer viagem e qualquer encontro. Nunca andem com papéis incriminadores. Sempre tratem os soldados iraquianos com respeito, beirando a deferência. Não confiem em ninguém.

– Daqui por diante, vocês serão duas pessoas. A primeira é o seu eu original, o que todo mundo conhece, o estudante, o bancário. Ele é polido, atencioso, respeitador da lei, inocente, inofensivo. Os iraquianos o deixarão em paz, porque ele não os ameaça. Nunca insulte seu país, sua bandeira ou seu líder. Nunca atraia a atenção da AMAM. Permaneça vivo e livre. Apenas em ocasiões especiais, numa missão, a segunda pessoa aparece. Ele se tornará eficiente e perigoso, e continuará vivo.

Ele transmitiu as regras de segurança para um encontro. Apareça mais cedo, poste-se a alguma distância do local combinado. Fique nas sombras. Vigie por vinte minutos. Examine as casas ao redor. Verifique se há cabeças nos telhados, um grupo de emboscada à espera. Preste atenção ao barulho da botina de um soldado no cascalho, ao brilho de um cigarro, ao retinir de metal contra metal. Dispensou-os quando ainda havia tempo suficiente para chegarem em casa antes do toque de recolher. Todos se mostravam desapontados.

– E o que vamos fazer com os invasores? Quando começaremos a matá-los?

– Quando souberem como fazê-lo.

– Não há nada que possamos fazer agora?

– Quando os iraquianos se deslocam de um lugar para outro, como fazem isso? Vão marchando?

– Não – respondeu o estudante de direito. – Seguem em caminhões, jipes, carros roubados.

– Ou seja, veículos com tampas no tanque de gasolina, que podem ser tiradas com um movimento rápido – disse o Beduíno. – Torrões de açúcar, vinte em cada tanque. Dissolve-se na gasolina, passa pelo carburador e endurece como caramelo com o calor do motor. E destrói o motor. Tomem cuidado para não serem apanhados. Trabalhem em duplas e depois do escurecer. Um fica de vigia, o outro despeja o açúcar. Tornem a recolocar a tampa. Leva dez segundos.

Martin deu outra indicação.

– Um pedaço de madeira compensada, com dez centímetros por dez, com quatro pregos de aço afiados. Deixem cair por baixo do *thob*, escorregar até os pés. Empurrem com a ponta do pé para a frente do pneu de um carro estacionado.

E mais uma:

– Há ratos no Kuwait, portanto, há lojas que vendem veneno para ratos. Comprem do tipo branco, à base de estricnina. Comprem massa de padeiro. Misturem o veneno, usando luvas de borracha, e depois destruam as luvas. Cozinhem o pão no forno do fogão, mas só quando estiverem sozinhos em casa.

Os estudantes ficaram boquiabertos.

– Temos de dar esse pão aos iraquianos?

– Não. Levem o pão em cestos abertos nas motonetas, ou nas malas dos carros. Os iraquianos vão detê-los nas barreiras e roubar o pão. Voltaremos a nos encontrar aqui dentro de seis dias.

Quatro dias depois, caminhões iraquianos começaram a enguiçar. Alguns foram rebocados, outros abandonados, seis caminhões e quatro jipes. Os mecânicos descobriram a causa mas não conseguiram descobrir quando, ou por quem. Pneus começaram a furar, e os quadrados de madeira compensada foram entregues à polícia secreta, que ficou furiosa, e espancou diversos kuwaitianos, apanhados ao acaso nas ruas.

Os hospitais começaram a se encher de soldados doentes, todos vomitando, com dor no estômago. Como mal recebiam rações de seu próprio exército, vivendo a esmo nas barreiras nas ruas e bivaques de pedra, presumiu-se que andavam bebendo água poluída.

Depois, no Hospital Amiri, em Dasman, um técnico de laboratório kuwaitiano efetuou a análise da amostra de vômito de um dos iraquianos. Foi procurar o chefe do seu departamento, na maior perplexidade.

– Ele ingeriu veneno de rato, professor, mas diz que há três dias que só comia pão e algumas frutas.

O professor também ficou perplexo.

– Pão do exército iraquiano?

– Não. Há vários dias que eles não fazem nenhuma entrega. Ele tomou de um padeiro kuwaitiano.

– Onde estão as amostras?

– Na bancada, no laboratório. Achei melhor lhe mostrar primeiro.

– Agiu certo. Destrua tudo. E não viu nada, entendido?

O professor retornou à sua sala, balançando a cabeça. Veneno de rato... quem teria pensado nisso?

O COMITÊ MEDUSA TORNOU a se reunir em 30 de agosto, porque o doutor em bacteriologia de Porton Down achou que descobrira tudo o que podia, àquela altura, sobre o programa de guerra de germes do Iraque, ou assim parecia.

– Contamos com indicações um tanto escassas – disse o Dr. Bryant a seus ouvintes. – O principal motivo é que o estudo da bacteriologia pode ser conduzido em qualquer laboratório patológico ou veterinário, usando-se os mesmos equipamentos que se encontraria em qualquer laboratório químico e que não constam das guias de exportação.

"O problema é que a grande maioria dos produtos serve para beneficiar a humanidade, para a cura de doenças, não para disseminá-las. Portanto, nada poderia ser mais natural para um país em desenvolvimento do que querer estudar a esquistossomose, beribéri, febre amarela, malária, cólera, tifo ou hepatite. São doenças humanas. Há outra ampla gama de doenças de animais que os colegas veterinários podem querer estudar."

– Ou seja, não existe hoje praticamente como determinar se o Iraque possui ou não instalações para a fabricação de bombas de germes? – perguntou Sinclair, da CIA.

– Isso mesmo – confirmou Bryant. – Há um registro de que em 1974, quando Saddam Hussein ainda não ocupava o trono, por assim dizer...

— Ele era vice-presidente nessa ocasião, e o poder por trás do trono — interveio Terry Martin.

Bryant se mostrou confuso.

— Qualquer coisa... O Iraque assinou um contrato com o Instituto Merieux, de Paris, para a construção de um projeto de pesquisa bacteriológica. Era supostamente para pesquisas veterinárias sobre doenças de animais, e pode ter sido assim.

— O que pode dizer sobre a história de cultura de antraz para uso contra seres humanos? — indagou o americano.

— É possível. O antraz é uma doença bastante virulenta. Afeta principalmente o gado e outros animais de criação, mas pode infectar seres humanos se manusearem ou ingerirem produtos de fontes infectadas. Talvez recordem que o governo britânico fez experiências com o antraz na ilha de Grinard, nas Hébridas, durante a Segunda Guerra Mundial. O lugar ainda continua proibido.

— Tão terrível assim? Onde Saddam conseguiria isso?

— É esse o problema, Sr. Sinclair. Não se pode ir a um respeitável laboratório americano ou europeu e dizer: "Gostaria que me fornecesse algumas culturas de antraz pois quero jogá-las contra pessoas." Seja como for, ele não precisaria fazer isso. Há gado doente em todo o Terceiro Mundo. Seria preciso apenas verificar a erupção de uma epidemia e comprar algumas carcaças infectadas. Isso não apareceria nos registros governamentais.

— Portanto, ele pode ter culturas dessa doença para uso em bombas ou granadas, mas não sabemos — disse Sir Paul Spruce, a caneta de ouro suspensa sobre o bloco de anotações. — É essa a situação?

— Mais ou menos — confirmou Bryant. — Só que essa é a má notícia. A notícia melhor é a de que duvido que funcionaria contra um exército em ofensiva. Suponho que se você enfrenta um exército avançando contra suas posições, e é bastante implacável, vai querer detê-lo de qualquer maneira.

— É esse o quadro — disse Sinclair.

— O antraz não conseguiria isso. Impregnaria o solo, se lançado de uma série de explosões aéreas, por cima e à frente do exército. Qualquer coisa que crescesse desse solo... relva, frutas, legumes... seria infectada. Qualquer animal que se alimentasse da relva sucumbiria. Qualquer pessoa que comesse a carne, bebesse o leite ou manuseasse a pele de um animal assim também contrairia a doença. Mas o deserto não é um bom veículo para essas culturas de esporos. Posso presumir que nossos soldados estarão comendo rações previamente preparadas e bebendo água engarrafada?

– É o que já estão fazendo – informou Sinclair.

– Neste caso, não os afetaria, a menos que absorvessem os esporos pela respiração. A doença tem de entrar nos seres humanos por ingestão pelos pulmões ou canais alimentares. Levando em consideração o risco de gás, desconfio que nossos soldados usariam máscaras, não é mesmo?

– É o que planejamos.

– E nós também – acrescentou Sir Paul.

– Neste caso, não vejo por que o antraz seria usado – continuou Bryant – Não deteria os soldados, como alguns gases, e os homens que contraíssem a doença poderiam ser curados com poderosos antibióticos. Há um período de incubação. Os homens poderiam ganhar a guerra e só depois ficarem doentes. Para ser franco, é mais uma arma terrorista do que militar. Se despejassem um frasco de antraz concentrado no sistema de abastecimento de água de uma cidade, poderia haver uma epidemia catastrófica, que sobrepujaria os serviços médicos disponíveis. Mas, para lançar contra soldados em combate no deserto, eu optaria por um dos vários gases dos nervos. São invisíveis e rápidos.

– Portanto, se Saddam tiver um laboratório de guerra de germes, onde poderia ser? – indagou Sir Paul Spruce.

– Para ser franco, eu verificaria com todos os institutos e escolas de veterinária do Ocidente. Para descobrir se não houve professores visitantes ou delegações indo ao Iraque durante os últimos dez anos. Perguntem aos que foram se havia alguma instalação a que proibiram o acesso, e cercada por precauções de quarentena. Se havia, será o lugar.

Sinclair e Palfrey escreviam sem parar. Mais um trabalho para os investigadores.

– Na falta disso – concluiu Bryant –, vocês podem tentar fontes de informação humanas. Um cientista iraquiano nessa área que deixou o país e veio se refugiar no Ocidente. Os pesquisadores em bacteriologia tendem a ser poucos, um círculo restrito, quase como uma aldeia. De um modo geral, sabemos de tudo o que acontece em nossos próprios países, mesmo sendo uma ditadura, como o Iraque. Um homem poderia saber se Saddam tem uma instalação desse tipo e onde fica.

– Estamos profundamente agradecidos, Dr. Bryant – disse Sir Paul, ao se levantarem. – Mais trabalho para os investigadores dos nossos governos, hein, Sr. Sinclair? Soube que nosso outro colega em Porton Down, Dr. Reinhart, poderá nos apresentar suas deduções sobre a questão dos gases venenosos dentro de duas semanas. Claro que manterei contato, senhores. Obrigado por seu comparecimento.

O GRUPO NO DESERTO permanecia em silêncio, observando o dia amanhecer pelas dunas. Os jovens não imaginavam, ao irem à casa do Beduíno na noite anterior, que passariam o restante da noite fora. Pensavam que receberiam mais uma lição.

Não haviam levado agasalhos, e as noites no deserto são frias, mesmo no final de agosto. Todos estremeciam e especulavam como explicariam aos pais transtornados. Surpreendidos pelo toque de recolher? Então por que não telefonaram? O telefone não funcionava... isso teria de servir.

Três dos cinco se perguntavam se haviam feito a opção certa, no final das contas, mas era muito tarde para recuar agora. O Beduíno simplesmente lhes dissera que chegara o momento de testemunharem alguma ação e os levara da casa para um veículo com tração nas quatro rodas, para se andar fora da estrada, estacionado a duas ruas de distância.

Haviam viajado para o sul, através da areia, por cerca de 30 quilômetros, até alcançarem uma estrada estreita, que eles desconfiavam se estender do campo petrolífero de Manageesh, a oeste, na direção da rodovia Exterior, a leste. Sabiam que todos os campos petrolíferos se encontravam guarnecidos por iraquianos e as estradas principais infestadas por patrulhas. Em algum lugar ao sul, 16 divisões do Exército Popular e da Guarda Republicana haviam se entrincheirado, de frente para a Arábia Saudita e a maré crescente de americanos que ali chegava. Os jovens sentiam-se nervosos.

Três do grupo deitavam-se na areia, ao lado do Beduíno, observando a estrada, à claridade cada vez maior. Era bastante estreita. Veículos se aproximando teriam de se desviar para o acostamento de cascalho, a fim de passar um pelo outro.

Uma tábua cheia de pregos se estendia pela metade da estrada. O Beduíno a tirara de sua *pick-up* e a pusera ali, cobrindo com uma manta de sacos de aniagem velhos. Mandara que espalhassem areia por cima, até dar a impressão de que era apenas um pequeno acúmulo de areia que o vento soprara do deserto.

Os outros dois, o estudante de direito e o bancário, ficaram vigiando. Cada um se encontrava deitado em dunas a 100 metros de distância, para um lado e outro da estrada, à espera da aproximação de veículos. Haviam sido instruídos a acenar de uma determinada maneira se viesse um caminhão iraquiano grande ou um comboio.

O estudante de direito acenou pouco depois das 6 horas da manhã. O sinal indicava "Soldados demais". O Beduíno puxou a linha de pesca que tinha na mão. A tábua saiu da estrada. Trinta segundos mais tarde, dois caminhões apinhados de soldados iraquianos passaram, ilesos. O Beduíno correu para a estrada, ajeitou a tábua no lugar, cobriu-a com os sacos de aniagem e areia.

O bancário acenou alguns minutos depois. Era o sinal certo. Um carro se aproximou da autoestrada a caminho do campo petrolífero.

O motorista nunca pensou em se desviar para evitar o acúmulo de areia, mas só um pneu da frente foi atingido pelos pregos. Era o suficiente. O pneu estourou, a manta se enrolou na roda, e o carro derrapou. O motorista recuperou o controle a tempo, firmou o carro, e foi parar um pouco mais adiante, metade fora, metade na estrada. O lado para fora da estrada arriou.

O motorista saltou pela porta da frente, e dois oficiais saíram pelas portas traseiras, um major e um segundo-tenente. Gritaram com o motorista, que deu de ombros e se lamentou, apontando para a roda. O macaco de nada adiantaria, pois o carro ficara num ângulo impossível. O Beduíno murmurou para seus aturdidos discípulos:

– Fiquem aqui.

Ele se levantou, desceu pela areia até a estrada. Tinha uma manta beduína de camelo pendurada no ombro direito, cobrindo o braço. Sorriu e cumprimentou o major.

– *Salaam aleikhem*, *sayidi* major. Vejo que tem um problema Talvez eu possa ajudar. Meu povo se encontra perto daqui.

O major levou a mão à pistola, mas relaxou. Balançou a cabeça, furioso.

– *Aleikhem salaam*, beduíno. Essa manta de camelo fez meu carro sair da estrada.

– Terá de ser puxado de volta, *sayidi*. Tenho muitos irmãos.

A distância era de pouco mais de 2 metros quando o beduíno levantou o braço. Ao pedir pistolas-metralhadoras ou submetralhadoras, Martin queria a Heckler & Koch MP5, ou a Mini-Uzi. A última, sendo israelense, era inadmissível na Arábia Saudita, e também não havia nenhuma HK disponível. Por isso, tivera de se contentar com a Kalashnikov AK-47, na versão MS, com a coronha dobrável, fabricada pela Omnipol, da Tchecoslováquia. Ele removera a coronha e limara a ponta da munição 7.62. Não havia necessidade de uma bala atravessar um homem e sair pelo outro lado.

Ele disparou ao estilo do SAS, duas balas, pausa, duas balas, pausa... O major foi atingido no coração, a uma distância de 2 metros. Um ligeiro deslocamento da AK para a direita, e o tenente foi alvejado no esterno, caindo por cima do motorista, que se levantava do exame do pneu destroçado. O homem se ergueu bem a tempo de morrer, o terceiro par de balas se alojando em seu peito.

O barulho dos disparos pareceu ressoar pelas dunas, mas o deserto e a estrada estavam vazios. Martin chamou os três estudantes apavorados.

– Ponham os corpos no carro, os oficiais no banco traseiro, o motorista ao volante – ordenou ele aos dois homens.

Entregou à moça uma chave de fenda curta, a lâmina afiada ao ponto de uma agulha, e acrescentou:

– Faça três furos no tanque de gasolina.

Martin olhou para os vigias. Ambos gesticularam que nada se aproximava. Ele mandou que a moça pegasse seu lenço, enrolasse em torno de uma pedra, desse um nó e encharcasse de gasolina. Depois que os três corpos foram arrumados no carro, ele acendeu o lenço, e jogou-o na poça de gasolina que se formara sob o tanque furado.

– Agora, vamos embora.

Os jovens não precisavam de mais ordens. Saíram correndo pelas dunas, para o lugar em que a *pick-up* ficara estacionada, fora da estrada. Só o Beduíno se lembrou de levar a tábua com os pregos. Ao passar entre as dunas, o fogo atingiu o tanque de gasolina, que explodiu. O carro desapareceu em chamas.

Voltaram para a Cidade do Kuwait num silêncio aturdido. Dois jovens viajavam com Martin na cabine, os outros três iam na traseira.

– Vocês viram? – perguntou Martin, depois de algum tempo. – Observaram tudo?

– Sim, Beduíno.

– E o que acharam?

– Foi... muito rápido – respondeu a moça chamada Rana.

– Pois eu achei que demorou muito – comentou o bancário.

– Foi rápido e brutal – disse Martin. – Quanto tempo acha que ficamos na estrada?

– Meia hora?

– Seis minutos. Ficaram chocados?

– Eu fiquei, Beduíno.

– Ainda bem. Só os psicopatas não ficam chocados na primeira vez. Estou me lembrando de um general americano chamado Patton. Já ouviram falar dele?

– Não, Beduíno.

– Ele disse que seu trabalho não era cuidar para que seus soldados morressem pelo país, mas sim cuidar para que os outros pobres coitados morressem pelo país deles. Entenderam?

A filosofia de George Patton não podia ser bem traduzida para o árabe, mas eles compreenderam.

– Quando alguém vai à guerra, só pode se esconder até certo ponto. Depois desse ponto, há uma opção. Você morre ou o outro morre. Façam sua opção agora, todos vocês. Podem retornar a seus estudos ou ir à guerra.

Os jovens pensaram por vários minutos. Rana foi a primeira a responder.

– Irei à guerra, se me ensinar como, Beduíno.

Depois disso, os homens tinham de concordar.

– Muito bem. Antes de mais nada, eu lhes ensinarei como destruir, matar e continuar vivo. Em minha casa, daqui a dois dias, ao amanhecer, assim que o toque de recolher for levantado. Levem livros escolares, inclusive você, bancário. Se forem detidos, ajam com naturalidade: são apenas estudantes, a caminho do estudo. O que é verdade, de certa forma, só que os estudos serão diferentes. E agora devem saltar aqui. Voltem à cidade em caminhões diferentes.

Haviam chegado à estrada do contorno. Martin apontou um posto de abastecimento em que os caminhões costumavam fazer uma parada, e onde poderiam conseguir uma carona. Depois que todos saltaram, ele voltou ao deserto, pegou seu rádio enterrado, afastou-se por 5 quilômetros do local, abriu a antena parabólica e começou a falar pelo Motorola já codificado, para a estação receptora, uma casa em Riad.

Uma hora depois da emboscada, o carro incendiado foi encontrado pela patrulha seguinte. Os corpos foram levados para o hospital mais próximo, Al Adan, perto de Fintas, na costa.

O patologista que efetuou a autópsia, sob o olhar de um furioso coronel da AMAM, a polícia secreta, localizou os buracos de balas, pequenas aberturas na carne queimada. Era um homem dedicado à família, tinha filhas. Conhecia a enfermeira que fora estuprada.

– Eles morreram de asfixia, quando o carro se incendiou, depois do desastre – declarou ele. – Que Alá tenha misericórdia.

O coronel soltou um grunhido irritado e foi embora.

No terceiro encontro com seu bando de voluntários, o Beduíno levou-os para o deserto, até um ponto a oeste da Cidade do Kuwait e ao sul de Jahra, onde poderiam ficar a sós. Sentados na areia, como um grupo em piquenique, os cinco jovens viram seu mestre pegar uma mochila e despejar sobre uma manta de camelo uma ampla variedade de estranhos artefatos. Um a um, Martin identificou-os.

– Explosivo plástico. Fácil de manusear, muito estável.

Todos empalideceram quando ele apertou a substância entre as mãos, como se fosse uma massa de modelar. Um dos rapazes, cujo pai possuía uma tabacaria, trouxera a pedido várias caixas usadas de charutos.

– Isto é um detonador combinado com um mecanismo de tempo – explicou o Beduíno. – Ao torcerem esta porca de borboleta no alto, um frasco com ácido é quebrado. O ácido começa a abrir caminho, através de um diafragma de cobre. Queimará sua passagem em sessenta segundos. Depois disso, o fulminato do mercúrio detonará o explosivo. Observem.

Ele tinha a plena atenção do grupo. Pegou um pedaço de explosivo plástico do tamanho de um maço de cigarros, pôs na caixa de charutos, inseriu o detonador no meio da massa.

– Ao torcerem a porca de borboleta deste jeito, só precisam fechar a caixa, prender a tampa com um elástico ao redor... assim... para mantê-la bem fechada. Só façam isso no último momento.

Ele largou a caixa na areia, no centro do círculo.

– Só que sessenta segundos é muito mais tempo do que imaginam. O suficiente para se aproximarem do caminhão iraquiano, jogarem a caixa e se afastarem. Sempre andando, jamais correndo. Um homem correndo é o início de um alarme. Deem bastante tempo para contornarem uma esquina. E continuem andando, sem correr, mesmo depois de ouvirem a explosão.

Martin tinha meio olho no seu relógio de pulso. Trinta segundos.

– Beduíno... – murmurou o Bancário.

– O que é?

– Essa não é uma bomba de verdade, não é?

– Como?

– A bomba que acabou de fazer. É falsa, certo?

Quarenta e cinco segundos. Martin inclinou-se, pegou a caixa de charuto.

– Oh, não. É autêntica. Eu só queria mostrar a vocês como sessenta segundos podem ser um longo tempo. Nunca entrem em pânico com essas coisas. O pânico os matará, fará com que sejam fuzilados. Mantenham a calma em todas as ocasiões.

Com um movimento firme do pulso, ele jogou a caixa por cima das dunas. Caiu por trás de uma, e explodiu. O estampido abalou o grupo sentado, o vento espalhou a areia para todos os lados.

Sobrevoando o norte do Golfo, um avião americano AWACS registrou a explosão, através de um dos seus sensores de calor. O operador chamou a atenção do controlador da missão, que deu uma olhada na tela. O brilho da fonte de calor já se desvanecia.

– Intensidade?

– Acho que foi do tamanho de uma granada de tanque, senhor.

– Muito bem. Pode registrar. Com a indicação de que não houve ação adicional.

Lá embaixo, o Beduíno disse:

– Vocês serão capazes de fazer isso sozinhos ao final do dia. Guardarão os detonadores e mecanismos de tempo nisto.

Ele pegou um tubo de charuto de alumínio, envolveu o detonador com algodão bruto, inseriu-o no tubo, atarraxou a tampa.

– O explosivo plástico será guardado assim.

Martin pegou um invólucro de sabonete, modelou 100 gramas do explosivo no formato de um sabonete, ajeitou-o dentro do invólucro, que prendeu com pedaço de fita adesiva.

– Vocês mesmos devem adquirir as caixas de charutos. Não as grandes, para Havanas, mas pequenas, para outros tipos de charutos. Sempre tenham dois charutos na caixa, para o caso de serem detidos e revistados. Se algum iraquiano quiser ficar com o tubo de charuto, a caixa, ou o sabonete, devem deixar.

Ele fez com que praticassem ao sol, até poderem desembrulhar o "sabonete", tirar os charutos, preparar a bomba e prender a caixa com um elástico em trinta segundos.

– Podem fazer isso no banco traseiro de um carro, no banheiro de um café, num vão de porta, ou por trás de uma árvore, à noite. Escolham seu alvo primeiro, certifiquem-se de que não há soldados mais afastados que possam sobreviver, torçam a borboleta, fechem a caixa, prendam a tampa com o elástico, aproximem-se, joguem a bomba e afastem-se. A partir do instante em que torcerem a borboleta, contem devagar até cinquenta. Se em cinquenta segundos ainda estiverem com a caixa, tratem de jogá-la para o mais longe possível. Como terão de fazer isso no escuro na maioria das vezes, é o que vamos treinar agora.

Martin fez com que se vendassem uns aos outros e depois observou os jovens se atrapalharem, deixarem as coisas cair. Ao final da tarde, no entanto, já podiam fazer pelo tato. Assim que escureceu, ele distribuiu o restante do conteúdo da mochila, o suficiente para cada um fazer seis sabonetes e seis mecanismos de tempo. O filho do dono da tabacaria concordou em providenciar todas as caixas e tubos de alumínio necessários. Podiam obter por si mesmos o algodão bruto, os invólucros de sabonete e os elásticos. Depois, levou-os de volta à cidade.

Ao longo de setembro, o quartel-general da AMAM, no Hotel Hilton, passou a receber um fluxo de comunicados sobre a escalada dos ataques a soldados iraquianos e equipamentos militares. O coronel Sabaawi foi ficando mais e mais enfurecido, à medida que se tomava mais e mais frustrado.

Não era assim que deveria acontecer. Os kuwaitianos, ele fora informado, eram pessoas covardes, que não causariam qualquer problema. Uma pequena aplicação dos métodos de Bagdá e fariam tudo o que os iraquianos mandassem. Só que não era assim que vinha ocorrendo.

Havia, na verdade, diversos movimentos de resistência em ação, a maioria fortuita, sem qualquer coordenação. No distrito xiita de Rumaithiya, soldados iraquianos simplesmente desapareciam. Os muçulmanos xiitas tinham motivos especiais para detestar os iraquianos, pois seus correligionários, os xiitas iranianos, haviam sido massacrados, às centenas de milhares, durante a guerra Irã-Iraque. Soldados iraquianos que se embrenhavam pelo labirinto de vielas que formavam o distrito de Rumaithiya tinham a garganta cortada e os corpos eram jogados nos esgotos. Nunca foram recuperados.

Entre os sunitas, a resistência concentrava-se nas mesquitas, nas quais os iraquianos raramente se arriscavam. Ali as mensagens eram transmitidas, armas trocadas, ataques planejados.

A resistência mais organizada partia da liderança dos notáveis kuwaitianos, homens de instrução e riqueza. O Sr. Al-Khalifa tornou-se o banqueiro, usando seus recursos para fornecer alimentos, a fim de que os kuwaitianos pudessem comer, e outras mercadorias que vinham escondidas por baixo das cargas procedentes do exterior.

A organização visava a seis objetivos, cinco deles uma forma de resistência passiva. O primeiro era a documentação; cada resistente recebia documentos perfeitos, falsificados por resistentes no Ministério do Interior. O segundo era a informação – manter um fluxo de informações sobre a movimentação iraquiana, transmitida para o quartel-general da Coalizão, em Riad, em particular sobre o poderio em soldados e armamentos, fortificações costeiras e bases de mísseis. Um terceiro objetivo era manter em funcionamento os serviços públicos, água, eletricidade, bombeiros, sistema de saúde. Ao final, quando o Iraque, na derrota, abriu as válvulas do petróleo e começou a destruir o próprio mar, foram os engenheiros petrolíferos kuwaitianos que comunicaram aos caças-bombardeiros americanos que lugares exatos deviam acertar, a fim de se estancar o fluxo.

Comitês Comunitários de Solidariedade circulavam por todos os distritos, muitas vezes entrando em contato com europeus e outros cidadãos do Primeiro Mundo, ainda entocados em seus apartamentos e mantendo-os fora do alcance das redes de arrastão dos iraquianos.

Um sistema de telefonia por satélite foi contrabandeado da Arábia Saudita no tanque de gasolina falso de um jipe. Não era codificado, como o de Martin, mas a resistência kuwaitiana, mantendo-o em constante movimento, podia evitar a descoberta pelos iraquianos e entrar em contato com Riad, sempre que havia alguma coisa a transmitir. Um idoso radioamador trabalhou durante toda a ocupação, enviando 7 mil mensagens a outro radioamador, no Colorado, Estados Unidos, que eram encaminhadas ao Departamento de Estado.

Havia ainda a resistência ofensiva, em grande parte sob o comando de um tenente-coronel kuwaitiano, um dos homens que escaparam do prédio do Ministério da Defesa no primeiro dia da invasão. Como ele tinha um filho chamado Fuad, seu codinome era Abu Fuad, o pai de Fuad.

Saddam Hussein finalmente desistiu de formar um governo-marionete e designou seu meio-irmão, Ali Hassan Majid, para governador-geral.

A resistência não era apenas um jogo. Desenvolveu-se uma guerra suja clandestina, em pequena escala, mas de extrema violência. A AMAM reagiu com a instalação de dois centros de interrogatórios, no Centro Esportivo Kathma e no Estádio Qadisiyah. Ali, os métodos do chefe da AMAM, Omar Khatib, foram importados da prisão de Abu Ghraib, nos arredores de Bagdá, e usados da forma mais cruel possível. Antes da libertação, quinhentos kuwaitianos morreram, sendo que 250 foram executados, muitos depois de torturas prolongadas.

O chefe da contraespionagem, Hassan Rahmani, sentava-se à sua mesa no Hotel Hilton, lendo os relatórios preparados por sua equipe local. Chegara de Bagdá para uma breve visita, no dia 15 de setembro. Os relatórios eram sombrios.

Havia uma crescente onda de ataques a postos avançados iraquianos em estradas isoladas, a guaritas de sentinelas, veículos e barreiras rodoviárias. Tudo isso era, em grande parte, um problema da AMAM, que cuidava da resistência local; e, como era previsível, na opinião de Rahmani, aquele idiota brutal do Khatib vinha fazendo as maiores cagadas.

Rahmani não tinha tempo para a tortura, a que seu rival na estrutura do Serviço de Informações iraquiano era tão devotado. Preferia confiar num paciente trabalho de detetive, dedução e astúcia, embora tivesse de admitir que no Iraque fora o terror, e mais nada, que mantivera o Rais no poder durante todos aqueles anos. Também tinha de admitir que, apesar de toda a sua educação, sentia-se assustado com o psicopata insidioso e esperto das vielas de Tikrit.

Tentara persuadir seu presidente a deixá-lo assumir o comando do serviço secreto interno no Kuwait, mas a resposta fora um firme "não". Era uma questão de princípio, explicara Tariq Aziz, o Ministro do Exterior. Ele, Rahmani, era o encarregado de proteger o Estado da espionagem e sabotagem por fontes externas. O Rais nunca admitiria que o Kuwait era um país estrangeiro. Ao contrário, era a décima nona província do Iraque. Portanto, a função de assegurar a submissão de seus habitantes pertencia a Omar Khatib.

Enquanto examinava a pilha de relatórios naquela manhã, no Hotel Hilton, Rahmani sentia-se um tanto aliviado por não ter essa incumbência. Era um pesadelo, e Saddam Hussein, como ele previa, jogava suas cartas sistematicamente errado.

O uso de reféns ocidentais como escudos humanos contra ataques estava sendo um desastre, uma iniciativa improdutiva. Ele perdera a oportunidade de continuar a avançar para o sul, capturando os campos petrolíferos sauditas, e agora os americanos concentravam forças no local.

Todas as tentativas de assimilar o Kuwait fracassavam, e dentro de um mês, talvez menos, a Arábia Saudita seria inexpugnável, com o escudo americano ao longo de sua fronteira setentrional.

Saddam Hussein, na opinião de Rahmani, não podia sair do Kuwait sem humilhação, nem poderia ficar, se fosse atacado, sem uma humilhação ainda maior. Contudo, o ânimo em torno do Rais ainda era de confiança, como se ele estivesse convencido de que algo aconteceria em seu favor. Mas o que podia esperar? Que o próprio Alá se inclinasse do céu e esmagasse seus inimigos?

Rahmani levantou-se, foi até a janela. Gostava de andar enquanto pensava; ajudava a impor ordem no cérebro. Olhou pela janela. A marina outrora deslumbrante era agora um depósito de lixo.

Havia algo nos relatórios em sua mesa que o perturbava. Ele voltou, tornou a examiná-los. Sem dúvida, algo estranho. Alguns ataques aos iraquianos eram desfechados com pistolas e rifles, outros com bombas fabricadas de TNT industrial. Mas havia também alguns, um fluxo pequeno, mas constante, que indicavam o uso evidente de explosivos plásticos. O Kuwait nunca tivera explosivos plásticos, muito menos o Semtex-H. Então quem o usava e de onde vinha?

Havia também as mensagens pelo rádio, de um transmissor codificado, em algum lugar do deserto, sempre em movimento, entrando no ar em horários diferentes, transmitindo mensagens ininteligíveis por dez ou quinze minutos, antes de silenciar, e sempre em faixas alteradas.

Havia ainda as informações sobre um estranho beduíno, que parecia vaguear por toda parte, à vontade, aparecendo, desaparecendo e reaparecendo, deixando sempre uma trilha de destruição em sua esteira. Dois soldados gravemente feridos haviam informado, antes de morrerem, que tinham visto o homem, alto e confiante, usando um *keffiyeh* xadrez, em vermelho e branco, uma das pontas puxada ocultava o rosto.

Dois kuwaitianos, sob tortura, mencionaram a lenda do beduíno invisível mas alegaram nunca tê-lo visto. Os homens de Sabaawi tentavam persuadir os prisioneiros, infligindo ainda mais dor, a confessar que o tinham visto. Idiotas. Claro que eles admitiriam... inventariam qualquer coisa para interromper a agonia.

Quanto mais Hassan Rahmani pensava a respeito, mais se tornava convencido de que tinha um estrangeiro infiltrado em suas mãos, o que se enquadrava em sua jurisdição. Achava difícil acreditar que houvesse algum beduíno com conhecimentos sobre explosivos plásticos e transmissores codificados... se é que as duas coisas se originavam do mesmo homem. Podia ter treinado algumas pessoas para lançar as bombas, mas também parecia executar muitos dos ataques pessoalmente.

Não seria possível deter cada beduíno vagueando pela cidade e pelo deserto... seria o estilo da AMAM, mas passariam anos arrancando unhas sem chegar a qualquer resultado concreto.

Para Rahmani, o problema apresentava três opções. Capturar o homem durante um dos seus ataques, mas isso seria fortuito e talvez jamais ocorresse. Capturar um de seus associados kuwaitianos e descobrir o covil do homem. Ou descobri-lo com seu transmissor no deserto.

Rahmani decidiu-se pela última opção. Traria do Iraque duas ou três de suas melhores equipes de detecção de rádio, postando-as em locais diferentes, e tentaria triangular a fonte da transmissão. Também precisaria de um helicóptero do exército à disposição, com uma unidade das forças especiais pronta a entrar em ação. Tomaria as providências assim que voltasse a Bagdá.

HASSAN RAHMANI não era o único homem naquele dia, no Kuwait, a se interessar pelo beduíno. Numa casa suburbana, a quilômetros do Hilton, um jovem kuwaitiano, bonito, de bigode, usando um *thob* branco de algodão, sentava-se numa poltrona e escutava um amigo que viera lhe trazer uma informação interessante.

– Eu estava em meu carro, parado num sinal vermelho, sem observar qualquer coisa em particular, quando notei um caminhão do exército iraquiano parado no lado oposto do cruzamento, com alguns soldados em torno do capô, comendo e fumando. Nesse momento, um rapaz, um dos nossos, saiu de um café carregando o que parecia ser uma caixa pequena. E era mesmo pequena. Não dei importância, até que o vi jogar a caixa por baixo do caminhão. Um momento depois, ele virou a esquina e desapareceu. O sinal mudou, mas continuei parado ali. Em cinco segundos, o caminhão desintegrou-se. Explodiu por completo. Todos os soldados foram atingidos. Nunca vi uma coisa tão pequena causar tantos danos. Tratei de fazer uma curva em U e saí dali, antes que a AMAM chegasse.

– Explosivo plástico – disse o oficial do exército. – Ah, o que eu não daria para ter um pouco... Deve ter sido um dos homens do Beduíno. Quem será o desgraçado? Eu adoraria conhecê-lo.

– O fato é que reconheci o rapaz.

– O quê?

O jovem coronel inclinou-se para a frente, o rosto aceso em interesse.

– Não teria vindo até aqui só para lhe contar o que já deve saber. Mas reconheci o rapaz. Abu Fuad, há anos que venho comprando cigarros na loja do pai dele.

O DR. REINHART, quando falou no Comitê Medusa, em Londres, três dias depois, parecia cansado. Apesar de ter sido aliviado de todos os seus outros deveres em Porton Down, a documentação que recebera na primeira reunião e as informações complementares enviadas desde então representavam uma tarefa monstruosa.

– É provável que o estudo ainda não esteja completo – disse ele –, mas já dá para se perceber um quadro bastante amplo.

"Em primeiro lugar, sabemos que Saddam Hussein possui uma grande capacidade de produção de gás venenoso, que calculo em mais de mil toneladas por ano.

"Durante a guerra Irã-Iraque, alguns soldados iranianos atacados com gás foram tratados aqui na Inglaterra, e pude examiná-los. Não foi difícil reconhecer os efeitos do fosgênio e do gás de mostarda já naquele tempo.

O Dr. Reinhart fez uma pausa.

– A pior notícia é a de que não tenho a menor dúvida de que o Iraque conta agora com suprimentos substanciais de dois gases muito mais letais, agentes mais novos, de invenção alemã, chamados Sarin e Tabun. Se foram usados na guerra Irã-Iraque... e creio que foram... não haveria a menor possibilidade de tratar as vítimas em hospitais britânicos, pois todos morreriam.

– Até que ponto são terríveis esses... ahn... agentes, Dr. Reinhart? – perguntou Sir Paul Spruce.

– É casado, Sir Paul?

O mandarim cortês ficou surpreso.

– Sou, sim.

– A Sra. Spruce costuma usar perfume com um vaporizador?

– Creio que já a vi fazer isso.

– E por acaso notou como é fino o spray? Como as gotas são mínimas?

– É verdade e, tendo em vista o preço do perfume, ainda bem que é assim.

Era uma boa piada, ou pelo menos Sir Paul gostou.

– Duas dessas gotinhas de Sarin ou Tabun em sua pele e você está morto – proclamou o homem de Porton.

Ninguém sorriu.

– A pesquisa iraquiana dos gases dos nervos remonta a 1976. Nesse ano, eles procuraram a companhia britânica ICI, explicando que queriam construir uma fábrica de pesticidas, a fim de produzir quatro tipos diferentes... mas os materiais que pediram levou a ici a recusar. As especificações apresentadas pelos iraquianos para tubos, bombas e recipientes reatores, resistentes à corrosão, convenceram a IC3 de que o verdadeiro objetivo final não eram os pesticidas químicos, mas o gás dos nervos. O negócio foi cancelado.

– Graças a Deus por isso – comentou Sir Paul, fazendo uma anotação.

– Mas nem todos recusaram – continuou o ex-refugiado vienense. – A desculpa era sempre a de que o Iraque precisava produzir herbicidas e pesticidas, produtos que precisam de venenos.

– Não é possível que eles quisessem de fato fabricar esses produtos agrícolas? – indagou Paxman.

– Não há a menor possibilidade – respondeu Reinhart. – Para um químico profissional, a chave encontra-se nas quantidades e tipos. Em 1981, eles contrataram uma firma alemã para construir um laboratório com uma disposição muito especial e insólita. Destinava-se à produção de pentacloreto de fósforo, a substância química inicial para o fósforo orgânico, um dos ingredientes do gás dos nervos. Nenhum laboratório universitário de pesquisa normal precisaria manipular substâncias tão tóxicas. Os engenheiros químicos envolvidos deviam saber disso.

"Outras guias de exportação revelam encomendas de tiodiglicol. É o que se usa no gás de mostarda, misturado com ácido clorídrico. O tiodiglicol, em pequenas quantidades, pode ser usado também na fabricação da tinta para canetas esferográficas."

– Quanto eles compraram? – perguntou Sinclair.

– Quinhentas toneladas.

– Dá bastante esferográfica – murmurou Paxman.

– Isso foi no início de 1983 – continuou Reinhart. – No verão, a grande fábrica de gás venenoso em Samarra entrou em operação, produzindo iperita, que é o gás de mostarda. Eles começaram usando gás nos iranianos.

"Durante os primeiros ataques aos iranianos, o Iraque usou uma mistura de chuva amarela, iperita e Tabun. Por volta de 1985, eles melhoraram a mistura, passando a usar cianeto de hidrogênio, gás de mostarda, Tabun e Sarin, alcançando um índice de 60 por cento de mortalidade entre a infantaria iraniana."

– Poderíamos tratar apenas dos gases dos nervos, doutor? – pediu Sinclair. – Parecem ser os mais mortíferos.

– E são mesmo – confirmou o Dr. Reinhart. – A partir de 1984, as substâncias químicas que eles queriam comprar eram o oxicloreto de fósforo, que é um importante precursor químico para o Tabun, e dois precursores para o Sarin, fosfito trimetil e fluoreto de potássio. Do primeiro desses três tentaram encomendar 250 toneladas de uma companhia holandesa. Daria pesticida suficiente para matar todas as árvores, arbustos e relva do Oriente Médio. Os holandeses recusaram, como a ICI, mas ainda assim eles compraram duas substâncias químicas não controladas na ocasião, dimetilamina, para a produção de Tabun, e isopropanol, para a de Sarin.

– Se eram não controladas na Europa, por que não podiam ser usadas para pesticidas? – indagou Sir Paul.

– Por causa das quantidades, dos equipamentos de fabricação química e manuseio, e da disposição da fábrica – explicou Reinhart. – Para um químico ou engenheiro químico competente, parecia evidente que nenhuma dessas aquisições poderia ter outro uso que não a fabricação de gás venenoso.

– Sabe quem tem sido o principal fornecedor, ao longo dos anos? – perguntou Sir Paul.

– Claro. Houve algum fornecimento de natureza científica da União Soviética e Alemanha Oriental nos primeiros dias, e algumas exportações de oito países, na maioria dos casos pequenas quantidades de substâncias químicas não controladas. Mas 80 por cento das fábricas, máquinas, equipamentos especiais de manuseio, substâncias químicas, tecnologia e *know-how* partiram da Alemanha Ocidental.

– Há anos que protestamos junto a Bonn – informou Sinclair. – Eles sempre ignoraram os protestos. Doutor, pode identificar as instalações de gases químicos nas fotos que lhe entregamos?

– Posso, sim. Algumas fábricas estão indicadas na documentação, outras podem ser vistas com uma lupa.

O químico espalhou cinco fotos aéreas grandes na mesa.

– Não conheço os nomes árabes, mas estes números identificam as fotos para vocês, não é mesmo?

– É isso mesmo – respondeu Sinclair. – Basta indicar os prédios.

– Aqui, todo o complexo de 17 prédios... aqui, este prédio isolado e grande... estão vendo a unidade de purificação do ar? E este aqui... e todo este complexo de oito prédios... e aqui também.

Sinclair examinou uma lista que tirou de sua pasta. Balançou a cabeça, com uma expressão sombria.

– Como pensávamos. Al-Qaim, Fallujah, Al-Hillah, Salman Pak e Samarra. Doutor, fico-lhe muito agradecido. Nosso pessoal nos Estados Unidos chegou à mesma conclusão. Todos esses locais serão alvos na primeira onda de ataques.

Encerrada a reunião, Sinclair saiu com Simon Paxman e Terry Martin. Eles caminharam até Piccadilly e tomaram um café no Richoux.

– Não sei sobre vocês – disse Sinclair, enquanto mexia seu *cappuccino* –, mas para nós o grande problema é a ameaça de gás. O general Schwarzkopf já está convencido do que ele chama de roteiro de pesadelo. Ataques em massa com gás, uma chuva de ar caindo sobre nossas tropas. Se eles forem, usarão máscara e proteção completa, da cabeça aos pés. A boa notícia é que esses gases não sobrevivem por muito tempo depois de expostos ao ar. Caem no deserto e acabam. Terry, você não parece convencido.

– Essa chuva de gás – murmurou Martin. – Como Saddam a lançaria?

Sinclair deu de ombros.

– Barragem de artilharia, eu acho. Foi assim que ele agiu contra os iranianos.

– Não vão destruir sua artilharia? Está a uma distância de apenas 30 quilômetros, em algum lugar no deserto.

– É verdade – concordou o americano. – Temos a tecnologia para localizar cada canhão e tanque por lá, mesmo que estejam debaixo da areia e camuflados.

– Se os canhões forem destruídos, de que outra forma Saddam lançaria a chuva de gás?

– Caças-bombardeiros, eu acho.

– Mas também vão destruí-los, antes da ofensiva das forças de terra – ressaltou Martin. – Não restará nada que voe a Saddam.

– Ora, seriam os mísseis Scud, ou qualquer outra coisa. É isso o que ele vai tentar. E destruiremos cada coisa, uma a uma. Lamento, pessoal, mas tenho de ir agora.

Depois que o homem da CIA se retirou, Paxman perguntou:

– Aonde está querendo chegar, Terry?

Martin suspirou.

– Não sei. Acontece apenas que Saddam e seus estrategistas já devem saber de tudo isso. Não subestimam o poderio aéreo americano. Simon, pode me arrumar todos os discursos de Saddam durante os últimos seis meses? Em árabe, tem de ser em árabe.

– Acho que sim. O QG em Cheltenham deve ter, ou o Serviço Árabe da BBC. Em gravação ou transcrição?

– Em gravação, se possível.

Durante três dias, Martin escutou a voz gutural e belicosa de Bagdá. Ouviu as fitas várias vezes e não conseguia se livrar da inquietante preocupação de que o déspota iraquiano produzia os barulhos errados para um homem em situação tão crítica. Não sabia ou não admitia a profundidade de seu problema, ou sabia de algo que seus inimigos ignoravam.

Em 21 de setembro, Saddam Hussein fez novo discurso, ou melhor, uma declaração, através do Conselho do Comando Revolucionário, que usava seu vocabulário particular. Dizia que não havia a menor possibilidade de uma retirada iraquiana do Kuwait, e que qualquer tentativa de expulsar o Iraque levaria à "mãe de todas as batalhas".

Foi assim que traduziram. A imprensa adorou, e as palavras se tornaram quase que um lema.

O Dr. Martin estudou o texto, e depois telefonou para Simon Paxman.

– Estive estudando o vernáculo do vale do Tigre Superior – disse ele.

– Santo Deus, que *hobby*! – exclamou Paxman.

– A questão é a expressão que ele usou, "mãe de todas as batalhas".

– E onde está o problema?

– Na palavra traduzida como batalha. De onde Saddam vem, também significa baixas ou banho de sangue.

Houve um momento de silêncio no outro lado da linha.

– Não se preocupe com isso.

Apesar da afirmação, Terry Martin continuou preocupado.

7

O filho do dono da tabacaria ficou apavorado e seu pai também.
– Conte a eles tudo o que você sabe – suplicou o pai.

Os dois homens do Comitê de Resistência do Kuwait haviam se mostrado bastante polidos ao se apresentarem, mas insistiram que queriam que o rapaz fosse franco e honesto.

O comerciante, embora soubesse que eles haviam fornecido pseudônimos, em vez dos nomes verdadeiros, era bastante esperto para compreender que falava com membros poderosos e influentes de seu próprio povo. Pior ainda, fora uma total surpresa para ele saber que o filho tinha uma participação ativa na resistência.

E o pior de tudo, descobria que o filho sequer integrava a resistência oficial kuwaitiana; em vez disso, fora visto ao jogar uma bomba debaixo de um caminhão iraquiano, a mando de algum estranho bandido, de quem ele nunca ouvira falar. Era o suficiente para provocar um infarto em qualquer pai.

Os quatro sentavam-se na confortável sala de estar da casa do comerciante, em Keifan. Um dos visitantes explicou que nada tinham contra o Beduíno, apenas queriam entrar em contato com ele, a fim de colaborar.

O rapaz explicou tudo o que acontecera, desde o momento em que o amigo fora puxado de detrás de uma pilha de escombros, quando ia disparar contra um caminhão iraquiano que passava pela estrada. Os homens escutaram em silêncio, apenas com algumas perguntas ocasionais de um deles. O que nada dizia, usando óculos escuros, era Abu Fuad.

O interrogador demonstrou um interesse particular pela casa em que o grupo se reunia com o Beduíno. O rapaz deu o endereço e acrescentou:

– Não creio que haja algum proveito em ir até lá. Ele é extremamente vigilante. Um de nós foi até lá uma ocasião, para tentar conversar com ele, e encontrou a casa trancada. Achamos que o Beduíno não vive ali, mas soube da visita. Disse-nos que nunca mais deveríamos fazer isso. Se acontecesse de novo, ele romperia o contato e nunca mais tornaríamos a vê-lo.

Sentado em seu canto, Abu Fuad balançou a cabeça em aprovação. Ao contrário dos outros, era um soldado treinado e pensou reconhecer a atitude de outro profissional.

– Quando será o próximo encontro? – perguntou ele.

Havia uma possibilidade de que o rapaz pudesse transmitir uma mensagem, um convite para uma reunião.

– Agora, ele entra em contato com um de nós, que avisa aos outros. Pode demorar algum tempo.

Os dois kuwaitianos foram embora. Tinham a descrição de dois veículos, uma *pick-up* toda amassada, aparentemente o disfarce de um camponês, levando frutas do campo para a cidade, e um potente carro para excursões pelo deserto.

Abu Fuad forneceu os números dos veículos para um amigo no Ministério do Transporte, mas a pista não levou a parte alguma. As duas placas eram falsas. A pista restante referia-se aos documentos de identidade que o homem precisaria para passar pelas incontáveis barreiras iraquianas nas ruas e estradas.

Por meio de seu comitê, ele entrou em contato com um servidor civil do Ministério do Interior. Teve sorte. O homem lembrava-se de ter preparado um cartão de identidade falso para um camponês de Jahra. Fora um favor que prestara ao milionário Ahmed Al-Khalifa, seis semanas antes.

Abu Fuad ficou exultante e intrigado. O milionário era uma figura influente e respeitada no Movimento. Mas sempre se pensara que suas atividades se restringiam ao lado financeiro da resistência, sem qualquer envolvimento com os combates. Como ele podia ser o patrono do misterioso e letal Beduíno?

AO SUL DA FRONTEIRA kuwaitiana, o arsenal americano continuava a chegar. Ao final da última semana de setembro, o general Norman Schwarzkopf, no fundo do labirinto de câmaras secretas, dois andares abaixo do solo, no Ministério da Força Aérea saudita, na estrada do aeroporto antigo, em Riad, finalmente concluiu que tinha forças suficientes para declarar a Arábia Saudita a salvo do ataque iraquiano.

No ar, o general Charles "Chuck" Horner construiu uma cobertura de proteção aérea de aço em constante patrulhamento, uma armada veloz e bem-provida, caças de superioridade aérea, caças-bombardeiros para ataque no solo, aviões de reabastecimento, bombardeiros pesados e Thunderbolts para destruir tanques, o suficiente para liquidar uma ofensiva iraquiana, em terra e no ar.

Ele contava com a tecnologia aerotransportada, que podia e cobria pelo radar cada palmo do Iraque. Ela podia sentir cada movimento de metal pesado rolando pelas estradas, atravessando o deserto ou tentando alçar voo, e podia escutar cada conversa iraquiana nas ondas aéreas e determinar qualquer fonte de calor.

Em terra, Norman Schwarzkopf sabia que dispunha agora de suficientes unidades mecanizadas, blindados leves e pesados, artilharia e infantaria para enfrentar qualquer coluna iraquiana, detê-la, cercá-la e liquidá-la.

Na última semana de setembro, em condições de sigilo total, a tal ponto que nem mesmo os aliados dos Estados Unidos foram informados, formularam-se os planos para passar do papel defensivo ao ofensivo. O ataque ao Iraque foi planejado, embora o mandato da ONU ainda se limitasse a garantir a segurança da Arábia Saudita e dos Estados do Golfo.

Mas ele também tinha problemas. Um deles era o fato de o número de soldados, canhões e tanques iraquianos dispostos à sua frente ser o dobro do que encontrara ao chegar a Riad, seis semanas antes. Outro era o de que precisaria, paras as forças da Coalizão que libertariam o Kuwait, o dobro do necessário para defender a Arábia Saudita.

Norman Schwarzkopf era um homem que levava muito a sério a máxima de George Patton; um americano, britânico, francês ou qualquer outro soldado ou aviador da Coalizão morto era demais. Antes de atacar, ia querer duas coisas: dobrar a quantidade das forças de que dispunha no momento e uma ofensiva aérea para "degradar" em 50 por cento o poderio das forças iraquianas dispostas ao norte da fronteira.

Isso significava mais tempo, mais equipamentos, mais suprimentos, mais canhões, mais tanques, mais soldados, mais aviões, mais combustível, mais alimentos e muito mais dinheiro. Foi então que ele disse aos aturdidos Napoleões de poltrona do Capitólio que, se queriam uma vitória, era melhor que lhe concedessem tudo o que queria.

Na verdade, foi o afável chefe do Estado-Maior conjunto, general Colin Powell, quem transmitiu a mensagem, mas atenuou um pouco a linguagem. Políticos adoram entrar no jogo dos soldados, mas detestam ser tratados na linguagem dos soldados.

Assim, o planejamento na última semana de setembro foi absolutamente secreto. Como se constatou depois, foi muito bem-feito. A ONU, vazando planos de paz por todas as costuras, esperaria até 29 de novembro, antes de dar autorização para se usar toda a força necessária na expulsão dos iraquianos do Kuwait, a menos que Saddam Hussein decidisse se retirar até 16 de janeiro. Se o planejamento começasse ao final de novembro, talvez nunca pudesse ser concluído a tempo.

AHMED AL-KHALIFA ficou profundamente embaraçado. Conhecia Abu Fuad, sabia quem ele era e o que fazia. Além disso, era favorável a seu pedido. Mas dera a palavra, explicou, e não podia voltar atrás.

Nem mesmo para um compatriota kuwaitiano e companheiro da resistência podia revelar que o Beduíno era na verdade um oficial britânico. Mas concordou em deixar uma mensagem num lugar em que sabia que o Beduíno a encontraria, mais cedo ou mais tarde.

Na manhã seguinte, deixou uma carta, com sua recomendação pessoal para que o Beduíno aceitasse um encontro com Abu Fuad, junto à tumba de mármore do marujo Shepton, no cemitério cristão.

HAVIA SEIS SOLDADOS no grupo, comandados por um sargento, e quando o Beduíno virou a esquina, ficaram tão surpresos quanto ele.

Mike Martin deixara a *pick-up* na garagem trancada e atravessava a cidade a pé, a caminho da casa que escolhera para passar aquela noite. Sentia-se cansado e relaxara o estado de alerta, o que não costumava acontecer. Ao deparar com os iraquianos e perceber que o tinham visto, censurou a si mesmo. Em seu trabalho, homens podem morrer por um momento de desatenção.

Já passava do toque de recolher, e embora estivesse acostumado a circular pela cidade depois que se esvaziava dos cidadãos respeitadores da lei, e havia apenas patrulhas iraquianas vagueando de um lado para o outro, fazia questão de andar por ruas secundárias pouco iluminadas, esgueirando-se pelas sombras e vielas escuras, assim como os iraquianos também faziam questão de se ater às ruas e cruzamentos principais. Assim, nunca incomodavam uns aos outros.

Mas depois do retorno de Hassan Rahmani a Bagdá, com suas críticas veementes à inutilidade do Exército Popular, algumas mudanças estavam ocorrendo. Os boinas-verdes das Forças Especiais haviam começado a aparecer na Cidade do Kuwait.

Apesar de não estarem na mesma categoria das forças de elite da Guarda Republicana, os boinas-verdes eram pelo menos mais disciplinados do que a turba de recrutas que constituía o Exército Popular. Seis deles se postavam ao lado de seu caminhão, num cruzamento em que normalmente não haveria nenhum iraquiano.

Martin mal teve tempo de se apoiar na bengala que carregava e assumir a postura de um velho. Era uma atitude sensata, pois na cultura árabe os velhos merecem respeito, ou pelo menos compaixão.

– Ei, você! – gritou o sargento. – Venha até aqui!

Quatro rifles foram apontados para o vulto solitário com um *keffiyeh* xadrez. O velho parou, depois se adiantou, mancando.

– O que está fazendo na rua a esta hora, Beduíno?

– Sou apenas um velho tentando chegar em casa antes do toque de recolher, *sayidi* – balbuciou o homem.

– Já passou da hora do toque de recolher, seu idiota. Mais de duas horas.

– Não sabia, *sayidi*. Não tenho relógio.

No Oriente Médio, os relógios não são indispensáveis, apenas muito valorizados, um símbolo de prosperidade. Os soldados iraquianos que chegavam ao Kuwait logo tratavam de adquirir um; simplesmente os tomavam de quem tinha. Mas a palavra "beduíno" vem de "*bidun*", significando "sem".

O sargento soltou um grunhido. A desculpa era viável.

– Documentos – disse ele.

O velho usou a mão livre para apalpar a túnica imunda.

– Parece que perdi tudo.

– Revistem-no! – ordenou o sargento.

Um dos soldados se adiantou. A granada de mão presa na parte interna da coxa esquerda de Martin parecia uma das melancias que transportava na *pick-up*.

– Não toque nos meus ovos – disse o velho beduíno, em tom ríspido.

O soldado parou. Um homem por trás riu. O sargento tentou manter o rosto impassível.

– Continue, Zuhair. Reviste-o.

O jovem soldado Zuhair hesitou, embaraçado. Sabia que seria o alvo dos risos.

– Só minha esposa tem permissão para tocar em meus ovos – acrescentou o beduíno.

Dois soldados caíram na gargalhada e baixaram os rifles. E logo os outros fizeram a mesma coisa. Zuhair ainda hesitava.

– E não adianta nada – disse o velho. – Há muito que já passei do tempo para essas coisas.

Era demais. A patrulha toda se dobrou de tanto rir. Até o sargento permitiu-se um sorriso.

– Está certo, velho. Siga o seu caminho. E não fique outra vez na rua depois do escurecer.

O beduíno claudicou até a esquina, coçando-se por baixo das roupas. Virou-se ao alcançar a esquina. A granada, sem o pino, rolou pelas pedras do calçamento e foi parar junto ao pé de Zuhair. Os seis a fitaram, aturdidos. E logo veio a explosão. Foi o fim dos seis soldados. E também o fim de setembro.

NAQUELA NOITE, longe dali, em Tel Aviv, o general Yaacov Kobi Dror, do Mossad, sentava-se em sua sala, no prédio de Hadar Dafna, tomando um drinque depois do trabalho, com um velho amigo e colega, Shlomo Gershon, sempre conhecido como Sami.

Sami Gershon era o chefe dos combatentes, ou Divisão Komeniute, responsável pelos agentes "ilegais", a perigosa lâmina da espionagem. Fora um dos outros dois homens presentes quando seu superior mentira para Chip Barber.

– Não acha que deveríamos ter lhes contado? – indagou ele, porque o assunto voltara à tona.

Dror girou a cerveja na garrafa e tomou um gole.

– Eles que se fodam – resmungou. – E que tratem de recrutar seu próprio patrimônio.

Como um soldado adolescente, ele se agachara sob seu tanque Patton, no deserto, na primavera de 1967, e esperara, enquanto quatro Estados árabes se preparavam para acertar contas com Israel, de uma vez por todas. Ainda se recordava agora como o mundo exterior se limitara a murmurar "Mas que coisa!".

Com o restante de sua guarnição, sob o comando de um soldado de 20 anos, fora um dos homens que, sob Israel Tal, abriram uma passagem pelo Passo de Mitla e repeliram o exército egípcio de volta ao Canal de Suez.

Recordava também que, quando Israel destruíra quatro exércitos e quatro forças aéreas em seis dias, a mesma imprensa ocidental que retorcera as mãos pela iminente destruição de seu país, em maio, passara a acusar os israelenses de táticas tirânicas, por sua vitória.

Desde então, a filosofia de Kobi Dror ficara definida. Que se fodam todos os outros. Era um *sabra*, nascido e criado em Israel, e não tinha a visão ampla e a paciência de pessoas como David Ben Gurion.

Sua lealdade política era com o Partido Likud, de extrema direita, com Menachem Begin, que lutara no Irgun, e com Itzhak Shamir, que fora o líder do Lehi, o Bando Implacável.

Uma ocasião, sentado no fundo de uma sala, escutando um instrutor falar aos novos recrutas, ouvira-o usar a expressão "agências de informações amigas". Levantara-se no mesmo instante e protestara:

– Não existe ninguém que se possa chamar de amigo de Israel, exceto talvez os judeus da diáspora. O mundo está dividido em dois: nossos inimigos e os neutros. Tomem tudo, não deem nada. Sorriam para eles, batam cordialmente em suas costas, bebam com eles, lisonjeiem, agradeçam por seu aviso e não lhes digam nada.

Gershon comentou agora:
- Vamos torcer para que eles nunca descubram.
- E como poderiam descobrir? Só há oito de nós que sabem. E todos pertencem ao Escritório.
Deve ter sido a cerveja. Ele estava esquecendo mais alguém.

NA PRIMAVERA DE 1988, um executivo britânico chamado Stuart Harris compareceu a uma feira industrial em Bagdá. Era diretor de vendas de uma companhia de Nottingham que fabricava e vendia equipamentos de nivelação de estradas. A feira era patrocinada pelo Ministério dos Transportes iraquiano. Como quase todos os ocidentais, ele fora instalado no Hotel Rashid, na rua Yafa, construído principalmente para estrangeiros, e sob permanente vigilância.

No terceiro dia da exposição, Harris voltara ao seu quarto para encontrar um envelope em branco, empurrado por baixo da porta. Não tinha nenhum nome, apenas o número do quarto, e o número estava certo.

Dentro, havia uma única folha de papel e outro envelope em branco, do tipo de correspondência aérea. No papel estava escrito, em inglês, com letras maiúsculas: AO VOLTAR A LONDRES, ENTREGUE ESTE ENVELOPE A NORMAN SEM ABRIR, NA EMBAIXADA ISRAELENSE.

E era tudo. Stuart Harris ficou apavorado, entrou em pânico. Conhecia a reputação do Iraque, de sua temida polícia secreta. O conteúdo do envelope em branco poderia fazer com que fosse preso, torturado, talvez morto.

Para seu crédito, manteve o controle, sentou-se, tentou encontrar respostas para várias indagações. Por que logo ele?, por exemplo. Havia dezenas de outros executivos britânicos em Bagdá. Porque escolher Stuart Harris? Não podiam saber que ele era judeu, que seu pai chegara à Inglaterra em 1935, procedente da Alemanha, como Samuel Horowitz, não é mesmo?

Embora ele nunca descobrisse, houvera uma conversa dois dias antes na cantina da feira entre dois funcionários do Ministério dos Transportes iraquiano. Um deles contara ao outro sua visita à fábrica em Nottingham, no outono anterior; como Harris fora seu anfitrião no primeiro e segundo dias, depois sumira por um dia e voltara em seguida. O iraquiano perguntara se Harris estava doente. O outro executivo britânico soltara uma risada e respondera que Harris tivera uma folga para o Yom Kippur.

Os dois servidores civis iraquianos não pensaram mais no assunto, mas alguém no reservado ao lado se mostrara bastante interessado. Comunicara a conversa a seu superior. Este parecera não dar a menor importância, mas depois refletira bastante e fizera uma pequena investigação sobre o Sr. Stuart Harris, de Nottingham, descobrindo o número do seu quarto no Rashid.

Em seu quarto no hotel, Harris se perguntou o que devia fazer. Mesmo que o remetente anônimo da carta tivesse descoberto que ele era judeu, pensou, havia algo que nunca poderia saber. Por uma extraordinária coincidência, Stuart Harris era um *sayan*.

O Instituto Israelense de Informações e Operações Especiais, fundado em 1951, por ordem do próprio Ben Gurion, é conhecido fora de suas paredes como Mossad, a palavra hebraica para instituto. Dentro de suas paredes, nunca é chamado assim, sendo sempre referido como o "escritório". Entre as principais agências de informações do mundo, é de longe a menor. Em termos de pessoal na folha de pagamento, é bem pequena. O quartel-general da CIA em Langley, na Virgínia, tem 25 mil servidores, sem contar com o pessoal nas estações externas. Em seu auge, a Primeira Diretoria da KGB, responsável, como a CIA e o Mossad, pela coleta de informações externas, tinha 15 mil controladores de operações espalhados pelo mundo, com cerca de 3 mil baseados no quartel-general em Yazenevo.

O Mossad conta apenas com um quadro entre 1.200 e 1.500 empregados, em qualquer ocasião, e menos de quarenta controladores de operações, chamados *katsas*.

O fato de conseguir funcionar com um orçamento tão reduzido, e ainda obter todo o seu "produto", depende de dois fatores. Um é a capacidade de explorar a vontade de toda a população israelense – uma população que ainda é espantosamente cosmopolita e contém uma impressionante variedade de talentos, línguas e origens geográficas.

O outro fator é uma rede internacional de ajudantes ou assistentes, em hebraico, *sayanim*. São os judeus da diáspora (devem ser totalmente judeus, pelos dois lados), que, embora provavelmente leais ao país em que residem, também sentem a maior simpatia pelo Estado de Israel.

Há 2 mil só em Londres, 5 mil no resto da Grã-Bretanha e dez vezes mais nos Estados Unidos. Nunca são envolvidos em operações, apenas se pede que prestem alguns favores. E devem ser convencidos de que a ajuda que lhes é pedida não servirá para uma operação contra seu país de nascimento ou adoção. Não se permitem lealdades conflitantes. Esse sistema possibilita a redução dos custos operacionais em até dez vezes.

Por exemplo: uma equipe do Mossad chega a Londres para montar uma operação contra um grupo secreto palestino. Precisa de um carro. Um *sayan* no negócio de automóveis recebe o pedido para deixar um carro de segunda mão num determinado lugar, com as chaves por baixo do tapete. O carro é devolvido mais tarde, depois de concluída a operação. O *sayan* nunca sabe para que foi usado; em seus livros fica registrado que foi emprestado a título experimental a um possível cliente.

A mesma equipe precisa de uma "fachada". Um *sayan* proprietário de imóveis empresta uma loja vazia e um *sayan* no ramo de confeitaria a abastece com balas e chocolates. Precisa de um ponto de entrega de correspondência; um *sayan* com uma administradora empresta as chaves de uma sala desocupada.

Stuart Harris se encontrava em férias no balneário israelense de Eilat quando, no bar do Red Rock, conversara com um jovem e simpático israelense, que falava um excelente inglês. Em outro encontro, o jovem israelense levara um amigo, um homem mais velho, que, durante a conversa, discretamente, extraíra de Harris seus sentimentos em relação a Israel.

Ao final das férias, Harris concordara que se houvesse qualquer coisa que pudesse fazer...

Voltara para casa, como aconselhado, e continuara em sua vida normal. Durante dois anos, esperara pelo chamado, mas não o recebera. Contudo, um visitante cordial mantinha um contato periódico... uma das funções mais enfadonhas dos *katsas* em missão no exterior é o de não perder de vista os *sayanim* em sua lista.

Agora, sentado num quarto de hotel em Bagdá, Stuart Harris sentia uma crescente onda de pânico e se perguntava o que fazer. A carta podia muito bem ser uma provocação... ele seria interceptado no aeroporto, ao tentar levá-la para fora do país. Metê-la na mala de outra pessoa? Ele achava que não seria capaz de fazer isso. E como a recuperaria em Londres?

Acabou se acalmando, formulou um plano e fez tudo certo. Queimou o envelope externo e o bilhete num cinzeiro, esmagou as cinzas e despejou-as pela latrina. Depois, escondeu o envelope em branco sob o cobertor extra na prateleira de cima do armário, tendo primeiro limpado as impressões digitais.

Se seu quarto fosse revistado, poderia jurar que nunca precisara do cobertor, nunca mexera na prateleira de cima, e a carta devia ter sido deixada por algum ocupante anterior.

Comprou numa papelaria um envelope pardo grosso, uma etiqueta autocolante e fita adesiva; numa agência dos correios, comprou selos suficientes para enviar uma revista de Bagdá para Londres. Pegou uma revista promocional enaltecendo as virtudes do Iraque na feira industrial, e até providenciou para que o logotipo da exposição fosse carimbado no envelope pardo.

No último dia, pouco antes de partir para o aeroporto, com seus dois colegas, ele foi para o quarto. Enfiou a carta dentro da revista, que guardou no envelope. Endereçou-o a um tio em Long Eaton, prendeu a etiqueta e os selos. Sabia que havia uma caixa do correio no saguão, e a coleta seguinte seria dentro de quatro horas. Mesmo que o envelope fosse aberto com vapor pela polícia secreta, raciocinou, já estaria a esta altura sobrevoando os Alpes, num avião britânico.

Dizem que a sorte favorece os bravos ou os tolos ou a ambos. O saguão estava sob vigilância, por homens da AMAM, observando para descobrir se algum estrangeiro de partida era abordado por um iraquiano tentando lhe passar qualquer coisa. Harris levou o envelope por baixo do paletó, sob a axila esquerda. Um homem por trás de um jornal, no canto, observava tudo, mas um carrinho com malas se interpôs entre os dois no instante em que Harris largava o envelope na caixa do correio. Quando o agente tornou a vê-lo, ele já se encontrava na recepção, entregando a chave.

O envelope chegou à casa de seu tio uma semana depois. Harris sabia que o tio viajara em férias. Tinha uma chave, para o caso de assalto ou incêndio, e usou-a para pegar o envelope. Foi à embaixada israelense em Londres e pediu para falar com seu contato. Foi conduzido a uma sala e lhe pediram para esperar.

Um homem de meia-idade entrou, perguntou seu nome e porque queria falar com "Norman". Ele explicou, tirou do bolso o pequeno envelope de correspondência aérea e pôs sobre a mesa. O diplomata israelense empalideceu, pediu-lhe outra vez que esperasse e se retirou.

O prédio da embaixada, em Palace Green, 2, é uma estrutura agradável, mas as linhas clássicas não dão qualquer indicação da riqueza de fortificações e tecnologia existente na estação do Mossad em Londres, no porão. Foi dessa fortaleza subterrânea que um homem mais jovem foi convocado, com urgência. Harris esperou e esperou.

Embora não soubesse, ele estava sendo estudado, através de um espelho com transparência do outro lado, sentado ali, com o envelope na mesa à sua frente. Foi também fotografado, enquanto se conferiam os registros para haver certeza de que era de fato um *sayan* e não um terrorista palestino. Quando a fotografia de Stuart Harris, de Nottingham, tirada dos arquivos, foi comparada com o homem por trás do espelho, o jovem *katsa* finalmente entrou na sala.

Sorriu, apresentou-se como Rafi e convidou Harris a relatar sua história desde o início, em Eilat. E Harris contou. Rafi sabia tudo sobre Eilat (acabara de ler a ficha), mas precisava confirmar. Tornou-se mais interessado quando a narrativa chegou a Bagdá. Fez poucas perguntas a princípio, deixando que Harris narrasse a história em seu próprio ritmo. Depois vieram mais perguntas, muitas perguntas, até que Harris reconstituíra tudo o que fizera em Bagdá várias vezes. Rafi não tomou anotações, porque toda a conversa estava sendo gravada. Ao final, ele usou um telefone na parede para ter uma conversa murmurada, em hebraico, com um superior na sala ao lado.

Seu último ato foi apresentar agradecimentos profusos a Harris, dar-lhe os parabéns por sua coragem e cabeça fria, exortá-lo a nunca mencionar o incidente para quem quer que fosse e desejar uma viagem segura até sua casa. Depois, Harris foi dispensado.

Um homem com um capacete de proteção, colete à prova de balas e luvas levou a carta. Foi fotografada e radiografada. A embaixada israelense já perdera um homem para uma carta-bomba e não pretendia perder outro.

Só depois de tudo isso é que a carta foi aberta. Continha duas folhas de papel fino de correspondência aérea, cobertas de escrita. Em árabe. Rafi não falava árabe, muito menos lia. Nem qualquer outra pessoa na estação em Londres, pelo menos não o suficiente para ler a escrita árabe. Rafi enviou um relatório pelo rádio, detalhado e codificado, para Tel Aviv, depois escreveu um relato ainda mais detalhado, no estilo formal e uniforme que é conhecido como NAKA no Mossad. A carta e o relatório seguiram pela mala diplomática, embarcando no voo noturno da El Al de Heathrow para o Ben Gurion.

Um mensageiro com uma escolta armada pegou a bolsa de lona direto no avião e levou-a para o prédio no Bulevar Rei Saul. Ali, pouco depois do desjejum, a carta e o relatório foram parar nas mãos do chefe da seção iraquiana, um jovem e competente *katsa* chamado David Sharon.

Ele não só falava, mas também lia árabe, e o que leu naquelas duas folhas de papel fino deixou-o com a mesma sensação que experimentara na primeira vez em que se lançara de um avião, sobre o deserto do Negev, quando treinava com os paraquedistas.

Usando sua própria máquina de escrever, evitando secretária e editora de textos, ele datilografou uma tradução literal da carta para o hebraico. Depois, levou a carta original e a tradução, junto com o relatório de Rafi, relatando como o documento chegara ao poder do Mossad, a seu superior imediato, o diretor da Divisão do Oriente Médio.

O que a carta dizia, na verdade, era que o autor, um funcionário dos altos escalões do regime iraquiano, estava disposto a trabalhar para Israel por dinheiro, mas apenas por dinheiro.

Havia mais alguma coisa e o endereço de uma caixa postal na principal agência dos correios de Bagdá para a resposta, mas essa era a essência da carta.

NAQUELA NOITE, houve uma reunião de alto nível na sala de Kobi Dror, com a presença de Sami Gershon, chefe dos combatentes, e de Eitan Hadar, o superior imediato de Sharon, diretor da Divisão do Oriente Médio, a quem ele levara a carta de Bagdá pela manhã. O próprio David Sharon também fora convocado.

Desde o início, Gershon se mostrou desdenhoso.

– A carta é falsa – disse ele. – Nunca vi uma tentativa tão óbvia, chamativa e inepta de armar uma cilada. Kobi, não vou mandar nenhum dos meus homens até lá para conferir. Seria enviar o homem para a morte. Eu não despacharia um *oter* a Bagdá para tentar fazer contato.

Um *oter* é um árabe usado pelo Mossad para estabelecer um contato preliminar com outro árabe, um intermediário de nível inferior, muito mais dispensável que um *katsa* israelense.

A posição de Gershon parecia prevalecer. A carta era uma loucura, aparentemente uma tentativa de atrair um *katsa* a Bagdá para a prisão, tortura, julgamento e execução pública. Ao final, Dror virou-se para David Sharon.

– Você tem língua, David. O que acha?

Sharon balançou a cabeça, pesaroso.

– Parece que Sami tem razão. Seria um absurdo enviar um bom homem até lá.

Eitan Hadar lançou-lhe um olhar de advertência. Havia a rivalidade usual entre as divisões. Não havia sentido em entregar a vitória a Gershon numa bandeja.

– Noventa e nove por cento das possibilidades dizem que se trata de uma armadilha.

– Só noventa e nove? – indagou Dror, provocante. – E o um por cento, meu jovem amigo?

– Apenas uma ideia tola. Ocorreu-me que o um por cento pode dizer que de repente, de uma forma inesperada, temos um novo Penkovski.

Houve um silêncio opressivo. A palavra pairou no ar como um desafio aberto. Gershon expeliu o ar dos pulmões com um longo silvo. Kobi Dror fitava atentamente o chefe da seção iraquiana. Sharon olhava para as pontas de seus dedos.

NA ESPIONAGEM, há apenas quatro meios de recrutar um agente para infiltração nos altos conselhos de outro país.

O primeiro é de longe o mais difícil: usar um dos seus próprios cidadãos, mas treinado a um grau extraordinário para passar por cidadão do país-alvo, bem no coração desse alvo. É quase impossível, a menos que o infiltrador tenha nascido e sido criado no país-alvo, e possa voltar sem dificuldades, com uma história de cobertura para justificar sua ausência. Mesmo assim, ele terá de esperar anos para se elevar a um nível útil, com acesso a segredos, no mínimo dez anos.

É verdade que houvera um tempo em que Israel dominava essa técnica. Isso ocorrera quando o país era jovem e recebia judeus criados no mundo inteiro. Havia judeus que podiam passar por marroquinos, argelinos, líbios, egípcios, sírios, iraquianos e iemenitas. Sem falar em todos os que vinham da Rússia, Polônia, Europa Ocidental, América do Norte e do Sul.

O mais bem-sucedido de todos fora Elie Cohen, nascido e criado na Síria. Retornara a Damasco como um sírio que se ausentara por muitos anos e agora queria voltar a viver em seu país. Com seu nome sírio, Cohen tornara-se íntimo de importantes políticos, burocratas e generais, que falavam sem reservas a seu anfitrião sempre generoso, em festas suntuosas. Tudo o que diziam, inclusive o plano de batalha sírio completo, foi transmitido a Tel Aviv, bem a tempo para a Guerra dos Seis Dias. Cohen acabara sendo descoberto, torturado e enforcado em público, na praça da Revolução, em Damasco. Tais infiltrações são extremamente perigosas e muito raras.

Mas os anos se passaram, os imigrantes originais israelenses envelheceram; seus filhos *sobra* não estudaram árabe e não podiam tentar o que Eli Cohen fizera. Era por isso que, por volta de 1990, o Mossad tinha arabistas muito menos brilhantes do que se podia imaginar.

Mas havia uma segunda razão. A descoberta de segredos árabes pode ser efetuada com mais facilidade na Europa ou América. Se um Estado árabe está comprando um caça americano, é mais fácil roubar os detalhes nos Estados Unidos, e o risco é muito menor. Se um árabe dos altos escalões parece suscetível a uma abordagem, por que não procurá-lo quando visita os centros de prazer da Europa? Era por isso que, em 1990, a grande maioria das operações do Mossad era conduzida na Europa e América, com um baixo nível de risco, e não nos Estados árabes, onde o nível de risco é muito maior.

O rei de todos os infiltradores foi Marcus Wolf, que durante anos dirigiu a rede de espionagem da Alemanha Oriental. Contava com uma grande vantagem: um alemão oriental pode passar por alemão ocidental.

Durante seu tempo de atuação, "Mischa" Wolf infiltrou dezenas e dezenas de agentes na Alemanha Ocidental, um deles se tornando o secretário particular pessoal do Chanceler Willi Brandt. A especialidade de Wolf era a secretária solteirona, meticulosa e deselegante, que se tornava indispensável para seu chefe nos altos escalões da Alemanha Ocidental, e que podia copiar cada documento que passava por sua mesa, transmitindo-o para Berlim Oriental.

O segundo método de infiltração é usar um cidadão da agência agressora, mas se apresentando como alguém de uma terceira nação. O país-alvo sabe que o infiltrador é estrangeiro, mas fica persuadido de que se trata de um estrangeiro amigo e favorável.

O Mossad agiu assim, de forma brilhante, com um homem chamado Ze'ev Gur Arieh. Ele se chamava Wolfgang Lotz quando nasceu, em Mannheim, Alemanha, em 1921. Tinha mais de l,80 metro de altura, louro, olhos azuis, não era circuncidado, mas ainda assim se tratava de um judeu. Foi para Israel ainda pequeno, sendo criado ali, assumiu seu nome hebraico, lutou com o clandestino Haganah e se tornou um major no exército israelense. E depois o Mossad o recrutou.

Foi enviado de volta à Alemanha, por dois anos, a fim de aperfeiçoar sua língua natal, e "prosperou", com o dinheiro do Mossad. Em seguida, com uma esposa alemã que não era judia, emigrou para o Cairo, onde abriu uma escola de equitação.

O sucesso foi imediato. Oficiais egípcios adoravam relaxar com seus cavalos, tomavam o champanhe oferecido por Wolfgang, um sólido alemão de extrema direita, antissemita, em quem podiam confiar. Tudo o que diziam ali era transmitido a Tel Aviv. Lotz acabou sendo preso, teve sorte em não ser enforcado, e depois da Guerra dos Seis Dias foi trocado por prisioneiros egípcios.

Mas um impostor ainda mais bem-sucedido foi outro alemão, de uma geração anterior. Antes da Segunda Guerra Mundial, Richard Sorge era correspondente estrangeiro em Tóquio, falando japonês e com importantes contatos no governo de Hideki Tojo. Esse governo aprovava Hitler e presumia que Sorge era um leal nazista... e ele dizia ser mesmo.

Nunca ocorreu a Tóquio que Sorge não era um alemão nazista, mas sim um alemão comunista, a serviço de Moscou. Durante anos, ele revelou os planos de guerra do regime de Tojo a Moscou. Seu grande *golpe* foi o último. Em 1941, os exércitos de Hitler se postavam diante de Moscou. Stalin precisava saber com urgência: o Japão desfecharia uma invasão da União Soviética a partir de suas bases na Manchúria? Sorge descobriu: a resposta era não. Stalin pôde transferir 40 mil soldados mongóis do leste para Moscou. A bucha de canhão asiática manteve os alemães afastados por mais algumas semanas, até que o inverno chegou e Moscou foi salva.

O que não aconteceu com Sorge; ele foi desmascarado e enforcado. Mas é bem provável que a informação que transmitiu, antes de morrer, tenha alterado o curso da história.

O método mais comum de obter um agente no país-alvo é o terceiro, o de simplesmente recrutar um homem que já esteja "no lugar". O recrutamento pode ser lento, chegando a um ponto tedioso, ou surpreendentemente rápido.

Quando o descobridor de talentos encontra um "possível", os recrutadores entram em ação, em geral começando com uma amizade casual, que vai se tornar mais profunda e intensa. Ao final, o "amigo" sugere que seu companheiro pode lhe prestar um pequeno favor, uma informação insignificante e inconsequente de que precisa.

Acionada a armadilha, não há como voltar atrás, e quanto mais impiedoso for o regime a que o novo recruta serve, menos provável será que ele confesse e se submeta à misericórdia inexistente desse regime.

Variam os motivos para se deixar recrutar assim, pondo-se a serviço de outro país. O recruta pode estar endividado, pode estar num casamento amargo, pode ter sido preterido na promoção, pode se sentir revoltado com seu próprio regime ou apenas ansiar por uma vida nova, com muito dinheiro. Pode ser recrutado através de sua própria fraqueza sexual, ou só por uma conversa cordial e alguma adulação.

Poucos soviéticos, como Penkovski e Gordievski, trocaram de lado por genuínas razões de "consciência", mas a maioria dos espiões que se voltam contra seu país age assim por uma monstruosa vaidade, uma convicção de sua extrema importância no esquema das coisas.

O mais estranho de todos os recrutamentos, porém, é o que se chama simplesmente de "entrada". Como o próprio nome indica, o recruta aparece de repente, de forma inesperada, sem qualquer aviso prévio, e oferece seus serviços.

A reação de uma agência procurada dessa maneira é sempre de extremo ceticismo; não seria um infiltrado do outro lado? Por isso, em 1960, quando um russo alto procurou os americanos em Moscou, declarando que era um coronel do Serviço de Informações Militar soviético, o GRU, e se oferecendo para espionar a favor do Ocidente, ele foi rejeitado.

Espantado, o homem procurou os britânicos, que resolveram fazer uma experiência. Oleg Penkovski tornou-se um dos mais extraordinários agentes de todos os tempos. Em sua breve carreira de trinta meses, entregou mais de 5.500 documentos à operação anglo-americana que o "dirigia", e todos se incluíam na categoria de "secreto" ou "ultrassecreto". Durante a crise dos mísseis em Cuba, o mundo jamais compreendeu que o Presidente Kennedy estava a par das cartas que Nikita Krutchov tinha para jogar, como um jogador de pôquer com um espelho por trás das costas do oponente. O espelho era Penkovski.

O russo assumiu riscos absurdos, recusando-se a escapar para o Ocidente, enquanto tinha essa possibilidade. Depois da crise dos mísseis, ele foi desmascarado pela contraespionagem soviética, julgado e fuzilado.

Nenhum dos outros três israelenses na sala de Kobi Dror, em Tel Aviv, naquela noite, precisava ser informado de qualquer coisa sobre Oleg Penkovski. No mundo deles, Penkovski fazia parte da lenda. O sonho aflorou em suas mentes depois que Sharon lançou o nome na conversa. Um traidor autêntico, ao vivo, revestido de ouro de 24 quilates, em Bagdá? Podia ser verdade, podia realmente ser verdade?

Kobi Dror fitou Sharon com um olhar longo e implacável.

– O que está pensando, meu jovem?

Sharon respondeu com uma hesitação simulada:

– Pensei numa carta... sem riscos para ninguém... apenas uma carta... fazendo poucas perguntas, perguntas difíceis, coisas que gostaríamos de saber... ele responde ou não.

Kobi olhou para Gershon. O homem que dirigia os agentes "ilegais" deu de ombros. Eu trabalho com homens, o gesto parecia dizer, por que deveria me importar com cartas?

– Está certo, jovem David. Escreveremos uma carta em resposta. E faremos algumas perguntas. Veremos então o que acontece. Eitan, trabalhe com David nisso. Mostre-me a carta antes de remetê-la.

Eitan Hadar e David Sharon saíram juntos.

– Espero que você saiba o que está fazendo – murmurou o diretor da Divisão do Oriente Médio para seu subordinado.

A carta foi elaborada com o maior cuidado. Vários especialistas participaram, pelo menos da versão em hebraico. A tradução seria providenciada mais tarde.

David Sharon apresentava-se só pelo primeiro nome, e desde o início. Agradecia ao autor por seu empenho e garantia que a carta chegara em segurança a seu destino.

Acrescentava que o autor não podia deixar de compreender que sua carta causara grande surpresa e desconfiança, tanto pela fonte quanto pelo método de remessa.

David sabia, dizia a resposta, que o autor não se tratava de nenhum tolo e por isso compreenderia que "meu pessoal" precisaria estabelecer a boa-fé.

Se fosse possível estabelecer essa boa-fé, a exigência de pagamento apresentada pelo autor não seria problema, mas era evidente que o produto teria de justificar as recompensas financeiras que "meu pessoal" estava disposto a pagar. Assim, o autor poderia fazer a gentileza de obter as respostas para as perguntas na folha anexa?

A carta completa era mais longa e mais complicada, mas essa era a essência. Sharon encerrou com a indicação de um endereço em Roma para a resposta.

O endereço era de uma casa segura que a estação de Roma oferecera, a pedido urgente de Tel Aviv. Dali por diante, a estação de Roma ficaria atenta ao endereço abandonado. Se a segurança iraquiana aparecesse, seria reconhecida, e toda a operação cancelada.

A lista de vinte perguntas também foi preparada com o maior cuidado e depois de muita reflexão. O Mossad já conhecia as respostas para oito das perguntas, mas ninguém podia imaginar que já estivesse a par. Portanto, não funcionaria qualquer tentativa de enganar Tel Aviv.

Mais oito perguntas envolviam desenvolvimentos cuja veracidade poderia ser conferida depois que ocorressem. Quatro perguntas referiam-se a coisas que Tel Aviv realmente queria saber, em particular sobre as intenções de Saddam Hussein.

– Vamos ver como o filho da puta reage – disse Kobi Dror, ao ler a lista.

Ao final, um professor da faculdade árabe da Universidade de Tel Aviv foi chamado para formular a carta no estilo pomposo e rebuscado da linguagem escrita. Sharon assinou-a em árabe, com a versão árabe de seu nome, Daoud.

O texto continha mais um item. David gostaria de designar um nome para o autor em Bagdá; será que ele não se importaria de ser conhecido simplesmente como Jericó?

A carta foi remetida de uma cidade do único país árabe em que Israel mantinha uma embaixada – Cairo.

Depois disso, David Sharon continuou com seu trabalho normal e esperou. Quanto mais pensava a respeito, mais lhe parecia uma loucura. Era perigosa demais a remessa por uma caixa postal, num país em que a rede de contraespionagem era dirigida por alguém tão competente quanto Hassan Rahmani. Assim como escrever informações ultrassecretas "em claro", e não havia nenhuma indicação de que Jericó soubesse qualquer coisa sobre escrita secreta. Usar o correio normal também seria inadmissível, se a operação fosse viável e proveitosa. Mas era mais do que provável que isso não acontecesse, concluiu Sharon.

Mas aconteceu. Quatro semanas depois, a resposta de Jericó chegou a Roma e foi levada fechada, dentro de uma caixa à prova de bombas, para Tel Aviv. Foram adotadas precauções extremas. O envelope podia estar ligado a explosivos ou impregnado com toxinas letais. Só foi aberto depois que os cientistas garantiram que estava "limpo".

Para espanto de todos, Jericó parecia de fato uma mina de ouro. Respondera com precisão às oito perguntas cujas respostas o Mossad já conhecia. Outras oito, movimentação de tropas, promoções, dispensas, viagens ao exterior de luminares identificáveis do regime, teriam de esperar por confirmação, se e quando ocorresse. Tel Aviv não podia conhecer nem verificar as respostas às últimas quatro perguntas, mas todas as informações eram viáveis.

David Sharon apressou-se em escrever outra carta, num texto que não causaria problemas de segurança, se fosse interceptada. Caro tio, muitos agradecimentos por sua carta, que acabei de receber. É maravilhoso saber que está bem, gozando de perfeita saúde. Levarei algum tempo para providenciar algumas das coisas que me pediu, mas tornarei a escrever em breve, assim que resolver tudo. Seu sobrinho afetuoso, Daoud.

Aumentou a impressão no prédio de Hadar Dafna que o homem chamado Jericó podia ser sério, afinal. Se assim fosse, havia necessidade de uma ação urgente. Uma troca de duas cartas era uma coisa; dirigir um agente secreto dentro de uma brutal ditadura era outra muito diferente. Não havia a menor possibilidade de a comunicação continuar a ser efetuada por meio de escrita "em claro"; usando o correio público e caixas postais. Tais coisas constituíam uma receita para o desastre.

Seria necessário que um controlador fosse para Bagdá, vivesse ali e "dirigisse" Jericó, usando todos os expedientes normais do ofício – escrita secreta, códigos, pontos secretos de entrega de correspondência e meios impossíveis de interceptar para tirar o produto de Bagdá e levá-lo a Israel.

– Não vou aceitar – insistiu Gershon. – Não enviarei um experiente *katsa* israelense a Bagdá numa missão "negra", para uma estada prolongada. Tem de haver cobertura diplomática ou ele não vai.

– Está certo, Sami – respondeu Dror. – Haverá uma cobertura diplomática. Vamos ver o que temos.

Um agente "negro" pode ser preso, torturado e enforcado... ou executado por qualquer outro meio. Já um diplomata credenciado, mesmo em Bagdá, pode evitar essas consequências desagradáveis; se for apanhado espionando, será declarado *persona non grata* e expulso do país. É o que às vezes acontece.

Várias grandes divisões do Mossad tiveram uma atividade intensa naquele verão, em particular o pessoal de pesquisa. Gershon já podia lhes dizer de antemão que não contava com nenhum agente em qualquer embaixada credenciada em Bagdá, e por isso não se envolveria. Portanto, a busca era por um diplomata que pudesse se mostrar conveniente.

Todas as embaixadas estrangeiras em Bagdá foram identificadas. Obteve-se em seus países de origem as listas dos diplomatas postados ali. Não havia ninguém que já tivesse trabalhado para o Mossad antes, e pudesse ser reativado. Sequer havia um *sayan* nas listas.

Foi então que alguém teve uma ideia: a ONU. A organização internacional tinha uma agência sediada em Bagdá, em 1988, a Comissão Econômica para a Ásia Ocidental.

O Mossad tem grande infiltração na sede da ONU em Nova York, e não foi difícil obter uma relação do pessoal. Um nome apareceu, um jovem diplomata chileno, judeu, chamado Alfonso Benz Moncada. Podia não ser um agente treinado, mas era um *sayan*, e podia-se presumir, portanto, que se mostraria disposto a ajudar.

Uma a uma, as informações de Jericó foram confirmadas. O processo de verificação revelou que as divisões do exército que ele dissera que seriam deslocadas haviam sido de fato deslocadas; as promoções que ele previra de fato ocorreram, assim como as exonerações.

– Ou o próprio Saddam está por trás desta farsa, ou Jericó resolveu trair seu país de corpo e alma – foi o julgamento de Kobi Dror.

David Sharon enviou uma terceira carta, também escrita em termos inocentes. Não houve necessidade do professor para a segunda e terceira cartas. A terceira referia-se a uma encomenda a uma cliente em Bagdá de algumas delicadas porcelanas. David dizia que seria preciso um pouco mais de paciência, a fim de que se pudesse providenciar um meio de transporte que garantisse a carga contra um desastre acidental.

Um *katsa* que falava espanhol, já baseado na América do Sul, foi enviado às pressas a Santiago e persuadiu os pais do Señor Benz a pedir ao filho que arrumasse uma licença e voltasse para casa imediatamente, pois sua mãe se encontrava muito doente. O pai telefonou para o filho em Bagdá. O filho, preocupado, solicitou e obteve uma licença de três semanas e voou para o Chile.

Foi recebido não por uma mãe doente, mas por toda uma equipe de instrutores do Mossad, que lhe suplicaram que aceitasse sua proposta. Ele conversou com os pais e acabou concordando. Era muito forte a pressão emocional das necessidades da Terra de Israel, que nenhum deles jamais vira.

Outro *sayan* em Santiago, sem saber para quê, emprestou sua casa de veraneio, isolada, dentro de um jardim murado, perto do mar, e a equipe de treinamento começou a trabalhar.

Leva-se dois anos para treinar um *katsa* que vai dirigir um agente secreto em território hostil, e esse é um prazo mínimo. A equipe só dispunha de três semanas. Trabalharam dezesseis horas por dia. Ensinaram ao chileno de 30 anos a escrita secreta e códigos básicos, fotografia em miniatura e redução de fotos a micropontos. Saíram com ele pelas ruas e mostraram como reconhecer alguém e segui-lo. Advertiram-no a nunca despistar uma pessoa em seu rastro, a não ser em situações de absoluta emergência, se estivesse com material incriminador. Disseram-lhe que se tivesse a impressão de estar sendo seguido, deveria abortar o encontro ou a coleta de algum material e tentar de novo mais tarde.

Mostraram-lhe como usar substâncias químicas combustíveis guardadas numa falsa caneta-tinteiro para destruir provas incriminadoras em segundos, enquanto se abrigava em algum banheiro público, ou logo depois de virar a esquina.

Saíram com ele em carros para mostrar como reconhecer outro carro que o esteja seguindo, um agindo como instrutor e o resto da equipe como "hostis". Deram-lhe tantas informações que seus ouvidos davam a impressão de que iam estourar, os olhos ardiam, e ele suplicou que o deixassem dormir.

Depois ensinaram sobre pontos de correspondência, compartimentos secretos em que uma mensagem podia ser deixada ou recolhida. Mostraram como criar esses pontos, num vão por trás de um tijolo solto na parede, sob uma tumba, na fenda de uma árvore, por baixo de uma tábua do assoalho.

Depois de três semanas, Alfonso Benz Moncada despediu-se dos pais chorosos e voou de volta a Bagdá, via Londres. O instrutor sênior recostou-se na cadeira na casa de veraneio, passou a mão exausta pela testa e comentou para a equipe:

– Se esse cara permanecer vivo e livre, eu farei a peregrinação à Meca.

A equipe riu, pois o líder era um judeu profundamente ortodoxo.

Durante todo o tempo em que ensinaram a Moncada, nenhum deles sabia o que acontecia em Bagdá. Não lhes cabia saber. Nem ao chileno.

Durante a escala em Londres, ele foi levado ao Penta Hotel, em Heathrow. Ali, encontrou-se com Sami Gershon e David Sharon, que lhe contaram tudo.

– Não tente identificá-lo – advertiu Gershon. – Deixe isso conosco. Apenas determine os pontos de correspondência e cuide deles. Enviaremos as listas das informações que queremos saber... não vai compreender, pois tudo estará em árabe. Achamos que Jericó não sabe muito de inglês, se é que sabe alguma coisa. Não tente jamais traduzir o que lhe mandarmos. Apenas deixe num dos pontos de correspondência e faça a marca de giz apropriada, para ele saber que tem alguma mensagem. Quando você avistar outra marca de giz, vá buscar a resposta.

Em outro quarto, Alfonso Benz Moncada recebeu sua nova bagagem. Havia uma câmera parecida com uma Pentax de turista, mas que podia ser usada com um rolo de mais de cem chapas, e tinha também um suporte de alumínio de aparência inocente, para sustentar a câmera na distância correta por cima de um papel. A câmera já estava regulada para essa distância.

No *kit* de higiene pessoal havia uma substância química combustível, disfarçada como loção pós-barba, e várias tintas invisíveis. O bloco de papel de carta era constituído de papel tratado para receber a escrita secreta. Ao final, explicaram os meios de comunicação com eles, um método que fora determinado enquanto Moncada recebia o treinamento no Chile.

Escreveria cartas falando de seu amor pelo xadrez – Moncada era de fato um entusiasta – para seu amigo Justin Bokomo, de Uganda, trabalhando na secretaria-geral do prédio da ONU, em Nova York. As cartas *sempre* deixariam Bagdá na mala diplomática da ONU para Nova York. As respostas também viriam de Bokomo, remetidas de Nova York.

Embora Benz Moncada não soubesse, havia mesmo um ugandense chamado Bokomo em Nova York. Havia também um *katsa* do Mossad na sala de correspondência para efetuar as interceptações.

O verso das cartas de Bokomo revelaria a lista de perguntas do Mossad, quando submetido ao tratamento especial. A lista deveria ser fotocopiada, quando ninguém estivesse olhando, e passada a Jericó, num dos pontos de correspondência combinados. A resposta de Jericó seria provavelmente na escrita árabe. Cada página deveria ser fotografada dez vezes (para o caso de haver manchas) e o filme despachado para Bokomo.

De volta a Bagdá, o jovem chileno, com o coração na boca, escolheu seis pontos de correspondência, principalmente em vãos de tijolos soltos em velhos muros ou casas em ruínas, sob pedras do calçamento em vielas desertas e um sob o peitoril de pedra de uma janela numa loja abandonada.

A cada vez ele pensava que seria cercado pela temida AMAM, mas os cidadãos de Bagdá pareciam tão corteses quanto antes e ninguém lhe prestava maior atenção, enquanto circulava de um lado para outro, como se fosse um turista estrangeiro curioso, subindo e descendo por vielas e ruas secundárias da Cidade Velha e do Distrito Armênio, caminhando pelo mercado de frutas e legumes em Kasra, visitando cemitérios antigos; qualquer lugar em que pudesse encontrar muros antigos com tijolos soltos, onde ninguém pensaria em procurar alguma coisa.

Anotou os seis pontos de correspondência, três para as mensagens que enviaria a Jericó e três para as respostas. Também escolheu seis lugares – muros, portões, janelas – em que uma inocente marca de giz alertaria Jericó para uma mensagem à sua espera, ou avisaria a ele que Jericó já providenciara uma resposta e que aguardava o recolhimento num dos pontos de correspondência.

Cada marca de giz indicava um ponto diferente. Ele anotou com tanta precisão os locais dos pontos de correspondência e das marcas de giz que bastaria a Jericó a descrição escrita para encontrá-los.

Durante todo o tempo, Moncada mantinha-se atento a alguém em seu rastro, de carro ou a pé. Só uma vez esteve sob vigilância, mas foi uma ação inepta e rotineira, pois a AMAM parecia escolher dias ao acaso para seguir diplomatas ao acaso. Não havia mais ninguém a vigiá-lo no dia seguinte, e ele retomou as atividades.

Depois que preparou tudo, o chileno usou uma máquina de escrever, tendo memorizado cada detalhe. Destruiu a fita, fotografou as folhas, destruiu os papéis e despachou o filme para o Sr. Bokomo. Através da sala de correspondência do prédio da ONU, à margem do East River, em Nova York, o pequeno pacote foi encaminhado a David Sharon, em Tel Aviv.

A parte mais arriscada era transmitir todas essas informações a Jericó. Implicava uma última carta para a perigosa caixa postal em Bagdá. Sharon escreveu ao "amigo" que os documentos que ele precisava seriam depositados na caixa postal exatamente ao meio-dia, dali a 14 dias, 18 de agosto de 1988, e deveriam ser recolhidos não mais do que uma hora depois.

As instruções precisas, em árabe, chegaram às mãos de Moncada no dia 16. Quando faltavam cinco minutos para o meio-dia, no dia 18, ele entrou na agência dos correios, foi encaminhado para a caixa postal e ali deixou o volumoso envelope. Não foi detido nem preso. Uma hora depois, Jericó abriu a caixa e retirou o envelope. Também não foi detido nem preso.

Com um contato seguro agora estabelecido, o tráfego começou a fluir. Jericó insistiu que fixaria um "preço" para cada remessa de informações que Tel Aviv desejava; se o dinheiro fosse depositado, as respostas seriam enviadas. Ele indicou um discreto banco em Viena, o Winkler, na Ballgasse, perto da Franziskanerplatz, e forneceu o número da conta.

Tel Aviv concordou, e no mesmo instante investigou o banco. Era pequeno, ultradiscreto e virtualmente inviolável. Era evidente que tinha uma conta numerada que combinava, porque a primeira transferência efetuada por Tel Aviv, de 20 mil dólares, não foi devolvida ao banco de origem com uma indagação.

O Mossad sugeriu que Jericó podia querer se identificar, "para sua própria proteção, caso alguma coisa saia errada, a fim de que seus amigos do Ocidente possam ajudá-lo". A recusa de Jericó foi categórica; e ele foi mais além. Se houvesse qualquer tentativa de identificá-lo nos pontos de correspondência, ou por qualquer outro meio, ou se algum dia o dinheiro não fosse depositado, ele romperia o contato de imediato.

O Mossad concordou; bem que tentou, por outras formas. Foram elaborados retratos psicológicos, sua caligrafia foi analisada, estudou-se listas de notáveis iraquianos. Só se conseguiu chegar à conclusão de que Jericó era de meia-idade, instrução média, devia ter escassos conhecimentos de inglês e contava com um treinamento militar, ou quase militar.

– Isso me dá a metade do Alto Comando iraquiano, os cinquenta principais líderes do Partido Ba'ath e o primo do vizinho – resmungou Kobi Dror.

Alfonso Benz Moncada "dirigiu" Jericó por dois anos, e o produto foi ouro de 24 quilates. Envolvia questões políticas, armas convencionais, progressos militares, mudanças de comando, obtenção de armamentos, foguetes, gás, guerra bacteriológica e duas tentativas de *golpe* contra Saddam Hussein. Jericó só se mostrou hesitante em relação ao progresso nuclear do Iraque. Houve perguntas a respeito, é claro. O programa era mantido em absoluto sigilo, e a única pessoa que sabia de tudo era o equivalente iraquiano de Robert Oppenheimer, o físico Dr. Jaafar Al-Jaafar. Pressionar demais seria um convite a ser descoberto, informou ele.

No outono de 1989, ele avisou a Tel Aviv que Gerry Bull se encontrava sob suspeita e sob vigilância, em Bruxelas, por uma equipe da Mukhabarat iraquiana. O Mossad, que a esta altura usava Bull como outra fonte sobre o progresso do programa de foguetes do Iraque, tentou alertá-lo, com o máximo de sutileza possível. Não havia como lhe dizerem expressamente o que sabiam; seria o mesmo que revelar que tinham um agente nos altos escalões de Bagdá, e nenhuma agência jamais arrisca um trunfo desse jeito.

Por isso, o *katsa* que controlava a substancial estação de Bruxelas mandou que seus homens adentrassem no apartamento de Bull, em diversas ocasiões, ao longo do outono e inverno, deixando mensagens indiretas, como rebobinar uma fita de vídeo, trocar de lugar os copos de vinho, abrir uma janela para o pátio e até pôr uma mecha de longos cabelos de mulher em seu travesseiro.

O cientista dos canhões ficou preocupado, sem dúvida, mas não o bastante. Quando chegou a mensagem de Jericó sobre a intenção de liquidar Bull, já era tarde demais. A execução já ocorrera.

As informações de Jericó deram ao Mossad um quadro quase completo do Iraque nos preparativos para a invasão do Kuwait, em 1990. O que ele disse sobre as armas de destruição em massa de Saddam confirmou e ampliou as informações já transmitidas por Jonathan Pollard, a esta altura condenado à prisão perpétua.

Tendo em vista o que sabia, e o que presumia que os americanos soubessem, o Mossad esperou que os Estados Unidos reagissem. Mas à medida que progrediam no Iraque os preparativos para a guerra química, nuclear e bacteriológica, o torpor no Ocidente persistia, e por isso Tel Aviv permaneceu em silêncio.

Dois milhões de dólares já haviam sido transferidos pelo Mossad para a conta numerada de Jericó em Viena, em agosto de 1990. Era um agente dispendioso, mas muito bom, e Tel Aviv achava que valia todo aquele dinheiro. Depois, veio a invasão do Kuwait, e o imprevisto aconteceu. A ONU, tendo aprovado a Resolução de 2 de agosto, exigindo a retirada imediata do Iraque, concluiu que não podia continuar a apoiar Saddam, mantendo uma presença em Bagdá. Abruptamente, em 7 de agosto, a Comissão Econômica para a Ásia Ocidental foi fechada e seus diplomatas partiram.

Benz Moncada pôde fazer um último ato. Deixou uma mensagem num ponto de correspondência, avisando a Jericó que estava sendo expulso do país, e o contato seria rompido. Contudo, ele poderia voltar, e Jericó deveria continuar a verificar os lugares em que eram feitas as marcas a giz. Depois, ele foi embora. O chileno foi extensivamente interrogado em Londres, até que não restava mais nada que pudesse dizer a David Sharon.

Assim, Kobi Dror foi capaz de mentir a Chip Barber sem qualquer dificuldade. Na ocasião, ele não tinha mesmo um agente em Bagdá. Seria embaraçoso demais admitir que jamais descobrira o nome do traidor, e agora até perdera o contato. Ainda assim, como Sami Gershon deixou bem claro, se os americanos algum dia descobrissem... Com uma percepção posterior, talvez ele devesse realmente ter mencionado Jericó.

8

Mike Martin visitou o túmulo de Shepton no cemitério em Sulaibikhat no dia 1º de outubro e encontrou o pedido de Ahmed Al-Khalifa.

Não ficou muito surpreso. Se Abu Fuad já ouvira falar a seu respeito, ele também ouvira falar do movimento de resistência kuwaitiana, que crescia e se ampliava a cada dia, e do líder furtivo que o comandava. Provavelmente era inevitável que devessem se encontrar, mais cedo ou mais tarde.

Em seis semanas, a posição das forças de ocupação iraquianas mudara de forma dramática. A invasão fora um passeio e a ocupação começara com uma confiança tranquila, com a certeza de que a permanência no Kuwait seria tão fácil quanto a conquista.

O saque fora sereno e lucrativo, a destruição divertida e o abuso das mulheres agradável. Era o jeito dos conquistadores, que remontava aos tempos da Babilônia.

Afinal, o Kuwait era como um pombo gordo, pronto para ser abatido. Em seis semanas, no entanto, o pombo passara a dar bicadas e arranhar. Mais de uma centena de soldados e oito oficiais haviam desaparecido ou foram encontrados mortos. Os desaparecimentos não podiam ser explicados como deserções. Pela primeira vez, as forças de ocupação experimentavam o medo.

Os oficiais não mais viajavam em carros isolados, mas exigiam um caminhão cheio de soldados como escolta. Os prédios do comando tinham de ser guardados dia e noite, ao ponto em que oficiais iraquianos tinham de disparar por cima da cabeça de sentinelas adormecidas para acordá-las.

As noites tornaram-se períodos de imobilização para qualquer movimentação que não fosse a de comboios substanciais. As guarnições das barreiras se amontoavam dentro de seus redutos depois que a noite caía. Apesar de todas as precauções, as minas continuavam a explodir, veículos irrompiam em chamas ou tinham seus motores destruídos, granadas eram lançadas e soldados desapareciam com as gargantas cortadas.

A escalada da resistência obrigara o Alto Comando a substituir o Exército Popular pelas Forças Especiais, bons combatentes, que deveriam estar na linha de frente, para o caso de os americanos atacarem. Para o Kuwait, o início de outubro não foi o princípio do fim, repetindo a expressão de Churchill, mas foi o fim do princípio.

Martin não tinha como responder à mensagem de Al-Khalifa quando a leu, junto à sepultura, e por isso só deixou sua resposta ali no dia seguinte.

Concordava com o encontro, dizia ele, mas só em suas próprias condições. A fim de contar com a vantagem da escuridão, mas para evitar o toque de recolher, às 22 horas, marcou a reunião para as 19h30. Deu instruções meticulosas sobre o lugar em que Abu Fuad deveria estacionar seu carro e sobre o pequeno bosque em que se encontrariam. O lugar ficava no distrito de Abrak Kheitan, perto da estrada que levava da cidade ao aeroporto, agora arrasado e fora de operação.

Martin sabia que era uma área de casas no estilo tradicional, construídas com pedra, os telhados planos. Esperaria num desses telhados por duas horas, antes do momento marcado, a fim de verificar se o oficial kuwaitiano era seguido e, se fosse, por quem; seus próprios guardas ou os iraquianos. Num ambiente hostil, o oficial do SAS ainda se encontrava à solta e em combate porque não corria riscos, absolutamente nenhum.

Nada sabia sobre o conceito de segurança de Abu Fuad, e não se sentia disposto a presumir que era brilhante. Marcou o encontro para a noite do dia 7, e deixou a resposta sob a lápide de mármore. Al-Khalifa pegou-a no dia 4.

O DR. JOHN HIPWELL, quando reapareceu diante do Comitê Medusa, nunca seria tomado, durante um encontro casual, por um físico nuclear, muito menos por um dos cientistas que passavam os dias de trabalho por trás da segurança máxima do Centro de Armas Atômicas, em Aldermaston, projetando ogivas de plutônio para serem ajustadas a mísseis Trident.

Um observador de passagem teria presumido que se tratava de um blefe, um simples camponês, mais à vontade empoleirado no cercado de ovelhas gordas do mercado local do que supervisionando o ajuste dos letais discos de plutônio em ouro puro.

Embora o tempo ainda fosse ameno, ele usava, como em agosto, sua camisa xadrez, gravata de lã e paletó de *tweed*. Sem pedir licença aos outros, usou as enormes mãos vermelhas para encher de fumo um cachimbo de urze-branca, antes de iniciar seu relatório. Sir Paul Spruce torceu o nariz em repúdio e gesticulou para que fosse aumentado o ar-condicionado.

– Muito bem, senhores, a boa notícia é que nosso amigo, o Sr. Saddam Hussein, não tem uma bomba atômica à sua disposição – disse Hipwell, enquanto desaparecia por trás de uma nuvem de fumaça azul-clara. – Ainda não, e falta muito para chegar a isso.

Houve uma pausa, enquanto o cientista atiçava sua fogueira pessoal. Se você se arrisca todos os dias a ser atingido por uma dose letal de raios de plutônio, refletiu Terry Martin, talvez fumar um cachimbo de vez em quando não faça a menor diferença. O Dr. Hipwell consultou suas anotações.

– O Iraque iniciou a busca de sua própria bomba atômica desde meados da década de 1970, quando Saddam Hussein realmente assumiu o poder. Parece ser a obsessão do homem.

"Nessa época, o Iraque comprou um sistema completo de reator nuclear da França, que não se encontrava restringida pelo Tratado de Não Proliferação Nuclear de 1968, justamente para esse propósito."

Ele sugou o cachimbo, com evidente satisfação, tornou a calcar o fumo no fornilho. Caíram brasas sobre suas anotações.

– Com licença – interveio Sir Paul –, mas esse reator não tinha o propósito de gerar eletricidade?

– Era o que deveria ser – concordou Hipwell. – Um absurdo, é claro, e os franceses sabiam disso. O Iraque conta com a terceira maior reserva de petróleo do mundo. Poderiam ter uma termelétrica, acionada por petróleo, por uma fração do preço. O verdadeiro objetivo era alimentar o reator com urânio de baixo teor, conhecido como bolo amarelo ou caramelo, que podiam persuadir o exterior a vender. Depois de usado num reator, o produto resultante é o plutônio.

Houve vários acenos de cabeça ao redor da mesa. Todos sabiam que o reator britânico em Sellafield gerava eletricidade para o sistema, e que o plutônio produzido era encaminhado ao Dr. Hipwell para preparar suas ogivas.

– Por isso, os israelenses resolveram entrar em ação – continuou Hipwell. – Primeiro, uma de suas unidades de comando explodiu a imensa turbina em Toulon, antes que fosse embarcada, retardando o projeto por dois anos. Depois, em 1981, quando as preciosas usinas de Saddam, Osirak Um e Dois, estavam prestes a entrar em operação, caças-bombardeiros israelenses atacaram e destruíram tudo. Desde então, Saddam nunca mais conseguiu comprar outro reator. Depois de algum tempo, desistiu.

– Por que ele faria isso? – indagou Harry Sinclair, de sua extremidade da mesa.

– Porque ele mudou de rumo – explicou Hipwell, com um largo sorriso, como alguém que acabara de resolver as palavras cruzadas do

The Times em meia hora. – Até esse momento, seguia pela estrada do plutônio para uma bomba atômica. Desde então, enveredou pela estrada do urânio. E com algum sucesso, diga-se de passagem. Mas não o suficiente. Contudo...

– Não estou entendendo – interrompeu Sir Paul Spruce. – Qual é a diferença entre uma bomba atômica baseada em plutônio e outra em urânio?

– Urânio é mais simples – explicou o físico. – Há diversas substâncias radiativas que podem ser usadas para uma reação em cadeia, mas para sua bomba atômica simples, básica e eficaz, o urânio é a passagem. É o que Saddam Hussein vem procurando desde 1982... uma bomba atômica baseada em urânio. Ainda não chegou lá, mas continua tentando, e um dia terá êxito.

O Dr. Hipwell recostou-se na cadeira, com um sorriso radiante, como se tivesse esclarecido o enigma da Criação. Como a maioria dos outros ao redor da mesa, Sir Paul Spruce ainda se sentia perplexo.

– Se Saddam podia comprar esse urânio para seu reator destruído, por que não podia aproveitá-lo para fabricar uma bomba? – indagou ele.

O Dr. Hipwell lançou-se em cima da pergunta com a gana de um camponês querendo uma barganha.

– Diferentes tipos de urânio, meu caro. Um elemento esquisito, o urânio. Muito raro. De mil toneladas de minério de urânio, tudo o que se extrai é um bloco do tamanho de uma caixa de charutos. O bolo amarelo. É o que se costuma chamar de urânio natural, com o número de isótopo de 238.

"Pode-se acionar um reator industrial com esse urânio, mas não produzir uma bomba. Não é bastante puro. Para uma bomba, é preciso o isótopo mais leve, o urânio 235.

– E de onde vem isso? – perguntou Paxman.

– Está dentro do bolo amarelo. Nesse bloco do tamanho de uma caixa de charutos, a quantidade de urânio 235 pode ser enfiada por baixo de uma unha, sem qualquer desconforto. O terrível é separar as duas coisas. Chama-se de separação de isótopos. Uma operação muito difícil, muito técnica, muito dispendiosa e muito lenta.

— Mas disse que o Iraque está chegando lá — ressaltou Sinclair.

— Está, sim, mas ainda não chegou. Só há um meio viável de purificar e refinar o bolo amarelo para se alcançar o nível necessário de 93 por cento de pureza.

"Anos atrás, no Projeto Manhattan, sua equipe experimentou muitos métodos. Estavam experimentando, entende? Ernest Lawrence tentou de um jeito, Robert Oppenheimer de outro. Naquele tempo, usaram os dois métodos de uma forma complementar e criaram bastante urânio 235 para fazer Little Boy."

Hipwell fez uma pausa.

— Depois da guerra, foi inventado o método centrifugador, aperfeiçoado pouco a pouco. Hoje em dia, só se usa esse método. Basicamente, põe-se a substância numa centrífuga, que gira tão depressa que o processo tem de ser realizado num vácuo, caso contrário os cilindros virariam geleia.

"Lentamente, os isótopos mais pesados, o que não se quer, são atraídos para a parede externa da centrífuga e descartados. O que resta é um pouco mais puro do que existia ao começar. Mas só um pouco. É preciso repetir o processo várias vezes, milhares de horas, só para ter uma quantidade de urânio de bomba do tamanho de um selo postal."

— Mas ele *está* fazendo isso? — insistiu Sir Paul.

— Está, sim. Vem fazendo há cerca de um ano. Essas centrífugas... para ganhar tempo, são ligadas em séries, chamadas de cascatas. Mas é preciso milhares de centrífugas para formar uma cascata.

— Se ele vem seguindo por essa estrada desde 1982, por que demorou tanto tempo? — perguntou Terry Martin.

— Não se entra numa loja de ferragens para se comprar uma centrífuga de difusão de gás de urânio que está na prateleira — ressaltou Hipwell. — Eles bem que tentaram comprá-las, mas foram repelidos... os documentos comprovam isso. Desde 1985, passaram a comprar os componentes separados, montando-os no local. Conseguiram cerca de 500 toneladas de bolo amarelo de urânio básico, a metade procedente de Portugal. Adquiriram grande parte da tecnologia de centrífuga da Alemanha Ocidental...

– Pensei que a Alemanha tivesse assinado toda uma gama de acordos internacionais limitando a disseminação da tecnologia de bomba nuclear – protestou Paxman.

– Talvez tenham assinado, mas nada sei sobre política – declarou o cientista. – Seja como for, os iraquianos obtiveram partes dos mais diversos lugares... é preciso tornos mecânicos especiais, aços especiais ultrafortes, recipientes anticorrosão, fornos de alta temperatura, conhecidos como "crânios", porque são assim que parecem, mais bombas e foles de vácuo... é da mais desenvolvida tecnologia que estamos falando. Uma boa parcela dos equipamentos, mais o *know-how*, foi fornecida pela Alemanha Ocidental.

– Deixe-me ver se entendi direito – interveio Harry Sinclair. – Saddam já tem centrífugas de separação de isótopos em operação?

– Já, sim. Uma cascata. Vem funcionando há cerca de um ano. E outra entrará em ação muito em breve.

– Sabe onde estão todas essas máquinas?

– A fábrica de montagem de centrífugas fica num lugar chamado Taji... aqui.

O cientista estendeu uma foto aérea grande para o americano e circulou uma série de prédios industriais.

– A cascata em funcionamento parece estar em algum lugar subterrâneo, não muito longe do antigo reator francês destruído em Tuwaitha, o reator que eles chamavam de Osirak. Não sei se conseguirão encontrá-la com um bombardeiro... é com certeza subterrânea e camuflada.

– E a nova cascata?

– Não tenho a menor ideia – respondeu Hipwell. – Pode ser em qualquer lugar.

– Provavelmente em outro lugar – sugeriu Terry Martin. – Os iraquianos têm praticado a reprodução e dispersão desde que puseram todos os seus ovos no mesmo cesto e os israelenses destruíram o cesto.

Sinclair soltou um grunhido.

– Como tem certeza de que Saddam Hussein ainda não pode ter sua bomba? – perguntou Sir Paul.

— É fácil — respondeu o físico. — Uma questão de tempo. Ele ainda não teve tempo suficiente. Para uma bomba atômica básica, mas usável, precisará de 30 a 35 quilos de puro urânio 235. Partindo do zero há um ano, mesmo presumindo que a cascata em atividade possa funcionar 24 horas por dia... o que não é possível... um programa de rotação precisa no mínimo de 12 horas de centrifugação.

"Há necessidade de mil centrifugações para ir de zero por cento de pureza aos 93 por cento indispensáveis. Ou seja, quinhentos dias. Mas há também a limpeza, manutenção, falhas. Mesmo com mil centrífugas operando numa cascata agora, e durante o último ano, o prazo seria de cinco anos. Com outra cascata entrando em atividade no próximo ano... reduzam o prazo para três anos."

— Portanto, ele não terá seus 35 quilos até 1993, no mínimo? — interveio Sinclair.

— Isso mesmo.

— Uma última pergunta. Se ele obtiver o urânio, quanto tempo mais será necessário para produzir uma bomba atômica?

— Não muito. Algumas semanas. Deve compreender que um país empenhado em fabricar sua própria bomba terá o programa de engenharia nuclear funcionando em paralelo. A engenharia da bomba não é tão complicada assim, desde que se saiba o que se está fazendo. E Jaafar sabe... saberá como construir e detonar uma bomba. Afinal, nós o treinamos em Harwell.

"Seja como for, o fato é que, baseado apenas numa escala de tempo, Saddam Hussein ainda não pode ter urânio puro em quantidade suficiente. Dez quilos, no máximo. Ainda lhe faltam três anos... no mínimo."

O Dr. Hipwell recebeu agradecimentos por suas semanas de análise, e a reunião foi encerrada.

Sinclair voltaria à embaixada, faria um relatório, baseado em suas copiosas anotações, e o enviaria para a América, codificado. Lá, seria comparado com as análises dos equivalentes americanos, físicos dos laboratórios de Sandia, Los Alamos e, principalmente, Lawrence Livermore, na Califórnia, onde uma seção secreta, chamada apenas de Departamento Z, vinha havia anos monitorando a constante disseminação da tecnologia nuclear ao redor do mundo, por conta do Departamento de Estado e do Pentágono.

Embora Sinclair não soubesse, as conclusões das equipes britânica e americana se confirmavam a um grau extraordinário.

Terry Martin e Simon Paxman deixaram a mesma reunião e caminharam por Whitehall, sob o sol ameno de outubro.

– Foi um alívio e tanto – comentou Paxman. – O velho Hipwell se mostrou muito firme. Ao que parece, os americanos concordam plenamente. Aquele filho da puta ainda se encontra bem longe de sua bomba atômica. Menos um pesadelo para nos preocupar.

Separaram-se na esquina, Paxman para atravessar o Tâmisa, a caminho da Century House, Martin para atravessar a Trafalgar Square e subir pela St. Martin's Lane, a caminho da Gower Street.

Determinar o que o Iraque possuía, ou até o que provavelmente possuía, era uma tarefa. Descobrir com precisão onde isso se situava era outra. Fotografias continuaram a ser tiradas. Os KH-11s e KH-12s deslizavam pelo céu, numa sequência interminável, fotografando o que viam no território iraquiano lá embaixo.

Em outubro, outro artefato entrara em ação no céu, um novo avião de reconhecimento americano, tão secreto que nem mesmo o Capitólio sabia. Com o codinome Aurora, voava nas margens do espaço interior, alcançando velocidades de Mach 8, cerca de 8 mil quilômetros horários, levando sua bola de fogo – o efeito reator – muito além do alcance do radar iraquiano ou de mísseis de interceptação. Nem mesmo a tecnologia da agonizante União Soviética pôde detectar o Aurora, que substituía o lendário SR-71 Blackbird.

Ironicamente, enquanto o Blackbird era retirado de operação, outro "velho fiel", ainda mais antigo, prestava seus serviços sobre o Iraque naquele outono. Com quase 40 anos de idade, conhecido como Dragon Lady, o U-2 ainda voava e ainda tirava fotos. Em 1960, Gary Powers fora derrubado num U-2, quando sobrevoava Sverdlovsk, na Sibéria, e também fora o U-2 que avistara os primeiros mísseis soviéticos sendo instalados em Cuba, no verão de 1962, embora fosse Oleg Penkovski quem os identificara como armas ofensivas e não defensivas, desmascarando assim os falsos protestos de Krutchov, e lançando as sementes de sua queda posterior.

O U-2 de 1990 fora reequipado como um "ouvinte", em vez de um "vigia", e rebatizado como TR-1, embora ainda tirasse fotos.

Todas essas informações, dos professores e cientistas, analistas e intérpretes, ouvintes e vigias, entrevistadores e pesquisadores, projetaram um panorama do Iraque, ao longo do outono de 1990, e esse panorama foi se tornando cada vez mais assustador.

De mil fontes, as informações eram canalizadas para uma única sala secreta, dois andares abaixo do prédio do Ministério da Força Aérea saudita, na estrada Old Airport. Na mesma rua em que as altas patentes militares reuniam-se para discutir os planos não autorizados (pela ONU) para a invasão do Iraque, a sala era conhecida como "O Buraco Negro".

Foi no Buraco Negro que os indicadores de alvos britânicos e americanos, procedentes dos três serviços e de todos os postos, de soldado a general, determinaram os locais que teriam de ser destruídos. Ao final, projetaram o mapa de guerra aérea do general Chuck Horner. Continha setecentos alvos. Seiscentos eram militares – centros de comando, pontes, aeroportos, arsenais, depósitos de munições, bases de mísseis e concentrações de tropas. Os outros cem eram relacionados com as armas de destruição em massa – instalações de pesquisa, fábricas de montagem, laboratórios químicos e depósitos.

A linha de fabricação de centrífugas de gás em Taj foi relacionada, assim como a posição aproximada e presumida da cascata de centrífugas subterrânea, em algum lugar do complexo de Tuwaitha.

Mas a fábrica de engarrafamento de água em Tarmiya não foi incluída, nem Al-Qubai. Ninguém sabia de sua existência.

Uma cópia do extenso relatório de Harry Sinclair, despachado de Londres, se juntou a outros relatórios, provenientes de várias partes dos Estados Unidos e do exterior. Ao final, uma síntese de todas essas análises de profundidade foi encaminhada a uma pequena e discreta equipe do Departamento de Estado, conhecida apenas de um círculo restrito em Washington, como Grupo de Informações e Análises Políticas. O GIAP é uma espécie de centro analítico de problemas externos e produz relatórios que não se destinam jamais ao consumo do público. Na verdade, a unidade se reporta apenas ao secretário de Estado, na ocasião o Sr. James Baker.

Dois dias depois, Mike Martin deitou-se num telhado que proporcionava uma vista ampla do distrito de Abrak Kheitan, onde marcara o encontro com Abu Fuad.

Quase que exatamente na hora marcada, ele avistou um único carro deixar a estrada Rei Faisal, que levava ao aeroporto, e entrar numa rua transversal. O carro avançou devagar pela rua, afastando-se da iluminação intensa da estrada, embrenhando-se pela escuridão.

Observou a parada no local indicado, que descrevera em sua mensagem para Al-Khalifa. Duas pessoas saltaram, um homem e uma mulher. Olharam ao redor, constataram que nenhum carro os seguira e caminharam para a área em que um pequeno bosque encobria um terreno baldio.

Abu Fuad e a mulher haviam sido instruídos a esperar por meia hora. Se o Beduíno não aparecesse, deveriam suspender a missão e voltar para casa. Na verdade, esperaram por quarenta minutos, antes de retornar ao carro, frustrados.

– Ele deve ter sido detido – comentou Abu Fuad para a companheira. – Talvez uma patrulha iraquiana. Quem pode saber? Mas é lamentável. Terei de começar tudo de novo.

– Acho que é louco por confiar nesse homem – declarou a mulher. – Não tem a menor ideia de quem ele é.

Falavam baixinho, o líder da resistência kuwaitiana olhando para um lado e outro da rua, a fim de se certificar de que nenhum soldado iraquiano aparecia, enquanto se afastavam do local combinado.

– Ele é bem-sucedido e astucioso, e trabalha como um profissional. Isso é tudo o que preciso saber. Gostaria de poder colaborar, se ele estiver disposto.

– Não tenho nada contra isso.

Foi nesse instante que a mulher soltou um grito curto. Abu Fuad virou-se no banco.

— Não se vire, vamos apenas conversar — disse a voz, do banco traseiro.

Pelo espelho retrovisor, o kuwaitiano divisou os contornos de um *keffiyeh* de beduíno e sentiu o odor de quem leva uma vida difícil. Deixou a respiração escapar numa longa exalação.

— Você é bastante silencioso, Beduíno.

— Não há necessidade de fazer qualquer barulho, Abu Fuad. Só serve para atrair iraquianos. O que não me agrada, a não ser quando estou preparado.

Os dentes de Abu Fuad faiscaram, sob o bigode preto.

— Muito bem, agora já nos encontramos. Vamos conversar. Por falar nisso, por que se escondeu no carro?

— Se o encontro fosse uma armadilha para mim, suas primeiras palavras ao voltar ao carro seriam diferentes.

— Autoincriminadoras...

— Isso mesmo.

— E neste caso...?

— Você morreria.

— Entendido.

— Quem é sua companheira? Não fiz qualquer menção a alguém em sua companhia.

— Marcou o encontro, e eu também tinha de confiar em você. Esta é uma colega de absoluta confiança. Asrar Qabandi.

— Está certo. Meus cumprimentos, Srta. Qabandi. Sobre o que quer conversar?

— Armas, Beduíno. Pistolas-metralhadoras Kalashnikov, granadas de mão modernas, Semtex-H. Meu pessoal pode fazer muito mais com esses artefatos.

— Seu pessoal está sendo apanhado, Abu Fuad. Dez cercados na mesma casa, por toda uma companhia de infantaria iraquiana, sob o comando da AMAM. Todos fuzilados. Todos jovens.

Abu Fuad permaneceu em silêncio. Fora um grande desastre.

— Nove — murmurou ele, depois de uma longa pausa. — O décimo se fingiu de morto e escapou mais tarde. Ficou ferido, e estamos cuidando dele. Foi ele quem nos contou.

- O quê?
- Que foram traídos. Se ele tivesse morrido, jamais saberíamos.
- Ah, a traição... Sempre um perigo, em qualquer movimento de resistência. E o traidor?
- Nós o conhecemos, é claro. Pensávamos que podíamos confiar nele.
- Mas é mesmo o culpado?
- É o que parece.
- Apenas parece?

Abu Fuad suspirou.

- O sobrevivente jura que só o décimo primeiro homem sabia do encontro e endereço. Mas pode ter ocorrido um vazamento em algum outro lugar; ou um deles foi seguido...
- Neste caso, o suspeito deve ser testado. E se for culpado, punido. Srta. Qabandi, gostaria que nos deixasse a sós por um momento, por favor.

A moça olhou para Abu Fuad, que acenou com a cabeça. Ela saiu do carro, voltou para as árvores. O Beduíno descreveu para Abu Fuad, com todo cuidado, em detalhes, o que queria que ele fizesse.

- Não deixarei a casa até 19 horas - concluiu ele. - Portanto, em nenhuma circunstância deve telefonar antes das 19h30. Entendido?

O Beduíno deixou o carro e desapareceu pelas vielas escuras, correndo através dos espaços entre as casas. Abu Fuad foi buscar a Srta. Qabandi e seguiram juntos para casa.

O Beduíno nunca mais tornou a ver a mulher. Antes da libertação do Kuwait, Asrar Qabandi foi capturada pela AMAM, torturada com a maior selvageria, estuprada por vários homens, fuzilada e decapitada. Até morrer, não revelou informação alguma.

TERRY MARTIN FALAVA ao telefone com Simon Paxman, ainda cheio de trabalho, que poderia muito bem dispensar a interrupção. Só aceitara a ligação porque simpatizava com o prolixo professor de estudos árabes.

- Sei que estou incomodando, mas por acaso tem contatos no CCG?
- Claro - respondeu Paxman. - Em particular no Serviço Árabe. Conheço o diretor.

– Poderia telefonar para ele e pedir que me recebesse?
– Acho que sim. Em que está pensando?
– Nas notícias que têm saído do Iraque ultimamente. Estudei todos os discursos de Saddam, assisti aos anúncios sobre reféns, escudos humanos, todas as lamentáveis tentativas de relações públicas pela televisão. Mas gostaria de verificar se há mais alguma pista sendo captada, textos cuja divulgação não foi autorizada pelo Ministério da Propaganda do Iraque.
– É isso o que o CCG faz – admitiu Paxman. – Não vejo por que não. Afinal, você integra o Comitê Medusa e está autorizado a ter conhecimento dessas informações. Falarei com ele.

Naquela tarde, num encontro marcado, Terry Martin seguiu de carro para oeste, até Gloucestershire, e apresentou-se no portão bem-guardado do conjunto de prédios e antenas que constituía o terceiro ramo principal do Serviço de Informações britânico, junto com o MI-5 e o MI-6, o Centro de Comunicações do Governo.

O diretor do Serviço Árabe era Sean Plummer, sob cujas ordens trabalhava o Sr. Al-Khouri, o mesmo que testara o árabe de Mike Martin no restaurante em Chelsea, 11 semanas antes, embora nem Terry Martin nem Plummer soubessem disso.

O diretor concordara em receber Martin no meio de um dia movimentado porque, como um arabista, já ouvira falar do jovem estudioso da SOAS, e admirava sua pesquisa original sobre o Califado Abassid.

– Em que posso ajudá-lo? – perguntou ele, quando ambos sentaram com seus copos de chá de hortelã, um luxo a que Plummer se permitia, a fim de escapar à mediocridade do café oficial.

Martin explicou que se sentia surpreso com a escassez das interceptações que lhe haviam mostrado, provenientes do Iraque. Os olhos de Plummer se iluminaram.

– Tem toda razão. Como sabe, nossos amigos árabes tendem a conversar como tagarelas, através de circuitos abertos. Nos últimos dois anos, o tráfego passível de ser interceptado sofreu uma queda considerável. Ou o caráter nacional mudou ou...

– Cabos enterrados – arrematou Martin.

– Exatamente. Ao que tudo indica, Saddam e seus homens enterraram mais de 70 mil quilômetros de cabos de comunicação de fibra óptica. É por esses cabos que se comunicam. Para mim, é lamentável. Como posso continuar a fornecer ao pessoal de Londres os boletins meteorológicos de Bagdá e as listas de roupa suja de Mamãe Hussein?

Era uma maneira de falar, Martin compreendeu. O serviço de Plummer fornecia muito mais do que isso.

– Ainda falam, sem dúvida... ministros, servidores civis, generais... até mesmo o bate-papo entre comandantes de tanques na fronteira saudita. Mas os telefonemas sérios, ultrassecretos, saíram do ar. O que nunca acontecia antes. O que você quer ver?

Durante as quatro horas seguintes, Terry Martin examinou uma série de interceptações. Transmissões de rádio eram óbvias demais; procurava por alguma informação num telefonema inadvertido, um lapso de língua, um equívoco. Ao final, fechou as pastas de divisórias e pediu:

– Poderia fazer o favor de ficar atento a qualquer coisa realmente estranha, qualquer coisa que pareça não fazer sentido?

MIKE MARTIN COMEÇAVA a pensar que deveria um dia escrever um guia turístico sobre os telhados planos da Cidade do Kuwait. Parecia ter passado um tempo enorme estendido sobre um deles, vigiando a área lá embaixo. Por outro lado, ofereciam magníficas oportunidades para PD, ou posição deitada.

Ele se encontrava naquele telhado em particular fazia quase dois dias, observando a casa cujo endereço fornecera a Abu Fuad. Era uma das seis providenciadas por Al-Khalifa, e uma casa que agora nunca mais tornaria a usar.

Embora dois dias já tivessem transcorrido desde que dera o endereço a Abu Fuad, e nada deveria acontecer até aquela noite, 9 de outubro, ainda assim ele se mantivera em vigia, dia e noite, vivendo de um punhado de pão e frutas.

Se soldados iraquianos aparecessem antes das 19h30 da noite do dia 9, saberia quem o traíra – o próprio Abu Fuad. Ele olhou para o relógio. 19h30. O coronel kuwaitiano deveria estar dando o telefonema naquele momento, de acordo com as instruções.

No outro lado da cidade, Abu Fuad estava de fato pegando o telefone. Discou um número, a chamada foi atendida no terceiro toque.

– Salah?
– É ele. Quem está falando?
– Nunca nos encontramos, mas ouvi muitas coisas boas a seu respeito... que é leal e bravo, um dos nossos. As pessoas me conhecem como Abu Fuad.

Houve um ofego de surpresa no outro lado da linha.

– Preciso de sua ajuda, Salah. O movimento pode contar com você?
– Pode, sim, Abu Fuad. Por favor, diga-me o que deseja.
– Não eu, pessoalmente, mas um amigo. Ele está ferido e doente. Sei que você é farmacêutico. Precisa levar medicamentos para ele com urgência... ataduras, antibióticos, analgésicos. Já ouviu falar do homem a quem chamam de Beduíno?
– Claro. Está querendo dizer que o conhece?
– Isso não importa. Há semanas que trabalhamos juntos. Ele é muito importante para nós.
– Descerei até a farmácia agora mesmo, pegarei os medicamentos necessários e levarei para ele. Onde posso encontrá-lo?
– Ele está escondido numa casa em Shuwaikh e não pode se mover. Pegue uma caneta e papel.

Abu Fuad ditou o endereço que recebera, anotado no outro lado da linha.

– Pegarei meu carro e irei até lá imediatamente, Abu Fuad – prometeu Salah, o farmacêutico. – Pode confiar em mim.
– Você é um patriota. Será recompensado.

Abu Fuad desligou. O Beduíno dissera que ligaria ao amanhecer se nada acontecesse e o farmacêutico seria inocentado.

Mike Martin viu, em vez de ouvir, o primeiro caminhão pouco antes das 20h30. Rodava com o motor desligado para não fazer barulho; passou pelo cruzamento da rua antes de parar, poucos metros além, fora de vista. Martin balançou a cabeça em aprovação.

O segundo caminhão fez a mesma coisa, poucos momentos depois. De cada veículo, vinte homens desceram, sem fazer barulho. Boinas-verdes sabiam o que fazer. Os homens avançaram em coluna pela rua, seguindo um oficial, que agarrou um civil de passagem. O *dish-dash* branco do homem se destacava na semi-escuridão. Com todas as placas das ruas retiradas, os soldados precisariam de um guia civil para descobrir o endereço. Mas os números das casas persistiam.

O civil parou diante de uma casa, examinou a placa com o número e apontou. O capitão no comando manteve uma conversa rápida e sussurrada com seu sargento, que levou 15 homens por uma viela lateral, a fim de cobrir os fundos da casa.

Seguido pelos homens restantes, o capitão empurrou o portão de aço do pequeno jardim. Foi aberto sem a menor dificuldade. Os homens avançaram.

Dentro do jardim, o capitão constatou que havia uma luz fraca acesa num cômodo lá em cima. Boa parte do térreo era ocupada pela garagem, que estava vazia. Na porta da frente, toda a tentativa de ataque furtivo acabou. O capitão experimentou a maçaneta, descobriu que a porta se encontrava trancada e gesticulou para um soldado. O homem disparou uma curta rajada de seu rifle automático na fechadura, arrombando a porta.

Com o capitão na vanguarda, os boinas-verdes entraram correndo. Alguns foram revistar os cômodos às escuras no andar térreo, o capitão e os demais subiram direto para o quarto principal.

Do patamar, o capitão podia avistar o interior do quarto iluminado, a poltrona de costas para a porta, o *keffiyeh* xadrez aparecendo por cima. Não disparou. O coronel Sabaawi, da AMAM, dera ordens expressas: queria aquele homem vivo, para interrogatório. Ao correr para a frente, o jovem oficial não sentiu a linha de pesca de *nylon* estendida na altura da canela.

Ouviu seus homens entrando pelos fundos e outros subindo a escada. Viu a túnica branca imunda recheada de almofadas e a melancia sustentando o *keffiyeh*. Seu rosto se contorceu em raiva, e ainda teve tempo de gritar um insulto para o trêmulo farmacêutico parado na porta.

Dois quilos de Semtex-H podem não parecer muita coisa e não formam um grande volume. As casas daquele distrito são construídas com pedra e concreto, e foi isso que salvou de danos maiores as residências ao redor, algumas das quais ocupadas por kuwaitianos. Mas a casa em que os soldados se encontravam praticamente desapareceu. As telhas foram encontradas mais tarde a várias centenas de metros de distância.

O Beduíno não esperara para ver o resultado de seus preparativos. Já se encontrava a duas ruas de distância, cuidando da própria vida, quando ouviu a explosão abafada, como uma porta sendo batida, depois o segundo de silêncio, seguido pelo desabamento da casa.

Três coisas aconteceram no dia seguinte, e todas depois do escurecer. No Kuwait, o Beduíno teve o seu segundo encontro com Abu Fuad. Desta vez, o kuwaitiano compareceu sozinho à reunião, nas sombras de uma arcada profunda, a apenas 200 metros do Sheraton, que se encontrava ocupado por dezenas de oficiais superiores iraquianos.

– Já soube, Abu Fuad?

– Claro. A cidade inteira não fala de outra coisa. Eles perderam mais de vinte homens e os outros ficaram feridos. – Abu Fuad suspirou. – Haverá mais represálias.

– Deseja parar agora?

– Não. Não podemos. Mas quanto tempo mais teremos de sofrer?

– Os americanos e britânicos virão. Um dia.

– Que Alá faça com que seja em breve. Salah estava com eles?

– Ele os conduziu. Havia apenas um civil. Não contou a mais ninguém?

– Não, só a ele. Deve ter sido Salah. Ele tem as vidas de nove jovens em sua cabeça. Não verá o Paraíso.

– Muito bem. O que mais quer de mim?

– Não pergunto quem você é ou de onde veio. Como um oficial do exército treinado, sei que não pode ser um simples beduíno, um condutor de camelos no deserto. Tem suprimentos de explosivos, armas, munição, granadas. Meu pessoal também pode fazer muito com esses apetrechos.

– Qual é sua proposta?
– Junte-se a nós e traga seus suprimentos. Ou continue sozinho, mas partilhe seus suprimentos. Não estou aqui para ameaçar, apenas para pedir. Mas se quer ajudar nossa resistência, é assim que deve fazer.

Mike Martin pensou por um momento. Depois de oito semanas, restava metade dos suprimentos, ainda enterrada no deserto ou escondida em duas casas, que não usava para dormir, apenas como depósito. Das outras quatro casas, uma fora destruída e a outra se achava comprometida, aquela em que se reunia com seus seguidores. Podia entregar seus suprimentos e pedir mais, por um lançamento noturno – era arriscado, mas possível, desde que suas mensagens para Riad não estivessem sendo interceptadas, o que não tinha como saber. Ou podia realizar outra viagem de camelo através da fronteira e voltar com mais duas alcofas. Mesmo isso não seria fácil – havia agora 16 divisões iraquianas ao longo da fronteira, três vezes mais do que na ocasião em que se infiltrara no Kuwait.

Era tempo de entrar em contato de novo com Riad e pedir instruções. Enquanto isso, daria a Abu Fuad quase tudo o que tinha. Havia mais ao sul da fronteira; ele só precisava encontrar um meio de passar.

– Onde você quer que seja entregue?
– Temos um armazém no porto de Shuwaikh. É bastante seguro. Armazena peixe. O dono é um dos nossos.
– Em seis dias – propôs Martin.

Eles acertaram a hora e o lugar em que um assistente de confiança de Abu Fuad se encontraria com o Beduíno e o guiaria até o armazém. Martin descreveu o veículo que estaria guiando e qual seria sua aparência.

NESSA MESMA NOITE, mas duas horas depois, por causa da diferença de fusos horários, Terry Martin sentava-se num restaurante tranquilo, não muito longe de seu apartamento, e entornou o vinho em seu copo. O convidado que ele esperava apareceu poucos minutos depois, um homem idoso, cabelos grisalhos, óculos e gravata-borboleta. Olhou ao redor, inquisitivo.

– Estou aqui, Moshe.

O israelense encaminhou-se para a mesa de Terry Martin, que se levantou, e o cumprimentou, efusivo.

– Terry, meu caro rapaz, como tem passado?

– Melhor por vê-lo, Moshe. Não poderia deixar que passasse por Londres sem um jantar pelo menos e a oportunidade para uma conversa.

O israelense era bastante velho para ser pai de Martin, mas a amizade entre os dois baseava-se no interesse comum. Ambos eram acadêmicos, profundos estudiosos das antigas civilizações do Oriente Médio, suas culturas, artes e línguas.

O Professor Moshe Hadari havia muito que estudava essas matérias. Quando jovem, participara de escavações em boa parte da Terra Santa, com Yigael Yadin, que era ao mesmo tempo professor e general do exército. Seu grande pesar era o fato de que, como israelense, tinha o acesso proibido a muito do Oriente Médio, mesmo que só para estudos da antiguidade. Ainda assim, era um dos melhores em sua área; e como se tratava de uma área pequena, era inevitável que os dois estudiosos se conhecessem em algum seminário, como acontecera dez anos antes.

Foi um bom jantar e a conversa fluiu fácil, sobre as últimas pesquisas, as mais novas percepções sobre a vida nos reinos do Oriente Médio dez séculos antes.

Terry Martin sabia que estava sujeito à Lei dos Segredos Oficiais em suas recentes atividades de apoio à Century House e não deveria falar a respeito. Durante o café, no entanto, a conversa desviou-se naturalmente para a crise no Golfo e as possibilidades de uma guerra.

– Acha que ele vai sair do Kuwait, Terry? – perguntou o professor israelense.

Martin sacudiu a cabeça.

– Não. Ele não pode sair, a menos que lhe seja oferecido um caminho bem definido, concessões que possa usar para justificar a retirada. Se sair sem nada, ele cai.

Hadari suspirou.

– Tanto desperdício... Durante toda a minha vida, sempre vi esse desperdício. Dinheiro suficiente para transformar o Oriente Médio num paraíso na Terra. Tanto talento, tantas vidas jovens... E para quê? Se a guerra vier, Terry, os britânicos lutarão junto com os americanos?

– Claro. Já enviamos a 7ª Brigada Blindada, e creio que a 4ª Blindada seguirá em breve. Com isso, teremos uma divisão, além dos caças e navios de guerra. Não se preocupe com isso. Trata-se de uma guerra no Oriente Médio em que Israel não apenas pode, mas também deve, ficar de braços cruzados.

– Sei disso – murmurou o israelense, sombrio. – Mas muitos outros jovens terão de morrer.

Martin inclinou-se para a frente e tocou de leve no braço do amigo.

– O homem tem de ser detido, Moshe. Mais cedo ou mais tarde. Israel, entre todos os países, deve saber até que ponto ele já foi com suas armas de destruição em massa. Num certo sentido, precisamos apenas descobrir a verdadeira escala do que ele já possui.

– Mas nosso pessoal tem ajudado, como não podia deixar de ser. Somos provavelmente seu alvo principal.

– Tem razão, vocês vêm ajudando na análise dos alvos. Nosso maior problema é obter informações concretas do local. Não estamos recebendo nenhuma informação de alto nível de Bagdá. Nem os britânicos, nem os americanos, nem mesmo seu pessoal.

O jantar terminou vinte minutos depois e Terry Martin viu o Professor Hadari embarcar num táxi para voltar ao hotel.

POR VOLTA DE MEIA-NOITE, três estações de triangulação foram instaladas no Kuwait, por ordem de Hassan Rahmani, em Bagdá.

Eram antenas parabólicas, destinadas a localizar a fonte de uma emissão de ondas de rádio e determinar sua posição. Uma estação era fixa, montada no telhado de um prédio alto, no distrito de Ardiya, um subúrbio ao sul da Cidade do Kuwait. Sua antena se virava para o deserto.

As outras duas eram estações móveis, enormes furgões com antena no teto, um gerador para energia elétrica e o interior escuro, onde os investigadores podiam sentar-se diante de seus painéis e estudar as ondas de rádio, à procura de um determinado transmissor, que devia estar irradiando suas mensagens de algum lugar do deserto, entre a cidade e a fronteira saudita.

Um desses furgões foi postado nos arredores de Jahra, bem a oeste da estação em Ardiya, e o terceiro ficou na costa, no terreno do Hospital Al Adan, onde a irmã do estudante de direito fora estuprada nos primeiros dias da invasão. A estação em Al Adan podia obter um pleno cruzamento dos sinais das estações mais ao norte, o que lhe permitiria determinar a fonte de uma transmissão a uma área de umas poucas centenas de metros.

Na base aérea de Ahmadi, de onde Khaled Al-Khalifa partira em seu Skyhawk, um helicóptero armado Hind, de fabricação soviética, esperava o momento de entrar em ação, numa vigília de vinte e quatro horas por dia. A tripulação do Hind era da Força Aérea, uma concessão que Rahmani tivera de fazer, a fim de obter a cooperação do comandante-geral. As equipes de localização eram do próprio serviço de contraespionagem de Rahmani, recrutadas em Bagdá, entre o melhor de que ele dispunha.

O PROFESSOR HADARI passou uma noite insone. Sentia a maior preocupação por algo que o amigo lhe dissera. Considerava-se um leal israelense, nascido de uma antiga família sefardita, que emigrara pouco depois da passagem do século, junto com homens como Ben Yehuda e David Ben Gurion. Ele próprio nascera nas proximidades de Yaffa, quando ainda era um movimentado porto dos palestinos árabes, e aprendera a falar o árabe ainda pequeno.

Criara dois filhos e vira um deles morrer numa lamentável emboscada no sul do Líbano. Era avô de cinco crianças. Quem poderia lhe dizer que não amava seu país?

Mas havia algo errado. Se a guerra viesse, muitos jovens poderiam morrer, como seu Ze'ev morrera, mesmo que fossem britânicos, americanos e franceses. Era o momento para Kobi Dror demonstrar seu chauvinismo vingativo e mesquinho?

Ele se levantou cedo, fez as malas, pagou a conta e pediu um táxi para o aeroporto. Antes de deixar o hotel, parou por um instante diante de uma fileira de telefones no saguão, mas depois mudou de ideia.

No meio do caminho para o aeroporto, mandou que o motorista deixasse a M4 e procurasse uma cabine telefônica. Resmungando pela hora e o problema que isso acarretaria, o motorista obedeceu e acabou encontrando uma cabine numa esquina em Chiswick. Hadari teve sorte. Foi Hilary quem atendeu o telefone, no apartamento em Bayswater.

– Espere um instante – disse Hilary. – Ele já estava saindo.

Terry Martin voltou para atender à ligação.

– Sou eu, Moshe. Não tenho muito tempo, Terry. Avise a seu pessoal que o Instituto tem uma alta fonte dentro de Bagdá. Diga para perguntarem o que aconteceu com Jericó. Adeus, meu amigo.

– Só mais um instante, Moshe. Tem certeza? Como sabe?

– Não importa. Nunca soube disso por meu intermédio. Adeus.

O telefone ficou mudo. Em Chiswick, o idoso acadêmico tornou a entrar no táxi e seguiu para Heathrow. Tremia pela enormidade do que acabara de fazer. Como poderia explicar a Terry Martin que fora ele, o professor de árabe na universidade, que elaborara a primeira resposta para Jericó em Bagdá?

O TELEFONEMA DE TERRY MARTIN trouxe Simon Paxman à sua mesa, na Century House, pouco depois das 10 horas.

– Almoço? – disse Paxman. – Sinto muito, mas não posso. Terei um dia infernal. Talvez amanhã.

– Tarde demais. É urgente, Simon.

Paxman suspirou. Não restava a menor dúvida de que seu inofensivo acadêmico chegara a alguma nova interpretação de uma frase numa transmissão iraquiana, capaz de mudar o próprio significado da vida.

– Ainda assim não posso almoçar. Vamos ter uma grande reunião interna. Posso, no máximo, tomar uma bebida rápida com você. O Hole-in-the-Wall é um *pub* que fica por baixo da ponte de Waterloo, bem perto daqui. Pode ser ao meio-dia? Só posso conversar com você por meia hora, Terry.

– É mais do que o suficiente. Até já.

Pouco depois do meio-dia os dois sentaram-se com suas cervejas no *pub*, perto dos trilhos por onde passavam os trens para o sul, correndo para Kent, Sussex e Hampshire. Sem revelar sua fonte, Martin narrou o que lhe fora dito naquela manhã.

– Mas que droga! – sussurrou Paxman, pois havia pessoas nas proximidades. – Quem lhe contou?

– Não posso dizer.

– Mas deve.

– Ele assumiu um risco. Dei minha palavra. É um acadêmico, já idoso. Isso é tudo o que posso dizer.

Paxman pensou por um momento. Acadêmico e ligado a Terry Martin. Com toda certeza, outro arabista. Poderia prestar serviços de apoio ao Mossad. De qualquer maneira, a informação tinha de ser levada à Century House, e depressa. Ele agradeceu a Martin, deixou a cerveja e voltou apressado para o prédio de aparência lamentável chamado Century.

Por causa da reunião na hora do almoço, Steve Laing não saíra do prédio. Paxman transmitiu-lhe a informação. Laing foi falar direto com o próprio Chefe.

Sir Colin, que nunca era propenso a exageros, declarou que o general Kobi Dror era "um sujeito muito aborrecido", renunciou a seu almoço, pediu alguma coisa para comer à sua mesa e retirou-se para o último andar. Ali, deu um telefonema pessoal, por uma linha de absoluta segurança, para o Juiz William Webster, diretor da CIA.

Ainda eram apenas 8h30 em Washington, mas o juiz era um homem que gostava de acordar muito cedo e já se encontrava em seu gabinete para atender. Fez algumas perguntas ao colega britânico sobre a fonte da informação, resmungou pela ausência de dados, mas concordou que se tratava de um assunto que não podia ser ignorado.

O Sr. Webster disse a seu vice-diretor de operações, Bill Stewart, que teve uma explosão de raiva e em seguida se reuniu por meia hora com Chip Barber, o chefe de operações para o Oriente Médio. Barber ficou ainda mais furioso, pois fora o homem que se sentara diante do general Dror, na sala bem-iluminada no topo de uma colina nos arredores de Herzlia, e aparentemente ouvira uma mentira.

Entre os dois, definiram o que devia ser feito e levaram a ideia ao diretor.

No meio da tarde, William Webster teve uma reunião com Brent Scowcroft, presidente do Conselho de Segurança Nacional, que levou o problema ao presidente Bush. Webster explicara o que queria e recebeu plena autorização para agir.

Foi procurada a cooperação do Secretário de Estado James Baker, que não hesitou em concedê-la. Naquela noite, o Departamento de Estado enviou um pedido urgente a Tel Aviv, que foi apresentado ao destinatário na manhã seguinte, apenas três horas depois, por causa da diferença de fuso horário.

O vice-ministro do Exterior de Israel na ocasião era Benjamin Netanyahu, um diplomata de cabelos grisalhos, bonito e elegante, irmão de Jonathan Netanyahu, o único israelense morto durante o ataque ao Aeroporto de Entebe, de Idi Amin, em que comandos israelenses resgataram os passageiros de um avião francês sequestrado por terroristas palestinos e alemães.

Benjamin Netanyahu era um *sabra* de terceira geração e estudara na América. Por causa de sua fluência e capacidade de articulação, além do fervoroso nacionalismo, era membro do governo do Likud, sob Itzhak Shamir, e com frequência o persuasivo porta-voz de Israel em entrevistas para a imprensa ocidental.

Ele chegou ao aeroporto Dulles, em Washington, dois dias depois, em 14 de outubro, um tanto perplexo com a urgência do convite do Departamento de Estado para que voasse até a América, a fim de iniciar conversações de considerável importância.

Ficou ainda mais perplexo quando duas horas de conversa particular com o Subsecretário de Estado Lawrence Eagleburger não revelaram mais do que uma ampla visão dos acontecimentos no Oriente Médio, desde o dia 2 de agosto. A reunião foi concluída na maior frustração, e ele se preparou para o voo noturno de volta a Israel.

Foi no momento em que deixava o Departamento de Estado que um assessor pôs-lhe na mão um elegante cartão de papelão. Tinha um timbre pessoal no alto, e o autor, numa escrita cursiva, pedira-lhe que não deixasse Washington sem ir à sua casa para uma breve visita, a fim de discutir um assunto de alguma urgência "para nossos países e nossos povos".

Ele conhecia a assinatura, conhecia o homem, conhecia seu poder e riqueza. A limusine do autor do bilhete esperava na porta. O diplomata israelense tomou uma decisão. Mandou que seu secretário voltasse à embaixada para pegar a bagagem e fosse encontrá-lo numa casa em Georgetown dentro de duas horas, e de lá seguiriam direto para Dulles. Depois, embarcou na limusine.

Nunca estivera na casa antes, mas era como esperava, uma construção suntuosa, na melhor parte da M Street, a menos de 300 metros do campus da Universidade de Georgetown. Foi conduzido a uma ampla biblioteca, com quadros e livros de excepcional raridade e bom gosto, e poucos momentos depois seu anfitrião apareceu, avançando sobre o tapete Kashan com a mão estendida.

– Meu caro Bibi, foi muita gentileza sua me dispensar algum tempo.

Saul Nathanson era banqueiro e financista, profissões que o haviam tornado extremamente rico, mas sem qualquer das trapaças que afetaram Wall Street durante os reinados de Boesky e Milken. Sua verdadeira fortuna era mais insinuada do que declarada, e o próprio era refinado demais para ostentá-la. Mas os Vandykes e Brueghels nas paredes não eram cópias, e seus donativos a obras de caridade, inclusive algumas instaladas no Estado de Israel, eram lendários.

Como o político israelense, ele era elegante e de cabelos grisalhos, mas ao contrário do homem um pouco mais jovem, era vestido por Savile Row, Londres, e suas camisas de seda eram de Sulka.

Conduziu o convidado a um par de poltronas de couro, diante de um fogo de verdade na lareira, e um mordomo inglês trouxe uma garrafa e dois copos numa bandeja de prata.

– Uma coisa que pensei que poderia apreciar, meu amigo, enquanto conversamos.

O mordomo serviu vinho tinto em dois copos de Lalique e o israelense tomou um gole. Nathanson ergueu uma sobrancelha, inquisitivo.

– Magnífico, é claro – disse Netanyahu.

Não é fácil se encontrar um Château Mouton Rotschild 61, e não se pode tomá-lo às pressas. O mordomo deixou a garrafa ao alcance da mão e se retirou.

Saul Nathanson era sutil demais para entrar direto no prato principal do que queria dizer. Os *hors-d'oeuvres* de conversa foram servidos primeiro. Depois, o Oriente Médio.

– Vai haver uma guerra, como sabe – comentou ele, com uma tristeza evidente.

– Não tenho a menor dúvida quanto a isso – concordou Netanyahu.

– Antes de acabar, muitos jovens americanos poderão estar mortos, excelentes jovens, que não merecem morrer. Devemos todos fazer o que pudermos para manter esse número tão baixo quanto for humanamente possível, não acha? Mais vinho?

– Claro que concordo.

Aonde ele está querendo chegar? O vice-ministro do Exterior de Israel não tinha a menor ideia.

– Saddam é uma ameaça – continuou Nathanson, olhando para o fogo. – Deve ser detido. Provavelmente é uma ameaça maior para Israel do que para qualquer outro Estado vizinho.

– Há anos que proclamamos isso. Mas quando bombardeamos seu reator nuclear a América nos condenou.

Nathanson sacudiu a mão, para descartar o assunto.

– O pessoal de Carter. Um absurdo, é claro, todas aquelas bobagens cosméticas para salvar as aparências. Ambos sabemos disso e ambos sabemos o que é melhor. Tenho um filho servindo no Golfo.

– Eu não sabia. Desejo que ele volte são e salvo.

Nathanson se mostrou sinceramente comovido.

– Obrigado, Bibi, obrigado. Rezo por isso todos os dias. Meu primogênito, meu único filho. Apenas acho que... num momento como este... a cooperação entre todos nós deve ser irrestrita.

– Isso é indiscutível. – O israelense teve o desagradável pressentimento de que estava prestes a receber más notícias.

– Para manter as baixas reduzidas ao mínimo. É por isso que peço sua ajuda, Benjamin, para manter as baixas reduzidas ao mínimo. Estamos do mesmo lado, não é? Eu sou um americano e um judeu.

A ordem de precedência em que ele usara as palavras pairaram no ar.

– E eu sou um israelense e um judeu. – Netanyahu também tinha sua ordem de precedência. O financista não se mostrou desconcertado.

– Exatamente. Mas por causa de sua educação aqui, pode compreender como... de que forma dizer?... como os americanos podem às vezes ser emocionais. Posso falar sem-cerimônia?

Um alívio bem-vindo, pensou o israelense.

– Se fosse feita qualquer coisa que pudesse de alguma forma manter as baixas reduzidas, mesmo que apenas por um punhado, tanto eu quanto meus compatriotas ficaríamos eternamente gratos a quem contribuiu para isso.

A outra metade do sentimento não foi dita, mas Netanyahu era um diplomata experiente demais para deixar de percebê-la. E se qualquer coisa fosse feita ou deixasse de ser feita que pudesse aumentar as baixas, a memória da América seria longa e sua vingança desagradável.

– O que quer de mim? – perguntou ele.

Saul Nathanson tomou um gole do vinho, tornou a olhar para o fogo na lareira.

– Aparentemente, há um homem em Bagdá, com o codinome de Jericó...

Depois que ele acabou, o vice-ministro do Exterior de Israel, pensativo, partiu para Dulles, a fim de pegar um avião de volta para sua terra.

9

A barreira ficava na esquina da rua Mohammed ibn Kassem com a Quarta Estrada Circular. Quando a avistou, a alguma distância, Mike Martin sentiu-se tentado a fazer uma curva em U e voltar pelo caminho que viera.

Mas havia soldados iraquianos postados nos dois lados do acesso à barreira, parecendo estar ali com esse propósito, e seria uma loucura tentar escapar ao fogo de rifle na lenta velocidade necessária para uma curva em U. Não lhe restava outra opção a não ser seguir adiante, juntando-se à fila de veículos que esperavam para passar.

Como sempre fazia, ao circular pela Cidade do Kuwait, procurava evitar as ruas principais, em que havia uma maior probabilidade de encontrar barreiras; mas a passagem por qualquer das seis estradas circulares, que envolvem a Cidade do Kuwait numa série de círculos concêntricos, só podia ser efetuada num grande cruzamento.

Ele também esperava, ao sair no meio da manhã, que pudesse se perder na confusão do tráfego ou encontrar os iraquianos abrigados do calor.

Mas em meados de outubro o calor já diminuíra e os boinas-verdes das Forças Especiais demonstravam ser muito mais competentes do que os soldados do Exército Popular. Por isso, ele permaneceu sentado ao volante da caminhonete Volvo branca e esperou.

Ainda estava escuro, a noite mais profunda, quando ele saíra da estrada para o deserto, ao sul, e desenterrara o restante de seus explosivos, armas e munição, os equipamentos que prometera a Abu Fuad. Pouco antes do amanhecer, transferira a carga do jipe para a caminhonete, na garagem trancada numa rua secundária de Firdous.

Entre a transferência de um veículo para outro e o momento em que julgara que o sol já estava bastante alto e quente para obrigar os iraquianos a procurarem abrigo nas sombras, Martin até conseguira tirar um cochilo de duas horas, ao volante da caminhonete, dentro da garagem. Ao final, saíra com a caminhonete e guardara o jipe dentro da garagem, sabendo que um veículo tão útil seria em breve confiscado.

Trocara de roupa, substituindo a túnica suja de um beduíno pelo *dish-dash* branco e limpo de um médico kuwaitiano.

Os carros à sua frente avançavam devagar na direção dos soldados iraquianos agrupados em torno dos latões cheios de concreto à frente. Em alguns casos, os soldados limitavam-se a olhar para os documentos de identidade do motorista e depois acenavam para que seguisse em frente. Em outros, os carros eram desviados para o lado e revistados. De um modo geral, os veículos com alguma carga recebiam a ordem de encostar no meio-fio.

Martin, aflito, não podia deixar de pensar nos dois enormes baús de madeira na área de carga da caminhonete, contendo "mercadorias" em quantidade suficiente para assegurar sua prisão imediata e a entrega à misericórdia da AMAM.

Depois de uma longa espera, o último carro à sua frente passou pela barreira e chegou sua vez. O sargento no comando não se deu ao trabalho de pedir os documentos de identidade. Ao ver os baús na traseira, ele acenou para que a caminhonete parasse no lado e gritou uma ordem para os companheiros que esperavam ali.

Um uniforme verde-oliva desbotado surgiu na janela do lado do motorista, que Martin já baixara. O uniforme inclinou-se e um rosto com a barba por fazer apareceu na janela aberta.

– Saia – ordenou o soldado.

Martin saltou e empertigou-se. Ofereceu um sorriso polido. Um sargento de rosto bexiguento aproximou-se. O soldado deu a volta para a traseira, olhou os baús.

– Documentos – disse o sargento.

Ele estudou a carteira de identidade estendida por Martin, seu olhar se deslocando do retrato meio desfocado ali para o rosto do portador. Se percebeu alguma diferença entre o oficial britânico à sua frente e o funcionário da Al-Khalifa Trading Company que posara para o documento, não deixou transparecer.

O documento fora emitido um ano antes, e nesse período um homem pode deixar crescer uma barba preta.

– Você é médico?

– Sou, sim, sargento. Trabalho no hospital.

– Onde?

– Na estrada de Jahra.

– Para onde vai?

– Para o Hospital Amiri, em Dasman.

Era evidente que o sargento não tinha muita instrução, e em sua cultura um médico era um homem de considerável saber e valor. Ele soltou um grunhido, foi até a traseira da caminhonete.

– Abra.

Martin destrancou a porta, levantou-a por cima de suas cabeças. O sargento ficou olhando para os baús.

– O que tem aí?

– Amostras, sargento. São necessárias para a pesquisa de laboratório em Amiri.

– Abra.

Martin retirou várias pequenas chaves de latão do bolso da *dishdash*. Os baús eram do tipo usado em viagens, comprados numa loja especializada, e cada um tinha duas fechaduras de latão.

– Sabia que esses baús são refrigerados? – disse Martin, puxando conversa, enquanto fingia procurar as chaves certas.

– Refrigerados? – O sargento estava aturdido com a informação.

– Isso mesmo, sargento. O interior deve permanecer gelado, mantendo as culturas numa constante temperatura baixa. Isso garante que continuem inertes. Se abri-los, receio que o ar frio possa escapar e as culturas se tornarão bastante ativas. É melhor se afastarem um pouco.

À sugestão de que deviam se afastar, o sargento franziu o rosto, tirou a carabina do ombro, e apontou-a para Martin, desconfiando que os baús deviam conter alguma espécie de arma.

– Como assim? – indagou ele, em tom ríspido.

Martin deu de ombros, como se pedisse desculpas.

– Sinto muito, mas não posso evitar. Os germes escaparão para o ar ao nosso redor.

– Germes? Que germes?

O sargento sentia-se confuso e furioso, tanto por sua ignorância quanto pela atitude do médico.

– Não falei onde trabalhava?

– Claro que falou. No hospital.

– Isso mesmo. Na ala de isolamento. Estes baús estão cheios de amostras de varíola e cólera para análises.

Desta vez o sargento deu um pulo para trás, pelo menos meio metro. As marcas em seu rosto não eram de um acidente; quando criança, quase morrera de varíola.

– Tire logo essa porcaria daqui!

Martin tornou a pedir desculpas, fechou a porta traseira, voltou a sentar-se ao volante e partiu. Uma hora depois, foi conduzido ao armazém de peixes no porto de Shuwaikh, e entregou sua carga a Abu Fuad.

Departamento de Estado dos Estados Unidos
Washington, D.C. 20520

16 de outubro, 1990

Memorando para: James Baker, Secretário de Estado
De: Grupo de Informações e Análises Políticas
Assunto: Destruição da Máquina de Guerra Iraquiana
Classificação: Só para seu conhecimento

Nas dez semanas desde a invasão do Emirado do Kuwait pelo Iraque, foi efetuada a mais rigorosa investigação, por nós e por nossos aliados britânicos, sobre o tamanho, natureza e estado de preparação precisos da máquina de guerra à disposição do presidente Saddam Hussein.

Os críticos sem dúvida dizem, com o benefício de uma percepção posterior, que uma análise assim deveria ter sido realizada antes desta data. Seja como for, as conclusões das várias análises estão agora diante de nós e apresentam um quadro bastante perturbador.

Só as forças convencionais do Iraque, com seu exército permanente de um milhão e um quarto de homens, seus canhões, tanques, baterias de foguetes e moderna força aérea fazem com que o país tenha o maior poderio militar no Oriente Médio.

Há dois anos, estimou-se que se o efeito da guerra com o Irã fora o de reduzir a máquina de guerra iraniana, ao ponto em que não podia mais, em termos realistas, constituir uma ameaça a seus vizinhos, os danos infligidos pelo Irã à máquina de guerra iraquiana foram de similar importância.

É agora evidente que, no caso do Irã, o rigoroso embargo a novas aquisições, imposto por nós e pelos britânicos, fez com que a situação permanecesse a mesma. No caso do Iraque, porém, os dois anos que transcorreram desde então foram marcados por um programa de rearmamento de vigor assustador.

Deve recordar, Sr. Secretário, que a política ocidental na área do Golfo, e na verdade em todo o Oriente Médio, há muito que se baseia no conceito do equilíbrio; a noção de que a estabilidade e, por conseguinte, o *status quo* só podem ser mantidos se nenhuma nação na área tiver permissão para adquirir tamanho poderio que ameace as vizinhas à submissão, estabelecendo assim o seu predomínio.

Só no setor da guerra convencional, é evidente agora que o Iraque adquiriu tal poderio e passa a se empenhar em conquistar tal predomínio.

Mas este relatório preocupa-se ainda mais com outro aspecto dos preparativos iraquianos: o acúmulo de um terrível estoque de armas de destruição em massa, com planos ininterruptos para ter ainda mais, além de sistemas para lançamento internacional, talvez mesmo intercontinental.

Em suma, a menos que haja uma total destruição dessas armas, das que ainda se encontram em desenvolvimento e dos sistemas de lançamento, o futuro imediato apresenta uma perspectiva catastrófica.

Dentro de três anos, segundo os estudos apresentados pelo Comitê Medusa, e com os quais os britânicos concordam, o Iraque possuirá sua própria bomba atômica e a capacidade de lançá-la em qualquer lugar num raio de 2 mil quilômetros de Bagdá.

A essa perspectiva, deve-se acrescentar a de milhares de toneladas de gás venenoso letal, além de um potencial de guerra bacteriológica, envolvendo antraz, tularemia e possivelmente as pestes bubônica e pneumônica.

Mesmo que o Iraque fosse governado por um regime complacente e racional, a perspectiva já seria assustadora. A realidade é que o Iraque é governado exclusivamente pelo presidente Saddam Hussein, que com toda certeza se encontra dominado por duas condições psiquiátricas identificáveis: megalomania e paranoia.

Dentro de três anos, fracassando a ação preventiva, o Iraque será capaz de dominar, só pela ameaça, todo o território da costa norte da Turquia ao Golfo de Aden, dos mares ao largo de Haifa às montanhas de Kandahar.

O efeito dessas revelações deve ser o de mudar a política ocidental de uma maneira radical. A destruição da máquina de guerra iraquiana, em particular das armas de destruição em massa, deve ser definida agora como o objetivo predominante da política ocidental. A libertação do Kuwait tornou-se agora irrelevante, servindo apenas como uma justificativa.

O objetivo desejado só pode ser agora frustrado por uma retirada unilateral do Iraque do Kuwait, e todos os esforços devem ser feitos para garantir que isso não aconteça.

O plano de ação dos Estados Unidos, junto com nossos aliados britânicos, portanto, deve ser dedicado a quatro objetivos:

a) Na medida em que for possível, discretamente oferecer provocações e argumentos a Saddam Hussein, visando a fazer com que se recuse a sair do Kuwait.

b) Rejeitar qualquer concessão que ele possa oferecer como uma compensação de barganha para se retirar do Kuwait, assim removendo a justificativa para nossa planejada invasão e a destruição de sua máquina de guerra.

c) Exortar a Organização das Nações Unidas a aprovar sem mais procrastinação a Resolução 678 do Conselho de Segurança, autorizando os aliados da Coalizão a iniciarem a guerra aérea assim que estiverem preparados.

d) Dar a impressão de acolher de forma favorável, mas na verdade frustrar qualquer plano de paz que possa permitir ao Iraque escapar ileso de seu atual dilema. É evidente que o secretário-geral da ONU, Paris e Moscou são os principais perigos aqui, pois é possível que proponham a qualquer momento algum plano ingênuo, capaz de impedir o que deve ser feito. O público, é claro, continuará a ser garantido do oposto.

Respeitosamente,

GIAP

– Itzhak, temos realmente de ceder a eles neste caso.

O primeiro-ministro de Israel parecia, como sempre, quase ofuscado pela enorme cadeira giratória e a mesa à sua frente, ao ser confrontado por seu vice-ministro do Exterior, em seu gabinete particular fortificado, por baixo do Knesset, em Jerusalém. Os dois paraquedistas armados com Uzis, no outro lado da pesada porta de madeira revestida com aço, nada podiam ouvir do que transcorria lá dentro.

Itzhak Shamir lançou um olhar furioso através da mesa, as pernas curtas balançando livres por cima do carpete, embora houvesse um descanso para os pés especialmente adaptado, caso precisasse. O rosto vincado e belicoso, por baixo dos cabelos grisalhos, fazia-o parecer ainda mais com um duende do norte.

O vice-ministro do Exterior era diferente do primeiro-ministro sob todos os aspectos; alto, quando o líder nacional era baixo; elegante, quando Shamir era desleixado; cortês, quando o outro era irascível. Contudo, davam-se muito bem, partilhando a mesma visão inflexível de seu país e dos palestinos, a tal ponto que o primeiro-ministro nascido na Rússia não tivera a menor hesitação em escolher e promover o cosmopolita diplomata.

Benjamin Netanyahu apresentara uma boa argumentação. Israel precisava da América; sua boa vontade, outrora automaticamente garantida pelo *lobby* judeu, encontrava-se agora assediada no Congresso e na imprensa americana, seus donativos, suas armas, seu veto no Conselho de Segurança. Era muita coisa para se arriscar por um suposto agente iraquiano sendo dirigido por Kobi Dror de Tel Aviv.

– Vamos deixar que eles tenham acesso a esse Jericó, quem quer que seja – exortou Netanyahu. – E se ele os ajudar a destruir Saddam Hussein, melhor para nós.

O primeiro-ministro soltou um grunhido, acenou com a cabeça, estendeu a mão para o interfone.

– Ligue para o general Dror e avise-o de que preciso falar com ele, aqui, em meu gabinete – disse Shamir à sua secretária. – Não, não quando ele estiver livre. Agora.

Quatro horas depois, Kobi Dror deixou o gabinete do primeiro-ministro, furioso. Na verdade, disse ele a si mesmo, enquanto seu carro descia da colina de Jerusalém, seguindo para a estrada larga que o levaria de volta a Tel Aviv, não podia se recordar de outra ocasião em que sentira tanta raiva.

Já era bastante horrível ser advertido por seu primeiro-ministro que agira errado. Ouvir também que não passava de um idiota irresponsável era algo que podia muito bem dispensar.

Normalmente, ele sentia o maior prazer em contemplar os bosques de pinheiros onde, durante o sítio de Jerusalém, quando a estrada de hoje não passava de uma trilha esburacada, seu pai e outros haviam combatido para abrir uma brecha nas linhas palestinas e resgatar a cidade. Mas não hoje.

De volta à sua sala, ele chamou Sami Gershon e deu a notícia.

– Como os ianques souberam?

– Alguém vazou a informação.

– Não foi nenhum dos nossos – garantiu Gershon, categórico. – O que me diz do professor? Ele acaba de voltar de Londres.

– Traidor miserável! – explodiu Dror. – Vou acabar com ele!

– É bem provável que os britânicos o tenham embriagado – sugeriu Gershon. – E foi por isso que ele falou. Deixe como está, Kobi. O dano já foi causado. O que faremos?

– Contaremos tudo aos americanos sobre Jericó. Só que eu não o farei. Mande Sharon. Deixe-o assumir tudo. A reunião será em Londres, onde o vazamento ocorreu.

Gershon pensou a respeito por um momento e sorriu.

– O que há de tão engraçado? – perguntou Dror.

– Só uma coisa: não podemos mais entrar em contato com Jericó. Eles que tentem. Ainda não sabemos quem é o filho da puta. Eles que descubram. Com um pouco de sorte, farão a maior cagada.

Depois de um momento de reflexão, um sorriso insidioso surgiu no rosto de Dror.

– Mande Sharon esta noite – determinou ele. – E depois iniciaremos outro projeto. Venho pensando a respeito há algum tempo. Vamos chamá-lo de Operação Josué.

– Por quê? – indagou Gershon, perplexo.

– Não lembra o que Josué fez com Jericó?

A REUNIÃO EM LONDRES foi considerada bastante importante para que Bill Stewart, o vice-diretor (operações) de Langley, atravessasse o Atlântico, acompanhado por Chip Barber, o chefe da Divisão do Oriente Médio. Instalaram-se numa das casas seguras da Companhia, um apartamento não muito longe da embaixada, na Grosvenor Square, e jantaram com um vice-diretor do SIS e Steve Laing. A presença do vice-diretor era protocolo, tendo em vista a posição de Stewart; ele seria substituído na reunião com David Sharon por Simon Paxman, o encarregado do Iraque.

David Sharon veio de Tel Aviv com outro nome e foi recebido por um *katsa* da embaixada israelense, em Palace Green. O serviço de contraespionagem britânico, o MI-5, que não gosta de agentes estrangeiros, nem mesmo amigos, empenhados em assuntos no seu território, fora alertado pelo SIS, e localizou o *katsa* da embaixada à espera. Assim que ele cumprimentou o recém-chegado, "Sr. Eliyahu", que desembarcou do voo procedente de Tel Aviv, o grupo do MI-5 adiantou-se, dando calorosas boas-vindas a Londres ao Sr. Sharon e oferecendo todas as facilidades para tornar sua estada mais agradável.

Os dois irados israelenses foram escoltados até seu carro, sendo seguidos ao saírem do estacionamento até o centro de Londres. Todas as unidades reunidas da Brigada de Guardas não poderiam ter feito um serviço melhor.

A reunião com David Sharon foi iniciada na manhã seguinte e se prolongou pelo dia inteiro e metade da noite. O SIS optou por realizá-la em uma de suas próprias casas seguras, um apartamento bem-protegido e "grampeado" em South Kensington.

Era (e ainda é) um apartamento amplo, e a reunião foi na sala de jantar. Um dos guardas abrigava a bateria de gravadores, operados por dois técnicos, que gravaram cada palavra pronunciada. Uma jovem esguia veio da Century House, requisitou a cozinha e providenciou um comboio de bandejas com café e sanduíches para os seis homens agrupados em torno da mesa de jantar.

Dois homens atléticos passaram o dia no saguão do prédio, fingindo consertar o elevador, que funcionava com perfeição, mas na verdade cuidando para que ninguém, à exceção dos moradores conhecidos do prédio, fosse além do térreo.

À mesa de jantar, sentaram-se David Sharon, o *katsa* da embaixada em Londres, que era um agente "declarado", os dois americanos, Stewart e Barber, de Langley, e os dois homens do SIS, Laing e Paxman.

A pedido dos americanos, Sharon começou pelo início da história e contou como acontecera.

– Um mercenário? Um mercenário de "entrada"? – indagou Stewart, em determinado momento. – Não está tentando nos iludir?

– Minhas instruções são para ser absolutamente franco – respondeu Sharon. – Foi assim que aconteceu.

Os americanos nada tinham contra um mercenário. Na verdade, era até uma vantagem. Entre todos os motivos para trair o próprio país, o dinheiro é o mais simples e fácil para a agência recrutadora. Com um mercenário, sempre se sabe qual é a posição. Não há sentimentos angustiados de arrependimento, nenhum desespero de autorrepulsa, nada de ego frágil a ser massageado e lisonjeado, muito menos escrúpulos a serem superados. Um mercenário no mundo das informações secretas é como uma prostituta. Não há necessidade de cansativos jantares à luz de velas, nem de palavras insinuantes. Um punhado de dólares na cômoda é suficiente.

Sharon descreveu a busca frenética por alguém que pudesse viver em Bagdá sob cobertura diplomática, por um prazo prolongado, a única opção sendo Alfonso Benz Moncada, seu treinamento intensivo em Santiago e a reinfiltração para "dirigir" Jericó por dois anos.

– Espere um pouco – interrompeu Stewart. – Esse *amador* dirigiu Jericó por dois anos? Fez setenta recolhimentos em pontos de correspondência e escapou impune?

— Isso mesmo — confirmou Sharon. — Juro por minha vida.

— O que acha, Steve?

Laing deu de ombros.

— Sorte de principiante. Não gostaríamos de tentar em Berlim Oriental ou Moscou.

— Tem razão — disse Stewart. — E ele nunca foi seguido até um ponto de correspondência? Nunca ficou comprometido?

— Não — assegurou Sharon. — Foi seguido umas poucas vezes, mas sempre de uma maneira esporádica e inepta. Ao ir de casa para o prédio da Comissão Econômica ou na volta; e uma vez quando seguia para um ponto de correspondência. Mas percebeu que o seguiam e suspendeu a missão.

— Vamos supor ter ele sido de fato seguido até um ponto de correspondência por uma equipe de competentes vigilantes — sugeriu Laing. — Os homens da contraespionagem de Rahmani ficaram vigiando o lugar e pegaram o próprio Jericó. Sob persuasão, Jericó é obrigado a cooperar...

— Neste caso, o produto seria depreciado — ressaltou Sharon. — Jericó estava realmente causando muitos danos. Rahmani não permitiria que isso continuasse. Testemunharíamos o julgamento e o enforcamento público de Jericó. Moncada seria expulso, se tivesse sorte. Ao que parece, os vigilantes eram da AMAM, embora os estrangeiros sejam de responsabilidade de Rahmani. E se mostraram ineptos, como sempre. Sabem como a AMAM tenta se imiscuir no trabalho da contraespionagem.

Todos acenaram com a cabeça. A rivalidade entre departamentos não era novidade. Ocorria em seus próprios países.

Quando Sharon chegou ao ponto em que Moncada foi abruptamente retirado do Iraque, Bill Stewart não pôde conter uma imprecação.

— Está querendo dizer que ele foi desligado, saiu de contato? Que Jericó ficou à solta, sem nenhum controlador?

— Isso mesmo — respondeu Sharon, paciente, virando-se em seguida para Chip Barber. — O general Dror falava a verdade quando disse que não dirigia nenhum agente em Bagdá. O Mossad estava convencido de que Jericó, como uma operação em andamento, já se esgotara.

Barber lançou um olhar para o jovem *katsa* que dizia: conte outra, filho, pois essa não pega.

– Queremos restabelecer o contato – declarou Laing, suavemente.
– Como?

Sharon indicou as localizações dos seis pontos de correspondência. Durante seus dois anos de atividade, Moncada trocara dois pontos, num caso porque o local fora demolido para reurbanização e no outro porque a loja abandonada fora reformada e reocupada. Mas os seis pontos de correspondência e os seis lugares para as marcas de giz de aviso eram os atualizados, os que ele informara depois de sair do Iraque.

Os locais exatos dos pontos de correspondência e dos avisos a giz foram devidamente anotados.

– Talvez possamos providenciar algum diplomata amigo para abordá-lo numa reunião oficial, informá-lo de que pode voltar às suas atividades e que receberá mais dinheiro – sugeriu Barber. – E esquecer toda essa besteira de mensagens sob tijolos e pedras soltas do calçamento.

– Não será possível – anunciou Sharon. – Terão de usar os pontos de correspondência ou não conseguirão entrar em contato com ele.

– Por quê? – indagou Stewart.

– Vão achar difícil acreditar, mas juro que é verdade. Nunca descobrimos quem ele é.

Os quatro agentes ocidentais fitaram Sharon aturdidos por um longo momento.

– Nunca o identificaram? – perguntou Stewart.

– Nunca. Bem que tentamos. Pedimos que ele se identificasse, para sua própria proteção. Ele recusou, ameaçou romper o contato se insistíssemos. Fizemos análises da caligrafia, retratos psicológicos. Cruzamos as informações que ele fornecia e o que não podia obter. Terminamos com uma lista de trinta homens, talvez quarenta, todos em torno de Saddam Hussein, todos dentro do Conselho do Comando Revolucionário, do Alto Comando do Exército ou da liderança do Partido Ba'ath.

"Jamais conseguimos chegar mais perto do que isso. Por duas vezes incluímos um termo técnico em inglês nas mensagens. Nas duas ocasiões, voltaram com um pedido de explicação. Parece que ele não fala inglês ou tem conhecimentos bem limitados. Mas isso pode ser uma cortina de fumaça. Talvez ele seja fluente, mas percebeu que reduziríamos as possibilidades a dois ou três nomes se soubéssemos disso. Seja como for, sempre escreve a mão, em árabe."

Stewart soltou um grunhido, convencido.

– Parece o Garganta Profunda.

Todos recordaram a fonte secreta no caso de Watergate, vazando informações para o *Washington Post*.

– Woodward e Bernstein não identificaram Garganta Profunda? – sugeriu Paxman.

– Eles alegam que sim, mas eu duvido – respondeu Stewart. – Creio que o agente permaneceu nas sombras, como Jericó.

A escuridão já caíra havia muito tempo quando os quatro finalmente permitiram que um exausto David Sharon voltasse à sua embaixada. Se havia mais alguma coisa que ele pudesse contar, não conseguiriam arrancar dele. Mas Steve Laing tinha certeza de que desta vez o Mossad saíra limpo. Bill Stewart informara-o do nível de pressão que fora exercido em Washington.

Os dois agentes britânicos e os dois americanos, cansados de sanduíches e café, foram para um restaurante, a menos de um quilômetro da casa segura. Bill Stewart, com uma úlcera agravada por doze horas de sanduíches e estresse, mordiscou um prato de salmão defumado.

– É uma situação muito difícil, Steve. Como o Mossad, teremos de tentar descobrir um diplomata credenciado já treinado no ofício e persuadi-lo a trabalhar para nós. Pagando, se for preciso. Langley se dispõe a investir muito dinheiro nesta operação. As informações de Jericó podem poupar muitas vidas quando a luta começar.

– E como isso nos deixa? – indagou Barber. – Metade das embaixadas em Bagdá já foi fechada. As outras devem estar sob intensa vigilância. Vamos usar os irlandeses, suíços, suecos, finlandeses?

– Os neutros não vão entrar no jogo – disse Laing. – E duvido que tenham um agente treinado em Bagdá por sua própria iniciativa. Esqueçam as embaixadas do Terceiro Mundo... implicaria iniciar todo um processo de recrutamento e treinamento.

— Não temos tempo, Steve. O caso é urgente. Não podemos seguir o mesmo caminho dos israelenses. Três semanas são demais. Pode ter dado certo antes, mas agora Bagdá se encontra em pé de guerra. A situação ali é muito mais difícil. Partindo do nada, eu ia querer um mínimo de três meses para preparar um diplomata.

Stewart balançou a cabeça em concordância.

— Isso não sendo possível, alguém com um acesso legítimo. Alguns executivos ainda entram e saem de Bagdá, em particular os alemães. Poderíamos produzir um convincente alemão ou japonês.

— O problema é que eles permanecem na cidade por pouco tempo. Em termos ideais, queremos alguém que possa bajular esse Jericó pelos próximos... quanto tempo?... quatro meses. Que tal um jornalista? — sugeriu Laing.

Paxman sacudiu a cabeça.

— Conversei com todos, ao saírem de lá. Como jornalistas, recebem uma vigilância total. Passear por vielas obscuras não daria certo para um correspondente estrangeiro... todos contam com um zelador da AMAM todo o tempo. Além do mais, não se esqueçam de que falamos de uma operação negra, a não ser para um diplomata credenciado. Alguém quer pensar no que vai acontecer com um agente que caia nas mãos de Omar Khatib?

Os quatro homens à mesa conheciam a reputação de Khatib, chefe da AMAM, apelidado Al-Mu'azib, o Carrasco.

— Talvez os riscos sejam inevitáveis — ressaltou Barber.

— Eu me referia mais à aceitação — explicou Paxman. — Que executivo ou jornalista concordaria, sabendo o que vai lhe acontecer se for apanhado? Eu preferiria a KGB à AMAM.

Bill Stewart largou o garfo, frustrado, e pediu outro copo de leite.

— Então não há solução. A menos que possamos encontrar um agente treinado que possa passar por um iraquiano.

Paxman lançou um olhar para Steve Laing, que pensou por um momento e acenou com a cabeça, lentamente.

— Temos um homem que pode — anunciou Paxman.

— Um árabe útil? — disse Stewart. — O Mossad também tem, assim como nós, mas não neste nível. Mensageiros, intermediários. Esta é uma missão de alto risco, de alto valor.

— Não um árabe, mas um britânico, major no SAS.

Stewart ficou imóvel, o copo de leite parando na metade do caminho para a boca. Barber largou a faca e o garfo, cessou de mastigar o pedaço de carne.

— Falar árabe é uma coisa, passar por um iraquiano dentro do Iraque é outra muito diferente — murmurou Stewart.

— Ele tem a pele escura, cabelos pretos, olhos castanhos, mas é cem por cento britânico. Nasceu e foi criado lá. Pode passar por um iraquiano.

— E tem um treinamento completo em operações secretas? — perguntou Barber. — Onde ele está?

— Neste momento, está no Kuwait — respondeu Laing.

— Merda! Está querendo dizer que ele ficou retido ali, escondido em algum lugar?

— Não. Ele parece se movimentar com bastante liberdade.

— Se ele pode sair, o que continua a fazer no Kuwait?

— Matando iraquianos, para ser preciso.

Stewart pensou a respeito por um momento, balançou a cabeça.

— Podem tirá-lo de lá? Gostaríamos de tomá-lo emprestado.

— Creio que sim, na próxima vez em que ele fizer contato pelo rádio. Só que teríamos de dirigi-lo. E partilharíamos o produto.

Stewart tornou a balançar a cabeça.

— Está certo. Afinal, foram vocês que nos trouxeram Jericó. Negócio fechado. Acertarei tudo com o juiz.

Paxman levantou-se, limpou a boca e murmurou:

— É melhor eu avisar logo a Riad.

MIKE MARTIN ERA um homem acostumado a criar sua própria sorte, mas sua vida foi salva naquele mês de outubro por um acaso.

Deveria fazer uma transmissão de rádio combinada para a casa do SIS nos arredores de Riad durante a noite do dia 19, a mesma noite em que quatro agentes dos altos escalões da CIA e da Century House jantaram em South Kensington.

Se assim fizesse, estaria fora do ar por causa da diferença de duas horas, antes que Simon Paxman pudesse voltar à Century House e avisar a Riad que ele deveria deixar o Kuwait.

Pior ainda, ficaria no ar por cinco a dez minutos, conversando com Riad sobre os meios de obter um novo fornecimento de armas e explosivos.

Martin chegou à garagem trancada em que guardava o jipe pouco antes de meia-noite, só para descobrir que o veículo tinha um pneu furado.

Praguejando, passou uma hora com o jipe levantado pelo macaco, esforçando-se para remover as porcas da roda, quase cimentadas no lugar por uma mistura de graxa e areia do deserto. Quando faltavam quinze minutos para 1 hora da madrugada, ele saiu da garagem, mas menos de um quilômetro depois notou que o estepe tinha um furo, pelo qual o ar escapava lentamente.

Não havia nada a fazer a não ser voltar à garagem e desistir do contato pelo rádio com Riad.

Foi preciso dois dias para que os dois pneus fossem consertados, e só na noite do dia 21 é que Martin foi para o meio do deserto, bem ao sul da cidade, virando a pequena antena parabólica de comunicação por satélite na direção da capital saudita, a muitas centenas de quilômetros de distância, usando o botão de transmissão para irradiar uma série de *bips* rápidos, indicando que era ele quem chamava, e que se encontrava prestes a entrar "no ar".

Seu rádio era básico, um aparelho de cristal fixo, com dez canais, um para cada dia do mês, em rotação. Como era o dia 21, ele usava o canal um. Depois de se identificar, ele ligou a recepção e esperou. Poucos segundos depois, uma voz baixa respondeu:

– Rocky Mountain, Black Bear, leio você em cinco.

Os códigos identificando Riad e Martin correspondiam à data e ao canal, para o caso de alguém hostil tentar interferir na faixa de transmissão.

Martin passou para a transmissão e disse várias frases.

Nos arredores da Cidade do Kuwait, ao norte, um jovem técnico iraquiano foi alertado por uma luz piscando no painel que monitorava, no apartamento requisitado no alto de um prédio residencial. Uma de suas antenas captara a transmissão.

– Capitão! – chamou ele, num tom de urgência.

Um oficial da seção de comunicações do serviço de contraespionagem, sob o comando de Hassan Rahmani, aproximou-se do painel. A luz ainda piscava e o técnico girava um botão, para determinar a posição.

– Alguém acaba de entrar no ar.

– Onde?

– No deserto, senhor.

O técnico escutava pelos fones nos ouvidos, enquanto os instrumentos que determinavam a direção se estabilizavam na fonte da transmissão.

– Transmissão com um *scrambler* eletrônico, senhor.

– Só pode ser ele. O chefe tinha razão. Qual é a direção?

O oficial já pegava o telefone, a fim de alertar as outras duas unidades de monitoria, os veículos estacionados em Jahra e no Hospital Al Adan, perto da costa.

– Dois-zero-dois graus.

Era 22 graus oeste para o sul, e não havia absolutamente nada nessa direção, a não ser o deserto kuwaitiano, que se prolongava até a fronteira, onde se juntava ao deserto saudita.

– Frequência? – berrou o oficial, enquanto a unidade de Jahra entrava na linha.

O técnico forneceu a frequência, um canal quase nunca usado, na escala de Frequência Muito Baixa.

– Tenente – gritou o capitão, olhando para trás –, entre em contato com a base aérea de Ahmadi. Diga-lhes que ponham o helicóptero pronto para alçar voo, pois logo teremos uma posição.

Longe dali, no deserto, Martin concluiu o que tinha a dizer e voltou a acionar a recepção, a fim de ouvir a resposta de Riad. Não foi o que esperava. Ele próprio falara apenas por quinze segundos.

– Rocky Mountain, Black Bear, volte à caverna. Repito, volte à caverna. Urgente. Câmbio e desligo.

O capitão iraquiano dera a frequência às outras duas estações monitoras. Em Jahra e no terreno do hospital, outros técnicos sintonizaram as antenas na frequência indicada, e por cima de suas cabeças os pratos com 1,20 metro de diâmetro se deslocaram de um lado para outro. O que se encontrava na costa cobria a área da fronteira setentrional do Kuwait com o Iraque, até a fronteira com a Arábia Saudita. A unidade de Jahra esquadrinhava a área de leste a oeste, do mar a leste até o deserto iraquiano a oeste.

Entre as três, podiam triangular uma posição, com uma margem de erro de 100 metros, fornecendo o curso e a distância para o helicóptero Hind e seus dez soldados armados.

– Ele ainda está transmitindo? – perguntou o capitão.

O técnico estudou a tela circular à sua frente, aferida na beira com os pontos cardeais. O centro da tela representava o ponto em que ele se sentava. Segundos antes, havia uma linha brilhante atravessando a tela, do centro para o ponto dois-zero-dois. Agora, a tela se encontrava vazia. Só tornaria a se iluminar quando o homem voltasse a transmitir.

– Não, senhor. Saiu do ar. Deve estar escutando a resposta.

– Ele voltará – garantiu o capitão.

Mas o oficial iraquiano se enganava. Black Bear franzira o rosto ao receber a inesperada instrução de Riad, desligara o transmissor, fechara a antena.

Os iraquianos monitoraram a frequência pelo restante da noite, até o amanhecer, quando o Hind em Al Ahmadi desligou os rotores e os soldados desembarcaram, exaustos, com cãibras.

SIMON PAXMAN DORMIA num catre em sua sala quando o telefone tocou. Era um funcionário do centro de comunicações, instalado no porão.

– Já vou descer – disse Paxman.

Era uma mensagem curta de Riad, que acabara de ser decodificada. Martin mantivera contato e recebera as ordens.

De sua sala, Paxman telefonou para Chip Barber, no apartamento da CIA na Grosvenor Square.

– Ele já está voltando. Não sabemos quando atravessará a fronteira. Steve diz que eu tenho de ir até lá. Vai comigo?

– Claro – respondeu Barber. – O vice-diretor voltará a Langley no voo da manhã, mas eu o acompanharei. Tenho de conhecer esse cara.

Durante o dia 22, a embaixada americana e o Ministério do Exterior britânico, em separado, procuraram a embaixada saudita, solicitando o credenciamento a curto prazo de um novo diplomata em Riad. Não houve qualquer problema. Dois passaportes – nenhum deles em nome de Barber, nem de Paxman – receberam vistos imediatos e os agentes embarcaram num voo que partiu de Heathrow às 20h45 daquela noite, chegando ao Aeroporto Internacional Rei Abdulaziz, em Riad, pouco antes do amanhecer.

Um carro da embaixada americana esperava por Chip Barber e levou-o direto para a missão dos Estados Unidos, onde se baseava a vasta operação da CIA, enquanto um carro menor transportava Paxman à casa que servia como quartel-general para a operação do SIS britânico. A primeira notícia recebida por Paxman foi a de que Martin ainda não se apresentara, aparentemente não cruzara a fronteira.

Do ponto de vista de Martin, a ordem de Riad para retornar à base era mais fácil de dizer do que de fazer. Ele voltara do deserto muito antes do amanhecer de 22 de outubro e passara o dia encerrando sua operação.

Deixou uma mensagem sob o túmulo de Shepton, no cemitério cristão, explicando ao Sr. Al-Khalifa que lamentava muito, mas tinha de deixar o Kuwait. Uma mensagem adicional para Abu Fuad informava como e onde recolher o restante dos explosivos e armas, ainda guardados em duas das seis casas que utilizara durante a missão.

A tarde, ele já havia concluído tudo e seguiu na velha *pick-up* para o centro de criação de camelos, além de Sulaibiya, onde a Cidade do Kuwait terminava e o deserto começava.

Seus camelos continuavam ali, e em bom estado. A cria já desmamara, e era evidente que se tornaria um valioso animal. Martin usou-a para pagar sua dívida com o dono do estabelecimento, pelos cuidados que dispensara aos dois animais.

Pouco antes do crepúsculo, ele montou e seguiu para sul-sudoeste. Assim, quando a noite caiu, e a escuridão fria do deserto o envolveu, Martin já se encontrava bem distante dos últimos sinais de habitação.

Levou quatro horas, em vez da uma habitual, para alcançar o lugar em que enterrara o rádio, num local assinalado pelos restos enferrujados de um carro, que ali enguiçara, fazia muito tempo, e fora abandonado.

Escondeu o rádio por baixo da carga de tâmaras que trouxera nas alcofas. Mesmo com isso, o camelo ficou muito menos carregado do que na ocasião em que entrara no Kuwait, nove semanas antes, levando armas e explosivos.

Se ficou grato por isso, o animal não deu o menor sinal, grunhindo e cuspindo de irritação por ter sido arrancado de seu confortável descanso no curral. Mas em nenhum momento diminuiu o ritmo do andar gingado, enquanto os quilômetros ficavam para trás, na escuridão.

Mas foi uma viagem diferente da realizada em meados de agosto. À medida que avançava para o sul, Martin via mais e mais sinais do vasto exército iraquiano, que agora infestava a área ao sul da cidade, espalhando-se cada vez mais para oeste, na direção da fronteira iraquiana.

De um modo geral, ele podia avistar à distância o clarão das luzes dos vários poços de petróleo em operação naquela área do deserto; sabendo que os iraquianos os deviam ter ocupado, tratava de se desviar pela areia, a fim de evitá-los.

Em outras ocasiões, ele farejava a fumaça de lenha de suas fogueiras e conseguia contornar o acampamento a tempo. Uma vez quase esbarrou com um batalhão de tanques, por trás de muralhas de areia em forma de ferradura, de frente para os americanos e sauditas, no outro lado da fronteira, ao sul. Ouviu o retinir de metal contra metal no último instante, puxou a rédea para a direita e se esgueirou de volta às dunas.

Havia apenas duas divisões da Guarda Republicana iraquiana no sul do Kuwait quando ele entrara, e se encontravam mais ao leste, na direção da Cidade do Kuwait.

Agora, a Divisão Hamurabi se juntara às outras duas, e mais 11 divisões, em grande parte do Exército Popular, haviam sido deslocadas por Saddam Hussein para o sul do Kuwait, a fim de igualar a concentração de forças americanas e da Coalizão no outro lado.

Quatorze divisões representam muitos homens, mesmo que espalhadas por um deserto. Para sorte de Martin, pareciam não postar sentinelas e os soldados tinham um sono profundo, por baixo de seus veículos. A mera quantidade, no entanto, obrigou-o a seguir mais e mais para oeste.

Era impossível repetir o percurso de 50 quilômetros da aldeia saudita de Hamatiyyat para o centro de criação de camelos kuwaitiano; estava sendo empurrado para oeste, na direção da fronteira iraquiana, marcada pela depressão profunda do Wadi-al-Batin, que não queria atravessar.

O amanhecer encontrou-o a oeste do campo petrolífero de Manageesh, e ainda ao norte do posto policial de Al Mufrad, num dos pontos de travessia da fronteira.

O terreno se tornara mais ondulado, e ele encontrou um amontoado de blocos rochosos em que poderia passar o dia. Quando o sol nasceu, saltou do camelo, que farejou a areia e a rocha em repulsa, sem encontrar sequer um saboroso espinheiro para o desjejum. Martin enrolou-se na manta do camelo e tratou de dormir.

Pouco depois do meio-dia foi despertado pelo estrépito de tanques passando bem perto e percebeu que se encontrava próximo demais da estrada principal que se estende de Jahra pelo Kuwait, na direção sudoeste, para entrar na Arábia Saudita pelo posto alfandegário de Al Salmi. Depois do pôr do sol, ele esperou até quase meia-noite para partir. Sabia que a fronteira não podia estar a mais de 19 quilômetros para o sul.

A partida tão tarde permitiu-lhe passar entre as últimas patrulhas iraquianas por volta das 3 horas da madrugada, o momento em que o espírito humano desce ao fundo do poço e sentinelas tendem a cochilar.

À claridade da lua, avistou o posto policial de Qaimat Subah, à distância. Três quilômetros adiante, concluiu que já cruzara a fronteira. Como precaução, continuou a seguir em frente, até alcançar a estrada que segue de leste para oeste, entre Hamatiyyat e Ar-Rugi. Parou ali e armou seu rádio.

Como os iraquianos ao norte haviam se entrincheirado a vários quilômetros, no lado kuwaitiano da fronteira, e porque o plano do general Schwarzkopf determinava que as forças do Escudo do Deserto também se mantivessem recuadas, para se assegurar de que os iraquianos, se atacassem, haviam de fato invadido a Arábia Saudita, Martin descobriu-se numa terra de ninguém vazia. Um dia, aquela área desocupada se tornaria uma torrente fervilhante de forças sauditas e americanas, avançando para o norte, entrando no Kuwait. Mas, na semi-escuridão que antecede o amanhecer, no dia 24 de outubro, ele era a única pessoa ali.

SIMON PAXMAN FOI despertado por um jovem da equipe da Century House que se instalara na propriedade.

– Black Bear entrou no ar, Simon. Ele cruzou a fronteira.

Paxman saiu da cama, correu de pijama para a sala de rádio. Um operador sentava-se numa cadeira giratória, diante de um painel que se estendia por toda uma parede do que fora outrora um luxuoso quarto. Como já era o dia 24, o código mudara.

– Corpus Christi para Texas Ranger, onde você está? Diga de novo, indique sua posição, por favor.

A voz era fraca ao sair do alto-falante do painel, mas perfeitamente clara.

– Ao sul de Qumait Subah, na estrada de Hamatiyyat para Ar-Rugi.

O operador olhou para Paxman. O homem do SIS apertou o botão de transmissão e disse:

– Ranger, permaneça onde está. Um táxi irá buscá-lo. Câmbio.

– Entendido. Esperarei pelo táxi.

Não foi na verdade um táxi, mas um helicóptero americano Blackhawk que avançou pela estrada duas horas depois, o mestre de carga preso por correias na porta aberta, ao lado do piloto, usando um binóculo para esquadrinhar a trilha poeirenta que era chamada de estrada. A 60 metros de distância, ele avistou o homem ao lado do camelo. Já ia seguir adiante quando o homem acenou.

O Blackhawk diminuiu a velocidade, até parar no ar, e os tripulantes ficaram observando o beduíno, cautelosos. Para o piloto, a posição era incômoda, perto demais da fronteira kuwaitiana. Apesar disso, a posição no mapa fornecida pelo oficial de informações da esquadrilha era acurada e não havia mais ninguém à vista.

Fora Chip Barber quem acertara com o destacamento do exército americano no aeroporto militar de Riad o empréstimo de um Blackhawk para buscar um britânico que deveria cruzar a fronteira, saindo do Kuwait. O Blackhawk tinha a posição. Mas ninguém avisara ao piloto sobre um beduíno com um camelo.

Enquanto os americanos observavam, a 60 metros de distância, o homem no deserto arrumou algumas pedras no chão. Recuou ao terminar. O mestre de carga focalizou o binóculo nas pedras, dispostas para formar duas palavras: oi, pessoal.

– Deve ser o tal cara – concluiu o mestre de carga. – Vamos pegá-lo.

O piloto acenou com a cabeça, o Blackhawk fez uma curva, desceu até ficar a menos de meio metro do solo e a 20 metros do homem e seu animal.

Martin já tirara as alcofas e a pesada sela de seu animal, largando-as à beira da estrada. O rádio e sua arma pessoal, uma automática Browning 9mm, 13 tiros, preferida pelo SAS, estavam na mochila pendurada em seu ombro.

Quando o helicóptero desceu, o camelo entrou em pânico e se afastou em disparada. Martin observou-o por um momento. O animal servira-o bem, apesar do temperamento mal-humorado. Nada sofreria, sozinho no deserto. Afinal, era seu hábitat. Vaguearia em liberdade, encontrando sua própria comida e água, até que um beduíno o descobrisse, não visse qualquer marca e se apropriasse, na maior alegria.

Martin abaixou-se sob os rotores girando e correu para a porta aberta. Por cima do barulho, o mestre de carga gritou:

– Seu nome, por favor, senhor.

– Major Martin.

Uma mão foi estendida pela abertura e ajudou Martin a embarcar.

– Seja bem-vindo a bordo, major.

A esta altura, o ruído do motor impossibilitava qualquer conversa adicional. O mestre de carga entregou um protetor de ouvidos a Martin e partiram de volta a Riad.

Ao se aproximar, o piloto fez um desvio até uma casa nos arredores da cidade. Ao lado, numa área vazia, alguém pusera três fileiras de almofadas laranjas, formando um H. Quando o Blackhawk pairou nesse ponto, o homem vestido de árabe pulou sobre as almofadas, numa altura de 1 metro, virou-se para acenar em agradecimento aos tripulantes e se encaminhou para a casa, enquanto o helicóptero se afastava. Dois criados começaram a recolher as almofadas.

Martin passou pelo portão arqueado no muro, entrando num pátio calçado com pedras. Dois homens saíram pela porta da casa. Martin reconheceu um deles, da reunião no quartel-general do SAS, em Londres, várias semanas antes.

– Simon Paxman – disse o homem mais jovem, estendendo a mão. – É bom tê-lo de volta. Este é Chip Barber, um dos nossos primos de Langley.

Barber trocou um aperto de mão com o recém-chegado, avaliou o homem à sua frente: uma túnica branca imunda, do queixo até o chão, uma manta listrada dobrada, pendurada num ombro, um *keffiyeh* quadriculado, vermelho e branco, com dois cordões pretos para mantê-lo no lugar, um rosto fino, duro, olhos escuros, barba preta por fazer.

– É um prazer conhecê-lo, major. Já ouvi falar muito a seu respeito. – Ele torceu o nariz. – Creio que gostaria muito de um banho quente, não é?

Martin acenou com a cabeça, murmurou um "Obrigado" e entrou na casa, seguido por Barber e Paxman. O americano estava exultante.

Por mais inusitado que pareça, pensou ele, esse sacana pode muito bem conseguir o que queremos.

Martin precisou de três banhos consecutivos, na banheira de mármore da casa que o príncipe Khaled bin Sultan cedera aos britânicos, para remover a crosta de sujeira e suor de semanas. Sentou-se com uma toalha enrolada na cintura enquanto um barbeiro, convocado com esse propósito, cortava seus cabelos emaranhados, e depois fez a barba, com o aparelho de Simon Paxman.

Seu *keffiyeh*, manta, túnica e sandálias já haviam sido levados para o jardim, onde um criado saudita os transformara numa fogueira de bom tamanho. Duas horas depois, usando uma calça de algodão e uma camisa de mangas curtas de Paxman, Mike Martin sentou-se à mesa de jantar, diante de um almoço de cinco pratos.

– Importam-se de explicar por que me tiraram de lá? – ele perguntou.

Foi Chip Barber quem respondeu:

– Boa pergunta, major. Excelente pergunta. E merece uma resposta à altura. Certo? O fato é que gostaríamos que fosse para Bagdá. Na próxima semana. Salada ou peixe?

10

Tanto a CIA quanto o SIS tinham pressa. Embora pouco se falasse a respeito na ocasião, ou desde então, ao final de outubro a CIA tinha uma presença marcante e uma vasta operação em Riad.

Não demorou muito tempo para que a presença da CIA criasse um atrito com o comando militar, instalado a 1,5 quilômetro de distância, nas salas de planejamento por baixo do prédio do Ministério da Força Aérea da Arábia Saudita. O ânimo, pelo menos entre os generais da força aérea, era o de plena convicção de que, com o uso eficiente da espantosa gama de recursos tecnológicos à sua disposição, podiam determinar tudo o que precisavam saber sobre as defesas e preparativos do Iraque.

E era mesmo uma gama espantosa. Além dos satélites no espaço, fornecendo um fluxo constante de imagens da terra de Saddam Hussein, além do Aurora e do U-2 fazendo a mesma coisa, só que mais de perto, havia outros engenhos, de incrível complexidade, dedicados a fornecer informações pelo ar.

Outra série de satélites, mantendo posições geossincrônicas, pairava sobre o Oriente Médio, com a missão de escutar o que os iraquianos diziam e captando cada palavra pronunciada numa linha "aberta". Só não podiam captar as conferências de planejamento, efetuadas através dos 70 mil quilômetros de cabos de fibra óptica no subsolo.

Entre os aviões, o principal era o AWACS, a sigla de Sistema Aerotransportado de Alerta e Controle. Eram aviões Boeing 707, com um enorme domo de radar montado na parte superior da fuselagem. Sobrevoando em círculos lentos o norte do Golfo, revezando-se vinte e quatro horas por dia, os AWACS podiam informar a Riad, em poucos segundos, qualquer movimento aéreo sobre o Iraque. Era muito difícil que algum avião iraquiano pudesse decolar para uma missão sem que Riad soubesse no mesmo instante de seu número, curso, velocidade e altitude.

Apoiando o AWACS, havia outra adaptação do Boeing 707, o E8-A, conhecido como J-STAR, que fazia sobre os movimentos em terra o mesmo que o outro conseguia em relação aos movimentos no ar. Com seu enorme radar Norden virado para o lado e para baixo, a fim de poder cobrir o Iraque sem precisar entrar no espaço aéreo iraquiano, o J-STAR podia captar quase que qualquer pedaço de metal que se movimentasse.

A combinação desses e de muitos outros milagres técnicos, nos quais Washington investira bilhões e bilhões de dólares, convencera os generais de que se algo fosse dito, eles poderiam ouvir, se se deslocasse, poderiam ver e, se soubessem a respeito, poderiam destruir. Ainda por cima, podiam fazer isso com chuva ou nevoeiro, de noite ou de dia. Nunca mais o inimigo seria capaz de se abrigar sob um manto de árvores na selva e escapar à descoberta. Os olhos-no-céu veriam tudo.

Os agentes de informações de Langley se mostravam céticos e não disfarçavam. As dúvidas eram para os civis. Os militares acabaram se irritando com essa atitude. Tinham um trabalho difícil a realizar, iam executá-lo de qualquer maneira e não precisavam de uma ducha de água fria.

No lado britânico, a situação era diferente. A operação do SIS no teatro do Golfo não se comparava com a atividade da CIA, mas ainda assim era grande, pelos padrões da Century House, embora mais discreta e sigilosa, de acordo com as normas britânicas.

Além disso, o homem designado para comandante de todas as forças do Reino Unido no Golfo, e subcomandante do general Schwarzkopf, era um soldado excepcional, de experiência incomum.

Norman Schwarzkopf era alto e corpulento, com consideráveis proezas militares a seu crédito, um soldado entre os soldados. Conhecido como Stormin' Norman, o Tempestuoso Norman, ou "The Bear", O Urso, seu ânimo podia variar da maior afabilidade a explosões de ira, sempre de curta duração, a que seu séquito se referia como o general "entrando em balística". Seu equivalente britânico não poderia ser mais diferente.

O general Sir Peter de la Billière, que chegara no início de outubro para assumir o comando dos britânicos, era um homem enganadoramente franzino, esguio, mas vigoroso, de comportamento diferente e fala relutante. O enorme americano extrovertido e o pequeno britânico introvertido formaram uma insólita parceria, que só teve êxito porque cada um conhecia o bastante do outro para perceber o que havia por trás da fachada.

Sir Peter, conhecido pelas tropas como PB, era o mais condecorado soldado do exército britânico, um assunto sobre o qual ele nunca falava, em nenhuma circunstância. Só os que estiveram com ele em várias campanhas é que de vez em quando comentavam, enquanto tomavam uma cerveja, de seu sangue-frio debaixo de fogo, que fizera com que todas aquelas medalhas fossem pregadas em sua farda. Ele já fora também comandante do SAS, uma experiência que lhe proporcionava um útil conhecimento do Golfo, dos árabes e das operações secretas.

Como o comandante britânico já trabalhara antes com o SIS, o pessoal da Century House encontrou ouvidos mais acostumados para escutar suas restrições do que o grupo da CIA.

O SAS tinha uma boa presença no teatro saudita, instalado em seu acampamento isolado, no canto de uma vasta base militar, nos arredores de Riad. Como ex-comandante desses homens, o general PB não queria que seus talentos extraordinários fossem desperdiçados em missões corriqueiras, que a infantaria ou os paraquedistas poderiam realizar. Aqueles homens eram especialistas em avanços profundos e resgate de reféns.

Fora aventada a possibilidade de serem usados para resgatar os reféns britânicos nas mãos de Saddam, usados como "escudos humanos", mas o plano tivera de ser abandonado quando os reféns foram dispersados por todo o Iraque.

Reunidas na casa nos arredores de Riad, durante a última semana de outubro, as equipes do SIS e CIA montaram uma operação que se enquadrava no âmbito dos talentos excepcionais do SAS. A proposta foi apresentada ao comandante local do SAS, que começou a trabalhar em seu planejamento.

A tarde do primeiro dia de Mike Martin na casa se resumiu a ouvir explicações sobre a descoberta pelos aliados anglo-americanos da existência de um renegado em Bagdá, que recebera o codinome de Jericó. Martin ainda tinha o direito de recusar a missão e retornar ao regimento. Durante a noite, ele pensou a respeito e depois comunicou aos agentes da CIA e SIS:

– Eu irei. Mas tenho algumas condições e quero que sejam atendidas.

O maior problema, todos reconheciam, era sua história de cobertura. Não se tratava de uma missão de entrada e saída rápida, dependendo da velocidade e de ludibriar por um breve período a rede de contraespionagem. Ele também não poderia contar com qualquer apoio e ajuda secretos, como tivera no Kuwait. Nem poderia vaguear pelo deserto, nos arredores de Bagdá, como um beduíno errante.

Todo o Iraque se tornara, àquela altura, um enorme acampamento armado. Até mesmo áreas que pareciam desoladas e vazias no mapa eram vigiadas por patrulhas iraquianas. Dentro de Bagdá, havia patrulhas do exército e da AMAM por toda parte, a polícia militar à procura de desertores e a AMAM atrás de qualquer um que parecesse suspeito.

O medo incutido pela AMAM era bem conhecido de todos na casa; informações de executivos e jornalistas, diplomatas americanos e britânicos, antes de sua expulsão, testemunhavam a onipresença da polícia secreta, que mantinha os cidadãos do Iraque sob constante temor.

Se ele fosse, teria de ficar. Dirigir um agente como Jericó não seria fácil. Primeiro, teria de descobrir o homem, através dos pontos de correspondência, e avisá-lo sobre o reinício da operação. Talvez os pontos de correspondência já estivessem comprometidos e sob vigilância. Jericó poderia ter sido preso e obrigado a confessar tudo.

Mais ainda, Martin teria de providenciar um lugar para residir, uma base para enviar e receber mensagens. Teria de vaguear pela cidade, à procura dos pontos de correspondência, se o fluxo de informações de Jericó recomeçasse, só que agora destinadas a outros chefes.

Finalmente, o pior de tudo, não poderia contar com cobertura diplomática, com nenhum escudo protetor contra os horrores que se seguiriam à descoberta e captura. As celas de interrogatório de Abu Ghraib estariam prontas e ansiosas por um homem assim.

– O que exatamente você tem em mente? – indagou Paxman, quando Martin disse que só aceitaria sob condições.

– Se não posso ser um diplomata, quero ser incluído entre os criados de uma família diplomática.

– Não será fácil, meu caro. Todas as embaixadas são vigiadas.

– Não falei em embaixada, mas sim em família diplomática.

– Uma espécie de motorista? – indagou Barber.

– Não. Óbvio demais. O motorista tem de permanecer ao volante do carro. Leva o diplomata a toda parte e é vigiado como o diplomata.

– O que então?

– A menos que as coisas tenham mudado de uma forma radical, muitos dos diplomatas mais importantes residem fora do prédio da embaixada; e, se é bastante graduado, terá uma casa só para si, no meio de um jardim murado. No passado, tais casas sempre tinham um jardineiro que prestava os mais diversos serviços aos patrões.

– Um jardineiro? – repetiu Barber. – Ora, trata-se de um trabalhador subalterno. Seria recrutado para o exército.

– Não. O jardineiro faz tudo fora da casa. Cuida do jardim, sai em sua bicicleta para comprar peixe no mercado, legumes, frutas, pão e óleo. Mora num pequeno barraco no fundo do jardim.

– Mas qual é o sentido, Mike? – perguntou Paxman.

– O sentido é que é invisível. É tão insignificante que ninguém o nota. Se for detido, seu documento de identidade está em ordem e leva uma carta escrita em árabe, em papel timbrado da embaixada, explicando que trabalha para o diplomata, é isento do serviço militar e pede-se às autoridades que o deixem realizar seus serviços. A menos que ele esteja fazendo algo errado, qualquer guarda que lhe criar problemas se arrisca a ser alvo de um protesto formal da embaixada.

Os agentes pensaram a respeito por um momento.

– Pode dar certo – admitiu Barber. – Um homem insignificante, invisível. O que você acha, Simon?

– O diplomata teria de estar a par da situação – ressaltou Paxman.

– Só em parte – disse Mike. – Seria preciso apenas uma ordem expressa de seu governo para receber e contratar o homem que vai procurá-lo, e depois olhar para o outro lado, continuar em seu trabalho. Se desconfiar de algo, é problema dele. Ficará de boca fechada se quiser manter seu emprego e carreira. Isto é, desde que a ordem venha lá de cima.

– A embaixada britânica está excluída – comentou Paxman. – Os iraquianos fariam qualquer coisa para ofender nosso pessoal.

– O mesmo acontece conosco – acrescentou Barber. – O que tinha em mente, Mike?

Quando Mike respondeu, os dois agentes se mostraram incrédulos.

– Não pode estar falando sério – murmurou o americano.

– Claro que estou.

– Ora, Mike, um pedido assim teria de partir... da primeira-ministra.

– E do presidente – arrematou Barber.

– Não somos todos amigos hoje em dia? Por que não? Afinal, se o produto de Jericó salvar vidas aliadas, um telefonema seria pedir demais?

Chip Barber olhou para seu relógio. Em Washington, eram sete horas mais cedo do que no Golfo. O pessoal em Langley devia estar terminando o almoço. Em Londres, eram apenas duas horas mais cedo, mas era bem possível que o pessoal dos altos escalões ainda se encontrasse no escritório.

Barber seguiu apressado para a embaixada americana e enviou uma mensagem urgente, em código, para o vice-diretor de operações, Bill Stewart, que a leu e foi falar com o diretor da Agência, William Webster. Este, por sua vez, ligou para a Casa Branca e pediu uma reunião com o presidente dos Estados Unidos.

Simon Paxman teve sorte. Seu telefonema codificado encontrou Steve Laing em sua sala na Century House. Depois de escutar, o encarregado da Divisão do Oriente Médio ligou para a casa do Chefe.

Sir Colin pensou na proposta e telefonou para o secretário de governo, Sir Robin Butler.

O Chefe do Serviço de Informações Secretas tem o direito, em casos que julga de emergência, de pedir e obter uma reunião pessoal com a pessoa que ocupa o cargo de primeiro-ministro. Margaret Thatcher sempre se destacou por ser acessível aos homens que dirigiam os serviços de informações e as forças especiais. Concordou em receber o Chefe em seu gabinete particular, na Downing Street, número 10, na manhã seguinte, às 8 horas.

Como sempre, ela já estava trabalhando antes do amanhecer e despachara quase todo o expediente em sua mesa quando o Chefe do SIS foi conduzido até sua sala. Escutou o insólito pedido, com o rosto um pouco franzido em perplexidade, solicitou várias explicações, pensou a respeito e depois, à sua maneira habitual, tomou uma decisão imediata.

– Falarei com o presidente Bush assim que ele se levantar e veremos o que podemos fazer. Esse... ahn... homem... vai realmente fazer isso?

– É a intenção dele, primeira-ministra.

– Um dos seus homens, Sir Colin?

– Não. É um major do SAS.

Ela se animou de uma forma perceptível.

– Um sujeito extraordinário.

– É o que eu também penso.

– Quando tudo isso acabar, eu gostaria de conhecê-lo.

– Tenho certeza que se pode providenciar isso, primeira-ministra.

Depois que o Chefe deixou a casa na Downing Street, a assessoria de Margaret Thatcher fez uma ligação para a Casa Branca, embora ainda fosse madrugada ali, e acertou o contato pelo canal direto para as 8 horas em Washington, 13 horas em Londres. O almoço da primeira-ministra foi atrasado em meia hora.

O presidente George Bush, assim como seu antecessor, Ronald Reagan, sempre tivera dificuldades para recusar qualquer pedido da primeira-ministra britânica, quando ela se empenhava a fundo para conseguir o que queria.

– Está bem, Margaret – concordou o presidente americano, depois de cinco minutos. – Darei o telefonema.

– O máximo que ele pode fazer é dizer não, e não creio que faça isso – ressaltou a Sra. Thatcher. – Afinal, temos feito muita coisa por ele.

– É verdade, temos mesmo – concordou o presidente.

Os dois chefes de governo fizeram suas ligações com um intervalo de uma hora, e a resposta do homem aturdido no outro lado da linha foi afirmativa. Receberia seus representantes, em particular, assim que chegassem.

Naquela noite, Bill Stewart partiu de Washington e Steve Laing embarcou no último voo do dia de Heathrow.

SE MIKE MARTIN TINHA alguma noção do fluxo de atividade desencadeado por seu pedido, não deixou transparecer. Passou os dias 26 e 27 de outubro descansando, comendo e dormindo. Mas parou de se barbear, deixando que os pelos escuros ressurgissem. O trabalho por sua conta, no entanto, continuava a ser realizado em diversos lugares diferentes.

O chefe da estação do SIS em Tel Aviv procurou o general Kobi Dror, com um último pedido. O diretor do Mossad olhou espantado para o inglês.

– Pretendem realmente levar isso adiante, não é? – indagou ele.

– Só sei o que me mandaram lhe pedir, Kobi.

– Mas ele vai mesmo no escuro? Sabem que será apanhado, não é?

– Podem fazer isso, Kobi?

– Claro que podemos.

– Em vinte e quatro horas?

Kobi Dror retomou seu papel de Violinista no Telhado.

– Por você, meu caro, dou meu braço direito. Mas é uma loucura o que estão propondo.

Ele se levantou, contornou a mesa, passou o braço pelos ombros do inglês.

– Sabe, violamos metade de nossas regras e tivemos sorte. Normalmente, nunca permitimos que nosso pessoal visite um ponto de correspondência. Pode ser uma armadilha. Para nós, o ponto de correspondência só funciona em mão única, do *katsa* para o espião. Violamos essa regra no caso de Jericó. Moncada recolheu o produto assim porque não havia outro jeito. E teve sorte, por dois anos teve sorte. Mas tinha cobertura diplomática. E agora vocês querem *isso*?

Ele ergueu a fotografia de um homem de feições árabes, olhar triste, os cabelos pretos desgrenhados, a barba por fazer, a foto que o inglês acabara de receber de Riad, trazida (já que não há voos comerciais entre as duas capitais) pelo avião de comunicações do general De la Billière, um jato bimotor HS-125. O avião se encontrava naquele momento no aeroporto militar de Sde Dov, onde fora fotografado por todos os ângulos.

Dror deu de ombros.

– Está certo. Amanhã de manhã. Por minha vida.

Sem qualquer sombra de dúvida, o Mossad conta com alguns dos melhores serviços técnicos do mundo. Além de um computador central com quase 2 milhões de nomes e seus respectivos dados, além de um dos melhores serviços de abertura de fechaduras e trancas do mundo, existe ali, no porão e subporão do quartel-general do Mossad, uma série de salas em que a temperatura é mantida sob rigoroso controle.

Essas salas contêm "papel". Não apenas um papel qualquer, mas tipos muito especiais de papel. Os papéis originais de quase todos os passaportes emitidos no mundo são encontrados ali, assim como os papéis para incontáveis documentos de identidade, carteiras de motorista, cartões de seguridade social e por aí afora.

Havia também os "brancos", documentos de identidade não preenchidos, em que os especialistas podem trabalhar à vontade, usando os originais como guia para a produção de falsificações de excepcional qualidade.

Os documentos de identidade não são a única especialidade. Notas de vários tipos, de uma semelhança virtualmente perfeita, podem e são produzidas em grande quantidade, ou para arruinar a economia de países vizinhos, mas hostis, ou para financiar as operações "pretas" do Mossad, sobre as quais nem o primeiro-ministro nem o Knesset sabem e também não desejam saber.

Só depois de uma discussão aflitiva, a CIA e o SIS concordaram em pedir o favor ao Mossad, só que eles não podiam produzir o documento de identidade de um trabalhador iraquiano de 45 anos com a certeza de que passaria por qualquer inspeção no Iraque. Ninguém se dera ao trabalho de procurar e obter um original para copiar.

Por sorte, o Sayeret Matkal, um grupo de reconhecimento que costuma cruzar fronteiras, tão secreto que seu nome não pode ser publicado em Israel, efetuara uma incursão ao Iraque dois anos antes, levando um *oter* árabe que tinha um contato de baixo nível a fazer ali. Em território iraquiano, os israelenses surpreenderam dois trabalhadores nos campos, amarraram-nos e tiraram seus documentos de identidade.

Conforme o prometido, os falsificadores de Dror trabalharam durante a noite e ao amanhecer haviam preparado um documento de identidade iraquiano, convincentemente sujo e manchado do longo uso, em nome de Mahmoud Al-Khouri, de 45 anos, de uma aldeia nas colinas ao norte de Bagdá, trabalhando na capital.

Os falsificadores não sabiam que Martin assumira o nome do mesmo Sr. Al-Khouri que testara seus conhecimentos do árabe num restaurante em Chelsea, no início de agosto; nem podiam saber que ele escolhera a aldeia do jardineiro de seu pai, o velho que, há muito tempo, sob uma árvore em Bagdá, falara ao menino inglês sobre o lugar em que nascera, sua mesquita e seu café, as plantações de alfafa e melão ao redor. Havia mais outra coisa que os falsificadores também ignoravam.

Pela manhã, Kobi Dror entregou o documento de identidade ao homem do SIS baseado em Tel Aviv.

– Isto *não* vai denunciá-lo. Mas garanto que este... – Dror bateu na foto com um dedo grosso. – ...Este inofensivo árabe vai traí-los, ou será apanhado em uma semana.

O representante do SIS só podia dar de ombros. Sequer sabia que o homem na foto manchada não era um árabe. Não tinha necessidade de saber, e por isso não fora informado. Limitava-se a cumprir as instruções. Levou o documento ao HS-125, que voou de volta a Riad.

Também foram providenciadas roupas, um *dish-dash* simples de um trabalhador iraquiano, um *keffiyeh* marrom desbotado e sandálias de lona, com sola de corda.

Um cesteiro, sem saber o que fazia, ou por quê, fabricou um estranho cesto de vime. Era um artesão saudita pobre, e o dinheiro que o infiel desconhecido propusera pagar era muito bom, e por isso ele trabalhou com o maior empenho.

Fora da cidade de Riad, numa base secreta do exército, dois veículos um tanto especiais estavam sendo preparados. Haviam sido trazidos por um Hercules da RAF da base principal do SAS, em Oman, e foram despojados e reequipados para uma longa e difícil viagem.

A essência da conversão dos dois Land-Rovers não era o aumento da blindagem e do poder de fogo, mas sim da velocidade e raio de ação. Cada veículo teria de carregar sua guarnição normal de quatro homens do SAS, e um deles ainda levaria um passageiro. O outro levaria uma motocicleta de *cross-country*, com pneus enormes, com tanques de combustível extras, adaptados para aumentar seu raio de ação.

O exército americano tornou a prestar ajuda, a pedido, desta vez sob a forma de dois de seus enormes helicópteros Chinook, que receberam instruções para ficar de prontidão.

MIKHAIL SERGEIVITCH GORBACHOV sentava-se à sua mesa, em seu gabinete particular, no sétimo e último andar do prédio do Comitê Central, atendido por dois secretários, quando o interfone tocou, anunciando a chegada dos emissários de Washington e Londres.

Durante vinte e quatro horas, ele ficara intrigado com os pedidos do presidente americano e da primeira-ministra britânica, para que recebesse seus emissários pessoais. Não um político, não um diplomata. Apenas um mensageiro. Nos dias de hoje, especulara ele, que mensagem não pode ser transmitida por meio dos canais diplomáticos normais? Poderiam até usar um canal direto, totalmente a salvo de qualquer interceptação, embora os intérpretes e técnicos devessem ter acesso.

Ele sentia-se intrigado e curioso, e, como a curiosidade era uma de suas características mais notáveis, estava ansioso por esclarecer o enigma.

Dez minutos depois, os dois visitantes foram introduzidos na sala do secretário-geral do PCUS e presidente da União Soviética. Era uma sala comprida e estreita, com uma fileira de janelas num lado apenas, dando para a praça Nova. Não havia janelas por trás do presidente soviético, que se sentava de costas para a parede, na extremidade de uma longa mesa de reunião.

Em contraste com o estilo pesado e sombrio preferido por seus dois antecessores, Andropov e Chernenko, Gorbachov, mais jovem, optara por uma decoração leve e agradável. A escrivaninha e a mesa de reunião eram de faia clara, as cadeiras de espaldar reto, mas confortáveis. Havia cortinas de renda nas janelas.

Assim que os dois homens entraram, Gorbachov gesticulou para que os secretários se retirassem. Levantou-se e adiantou-se para cumprimentá-los.

– Saudações, senhores – disse ele, em russo. – Algum dos dois fala a minha língua?

Um dos homens, que ele julgou ser inglês, respondeu num russo titubeante:

– Um intérprete seria aconselhável, senhor presidente.

– Vitali – chamou Gorbachov, para um dos dois secretários que deixavam a sala –, mande Yevgeny vir até aqui.

Na ausência da expressão oral, ele sorriu e gesticulou para que os visitantes se sentassem. Seu intérprete pessoal apareceu em poucos segundos e sentou-se num lado da escrivaninha presidencial.

– Meu nome, senhor, é William Stewart – disse o americano. – Sou o vice-diretor de operações da CIA em Washington.

Gorbachov contraiu os lábios, franziu a testa.

– E eu, senhor, sou Stephen Laing, diretor de operações da Divisão do Oriente Médio, do serviço secreto britânico.

A perplexidade de Gorbachov aumentou ainda mais. Espiões, *chekisti*, qual era o problema afinal?

– Nossas agências apresentaram uma solicitação aos respectivos governos para que pedissem que nos recebesse – continuou Stewart. – O fato, senhor, é que o Oriente Médio se encaminha para a guerra. Todos sabemos disso. Se quisermos evitá-la, precisamos saber o que se passa nos altos escalões do regime iraquiano. Acreditamos que é radicalmente diferente o que dizem em público e o que discutem em particular.

– Não há nenhuma novidade nisso – comentou Gorbachov.

– Tem razão, senhor, não é nenhuma novidade – disse Laing. – Mas trata-se de um regime bastante instável. Perigoso... para todos nós. Se pudéssemos saber qual é hoje o verdadeiro pensamento no gabinete do presidente Saddam Hussein, poderíamos planejar uma estratégia para evitar a guerra iminente.

– É para isso que servem os diplomatas – ressaltou Gorbachov.

– Em circunstâncias normais, senhor presidente, é isso mesmo. Mas há ocasiões em que até mesmo a diplomacia é aberta demais, um canal muito público para se expressar os pensamentos mais sigilosos. Lembra-se do caso de Richard Sorge?

Gorbachov acenou com a cabeça. Todos os russos conheciam Sorge. Seu rosto aparecera em selos. Era um herói póstumo da União Soviética.

– Na ocasião – continuou Laing –, a informação de Sorge de que o Japão não atacaria na Sibéria foi absolutamente crucial para o seu país. Mas não poderia ser transmitida por meio da embaixada. O fato, senhor presidente, é que temos motivos para acreditar que existe em Bagdá uma fonte, num posto muito elevado, que está disposta a nos revelar tudo o que se passa nas reuniões secretas de Saddam Hussein. Tal conhecimento pode representar a diferença entre a guerra e uma retirada iraquiana voluntária do Kuwait.

Mikhail Gorbachov tornou a balançar a cabeça. Também não era amigo de Saddam Hussein. Outrora um dócil cliente da União Soviética, o Iraque se tornara cada vez mais independente, e agora seu instável líder passara a ofender gratuitamente os soviéticos.

Além disso, o líder soviético tinha plena consciência de que, se quisesse levar avante suas reformas, precisaria de apoio financeiro e industrial. O que implicava a boa vontade do Ocidente. A Guerra Fria terminara. Isso era uma realidade. Fora por isso que ele apoiara, no Conselho de Segurança da ONU, a condenação à invasão do Kuwait pelo Iraque.

– Pois façam contato com essa fonte, senhores. Providenciem as informações que as grandes potências possam usar para desarmar essa situação, e todos ficaremos agradecidos. A União Soviética também não deseja uma guerra no Oriente Médio.

– Bem que gostaríamos de fazer o contato, senhor – disse Stewart –, mas não podemos. A fonte se recusa a revelar quem é e podemos compreender por quê. Para ele, os riscos são muito grandes. E temos de evitar a rota diplomática no contato. Ele já deixou claro que só usará conosco as comunicações secretas.

– E o que querem de mim?

Os dois ocidentais respiraram fundo.

– Desejamos infiltrar um homem em Bagdá, a fim de atuar como uma ponte entre a fonte e nós – explicou Barber.

– Um agente?

– Isso mesmo, senhor presidente, um agente. Passando por iraquiano.

Gorbachov fitou-os atentamente.

– E dispõem de um homem assim?

– Dispomos, senhor. Mas ele teria de residir em algum lugar. De uma forma discreta, inocente... enquanto recolhe as mensagens e transmite nossas indagações. Pedimos que ele possa se apresentar como um criado iraquiano de um diplomata da embaixada soviética.

Gorbachov encostou o queixo nas pontas dos dedos unidos. Não era um ignorante em termos de operações secretas. Sua própria KGB já montara muitas. Agora, pediam-lhe que ajudasse os antigos antagonistas da KGB a efetuar uma operação e emprestar a embaixada soviética como cobertura para o homem. Era tão absurdo que ele quase riu.

– Se esse homem for apanhado, minha embaixada ficará comprometida.

– Não, senhor – declarou Laing. – Sua embaixada poderá alegar que foi enganada pelos tradicionais inimigos ocidentais da Rússia. Saddam vai acreditar.

Gorbachov pensou a respeito. Recordou o pedido pessoal de um presidente e de uma primeira-ministra. Era evidente que eles davam a maior importância àquela operação e não lhe restava opção, pois a boa vontade dos dois também era importante para a União Soviética. Ele acabou acenando com a cabeça.

– Está certo. Darei instruções ao general Vladimir Kryuchkov para uma cooperação plena.

Na ocasião, Kryuchkov era o diretor da KGB. Dez meses mais tarde, quando Gorbachov se encontrava em férias no Mar Negro, Kryuchkov, junto com o Ministro da Defesa Dmitri Yazov e outros, desfecharia um golpe de Estado contra seu presidente.

Os dois ocidentais mexeram-se em suas cadeiras, irritados.

– Com todo o respeito, senhor presidente – disse Laing –, poderíamos pedir que falasse com seu ministro do Exterior, e que ele seja o único a saber?

Eduard Shevardnadze era o ministro do Exterior na ocasião, amigo de confiança de Mikhail Gorbachov.

– Só Shevardnadze? – repetiu o presidente.

– Isso mesmo, senhor, se não se incomoda.

– Tudo bem. Todas as providências serão tomadas apenas pelo Ministério do Exterior.

Depois que os dois emissários ocidentais se retiraram, Mikhail Gorbachov continuou sentado, imerso em pensamentos. Queriam que só ele e Shevardnadze tivessem conhecimento da operação. Não Kryuchkov. Será que sabiam de alguma coisa que o presidente da União Soviética ignorava?

HAVIA ONZE AGENTES do Mossad no total, duas equipes de cinco e mais o controlador operacional, escolhido pelo próprio Kobi Dror, que o tirara de um enfadonho serviço de instrutor de recrutas, na escola de treinamento nos arredores de Herzlia.

Uma das equipes era de Yarid, uma seção do Mossad incumbida da segurança e vigilância de operações. A outra era de Neviot, cuja especialidade é grampear, arrombar, invadir – em suma, qualquer coisa em que estejam envolvidos objetos inanimados e mecânicos.

Oito dos dez falavam um alemão bom ou razoável, e o controlador era fluente. Os outros dois eram apenas técnicos. O grupo avançado para a Operação Josué entrou em Viena ao longo de três dias, procedente de diversos pontos de partida na Europa, cada um com seu passaporte em ordem e uma perfeita história de cobertura.

Como já acontecera com a Operação Jericó, Kobi Dror estava violando umas poucas regras, mas nenhum dos seus subordinados iria questioná-lo. A Operação Josué fora designada *ain efes*, significando "sem erro", o que indicava, partindo do próprio chefe, a mais alta prioridade.

As equipes de Yarid e Neviot eram normalmente formadas por sete a nove membros, mas haviam sido reduzidas porque o alvo era civil, neutro, amador e de nada desconfiava.

O chefe da estação do Mossad em Viena pusera à disposição três de suas casas seguras e destacara três *bodlim* para mantê-las limpas, arrumadas e abastecidas.

Um *bodel*, no plural *bodlim*, é em geral um jovem israelense, muitas vezes um estudante, recrutado como um subalterno, depois de uma meticulosa verificação de sua família e antecedentes. Sua função é levar recados, realizar pequenas tarefas e não fazer perguntas. Em troca, pode viver sem pagar aluguel numa das casas seguras do Mossad, um grande benefício para um estudante de poucos recursos numa capital estrangeira. Quando "bombeiros" visitantes se instalam na casa, o *bodel* tem de sair, mas pode ser mantido para cuidar da limpeza, fazer as compras de mantimentos.

Embora Viena possa não parecer uma grande capital, sempre foi muito importante para o mundo da espionagem. O motivo remonta a 1945, quando Viena, como a segunda capital do Terceiro Reich, foi ocupada pelos aliados vitoriosos e dividida em quatro setores – francês, britânico, americano e russo.

Ao contrário de Berlim, Viena recuperara sua liberdade, até os russos concordaram em sair, mas o preço fora a total neutralidade da cidade e de toda a Áustria. Com a Guerra Fria começando durante o Bloqueio de Berlim, em 1948, Viena logo se tornara um viveiro de espionagem. Neutra, praticamente sem um serviço de contraespionagem próprio, próxima das fronteiras húngara e tcheca, aberta ao Ocidente, mas fervilhando de europeus orientais, Viena era uma base segura para as mais diversas agências.

Pouco depois de sua criação, em 1951, o Mossad também percebera as vantagens de Viena, e ali se instalara com uma presença tão vigorosa que o chefe da estação era mais importante que o embaixador.

A decisão fora mais do que justificada quando a elegante e cosmopolita capital do antigo império austro-húngaro passara a ser um centro para atividades bancárias ultradiscretas, a sede de três agências da ONU e um ponto de entrada predileto de terroristas palestinos e outros.

Dedicada à sua neutralidade, a Áustria tem um serviço de contraespionagem e segurança interna tão fácil de se esquivar que os agentes do Mossad referiam-se ao seu pessoal bem-intencionado como *fertsalach*, uma palavra que nada tem de elogiosa, pois significa peido.

O controlador da missão escolhido por Kobi Dror era um competente *katsa*, com anos de experiência europeia em Berlim, Paris e Bruxelas.

Gideon Barzilai já servira também em uma das unidades de execução *kidon*, a que perseguira os terroristas árabes responsáveis pelo massacre de atletas israelenses nos Jogos Olímpicos de Munique, em 1972. Felizmente para sua carreira, não estivera envolvido num dos maiores fiascos da história do Mossad, quando uma unidade *kidon* fuzilara um inofensivo garçom marroquino, em Lillehammer, Noruega, depois de identificá-lo erroneamente como Ali Hassan Salameh, o cérebro por trás do massacre.

Gideon "Gidi" Barzilai era agora Ewald Strauss, representante de um fabricante de louça sanitária de Frankfurt. Não apenas seus documentos se achavam em perfeita ordem, como também o conteúdo de sua pasta revelaria os apropriados folhetos, talões de encomendas e correspondência em papel timbrado da companhia.

Até mesmo um telefonema para a matriz em Frankfurt confirmaria sua história de cobertura, pois o número no papel timbrado era de um escritório na cidade guarnecido pelo Mossad.

Os papéis de Gidi, assim como os dos outros dez homens de sua equipe, eram o produto de outra seção dos extensos serviços de apoio do Mossad. No mesmo subsolo em Tel Aviv que aloja o departamento de falsificação, há uma outra série de salas, dedicadas a acumular detalhes de uma quantidade espantosa de companhias, reais e fictícias. Livros de companhias, balancetes, registros e papel timbrado são armazenados em tal abundância que qualquer *katsa* numa operação no exterior pode ser equipado com uma identidade jurídica quase impossível de se detectar.

Depois de se instalar em seu apartamento, Barzilai teve uma longa reunião com o chefe da estação local e iniciou sua missão com uma tarefa relativamente simples: a de descobrir tudo o que pudesse sobre um discreto e tradicional banco particular, chamado Winkler, perto da Franziskanerplatz.

NO MESMO FIM DE SEMANA, dois helicópteros americanos Chinook decolaram de uma base militar nos arredores de Riad e seguiram para o norte, na direção da estrada Tapline, que se estende pela fronteira saudito-iraquiana, de Khafji até a Jordânia.

Cada helicóptero transportava um Land-Rover, despojados dos elementos básicos, mas equipados com tanques de combustível extras. Quatro homens do SAS viajavam com cada veículo, espremidos na área por trás dos tripulantes.

O destino final situava-se além da autonomia de voo dos helicópteros, mas esperando na estrada Tapline havia dois enormes caminhões-tanques, vindos de Dammam, na costa do Golfo.

Quando os sedentos Chinooks pousaram na estrada, as equipes dos caminhões começaram a trabalhar no mesmo instante, até reabastecê-los. Tornando a decolar, os helicópteros seguiram ao longo da estrada, na direção da Jordânia, em voo baixo, para evitar o radar iraquiano, no outro lado da fronteira.

Pouco depois da cidadezinha saudita de Badanah, perto do ponto em que convergem as fronteiras da Arábia Saudita, Iraque e Jordânia, os Chinooks tornaram a pousar. Havia mais dois caminhões-tanques esperando para reabastecê-los, mas foi nesse ponto que descarregaram os Land-Rovers e os passageiros.

Se os tripulantes americanos sabiam para onde iam os silenciosos ingleses, não deixaram transparecer; e se não sabiam, também não perguntaram. Os mestres de carga providenciaram a descida dos veículos camuflados, em cor de areia, pelas rampas, trocaram apertos de mão e desejaram boa sorte.

Depois de reabastecidos, os Chinooks partiram, voltando pela mesma direção por que tinham vindo. Os caminhões também foram embora.

Os oito homens do SAS observaram-nos partir e depois seguiram na outra direção, continuando a subir pela estrada, na direção da Jordânia. Pararam a 80 quilômetros a noroeste de Badanah e ficaram esperando.

O capitão no comando da missão conferiu a posição. Nos tempos do coronel David Stirling, no Deserto Ocidental da Líbia, isso era feito pelo sol, lua e estrelas. A tecnologia de 1990 tornara muito mais fácil e preciso.

Havia na mão do capitão um aparelho não maior do que um livro. Era chamado de Sistema de Posicionamento Global, ou SATNAV, ou Magellan. Apesar do tamanho, pode determinar a posição de seu portador dentro de um quadrado não superior a 10 x 10 metros, em qualquer lugar da superfície da Terra.

O SPG na mão do capitão podia ser ligado no Código-Q ou no Código-P. O Código-P era acurado até um quadrado de 10 x 10 metros, mas precisava que quatro dos satélites americanos chamados NAVSTARS estivessem acima do horizonte ao mesmo tempo. O Código-Q só precisava de dois NAVSTARS acima do horizonte, mas sua acurácia era de apenas 100 x 100 metros.

Naquele dia havia apenas dois satélites à disposição, mas era suficiente. Ninguém perderia ninguém a uma distância de 100 metros naquele deserto uivante de areia e argila xistosa, a quilômetros de qualquer lugar, entre Badanah e a fronteira jordaniana. Convencido de que se encontrava no local do encontro, o capitão desligou o SPG e foi se meter por baixo das redes de camuflagem, estendidas por seus homens entre os dois veículos, a fim de protegê-los do sol. O termômetro marcava 55°C.

Uma hora depois, o helicóptero britânico Gazelle aproximou-se do sul. O major Mike Martin voara de Riad num avião de transporte Hercules, da RAF, até a cidade saudita de Al Jawf, o lugar mais próximo da fronteira, naquela área, com um aeroporto municipal. O Hercules levara o Gazelle com os rotores dobrados, o piloto, a equipe de solo, e os tanques de combustível extras para levar e trazer o helicóptero entre Al Jawf e a estrada Tapline.

Para evitar a vigilância do radar iraquiano, mesmo num lugar tão vazio, o Gazelle voava baixo sobre o deserto, mas viu no mesmo instante o foguete luminoso disparado pelo capitão do SAS ao ouvir o barulho do motor se aproximando.

O Gazelle pousou na estrada, a 50 metros dos Land-Rovers, e Martin saltou. Carregava uma mochila no ombro e um cesto de vime na mão esquerda cujo conteúdo levara o piloto do helicóptero a se perguntar se ingressara no Corpo Aéreo do Exército Real ou numa cooperativa agrícola. O cesto continha duas galinhas vivas.

Fora isso, Martin vestia-se como os oito homens do SAS à sua espera: botas de cano curto, calça larga de lona resistente, camisa, suéter, blusão de combate com a camuflagem de deserto. Um *keffiyeh* axadrezado estava pendurado em seu pescoço e podia ser levantado para proteger o rosto da poeira turbilhonante. Um gorro de lã cobria a cabeça, encimado por óculos de proteção.

O piloto não entendia como os homens não morriam de calor com tanta roupa, mas também nunca experimentara o frio da noite no deserto.

Os homens do SAS tiraram da traseira do Gazelle os recipientes de plástico cheios de combustível, que haviam proporcionado ao pequeno helicóptero de reconhecimento seu peso máximo e encheram os tanques. Depois de reabastecido, o piloto acenou em despedida e partiu para o sul, na direção de Al Jawf, de onde seguira para Riad, de volta à sanidade, bem longe daqueles loucos no deserto.

Só depois que ele foi embora é que os homens do SAS se sentiram à vontade. Embora os oito com os Land-Rovers fossem do Esquadrão D, os peritos em veículos leves, e Martin fosse do Esquadrão A, o pessoal de queda livre, ele conhecia a todos, à exceção de dois. Trocados os cumprimentos, eles fizeram o que soldados britânicos sempre fazem quando dispõem de tempo: prepararam um bule de chá forte.

O ponto que o capitão escolhera para cruzar a fronteira, entrando no Iraque, era desolado e inóspito, por dois motivos. Quanto mais difícil fosse o terreno que tivessem de percorrer, menos possibilidade haveria de encontrar uma patrulha iraquiana. O importante não era escapar aos iraquianos em campo aberto, mas evitar por completo a descoberta.

O segundo motivo era o fato de que devia depositar sua carga tão perto quanto possível da longa estrada iraquiana que segue de Bagdá para oeste, através das grandes planícies do deserto, até a travessia da fronteira jordaniana, em Ruweishid.

Esse miserável posto avançado no deserto há muito que se tornara conhecido dos espectadores de televisão, desde a conquista do Kuwait, porque era o lugar em que a desafortunada maré de refugiados – filipinos, bengaleses, palestinos e outros – costumava passar, na fuga do caos causado pela invasão.

Naquele distante canto noroeste da Arábia Saudita, a distância da fronteira para a estrada de Bagdá era a menor. O capitão sabia que para leste, de Bagdá até a fronteira saudita, o terreno tendia a ser um deserto plano, tão liso quanto uma mesa de bilhar, em sua maior parte, propício a uma corrida rápida da fronteira até a estrada mais próxima. Mas era também provável que essa área estivesse ocupada por patrulhas militares e olhos vigilantes. Aqui, no deserto no oeste do Iraque, o terreno era mais acidentado, cortado por ravinas, pelas quais a água transbordava na época das chuvas, e que ainda tinham de ser transpostas com cuidado mesmo no período de seca, mas pelo menos se encontrava virtualmente vazio de patrulhas iraquianas.

O ponto de travessia escolhido situava-se a 50 quilômetros ao norte do local em que se encontravam agora. Além da fronteira, sem qualquer marca visível, havia apenas mais 100 quilômetros até a estrada Bagdá-Ruweishid. Mas o capitão calculava que precisaria de uma noite inteira, um descanso sob as redes de camuflagem durante o dia e toda a noite seguinte, a fim de deixar sua carga a uma distância da estrada que pudesse ser percorrida a pé.

Eles partiram às 16 horas. O sol ainda pairava no céu e o calor fazia com que o movimento parecesse com a passagem pela porta de uma fornalha. O crepúsculo aproximou-se às 18 horas e a temperatura começou a cair... muito depressa. A escuridão já era total às 19 horas e o frio intenso. O suor secou no corpo e os homens sentiram-se gratos pelos suéteres de que o piloto do Gazelle zombara.

No veículo da frente, o navegador sentava-se ao lado do motorista e efetuava uma série constante de verificações de posição e curso. Na base do SAS, ele e o capitão haviam passado horas examinando as fotografias em larga escala e alta definição gentilmente fornecidas por uma missão do avião americano U-2, baseado em Taif. As fotos ofereciam um quadro muito melhor do que um mapa comum.

Viajavam com todas as luzes apagadas, mas o navegador usava uma pequena lanterna para conferir o curso, cada vez que uma ravina ou desfiladeiro obrigava-os a um desvio de vários quilômetros, para leste ou oeste.

Paravam a cada hora para confirmar a posição com o Magellan. O navegador já aferira os lados de suas fotos com minutos e segundos de latitude e longitude, e assim os dados apresentados no mostrador digital do Magellan indicavam com precisão o ponto em que se encontravam.

O progresso era lento porque em cada crista um dos homens tinha de se adiantar para dar uma espiada, a fim de se certificar de que não haveria qualquer surpresa desagradável no outro lado.

Uma hora antes do amanhecer, encontraram um *wadi* de encostas íngremes, entraram ali e se cobriram com a rede. Um dos homens foi até uma proeminência próxima, avaliou o acampamento lá embaixo, ordenou alguns ajustamentos, até se convencer de que um avião de reconhecimento teria praticamente de cair no *wadi* para descobri-los.

Durante o dia, comeram, beberam e dormiram, dois homens sempre de guarda, para o caso de aparecer um pastor errante ou um viajante solitário. Ouviram em diversas ocasiões jatos iraquianos passarem lá em cima e uma vez o barulho de cabras numa colina próxima. Mas as cabras, que pareciam não estar acompanhadas por qualquer pastor, afastaram-se na direção oposta. Reiniciaram a viagem depois do pôr do sol.

Há uma pequena cidade iraquiana chamada Ar-Rutba, à beira da estrada. Avistaram suas luzes, à distância, pouco antes das 4 horas da madrugada. O Magellan confirmou que se encontravam onde queriam, ao sul da cidade, a cerca de 8 quilômetros da estrada.

Quatro homens efetuaram um reconhecimento ao redor, até que um deles encontrou um *wadi* de fundo arenoso. Abriram um buraco ali, sem fazer barulho, usando as ferramentas penduradas nos lados dos Land-Rovers para tirar os veículos de atoleiros. Enterraram as motocicletas com os pneus reforçados e os recipientes de combustível extras para a viagem até a fronteira, caso necessário. Tudo estava envolvido em resistentes sacos de polietileno, para proteger da areia e da água, pois as chuvas ainda não haviam começado.

Ergueram um dique de pedras para evitar a erosão pela água e impedir que o esconderijo fosse descoberto.

O navegador subiu a colina ao lado do *wadi* e verificou a posição exata do local, em relação à antena de rádio de Ar-Rutba, cuja luz vermelha de alerta podia ser vista à distância.

Enquanto eles trabalhavam, Mike Martin se despiu e tirou da mochila a túnica, o *keffiyeh* e as sandálias de Mahmoud Al-Khouri, o jardineiro iraquiano. Com uma bolsa de pano contendo pão, azeite, queijo e azeitonas para o desjejum, uma carteira surrada com o documento de identidade e retratos dos pais idosos de Mahmoud, além de uma lata amassada com dinheiro e um canivete, ele estava pronto para partir. Os Land-Rovers precisavam de uma hora para sair do local, antes de acamparem para o dia.

– Boa sorte – disse o capitão.

– Boa caçada, chefe – acrescentou o navegador.

– Pelo menos você terá um ovo fresco para o desjejum – disse outro, provocando risos abafados.

Os homens do SAS nunca desejavam "boa sorte" uns aos outros... jamais. Mike Martin acenou com a mão e começou a caminhar pelo deserto, na direção da estrada. Os Land-Rovers partiram minutos depois e o *wadi* tornou a ficar vazio.

O CHEFE DA ESTAÇÃO em Viena tinha em seus arquivos um *sayan* que era um executivo sênior de um dos maiores bancos austríacos. Pediu-lhe que preparasse um relatório, tão completo quanto possível, sobre o Winkler Bank. O *sayan* foi informado apenas de que algumas empresas israelenses haviam iniciado um relacionamento com o

Winkler e desejavam se certificar de sua solidez, antecedentes e práticas bancárias. Infelizmente, comentou o chefe da estação, pesaroso, havia muita fraude hoje em dia.

O *sayan* aceitou o motivo para a investigação e fez o melhor que podia, e foi excelente, considerando-se que a primeira coisa que descobriu foi que o Winkler operava em linha de sigilo quase obsessivo.

O banco fora fundado quase cem anos antes pelo pai do atual e único proprietário e presidente. O Winkler de 1990, filho do fundador, tinha 91 anos e era conhecido nos círculos bancários vienenses como Der Alte, O Velho. Apesar da idade, recusava-se a renunciar à presidência ou ao controle acionário. Sendo viúvo, mas sem filhos, não havia um sucessor natural da família e por isso a eventual transferência do controle acionário teria de aguardar o dia da leitura de seu testamento.

A operação cotidiana do banco estava a cargo de três vice-presidentes. As reuniões com O Velho Winkler ocorriam em média uma vez por mês, em sua casa. Sua principal preocupação, durante essas reuniões, parecia ser a de garantir que seus rigorosos padrões fossem mantidos.

As decisões executivas cabiam aos vice-presidentes Kessler, Gemütlich e Blei. Não era um banco comercial, não tinha contas correntes, não emitia talões de cheques. Era um banco de investimentos, que recebia os recursos dos clientes e os aplicava em papéis sólidos e seguros, principalmente no mercado europeu.

Não importava que os juros desses investimentos jamais fossem entrar na lista dos "dez mais". Os clientes do Winkler não procuravam o crescimento rápido, nem juros estratosféricos. Queriam segurança e absoluto anonimato. Isso o Winkler lhes garantia, e cumpria.

Os padrões a que O Velho Winkler conferia tanta importância incluíam a total discrição sobre a identidade dos titulares de suas contas numeradas, assim como uma completa resistência ao que O Velho classificava de "tolices modernas".

Era essa aversão às engenhocas modernas que bania os computadores para o arquivamento de informações confidenciais e controle de contas, os aparelhos de fax e, sempre que possível, os telefones. O

Winkler Bank aceitava instruções e informações pelo telefone, mas nunca divulgava coisa alguma por linha telefônica. Quando possível, o Winkler Bank gostava de usar o estilo antiquado das cartas, em seu dispendioso papel de linho timbrado, numa suave tonalidade creme, ou reuniões pessoais em suas instalações.

Em Viena, o mensageiro do banco entregava todas as cartas e extratos, em envelopes com lacre de cera, e só para as cartas nacionais e internacionais é que confiava no sistema público de correio.

Quanto às contas numeradas de clientes estrangeiros – o *sayan* recebera instruções especiais para descobrir o que pudesse a respeito –, ninguém sabia quantas eram, mas circulavam rumores de depósitos de centenas de milhões de dólares. Se esse era o caso, e tendo em vista que uma parcela dos clientes sigilosos de vez em quando morria sem revelar a ninguém como operar a conta, o Winkler Bank ia muito bem, obrigado.

Ao ler o relatório, Gidi Barzilai praguejou alto e por muito tempo. O Velho Winkler podia não saber nada das mais novas técnicas de grampear telefones e se infiltrar em computadores, mas seu instinto era certeiro.

Durante os anos de preparativos do Iraque, as aquisições da tecnologia de gás venenoso, todas efetuadas na Alemanha, haviam sido consumadas por meio de um dos três bancos suíços. O Mossad sabia que a CIA se infiltrara nos computadores dos três bancos – originalmente, a busca fora por dinheiro lavado do tráfico de drogas – e foram essas informações que permitiram a Washington apresentar sua interminável sucessão de protestos ao governo alemão pelas exportações. Não era culpa da CIA que o Chanceler Kohl rejeitasse desdenhoso todos os protestos; as informações eram acuradas.

Se Gidi Barzilai pensava que poderia se infiltrar no computador central do Winkler Bank, estava enganado; não existia nenhum computador. Restava assim instalar microfones em salas, interceptar correspondência e grampear telefones. As chances eram de que nenhuma dessas medidas pudesse resolver seu problema.

Muitas contas bancárias precisam de uma *losungswort*, uma palavra de código para operá-las, a fim de se efetuar retiradas e transferências. Mas os titulares das contas podem usar tal palavra para se identificar, num telefonema ou fax, até mesmo numa carta. Pela maneira como o Winkler Bank parecia operar, uma conta numerada de alto valor, pertencente a um cliente estrangeiro como Jericó, teria um sistema muito mais complicado para sua movimentação; ou a presença formal do titular da conta, com ampla identificação, ou uma carta com instruções, numa forma e estilo determinados, com palavras e símbolos de código, aparecendo em lugares preestabelecidos.

Era evidente que o Winkler Bank aceitaria um depósito de qualquer um, a qualquer momento, em qualquer lugar. O Mossad sabia disso porque pagara a Jericó por meio de transferências para uma conta no Winkler, indicada apenas por um número. Só que seria muito diferente persuadir o Winkler Bank a efetuar uma transferência para outra conta.

De alguma forma, no roupão em que passara a maior parte de sua vida ouvindo música sacra, o Velho Winkler parecia ter adivinhado que a tecnologia ilegal de interceptação de informações superaria as técnicas normais de transferência de informações. O que era lamentável.

A única outra coisa que o *sayan* pôde afiançar em seu relatório foi que as contas numeradas de alto valor estariam com certeza sob o controle pessoal de um dos três vice-presidentes, e de mais ninguém. O Velho escolhera muito bem seus subordinados; a reputação dos três era a de serem sisudos, competentes e bem-remunerados. Em uma palavra, inacessíveis. Israel, acrescentara o *sayan*, não precisa se preocupar com o Winkler Bank. É claro que ele não entendera o objetivo da investigação. Gidi Barzilai, naquela primeira semana de novembro, já estava ficando farto do Winkler Bank.

APARECEU UM ÔNIBUS uma hora depois do amanhecer e parou para pegar um passageiro solitário, sentado numa pedra à beira da estrada, a cinco quilômetros de Ar-Rutba, quando ele se levantou e acenou. O homem pagou a passagem com duas notas velhas de dinar, foi sentar-se no fundo, ajeitou o cesto com as galinhas no colo e adormeceu.

Havia uma patrulha policial no centro da pequena cidade, onde o ônibus parou, sacudindo-se sobre as molas velhas. Vários passageiros desembarcaram ali, para trabalhar ou ir ao mercado, mas outros continuariam a viagem. Os policiais verificaram os documentos de identidade das pessoas que embarcaram, mas se contentaram em olhar pelas janelas empoeiradas para os poucos passageiros que permaneceram no interior do ônibus e ignoraram por completo o camponês com suas galinhas, sentado no fundo. Procuravam por subversivos, tipos suspeitos.

Depois de uma hora, o ônibus reiniciou viagem para o leste, balançando muito, aos solavancos, de vez em quando parando no acostamento, para dar passagem a uma coluna de veículos militares, com os recrutas barbados sentados atrás, apáticos, contemplando as nuvens de poeira turbilhonantes que levantavam.

Com os olhos fechados, Mike Martin escutava as conversas ao seu redor, gravando uma palavra inesperada, ou um sotaque que poderia ter esquecido. O árabe daquela parte do Iraque era muito diferente do que se falava no Kuwait. Se queria passar por um *fellagha* ignorante e inofensivo em Bagdá, aqueles sotaques e frases rurais poderiam ser úteis. Poucas coisas desarmam mais depressa um policial da cidade grande do que um sotaque caipira.

As galinhas em seu colo vinham fazendo uma viagem árdua, embora ele tivesse lhes dado milho que guardava no bolso e partilhasse a água de seu cantil, agora guardado na traseira de um Land-Rover, sob uma rede de camuflagem, no deserto lá atrás. A cada solavanco, as galinhas cacarejavam em protesto ou se agachavam e faziam cocô na palha por baixo.

Seria preciso uma vista muito aguçada para perceber que a base do cesto, na medida externa, tinha 10 centímetros a mais do que por dentro. A palha em torno dos pés das galinhas escondia a diferença. A palha tinha apenas 2 centímetros de profundidade. Dentro da cavidade de 10 centímetros, no fundo do cesto de 50 x 50 centímetros, havia diversos itens que a polícia em Ar-Rutba teria achado desconcertantes, mas interessantes.

Um deles era uma antena parabólica dobrável, convertida numa pequena vara, como um desses guarda-chuvas modernos. Outro era um rádio, só que mais potente do que o usado por Martin no Kuwait Bagdá não ofereceria a facilidade de poder transmitir enquanto vagueava pelo deserto. Transmissões longas seriam impossíveis, o que explicava, além da bateria de cádmio e prata recarregável, o último item na cavidade. Era um gravador, mas de um tipo muito especial.

A nova tecnologia tende a começar grande, pesada e difícil de usar. À medida que se desenvolve, duas coisas acontecem. As "entranhas" tornam-se mais e mais complexas, embora cada vez menores; e a operação se torna mais simples.

Os aparelhos de rádio levados para a França pelos agentes britânicos do Serviço de Operações Especiais, durante a Segunda Guerra Mundial, eram um autêntico pesadelo, em comparação com os padrões modernos. Ocupando toda uma mala, precisavam de uma antena estendida por metros ao longo de uma calha, tinham válvulas incômodas, do tamanho de uma lâmpada elétrica comum, e só podiam transmitir mensagens em código Morse. Isso mantinha o operador batendo por séculos, enquanto as unidades de detecção alemãs podiam triangular a fonte da transmissão e fechar o cerco.

O gravador de Martin era simples de operar e oferecia alguns dispositivos da maior utilidade. Uma mensagem de dez minutos podia ser lida devagar, em voz bem clara, ao microfone. Antes de ser gravada na fita, um *chip* de silício a codificaria a uma algaravia que os iraquianos, mesmo que a interceptassem, provavelmente não conseguiriam decodificar.

Apertando-se um botão, a fita voltaria. Outro botão faria com que fosse regravada, mas a uma velocidade duzentas vezes maior, reduzindo a mensagem a um "estouro" de três segundos, quase impossível de registrar.

Era esse "estouro" que o transmissor enviaria, quando ligado à antena parabólica, à bateria e ao gravador. Em Riad, a mensagem seria captada, a velocidade reduzida, decodificada e tocada "em claro".

Martin saltou do ônibus em Ramadi, o ponto final, e pegou outro que o levou além do Lago Habbaniyah e de uma antiga base da RAF, agora convertida numa moderna pista de caças iraquianos. O ônibus foi parado nos arredores de Bagdá e todos os documentos de identidade conferidos.

Martin entrou na fila, humilde, segurando as galinhas. Os passageiros foram avançando para a mesa a que se sentava o sargento da polícia. Quando chegou sua vez, ele pôs o cesto de vime no chão e apresentou seu documento de identidade. O sargento deu uma olhada. Sentia calor, muita sede. Fora um dia longo. Indicou o lugar de origem do portador do documento.

– Onde fica?
– É uma pequena aldeia ao norte de Baji. Famosa por seus melões, *bey*.

O sargento contraiu os lábios. *Bey* era uma forma de tratamento respeitosa do tempo do império turco, só ouvida de vez em quando, e de pessoas muito atrasadas. Ele acenou com a mão, dispensando o passageiro. Martin pegou as galinhas e voltou ao ônibus.

Pouco antes das 19 horas o ônibus tornou a parar, e o major Martin desembarcou na principal estação rodoviária, em Kadhimiya, Bagdá.

11

Foi uma longa caminhada pelo início da noite, da estação rodoviária, na zona norte da cidade, até a casa do primeiro-secretário da embaixada soviética, no distrito de Mansour, mas Martin até que gostou.

Por um lado, porque viajara durante doze horas em dois ônibus diferentes, percorrendo os 380 quilômetros de Ar-Rutba até a capital, e não eram veículos de luxo. Por outro, a caminhada proporcionou-lhe a oportunidade de aspirar mais uma vez o "clima" da cidade que não visitava desde que partira de avião para Londres, como um nervoso colegial de 13 anos. Ou seja, 24 anos antes.

Muita coisa mudara. A cidade de que se lembrava era acima de tudo árabe, muito menor, agrupada em torno dos distritos centrais de

Shaikh Omar e Saadun, na margem noroeste do Tigre, em Risafa, e o direito de Aalam no outro lado do rio em Karch. Quase toda a vida se concentrava nesse círculo interior, com suas ruas estreitas, vielas, mercados, as mesquitas e seus minaretes, dominando a linha do horizonte, para que as pessoas não esquecessem de sua subserviência a Alá.

Vinte anos de receita do petróleo haviam criado avenidas largas, de duas pistas, cortando espaços outrora abertos, com contornos, viadutos e trevos. Os carros haviam proliferado e edifícios altos projetavam-se pelo céu noturno, Mammon se sobrepondo ao seu antigo adversário.

Mansour, que ele alcançou através da comprida rua Rabia, estava quase irreconhecível. Martin recordou os extensos espaços abertos em torno do Clube Mansour, para onde o pai levava a família nas tardes do fim de semana. Mansour ainda era, sem qualquer dúvida, uma comunidade de gente próspera, mas os espaços antes abertos eram agora ocupados por ruas e residências para os que tinham condições de viver com classe.

Ele passou a poucas centenas de metros da antiga escola preparatória do Sr. Hartley, onde estudara e brincara no recreio com seus amigos Hassan Rahmani e Abdelkarim Badri, mas não reconheceu a rua na escuridão.

Sabia o que Hassan fazia agora, mas havia quase um quarto de século não tinha notícias dos dois filhos do Dr. Badri. O caçula, Osman, com tanto gosto pela matemática, teria se tornado um engenheiro? E Abdelkarim, que ganhara prêmios por recitar poesia inglesa, teria se tornado um poeta ou escritor?

Se marchasse ao estilo do SAS, o calcanhar do pé dianteiro tocando no chão antes da ponta do outro pé se elevar, os ombros balançando no ritmo das pernas em movimento, poderia cobrir a distância na metade do tempo. Mas também poderiam lembrá-lo, como acontecera com aqueles dois engenheiros no Kuwait, de que "você pode se vestir como um árabe, mas continua a andar como um inglês".

Acontece que seus calçados não eram botas de marcha, mas sandálias de lona, com solas de corda, os calçados de um pobre *fellagha* iraquiano, e por isso ele quase se arrastava, os ombros vergados, a cabeça baixa.

Em Riad, haviam-lhe mostrado um mapa atualizado da cidade de Bagdá e muitas fotos tiradas de grandes altitudes, mas ampliadas até que, com uma lupa, podia-se ver os jardins por trás dos muros, divisar as piscinas e carros dos ricos e poderosos.

Martin memorizara tudo aquilo. Virou à esquerda na rua Jordan, passou pela praça Yarmuk e virou à direita, seguindo pela avenida arborizada onde residia o diplomata soviético.

Nos anos 1960, sob Kassem e os generais que o sucederam, a União Soviética ocupara uma posição favorecida e prestigiada em Bagdá, fingindo apoiar o nacionalismo árabe, porque era considerado anti-ocidental, ao mesmo tempo em que tentava converter o mundo árabe ao comunismo. Naqueles anos, a missão soviética adquirira várias residências enormes, fora do conjunto da embaixada, que não podia acomodar o pessoal cada vez mais numeroso. Como uma concessão, essas residências e seus terrenos receberam o status de território soviético. Era um privilégio que nem mesmo Saddam Hussein tivera a coragem de revogar, ainda mais porque até meados dos anos 1980 Moscou fora seu principal fornecedor de armas, e 6 mil assessores militares soviéticos treinavam sua Força Aérea e Corpo de Tanques, com seus equipamentos russos.

Martin encontrou a residência e identificou-a pela pequena placa de latão, anunciando que se tratava de uma propriedade da embaixada da União Soviética. Ele puxou a corrente ao lado do portão e esperou.

Depois de vários minutos, o portão foi aberto por um russo corpulento, de cabelos curtos, usando a túnica de um copeiro.

– *Da*? – indagou ele.

Martin respondeu em árabe, num tom de queixume adulador de um suplicante a falar com seu superior. O russo franziu o rosto. Martin tateou por dentro da túnica e tirou seu documento de identidade. Isso fazia sentido para o copeiro; em seu país, passaportes internos eram do conhecimento geral. Ele pegou o cartão e disse em árabe, antes de fechar o portão:

– Espere.

Ele voltou em cinco minutos e fez sinal para que o iraquiano no *dish-dash* imundo passasse pela estreita abertura no portão. Conduziu Martin à porta principal da casa. No momento em que alcançaram os degraus, um homem apareceu.

— Pode deixar que eu cuido do restante — disse ele, em russo.

O criado lançou um último olhar furioso para o árabe e depois entrou na casa. Yuri Kulikov, primeiro-secretário da embaixada soviética, era um diplomata profissional. Achara absurda a ordem que recebera de Moscou, mas inevitável. Era evidente que fora surpreendido no meio do jantar, pois segurava um guardanapo, com o qual limpou os lábios, enquanto descia os degraus.

— Muito bem, você está aqui — disse ele, em russo. — Agora, preste atenção. Se temos de encenar essa farsa, que assim seja. Mas, pessoalmente, não quero ter nada a ver com isso. *Panimayesh?*

Martin, que não falava russo, deu de ombros, desolado, e murmurou, em árabe:

— Por favor, *bey*?

Kulikov encarou a mudança de língua como uma insolência estúpida. Martin compreendeu, com uma deliciada ironia, que o diplomata soviético realmente pensava que seu novo empregado indesejável era um russo, imposto por aqueles miseráveis espiões na Lubyanka, em Moscou.

— Está certo, vamos falar em árabe, se prefere assim — disse ele, irritado.

O diplomata também estudara árabe, que falava bem, com um óbvio sotaque russo, e não permitiria que aquele agente da KGB se divertisse à sua custa.

Por isso, ele continuou em árabe.

— Aqui está seu documento. E aqui está a carta que mandei preparar para você. Vai ficar naquele barraco no fundo do jardim, do qual deverá cuidar, além de fazer as compras, de acordo com as instruções da cozinheira. Além disso, não quero saber de mais nada. Se for preso, nada sei, exceto que o contratei de boa-fé. Agora, vá fazer o que tem de fazer e livre-se dessas malditas galinhas. Não permitirei que estraguem meu jardim.

É muito azar, pensou ele, enquanto se virava para retornar a seu jantar interrompido. Se o idiota for preso por algum erro, a AMAM logo saberá que é russo, e a noção de que se tornou criado do primeiro-secretário por acaso será tão improvável quanto esquiar no Tigre. Em particular, Yuri Kulikov sentia-se furioso com Moscou.

Mike Martin encontrou seu alojamento, encostado no muro do fundo do jardim, um bangalô de um único cômodo, com uma cama de lona, uma mesa, duas cadeiras, uma fileira de ganchos numa parede e um lavatório num canto.

Uma busca adicional revelou uma latrina ao lado do barraco e uma torneira de água fria no muro do jardim. A higiene seria apenas a básica, e a comida deveria ser servida na porta da cozinha, nos fundos da casa. Martin suspirou. A casa nos arredores de Riad parecia muito distante.

Ele encontrou velas e alguns fósforos. À claridade difusa, pendurou cobertores nas janelas e pôs-se a trabalhar nas lajotas do chão, com seu canivete.

Uma hora pressionando a argamassa mofada permitiu remover quatro lajotas, e mais uma hora de escavação, com uma pá encontrada num galpão de ferramentas, produziu um buraco bastante grande para guardar o rádio, baterias, gravador e a antena parabólica. Uma mistura de lama e saliva, esfregada nos espaços entre as lajotas, ocultou os últimos vestígios da escavação.

Pouco antes da meia-noite, ele usou o canivete para remover o fundo falso do cesto e despejou a palha no fundo verdadeiro, a fim de que não restasse qualquer indício da cavidade de 10 centímetros. Enquanto ele trabalhava, as galinhas ciscavam pelo chão, procurando esperançosas por grãos de trigo inexistentes, mas encontrando e consumindo vários percevejos.

Martin terminou de comer o que restava de suas azeitonas e queijo e partilhou os remanescentes fragmentos de pão com suas companheiras de viagem, assim como uma tigela com água, que foi pegar na torneira lá fora.

As galinhas voltaram para o cesto e, se descobriram seu lar agora 10 centímetros mais profundo do que antes, não se queixaram. Fora um dia comprido, e elas trataram de dormir.

Num gesto final, Martin urinou nas rosas de Kulikov, no escuro, antes de soprar as velas, enrolar-se com um cobertor e dormir também.

O relógio do corpo fê-lo despertar às 4 horas da madrugada. Pegou os equipamentos de transmissão, protegidos por sacos de plástico, gravou uma breve mensagem para Riad, acelerou-a duzentas vezes, ligou o gravador ao transmissor, montou a antena parabólica, que ocupava boa parte do espaço no centro do barraco, mas sem chegar à porta aberta.

Às 4h45 ele enviou um único sinal de transmissão, no canal do dia, desmontou todo o equipamento e tornou a guardar sob as lajotas.

O céu continuava escuro sobre Riad quando uma antena parabólica similar, no telhado da residência do SIS, captou o sinal de um segundo e transmitiu-o para a sala de comunicações. A "janela" de transmissão era de 4h30 às 5 horas da manhã, e o turno de escuta estava alerta.

Dois carretéis girando gravaram a transmissão de Bagdá, e uma luz de advertência piscou, para alertar os técnicos. Eles reduziram em duzentas vezes a velocidade da mensagem, até que soou "em claro" pelos fones em seus ouvidos. Um deles anotou-a em taquigrafia, datilografou o texto e deixou a sala.

Julian Gray, o chefe da estação, foi acordado às 5h15.

– É Black Bear, senhor. Ele chegou.

Gray leu a transcrição, num excitamento crescente, e foi acordar Simon Paxman. O chefe da seção iraquiana encontrava-se agora baseado em Riad, para uma longa permanência, suas funções em Londres sendo assumidas por um subordinado.

– Tudo correu bem até agora.

– O problema pode começar quando ele tentar entrar em contato com Jericó – comentou Gray.

Era uma perspectiva angustiante. O antigo trunfo do Mossad em Bagdá permanecera desligado por três meses inteiros. Podia ter sido comprometido, preso ou simplesmente mudara de ideia. Podia ter sido despachado para algum lugar distante, uma possibilidade ainda maior se fosse um general, agora comandando tropas no Kuwait. Qualquer coisa poderia ter acontecido. Paxman levantou-se.

– É melhor avisar Londres. Alguma possibilidade de um café?
– Vou pedir a Mohammed que providencie – respondeu Gray.

MIKE MARTIN REGAVA os canteiros de flores às 5h30 da manhã quando a casa começou a despertar. A cozinheira, uma russa de busto farto, viu-o da janela. Assim que a água ficou quente, chamou-o à cozinha.

– *Kak nazyvaetes*? – perguntou ela, depois pensou um momento e usou a palavra árabe: – Nome?

– Mahmoud – respondeu Martin.

– Tome aqui um café, Mahmoud.

Martin balançou a cabeça várias vezes, numa aceitação deliciada, murmurando *shukran* e pegando a caneca quente com as mãos. Não era encenação; o café estava mesmo saboroso, e era a primeira coisa quente que ingeria desde o chá no lado saudita da fronteira.

O desjejum foi servido às 7 horas, uma tigela de lentilhas e pão árabe, que ele devorou. Parecia que o criado da noite anterior e sua mulher, a cozinheira, cuidavam do primeiro-secretário Kulikov, que dava a impressão de ser solteiro. Por volta das 8 horas, Martin conheceu o motorista, um iraquiano que falava um pouco de russo e era útil para interpretar as mensagens mais simples.

Martin decidiu não se aproximar muito do motorista, que podia ter sido infiltrado pela AMAM, a polícia secreta, ou pelo pessoal de Rahmani, do serviço de contraespionagem. Ao final, isso não constituiu um problema; agente ou não, o motorista era um esnobe, e tratou o novo jardineiro com desdém. Mas concordou em explicar à cozinheira que Martin teria de se ausentar por algum tempo, porque o patrão lhe ordenara que se livrasse das galinhas.

De volta à rua, Martin seguiu para a estação rodoviária, soltando as galinhas num terreno baldio.

Como ocorre em tantas cidades árabes, a estação rodoviária em Bagdá não é apenas um lugar para se embarcar em ônibus que partem para as províncias. É um turbilhão fervilhante de humanidade das classes trabalhadoras, onde se encontram as mais diversas coisas para comprar e vender. Estendendo-se por todo o muro sul, há um útil mercado popular. Foi ali que Martin, depois da barganha apropriada, comprou uma bicicleta velha, que rangia desesperada quando se montava, mas logo se mostrou grata por um pouco de óleo.

Ele sabia que não poderia circular de carro, e até mesmo uma motocicleta seria um exagero para um humilde jardineiro. Recordou o empregado de seu pai pedalando pela cidade, de mercado em mercado, comprando as provisões diárias, e pelo que podia constatar a bicicleta ainda era um meio de transporte perfeitamente normal dos trabalhadores mais pobres.

Um pequeno trabalho com o canivete cortou a parte de cima do cesto que prendia as galinhas, convertendo-o num cesto aberto, que ele prendeu por cima da roda traseira, com duas tiras de borracha, cortadas de uma correia de ventilador e compradas numa oficina de uma rua transversal.

Martin pedalou até o centro da cidade e comprou quatro bastões de giz, de cores diferentes, numa papelaria na rua Shurja, em frente à Igreja Católica de São José, onde os cristãos caldeus reuniam-se para orações.

Recordava a área de sua infância, a Agid al Nasara, ou Área dos Cristãos, e as ruas Shurja e Bank continuavam cheias de carros estacionados ilegalmente, e com estrangeiros visitando as lojas que vendiam ervas e condimentos.

Quando ele era menino, havia apenas três pontes através do Tigre, a ponte Ferroviária, ao norte, a ponte Nova, no meio, e a ponte Rei Faisal, ao sul. Agora eram nove. Quatro dias depois do início da guerra aérea, ainda para acontecer, não restaria mais nenhuma, pois todas haviam sido marcadas como alvos, no Buraco Negro, em Riad, e foram destruídas. Mas naquela primeira semana de novembro, a vida da cidade continuava a fluir, incessante, através das pontes.

A outra coisa que Martin notou, por toda parte, foi a presença da AMAM, a polícia secreta, embora a maioria de seus agentes não fizesse a menor tentativa de ser secreta. Vigiavam nas esquinas e de carros estacionados. Por duas vezes, ele viu estrangeiros serem parados e obrigados a mostrar seus documentos de identidade, e por duas vezes viu a mesma situação acontecer com iraquianos. A atitude dos estrangeiros era de resignação irritada, mas a reação dos iraquianos era de medo visível.

Na superfície, a vida da cidade prosseguia e a população de Bagdá ainda era bem-humorada, como ele a recordava; mas suas antenas indicaram que, por baixo da superfície, o rio do medo, imposto pelo tirano no grande palácio à beira do rio, perto da ponte Tamuz, corria caudaloso e profundo.

Apenas uma vez, naquela manhã, ele teve uma amostra do que muitos iraquianos sentiam em cada dia de suas vidas. Estava no mercado de frutas e legumes, em Kasra, ainda no outro lado do rio, regateando o preço de algumas frutas frescas com um velho barraqueiro. Se os russos iam alimentá-lo com legumes e pão, podia pelo menos complementar essa dieta com algumas frutas.

Ali perto, quatro homens da AMAM revistaram um rapaz de uma forma um tanto rude, antes de mandarem-no embora. O velho vendedor de frutas tossiu e cuspiu na terra, quase acertando suas berinjelas.

– Um dia os Beni Naji voltarão para expulsar essa escória – murmurou ele.

– Cuidado, velho, porque essas palavras são tolas – sussurrou Martin, enquanto verificava se os pêssegos estavam maduros.

O velho fitou-o, aturdido.

– De onde você é, irmão?

– De longe. Uma aldeia no norte, além de Baji.

– Volte para lá, se quer o conselho de um velho. Já vi muita coisa. Os Beni Naji virão do céu e os Beni Kalb também. – Ele tornou a cuspir, e desta vez as berinjelas não tiveram a mesma sorte.

Martin comprou pêssegos e limões e se afastou em sua bicicleta. Voltou à casa do primeiro-secretário soviético por volta do meio-dia. Kulikov havia muito que já partira para a embaixada, com seu motorista. Assim, embora fosse repreendido pela cozinheira, ela falou em russo, Martin se limitou a dar de ombros e foi cuidar do jardim.

Estava intrigado com a atitude do velho. Alguns iraquianos, ao que parecia, previam a invasão do país e não se opunham. As palavras "expulsar essa escória" só podiam se referir à polícia secreta e, por inferência, a Saddam Hussein.

Nas ruas de Bagdá, os britânicos são chamados de Beni Naji. Exatamente quem foi Naji é uma informação que se perdeu nas brumas do tempo, mas acredita-se que se tratava de um sábio e um santo. Jovens oficiais britânicos servindo naquela região, sob o império, costumavam procurá-lo, sentavam-se a seus pés e escutavam sua sabedoria. Ele tratava-os como filhos, embora fossem cristãos e portanto infiéis; as pessoas chamavam-nos de "filhos de Naji".

Os americanos são conhecidos como Beni el Kalb. Em árabe, Kalb significa cão, animal que, infelizmente, não é uma criatura muito bem considerada na cultura árabe.

GIDEON BARZILAI PÔDE encontrar pelo menos um conforto no relatório sobre o Winkler Bank providenciado pelo *sayan* bancário da embaixada. Apontava o rumo que ele devia seguir.

Sua primeira prioridade tinha de ser a identificação de qual dos três vice-presidentes, Kessler, Gemütlich e Blei, controlava a conta do renegado iraquiano com o codinome de Jericó.

O meio mais rápido seria um telefonema, mas Barzilai tinha certeza, pelo relatório, que nenhum dos três jamais admitiria qualquer coisa numa linha aberta.

Ele encaminhou seu pedido por uma mensagem codificada, transmitida do subterrâneo fortificado da estação do Mossad, por baixo da embaixada em Viena, e recebeu a resposta de Tel Aviv tão depressa quanto foi preparada.

Era uma carta, em papel timbrado, falsificado ou autêntico, de um dos mais antigos e respeitados bancos de Londres, o Coutts, na Strand, Londres, banqueiros de Sua Majestade a Rainha.

A assinatura era um fac-símile perfeito do autógrafo de um autêntico diretor do Coutts, na seção internacional. O destinatário não tinha um nome específico, nem no envelope nem na carta, que começava apenas com *"Prezados senhores..."*

O texto era simples e objetivo. Um importante cliente do Coutts muito em breve efetuaria uma substancial transferência para uma conta numerada de um cliente do Winkler Bank, a saber, Conta Número Tal. O cliente do Coutts acabara de avisar que, por razões técnicas inevitáveis, haveria um atraso de vários dias na transferência. Caso o cliente do Winkler indagasse por que a transferência não fora feita no prazo previsto, o Coutts ficaria eternamente grato se os "prezados senhores" informassem a seu cliente que a transferência já se encontrava a caminho e chegaria sem qualquer atraso desnecessário. Finalmente, o Coutts agradeceria se o Winkler acusasse o recebimento de sua missiva.

Como todos os bancos adoram a perspectiva de entrada de dinheiro, Barzilai calculava que o austero Winkler, na Ballgasse, concederia aos banqueiros da Casa Real de Windsor a cortesia de uma resposta... por carta. E estava certo.

O envelope enviado por Tel Aviv combinava com o papel, tinha selos britânicos e parecia ter sido carimbado na agência do correio na Trafalgar Square, dois dias antes. Era endereçado simplesmente ao Diretor, Contas de Clientes do Exterior, Winkler Bank etc. Claro que não havia esse posto no Winkler Bank, pois todo o trabalho era dividido entre os três vice-presidentes.

O envelope foi colocado, altas horas da noite, na caixa de correspondência do banco.

A esta altura, a equipe de vigilância *yarid* já observava o banco fazia uma semana, registrando e fotografando sua rotina diária, os horários de abertura e fechamento, a chegada da correspondência, a partida do mensageiro em suas rondas, o posicionamento da recepcionista à sua mesa no saguão do andar térreo, e o posicionamento do segurança a uma mesa menor, em frente a ela.

O Winkler não ocupava um prédio novo. A Ballgasse e toda a área da Franziskanerplatz ficam na parte velha da cidade, perto da Singerstrasse. O prédio do banco devia ter sido outrora a residência em Viena de uma rica família de mercadores, era sólido e sóbrio, isolado por trás de uma maciça porta de madeira, com uma discreta placa de latão. A julgar pela disposição de um prédio similar na praça, que a equipe *yarid* examinara, apresentando-se como possíveis clientes de uma firma de contabilidade instalada ali, tinha apenas cinco andares, com cerca de seis salas por andar.

Entre suas observações, a equipe *yarid* notara que a correspondência de saída era levada ao final da tarde, pouco antes da hora do fechamento, para uma caixa do correio na praça. Era uma tarefa executada pelo guarda, que depois voltava ao banco para manter a porta aberta, enquanto os funcionários saíam. Depois, ele deixava o vigia noturno entrar, antes de ir embora também. O vigia noturno trancava-se dentro do prédio, usando bastantes trancas na porta de madeira para impedir o acesso de um carro blindado.

Antes que o envelope do Coutts de Londres fosse deixado no banco, o chefe da equipe técnica *neviot* examinou a caixa do correio na Franziskanerplatz e soltou um grunhido de repulsa. Mal chegava a ser um desafio. Um dos homens de sua equipe era um exímio técnico em abrir fechaduras e conseguiu abrir e tornar a trancar a caixa em apenas três minutos. Pelo que descobriu na primeira vez em que fez isso, concluiu que era possível fazer uma chave, sem maiores problemas. Com alguns pequenos ajustes, a chave que ele fabricou sem demora funcionava tão bem quanto a do carteiro.

Mais vigilância revelou que o guarda do banco chegava sempre de vinte a trinta minutos antes do recolhimento regular da correspondência, às 18 horas, por um furgão do correio.

No dia em que a carta do Coutts foi entregue, a equipe *yarid* e o técnico da *neviot* trabalharam juntos. Assim que o guarda do banco retornou pela viela, o técnico abriu a caixa do correio. As 22 cartas remetidas pelo Winkler Bank estavam por cima. Levou trinta segundos para retirar a carta endereçada ao Coutts de Londres, repor as outras e trancar a caixa.

Os cinco membros da equipe *yarid* espalhavam-se pela praça, para o caso de alguém tentar interferir na ação do "carteiro", cujo uniforme, comprado às pressas numa loja de roupas usadas, era muito parecido com os uniformes reais dos carteiros vienenses.

Mas os bons cidadãos de Viena não estão acostumados a agentes do Oriente Médio violando uma caixa do correio; havia apenas duas outras pessoas na praça na ocasião, e nenhuma delas dispensou maior atenção ao que parecia ser um funcionário do correio realizando seu trabalho legítimo. Vinte minutos mais tarde, o carteiro verdadeiro apareceu para fazer seu trabalho, mas aqueles transeuntes já haviam se afastado, sendo substituídos por outros.

Barzilai abriu a mensagem do Winkler ao Coutts e constatou que era uma resposta breve, mas cortês, acusando o recebimento da carta, escrita num inglês passável e assinada por Wolfgang Gemütlich. O líder da equipe do Mossad sabia agora quem cuidava da conta de Jericó. Só restava agora pressioná-lo ou envolvê-lo. O que Barzilai não sabia naquele momento era que seu problema estava apenas começando.

JÁ ESCURECERA HAVIA bastante tempo quando Mike Martin deixou a residência do diplomata soviético, em Mansour. Não viu motivos para incomodar os russos com a saída pelo portão principal; havia um pequeno portão no muro dos fundos, com uma fechadura enferrujada, cuja chave lhe haviam entregado. Ele saiu com a bicicleta para a viela, trancou o portão e partiu.

Sabia que seria uma longa noite. Moncada, o diplomata chileno, descrevera com perfeição para o pessoal do Mossad que o interrogara, ao se retirar do Iraque, onde ficavam os três pontos de correspondência de mensagens suas para Jericó e onde fazer as marcas de giz para avisar ao invisível Jericó que uma mensagem o aguardava. Martin concluíra que a única opção era usar os três locais ao mesmo tempo, deixando mensagens idênticas.

Escrevera as mensagens em árabe, no papel fino de correspondência aérea, dobrara cada uma e metera num envelope de plástico. Os três envelopes estavam grudados com fita adesiva na parte interna de sua coxa. Levava os bastões de giz num bolso lateral.

A primeira parada foi no cemitério de Alwazia, no outro lado do rio, em Risafa. Já o conhecia, uma lembrança do passado, e estudara-o nas fotografias em Riad. Encontrar um tijolo solto no escuro era outro problema.

Levou dez minutos, raspando com as pontas dos dedos no muro, até encontrar o tijolo certo. Mas se encontrava exatamente onde Moncada informara. Martin removeu o tijolo, enfiou no buraco um dos envelopes de plástico e repôs o tijolo no lugar.

O segundo local era outro muro velho e se desmoronando, perto da cidadela em ruínas de Aadhamiya, onde um poço de água estagnada é tudo o que resta do antigo fosso. Não muito longe da cidadela fica o Santuário de Aladham, com um muro a separá-los. Martin encontrou o muro e a árvore solitária que crescia ao seu lado. Inclinou-se por trás da árvore e contou dez fileiras de tijolos, de cima para baixo. O décimo tijolo balançava como um dente velho. O segundo envelope foi deixado ali. Martin verificou se alguém observava, mas se encontrava sozinho; ninguém queria se meter naquele lugar deserto depois do escurecer.

O terceiro e último ponto de correspondência era outro cemitério, mas desta vez o britânico, há muito abandonado, em Waziraya, perto da embaixada turca. Como no Kuwait, uma sepultura, mas não uma abertura por baixo de uma lousa de mármore, e sim o interior de um pequeno vaso de pedra, cimentado no lugar em que deveria estar a lápide.

– Não se preocupe – murmurou Martin para o guerreiro desconhecido do império, há muito morto. – Continue assim. Está indo muito bem.

Como Moncada estava baseado no prédio da ONU, a quilômetros de distância, na estrada do aeroporto Matar Sadam, fizera uma escolha das mais sensatas dos locais para as marcas de giz, nas ruas amplas de Mansour, onde podiam ser avistadas de um carro em movimento. A regra era a de que a pessoa que visse a marca de giz, Jericó ou Moncada, deveria registrar a que ponto de correspondência se referia e depois apagá-la com um pano úmido. A pessoa que deixara a marca passaria pelo local no dia seguinte, ou mais tarde; ao constatar que a marca desaparecera, saberia que sua mensagem fora recebida, o ponto de correspondência visitado (presumivelmente) e a mensagem recolhida.

Dessa maneira, os dois agentes haviam se comunicado durante dois anos, sem jamais se encontrarem.

Martin, ao contrário de Moncada, não dispunha de um cano e por isso teve de pedalar por todo o percurso. A primeira marca, uma cruz de Santo André, na forma de um X, foi feita com giz azul numa coluna de pedra de uma mansão abandonada.

A segunda, com giz branco, foi na porta de ferro enferrujada da garagem nos fundos de uma casa em Yarmuk. Tinha a forma de uma cruz de Lorena. A terceira, com giz vermelho, era um crescente do islã, com uma barra horizontal no meio, na parede do prédio da União dos Jornalistas Árabes, à beira do distrito de Mutanabi. Os jornalistas iraquianos não são estimulados a realizar investigações, e uma marca de giz em sua parede dificilmente se tornaria manchete.

Martin não podia saber se Jericó, apesar do aviso de Moncada de que poderia voltar, ainda patrulhava a cidade, espiando pela janela de seu carro, à procura das marcas de giz. Tudo o que lhe restava fazer agora era verificar todos os dias e esperar.

Foi no dia 7 de novembro que ele notou que a marca de giz branco sumira. O dono da garagem decidira de repente limpar a porta de metal enferrujada?

Martin continuou a pedalar. A marca de giz azul na coluna de pedra também fora apagada e o mesmo acontecera com a marca vermelha na parede do prédio dos jornalistas.

Naquela noite, ele visitou os três pontos de correspondência destinados a mensagens de Jericó para seu controlador.

Um ficava por trás de um tijolo solto no muro dos fundos do mercado de legumes e frutas da rua Saadun. Havia ali um pedaço de papel fino, dobrado. O segundo ponto, sob o peitoril de pedra solto de uma casa em ruínas, numa viela no labirinto de ruas miseráveis que constituem o *souk*, na margem norte do rio, perto da ponte Shuhada, continha outra mensagem. O terceiro e último, sob uma lajota solta de um pátio abandonado perto de Abu Nawas, ofereceu um terceiro quadrado de papel fino.

Martin escondeu-os por dentro das roupas, grudados com fita adesiva na coxa esquerda, e voltou para Mansour.

À luz de uma vela, leu as mensagens. As três diziam a mesma coisa. Jericó continuava vivo e bem. Estava disposto a trabalhar para o Ocidente, sabia que britânicos e americanos eram agora os destinatários de suas informações. Mas os riscos haviam aumentado demais, e por isso seus honorários seriam mais altos. Aguardaria uma concordância a respeito e uma indicação das informações desejadas.

Martin queimou as três mensagens, esmagou as cinzas até virarem pó. Já conhecia as respostas para as duas indagações. Langley se encontrava disposta a ser generosa, realmente generosa, se o produto fosse bom. Quanto às informações necessárias, Martin memorizara uma lista de perguntas, relativas ao ânimo de Saddam, seu conceito de estratégia, locações dos principais centros de comando e áreas de fabricação de armas de destruição em massa.

Pouco antes do amanhecer, ele comunicou a Riad: JERICÓ VOLTOU AO JOGO.

FOI NO DIA 10 DE NOVEMBRO que o Dr. Terry Martin voltou ao seu pequeno e atravancado escritório na SOAS, a escola de estudos orientais e africanos, para encontrar um bilhete de sua secretária, bem no meio da mesa:

"Um certo Sr. Plummer telefonou; disse que tem o número dele e saberá qual é o assunto."

O texto brusco indicava que a Srta. Wordsworth estava zangada. Gostava de proteger seus pupilos acadêmicos com uma segurança possessiva e envolvente. É óbvio que isso incluía saber o que acontece em todas as ocasiões. As pessoas que se recusavam a dizer por que telefonavam, qual era o assunto, não contavam com sua aprovação.

Com o outono em pleno andamento, e com todo um grupo de novos estudantes para lidar, Terry Martin quase esquecera seu pedido ao diretor de Serviços Árabes do Centro de Comunicações do Governo.

Quando ele telefonou, Plummer saíra para o almoço; as aulas da tarde mantiveram Martin ocupado até as 16 horas. Sua ligação para Gloucestershire encontrou o alvo pouco antes de ele ir para casa, às 17 horas.

– Ah, sim – disse Plummer. – Lembra que me perguntou por qualquer coisa estranha, qualquer coisa que não fizesse sentido? Captamos algo assim ontem, em nossa estação em Chipre. Uma coisa muito esquisita. Pode ouvir, se quiser.

– Aqui em Londres?

– Não, infelizmente não. Gravamos em fita, é claro, mas acho que precisa ouvir no aparelho grande, com todos os realces que pudermos obter. Um toca-fitas simplesmente não ofereceria a mesma qualidade. A gravação ficou um tanto abafada, e é por isso que nem mesmo minha equipe árabe conseguiu entender.

Os dois tinham o restante da semana totalmente ocupado. Martin concordou em ir no domingo e Plummer propôs almoçarem juntos "num pequeno *pub* excelente, a cerca de 1,5 quilômetro do escritório".

Os dois homens, usando paletós de *tweed*, não causaram estranheza na estalagem de vigas aparentes. Pediram o prato do domingo, rosbife e pastelão Yorkshire.

– Não sabemos quem fala com quem – explicou Plummer –, mas é evidente que ambos são importantes. Por algum motivo, o homem que fez a ligação usou uma linha aberta, e parece ter acabado de voltar de uma visita ao quartel-general no Kuwait. Talvez estivesse usando o telefone do carro; sabemos que não era uma rede militar, e por isso é provável que o homem que recebeu a ligação não seja militar. Talvez um burocrata dos altos escalões.

A carne chegou e eles pararam de conversar, enquanto era servida, com batata assada e pastinaca. Depois que a garçonete se afastou, Plummer continuou:

– O autor da ligação parece estar fornecendo informações da Força Aérea Iraquiana de que americanos e britânicos têm realizado uma quantidade crescente de patrulhas de caças agressivas, seguindo direto até a fronteira iraquiana e só se desviando no último minuto.

Martin balançou a cabeça. Já ouvira falar da tática. Visava monitorar as reações da defesa aérea iraquiana a esses ataques aparentes a seu espaço aéreo, forçando-a a "iluminar" as telas de radar e bases de mísseis SAMs, e assim revelando as posições exatas aos vigilantes AWACS, circulando em torno do Golfo.

– Ele se refere aos Beni el Kalb, os filhos de cães, indicando os americanos, e o ouvinte ri e sugere que o Iraque erra ao reagir a essa tática, que sem dúvida pretende pressioná-los a revelar suas posições defensivas.

"Depois, o homem diz uma coisa que não conseguimos entender. Fica um pouco trancado neste ponto, estática ou qualquer outra coisa. Podemos realçar a maior parte da mensagem para remover a interferência, mas as palavras continuam abafadas. Seja como for, o ouvinte fica zangado, diz a ele para se calar, sair da linha.

"Mais do que isso, o ouvinte, o que acreditamos estar em Bagdá, bate o telefone. São essas duas últimas frases que eu gostaria que você ouvisse."

Depois do almoço, Plummer levou Martin ao complexo de monitoria, que continuava a funcionar como num dia útil. O CCG opera num esquema de sete dias por semana. Numa sala à prova de som, parecida com um estúdio de gravação, Plummer pediu a um técnico para tocar a gravação misteriosa. Ele e Martin permaneceram em silêncio, enquanto as vozes guturais do Iraque povoavam a sala.

A conversa começou como Plummer descrevera. Quase ao final, o iraquiano que fizera a ligação deu a impressão de se tornar excitado. A estridência da voz aumentou.

– Não por muito tempo, Rafeek. Em breve nós iremos...

Foi nesse instante que as palavras se tornaram truncadas. Mas o efeito no homem em Bagdá foi fulminante. Ele interrompeu o outro.

– Cale-se, *ibn-al-gahba*.

E em seguida ele bateu o telefone, como se terrível e subitamente se lembrasse de que a linha não era segura.

O técnico tocou a fita três vezes, em velocidades um pouco diferentes.

– O que você acha? – perguntou Plummer.

– Ambos são membros do Partido – disse Martin. – Só os hierarcas do Partido usam o tratamento de Rafeek, que significa Camarada.

– Certo. Portanto, temos dois homens dos altos escalões conversando sobre a concentração militar americana e as provocações da Força Aérea dos Estados Unidos ao longo da fronteira.

– E depois o autor da ligação se mostra excitado, provavelmente furioso, com uma insinuação de exultação. Diz "não por muito tempo..."

– Indicando que haverá algumas mudanças? – indagou Plummer.

– É o que parece – falou Martin.

– E vem a parte truncada. Mas pense' na reação do ouvinte, Terry. Ele não apenas bate o telefone, mas chama seu colega de "filho de uma puta". Não é muito forte?

– Forte demais. Só o mais graduado dos dois poderia usar essa expressão e escapar impune – comentou Martin. – O que a provocou?

– A frase truncada. Escute de novo.

O técnico tocou de novo só essa parte da gravação.

– Alguma coisa sobre Alá? – sugeriu Plummer. – Em breve estaremos com Alá? Em breve estaremos nas mãos de Alá?

– Parece-me o seguinte: "Em breve nós teremos... alguma coisa... alguma coisa... Alá."

– Certo, Terry, concordo. Talvez teremos a ajuda de Alá...?

– Então por que o outro homem explodiu num acesso de raiva? Atribuir a boa vontade do Todo-Poderoso à sua própria causa não é nenhuma novidade. Nem particularmente ofensivo. Não sei... Pode tirar uma cópia da gravação para eu levar?

– Claro.

– Já conversou com nossos primos americanos sobre isso?

Mesmo em poucas semanas de exposição àquele mundo insólito, Terry Martin já começava a absorver o jargão. Para a comunidade de informações britânica, seus próprios colegas são os "amigos" e os equivalentes americanos são os "primos".

– Claro. Fort Meade captou a mesma conversa, por meio de um satélite. Eles também não conseguem entender. Na verdade, não estão dando muita importância. Para eles, é uma questão secundária.

Terry Martin foi para casa com a pequena fita cassete no bolso. Para considerável irritação de Hilary, insistiu em tocar várias vezes a curta conversa, no toca-fitas na mesinha de cabeceira. Quando ele protestou, Terry lembrou que Hilary às vezes preocupava-se por um longo tempo com a falta de uma única palavra no problema de palavras cruzadas de *The Times*. Hilary indignou-se com a comparação.

– Pelo menos descubro a resposta na manhã seguinte – declarou ele, em tom brusco, antes de se virar para o outro lado e tratar de dormir.

Terry Martin não encontrou a resposta na manhã seguinte, nem na outra. Tocava a fita nos intervalos entre as aulas, e em outras ocasiões, sempre que tinha uns poucos momentos de folga, anotando as possíveis alternativas para as palavras truncadas. Mas sempre o sentido se esquivava dele. Por que o outro homem na conversa ficara irado por causa de uma inofensiva referência a Alá?

Só cinco dias depois é que as duas palavras guturais e uma sibilante da frase fizeram sentido.

Quando isso aconteceu, ele tentou entrar em contato com Simon Paxman, na Century House, mas foi informado de que seu contato se ausentara. Ele pediu para falar com Steve Laing, mas o chefe de operações para o Oriente Médio também não estava disponível.

Martin não podia saber, mas Paxman se encontrava no quartel-general do SIS em Riad, para uma estada prolongada, e Laing visitava a mesma cidade, para uma importante reunião com Chip Barber, da CIA.

O HOMEM A QUEM chamavam de "batedor" voou para Viena de Tel Aviv, via Londres e Frankfurt, não foi recebido por ninguém no Aeroporto Schwechat e pegou um táxi para o Hotel Sheraton, onde tinha uma reserva.

O batedor era corado e jovial, um típico advogado americano, de Nova York, com documentos para prová-lo. Seu inglês de sotaque americano era impecável, o que não era de surpreender, já que passara anos nos Estados Unidos, e seu alemão passável.

Horas depois de chegar a Viena, contratou os serviços de secretariado do Sheraton para providenciar uma carta cortês, em papel timbrado de sua firma de advocacia, para um certo Wolfgang Gemütlich, vice-presidente do Winkler Bank.

O papel timbrado era autêntico e, caso se fizesse uma ligação, o signatário era de fato um sócio sênior da firma de advocacia de Nova York, embora estivesse viajando, em férias (algo que o Mossad verificara em Nova York), e não fosse o visitante em Viena.

A carta era ao mesmo tempo intrigante e sugestiva, como tencionava. O autor representava um cliente de grande riqueza e posição, que desejava agora aplicar uma parcela substancial de sua fortuna na Europa.

Fora o cliente quem insistira pessoalmente, depois de conversar com um amigo, que o Winkler Bank fosse procurado, em particular a pessoa de Herr Gemütlich.

O autor sabia que deveria ter marcado uma reunião com antecedência, mas tanto o cliente quanto a firma de advocacia atribuíam a maior importância a uma discrição absoluta, evitando-se linhas telefônicas abertas e fax para tratar de negócios. Por isso, o autor aproveitara uma viagem à Europa para dar um pulo em Viena.

Sua agenda, infelizmente, só lhe permitia três dias em Viena, mas se Herr Gemütlich fizesse a gentileza de lhe conceder uma entrevista, o americano teria o maior prazer em ir ao banco.

O americano deixou a carta na caixa de correspondência do banco durante a noite. No dia seguinte, por volta de meio-dia, o mensageiro do Winkler entregou a resposta no Sheraton. Herr Gemütlich se sentiria honrado em receber o advogado americano às 10 horas da manhã seguinte.

Desde o momento em que o Batedor entrou no banco, seus olhos registraram todos os detalhes. Não tomou anotações, mas nada escapou à sua atenção e nada foi esquecido. A recepcionista verificou suas credenciais, telefonou lá para cima, a fim de confirmar que ele era esperado, e o guarda acompanhou-o, por todo o caminho, até a austera porta de madeira em que bateu. O Batedor não ficou fora de sua vista em nenhum momento.

À ordem de "Entre", o guarda abriu a porta e introduziu o visitante americano, retirando-se em seguida, fechando a porta, para voltar à sua mesa no saguão.

Herr Wolfgang Gemütlich levantou-se detrás da mesa, apertou a mão do visitante, apontou para uma cadeira à sua frente e tornou a sentar.

A palavra alemã *gemütlich* significa "confortável", com uma insinuação de jovialidade. Nunca um homem teve um nome menos apropriado.

Aquele Gemütlich era magro, quase cadavérico, com sessenta e poucos anos, terno cinza, gravata cinza, cabelos ralos, rosto encovado. Um tipo sombrio. Não havia o menor vestígio de humor nos olhos claros, e o sorriso de boas-vindas dos lábios finos não tinha qualquer animação, era mais um risco numa pedra.

A sala irradiava a mesma austeridade de seu ocupante: painéis de madeira escura nas paredes, diplomas emoldurados no lugar de gravuras, uma mesa grande, toda lavrada, numa arrumação impecável.

Wolfgang Gemütlich não era um banqueiro por diversão; era evidente que desaprovava todas as formas de diversão. A atividade bancária era uma coisa séria; mais do que isso, representava a própria vida. Se havia uma coisa que Herr Gemütlich deplorava, era gastar dinheiro. O dinheiro era para ser guardado, de preferência sob a égide do Winkler Bank. Um saque podia lhe causar grande irritação, e uma vultosa transferência de uma conta do Winkler para outro lugar arruinaria toda a sua semana.

O Batedor sabia que se encontrava ali para observar e relatar. Sua tarefa primária, agora realizada, era identificar a pessoa de Gemütlich para a equipe *yarid* de sentinela na rua. Também procurava por qualquer cofre que pudesse conter os detalhes operacionais da conta de Jericó, assim como trancas de segurança, cadeados, sistemas de alarme – em suma, ali se encontrava para reconhecer o terreno, no caso de um eventual arrombamento.

Evitando detalhes específicos sobre as quantias que seu cliente desejava transferir para a Europa, mas insinuando que eram consideráveis, o Batedor levou a conversa para os níveis de segurança e discrição do Winkler. Herr Gemütlich mostrou-se satisfeito em explicar que as contas numeradas no Winkler eram inexpugnáveis e a discrição, obsessiva.

Só foram interrompidos uma única vez, durante a conversa. Uma porta lateral foi aberta, para admitir uma mulher insignificante, trazendo três cartas a serem assinadas. Gemütlich franziu o rosto pela interrupção.

– O senhor disse que eram importantes, Herr Gemütlich – murmurou a mulher. – Se não fosse por isso...

À segunda vista, ela não era tão velha quanto aparentava, devia estar na casa dos quarenta anos. Os cabelos penteados para trás, o coque, o casaco de *tweed*, as meias de algodão e os sapatos de saltos baixos sugeriam mais.

– *Ja, ja, ja...* – disse Gemütlich, estendendo a mão para as cartas, enquanto acrescentava para o visitante: – *Entschuldigung...*

Ele e o Batedor conversavam em alemão, depois de ser verificado que Gemütlich não falava inglês muito bem. O Batedor levantou-se, fez uma pequena reverência para a mulher.

– *Grüss Gott, Fräulein.*

Ela se mostrou confusa. Os visitantes de Gemütlich não costumavam se levantar para cumprimentar uma secretária. Contudo, o gesto obrigou Gemütlich a limpar a garganta e fazer a apresentação:

– Ah, sim... minha secretária particular, Srta. Hardenberg.

O Batedor registrou essa informação também, enquanto se sentava.

Ao sair, depois de garantir que faria a seu cliente em Nova York um relato bastante favorável do Winkler Bank, o procedimento foi o mesmo da entrada. O guarda foi chamado do saguão lá embaixo e apareceu na porta da sala. O Batedor despediu-se e acompanhou o guarda.

Juntos, embarcaram no pequeno elevador de porta gradeada, que desceu ruidosamente. O Batedor perguntou se poderia usar o banheiro antes de se retirar. O guarda franziu o rosto, como se não houvesse lugar para as funções fisiológicas no banco, mas parou o elevador no andar do mezanino. Indicou uma porta de madeira sem qualquer identificação, perto do elevador, e o Batedor entrou no banheiro.

Era evidente que se destinava aos empregados do sexo masculino, com uma única latrina num reservado, um mictório, uma pia, uma toalha de rolo e um armário na parede. O Batedor abriu as torneiras para criar barulho e efetuou uma rápida inspeção do banheiro. Uma janela trancada e gradeada, pela qual passavam os fios de um sistema de alarme – era possível, mas não seria fácil. O armário continha vassouras, baldes, material de limpeza e um aspirador de pó. Portanto, havia uma equipe de faxina. Mas quando trabalhava? Durante a noite ou nos fins de semana. Se sua experiência servia como base, até a pessoa encarregada da limpeza só trabalharia dentro das salas particulares sob supervisão. Sem qualquer dúvida, podia-se "dar um jeito" no guarda ou no vigia noturno, mas não era esse o problema. As ordens de Kobi Dror eram expressas: não deixar nenhuma pista.

Quando ele saiu do banheiro, o guarda ainda esperava lá fora. Vendo que os largos degraus de mármore para o saguão, meio andar abaixo, ficavam um pouco adiante, o Batedor sorriu, apontou-os e começou a andar pelo corredor, em vez de pegar o elevador para concluir a descida.

O guarda foi atrás, escoltou-o pelo saguão até a porta da rua. O Batedor ouviu a tranca automática da porta fechar-se às suas costas. Se o guarda estivesse lá em cima, especulou ele, como a recepcionista admitiria um cliente ou o mensageiro?

Ele passou duas horas informando Gidi Barzilai sobre o funcionamento interno do banco, pelo que pudera observar, e o relatório foi desanimador. O chefe da equipe *neviot* balançava a cabeça durante o relato.

Poderiam forçar a entrada no banco, disse ele. Não seria um grande problema. Encontrar o sistema de alarme e neutralizá-lo. Mas quanto a não deixar vestígios, seria muito difícil. Havia um vigia noturno, que devia fazer rondas a intervalos regulares. Além disso, o que teriam de procurar? Um cofre? Onde? De que tipo? Antiquado? De chave ou segredo? Ou as duas coisas? Levaria horas. E teriam de silenciar o vigia noturno. Isso deixaria um vestígio, o que Dror proibira.

O Batedor partiu de avião de Viena no dia seguinte, voltou a Tel Aviv. Durante a tarde, diante de uma série de fotografias, ele identificou Wolfgang Gemütlich e Fräulein Hardenberg, esta sem absoluta certeza. Depois que ele se foi, Barzilai e o líder da equipe *neviot* tornaram a conferenciar.

— Preciso de mais informações internas, Gidi. Há muita coisa que ainda não sei. Os documentos que você precisa devem estar guardados num cofre. Onde? Por trás dos painéis de madeira? Um cofre no chão? Na sala da secretária? Numa caixa-forte no porão? Temos de saber de todas esses detalhes.

Barzilai soltou um grunhido. Fazia muito tempo, durante o treinamento, um dos instrutores dissera a todos: não existe homem que não tenha nenhum ponto fraco. Descubram esse ponto fraco, pressionem o homem, e ele acabará por cooperar. Na manhã seguinte, as equipes *neviot* e *yarid* iniciaram uma intensa vigilância sobre Wolfgang Gemütlich.

Mas o austero vienense demonstraria que o instrutor estava errado.

STEVE LAING e Chip Barber tinham um grande problema. Em meados de novembro, Jericó forneceu a primeira resposta às perguntas que lhe haviam sido apresentadas, através de um ponto de correspondência em Bagdá. O preço que ele pedira fora alto, mas o governo americano efetuara a transferência para a conta vienense sem protestar.

Se as informações de Jericó fossem acuradas, e não havia motivos para suspeitar do contrário, então seriam extremamente úteis. Ele não respondera a todas as perguntas, mas transmitira as respostas a algumas e confirmara outras, já meio respondidas.

O mais importante, indicara expressamente 17 locações ligadas à produção de armas de destruição em massa. Os aliados já desconfiavam de oito dessas locações; destas, corrigiram as posições de duas. As outras nove eram informações novas, sendo a principal o lugar exato do laboratório subterrâneo em que operava a cascata de centrífugas de difusão de gás em funcionamento, para a preparação do urânio 235 destinado à bomba.

O problema era o seguinte: como comunicar isso aos militares sem revelar que Langley e a Century contavam com a ajuda de um traidor nos altos escalões de Bagdá?

Não que os controladores da operação desconfiassem dos militares. Longe disso. Afinal, não haviam alcançado altos postos na hierarquia militar sem um motivo. Mas no mundo secreto há uma regra antiga e comprovada, chamada de "quem precisa saber". Um homem que não sabe de uma coisa não pode revelá-la, mesmo que seja por inadvertência. Se os civis simplesmente apresentassem uma lista de novos alvos, sem explicar sua procedência, quantos generais e coronéis deduziriam de onde vinham as informações?

Na terceira semana do mês, Barber e Laing tiveram uma reunião particular, no porão do Ministério da Força Aérea Saudita, com o general Buster Glosson, o sub do general Chuck Horner, que comandava as operações aéreas no teatro do Golfo.

Embora ele devesse ter um primeiro nome, ninguém jamais se referia ao general Glosson como outra coisa que não "Buster", o companheiro. Fora ele quem planejara e continuava a planejar o amplo ataque aéreo ao Iraque, que todos sabiam que deveria preceder qualquer ataque por terra.

Tanto Londres quanto Washington havia muito tinham concordado que, independente do Kuwait, era preciso destruir a máquina de guerra de Saddam Hussein, e isso incluía as instalações para a fabricação de bombas de gás, germes e atômicas.

Antes mesmo que o Escudo do Deserto acabasse com toda e qualquer possibilidade de um ataque iraquiano bem-sucedido à Arábia Saudita, os planos para a eventual guerra aérea já se encontravam bem adiantados, sob o codinome secreto de Raio Instantâneo.

Em 16 de novembro, a ONU e várias chancelarias diplomáticas ao redor do mundo ainda procuravam por um "plano de paz" para encerrar a crise sem que um único tiro fosse disparado, uma bomba largada ou um foguete lançado. Os três homens na sala subterrânea naquele dia sabiam que um plano assim não teria êxito.

Barber foi conciso e objetivo:

– Como você já sabe, Buster, nós e os britânicos nos empenhamos há meses em obter informações concretas sobre as instalações de ADMS de Saddam Hussein.

O general da Força Aérea americana acenou com a cabeça, cansado. Tinha um mapa no corredor com mais alfinetes espetados do que um porco-espinho, cada um representando um alvo para bombardeio. O que viria agora?

– Por isso, começamos com as licenças de exportação, investigamos nos países exportadores, verificamos as companhias contratadas. Depois, interrogamos os cientistas que montaram o interior dessas instalações, mas muitos haviam sido levados aos locais em ônibus com as janelas pintadas de preto, ficando na base sem saber realmente onde se encontravam.

"Ao final, Buster, conversamos com o pessoal de construção, os que construíram a maioria dos centros de gás venenoso de Saddam. E alguns nos deram informações precisas."

Barber entregou ao general a lista de novos alvos. Glosson estudou-os com o maior interesse. Não eram identificados com referências cruzadas cartográficas, como um planejador de campanha de bombardeio precisaria, mas as descrições eram suficientes para determinar as posições pelas fotografias aéreas já disponíveis.

Glosson soltou um grunhido. Sabia que algumas daquelas locações já eram alvos; outras tinham pontos de interrogação, e agora eram confirmadas; e mais outras eram novas. Ele ergueu os olhos.

– Isto é para valer?

– É, sim – respondeu o inglês. – Estamos convencidos de que o pessoal de construção é uma boa fonte, talvez a melhor que já encontramos, porque são operários que sabiam o que faziam quando trabalhavam nesses projetos e falam com mais disposição do que os burocratas.

Glosson levantou-se.

– Está certo. Terão mais alguma coisa para mim?

– Continuaremos a investigar na Europa, Buster – disse Barber. – Se descobrimos mais alvos concretos, informaremos a você. Eles enterraram muitas coisas no meio do deserto. E eram grandes projetos de construção.

– Digam-me onde estão enterradas essas instalações, e nós vamos destruí-las – garantiu o general.

Mais tarde, Glosson levou a lista a Chuck Homer. O comandante da Força Aérea dos Estados Unidos era mais baixo do que Glosson, um homem enrugado, com uma cara de sabujo e toda a sutileza de um rinoceronte numa loja de porcelanas. Mas adorava suas tripulações de ar e de terra, que retribuíam da mesma forma.

Todos sabiam que ele era capaz de lutar até o fim contra os empreiteiros, os burocratas e os políticos, até contra a Casa Branca, se achasse que tinha de fazê-lo, sem jamais moderar a linguagem. O que se via era o que se tinha.

Visitando os Estados do Golfo, Bahrain, Abu Dhabi e Dubai, onde algumas de suas tripulações estavam baseadas, ele evitava os lugares de luxo, os Sheratons e Hiltons, em que a boa vida fluía (literalmente), para ficar na base com suas tripulações, dormindo numa cama de lona.

Os homens e mulheres das forças armadas não têm a menor vocação para a dissimulação: sabem num instante aquilo que apreciam e o que desprezam. Os pilotos americanos voariam biplanos de arame e corda contra o Iraque por Chuck Horner. Ele estudou a lista fornecida pelo pessoal do serviço de informações e soltou um grunhido. Dois dos alvos eram indicados nos mapas como mero deserto.

– De onde eles tiraram essas informações? – indagou ele.

– Entrevistando o pessoal que construiu as instalações, pelo que disseram – respondeu Glosson.

– Besteira. Esses sacanas têm alguém em Bagdá. Buster, não vamos falar nada sobre isso. A ninguém. Apenas inclua os locais na relação de alvos. – Ele fez uma pausa, pensou por um instante e acrescentou: – Eu me pergunto quem é o filho da puta.

STEVE LAING VOLTOU a Londres no dia 18, encontrando a cidade num turbilhão frenético com a crise do governo conservador, um parlamentar apoiado pela bancada tentando usar os regulamentos partidários para derrubar a Sra. Margaret Thatcher do cargo de primeiro-ministro.

Apesar do cansaço, Laing ligou para Terry Martin, na escola, ao deparar com o recado em sua mesa. Como o acadêmico parecia no maior excitamento, Laing concordou em se encontrar com ele para um drinque rápido, depois do expediente, querendo protelar pelo mínimo possível o retorno à sua casa, numa comunidade suburbana.

Depois que se acomodaram numa mesa de canto, num bar tranquilo no West End, Martin tirou de sua pasta um pequeno toca-fitas e uma fita cassete. Explicou a Laing o pedido que fizera a Sean Plummer várias semanas antes e relatou o encontro na semana anterior.

– Quer que eu toque a gravação para você ouvir?

– Se o pessoal no CCG não conseguiu entender, pode ter certeza de que também não serei capaz – respondeu Laing. – Afinal, Sean Plummer tem árabes como Al-Khouri em sua equipe. Se eles não foram capazes de compreender...

Mesmo assim, ele escutou a gravação, polidamente.

– Ouviu? – indagou Martin, excitado. – O som de "k" depois de "teremos"? O homem não está invocando a ajuda de Alá para a causa iraquiana. Está usando um título. Foi isso que deixou o outro tão furioso. É óbvio que ninguém deveria usar esse título numa linha aberta. Deve ser limitado a um círculo mínimo de pessoas.

– Mas o que ele diz? – perguntou Laing, aturdido.

Martin fitou-o, impassível. Será que Laing não entendia nada?

– Ele está dizendo que a vasta concentração de forças americanas não tem importância, porque "em breve nós teremos Qubth-ut-Allah".

Laing continuava perplexo.

– Uma arma – explicou Martin. – Só pode ser uma arma. Algo que estará disponível em breve e poderá deter os americanos.

– Perdoe-me pelo meu árabe deficiente – disse Laing –, mas o que *significa* Qubth-ut-Allah?

– Significa o Punho de Deus.

12

Depois de 11 anos no poder, e de ter vencido três eleições gerais, a primeira-ministra britânica caiu no dia 20 de novembro, embora só anunciasse sua decisão de renunciar dois dias depois.

As classes conservadoras do circuito de coquetel de Londres atribuíram sua queda ao isolamento entre os políticos da Comunidade Européia. O que era um completo absurdo, porque o povo britânico jamais se descartará de um líder só porque não é apreciado por estrangeiros.

Num prazo de trinta meses, o governo italiano, que engendrara o recente isolamento de Thatcher na conferência de Roma, fora derrubado do poder e alguns de seus membros se encontravam na cadeia, sob acusações de corrupção, tão generalizada que fazia com que o país se tornasse virtualmente ingovernável.

O governo francês também caíra, num massacre como não se via igual desde a Noite de São Bartolomeu. O chanceler alemão enfrentava a recessão, o desemprego e o neonazismo, e as pesquisas de opinião pública indicavam que o povo alemão não tinha a menor intenção de abandonar seu amado e todo-poderoso *Deutschmark*, em favor de algum símbolo de metal, emitido para eles por monsieur Delors, em Bruxelas.

Os verdadeiros motivos para a queda de Margaret Thatcher foram quatro, todos interligados. O primeiro foi que, quando um parlamentar, apoiado pela bancada, usou um obscuro regulamento partidário para desafiá-la, e tornar inevitável sua reeleição formal pelos parlamentares conservadores em Westminster, ela escolheu uma equipe executiva para a campanha de inefável incompetência.

Segundo, permitiu-se ser persuadida a escolher aquele momento, 18 de novembro, para ir a Paris para uma conferência. Se já houve um momento em que se tornava indispensável ser vista circulando pelos corredores de Westminster, exortando, persuadindo, tranquilizando os indecisos, insinuando vantagens para os leais e o limbo para os que não mereciam confiança, era justamente aquele...

O elemento fundamental na votação foi um grupo de cerca de cinquenta parlamentares com eleitorado dividido, uma maioria de menos de 5 mil votos. Temiam perder seus lugares nas próximas eleições, se ela continuasse no poder. A metade perdeu a coragem... e mais tarde acabou também perdendo a eleição.

A questão essencial para esses cinquenta parlamentares era o Imposto Individual, uma medida recém-introduzida para aumentar a receita dos governos locais e que era considerada, por toda a nação, como inviável e injusta. Uma insinuação naqueles dias de que as maiores injustiças do imposto seriam revistas e reformuladas, e a Sra. Thatcher teria vencido logo na primeira votação.

Não haveria um segundo escrutínio e o desafiante desapareceria na obscuridade. Na votação do dia 20 de novembro, ela precisava de uma maioria de dois terços; faltaram apenas quatro votos, o que obrigou a uma segunda votação.

Em poucas horas, o que começara como umas poucas pedras desalojadas a rolar por uma encosta, transformou-se num desabamento estrondoso. Depois de consultar seu gabinete, que lhe disse que agora perderia, ela renunciou.

Para deter o desafiante, o ministro das Finanças, John Major, candidatou-se ao cargo de primeiro-ministro e ganhou.

A notícia atingiu os soldados no Golfo como um tremendo golpe, tanto os britânicos quanto os americanos. Em Oman, os pilotos de caças americanos, que agora confraternizavam todos os dias com os homens do SAS, de uma base próxima, perguntaram aos britânicos o que estava acontecendo e receberam como resposta um desolado gesto de dar de ombros.

Acampados ao longo da fronteira saudito-iraquiana, dormindo por baixo dos tanques Challenger, num deserto que se tornava mais e mais frio à medida que o inverno se aproximava, os homens da 7ª Brigada Blindada, os Ratos do Deserto, escutaram a notícia por seus rádios transistorizados e praguejaram ruidosamente.

Mike Martin tomou conhecimento por intermédio do arrogante motorista iraquiano. Ele deu de ombros e perguntou:

– Quem é ela?

– Mas como alguém pode ser tão idiota? – disse o motorista. – Ela é a líder dos Beni Naji. Agora vamos vencer.

Ele voltou a seu carro, a fim de continuar a escutar as notícias de Bagdá. Poucos minutos depois, Kulikov, o primeiro-secretário soviético, saiu de casa apressado e foi levado para a embaixada.

Naquela noite, Martin enviou uma longa transmissão de "jato" para Riad, com as últimas respostas de Jericó e um pedido para que lhe mandassem instruções adicionais. Agachado junto à porta do bangalô, para evitar a aproximação de intrusos, pois a antena parabólica encontrava-se à mostra ali, virada para o sul, Martin esperou pela resposta. Uma luz piscando no painel do pequeno aparelho de rádio, à 1h30 da madrugada, informou-o que já tinha sua resposta.

Ele desmontou a antena, tornou a guardá-la por baixo do piso, junto com o rádio e as baterias, reduziu a velocidade da mensagem no gravador e escutou-a.

Havia uma nova lista de pedidos de informações de Jericó, e a concordância para a última exigência de dinheiro do agente, que estava sendo transferido para sua conta. Em menos de um mês, o renegado no Conselho do Comando Revolucionário já ganhara mais de 1 milhão de dólares.

Havia também duas instruções adicionais para Martin. A primeira era para enviar uma mensagem a Jericó, não sob a forma de uma pergunta, na esperança de que a transmitisse de algum modo aos planejadores em Bagdá.

Era para o efeito de que a notícia de Londres provavelmente significa que a ação da Coalizão para recuperar o Kuwait seria cancelada se o Rais se mantivesse firme.

Nunca se saberá se essa desinformação alcançou os altos escalões de Bagdá, mas o fato é que uma semana depois Saddam Hussein proclamou que a queda da Sra. Thatcher era decorrente da repulsa do povo britânico à oposição que ela lhe fazia.

A instrução final que Mike Martin ouviu na gravação, naquela noite, era para perguntar a Jericó se já ouvira falar de uma arma ou sistema de armas conhecido como o Punho de Deus.

À luz de uma vela, Martin passou a maior parte do restante da noite escrevendo as perguntas em árabe, em duas folhas de papel fino de correspondência aérea. Em menos de vinte horas, os papéis foram deixados por trás do tijolo solto no muro perto do santuário do imã Aladham, em Aadhamiya.

As respostas só vieram uma semana mais tarde. Martin leu a escrita árabe de Jericó e traduziu tudo para o inglês. Do ponto de vista de um soldado, era muito interessante.

As três divisões da Guarda Republicana diante dos britânicos e americanos, ao longo da fronteira, a Tawakkulna e a Medina, agora com a ajuda da Hammurabi, estavam equipadas com uma mistura de tanques de batalha T54/55, T62 e T72, todos os três de fabricação russa.

Numa recente excursão, no entanto, o general Abdullah Kadiri, do Corpo de Blindados, descobrira horrorizado que a maioria das guarnições removera suas baterias, usando-as para acionar ventiladores, fogões elétricos, rádios e toca-fitas. Questionava-se se, em condições de combate, os tanques pegariam. Houvera várias execuções sumárias no local e dois importantes comandantes haviam sido substituídos.

O meio-irmão de Saddam, Ali Hassan Majid, agora governador do Kuwait, informara que a ocupação estava se tornando um pesadelo, com os ataques aos soldados iraquianos ainda incontroláveis e as deserções aumentando. A resistência não demonstrava o menor sinal de diminuir, apesar dos vigorosos interrogatórios e numerosas execuções pelo coronel Sabaawi, da AMAM, e duas visitas pessoais de seu superior, Omar Khatib.

Pior ainda, a resistência adquirira agora, de alguma forma, o explosivo plástico chamado Semtex-H, muito mais poderoso do que a dinamite industrial.

Jericó localizara mais dois importantes postos de comando militar, ambos construídos em cavernas subterrâneas e invisíveis do ar.

O pensamento no círculo imediato de Saddam Hussein era agora o de que um dos fatores principais na queda de Margaret Thatcher fora sua própria influência. Ele reiterara duas vezes sua recusa categórica a sequer considerar uma retirada do Kuwait.

Finalmente, Jericó nunca ouvira falar de qualquer arma com o codinome de Punho de Deus, mas ficaria atento à expressão. Duvidava que houvesse qualquer arma ou sistema de armas que os aliados desconhecessem.

Martin gravou todo o despacho, acelerou e transmitiu. Foi captado em Riad com a maior ansiedade, e os técnicos de rádio registraram a hora do recebimento: 23h55, 30 de novembro de 1990.

LEILA AL-HILLA SAIU do banheiro, devagar, parou na porta, com a luz por trás, levantou os braços para os batentes, posando por um momento.

A luz do banheiro, passando pelo *négligé*, ressaltava com o máximo de efeito a silhueta madura e voluptuosa. Não poderia ser de outra forma: era preto, com a renda mais diáfana, e custara uma pequena fortuna, uma importação de Paris, comprado numa butique em Beirute.

O homem enorme na cama contemplou-a com um desejo intenso, passou a língua pelo grosso lábio inferior e sorriu.

Leila gostava de se demorar no banheiro antes de uma sessão de sexo. Havia coisas a serem lavadas e ungidas, olhos a serem acentuados com máscara, lábios pintados de vermelho, perfumes aplicados, diferentes aromas para diferentes partes do corpo.

Era um bom corpo, em seus trinta verões, do tipo que os clientes apreciavam; não gordo, mas com curvas cheias onde deviam existir, quadris largos, seios roliços, com músculos por baixo das curvas.

Ela baixou os braços, avançou para a cama pouco iluminada, requebrando os quadris, os sapatos de salto alto aumentando 10 centímetros em sua altura e exagerando o balanço.

Mas o homem na cama, estendido de costas, nu, coberto de pelos pretos, do queixo aos tornozelos, como um urso, fechara os olhos.

Não vá dormir agora, seu camponês, pensou ela, não esta noite, quando preciso de você. Leila se sentou na beira da cama e passou as unhas vermelhas sobre os pelos da barriga, até o peito, apertando cada mamilo com força, depois tornou a descer a mão, além da barriga, alcançando a virilha.

Inclinou-se para a frente, beijou o homem nos lábios, a língua se espremendo por uma abertura. Mas os lábios do homem reagiram sem muito ânimo e ela absorveu o cheiro forte de *arak*.

Bêbado de novo, pensou ela; por que o tolo não pode deixar a bebida de lado? Apesar de tudo, tinha suas vantagens, aquela garrafa de *arak* todas as noites. Muito bem, vamos ao trabalho.

Leila Al-Hilla era uma boa cortesã e sabia disso. A melhor do Oriente Médio, diziam alguns, e sem dúvida entre as mais caras.

Aprendera anos antes, ainda criança, numa academia muito particular no Líbano, onde os truques e recursos sexuais das mulheres de unhas compridas do Marrocos, das dançarinas da Índia e das sutis tecnocratas de Fukutomi-cho eram praticados pelas moças mais velhas, enquanto as menores observavam e absorviam.

Depois de 15 anos como profissional por conta própria, Leila sabia que 90 por cento da habilidade de uma boa meretriz nada tinha a ver com o problema de lidar com uma virilidade insaciável. Isso era para as revistas e filmes pornográficos.

Seu talento era lisonjear, elogiar e se submeter, mas acima de tudo obter uma autêntica ereção masculina, de uma interminável sucessão de apetites gastos e potências exauridas.

Ela estendeu a mão até a virilha, sondando, e sentiu o pênis. Deixou escapar um suspiro interior. Mole como *marshmallow*. O general

Abdullah Kadiri, comandante do Corpo de Blindados do Exército da República do Iraque, precisaria de um pequeno estímulo naquela noite.

Debaixo da cama, onde a escondera antes, ela tirou uma bolsa de pano e despejou o conteúdo no lençol, ao seu lado.

Passando nos dedos uma gelatina cremosa, ela lubrificou um vibrador de tamanho médio, levantou uma das coxas do general e enfiou com extrema habilidade em seu ânus.

O general Kadiri grunhiu, abriu os olhos, olhou para a mulher nua agachada ao lado de seus órgãos genitais e tornou a sorrir, os dentes faiscando por baixo do bigode preto.

Leila comprimiu o disco na base do vibrador e a pulsação insistente começou a se espalhar pela parte inferior do corpo do general. Ela sentiu que o órgão inerte começava a inchar em sua outra mão.

De um frasco com um tubo se projetando pela abertura, ela encheu a boca com uma geleia sem gosto e sem odor, colocou em sua boca o pênis excitado do general, inclinou-se para a frente e abriu a boca, o pênis despertando.

A combinação da gelatina com os movimentos de sua língua logo causou efeito. Por dez minutos, até sentir as mandíbulas doendo, ela acariciou, chupou, sugou, até que a ereção do general se tornou tão boa quanto jamais conseguiria ser.

Antes que ele a perdesse, Leila ergueu a cabeça, passou uma coxa grossa por cima de seu corpo, inseriu-o na vagina, acomodou-se sobre seus quadris. Já sentira outros maiores e melhores, mas estava funcionando... por pouco.

Leila estendeu-se para a frente, roçou os seios sobre o rosto do general.

– Ah, meu urso preto, grande e forte – murmurou ela –, está magnífico, como sempre.

Ele sorriu. Leila pôs-se a subir e descer, não muito depressa, erguendo-se até que a glande ainda permanecesse entre os lábios vaginais, baixando devagar, até envolver tudo o que ele tinha. Enquanto se movimentava, ela usava os músculos vaginais, desenvolvidos e experientes, para apertar e espremer, relaxar, apertar e espremer...

Conhecia o efeito do estímulo duplo. O general Kadiri começou a grunhir, logo passou a gritar, gritos ásperos e curtos forçados de suas profundezas pela sensação da vibração na área do esfíncter e a mulher subindo e descendo em seu pênis, num ritmo cada vez mais intenso.

– Ahn... ahn... como é gostoso... continue, querido – balbuciou Leila, até que o general alcançou o orgasmo.

Enquanto ele gozava, Leila empertigou o tronco, pairando acima do corpo do homem, tremendo toda, gritando de prazer, na simulação de um tremendo orgasmo.

Depois de gozar, o general murchou no mesmo instante. Em poucos segundos, Leila saiu de cima dele, retirou o vibrador, jogou-o para o lado, com alguma pressa, antes que ele adormecesse. Era a última coisa que queria, depois de um trabalho tão árduo. Ainda tinha muito o que fazer.

Ela deitou-se ao lado, puxou o lençol sobre ambos, soergueu-se, apoiada num cotovelo, um seio se comprimindo contra a face do general, acariciando seus cabelos e o rosto com a mão direita livre.

– Meu pobre urso... – murmurou ela. – Sente-se muito cansado? Trabalha demais, meu maravilhoso amante. Exigem muito de você. O que aconteceu hoje? Mais problemas no conselho, e é sempre você quem tem de resolvê-los? O que houve? Conte a Leila. Sabe que pode contar tudo à pequena Leila.

E assim, antes de adormecer, ele contou.

Mais tarde, quando o general Kadiri dissipava em roncos os efeitos do *arak* e sexo, Leila foi para o banheiro, trancou a porta, sentou-se na latrina, com uma bandeja no colo, e anotou tudo, numa escrita árabe meticulosa.

Pela manhã, as folhas de papel fino foram enroladas e escondidas dentro de um tampão oco, a fim de evitar qualquer revista dos serviços de segurança, até serem entregues ao homem que lhe pagava.

Era perigoso, ela sabia, mas também lucrativo, um ganho duplo pelo mesmo trabalho, e um dia pretendia ser rica; bastante rica para deixar o Iraque para sempre e abrir sua própria academia, talvez em Tânger, com muitas garotas bonitas para dormir em sua companhia e criados marroquinos para açoitar sempre que sentisse necessidade.

SE GIDI BARZILAI FICARA frustrado com os procedimentos de segurança do Winkler Bank, duas semanas seguindo Wolfgang Gemütlich o estavam levando à loucura. O homem era insuportável.

Depois da identificação do Batedor, Gemütlich fora seguido até sua casa, depois do parque Prater. No dia seguinte, enquanto ele estava no banco, a equipe *yarid* vigiara a casa, até Frau Gemütlich sair para as compras. A moça da equipe *yarid* partiu em seu encalço, em contato com os colegas pelo rádio pessoal, a fim de poder avisá-los quando a dona da casa voltasse. A mulher do banqueiro ausentou-se por duas horas, tempo mais do que suficiente.

Entrar na casa não foi problema para os peritos da equipe *neviot*, e num instante foram instalados microfones na sala de estar, quarto e telefone. Uma revista rápida e eficiente, sem deixar qualquer vestígio, nada revelou. Só encontraram documentos comuns: a escritura da casa, passaportes, certidões de nascimento e casamento, até mesmo uma série de extratos bancários. Tudo foi fotografado, mas um exame da conta bancária pessoal não indicou qualquer desvio de recursos do Winkler Bank... havia até a horrível possibilidade de que o homem fosse absolutamente honesto.

As gavetas do armário e da cômoda não revelaram hábitos pessoais insólitos – sempre uma boa arma para chantagem na respeitável classe média –, e o líder da equipe *neviot*, que observara Frau Gemütlich sair de casa, não se surpreendeu por isso.

Se a secretária pessoal do homem era uma coisinha insignificante, a esposa era como um pedaço de papel descartado. O israelense pensou que nunca vira uma mulher tão pouco graciosa.

Quando a moça da *yarid* avisou pelo rádio que a mulher do banqueiro voltava para casa, os peritos da *neviot* já haviam concluído seu trabalho e se retirado. A porta da frente foi trancada de novo pelo homem com o uniforme da companhia telefônica, depois que os outros saíram pelos fundos e atravessaram o jardim.

Desse momento em diante, a equipe *neviot* guarneceria os gravadores dentro do furgão estacionado na mesma rua, um pouco mais adiante, para escutar a conversa no interior da casa.

Duas semanas mais tarde, o desesperado líder da equipe *neviot* disse a Barzilai que mal haviam conseguido gravar uma fita inteira. Na primeira noite, haviam gravado 18 palavras.

– Aqui está seu jantar, Wolfgang – dissera a mulher.

Não houvera resposta. Ela pedira cortinas novas. O marido recusara e comentara:

– Vou levantar cedo amanhã.

– Ele diz isso todas as noites, e a impressão que se tem é de que não muda o refrão há trinta anos – queixou-se o homem da *neviot*.

– Algum sexo? – indagou Barzilai.

– Deve estar brincando, Gidi. Eles sequer se falam, muito menos trepam.

Todos os outros caminhos para se descobrir uma falha no caráter de Wolfgang Gemütlich não deram em nada. Nada de jogo, nada de rapazes bonitos, nada de confraternização social, nada de amantes, nada de excursões à zona do meretrício. Houve uma ocasião em que a turma da vigilância se animou quando ele saiu de casa.

Gemütlich usava um capote escuro e chapéu, saiu a pé, depois do jantar, caminhando pelo subúrbio escuro, até uma casa a cinco quarteirões de distância.

Bateu e esperou. A porta foi aberta, ele entrou, fecharam a porta. No instante seguinte, acendeu-se uma luz no térreo, por trás de pesadas cortinas. Antes da porta ser fechada, um israelense divisou uma mulher de aparência sombria, numa túnica branca de *nylon*.

Talvez banhos estéticos? Uma sauna mista, com duas mulheres corpulentas para agitar os ramos de bétula? Uma investigação na manhã seguinte revelou que a mulher era uma idosa pedicure, que trabalhava em casa. Wolfgang Gemütlich fora aparar os calos.

Em 1º de dezembro, Barzilai recebeu um foguete de Kobi Dror, despachado de Tel Aviv. Aquela não era uma operação sem limite de tempo, advertia ele. A ONU dera ao Iraque um prazo até 16 de janeiro para se retirar do Kuwait. Depois disso, haveria guerra. Qualquer coisa podia acontecer. Era preciso apressar a missão.

– Gidi, podemos seguir esse sacana até o inferno congelar que não vai adiantar – disseram os dois líderes de equipe a seu controlador.

– Não há qualquer sujeira em sua vida. Não conseguimos entender o filho da puta. Não há nada que possamos usar contra ele, absolutamente nada.

Barzilai estava num dilema. Podiam sequestrar a esposa, ameaçar o marido, ele tinha de cooperar, caso contrário... Acontece que o homem era bem capaz de sacrificá-la se tivesse de roubar um simples vale para o almoço. Ou pior ainda, chamaria a polícia.

Podiam sequestrar o próprio Gemütlich e dar um jeito nele. O problema era que o homem teria de voltar ao banco para efetuar a transferência e encerrar a conta de Jericó. Assim que entrasse, com toda certeza, poria a boca no mundo. Kobi Dror dissera que não podiam falhar, nem deixar pistas.

– Vamos investigar a secretária – decidiu Barzilai. – As secretárias particulares muitas vezes sabem tudo sobre seus chefes.

Assim, as duas equipes deslocaram sua atenção para a igualmente insípida Fräulein Edith Hardenberg.

Levaram ainda menos tempo, apenas dez dias. Seguiram-na até sua residência, um pequeno apartamento, num prédio antigo e austero, na Trautenauplatz, no 19º Distrito, o subúrbio noroeste de Grinzing.

Ela morava sozinha. Não tinha amante, nem namorado, nem mesmo um bicho de estimação. Uma revista em seus documentos particulares revelou uma modesta conta bancária, uma mãe aposentada em Salzburg. O apartamento fora alugado por sua mãe, como o contrato indicava, mas a filha se mudara para lá sete anos antes, quando a mãe retornara a Salzburg, sua cidade natal.

Edith tinha um pequeno carro Seat, que estacionava na rua, diante do prédio, mas quase sempre ia para o trabalho de transporte público, sem dúvida por causa das dificuldades de estacionamento no centro da cidade.

Os contracheques revelavam um salário insignificante – "filhos da puta mesquinhos", explodiu o agente *neviot* ao verificar a quantia – e a certidão de nascimento revelava que tinha 39 anos, "mas parecia 50", comentou o agente.

Não havia retratos de homens no apartamento, apenas fotos da mãe, uma delas em férias, à beira de algum lago, e outra aparentemente com o falecido marido, vestindo o uniforme de inspetor alfandegário.

Se havia algum homem em sua vida, parecia ser Mozart.

– Ela adora ópera, e isso é tudo – comunicou o líder da equipe *neviot* a Barzilai, depois de deixarem o apartamento como o haviam encontrado. – Há uma grande coleção de discos LP... ela ainda não tem CD... e todos são de ópera. Deve gastar a maior parte do dinheiro que sobra em discos. Há também livros sobre óperas, compositores, cantores e maestros. Cartazes da programação de inverno da Ópera de Viena, embora ela não tenha condições de comprar um ingresso...

– Nenhum homem em sua vida, hein? – murmurou Barzilai.

– Ela pode se apaixonar por Pavarotti, se você conseguir recrutá-lo. Além disso, pode esquecer.

Mas Barzilai não esqueceu. Recordou um antigo caso em Londres, de uma servidora civil da Defesa, uma solteirona. Os soviéticos providenciaram um jovem e lindo iugoslavo... até o juiz se mostrara compadecido da mulher no julgamento.

Naquele noite, Barzilai enviou um longo telegrama cifrado para Tel Aviv.

EM MEADOS DE DEZEMBRO, a concentração de forças da coalizão ao sul da fronteira do Kuwait se tornara um imenso e inexorável maremoto de homens e aço.

Trezentos mil homens e mulheres de trinta nações formavam uma série de linhas através do deserto saudita, da costa para oeste, por mais de 160 quilômetros.

Nos portos de Jubail, Dammam, Bahrain, Doha, Abu Dhabi e Dubai, os navios cargueiros vinham do mar para despejar armas, tanques, combustível e suprimentos diversos, munição e peças sobressalentes, numa interminável sucessão.

Os comboios seguiam das docas para oeste, pela estrada Tapline, estabelecendo as vastas bases logísticas que um dia abasteceriam o exército invasor.

Um piloto de Tornado de Tabuq, voando para o sul, depois de um ataque simulado na fronteira iraquiana, disse aos colegas da esquadrilha que sobrevoara a vanguarda de um comboio de caminhões e o acompanhara até a retaguarda. A 800 quilômetros por hora, levara seis minutos para alcançar o fim do comboio, a 80 quilômetros de distância, e com os caminhões quase grudados uns nos outros.

Na Base Logística Alfa, um depósito tinha tambores de combustível empilhados numa altura de três, em estrados de 2 x 2 metros, separados pela largura de uma empilhadeira. O depósito tinha 40 x 40 quilômetros.

E era apenas o combustível. Outros depósitos na Logística Alfa tinham granadas, foguetes, morteiros, caixas de munição para metralhadoras, ogivas e granadas antitanques. Outros continham alimentos e água, engrenagens e peças sobressalentes, baterias de tanques e oficinas volantes.

Na ocasião, as forças da Coalizão estavam confinadas pelo general Schwarzkopf à parte do deserto ao sul do Kuwait. O que Bagdá não podia saber era que o general americano tencionava, antes de atacar, enviar mais forças através do Wadi-el-Batin, e outras por 150 quilômetros pelo deserto, para o oeste, a fim de invadir o próprio Iraque, numa ofensiva para o norte, e depois para leste, a fim de investir pelo flanco contra a Guarda Republicana e destruí-la.

Em 13 de dezembro, os Rocketeers, a 336ª Esquadrilha do Comando Aéreo Tático da Força Aérea dos Estados Unidos, deixaram sua base em Thumrait, Omã, e transferiram-se para Al Kharz, na Arábia Saudita. Essa decisão fora tomada em 1º de dezembro.

Al Kharz era um aeroporto "despojado", com pistas de pouso e decolagem, áreas para taxiar e mais nada. Não tinha torre de controle, nem hangares, nem oficinas, nem acomodações para ninguém... era apenas uma área no deserto com faixas de concreto.

Mas *era* um aeroporto. Com espantosa previdência, o governo saudita havia muito construíra suficientes bases aéreas para abrigar um poderio aéreo cinco vezes maior que a Real Força Aérea Saudita.

Depois de 1º de dezembro, os construtores americanos entraram em ação. Em apenas trinta dias, construíram uma cidade-acampamento capaz de alojar 5 mil pessoas e cinco grupos de esquadrilhas de caças.

O pessoal da engenharia pesada, as equipes de Red Horse, destacou-se no trabalho, contando com o apoio de quarenta enormes geradores da Força Aérea. Alguns equipamentos foram trazidos pela estrada, mas a maioria chegou pelo ar. Construíram hangares, oficinas, depósitos de combustível, depósitos de material bélico, salas de voo e de instruções, centro de operações, refeitório, torre de controle e garagens.

Para as tripulações de terra e ar, providenciaram ruas de barracas, com latrinas, banheiros, cozinhas, refeitórios e uma torre de água, que seria reabastecida por comboios de caminhões procedentes da fonte mais próxima.

Al Kharz fica 80 quilômetros a sudeste de Riad, apenas 5 quilômetros além do alcance máximo dos mísseis Scud que o Iraque possuía. Durante três meses, serviria de base para cinco esquadrilhas – duas de F-15E Strike Eagles, os Rocketeers e os Chiefs, e a 335ª Esquadrilha, procedente de Seymour Johnson, que chegou à Arábia Saudita nessa ocasião; uma de caças F-15C Eagles; e duas de interceptadores F-16 Fighting Falcon.

Havia até uma rua especial para as 250 mulheres, que incluíam uma advogada, chefes de equipes de terra, motoristas de caminhões, escriturárias, enfermeiras e duas técnicas do serviço de informações.

As equipes aéreas vieram de Thumrait em seus próprios aviões; as equipes de manutenção e o resto do pessoal chegaram em aviões cargueiros. Toda a transferência durou dois dias; quando chegaram, os engenheiros ainda trabalhavam no local, e assim continuariam até o Natal.

Don Walker gostara do tempo que passara em Thumrait. As condições de vida eram modernas e excelentes, e no ambiente descontraído de Omã permitiam-se bebidas alcoólicas dentro da base.

Pela primeira vez, ele conhecera homens do SAS britânico, que tinha uma base de treinamento permanente ali, e outros "oficiais contratados", servindo com as forças omanitas do Sultão Qaboos. Ele testemunhou algumas festas memoráveis, as representantes do sexo oposto eram eminentemente acessíveis, e fora sensacional voar os Eagles em missões "simuladas" na fronteira iraquiana.

A respeito do SAS, depois de uma viagem com eles pelo deserto, em veículos de reconhecimento leves, Walker comentara para o novo comandante da esquadrilha, tenente-coronel Steve Turner:

– Esses caras são loucos, com toda a certeza.

A situação em Al Kharz seria diferente. Como é território dos dois lugares sagrados, Meca e Medina, a Arábia Saudita impõe uma abstinência alcoólica rigorosa e também a não exposição de qualquer parte do corpo feminino abaixo do queixo, à exceção das mãos e pés.

Em sua Ordem Geral Número Um, o general Schwarzkopf proibira o consumo de álcool pelas forças da Coalizão sob seu comando. Todas as unidades americanas cumpriam essa ordem, e seria aplicada com rigor em Al Kharz.

No porto de Dammam, no entanto, os americanos que descarregavam os navios ficaram perplexos com a quantidade de xampu destinado à Real Força Aérea britânica. Caixotes e mais caixotes de xampu foram descarregados, levados para caminhões ou aviões cargueiros Hercules C-130 e transportados para as esquadrilhas da RAF.

Os estivadores americanos continuaram espantados pelo fato de os aviadores britânicos, num ambiente sem água, gastarem tanto tempo lavando os cabelos. Era um enigma que persistiria até o fim da guerra.

No outro lado da península, na base no deserto de Tabuq, que os Tornados britânicos partilhavam com os Falcons americanos, os pilotos da Força Aérea dos Estados Unidos ficaram ainda mais intrigados ao verem os britânicos ao pôr do sol, sentados sob seus toldos, derramando xampu em seus copos e bebendo misturado com água mineral de garrafa.

O problema não surgiu em Al Kharz. Não havia xampu ali. Além disso, as condições eram mais precárias que em Thumrait. Além do comandante da esquadrilha, que tinha uma barraca individual, os outros, de coronel para baixo, partilhavam suas barracas, em grupos de dois, quatro, seis, oito ou doze, de acordo com o posto.

Ainda pior, havia uma proibição de acesso ao acampamento das mulheres, um problema que se tornava ainda mais frustrante porque as americanas, fiéis à sua cultura e sem a Saudi Mutawa (polícia religiosa) para vigiá-las, tomavam banho de sol em biquínis, por trás de cercas baixas, erguidas em torno de suas barracas.

Isso fez com que as tripulações aéreas requisitassem todos os caminhões de chassi elevado da base. Apenas no alto desses caminhões, na ponta dos pés, é que um autêntico patriota podia seguir de sua barraca para as pistas de decolagem, aproveitando para fazer um enorme desvio, a fim de passar pela rua ao lado do acampamento feminino e verificar se as mulheres ali se mantinham em boa forma.

Fora essas obrigações cívicas, para a maioria foi um retorno a catres rangendo e ao "prazer solitário".

Havia também um novo ânimo por outro motivo. A ONU fixara o prazo improrrogável de 16 de janeiro para Saddam Hussein se retirar do Kuwait. As declarações de Bagdá permaneciam desafiadoras. Pela primeira vez, tornara-se evidente que haveria uma guerra. As missões de treinamento assumiram uma nova e urgente perspectiva.

POR ALGUMA RAZÃO, 15 de dezembro em Viena foi um dia bastante quente. O sol brilhava forte, a temperatura subiu. Na hora do almoço, Fräulein Hardenberg deixou o banco, como sempre, para seu modesto almoço, e decidiu, num súbito impulso, comprar sanduíches e ir comê-los no Stadtpark, a poucos quarteirões da Ballgasse.

Tinha o hábito de fazer isso durante o verão, e até no início do outono, e sempre trazia sanduíches preparados. Mas não tinha nenhum no dia 15 de dezembro.

Mesmo assim, contemplando o céu de um azul brilhante por cima da Franziskanerplatz, e protegida por seu imaculado casaco de *tweed*, ela decidiu que se a natureza oferecia, mesmo que apenas por um dia, um pouco de Altweibersommer – o verão das velhas, como os vienenses chamavam o veranico –, não podia deixar de aproveitar, e comeria no parque.

Havia um motivo especial para que ela amasse o pequeno parque no outro lado do Ring. Fica ali o Hübner Kursalon, um restaurante de paredes de vidro, como uma enorme estufa, e durante o horário do almoço uma pequena orquestra costuma tocar as melodias de Strauss, o mais vienense dos compositores.

Sem condições de almoçarem ali, muitas pessoas sentam-se do lado de fora e desfrutam a música de graça. Além disso, no centro do parque, protegida por uma arcada de pedra, há uma estátua do grande Johann.

Edith Hardenberg comprou seus sanduíches num bar local, encontrou um banco de praça ao sol e se pôs a comer enquanto ouvia as valsas.

– *Entschuldigung.*

Ela teve um sobressalto, arrancada de seu devaneio pela voz baixa que dizia "Com licença".

Se havia uma coisa que a Srta. Hardenberg não admitia era que estranhos lhe dirigissem a palavra. Olhou para o lado.

Ele era jovem, cabelos escuros, meigos olhos castanhos e a voz tinha um sotaque estrangeiro. A Srta. Hardenberg já ia desviar os olhos quando notou que o jovem tinha um folheto ilustrado na mão e apontava para uma palavra no texto. Relutante, ela baixou os olhos. O folheto era o programa ilustrado da ópera *A flauta mágica.*

– Por favor, esta palavra não é alemã, não é mesmo?

O dedo indicador apontava para a palavra "partitura".

Ela deveria ter rompido o contato naquele momento, levantando-se e afastando-se. Começou a embrulhar de novo os sanduíches.

– Não, não é – respondeu ela, em tom brusco. – É italiana.

– Ah, sim... Estou aprendendo alemão, mas não sei nada de italiano. A palavra se refere à música?

– Não. Significa a partitura, a música.

– Obrigado – disse ele, com sincera gratidão. – É muito difícil compreender suas óperas vienenses, mas eu as amo demais.

Os dedos da Srta. Hardenberg tornaram-se mais lentos na tarefa de embrulhar o restante dos sanduíches, para que ela pudesse ir embora.

– A história se passa no Egito – explicou o rapaz.

Era um absurdo lhe dizer isso, logo a ela, que conhecia cada palavra de *Die Zauberflöte.*

– É verdade.

Aquilo já fora longe demais, disse ela a si mesma. Quem quer que ele fosse, era um jovem muito atrevido. Ora, estavam quase conversando! A simples ideia era inadmissível.

– O mesmo acontece com *Aída* – comentou o rapaz, tornando a estudar o programa nas mãos. – Gosto de Verdi, mas acho que prefiro Mozart.

Os sanduíches já estavam embrulhados; ela se encontrava pronta para ir embora. Deveria se levantar agora. Tornou a virar a cabeça para fitá-lo, e o rapaz escolhera justamente aquele momento para erguer o rosto e sorrir.

Era um sorriso muito tímido, quase suplicante; olhos castanhos lânguidos, encimados por pestanas pelas quais uma modelo seria capaz de matar.

– Não há comparação – declarou ela. – Mozart é o mestre de todos.

O sorriso do rapaz se alargou, deixando à mostra dentes brancos e regulares.

– Ele viveu aqui. Talvez tenha sentado neste mesmo banco para compor sua música.

– Tenho certeza que isso não aconteceu – garantiu ela. – O banco não existia naquela época.

Ela se levantou, virou-se. O rapaz também se levantou, ofereceu uma pequena mesura vienense.

– Desculpe incomodá-la, *Fräulein*. Mas obrigado por sua ajuda.

A Srta. Hardenberg deixou o parque, de volta à sua mesa, onde acabaria de almoçar, furiosa consigo mesma. Conversas com rapazes em parques... o que viria em seguida? Por outro lado, ele era apenas um estudante estrangeiro querendo aprender sobre a ópera vienense. Não havia mal nenhum nisso, com toda certeza. Mas também não se podia ir longe demais. Ela passou por um cartaz. A Ópera de Viena apresentaria *A flauta mágica* dentro de três dias. Talvez fosse parte do curso do rapaz.

Apesar de sua paixão, Edith Hardenberg nunca assistira a uma ópera na Staatsoper. Claro que já visitara o prédio, quando se encontrava aberto, durante o dia, mas a compra de um ingresso sempre fora além de suas posses.

Eram de um valor quase inestimável. Os ingressos para a temporada passavam de geração em geração. Uma assinatura da temporada era para os muito ricos. Outros ingressos só podiam ser obtidos por influência, e ela não tinha nenhuma. Até mesmo os ingressos mais baratos ficavam além de suas condições. Ela suspirou e retornou a seu trabalho.

Aquele único dia de tempo quente foi o fim. O frio e as nuvens cinzas voltaram. Ela retomou o hábito de almoçar em seu café usual, à sua mesa usual. Era uma mulher meticulosa, uma criatura de hábitos.

No terceiro dia depois do almoço no parque, ela chegou à sua mesa na hora de sempre, precisa até o minuto, e meio que notou que a mesa ao lado estava ocupada. Havia sobre a mesa dois livros de estudante – ela não se deu ao trabalho de verificar os títulos – e um copo com água pela metade.

Acabara de pedir o prato do dia quando o ocupante da mesa voltou do banheiro. Só quando o rapaz sentou-se é que ela o reconheceu e teve um sobressalto de surpresa.

– Oh, *Grüss Gott*... de novo! – exclamou ele.

Os lábios de Edith Hardenberg contraíram-se numa expressão desaprovadora. A garçonete chegou, pôs sua refeição à mesa. Ela estava acuada. Mas o rapaz se mostrou irreprimível.

– Acabei de fazer as anotações do programa. Acho que entendo tudo agora.

Ela acenou com a cabeça, começou a comer.

– Ótimo. Está estudando aqui?

Por que perguntara isso? Que loucura a dominara? Mas a conversa de restaurante era uma coisa corriqueira ali. O que a preocupa tanto, Edith? Sem dúvida uma conversa civilizada, mesmo que seja com um estudante estrangeiro, não pode fazer mal algum, não é mesmo? Ela especulou o que Herr Gemütlich pensaria. Desaprovaria, com toda a certeza.

O rapaz moreno exibiu um sorriso feliz.

– Estou, sim. Estudo engenharia. Na Universidade Técnica. Depois que me formar, voltarei para casa e ajudarei a desenvolver meu país. Meu nome é Karim.

– Fräulein Hardenberg – disse ela, formal. – E de onde é, Herr Karim?

– Sou da Jordânia.

Oh, não, um árabe! Ela refletiu que devia haver muitos na Universidade Técnica, a dois quarteirões de distância, no outro lado do Kärntner Ring. Quase todos que ela já vira eram vendedores de rua, pessoas horríveis, oferecendo tapetes e jornais nos cafés com mesas na calçada e recusando-se a ir embora. O rapaz ao seu lado parecia bastante respeitável. Talvez viesse de uma família melhor. Mas... era um árabe. Ela terminou de comer e pediu a conta. Era tempo de se retirar da companhia do rapaz, embora ele se mostrasse bastante polido. Para um árabe.

– É uma pena, mas acho que não poderei ir – murmurou ele, desconsolado.

A conta chegou. Ela tirou algumas notas.

– Ir aonde?

– À Ópera. Para ver *A flauta mágica*. Não sozinho. Eu não teria coragem. Gente demais. Sem saber que caminho seguir, quando aplaudir.

Ela sorriu, tolerante.

– Creio que não vai porque não tem ingressos.

Ele pareceu perplexo.

– Não é isso.

O rapaz enfiou a mão no bolso, tirou dois pedaços de papel, pôs na mesa. Na mesa de Edith Hardenberg. Ao lado de sua conta. Segunda fila. A poucos metros dos cantores. Junto ao corredor central.

– Tenho um amigo na ONU. Eles têm lugares reservados. Mas ele não pode ir e por isso me deu os ingressos.

Deu. Não vendeu, mas deu. De valor inestimável, mas o desconhecido dera.

– Poderia me levar com você? – murmurou o rapaz, suplicante. – Por favor?

Era uma frase muito bem formulada, como se ela tivesse o privilégio.

Edith Hardenberg pensou em sentar-se naquele imenso paraíso dourado, rococó, seu espírito se elevando com as vozes dos baixos, barítonos, tenores e sopranos, subindo para o teto pintado...

– Claro que não – respondeu ela.

– Desculpe, *Fräulein*. Eu a ofendi.

Ele pegou os ingressos, uma metade numa das mãos fortes, uma metade na outra mão, fez menção de que ia rasgá-los.

– Não! – Ela pôs a mão sobre a dele, antes que os preciosos ingressos fossem rasgados. – Não deve fazer isso.

Edith Hardenberg estava rosada.

– Mas de nada me servem...

– Bom, eu acho...

O rosto do rapaz se iluminou.

– Quer dizer que vai mostrar sua Ópera?

Mostrar a Ópera. Isso era diferente, sem dúvida. Não era um encontro. Não do tipo que certas mulheres costumam aceitar. Seria mais como uma guia turística. Uma cortesia vienense, mostrar a um estudante do exterior uma das maravilhas da capital austríaca. Não havia nenhum mal nisso...

Encontraram-se na base da escadaria, às 19h15, como combinado. Ela viera de carro de Grinzing e estacionara sem qualquer dificuldade. Juntaram-se ao fluxo da multidão, já vibrando na expectativa do prazer.

Se Edith Hardenberg, solteirona de vinte verões sem amor, algum dia teve uma insinuação do paraíso, foi naquela noite de 1990, quando sentou a poucos metros do palco e deixou que a música a envolvesse. Se algum dia conheceu a sensação de ficar inebriada, foi naquela noite, quando se permitiu ser arrebatada pela torrente de vozes subindo e descendo.

Na primeira metade, enquanto Papageno cantava e dançava à sua frente, ela sentiu a mão seca do rapaz pousar sobre a sua. O instinto fez com que retirasse a mão bruscamente. Na segunda metade, quando aconteceu de novo, ela nada fez e sentiu, com a música, o calor de outra pessoa impregná-la.

Quando acabou, ainda se sentia inebriada. Caso contrário, nunca teria admitido que o rapaz a conduzisse através da praça até o lugar frequentado por Freud, o Café Landtmann, agora restaurado à sua antiga glória de 1890. O magnífico *maître*, Robert em pessoa, conduziu-os a uma mesa e jantaram.

Depois, ele acompanhou-a de volta a seu carro. Ela já se acalmara. Sua reserva prevalecia.

— Eu gostaria que me mostrasse a verdadeira Viena — murmurou Karim. — A sua Viena, a Viena dos extraordinários museus e concertos. De outro modo, jamais entenderei a cultura da Áustria, não da maneira como você poderia me mostrar.

— O que está dizendo, Karim?

Estavam parados ao lado do carro. Não, ela jamais lhe ofereceria uma carona até seu apartamento, onde quer que ele morasse, e qualquer insinuação da parte do rapaz de acompanhá-la até sua casa revelaria o tipo de miserável que era.

— Que eu gostaria de tornar a vê-la.

— Por quê?

Se ele me disser que sou linda, vou agredi-lo, pensou Edith Hardenberg.

— Porque é muito gentil.

— Ahn...

Ela corou, no escuro. Sem dizer mais nada, o rapaz inclinou-se, beijou-a no rosto. E depois se afastou, atravessando a praça. Ela voltou para casa sozinha.

Os sonhos de Edith Hardenberg naquela noite foram perturbados. Sonhou com o passado distante. Sonhou com Horst, que a amara durante o longo e quente verão de 1970, quando ela estava com 19 anos e era virgem. Horst, que tirara sua castidade e fizera com que o amasse. Horst, que a abandonara no inverno, sem um bilhete, sem uma explicação, sem qualquer palavra de despedida.

A princípio, ela pensara que Horst sofrera um acidente e ligara para os hospitais. Depois, pensara que seu emprego como caixeiro-viajante o obrigara a se ausentar e que acabaria lhe telefonando.

Mais tarde, soubera que ele casara com a moça de Graz com quem também namorava, quando suas viagens o levavam até lá.

Ela chorara até a primavera. Depois, pegara todas as lembranças de Horst, todos os sinais de sua presença, e os queimara. Queimara os presentes e as fotos que haviam tirado em passeios, em barcos nos lagos do Scholosspark e Laxenburg, e principalmente queimara a foto da árvore sob a qual ele a amara pela primeira vez, amara de verdade, onde a possuíra.

E não tivera mais homens. Os homens sempre traem e vão embora, proclamara sua mãe, e tinha toda a razão. Não haveria mais homens, nunca mais, ela jurara.

Naquela noite, uma semana antes do Natal, os sonhos se desvaneceram antes do amanhecer, e ela dormiu com o programa de *A flauta mágica* comprimido contra o peito magro. Enquanto dormia, algumas rugas dos cantos dos olhos e da boca relaxaram. E ela sorriu. Com toda certeza, não havia nenhum mal nisso.

13

O enorme Mercedes cinza enfrentava dificuldades no tráfego. Tocando a buzina, furiosamente, o motorista teve de forçar a passagem pela torrente de carros, furgões, barracas e carrocinhas que criam o emaranhado de vida entre as ruas chamadas Khulafa e Rashid.

Aquela era a velha Bagdá, onde mercadores e negociantes, vendedores de roupas, ouro e especiarias, comerciantes dos mais diversos produtos, exercem seu ofício há dez séculos.

O carro entrou na rua Banko, os dois lados ocupados por carros estacionados, e depois na rua Shurja. Mais à frente, a rua se tornava intransponível, ocupada por completo pelos vendedores de ervas e condimentos. O motorista virou a cabeça para trás.

– É o máximo a que posso chegar.

Leila Al-Hilla acenou com a cabeça e esperou que a porta lhe fosse aberta. Ao lado do motorista, sentava-se Kemal, o corpulento guarda pessoal do general Kadiri, sargento do Corpo de Blindados, que havia anos trabalhava para ele. Ela o detestava.

Depois de uma pausa, o sargento saltou, empertigou o corpo imenso na calçada e abriu a porta de trás. Ele sabia que Leila o humilhara mais uma vez e isso transpareceu em seus olhos. Ela desembarcou, sem um olhar ou palavras de agradecimento.

Um dos motivos pelos quais ela detestava o sargento era o fato de que ele a seguia por toda a parte. Era seu trabalho, é claro, determinado pelo general, o que não diminuía a aversão. Quando estava sóbrio, Kadiri era um competente soldado profissional; nas questões sexuais, era também de um ciúme insano, daí sua decisão de que ela nunca devia sair sozinha pela cidade.

O outro motivo para detestar o segurança era o evidente desejo que o homem sentia por ela. Uma mulher de gostos há muito degradados, podia muito bem compreender que qualquer homem sentisse desejo por seu corpo; e se o preço fosse certo, estava disposta a satisfazer qualquer fantasia, por mais bizarra que fosse sua realização. Mas Kemal cometia o supremo insulto: como sargento, era pobre. Era uma ousadia acalentar tais pensamentos, mas sem qualquer sombra de dúvida ele o fazia, exibindo uma mistura de desprezo por ela e desejo selvagem.

Kemal, por sua vez, sabia da repulsa de Leila e divertia-se em insultá-la com seus olhares, ao mesmo tempo em que mantinha, verbalmente, uma atitude formal.

Ela se queixara a Kadiri da insolência estúpida do sargento, mas ele se limitara a rir. Podia desconfiar de qualquer homem que a desejasse, mas a Kemal permitia muitas liberdades, porque Kemal salvara sua vida nos pântanos de Al Fao, na guerra contra os iranianos, e seria capaz de morrer por ele.

O guarda-costas bateu a porta do carro e foi andando ao lado de Leila, pela rua Shurja.

O lugar é conhecido como Agid al Nasara, a Área dos Cristãos. Além da Igreja de St. George, no outro lado do rio, construída pelos britânicos para si mesmos e sua fé protestante, há três seitas cristãs no Iraque, representando cerca de 7 por cento da população.

A maior é a seita assíria ou siríaca, cuja catedral fica na Área dos Cristãos, perto da rua Shurja. Um quilômetro e meio adiante situa-se a Igreja Armênia, perto de outro labirinto de pequenas ruas e vielas, cuja história data de muitos séculos, chamado de Camp el Arman, o velho distrito armênio.

Ao lado da catedral siríaca fica a Igreja de São José, dos cristãos caldeus, a menor seita. Se o ritual siríaco parece com o ortodoxo grego, os caldeus são uma ramificação da Igreja Católica.

O mais notável iraquiano entre os cristãos caldeus era o então ministro do Exterior, Tariq Aziz. É verdade que sua devoção canina a Saddam Hussein e suas políticas de genocídio podiam indicar que o Sr. Aziz desviara-se dos ensinamentos do Príncipe da Paz. Leila Al-Hilla também nascera caldeia, e agora a ligação se mostrava útil.

O casal tão diferente chegou ao portão de ferro batido que dava acesso ao pátio com calçamento de pedras na frente da porta em arcada da Igreja Caldeia. Kemal parou. Como muçulmano, não seguiria um passo adiante. Ela acenou com a cabeça e passou pelo portão. Kemal observou-a comprar uma pequena vela num estande ao lado da porta, cobrir a cabeça com o xale de renda preta e entrar no interior escuro, rescendendo a incenso.

O sargento deu de ombros, afastou-se por alguns metros para comprar uma lata de Coca-cola e encontrar um lugar para sentar-se, à vista da entrada da igreja. Perguntou-se por que seu general permitia aquele absurdo. A mulher era uma prostituta; o general se cansaria dela um dia, e Kemal recebera a promessa de que poderia desfrutar seu prazer, antes que Leila fosse dispensada. Ele sorriu com a perspectiva e um filete do refrigerante escorreu pelo queixo.

Dentro da igreja, Leila parou para acender a vela, numa das centenas que ardiam ao lado da porta, e depois, de cabeça baixa, encaminhou-se para os confessionários, no outro lado da nave. Um padre de batina preta passou, mas não lhe dispensou qualquer atenção.

Era sempre o mesmo confessionário. Ela entrou na hora precisa, passando à frente de uma mulher de preto, que também procurava um sacerdote para escutar sua litania de pecados, provavelmente mais banais que os da mulher mais jovem que a empurrou para o lado e tomou seu lugar.

Leila fechou a porta, virou-se e sentou-se no banco dos penitentes. Havia uma grade à sua direita. Ela ouviu um farfalhar no outro lado Ele já se encontrava ali; sempre estava, na hora marcada.

Mas quem seria ele? Por que pagava tão bem pelas informações? Não era um estrangeiro – seu árabe era bom demais para isso, o árabe de alguém nascido e criado em Bagdá. E seu dinheiro era bom, muito bom.

– Leila?

A voz era um murmúrio, baixa e sem qualquer inflexão. Ela sempre chegava depois do homem e partia antes. Ele advertira-a a não espreitar lá fora, na esperança de vê-lo; de qualquer forma, como Leila poderia fazer isso, com Kemal sempre a vigiá-la? O idiota comunicaria ao general tudo o que visse. Era mais do que sua vida valia.

– Identifique-se, por favor.

– Padre, pequei nas coisas da carne e não sou digna de sua absolvição.

Fora ele quem inventara a frase, porque ninguém mais diria isso.

– O que tem para mim?

Leila estendeu a mão entre as pernas, afastou a calcinha para o lado e removeu o falso tampão que o homem lhe dera, semanas antes. Uma extremidade podia ser desatarraxada. Leila tirou do interior oco um rolo fino de papel, formando um tubo que não era maior do que um lápis. Passou-o por uma abertura na grade.

– Espere.

Ela ouviu o ruído do papel fino, enquanto o homem corria os olhos experientes por suas anotações, um relatório sobre as deliberações e conclusões do conselho de planejamento no dia anterior, presidido pelo próprio Saddam Hussein, com a presença do general Abdullah Kadiri.

– Ótimo, Leila. Excelente.

Hoje o dinheiro foi em francos suíços, notas de alto valor, que o homem passou pela grade. Ela guardou tudo no mesmo lugar em que trouxera as informações, um lugar que sabia que a maioria dos homens muçulmanos considerava impuro num determinado período. Só um médico ou a temida AMAM encontraria o dinheiro ali.

– Por quanto tempo devo continuar? – perguntou ela.

– Não muito mais agora. A guerra é iminente. Ao final, o Rais cairá. Outros tomarão o poder. Serei um deles. E quando isso acontecer, Leila, você será realmente recompensada. Mantenha a calma, faça seu trabalho e seja paciente.

Ela sorriu. Realmente recompensada. Dinheiro, muito dinheiro, o suficiente para deixar o Iraque e ser rica pelo restante da vida.

– Vá agora.

Leila levantou-se, deixou o confessionário. A velha de preto encontrara outro para ouvir sua confissão. Leila tornou a atravessar a nave, saiu para o sol. O idiota do Kemal se encontrava além do portão de ferro, amassando uma lata de alumínio no enorme punho, suando com o calor. Pois que ele sue. Suaria muito mais se soubesse...

Sem olhar para ele, Leila seguiu pela rua Shurja, passou pelo mercado fervilhante, a caminho do carro estacionado. Kemal, furioso, mas impotente, foi atrás. Ela nem prestou atenção a um pobre *fellagha* empurrando uma bicicleta com um cesto de vime por cima da roda traseira, e ele também não a notou. Só fora ao mercado a mando da cozinheira da casa em que trabalhava, para comprar macis, coentro e açafrão.

Sozinho no confessionário, o homem na batina preta de um sacerdote caldeu continuou sentado por mais algum tempo, a fim de ter certeza de que sua agente já se afastara. Era bastante improvável que ela o reconhecesse, mas naquele jogo até mesmo as chances mínimas eram excessivas.

Ele falara sério. A guerra era mesmo iminente. Nem a saída da Dama de Ferro de Londres mudaria essa perspectiva. Os americanos tinham o controle da situação e não recuariam agora.

Desde que o tolo no palácio à beira do rio, perto da ponte Tamuz, não estragasse tudo com uma retirada unilateral do Kuwait. Por sorte, ele parecia empenhado em sua própria destruição. Os americanos venceriam a guerra e viriam a Bagdá para concluir o trabalho. Não se limitariam a libertar o Kuwait e pensariam que era o fim, não é mesmo? Nenhum povo podia ser tão poderoso e tão estúpido.

Quando eles chegassem, precisariam de um novo regime. Sendo americanos, gravitariam para alguém que falasse um inglês fluente, alguém que compreendesse seus costumes, seus pensamentos, seu discurso e que saberia o que dizer para agradá-los, tornando-se assim sua opção.

A própria educação, a própria urbanidade cosmopolita e tudo o que militava contra ele agora passariam a ser fatores a seu favor. Por enquanto, era excluído dos conselhos mais altos e das decisões mais secretas do Rais... porque não era um imbecil da tribo Al-Tikriti, um fanático perpétuo do Partido Ba'ath, um general ou um meio-irmão de Saddam.

Mas Kadiri era Tikrit e por isso merecia toda a confiança. Não passava de um medíocre general dos tanques, com os gostos de um camelo no cio, mas outrora brincara na poeira das vielas de Tikrit com Saddam e seu clã, e isso era suficiente. Kadiri participava de todas as reuniões de tomada de decisões, conhecia todos os segredos; e o homem no confessionário também precisava saber dessas coisas, a fim de fazer seus preparativos.

Depois de convencido de que não havia mais ninguém para observá-lo, o homem se levantou e saiu. Em vez de cruzar a nave, retirou-se por uma porta lateral para a sacristia, acenou com a cabeça para um sacerdote verdadeiro que se preparava para uma missa e deixou a igreja por uma porta nos fundos.

O homem com a bicicleta estava apenas a 6 ou 7 metros de distância. Por acaso levantou os olhos quando o padre de batina preta saiu para o sol e virou-se bem a tempo. O homem de batina olhou em sua direção, notou-o, mas não deu qualquer importância ao *fellagha* debruçado sobre sua bicicleta, ajustando a corrente, e afastou-se apressado pela viela, na direção de um carro pequeno estacionado mais adiante.

O suor escorria pelo rosto do *fellagha*, seu coração disparara. Fora por pouco, bem pouco. Evitara deliberadamente as proximidades do quartel-general da Mukhabarat, em Mansour, para não esbarrar com aquele rosto. O que o homem fazia disfarçado de padre no distrito cristão?

Por Deus, já se haviam passado anos, muitos anos, desde que brincavam juntos no recreio da Escola Preparatória Tasisiya, do Sr. Hartley, desde que dera um soco no queixo do garoto por insultar seu irmão caçula, desde que recitavam poesia em aula, sempre superados por Abdelkarim Badri. Fazia muito tempo que ele não via seu antigo amigo Hassan Rahmani, agora chefe da contraespionagem da República do Iraque.

O Natal se aproximava, e nos desertos ao norte da Arábia Saudita 300 mil americanos e europeus voltaram seus pensamentos para casa, enquanto se preparavam para as festividades no coração do território muçulmano. Mas, apesar da iminente celebração do nascimento de Cristo, continuou a se desenrolar a concentração da maior força de invasão desde a Normandia.

A parte do deserto em que as forças da Coalizão se concentravam ainda era a área ao sul do Kuwait. Não houvera a menor sugestão de que um dia a metade dessas forças se deslocaria muito mais para oeste.

Nos portos, continuavam a desembarcar novas divisões. A 4ª Brigada Blindada britânica juntara-se aos Ratos do Deserto, a 1ª Brigada, para formar a 1ª Divisão Blindada. Os franceses aumentavam sua contribuição para 10 mil homens, inclusive a Legião Estrangeira.

Os americanos já haviam trazido ou trariam em breve a 1ª Divisão de Cavalaria, o 2º e 3º Regimentos de Cavalaria Blindada, a 1ª Divisão de Infantaria Mecanizada e a 1ª e 3ª Blindadas, duas divisões de fuzileiros, e a 82ª e 101ª Aerotransportadas.

Bem na fronteira, onde queriam estar, postavam-se a Força-Tarefa e as Forças Especiais sauditas, ajudadas por divisões egípcias e sírias, e por outras unidades de diversas nações árabes menores.

As águas no norte do Golfo Arábico eram ocupadas por navios de guerra das marinhas da Coalizão. No próprio Golfo ou no Mar Vermelho, no outro lado da Arábia Saudita, os Estados Unidos contavam com cinco grupos de navios, liderados pelos porta-aviões *Eisenhower, Independence, John F. Kennedy, Midway* e *Saratoga*, esperando-se para breve a chegada do *America*, do *Ranger* e do *Theodore Roosevelt*.

Só o poderio aéreo desses porta-aviões, com seus Tomcats, Hornets, Intruders, Prowlers, Avengers e Hawkeyes, já constituía um espetáculo impressionante.

No Golfo, estava postado o encouraçado americano *Wisconsin*, que em janeiro receberia a companhia do *Missouri*.

Ao longo dos Estados do Golfo e por toda a Arábia Saudita, cada aeroporto digno desse nome se achava atulhado de caças, bombardeiros, aviões-tanques, de carga e aviões de reconhecimento, todos já em condições operacionais vinte e quatro horas por dia, voando sempre, embora ainda não invadindo o espaço aéreo iraquiano, com exceção dos aviões-espiões, que sobrevoavam o país muito alto, invisíveis.

Em vários casos, a Força Aérea dos Estados Unidos partilhava espaço de aeroporto com esquadrilhas da RAF britânica. Como as tripulações de voo partilhavam uma língua comum, a comunicação era fácil, informal e cordial. De vez em quando, no entanto, ocorriam mal-entendidos. Um deles, que se destacou, envolvia uma locação secreta britânica, conhecida apenas como QQPD.

Numa das primeiras missões de treinamento, o controlador de tráfego aéreo perguntara ao piloto de um Tornado britânico se já alcançara um determinado ponto de retorno. O piloto respondera que não: ainda se encontrava sobre QQPD.

À medida que o tempo foi passando, muitos pilotos americanos ouviram falar desse lugar e esquadrinharam os mapas à sua procura. Era um enigma por dois motivos: os britânicos aparentemente passavam muito tempo sobre ele e não era indicado em nenhum mapa aéreo americano.

Surgiu a teoria de que era um erro de audição, que o lugar seria CMRK, significando Cidade Militar Rei Khaled, uma grande base saudita. Mas logo se descartou essa possibilidade e a busca continuou. Os americanos acabaram desistindo. Onde quer que ficasse QQPD, não constava dos mapas de guerra fornecidos às esquadrilhas americanas pelos planejadores em Riad.

Ao final, os pilotos dos Tornados revelaram o segredo de QQPD. Significava "quilômetros e quilômetros da porra do deserto".

No solo, os soldados viviam no coração de QQPD. Para muitos, dormindo debaixo de seus tanques, canhões móveis e veículos blindados, a vida era árdua e, ainda pior, tediosa.

Havia distrações, porém, e uma delas era visitar unidades vizinhas, enquanto o tempo parecia se arrastar. Os americanos dispunham de camas de campanha muito boas, pelas quais os britânicos ansiavam. Por sorte, os americanos também eram abastecidos por refeições pré-embaladas repugnantes, provavelmente criadas por algum burocrata civil do Pentágono que teria preferido morrer a comê-las três vezes por dia.

Eram chamadas de MRE, *Meals-Ready-to-Eat*, refeições prontas para comer. Os soldados americanos negavam-lhes essa qualidade e decidiram que MRE significava na verdade *Meals Rejected by Ethiopians*, refeições rejeitadas por etíopes. Em contraste, os britânicos comiam muito melhor. Assim, de acordo com a ética capitalista, logo se desenvolveu um comércio ativo entre camas americanas e rações britânicas.

Outra notícia das fileiras britânicas que deixou os americanos perplexos foi a encomenda feita pelo Ministério da Defesa em Londres para meio milhão de preservativos, enviados aos soldados no Golfo. Nos desolados desertos da Arábia, tal aquisição parecia indicar que os britânicos deviam saber de algo que os americanos ignoravam.

O mistério foi desfeito no dia anterior ao início da guerra no solo. Os americanos haviam passado cem dias limpando seus rifles sem parar, removendo a areia que impregnava tudo. Os britânicos removeram os preservativos para revelar seus canos brilhando com óleo.

O outro fato importante que ocorreu pouco antes do Natal foi a reintegração dos franceses no centro do planejamento da Coalizão.

Nos primeiros dias, a França tinha um ministro da Defesa que era um desastre, Jean-Pierre Chevènement, que parecia simpatizar com o Iraque, e ordenara que o comandante francês transmitisse para Paris todas as decisões de planejamento dos aliados.

Quando tomaram conhecimento disso, o general Schwarzkopf e Sir Peter de la Billière quase riram. Monsieur Chevènement também era na ocasião o presidente da Sociedade da Amizade Franco-Iraquiana. Embora o contingente francês fosse comandado por um excelente soldado, o general Michel Roquejoffre, a França fora excluída de todos os conselhos de planejamento.

Ao final do ano, Pierre Joxe assumiu o Ministério da Defesa francês e logo revogou a ordem. Desse momento em diante, o general Roquejoffre passou a merecer a confiança de americanos e britânicos.

DOIS DIAS ANTES do Natal, Mike Martin recebeu de Jericó a resposta a uma pergunta apresentada uma semana antes. Jericó foi taxativo; poucos dias antes, houvera uma reunião do gabinete de crise, com a participação apenas do círculo mais ligado a Saddam Hussein, o Conselho do Comando Revolucionário e os principais generais.

Nessa reunião, fora abordada a retirada iraquiana voluntária do Kuwait. Era evidente que ninguém levantara o assunto como uma proposta, pois nenhum dos homens era estúpido a esse ponto. Ninguém esquecera uma ocasião anterior, durante a guerra Irã-Iraque, quando fora discutida uma sugestão iraniana de possibilidade de paz caso Saddam Hussein recuasse. Saddam pedira opiniões.

O ministro da Saúde sugerira que tal iniciativa poderia ser sensata, como uma trama temporária, é claro. Saddam convidara-o a ir para uma sala ao lado, sacara sua pistola, matara o ministro e voltara à reunião.

A questão do Kuwait fora levantada sob a forma de uma condenação à ONU por ousar sugerir a ideia. Todos esperaram que Saddam desse uma indicação de suas intenções. Sentado à cabeceira da mesa, vigilante como uma cobra, ele fitara cada um, na tentativa de perceber alguma insinuação de deslealdade.

Como sempre acontecia, na ausência de uma indicação do Rais, a conversa definhara. Depois, Saddam começara a falar, em voz baixa, como fazia nos momentos em que era mais perigoso.

Qualquer um que permitisse passar por sua cabeça tamanha humilhação catastrófica do Iraque diante dos americanos era um homem disposto a ser um bajulador da América pelo resto da vida. Para um homem assim, não podia haver lugar àquela mesa.

E fora o fim da sugestão. Todos se apressaram em garantir que nunca haviam pensado, que tal perspectiva jamais lhes ocorreria.

O ditador iraquiano acrescentara mais uma coisa. Só seria possível a retirada iraquiana da décima nona província se o Iraque fosse capaz de vencer a guerra, e todos soubessem disso.

Os homens em torno da mesa balançaram a cabeça em concordância, embora ninguém tivesse entendido.

Era um longo relatório, e Mike Martin transmitiu-o para a casa nos arredores de Riad naquela mesma noite.

Chip Barber e Simon Paxman o estudaram por horas. Ambos decidiram deixar a Arábia Saudita por vários dias, entregando o controle de Mike Martin e Jericó de Riad a Julian Gray, pelos britânicos, e ao chefe da estação local da CIA, pelos americanos. Restavam apenas 24 dias para expirar o prazo concedido pela ONU e o início da guerra aérea do general Chuck Homer contra o Iraque. Os dois queriam uma breve licença, e o novo relatório de Jericó proporcionava essa oportunidade.

– O que acha que ele quer dizer com "ser capaz de vencer, e todos saberem disso"? – indagou Barber.

– Não faço a menor ideia – respondeu Paxman. – Teremos de pedir as opiniões de alguns analistas.

– É o que também faremos. Acho que ninguém fará muita coisa pelos próximos dias, a não ser o pessoal do plantão. Vou encaminhar o relatório como está a Bill Stewart, e é bem provável que ele peça a alguns especialistas para acrescentarem uma análise de profundidade, antes de despachá-lo para o diretor e o Departamento de Estado.

Na véspera de Natal, o texto integral da mensagem de Jericó foi entregue ao Dr. Terry Martin, e lhe pediram para tentar determinar o que Saddam Hussein sugeria ao declarar que o preço para a retirada do Kuwait seria demonstrar a todos que podia vencer a América.

– Sei que é contra as normas do só-quem-precisa-saber – disse ele a Paxman –, mas acontece que ando muito preocupado. Estou lhe prestando todos esses favores... gostaria que me fizesse um em troca. Como está meu irmão Mike no Kuwait? Continua são e salvo?

Paxman fitou em silêncio, por vários segundos, o estudioso dos árabes.

– Só posso lhe dizer que ele não se encontra mais no Kuwait – respondeu Paxman. – E isso já é mais do que posso falar.

Terry Martin deixou escapar um suspiro de alívio.

– É o melhor presente de Natal que eu poderia ter. Obrigado, Simon. – Ele se levantou, sacudiu um dedo, jovial. – Só mais uma coisa: jamais pense em mandá-lo para Bagdá.

Paxman estava no ofício fazia 15 anos. Manteve o rosto impassível, a voz descontraída, pois era evidente que o acadêmico apenas gracejava.

– E por que não?

Martin terminava de beber seu copo de vinho e não percebeu o lampejo de alarme nos olhos de Paxman.

– Meu caro Simon, Bagdá é a única cidade do mundo em que ele não deve pôr os pés. Lembra daquelas fitas de interceptações de conversas pelo rádio no Iraque que Sean Plummer me deixou ouvir? Algumas das vozes foram identificadas. Reconheci um dos nomes. Um tremendo acaso, mas sei que estou certo.

– É mesmo?

– Já se passou muito tempo, mas tenho certeza de que é o mesmo homem. Ele é agora o chefe da contraespionagem em Bagdá, o caçador de espiões número um de Saddam.

– Hassan Rahmani – murmurou Paxman.

Terry Martin deveria se abster de beber, pensou ele, mesmo na época do Natal. Não é capaz de aguentar. Já começou a falar demais.

– Esse mesmo. Eles estudaram juntos, na velha escola preparatória do Sr. Hartley. Mike e Hassan eram melhores amigos. Entende agora? Por isso é que ele não pode aparecer em Bagdá.

Saíram do bar, e Paxman ficou observando a figura atarracada do arabista se afastando pela rua.

– Merda, merda, merda... – murmurou ele.

Alguém acabara de arruinar seu Natal, e teria agora de arruinar também o de Steve Laing.

EDITH HARDENBERG fora a Salzburg para passar as festas com a mãe, uma tradição de muitos anos.

Karim, o jovem estudante jordaniano, pôde visitar Gidi Barzilai no apartamento seguro, onde o líder da Operação Josué serviu drinques aos membros de folga das equipes *yarid* e *neviot* sob seu comando. Apenas um desafortunado tivera de ir para Salzburg, a fim de vigiar a Srta. Hardenberg, para o caso de ela decidir voltar de repente à capital.

O verdadeiro nome de Karim era Avi Herzog, um agente de 29 anos, transferido para o Mossad vários anos antes, procedente da Unidade 504, uma ramificação do Serviço de Informações do Exército especializada em incursões além das fronteiras, o que explicava seu árabe fluente. Por causa de sua boa aparência e da atitude tímida e hesitante que podia assumir sempre que desejava, o Mossad já o usara duas vezes antes em armadilhas amorosas.

– Como vão as coisas, conquistador? – perguntou Gidi, enquanto lhe servia um drinque.

– Devagar – respondeu Avi.

– Não demore muito. Lembre-se de que o Velho quer um resultado imediato.

– A mulher é muito difícil. Só se interessa pela união das mentes... por enquanto.

Em sua cobertura como um estudante vindo de Amã, ele se instalara num pequeno apartamento, partilhado com outro estudante árabe, na verdade um membro da equipe *neviot*, especialista em grampear telefones, que também falava árabe. Afinal, sempre havia a possibilidade de Edith Hardenberg ou alguma outra pessoa resolver verificar onde e como ele vivia, e com quem.

O apartamento partilhado resistiria a qualquer investigação, com seus livros de engenharia, jornais e revistas jordanianos. Os dois haviam-se matriculado de fato na Universidade Técnica, caso alguém decidisse investigar lá também. Foi o companheiro de apartamento quem falou:

– União das mentes? Isso é sacanagem.

– É justamente esse o problema – declarou Avi. – Não consigo fazer nenhuma.

Depois que os risos cessaram, ele acrescentou:

– Por falar nisso, vou querer um adicional por risco de vida.

– Por quê? – perguntou Gidi. – Acha que ela vai mordê-lo quando baixar a calça?

– Não. É que tenho de ir a galerias de arte, concertos, óperas, recitais. Posso morrer de tédio antes de concluir a missão.

– Apenas continue a agir como sabe, meu caro. Só está aqui porque o escritório diz que tem um talento que nós não temos.

– É isso mesmo – interveio a moça da equipe de vigilância *yarid*. – Uma coisa de 22 centímetros.

– Está falando demais, jovem Yael. Pode voltar a cuidar do tráfego na rua Hayarkon no momento em que quiser.

Os drinques, os risos e a conversa em hebraico continuaram na maior descontração. Ainda naquela noite, Yael descobriu que acertara em cheio. Foi um bom Natal para o pessoal do Mossad em Viena.

– O QUE VOCÊ ACHA, Terry?

Steve Laing e Simon Paxman haviam convidado Terry Martin para um encontro num dos apartamentos da Firma, em Kensington. Precisavam de mais privacidade do que poderiam ter num restaurante. Faltavam dois dias para o ano-novo.

– Fascinante – respondeu o Dr. Martin. – Absolutamente fascinante. É mesmo verdade? Saddam disse isso realmente?

– Por que pergunta?

– Se me permitem dizê-lo, é uma estranha conversa telefônica. O narrador parece relatar a alguém uma reunião de que participou... O outro homem na linha não diz nada.

Não havia a menor possibilidade de se explicar a Terry Martin a origem do relatório.

– As intervenções do outro homem foram irrelevantes – disse Laing. – Apenas grunhidos e manifestações de interesse. Achamos que não havia sentido em incluí-las.

– Mas essa foi de fato a linguagem que Saddam usou?

– Até onde sabemos, foi, sim.

– Fascinante. É a primeira vez que vejo alguma coisa dita por ele que não se destinava à publicação ou a uma audiência maior.

O que Martin tinha nas mãos não era o relatório escrito por Jericó, pois este fora destruído por seu próprio irmão em Bagdá, assim que acabara de lê-lo para o gravador, palavra por palavra. Era uma transcrição datilografada, em árabe, da mensagem captada em Riad antes do Natal. Ele também tinha a tradução para o inglês feita pela Firma.

– Esta última frase – disse Paxman, que voltaria para Riad naquela mesma noite –, onde ele fala em ser capaz de vencer, e todos saberem disso... significa alguma coisa para você?

– Claro. Mas você usa a palavra "vencer" em sua conotação européia e norte-americana. Eu usaria o verbo "triunfar".

– Está certo, Terry – concordou Laing. – Como acha que ele pode triunfar sobre a América e a Coalizão?

– Pela humilhação. Já expliquei antes, ele deve fazer com que a América pareça uma perfeita tola.

– Mas ele não vai se retirar do Kuwait nos próximos vinte dias? É isso o que realmente precisamos saber, Terry.

– Saddam entrou lá porque suas reivindicações não foram atendidas. Ele queria quatro coisas: a posse das ilhas Warba e Bubiyan, a fim de ter acesso ao mar; uma indenização pelo excesso de petróleo que alega que o Kuwait tirou de um lençol partilhado; o fim da superprodução do Kuwait; e o cancelamento da dívida de guerra de 15 bilhões de dólares. Se conseguir obter essas coisas, ele pode se retirar com honra, deixando a América sem ter o que fazer. Isso é triunfar.

– Qualquer indicação de que ele acha que pode obtê-las?

Martin deu de ombros.

– Saddam está convencido de que os apaziguadores na ONU podem pressionar para que nada aconteça. Aposta que tem o tempo do seu lado e que se puder prolongar a situação, a resolução da ONU acabará se esvaziando. Talvez tenha razão.

– O homem não faz sentido – resmungou Laing. – Tem um prazo fatal. E faltam menos de vinte dias para 16 de janeiro. Ele será esmagado.

– A menos que um dos membros permanentes do Conselho de Segurança da ONU apresente um plano de paz no último minuto para prorrogar o prazo – sugeriu Paxman.

Laing parecia sombrio, e previu:

– Paris ou Moscou, talvez ambos.

– Se a guerra vier, ele ainda acha que pode vencer? – indagou Paxman. – Isto é, "triunfar"?

– Claro que sim – respondeu Terry Martin. – Mas eu retorno ao que falei antes... as baixas americanas. Não esqueçam que Saddam é um lutador de rua. Seu eleitorado não se situa nos corredores diplomáticos do Cairo e Riad, mas nas vielas e bazares apinhados, com palestinos e outros árabes que se ressentem da América, que apoia

Israel. Qualquer homem que possa fazer a América sangrar, independente dos danos causados a seu próprio povo, será um herói para esses milhões.

– Mas ele não pode fazer isso – insistiu Laing.

– Saddam acha que pode – garantiu Martin. – É bastante esperto para concluir que a América, aos olhos dos americanos, não pode perder, não deve perder. Não seria aceitável. Lembrem-se do Vietnã. Os veteranos voltaram para casa e foram bombardeados com lixo. Para a América, baixas terríveis às mãos de um inimigo desprezado é uma forma de derrota. Uma derrota inaceitável. Saddam pode sacrificar 50 mil homens em qualquer lugar, a qualquer momento. Não se importa com isso. Tio Sam se importa. Se a América sofrer uma derrota assim, ficará abalada. Cabeças vão rolar, carreiras serão destruídas, governos cairão. As recriminações e o sentimento de culpa persistiriam por toda uma geração.

– Ele não pode fazer isso – garantiu Laing.

– Mas acha que pode – reiterou Martin.

– Por causa da arma de gás – murmurou Paxman.

– Talvez. Por falar nisso, já descobriram o que significava aquela frase na conversa telefônica interceptada?

Laing olhou para Paxman. Jericó de novo. Não devia haver qualquer menção de Jericó.

– Não. Ninguém jamais ouviu falar a respeito. Ninguém conseguiu descobrir.

– Pode ser importante, Steve. É alguma outra coisa... não gás.

– Terry – disse Laing, paciente –, em menos de vinte dias, os americanos, junto conosco, franceses, italianos, sauditas e outros, lançarão contra Saddam Hussein a maior armada aérea que o mundo já conheceu. Com poder de fogo suficiente para superar, em outros vinte dias, toda a tonelagem de bombas lançadas na Segunda Guerra Mundial. Os generais em Riad andam muito ocupados. Não podemos ir até lá e declarar "Suspendam tudo, pessoal, porque temos uma frase numa interceptação telefônica que não conseguimos esclarecer". Vamos encarar a realidade: era apenas um homem agitado ao telefone, sugerindo que Deus se encontra do lado deles.

— Não há nada de estranho nisso, Terry — acrescentou Paxman. — Os povos que vão para a guerra sempre alegam que contam com o apoio de Deus, desde o início dos tempos. Foi só isso.

— O outro homem mandou o interlocutor se calar e desligou — lembrou Martin.

— Porque estava muito ocupado e irritado.

— Chamou o interlocutor de filho da puta.

— Não gostava do outro.

— Talvez.

— Terry, por favor, esqueça esse assunto. Foi apenas uma frase. É a arma de gás. É com isso que ele está contando. E concordamos com todo o restante de sua análise.

Martin saiu primeiro, os dois homens do SIS vinte minutos mais tarde. Vestiram os casacos, levantaram a gola, desceram para a rua, à procura de um táxi.

— O professor é muito inteligente e gosto dele — comentou Laing.

— Mas é complicado demais. Já soube de sua vida particular?

Um táxi passou, vazio, mas com a luz apagada. Hora do chá. Laing praguejou.

— Claro que sim. A Caixa fez um levantamento.

A Caixa, ou Caixa 500, é o jargão para o Serviço de Segurança, MI-5. Há muito tempo, o endereço do MI-5 era Caixa Postal 500, Londres.

— Pois é isso aí.

— Steve, acho que não tem nada a ver com o caso.

Laing parou, virou-se para seu subordinado.

— Confie em mim, Simon. Ele apenas tem uma ideia fixa e está desperdiçando nosso tempo. Aceite um conselho meu: esqueça o professor.

— SERÁ A ARMA DE GÁS venenoso, senhor presidente.

Três dias depois do ano-novo, as festividades na Casa Branca — e, de um modo geral, não houvera qualquer pausa no trabalho — já tinham ficado para trás. Toda a Ala Oeste, o centro da Administração dos Estados Unidos, fervilhava de atividade.

Na tranquilidade do Salão Oval, george Bush se sentava à enorme escrivaninha, tendo por trás as janelas altas e estreitas, com um vidro verde-claro de 12 centímetros de espessura, à prova de bala, e por cima o símbolo dos Estados Unidos.

À sua frente sentava-se o general Brent Scowcroft, seu assessor de segurança nacional.

O presidente olhou para o sumário das análises, que acabara de lhe ser apresentado.

– Todos concordam com isso? – indagou ele.

– Sim, senhor. O material que chegou de Londres relata que o pessoal deles concorda com o nosso. Saddam Hussein não sairá do Kuwait a menos que receba alguma compensação para salvar as aparências, o que não lhe daremos.

"Quanto ao resto, ele vai se basear nos ataques com gás às forças de terra da Coalizão, antes ou durante a invasão."

George Bush era o primeiro presidente americano, desde John F. Kennedy, que já estivera em combate. Vira cadáveres de americanos mortos em ação. Mas havia algo hediondo e sórdido demais na perspectiva de jovens soldados se contorcendo em seus últimos momentos de vida, enquanto o gás venenoso destruía os tecidos pulmonares e paralisava o sistema nervoso central.

– E como ele vai lançar esse gás? – indagou Bush.

– Acreditamos que há quatro opções, Senhor presidente. A óbvia é por bombas lançadas de caças e bombardeiros. Colin Powell acaba de falar com Chuck Horner em Riad. O general Horner diz que precisa de 35 dias de incessante guerra aérea. Depois de vinte dias, nenhum avião iraquiano será capaz de alcançar a fronteira. Em trinta dias, nenhum avião iraquiano permanecerá no ar por mais de sessenta segundos. Ele diz que garante, senhor. E pode confiar em sua palavra.

– E o restante?

– Saddam tem diversas baterias de SMLF. Essa seria a segunda possibilidade.

Os sistemas de múltiplos lançamentos de foguetes do Iraque eram de fabricação soviética e baseados nos velhos Katyushkas, com efeito devastador, usados pelo exército soviético durante a Segunda Guerra Mundial. Agora modernizados, esses foguetes, lançados numa rápida sequencia de uma "caixa" retangular na traseira de um caminhão, ou de uma posição fixa, tinham um alcance de 100 quilômetros.

– Por causa do limite de alcance, senhor presidente, teriam de ser lançados do Kuwait ou da parte ocidental do deserto iraquiano. Estamos convencidos de que os J-STARSS vão encontrá-los em seus radares e serão destruídos. Os iraquianos podem camuflá-los da melhor forma possível, mas o metal vai aparecer.

"Quanto ao restante, o Iraque tem um arsenal de granadas de gás para uso por tanques e artilharia. O alcance é inferior a 37 quilômetros. Sabemos que essas granadas já se encontram nas posições, mas a essa distância é tudo deserto... sem qualquer cobertura. O pessoal da Força Aérea está confiante de que poderá descobri-los e destruí-los. Há ainda os Scuds. Estão tratando disso neste momento."

– E as medidas preventivas?

– Foram concluídas, senhor presidente. Todos os homens estão sendo vacinados para o caso de um ataque com antraz. Os britânicos também tomaram a mesma providência. Aumentamos a cada hora a produção de vacina antiantraz. E todos os homens e mulheres contam com máscara contra gás e capa protetora. Se ele tentar...

O presidente Bush levantou-se, olhou para o símbolo dos Estados Unidos. A águia sustentou seu olhar.

Vinte anos antes, ele contemplara aqueles horríveis sacos de cadáveres voltando do Vietnã, e sabia que naquele momento havia muitos sacos assim guardados em discretos contêineres, sem qualquer identificação, sob o sol saudita.

Mesmo com todas as precauções, haveria partes de pele exposta, máscaras que não poderiam ser alcançadas e colocadas a tempo.

No ano seguinte ele disputaria a reeleição. Mas não era esse o problema. Ganhando ou perdendo, não tinha a menor intenção de entrar na história como o presidente americano que despachara para a morte dezenas de milhares de soldados, não como no Vietnã, ao longo de nove anos, mas em apenas algumas semanas ou mesmo dias.

– Brent...

– Pois não, Senhor Presidente?
– James Baker deve se encontrar com Tariq Aziz em breve.
– Daqui a seis dias, em Genebra.
– Peça a ele para vir falar comigo, por favor.

NA PRIMEIRA SEMANA de janeiro, Edith Hardenberg começou a se divertir, a se divertir de verdade, pela primeira vez em anos. Havia uma emoção em explorar e explicar a seu jovem e ansioso amigo as maravilhas culturais que existiam em sua cidade.

O Winkler Bank concedera a seus empregados uma folga de quatro dias, incluindo o primeiro dia do ano; depois, teriam de restringir suas excursões culturais à noite, o que ainda encerrava a promessa de teatro, concertos e recitais, ou aos fins de semana, quando museus e galerias permaneciam abertos.

Passaram a metade de um dia em Jugendstil, admirando a *art nouveau*, e outra metade de um dia na Sezession, onde há uma exposição permanente das obras de Klimt.

O jovem jordaniano mostrava-se feliz e excitado, com um fluxo interminável de perguntas, e Edith Hardenberg se deixou contagiar pelo entusiasmo, os olhos brilhando ao explicar que havia outra exposição maravilhosa na Künstlerhaus, que seria um programa obrigatório para o próximo fim de semana.

Depois de irem à exposição de Klimt, Karim levou-a para jantar na Rotisserie Sirk. Ela protestou pela despesa, mas seu novo amigo explicou que o pai era um rico cirurgião em Amã e que sua mesada era generosa.

De forma surpreendente, Edith Hardenberg permitiu que ele lhe servisse um copo de vinho e não notou quando Karim o encheu até a borda. Sua conversa se tornou mais animada e um ligeiro rubor se insinuou nas faces pálidas.

Durante o café, Karim inclinou-se para a frente, pôs a mão sobre a dela. Aturdida, Edith Hardenberg apressou-se em olhar ao redor, para verificar se alguém percebera, mas ninguém se incomodara. Ela retirou a mão, mas um tanto devagar.

Ao final da semana, já haviam visitado quatro dos tesouros culturais que ela queria mostrar. Ao voltarem para seu carro, pelo frio da noite, saindo do Musikverein, Karim pegou-lhe a mão enluvada e não a largou mais. Ela não a retirou, sentindo o calor passar pela luva de algodão.

– É muito gentil em fazer tudo isso por mim – murmurou ele, solene. – Tenho certeza que é tedioso demais para você.

– Não é mesmo, de jeito nenhum! Gosto de ver e ouvir todas essas lindas coisas. E fico contente por você também gostar. Muito em breve será um grande conhecedor da arte e cultura europeias.

Ao chegarem ao carro, Karim sorriu para ela, pegou-lhe o rosto congelado pelo vento entre as mãos, sem luvas, mas surpreendentemente quentes, e beijou-a de leve nos lábios.

– *Danke*, Edith.

E ele se afastou. Edith Hardenberg voltou para casa, como sempre, mas as mãos tremiam, e quase bateu num bonde.

JAMES BAKER, o secretário de Estado americano, reuniu-se com Tariq Aziz, o ministro do Exterior iraquiano, no dia 9 de janeiro, em Genebra. Não foi uma reunião longa e também não foi cordial. Nem era essa a intenção. Havia um único intérprete de inglês-árabe presente, embora o inglês de Tariq Aziz fosse bastante bom para compreender o americano, que falou devagar, com grande clareza. Sua mensagem foi simples.

Se, durante o curso de quaisquer hostilidades que possam ocorrer entre nossos países, seu governo optar por empregar alguma arma de gás venenoso, proibida internacionalmente, estou autorizado a informá-lo e ao presidente Hussein de que meu país usará um artefato nuclear. Em suma, lançaremos uma bomba atômica em Bagdá.

O iraquiano atarracado e de cabelos grisalhos entendeu o sentido da mensagem, mas a princípio não pôde acreditar. Por um lado, nenhum homem de bom senso ousaria transmitir uma ameaça assim ao Rais. Ele tinha o hábito, ao estilo dos antigos reis babilônios, de descarregar seu desprazer no portador da mensagem.

Por outro, ele não teve certeza a princípio se o americano falava sério. A precipitação radiativa e os danos secundários de uma bomba atômica não se restringiram a Bagdá, não é mesmo? Não devastariam a metade do Oriente Médio?

Ao voltar para Bagdá, profundamente perturbado, Tariq Aziz era um homem que não sabia de três coisas.

A primeira era que as chamadas bombas nucleares do "teatro da guerra" da ciência moderna eram muito diferentes da bomba de Hiroxima, lançada em 1945. As novas bombas, de danos limitados, "limpas", são chamadas assim porque os efeitos do calor e impacto continuam terríveis, como sempre, mas a radiatividade que fica para trás é de duração extremamente curta.

A segunda coisa era que dentro do encouraçado *Wisconsin*, então estacionado no Golfo, e que em breve teria a companhia do *Missouri*, havia três caixas muito especiais de aço e concreto, bastante resistentes para não se degradarem por 10 mil anos, caso o navio afundasse. Dentro delas havia três mísseis Tomahawk Cruise que os Estados Unidos esperavam nunca ter de usar.

A terceira era que o secretário de Estado americano não estava brincando, absolutamente.

O GENERAL SIR PETER DE LA BILLIÈRE caminhou sozinho pela escuridão da noite no deserto, acompanhado apenas pelo rangido da areia por baixo de seus pés e por seus pensamentos transtornados.

Um soldado profissional por toda a sua vida adulta, um veterano em combate, seus gostos eram tão ascéticos quanto o corpo era seco. Incapaz de encontrar muito prazer no luxo oferecido pelas grandes cidades, sentia-se mais à vontade nos quartéis e acampamentos, em companhia de outros soldados. Como muitos outros antes, apreciava o deserto árabe, seus vastos horizontes, o calor ardente e o frio congelante, e muitas vezes o silêncio impressionante.

Naquela noite, numa visita às linhas de frente, um dos prazeres que se permitia com toda frequência possível, afastara-se a pé do Campo de St. Patrick, deixando para trás os solenes tanques Challengers, por baixo de suas redes, animais agachados esperando pacientes pelo momento de entrar em ação, e os hussardos que preparavam suas refeições por baixo.

A esta altura um amigo íntimo do general Schwarzkopf, participando de todos os conselhos do Estado-Maior de planejamento, ele sabia que a guerra era iminente. Faltava menos de uma semana para expirar o prazo fatal da ONU e não havia a menor indicação de que Saddam Hussein tinha a intenção de se retirar do Kuwait.

O que o preocupava naquela noite, sob as estrelas do deserto saudita, era o fato de que não podia entender o que o tirano de Bagdá pensava que poderia fazer. Como um soldado, o general britânico gostava de compreender seu inimigo, sondar as intenções do homem, as motivações, as táticas, a estratégia global.

Pessoalmente, só sentia desprezo pelo homem em Bagdá. As informações comprovadas de genocídio, tortura e assassinato repugnavam-no. Saddam não era um soldado, nunca fora, e desperdiçara o genuíno talento militar que havia em seu exército, impondo sua vontade aos generais ou mandando executar os melhores.

Só que não era esse o problema, mas sim o fato de que Saddam Hussein assumira o comando geral de todos os aspectos, militares e políticos, e nada do que fazia no momento tinha qualquer sentido.

Invadira o Kuwait no momento errado e pelas razões erradas. Isso feito, arruinara as possibilidades de assegurar às outras nações árabes que se mantinha aberto à diplomacia, suscetível à razão, e que o problema poderia ser resolvido no âmbito das negociações entre árabes. Se seguisse por esse caminho, era bem provável que pudesse continuar a contar com o petróleo fluindo do Kuwait e que o Ocidente acabasse por perder o interesse, enquanto as conferências dos árabes se arrastariam por anos.

Fora sua própria estupidez que provocara a ira do Ocidente, aumentada pelos métodos da ocupação iraquiana do Kuwait, com incontáveis estupros, uma terrível brutalidade, e a tentativa de usar ocidentais como escudos humanos. Tudo isso garantira seu absoluto isolamento.

Nos primeiros dias, Saddam Hussein tinha à sua mercê os ricos campos petrolíferos do nordeste da Arábia Saudita, mas se contivera.

Com seu exército e força aérea sob um comando competente, poderia até alcançar Riad e ditar suas condições. Mas fracassara, e o Escudo do Deserto fora instalado, enquanto ele promovia um desastre de relações públicas depois de outro em Bagdá.

Podia ter a esperteza das ruas, mas em todas as outras questões era um bufão estratégico. E, no entanto, raciocinou o general britânico, como qualquer homem podia ser tão estúpido?

Mesmo diante do poderio aéreo com que se defrontava, Saddam continuava a fazer todos os movimentos errados, em termos políticos e militares. Será que não tinha a menor noção da ira dos céus que estava prestes a desabar sobre o Iraque? Será que não compreendia mesmo o nível de poder de fogo que muito em breve faria com que sua força militar recuasse dez anos em cinco semanas?

O general parou, olhou pelo deserto, para o norte. Não havia lua naquela noite, mas as estrelas no deserto são tão brilhantes que já dava para perceber contornos vagos apenas por sua claridade. O território era plano, estendendo-se até o labirinto de muralhas de areia, valas, campos minados, rolos de arame farpado e ravinas que constituíam a linha de defesa iraquiana, através da qual os sapadores americanos explodiriam uma passagem para os Challengers.

E, no entanto, o tirano de Bagdá tinha um único trunfo, ao que o general sabia e ao mesmo tempo temia. Saddam podia simplesmente sair do Kuwait.

O tempo não estava do lado dos aliados. Em 15 de março começaria a festa muçulmana de Ramadan. Durante um mês, nenhum alimento ou água deveria passar pelos lábios de qualquer muçulmano entre o nascer e o pôr do sol. As noites eram para comer e beber. Assim, era quase impossível para um exército muçulmano ir à guerra durante Ramadan.

Depois de 15 de abril, o deserto viraria um inferno, com temperaturas altíssimas. Aumentaria a pressão em suas terras pelo retorno dos soldados; no verão, essa pressão e mais o sofrimento no deserto ficariam irresistíveis. Os aliados teriam de se retirar; e feito isso, nunca mais voltariam daquele jeito. A Coalizão era um fenômeno que só ocorria uma vez.

Portanto, 15 de março era o limite. Baseada na experiência, a guerra no solo poderia durar vinte dias. Ou seja, teria de começar, se começasse, em 23 de fevereiro. Mas Chuck Horner precisava de 35 dias de guerra aérea para destruir as armas, regimentos e defesas iraquianos. 17 de janeiro – essa era a data-limite para o início das hostilidades.

E se Saddam se retirasse? Deixaria meio milhão de aliados com cara de tolos, no meio do deserto, sem terem para onde ir, a não ser voltar para casa. Contudo, Saddam mantinha-se intransigente – não sairia.

O que aquele louco queria?, perguntou-se o general outra vez. Esperava por alguma intervenção divina de sua própria imaginação, que destruiria os inimigos e o tornaria triunfante?

Soou um grito no acampamento de tanques lá atrás. Ele se virou. O comandante dos Reais Hussardos Irlandeses da Rainha, Arthur Denaro, chamava-o para o jantar. O corpulento e jovial Arthur Denaro, que um dia seguiria no primeiro tanque a passar pela abertura.

O general sorriu, começou a voltar. Seria agradável se acocorar na areia com os homens, comendo favas cozidas e pão de uma marmita, escutando as vozes ao clarão de uma fogueira, o som monótono de Lancashire, o tom gutural de Hampshire e o suave sotaque da Irlanda; rir das brincadeiras e piadas, no rude vocabulário de homens que usavam um inglês sem cerimônias para dizer exatamente o que pensavam e com o maior bom humor.

Que o Senhor castigasse aquele homem no norte. O que ele estava esperando?

14

A resposta à perplexidade do general se encontrava num trole acolchoado, sob as luzes fluorescentes da fábrica 20 metros abaixo da superfície do deserto iraquiano, onde fora construída.

Um engenheiro deu um polimento no artefato e depois recuou, assumindo posição de sentido, enquanto era aberta a porta da câmara.

Apenas cinco homens entraram, antes que os dois guardas armados da segurança presidencial, a Amn-al-Khass, fechassem a porta.

Quatro dos homens mostravam-se deferentes com o que estava no centro. Como sempre, ele usava seu uniforme de combate, por cima de reluzentes botas de couro preto, a pistola na cintura, um lenço verde de algodão cobrindo o triângulo entre a túnica e a garganta.

Um dos outros quatro era seu guarda pessoal, que mesmo ali, onde todos haviam sido revistados cinco vezes, à procura de armas escondidas, não saía do seu lado. Entre o Rais e o guarda pessoal postava-se seu genro, Hussein Kamil, que dirigia o Ministério da Indústria e Industrialização Militar. Como em muitas outras ocasiões, ele assumira várias funções do Ministério da Defesa.

Do outro lado do presidente estava o mentor do programa iraquiano, Dr. Jaafar Al-Jaafar, o gênio conhecido como Robert Oppenheimer do Iraque. Ao seu lado, mas um pouco atrás, postava-se o Dr. Salah Siddiqui. Onde Jaafar era o físico, Siddiqui era o engenheiro.

O aço de sua criação exibia um brilho opaco à luz branca. Tinha 4 metros de comprimento e 1 metro de diâmetro.

Na parte posterior, cerca de 1 metro era um requintado mecanismo para absorver o impacto, e seria descartado assim que o projétil fosse lançado. Até mesmo o envoltório dos 3 metros restantes não passava de uma carapaça, uma luva com oito seções idênticas. Pequenos explosivos a desprenderiam quando o projétil partisse em sua missão, deixando o núcleo, mais fino, com 60 centímetros de diâmetro, continuar sozinho.

A base só estava ali para encorpar o projétil de 60 centímetros ao metro de diâmetro necessário para ocupar o tubo do lançador e para proteger as quatro aletas rígidas que encobria.

O Iraque não dispunha da telemetria necessária para operar aletas móveis por sinais de rádio transmitidos do solo, mas as aletas rígidas serviriam para estabilizar o projétil em voo e impediriam que oscilasse ou caísse.

Na frente, a ogiva era de uma liga de aço ultrarresistente, com a ponta em agulha. Essa parte também se tornaria dispensável.

Quando um foguete, tendo entrado no espaço interior em seu voo, retorna à atmosfera da Terra, o ar se torna mais denso na descida e cria um calor de fricção suficiente para derreter a ogiva. É por isso que os astronautas quando voltam precisam desse escudo de calor, para evitar que sua cápsula seja incinerada.

O artefato que os cinco iraquianos contemplavam naquela noite era similar. A ogiva de aço ajudaria na ascensão, mas não sobreviveria ao retorno. Se fosse mantida, o metal derretido dobraria e vergaria, fazendo com que o corpo em queda oscilasse, se desviasse, virasse de lado contra o fluxo de ar e acabasse pegando fogo.

A ponta de aço fora projetada para se desprender no apogeu do voo, revelando por baixo um cone de reingresso, mais curto, mais rombudo, e feito de fibra de carbono.

No tempo em que ainda estava vivo, o Dr. Gerald Bull tentara comprar, por conta de Bagdá, uma firma britânica na Irlanda do Norte, chamada Lear Fan. Era uma companhia de aviação que falira. Tentara construir jatos executivos com muitos componentes de fibras de carbono. O que interessava ao Dr. Bull e a Bagdá não eram os aviões executivos, mas as máquinas da Lear Fan que fabricavam a fibra de carbono.

A fibra de carbono é extremamente resistente ao calor, mas também é muito difícil para se trabalhar. O carbono é primeiro reduzido a uma espécie de "lã", da qual se faz um fio ou filamento. Este é sobreposto e trançado várias vezes sobre um molde, depois encerrado dentro de uma armação, para adquirir a forma desejada.

Como a fibra de carbono é vital na tecnologia de foguetes, e essa tecnologia é secreta, há o maior cuidado no controle da exportação dessas máquinas. Quando o pessoal do serviço de informações britânico soube qual seria o destino dos equipamentos da Lear Fan, fez uma consulta a Washington, e o negócio foi cancelado. Presumiu-se na ocasião que o Iraque não poderia obter a tecnologia de filamento de carbono.

Os peritos enganaram-se. O Iraque tentou outro curso que deu certo. Um fornecedor americano de produtos de condicionamento de ar e isolamento foi persuadido a vender a uma companhia de "fachada" iraquiana as máquinas para tecer a lã mineral. No Iraque, os engenheiros modificaram as máquinas para tecer fibra de carbono.

Entre o amortecedor de impacto atrás e a ogiva na frente ficava a obra do Dr. Siddiqui – uma pequena e trivial, mas de funcionamento perfeito, bomba atômica, a ser acionada pelo princípio do cano de arma de fogo, usando os catalisadores de lítio e polônio para criar a tempestade de nêutrons necessária para desencadear a reação em cadeia.

Dentro da criação de engenharia do Dr. Siddiqui ficava o verdadeiro triunfo, uma esfera e um plugue tubular, pesando 35 quilos, e produzidos sob a égide do Dr. Jaafar. Ambos eram de puro urânio 235 enriquecido.

Um lento sorriso de satisfação espalhou-se por baixo do bigode preto e denso. O presidente adiantou-se, passou um dedo pelo aço polido.

– Vai funcionar? – sussurrou ele. – Vai realmente funcionar?

– Vai, sim, Sayidi Rais – respondeu o físico.

A cabeça sob a boina preta balançou devagar, várias vezes.

– Merecem os parabéns, meus irmãos.

Por baixo do projétil, sobre um suporte de madeira, havia uma placa simples. Dizia apenas: Qubth-ut-Allah.

TARIQ AZIZ PENSARA por muito tempo sobre a maneira de transmitir ao seu presidente a ameaça americana – se é que o faria que lhe fora apresentada de uma forma tão brutal em Genebra.

Conheciam-se fazia vinte anos, e durante todo esse tempo o ministro do Exterior servira a seu amo com uma devoção canina, sempre ficando do seu lado nas lutas iniciais dentro da hierarquia do Partido Ba'ath, quando havia outros pretendentes ao poder, sempre apoiando seu julgamento pessoal de que a total implacabilidade do homem de Tikrit acabaria por triunfar, e sempre constatando que estava certo.

Haviam escalado juntos o pau de sebo do poder numa ditadura no Oriente Médio, um sempre à sombra do outro. O atarracado Aziz, de cabelos grisalhos, conseguira superar a desvantagem inicial de sua educação superior e fluência em duas línguas europeias pela obediência cega.

Deixando a violência de fato para outros, observara e aprovara, como todos deviam fazer na corte de Saddam Hussein, enquanto expurgo após expurgo lançavam em desgraça e condenavam à execução colunas de oficiais do exército e antigos homens de confiança do partido, a sentença com frequência precedida por horas agoniadas nas mãos dos torturadores em Abu Ghraib.

Vira generais competentes serem afastados e fuzilados, por tentar defender homens sob seu comando, e sabia que os verdadeiros conspiradores haviam morrido de uma maneira mais horrível do que lhe agradava imaginar.

Testemunhara a tribo Al-Juburi, outrora tão poderosa no exército que ninguém ousava desafiá-la, ser despojada e humilhada, os sobreviventes se tornando submissos e obedientes. Permanecera em silêncio enquanto o meio-irmão de Saddam, Ali Hassan Majid, então ministro do Interior, tramava e executava o genocídio dos curdos, não apenas em Halabja, mas também em cinquenta outras cidades e aldeias, exterminados com bombas, artilharia e gás.

Tariq Aziz, como todos os outros no círculo do Rais, sabia que não tinha nenhum outro lugar para onde ir. Se algo acontecesse com seu amo, ele também estaria liquidado para sempre.

Ao contrário de alguns outros em torno do trono, ele era inteligente demais para acreditar que aquele era um regime popular. Seu maior medo não era dos estrangeiros, mas da terrível vingança do povo do Iraque, se algum dia fosse removido o véu de proteção de Saddam.

Seu problema naquele dia 11 de janeiro, enquanto aguardava a reunião pessoal para a qual fora convocado, ao voltar da Europa, era como transmitir a ameaça americana sem atrair a ira inevitável para sua pessoa. Sabia que o Rais poderia, com a maior facilidade, desconfiar que fora ele, seu ministro do Exterior, quem realmente sugerira a ameaça aos americanos. Não há lógica na paranoia, apenas o instinto visceral, às vezes certo, às vezes errado. Muitos inocentes haviam morrido, assim como suas famílias, por causa de alguma suspeita infundada do Rais.

Duas horas depois, retornando a seu carro, ele sentia-se aliviado, sorridente e perplexo.

Seu alívio era compreensível; o Rais se mostrara descontraído e jovial.

Escutara com aprovação o candente relato da missão de Tariq Aziz em Genebra, a disseminada simpatia que percebera em todos com que conversara pela posição do Iraque e o sentimento geral antiamericano que parecia estar se avolumando no Ocidente.

Acenara com a cabeça, compreensivo, quando Tariq despejara culpa nos americanos belicosos. Depois, no momento em que o ministro do Exterior, dominado por um senso de indignação, mencionara o que James Baker lhe dissera, a esperada explosão de raiva do Rais não se consumara.

Enquanto outros ao redor da mesa se mostravam furiosos, Saddam Hussein continuara a balançar a cabeça e sorrir.

O ministro do Exterior também sorria ao se retirar, porque no final o Rais lhe dera os parabéns por sua missão europeia. O fato de que a missão, por quaisquer padrões diplomáticos normais, fora um desastre – repelido por todos os lados, tratado com uma cortesia fria pelos anfitriões, incapaz de abrir qualquer brecha na determinação da Coalizão formada contra seu país – parecia não ter a menor importância.

Sua perplexidade derivava de algo que o Rais declarara ao final da audiência. Fora um aparte, um comentário sussurrado só para o ministro do Exterior, enquanto o Rais o acompanhava até a porta.

– Rafeek, meu caro camarada, não se preocupe. Muito em breve terei uma surpresa para os americanos. Ainda não. Mas se os Beni el Kalb tentarem algum dia cruzar a fronteira, reagirei não com gás, mas com o Punho de Deus.

Tariq Aziz balançara a cabeça em concordância, embora não soubesse a que o Rais se referia. Junto com os outros, descobriria vinte e quatro horas depois.

A MANHÃ DE 12 DE JANEIRO testemunhou a última reunião do plenário do Conselho do Comando Revolucionário realizada no palácio presidencial, na esquina da rua 14 de Julho com a rua Kindi. Uma semana mais tarde, o palácio foi bombardeado, até virar escombros, mas o pássaro lá dentro fazia muito que já voara para longe.

Como sempre, a convocação para a reunião veio no último momento. Não importava quão alto alguém se elevasse na hierarquia, nem quanta confiança merecesse, ninguém sabia exatamente, à exceção de um pequeno punhado da família, íntimos e guardas pessoais, onde o Rais estaria numa determinada hora, em qualquer dia.

Se ele continuava vivo, depois de sete tentativas de assassinato, era por causa de sua obsessão com a segurança pessoal.

Sua segurança não era confiada ao pessoal da contraespionagem, nem à polícia secreta de Omar Khatib, muito menos ao exército, sequer à Guarda Republicana.

A tarefa cabia à Amn-al-Khass. Podiam ser jovens, mal saídos da adolescência, mas sua lealdade era fanática e absoluta. Seu comandante era o próprio filho do Rais, Kusay.

Nenhum conspirador jamais poderia saber por qual estrada o Rais viajaria nem quando ou qual veículo usaria. Suas visitas a bases militares ou instalações industriais eram sempre de surpresa, não apenas para os visitados, mas também para as pessoas ao seu redor.

Mesmo em Bagdá, ele se deslocava de um lugar para outro em súbitos caprichos, às vezes passando poucos dias no palácio, em outras ocasiões retirando-se para sua casamata, por trás e por baixo do Hotel Rashid.

Cada prato posto à sua frente tinha de ser provado antes por outro, e o provador oficial era o primogênito do cozinheiro. Toda e qualquer bebida só podia sair de uma garrafa com o lacre inviolado.

Naquela manhã, a convocação para a reunião no palácio foi entregue aos membros do CCR por mensageiro especial uma hora antes. Assim, não havia tempo para preparativos de assassinato.

As limusines passaram pelo portão, deixaram seus passageiros e seguiram para um estacionamento especial. Cada membro do CCR passou por um sistema de detecção de metais; não se permitia a entrada com armas pessoais.

Trinta e três homens sentaram-se à mesa em forma de T, na enorme sala de reunião. Oito sentaram-se no travessão do T, flanqueando o trono vazio no centro. Os demais ficaram de frente uns para os outros, ao longo da haste do T.

Sete dos presentes eram parentes de sangue do Rais e mais três pelo casamento. Esses e mais oito vinham de Tikrit, ou da região ao redor. Todos eram integrantes antigos do Partido Ba'ath.

Dez dos 33 eram ministros de Estado e nove eram generais do Exército ou Força Aérea. Saadi Tumah Abbas, ex-comandante da Guarda Republicana, fora promovido a ministro da Defesa naquela manhã e sentava-se radiante ao topo da mesa. Substituíra Abd al-Jabber Shenshall, o renegado curdo que, havia muito, ligara seu destino ao carrasco de seu próprio povo.

Entre os generais do exército, estavam Mustafa Radi, da infantaria, Farouk Ridha, da artilharia, Ali Musuli, do corpo de engenharia, e Abdullah Kadiri, do corpo de tanques.

Ao fundo da mesa sentavam-se os três homens que controlavam o aparelho de informações: Dr. Ubaidi, da Mukhabarat Internacional, Hassan Rahmani, da contraespionagem, e Omar Khatib, da polícia secreta.

Todos se levantaram e aplaudiram quando o Rais entrou. Ele sorriu, instalou-se em sua cadeira, acenou para que todos se sentassem e iniciou seu discurso. Não se encontravam ali para discutir qualquer coisa, mas sim para ouvir seu comunicado.

Só o genro, Hussein Kamil, não demonstrou surpresa quando o Rais entrou discursando. Quando ele anunciou a novidade, depois de quarenta minutos de oração, enumerando uma série ininterrupta de triunfos que haviam marcado sua liderança, a reação imediata foi de silêncio aturdido.

Todos sabiam que o Iraque vinha tentando fazia anos. O fato de que essa realização na área da tecnologia, a única que parecia capaz de incutir medo no mundo inteiro, até mesmo entre os poderosos americanos, fora alcançada agora, no próprio limiar da guerra, parecia inacreditável. Intervenção divina. Mas a divindade não pairava no céu lá em cima; sentava ali mesmo, com eles, exibindo um sorriso insinuante.

Foi Hussein Kamil, avisado antes, quem se levantou e comandou a ovação. Os outros apressaram-se em seguir o exemplo, cada um temendo ser o último a ficar de pé, ou menos animado nos aplausos. Depois, ninguém estava disposto a ser o primeiro a parar.

Quando retornou a seu gabinete, duas horas mais tarde, Hassan Rahmani, o urbano e cosmopolita chefe da contraespionagem, limpou a mesa, ordenou que ninguém o interrompesse e sentou-se com um café puro e forte. Precisava pensar, e pensar muito.

Como todos os outros na reunião, a notícia deixara-o abalado. Num súbito golpe, o equilíbrio de poder no Oriente Médio mudara, mas ninguém sabia. Depois que o Rais, com as mãos erguidas pedindo que a ovação cessasse, numa admirável humildade, recomeçara seu discurso, todos os presentes haviam sido obrigados a jurar silêncio.

Era algo que Rahmani podia compreender. Apesar da intensa euforia que envolvia a todos ao se retirarem, e à qual aderira com o maior entusiasmo, Rahmani podia prever grandes problemas.

Nenhum artefato daquele tipo vale alguma coisa se seus amigos – e, ainda mais importante, seus inimigos – não souberem que você o possui. Só então é que os inimigos em potencial passavam a rastejar como amigos.

Algumas nações que desenvolveram a arma trataram de anunciar o fato com um grande teste, deixando o restante do mundo deduzir as consequências. Outras, como Israel e África do Sul, apenas insinuavam que possuíam, mas jamais confirmavam, deixando que o mundo e os vizinhos em particular adivinhassem. Às vezes isso era mais eficiente; a imaginação pode se tornar desenfreada.

Mas isso, concluiu Rahmani, não funcionaria no caso do Iraque. Se era verdade o que ele ouvira, e não estava de todo convencido de que não passava de mais uma trama, contando com um eventual vazamento, para ganhar outro adiamento da execução, então ninguém fora do Iraque acreditaria.

O único meio para o Iraque desencorajar os inimigos era provar que tinha mesmo a arma. Ao que tudo indicava, porém, o Rais se recusava a fazer isso. Havia, sem dúvida, grandes problemas para provar a alegação.

Testar em seu próprio território era inadmissível, uma loucura total. Enviar um navio para o sul, pelo Oceano Índico, abandoná-lo e deixar o teste ocorrer ali, poderia ter sido possível antes, mas não agora. Todos os portos haviam sido bloqueados. Mas uma equipe da

Agência Internacional de Energia Atômica da ONU, sediada em Viena, poderia ser convidada a fazer uma inspeção e se certificar de que não era mentira. Afinal, a agência visitava o país todos os anos, havia quase uma década, e sempre fora enganada sobre o que acontecia de fato. Diante da prova visual, os técnicos teriam de acreditar em seus próprios olhos e testes, sua única escolha seria comer o pão da humildade por sua credulidade passada e confirmar a verdade.

Mas Rahmani acabara de ser informado de que tal curso estava formalmente proibido. Por quê? Porque era tudo uma mentira? Porque o Rais tinha outra ideia em mente? E, ainda mais importante, que proveito ele, Rahmani, poderia tirar da situação?

Por meses, contara com Saddam Hussein se lançando impetuoso a uma guerra que não poderia vencer, agora, a guerra era inevitável. Rahmani contara com a derrota culminando na queda do Rais, engendrada pelos americanos, e sua própria elevação ao poder, no regime sucessor, patrocinado pelos americanos. Só que a situação mudara. Ele precisava de tempo para pensar, para definir a melhor maneira de jogar aquela carta nova e espantosa.

NAQUELA NOITE, depois que escureceu, um sinal de giz apareceu num muro por trás da igreja caldeia de São José, na Área dos Cristãos. Parecia a figura de um oito de lado.

Os cidadãos de Bagdá tremiam nessa noite. Apesar da incessante propaganda da rádio iraquiana e da fé cega de muitos de que tudo era verdade, havia outros que escutavam o Serviço Internacional da BBC em árabe, preparado em Londres, mas irradiado de Chipre, e sabiam que os Beni Naji diziam a verdade. A guerra era iminente.

A suposição na cidade era de que os americanos começariam pelo bombardeio de Bagdá, uma suposição que se estendia até o palácio presidencial. Haveria numerosas baixas civis.

O regime presumia isso, mas não se importava. Nos altos escalões, a previsão era de que o efeito global de um maciço massacre de civis em seus lares seria uma repulsa mundial contra a América, obrigando-a a desistir e ir embora. Era por isso que um contingente tão grande da imprensa estrangeira ainda tinha permissão para ocupar o Hotel Rashid, e era até encorajado. Havia guias de prontidão para conduzir as câmeras de TV estrangeiras às cenas de genocídio, assim que a guerra começasse.

A sutileza desse argumento escapava à compreensão dos habitantes de Bagdá. Muitos já haviam fugido, os não iraquianos seguindo para a fronteira jordaniana, engrossando a onda de cinco meses de refugiados do Kuwait, enquanto os iraquianos se retiravam para as zonas rurais.

Ninguém desconfiava, nem as milhões de pessoas grudadas em telas de TV por toda a América e Europa, do verdadeiro nível de sofisticação que estava agora ao alcance do soturno Chuck Horner, em Riad. Ninguém podia também imaginar que a maioria dos alvos seria selecionada de um cardápio preparado pelas câmeras de satélites no espaço e demolida por bombas guiadas por *laser*, que raramente se desviavam de seu destino.

O que os cidadãos de Bagdá sabiam, à medida que a verdade extraída da BBC se filtrava pelos bazares e mercados, era que dentro de quatro dias, a contar da meia-noite de 12 de janeiro, expiraria o prazo para o Iraque se retirar do Kuwait e os aviões de guerra americanos viriam. Por isso, a cidade mantinha-se quieta, em expectativa.

Mike Martin veio pedalando devagar da rua Shurja e deu a volta para os fundos da igreja. Viu a marca de giz no muro ao passar e continuou em frente. Parou no final da viela, desmontou, passou algum tempo ajustando a corrente, enquanto esquadrinhava pelo caminho por que viera, a fim de verificar se havia algum movimento lá atrás.

Nenhum. Nada de arrastar de pés de agentes da polícia secreta em vãos de porta, nem cabeças se erguendo nos telhados. Ele pedalou de volta, estendeu a mão com um pano úmido, apagou a marca de giz e se afastou.

A marca indicava que uma mensagem o aguardava por trás de um tijolo num velho muro na rua Abu Nawas, à beira do rio, a menos de um quilômetro de distância.

Quando menino, ele brincara por ali, correndo pela beira do cais com Hassan Rahmani e Abdelkarim Badri, onde os ambulantes cozinhavam o delicioso *masgouf* sobre brasas, vendendo aos transeuntes as partes mais macias da carpa do rio Tigre.

As lojas estavam fechadas, os cafés trancados; poucos vagueavam pela beira do cais, ao contrário do que acontecia antigamente. O silêncio lhe era favorável. No final da Abu Nawas ele avistou um grupo de agentes à paisana da AMAM, mas eles não deram a menor atenção ao *fellagha* pedalando a serviço de seu patrão. Mike Martin sentiu-se encorajado pela presença dos agentes; acima de tudo, a AMAM era inepta. Se estivesse vigiando um ponto de correspondência, não postaria seus homens de uma maneira tão óbvia na rua. Haveria uma tentativa de sofisticação, mesmo que falha.

A mensagem estava ali. O tijolo voltou para o lugar em um segundo, o papel dobrado foi escondido por dentro da cueca. Minutos depois, ele atravessou a ponte Ahrar, sobre o Tigre, passando de Risafa para Karch, e seguindo para a casa do diplomata soviético, em Mansour.

Em nove semanas, a vida assentara sem maiores problemas na propriedade murada. A cozinheira russa e seu marido tratavam-no bem, e ele aprendera umas poucas palavras de sua língua. Saía todos os dias para comprar produtos frescos, o que lhe proporcionava bons motivos para passar pelos pontos de correspondência. Já transmitira 14 mensagens do invisível Jericó, que lhe enviara 15 até agora.

Fora detido oito vezes pela AMAM, mas em todas as ocasiões fora liberado por causa de seu comportamento humilde, a bicicleta com o cesto carregado de frutas, legumes, café, ervas e outras mercadorias, mais a carta do diplomata e sua pobreza visível.

Não podia saber quais eram os planos de guerra delineados em Riad, mas tinha de passar todas as perguntas dirigidas a Jericó para sua própria escrita árabe, depois de escutá-las nas transmissões recebidas, e precisava ler as respostas de Jericó para transmiti-las a Simon Paxman.

Como um soldado, podia apenas calcular que as informações políticas e militares de Jericó deviam ser valiosas para um comandante que se preparava para desfechar um ataque ao Iraque.

Já adquirira um aquecedor a óleo para seu chalé e um lampião Petromax para iluminá-lo. Sacos de aniagem do mercado agora serviam como cortinas, e o barulho de passos no cascalho o alertaria para a aproximação de alguém.

Naquela noite ele voltou agradecido ao calor de sua habitação, trancou a porta, certificou-se de que as cortinas cobriam cada centímetro de janela, acendeu o lampião e leu a última mensagem de Jericó. Era mais curta do que o habitual, mas nem por isso seu impacto era menor. Martin leu duas vezes para ter certeza de que não perdera subitamente seus conhecimentos de árabe, murmurou "Santo Deus!" e removeu as lajes para pegar o gravador.

Para que não houvesse qualquer mal-entendido, leu a mensagem devagar, com todo o cuidado, em árabe e inglês, para o gravador, antes de ligar os controles que aumentavam a velocidade, reduzindo a mensagem de cinco minutos para um segundo e meio.

Transmitiu-a quando se passavam vinte minutos da meia-noite.

COMO SABIA QUE HAVIA uma janela para transmissão entre quinze minutos e meia hora depois da meia-noite, Simon Paxman não fora para a cama. Jogava cartas com um dos operadores de rádio quando a mensagem chegou. O outro operador trouxe a notícia da sala de comunicações.

– É melhor você vir escutar, Simon... agora – disse ele.

Embora a operação do SIS em Riad envolvesse muito mais do que quatro homens, o controle de Jericó era considerado tão secreto que só Paxman, o chefe da estação, Julian Gray e os dois operadores de rádio participavam. Seus três cômodos haviam sido virtualmente isolados do restante da casa.

Simon Paxman escutou a voz que saía do gravador, no "centro de rádio", que era na verdade um quarto adaptado. Martin falou em árabe primeiro, lendo duas vezes a mensagem de Jericó, e depois transmitiu sua tradução, também duas vezes.

Enquanto escutava, Paxman teve a sensação de que uma mão gelada lhe apertava o estômago. Algo saíra errado, muito errado. Não era possível o que ouvira agora. Os outros dois homens mantiveram-se em silêncio, ao seu lado.

– É mesmo ele? – indagou Paxman, em tom de urgência, assim que a mensagem terminou.

Seu primeiro pensamento foi o de que haviam capturado Martin, e a voz era de um impostor.

– É ele. Conferi o registro. Não há a menor dúvida de que é ele.

Os padrões de fala têm tons e ritmos variados, altos e baixos, cadências que podem ser registradas num osciloscópio, que as reduz a uma série de linhas numa tela, como ocorre com um monitor cardíaco.

Cada voz humana é ligeiramente diferente, independente de quão boa seja a imitação. Antes de sua partida para Bagdá, a voz de Mike Martin fora gravada numa máquina assim. O mesmo acontecera com as transmissões posteriores de Bagdá, para o caso de haver distorções em decorrência da redução e aumento da velocidade, do gravador ou da transmissão por satélite.

A voz que vinha de Bagdá naquela noite conferia com a voz gravada. Era Martin falando, ninguém mais.

O segundo receio de Paxman era o de que Martin tivesse sido preso, torturado e "convertido", e agora transmitia sob pressão. Tratou de rejeitar a possibilidade como improvável.

Havia palavras previamente combinadas, uma pausa, uma hesitação, uma tosse, a fim de alertar os ouvintes em Riad, se ele não estivesse transmitindo como um agente livre. Além do mais, sua transmissão anterior fora apenas três dias antes.

A polícia secreta iraquiana podia ser brutal, mas não era rápida. E Martin era duro na queda. Um homem torturado e convertido em tão pouco tempo seria um destroço humano, o que transpareceria na voz.

O que significava que Martin continuava como um agente livre – a mensagem que lera era exatamente a que recebera de Jericó naquela noite. O que acarretava mais elementos imponderáveis. Ou Jericó estava certo, errado ou mentindo.

– Chame Julian – disse Paxman a um dos operadores de rádio.

Enquanto o homem ia tirar da cama lá em cima o chefe da estação britânica, Paxman tocou a linha particular do seu equivalente americano, Chip Barber.

– Chip, é melhor você vir até aqui, e depressa.

O homem da CIA despertou por completo no mesmo instante. Algo na voz do inglês lhe dizia que não havia tempo para uma conversa sonolenta.

– Problemas, companheiro?

– É o que parece daqui – admitiu Paxman.

Barber atravessou a cidade e entrou na casa do SIS em meia hora, com uma calça e suéter por cima do pijama. Era 1 hora da madrugada. A esta altura, Paxman já providenciara uma cópia da gravação em inglês e árabe, mais uma transcrição nas duas línguas. Os dois operadores de rádio, que havia anos trabalhavam no Oriente Médio, eram fluentes em árabe e confirmaram que a tradução de Martin era acurada.

– Ele só pode estar brincando – murmurou Barber, ao ouvir a gravação.

Paxman mostrou as verificações que já efetuara para determinar a autenticidade da voz de Martin.

– Não podemos esquecer, Simon, que é apenas Jericó relatando o que *alega* ter ouvido Saddam dizer esta manhã... isto é, ontem de manhã. Tudo indica que Saddam está mentindo. Vamos encarar a verdade, ele mente como respira.

Mentira ou não, era um assunto que não podia ser tratado em Riad. As estações locais do SIS e CIA podiam fornecer a seus generais as informações militares e até mesmo estratégicas fornecidas por Jericó, mas as questões políticas iam para Londres e Washington. Barber conferiu em seu relógio. Eram 19 horas em Washington.

– Eles devem estar preparando seus coquetéis a esta altura – comentou o americano. – É melhor reforçar a dose, pessoal. Vou despachar isto para Langley já.

– Chocolate e biscoitos em Londres – murmurou Paxman. – Mandarei a mensagem para a Century. Eles que decidam.

Barber se retirou para enviar sua cópia da mensagem, em código, a Bill Stewart, com uma classificação de urgência de "cósmica", a mais alta conhecida. Assim, o pessoal do centro de comunicações o localizaria onde quer que estivesse e diria que procurasse uma linha segura.

Paxman fez o mesmo para Steve Laing, que seria acordado no meio da noite, tendo que deixar sua cama aconchegante, sair para a noite gelada e voltar a Londres.

Havia uma última providência que Paxman podia tomar, e foi o que ele fez. Martin tinha uma janela de transmissão, para escuta apenas, às 4 horas da madrugada. Paxman esperou e enviou para seu homem em Bagdá uma mensagem curta, mas bastante explícita. Dizia que Martin não deveria realizar qualquer tentativa, até segunda ordem, de se aproximar de qualquer dos seis pontos de correspondência. Como uma medida de precaução.

KARIM, O ESTUDANTE JORDANIANO, fazia um progresso lento, mas firme, em sua corte à Fräulein Edith Hardenberg. Ela permitia-lhe pegar a mão quando passeavam pelas ruas da Velha Viena, as calçadas estalando com a geada sob seus pés. Até admitiu para si mesma que era agradável passear de mãos dadas.

Na segunda semana de janeiro, ela comprou ingressos para o Burgtheater... com o dinheiro de Karim. Estavam apresentando uma peça de Grillparzer, *Gygus und sein Ring*.

Antes de entrarem, ela explicou, excitada, que era a história de um velho rei, com vários filhos, e o sucessor seria aquele a quem legasse seu anel. Karim assistiu à peça como se estivesse em transe, pediu diversas explicações sobre o texto, que consultava com frequência, durante a apresentação.

No intervalo, Edith demonstrou o maior prazer em responder tudo. Mais tarde, Avi Herzog diria a Barzilai que o espetáculo era tão emocionante quanto sentar-se para ver a tinta secar.

– Você é um filisteu – disse o homem do Mossad. – Não tem cultura.

– Não estou aqui pela minha cultura – respondeu Avi.

– Pois então faça logo sua tarefa, rapaz.

No domingo, Edith, uma católica devota, foi à missa pela manhã, na Votivkirche. Karim explicou que, como muçulmano, não poderia acompanhá-la, mas a esperaria num café no outro lado da praça.

Depois, enquanto tomavam um café, a que ele acrescentou deliberadamente uma boa dose de *schnapps*, o que a deixou com as faces coradas, Karim discorreu sobre as diferenças e semelhanças entre o cristianismo e o islamismo – o culto comum a um único e verdadeiro Deus, a linha de patriarcas e profetas, os ensinamentos dos livros sagrados e os códigos morais. Edith sentia-se apreensiva, mas fascinada. Especulou se ouvir tudo aquilo poria em perigo sua alma imortal, mas ficou espantada ao saber que se enganara ao pensar que os muçulmanos se prostravam diante de seus ídolos.

– Eu gostaria de jantar – declarou Karim, três dias depois.

– Eu também, mas você gasta dinheiro demais comigo – disse ela.

Edith descobrira que podia contemplar com prazer o rosto do jovem e seus ternos olhos castanhos, ao mesmo tempo em que se advertia que a diferença de dez anos de idade tornava absolutamente ridículo qualquer coisa além de uma amizade platônica.

– Não num restaurante.

– Onde então?

– Não quer fazer um jantar para mim, Edith? Sabe cozinhar? A autêntica comida vienense?

Ela ficou vermelha com o pensamento. Todas as noites, a menos que fosse sozinha a um concerto, preparava um lanche modesto, que comia no pequeno vão do apartamento que servia como sala de jantar. Mas sabia cozinhar, embora fazia muito tempo que não se preocupasse com isso.

Além do mais, argumentou para si mesma, ele lhe oferecera várias refeições caras em restaurantes... e era um jovem muito bem-educado e cortês. Não podia haver mal nenhum nisso.

DIZER QUE O RELATÓRIO de Jericó da noite de 12 para 13 de janeiro causou consternação em determinados círculos secretos de Londres e Washington seria uma atenuação dos fatos. Uma expressão mais apropriada seria pânico controlado.

Um dos problemas era o círculo mínimo de pessoas que tinham conhecimento da existência de Jericó, muito menos dos detalhes. O princípio do só-quem-precisa-saber pode parecer meticuloso demais, mas funciona por uma razão.

Todas as agências sentem uma obrigação para com um agente que opera numa situação de alto risco, não importa quão ignóbil esse agente possa se mostrar como ser humano.

Não entrava em consideração o fato de Jericó ser obviamente um mercenário e não um nobre idealista. Era irrelevante que ele estivesse traindo com o maior cinismo seu país e seu governo. Afinal, o governo do Iraque era mesmo encarado como repulsivo, e assim se tratava apenas de um canalha traindo um bando de canalhas.

O importante, além do seu valor evidente e de que as informações podiam salvar vidas aliadas nos campos de batalha, era Jericó ser um agente nos altos escalões, e por isso as duas agências que o operavam em conjunto tinham de manter sua própria existência restrita a um círculo mínimo de iniciados. Nenhum ministro de Estado, nenhum político, nenhum servidor civil ou militar fora formalmente informado da existência de Jericó.

Seu produto, em consequência, fora disfarçado de várias maneiras.

Criou-se toda uma série de histórias de cobertura para explicar a procedência daquela torrente de informações.

As informações militares vinham de soldados iraquianos que haviam desertado no Kuwait, inclusive um inexistente major, que estava sendo interrogado numa base dos serviços secretos no Oriente Médio, mas fora da Arábia Saudita.

As informações científicas e técnicas sobre armas de destruição em massa teriam sido obtidas de um cientista iraquiano que desertara para o lado dos britânicos, depois de estudar no Colégio Imperial, em Londres, e se apaixonar por uma inglesa, e de uma segunda e intensiva pesquisa entre técnicos europeus que haviam trabalhado no Iraque entre 1985 e 1990.

As informações políticas eram atribuídas a refugiados procedentes do Iraque, mensagens secretas pelo rádio do Kuwait ocupado, e informações recolhidas por meios eletrônicos e vigilância aérea.

Mas como explicar um relatório direto de palavras do próprio Saddam, pronunciadas numa reunião fechada, em seu palácio, por mais bizarras que fossem suas alegações, sem admitir a existência de um agente nos altos círculos de Bagdá?

Os perigos de tal admissão eram assustadores. Para começar, sempre há a possibilidade de vazamentos. Há vazamentos todo o tempo. Documentos ministeriais vazam, memorandos do serviço público vazam, mensagens internas vazam.

Os políticos, pelo ângulo da comunidade de informações, são os piores. Se for verdade os pesadelos dos mestres da espionagem, os políticos contam tudo a suas esposas, namoradas, namorados, cabeleireiros, motoristas e *barmen*. São capazes até de trocar confidências num restaurante com o garçom debruçado sobre a mesa.

Acrescente-se a isso o fato de a Inglaterra e os Estados Unidos terem veteranos da mídia com um talento de investigação capaz de ofuscar a Scotland Yard e o FBI, e então se torna um problema explicar o produto de Jericó sem admitir a existência de Jericó.

Além disso, ainda havia em Londres e Washington centenas de estudantes iraquianos, muitos sem dúvida agentes da Mukhabarat do Dr. Ismail Ubaidi, prontos a comunicar qualquer fato que vissem ou ouvissem.

Não era apenas uma questão de denunciar Jericó pelo nome, pois isso seria impossível. Mas uma insinuação de que saíam de Bagdá informações que não deveriam sair, e a rede de contraespionagem de Rahmani passaria a se empenhar vinte e quatro horas por dia para identificar e isolar a fonte.

Na melhor das hipóteses, isso implicaria o silêncio futuro de Jericó, que fecharia a boca para se proteger, e, na pior, sua captura.

Enquanto prosseguia a contagem regressiva para o início da guerra aérea, as duas agências tornaram a entrar em contato com os peritos em física nuclear e solicitaram uma rápida reavaliação das informações já fornecidas. Afinal, havia alguma possibilidade concebível de que o Iraque tivesse uma instalação de separação de isótopos maior e mais rápida do que antes se pensava?

Na Grã-Bretanha, os especialistas em Harwell e Aldermaston foram consultados de novo; nos Estados Unidos, os peritos em Sandia, Lawrence Livermore e Los Alamos. O Departamento Z em Livermore, o pessoal que monitorava a proliferação nuclear no Terceiro Mundo, foi particularmente pressionado.

Os cientistas e técnicos, obstinados, confirmaram sua avaliação anterior. Mesmo considerando a pior possibilidade, presumindo que o Iraque contava com duas "cascatas" de centrífugas de difusão, não apenas uma, funcionando há dois anos, não apenas um, ainda assim não teria nenhuma condição de obter mais do que a metade do urânio 235 de que precisaria para um único artefato de capacidade média.

O que deixou as agências com um cardápio de opções.

Saddam estava enganado porque mentiram para ele. Conclusão: improvável. Os responsáveis pagariam com suas próprias vidas por tal afronta ao Rais.

Saddam proclamara que tinha a bomba, mas mentia. Conclusão: era bem possível. Para elevar o moral de seus partidários indecisos e apreensivos. Mas por que restringir a notícia aos fanáticos do círculo interno, que não eram indecisos nem apreensivos? A propaganda para levantar o moral se destina às massas e ao mundo exterior. Irresponsível.

Saddam não dissera aquilo. Conclusão: todo o relatório era mentiroso. Conclusão secundária: Jericó mentia por ser ganancioso por dinheiro e achar que suas oportunidades acabarão com o início da guerra. Anexara uma etiqueta de preço de 1 milhão de dólares à sua informação.

Jericó mentia porque fora desmascarado e revelara tudo. Conclusão: também possível, e tal opção representa um tremendo risco pessoal para o homem em Bagdá continuar a manter o contato.

A esta altura, a CIA assumiu o comando. Sendo a fonte pagadora, Langley tinha esse direito.

– Eu lhe darei a conclusão, Steve – disse Bill Stewart a Steve Laing, pela linha segura da CIA para Century House, no início da noite de 14 de janeiro. – Saddam está errado ou mentindo. Jericó está errado ou mentindo. O que quer que seja, Tio Sam não vai depositar um milhão de dólares numa conta em Viena por esse tipo de lixo.

– Não há qualquer possibilidade de que a opção não considerada possa estar certa, no final das contas, Bill?

– E qual é essa opção?

– A de que Saddam disse mesmo isso e está certo.

– De jeito nenhum. É um truque e não vamos engolir. Jericó foi sensacional durante nove semanas, embora agora tenhamos de reavaliar tudo o que ele nos enviou. Já ficou comprovado que pelo menos a metade é procedente. Mas ele acabou com essa última informação. Achamos que é o fim da linha. Não sabemos por quê, mas é a palavra de sabedoria do alto da montanha.

– Cria problemas para nós, Bill.

– Sei disso, companheiro, e é o motivo pelo qual decidi telefonar minutos depois de sair da reunião com o diretor. Ou Jericó foi capturado e contou tudo aos torturadores ou não aguenta mais e resolveu se mandar. Acho que ele vai dar uma volta completa. De qualquer forma, será bem difícil para o seu homem em Bagdá. Ele é dos bons, certo?

– O melhor. Tem muita coragem.

– Pois trate de tirá-lo de lá, Steve. E depressa.

– É o que teremos de fazer, Bill. Obrigado pelo aviso. É uma pena, pois era uma boa operação.

– A melhor, enquanto durou.

Stewart desligou. Laing subiu para falar com Sir Colin. A decisão foi tomada em menos de uma hora.

Na hora do desjejum, na manhã de 15 de janeiro, na Arábia Saudita, todos os membros das tripulações aéreas, americanos, britânicos, franceses, italianos, sauditas e kuwaitianos, já sabiam que iriam à guerra.

Os políticos e diplomatas, acreditavam os soldados, haviam fracassado em suas tentativas de evitá-la. Ao longo do dia, todas as unidades aéreas entraram em alerta pré-batalha.

Os centros nervosos da campanha podiam ser localizados em três lugares em Riad.

Nos arredores da base aérea militar de Riad havia um conjunto de imensas barracas, dotadas de ar-condicionado, conhecido, por causa da claridade verde que passava pela lona, como o "Celeiro". Era o primeiro filtro para o fluxo de fotografias aéreas que chegavam fazia semanas, e que dobrariam e triplicariam nas semanas subsequentes.

O produto do Celeiro, uma síntese das mais importantes informações fotográficas oriundas de todas as fontes de reconhecimento, percorria cerca de 1,5 quilômetro até o quartel-general da Real Força Aérea Saudita, parte do qual fora convertida no Comando Central da Força Aérea, o CENTAF.

Um prédio enorme, de concreto e vidro, com 150 metros de comprimento, o quartel-general tem um porão por toda a sua extensão, e era ali que o CENTAF se instalara.

Apesar do tamanho do porão, não havia espaço suficiente, e por isso o estacionamento fora ocupado por mais barracas verdes e Portakabins, onde se efetuavam interpretações adicionais.

O ponto central de tudo ficava no porão, o Centro Conjunto de Produção de Imagens, um labirinto de salas interligadas, onde trabalhavam os 250 analistas de guerra, britânicos e americanos, das três forças armadas e de todos os postos. Era o Buraco Negro.

O general Chuck Horner era tecnicamente o comandante geral de tudo, mas como ele era com frequência chamado ao Ministério da Defesa, a 1,5 quilômetro do quartel-general, a presença mais constante era a de seu adjunto, general Buster Glosson.

Os planejadores da guerra aérea no Buraco Negro consultavam-no todos os dias, até de hora em hora, formulando um documento chamado Gráfico de Alvos Básicos, uma relação e um mapa de tudo no Iraque sujeito a um ataque. Era desse documento que derivava a bíblia diária de todos os comandantes aéreos, oficiais de informações de esquadrilhas, oficiais de planejamento de operações e tripulações aéreas no teatro do Golfo – a Ordem de Missão Aérea.

A OMA de cada dia era um documento bastante detalhado, com mais de cem páginas de texto. Levava três dias para ser preparada.

Primeiro, veio o Levantamento – a decisão sobre as porcentagens de tipos de alvos no Iraque que podiam ser atacados em um único dia e os tipos de aviões disponíveis apropriados para cada missão.

O segundo dia foi para a Dotação – a conversão das porcentagens de alvos iraquianos para tratamento em números e locações concretos. O terceiro para a Distribuição – a decisão de "quem ataca o quê". Era no processo de distribuição que se podia determinar, por exemplo, que isto é para os Tornados Britânicos, isto para os Strike Eagles americanos, isto para os Tomcats da Marinha americana, isto para os Phantoms e isto para as estrato-fortalezas B-52.

Só depois é que cada esquadrilha e grupo de esquadrilhas receberia seu cardápio para o dia seguinte. A partir daí, tudo caberia às esquadrilhas – encontrar o alvo, definir o curso, determinar os contatos com os aviões-tanques de reabastecimento aéreo, planejar a direção do ataque, calcular os alvos secundários no caso de um impedimento e decidir o retorno para a base.

O comandante da esquadrilha escolheria suas tripulações – muitas esquadrilhas tinham vários alvos designados para o mesmo dia –, determinaria os líderes das missões e seus copilotos.

Os oficiais de material bélico, entre os quais figurava Don Walker, selecionariam os armamentos – bombas de "ferro" ou "cegas", que são bombas sem sistema de direção; bombas guiadas por *laser*; foguetes guiados por *laser*, e assim por diante.

A 1,5 quilômetro além da estrada Old Airport situava-se o terceiro prédio. O Ministério da Defesa saudita é imenso, cinco blocos principais interligados, de cimento branco tremeluzente, sete andares de altura, com colunas acaneladas até o quarto.

No quarto andar fora reservada uma excelente suíte para o general Norman Schwarzkopf, que ele mal visitava, preferindo permanecer num pequeno cômodo no subsolo, mais próximo de seu posto de comando.

No total, o prédio do Ministério tem 400 metros de comprimento e 30 metros de altura, uma suntuosidade que se mostrou útil na guerra do Golfo, quando Riad teve de abrigar tantos estrangeiros inesperados.

Sob a superfície, há mais dois andares de salas, por toda a extensão do prédio. O Comando da Coalizão ocupava 60 dos 400 metros.

Ali os generais se instalaram em reunião ao longo da guerra, observando um mapa gigantesco, enquanto oficiais do Estado-Maior indicavam o que fora feito, o que deixara de ser feito, o que aparecera, o que se deslocara, quais as reações e disposições iraquianas.

Protegido do sol escaldante naquele dia de janeiro, um líder de esquadrilha britânico postou-se diante de um mapa na parede, mostrando os setecentos alvos relacionados no Iraque, 240 principais e os restantes secundários, e disse:

– Bom, é isso aí.

Infelizmente, não era isso aí. Sem que os planejadores soubessem, e apesar de todos os satélites e tecnologia, a pura engenhosidade humana, sob a forma de camuflagem e *maskirovka*, os enganara.

Em centenas de acampamentos por todo o Iraque e Kuwait, tanques iraquianos esperavam sob suas redes de camuflagem, marcados como alvos pelos aliados por causa do conteúdo de metal captado pelos radares lá em cima. Em muitos casos, eram feitos de tábuas, madeira compensada e folhas de flandres, os tambores com sucata de ferro lá dentro dando as reações metálicas apropriadas aos sensores.

Dezenas de chassis de caminhões velhos exibiam réplicas de tubos de lançamento de mísseis Scud, e esses "lançadores" móveis seriam todos solenemente destruídos.

O mais sério, porém, era que setenta alvos principais de armas de destruição em massa não haviam sido identificados, por estarem enterrados ou disfarçados.

Só mais tarde é que os planejadores ficariam perplexos pela maneira como os iraquianos conseguiam reconstituir divisões inteiras destruídas com uma incrível rapidez; só mais tarde é que os inspetores da ONU descobririam inúmeras fábricas e depósitos que haviam escapado aos ataques, e chegariam à conclusão de que existiam muitas outras instalações subterrâneas.

Mas naquele dia escaldante de 1991 ninguém sabia desses detalhes. O que os jovens nas linhas de voo, de Tabuk a oeste, até Bahrain a leste, e para o sul até a ultrassecreta base de Khamis Mushait, sabiam era que dentro de quarenta horas iriam para a guerra e alguns não voltariam.

No último dia antes das instruções finais começarem a ser transmitidas, muitos escreveram para casa. Alguns remoeram por um longo tempo, sem saber o que dizer. Outros pensaram em suas esposas e filhos e choraram enquanto escreviam; mãos acostumadas a controlar muitas toneladas de metal mortífero procuraram formular palavras inadequadas para expressar o que sentiam; apaixonados tentaram exprimir o que deveriam ter sussurrado antes; pais exortaram filhos a cuidar da mãe, se o pior acontecesse.

O capitão Don Walker ouviu a notícia junto com todos os pilotos e tripulantes dos Rocketeers da 336ª Esquadrilha, num comunicado lacônico do comandante do grupo de esquadrilhas em Al Kharz. Foi pouco antes das 9 horas, e o sol já incidia forte sobre o deserto, como um malho batendo na bigorna à espera.

Não havia as brincadeiras habituais quando os homens deixaram a barraca de instruções, cada um absorto em seus pensamentos. Para todos, as informações eram as mesmas; as últimas tentativas para se evitar uma guerra haviam fracassado; políticos e diplomatas se deslocaram de uma reunião para outra, discursaram, persuadiram, exortaram, pressionaram e ameaçaram, a fim de evitar uma guerra... e fracassaram.

Pelo menos era o que eles acreditavam, aqueles jovens que haviam acabado de saber que as negociações estavam encerradas, mas não podiam compreender que todas as ações nos últimos meses tinham como objetivo chegar àquele dia.

Walker observou o comandante de sua esquadrilha, Steve Turner, seguir para sua barraca, a fim de escrever o que acreditava sinceramente o que podia ser sua última carta para Betty-Jane, em Goldsboro, Carolina do Norte. Randy Roberts trocou palavras breves e sussurradas com Boomer Henry, depois se separaram e se afastaram.

O jovem de Oklahoma contemplou a abóbada azul-clara do céu, sob a qual sempre desejara estar, desde que era menino em Tulsa, e onde em breve poderia morrer, em seu trigésimo ano, e se encaminhou para o perímetro. Como os outros, queria ficar sozinho.

Não havia cerca na base em Al Kharz, apenas o mar ocre de areia, xisto e cascalho, estendendo-se até o horizonte, e além. Passou pelos hangares agrupados às margens da pista de concreto, onde os mecânicos trabalhavam nos aparelhos, sob a supervisão dos chefes de manutenção, conferenciando e conferindo, para terem certeza de que no momento em que os aviões partissem para a guerra seriam como máquinas tão perfeitas quanto a mão do homem podia fabricar.

Walker avistou seu Eagle ali, e ficou impressionado, como sempre acontecia ao admirar o F-15 de longe, por sua aparência de serena ameaça. Parecia agachado em silêncio no meio do enxame fervilhante de homens e mulheres de macacão em torno de sua estrutura corpulenta, imune ao amor e desejo, ódio ou medo, esperando paciente pelo momento em que finalmente faria aquilo para que fora projetado, há tantos anos, numa prancheta – levar o fogo e a morte para o povo indicado pelo presidente dos Estados Unidos da América. Walker invejou seu Eagle; apesar de sua excepcional complexidade, nada podia sentir, nunca poderia ter medo.

Ele deixou a cidade de lona para trás e caminhou pela planície de xisto, os olhos protegidos sob a pala do boné de beisebol e pelos óculos de aviador, mal sentindo o calor do sol nos ombros.

Por oito anos voara o avião de seu país e assim fizera porque o amava. Mas nunca, nem uma única vez, cogitara realmente a perspectiva de que poderia morrer em batalha. Parte de cada piloto de combate considera a ideia de testar sua habilidade, controle e excelência de seu avião contra outro homem, em combate real, em vez de simulado. Mas outra parte sempre presume que isso nunca acontecerá. Jamais a situação chegará ao ponto de matar os filhos de outras mães ou ser morto por eles.

Naquela manhã, como todos os companheiros, Walker compreendeu que era essa a situação agora, que todos os anos de estudo e treinamento desembocavam naquele dia, naquele lugar; que dentro de quarenta horas ele tornaria a levar seu Eagle para o céu, e desta vez era possível que não voltasse.

Como os outros, pensou na família. Sendo filho único e solteiro, pensou no pai e na mãe. Recordou todas as ocasiões e lugares de sua infância em Tulsa, como brincavam no quintal dos fundos, o dia em que ganhara sua primeira luva de beisebol e obrigara o pai a jogar a bola para ele até o pôr do sol.

Os pensamentos para as férias que haviam partilhado antes que saísse de casa, para ingressar na universidade e depois na Força Aérea.

A que melhor recordava agora era uma excursão de pescaria no Alasca, só para homens, a que o pai o levara quando tinha 12 anos, durante o verão.

Ray Walker era quase vinte anos mais moço naquele tempo, mais magro, em melhor forma física, mais forte do que o filho, antes que os anos invertessem a diferença. Saíram num caíque, com o guia e outros pescadores, e deslizaram pelas águas geladas da Glacier Bay, observando os ursos pretos colhendo amoras nas encostas montanhosas, as focas da enseada tomando sol nas últimas banquisas de agosto, o sol se levantando sobre a geleira Mendenhall, por trás de Juneau. Juntos, pescaram dois monstros de 30 quilos de Halibut Hole, o buraco dos linguados gigantes, e também o salmão das águas profundas no canal ao largo de Sitka.

Descobria-se agora andando por um mar de areia, numa terra longe de casa, as lágrimas escorrendo livres pelo rosto, secando ao sol. Se morresse agora, jamais casaria, nunca teria filhos. Quase casara em duas ocasiões; a primeira com uma moça da universidade, mas ainda era muito jovem, suscetível a súbitas paixões; e a segunda com uma mulher mais madura, que conhecera perto da base em McConnell, mas que lhe dissera que nunca poderia casar com um jóquei de jato.

Walker queria agora, como nunca desejara antes, ter filhos; queria uma mulher para encontrar ao voltar para casa, no fim do dia, uma filha para ajeitar na cama e contar uma história, um filho para ensinar como pegar uma bola de futebol americano girando, como jogar beisebol, como excursionar e pescar, da mesma forma que o pai fizera com ele. Mais do que tudo, queria voltar a Tulsa, abraçar a mãe outra vez, a mãe que tanto se preocupara por muitas coisas que ele fizera, embora fingisse não se importar...

O jovem piloto finalmente retomou à base, sentou-se a uma mesa cambaia, na barraca partilhada, e tentou escrever uma carta para os pais. Não era um bom escritor de cartas. As palavras não afloravam com facilidade. De um modo geral, tendia a relatar os fatos ocorridos recentemente na esquadrilha, os eventos da vida social, o tempo que fazia. Mas agora era diferente.

Escreveu duas páginas para os pais, como tantos outros filhos naquele dia. Procurou explicar o que se passava em sua cabeça, uma tarefa nada fácil.

Escreveu sobre a notícia anunciada naquela manhã, o que significava, pediu que não se preocupassem com ele. Recebera o melhor treinamento do mundo e voava o melhor caça do mundo, para a melhor força aérea do mundo.

Disse que se arrependia de todas as ocasiões em que fora insuportável e agradeceu por tudo o que haviam feito por ele, ao longo dos anos, desde o primeiro dia em que tiveram de trocar sua fralda até a ocasião em que atravessaram os Estados Unidos para comparecer à sua parada de formatura, quando o general pregara em seu peito as cobiçadas asas de aviador.

Dentro de quarenta horas, explicou, levaria seu Eagle para a pista mais uma vez, só que agora seria diferente. Pela primeira vez, iria se empenhar em matar outros seres humanos, que por sua vez também tentariam matá-lo.

Não veria seus rostos nem sentiria o medo deles, assim como não conheceriam o seu, pois é assim que acontece na guerra moderna. Mas se tivessem êxito, e ele fracassasse, queria que os pais soubessem o quanto os amava e esperava ter sido um bom filho.

Ao terminar, ele pôs a carta no envelope e fechou-o. Muitas outras cartas foram escritas naquele dia por toda a Arábia Saudita. Os serviços postais militares as recolheram e foram entregues em Trenton, Tulsa, Londres, Rouen e Roma.

NAQUELA NOITE, Mike Martin recebeu uma transmissão de seus controladores em Riad. Quando tocou a fita na velocidade normal, descobriu que era Simon Paxman quem falava. A mensagem não era longa, mas clara e objetiva.

Em sua mensagem anterior, Jericó se enganara, totalmente. Todas as verificações científicas provavam que não havia a menor possibilidade de que ele estivesse certo.

Ou se enganara de forma deliberada ou inadvertida. No primeiro caso, devia ter virado de lado, atraído pela ganância por dinheiro, ou porque fora obrigado. No segundo, ficaria melindrado, porque a CIA se recusava a pagar um dólar sequer por aquele tipo de informação.

Sendo assim, não havia opção que não acreditar que, com a cooperação de Jericó, toda a operação fora desmascarada para a contraespionagem iraquiana, agora nas mãos de "seu amigo Hassan Rahmani"; ou seria em breve, se Jericó procurasse vingança, enviando um aviso anônimo a Rahmani.

Devia-se presumir que todos os seis pontos de correspondência se encontravam agora comprometidos. Não deveriam ser procurados em hipótese alguma. Martin tinha de fazer os preparativos para escapar do Iraque, na primeira oportunidade segura, talvez aproveitando o caos que começaria dentro de vinte e quatro horas. Fim da mensagem.

Martin pensou a respeito pelo restante da noite. Não se surpreendia pelo fato de o Ocidente não acreditar em Jericó. A suspensão dos pagamentos ao mercenário era um golpe e tanto. O homem se limitara a informar o que acontecera numa reunião em que Saddam falara. Saddam mentira, o que não era novidade. O que mais Jericó poderia fazer... ignorar? Fora a desfaçatez do homem ao pedir um milhão de dólares que causara o problema.

Além disso, a lógica de Paxman era impecável. Dentro de quatro dias, talvez cinco, Jericó ia conferir e não encontraria o dinheiro em sua conta. Ficaria furioso, ressentido. Se ele próprio já não estivesse desmascarado, nas mãos de Omar Khatib, o Carrasco, reagiria com um aviso anônimo.

Mas seria uma tolice de Jericó fazer isso. Se Martin fosse capturado, era imprevisível quanta dor seria capaz de suportar nas mãos de Khatib e seus profissionais, e suas informações poderiam apontar o dedo para Jericó, independente de quem fosse.

Ainda assim, as pessoas costumam fazer coisas absurdas. Paxman tinha razão, os pontos de correspondência podiam estar sob vigilância.

Quanto a escapar de Bagdá, era mais fácil falar do que fazer. Pelos comentários nos mercados, Martin soubera que as estradas que saíam da cidade eram vigiadas por patrulhas da AMAM e da polícia do exército, à procura de desertores e insubmissos. A carta que ele tinha de Kulikov, o diplomata soviético, só o autorizava a servir como jardineiro em Bagdá. Seria difícil explicar a uma patrulha por que seguia para oeste, pelo deserto, a caminho do lugar em que enterrara sua motocicleta.

Considerando tudo, Martin decidiu permanecer na casa do diplomata soviético por mais algum tempo. Era provavelmente o lugar mais seguro em Bagdá.

15

O prazo para Saddam Hussein se retirar do Kuwait terminou à meia-noite de 16 de janeiro. Em mil e uma salas, cabanas, barracas e cabines, por toda a Arábia Saudita, no Mar Vermelho e no Golfo Arábico, homens olharam para seus relógios e depois uns para os outros. Não havia muito o que dizer.

Dois andares abaixo do térreo, no Ministério da Aeronáutica saudita, por trás de portas de aço que poderiam proteger qualquer cofre de banco no mundo, houve quase um senso de anticlímax. Depois de tanto trabalho, tanto planejamento, não havia mais nada a fazer... por umas poucas horas. Agora, tudo cabia aos mais jovens. Tinham suas missões, e as executariam na mais completa escuridão, muito acima das cabeças dos generais.

Às 2h15 da madrugada, o general Schwarzkopf entrou na sala de guerra. Todos se levantaram. Ele leu em voz alta uma mensagem para as tropas, o capelão disse uma oração e o comandante chefe acrescentou:

– Muito bem, vamos trabalhar.

Por todo o deserto, já havia homens trabalhando. A unidade mais próxima da fronteira não era de aviões de guerra, mas sim uma esquadrilha de oito helicópteros Apache, da 101ª Divisão Aerotransportada do Exército. Tinham uma missão limitada, mas crucial.

Ao norte da fronteira, mas perto de Bagdá, havia duas poderosas bases de radar iraquianas, cujas antenas dominavam os céus, do Golfo ao leste, até o deserto a oeste.

Os helicópteros haviam sido escolhidos, apesar da lenta velocidade em comparação com os caças a jato supersônicos, por dois motivos. Voando baixo pelo deserto, poderiam escapar aos radares e alcançar as bases sem serem vistos; além disso, os comandantes queriam confirmação de olhos humanos – e de perto – de que as bases haviam sido mesmo destruídas. Apenas os helicópteros podiam proporcionar isso. Custaria muitas vidas se aqueles radares continuassem a funcionar.

Os Apaches fizeram tudo o que lhes fora pedido. Ainda não haviam sido percebidos quando abriram fogo. Todos os tripulantes tinham capacetes de visão noturna, dando a impressão de que usavam binóculos curtos grudados nos olhos. Ofereciam ao piloto uma visão noturna completa, de tal maneira que podiam avistar tudo, mesmo na total escuridão, como se iluminado por uma lua brilhante.

Primeiro, eles destruíram os geradores de energia elétrica que acionavam os radares, depois as instalações de comunicações, pelas quais se poderia comunicar sua presença a bases de mísseis mais para o interior; e finalmente acabaram com as antenas de radar.

Em menos de dois minutos, dispararam 27 mísseis Hellfire, guiados por *laser*, 100 foguetes de 70mm e 40 mil balas de canhão. As duas bases de radar tornaram-se ruínas fumegantes.

A missão abriu uma enorme brecha no sistema de defesa aérea do Iraque e foi por essa brecha que passou o restante do ataque noturno.

As pessoas que tiveram conhecimento do plano de guerra aérea do general Chuck Horner têm sugerido que foi provavelmente um dos mais extraordinários já formulados. Tinha uma precisão cirúrgica, etapa por etapa, com flexibilidade suficiente para absorver qualquer emergência que exigisse uma variação.

O primeiro estágio era bastante claro em seus objetivos e levava aos outros três. O objetivo era a destruição de todos os sistemas de defesa aérea do Iraque, convertendo a superioridade aérea dos aliados, como ocorria no início, em supremacia aérea. Para que os outros três estágios tivessem êxito, dentro do limite de tempo autoimposto de 35 dias, a aviação aliada precisava ter o domínio absoluto do espaço aéreo iraquiano, sem qualquer ameaça.

O radar era a chave para a supressão da defesa aérea do Iraque. Na guerra moderna, o radar é o instrumento mais importante e mais usado, apesar do destaque de todos os outros recursos no arsenal.

O radar detecta os aviões de guerra se aproximando; o radar guia seus próprios caças para a interceptação; o radar guia os mísseis antiaéreos; e o radar mira os canhões.

A destruição do radar deixa o inimigo cego, como um pesopesado no ringue, mas sem olhos. Ele continua grande e forte, tem um soco potente, mas o inimigo pode se movimentar em torno do Sansão sem vista, golpeando o gigante impotente, até alcançar o resultado inevitável.

Com a enorme brecha aberta na cobertura de radar do Iraque, os Tornados e os Eagles, os F-111 Aardvarks e os F-4G Wild Weasels avançaram sem dificuldades, para destruir os centros de radar mais para o interior, as bases de mísseis guiados por esses radares, os centros de comando em que estavam os generais iraquianos e os postos de comunicações pelos quais os generais tentavam falar com suas unidades de vanguarda.

Dos encouraçados *Wisconsin* e *Missouri*, e do cruzador *San Jacinto*, estacionados no Golfo, foram disparados naquela noite 52 mísseis Tomahawk Cruiser. Guiando-se por uma combinação de banco de memória computadorizado e uma câmera de TV no nariz, os Tomahawks registravam os contornos da paisagem, seguindo, por cursos predeterminados, para onde tinham de ir. Ao chegarem na área, "viam" o alvo, comparavam-no com o que fora gravado em sua memória, identificavam o prédio exato e acertavam.

O Wild Weasel é uma versão do Phantom, mas especializado na destruição de radar. Carrega o HARM, o míssil de alta velocidade antirradiação. Quando uma antena de radar é acionada, ou se "ilumina", emite ondas eletromagnéticas. Não se pode evitar. A missão do HARM é descobrir essas ondas com seus sensores e seguir direto para o centro do radar, antes de explodir.

Talvez o mais estranho de todos os aviões de guerra seguindo para o norte pelo céu noturno fosse o F-117A, conhecido como "Stealth", ou o caça invisível. Todo preto e projetado de tal maneira que seus múltiplos ângulos refletem a maior parte das ondas de radar em sua direção, absorvendo o resto em sua própria massa, o Stealth Fighter não reflete as ondas de radar hostil de volta à fonte, o que denunciaria sua presença ao inimigo.

Invisíveis, os F-117As americanos passaram sem ser notados pelas telas de radar iraquianas e foram lançar suas bombas de 100 quilos, guiadas por *laser*, nos 34 alvos escolhidos, ligados ao sistema nacional de defesa aérea. Treze desses alvos ficavam em Bagdá, ou nos arredores.

Quando as bombas caíram, os iraquianos dispararam às cegas para o alto, mas nada podiam ver, e erraram. Em árabe, os Stealths eram chamados de *shabah*, que significa "fantasma".

Vinham da base secreta de Khamis Mushait, no sul da Arábia Saudita, para onde haviam sido transferidos de sua base permanente, também secreta, em Tonopah, Nevada. Enquanto aviadores americanos menos afortunados tinham de viver em barracas, a base de Khamis Mushait fora construída a quilômetros de qualquer lugar, mas com prédios sólidos, equipados com ar-condicionado, e fora por isso que os preciosos Stealths foram enviados para lá.

Como voavam por grandes distâncias, suas missões se incluíam entre as mais longas da guerra, até seis horas no ar, da decolagem ao pouso, e sempre sob pressão. Passavam despercebidos por alguns dos mais intensos sistemas de defesa aérea do mundo, os que cercavam Bagdá, e nenhum jamais foi atingido, naquela primeira noite e em todas as outras.

Depois de cumprirem sua missão, voltaram à base de Khamis Mushait, como raias num mar sereno.

As missões mais perigosas naquela noite couberam aos Tornados britânicos. Sua função, naquele dia e durante a semana subsequente, até que a ordem fosse suspensa, era efetuar a "negação de pista", usando as enormes e potentes bombas JP-233 para destruir as pistas dos aeroportos iraquianos.

Enfrentavam dois problemas. Os iraquianos haviam construído enormes aeroportos militares; Tallil era quatro vezes maior que o aeroporto de Heathrow, em Londres, com 16 pistas, mais as áreas para taxiar, que também podiam ser usadas para decolagem e pouso. Era simplesmente impossível destruir tudo.

O segundo problema era de altura e velocidade. As JP-233s tinham de ser lançadas de um Tornado em voo nivelado. Mesmo depois do lançamento da bomba, os Tornados não tinham opção que não sobrevoar o alvo. Os radares podiam estar destruídos, mas o mesmo não acontecia com os artilheiros; a artilharia antiaérea, conhecida como Triplo A, disparava contra eles em ondas sucessivas, enquanto se aproximavam, o que levou um piloto a descrever as missões como "voar através de tubos de aço derretido".

Os americanos haviam abandonado os testes com a bomba JP-233, achando que eram matadoras de pilotos. Tinham razão. Mas as tripulações da RAF persistiram, perdendo aviões e aviadores, até que essas missões foram canceladas e os pilotos incumbidos de outros serviços.

Os lançadores de bombas não eram os únicos aviões no ar naquela noite. Por trás e junto com eles voaram uma extraordinária diversidade de aparelhos de serviços.

Os caças de superioridade aérea voaram junto e por cima dos bombardeiros de ataque. As instruções dos controladores de terra iraquianos para seus pilotos, os poucos que conseguiram decolar naquela noite, sofreram a interferência dos Ravens da Força Aérea americana e de seus equivalentes da Marinha, os Prowlers. Os pilotos iraquianos no ar não receberam instruções verbais, nem orientação de radar. A maioria, na reação mais sensata, voltou direto para a base.

Circulando ao sul da fronteira, havia sessenta aviões-tanques, KC-135s e KC-10s americanos, KA-6Ds da Marinha americana, e Victors e VC-10s britânicos. Sua função era receber os aviões de guerra que decolavam da Arábia Saudita, reabastecê-los para a missão e esperá-los na volta, com mais combustível, para retornar às suas bases.

Pode parecer rotina, mas fazer isso na mais absoluta escuridão foi descrito por um aviador como "tentar enfiar espaguete pelo rabo de um gato selvagem".

E sobre o Golfo, onde se mantinham fazia cinco meses, os E-2 Hawkeyes, da Marinha americana, e os E-3 Sentry AWACSS, da Força Aérea americana, continuavam a circular, seus radares registrando todos os aviões no céu, tanto amigos quanto inimigos, alertando, aconselhando, orientando, vigiando.

Ao amanhecer, grande parte dos radares iraquianos já fora destruída, as bases de mísseis estavam cegas e os centros de comando principais em ruínas. Seriam necessários mais quatro dias e noites para concluir o trabalho, mas a supremacia aérea já era visível. Mais tarde, seriam atacadas as usinas geradoras de energia, torres de telecomunicações, centrais telefônicas, estações de retransmissão, abrigos de aviões, torres de controle, e todas as instalações conhecidas para a produção e armazenagem de armas de destruição em massa.

Mais tarde ainda, viria a "degradação" sistemática a menos de 50 por cento de seu poder de combate do exército iraquiano ao sul e sudoeste da fronteira do Kuwait, uma condição exigida pelo general Schwarzkopf, antes de desfechar o ataque com as forças de terra.

Dois fatores então desconhecidos causariam depois mudanças no curso da guerra. Um foi a decisão do Iraque de lançar uma barragem de mísseis Scuds contra Israel; a outra seria desencadeada por um ato de pura frustração do capitão Don Walker, da 336ª Esquadrilha de Caças Táticos.

O AMANHECER DO DIA 17 de janeiro encontrou uma Bagdá bastante abalada.

Os cidadãos comuns não haviam dormido, de 3 horas da madrugada em diante, e quando a manhã clareou alguns se arriscaram a espiar, por curiosidade, os escombros em uma vintena de lugares, espalhados por toda a cidade. O fato de terem sobrevivido àquela noite parecia para muitos um milagre, pois eram pessoas simples, incapazes de compreender que as vinte ruínas fumegantes haviam sido escolhidas de uma forma meticulosa e atingidas com tanta precisão que os habitantes não correram qualquer perigo mortal.

Mas o choque maior ocorreu entre os hierarcas. Saddam Hussein deixara o palácio presidencial e fora instalar-se na extraordinária casamata de vários andares por trás e por baixo do Hotel Rashid, que ainda se encontrava repleto de ocidentais, muitos da mídia.

A casamata fora construída anos antes, dentro de uma vasta cratera aberta por máquinas, e feita em grande parte com tecnologia sueca. As medidas de segurança eram tão sofisticadas que se tratava na verdade de uma caixa dentro de uma caixa. Por baixo e em torno da caixa interior havia molas com força suficiente para proteger os ocupantes de uma bomba nuclear, reduzindo as ondas de choque, que destruiriam a cidade lá em cima, a um pequeno tremor lá no fundo.

Embora o acesso fosse por uma rampa de operação hidráulica, na área vazia por trás do hotel, a estrutura principal ficava bem por baixo do Rashid, que fora deliberadamente construído ali como um alojamento específico para ocidentais em Bagdá.

Qualquer inimigo que tentasse um bombardeio de penetração profunda da casamata teria primeiro de destruir o Rashid.

Por mais que tentassem, os bajuladores em torno do Rais tiveram dificuldades para interpretar de uma maneira favorável os desastres da noite. Pouco a pouco, o nível da catástrofe penetrou em suas mentes.

Todos contavam com um bombardeio indiscriminado da cidade, com a destruição de áreas residenciais, e a morte de milhares de civis inocentes. Esse massacre seria mostrado à mídia, que filmaria tudo e exibiria às audiências revoltadas em suas terras. Assim começaria a onda mundial de repulsa ao presidente Bush e aos Estados Unidos, culminando numa reconvocação do Conselho de Segurança da ONU e o veto da China e Rússia à continuação da carnificina.

Por volta do meio-dia, era evidente que os Filhos de Cães do outro lado do Atlântico não estavam agindo como desejava o alto comando do Iraque. Até agora, os generais iraquianos sabiam que as bombas caíam aproximadamente nos alvos visados, mas isso era tudo. Com todas as grandes instalações militares em Bagdá situadas de propósito em áreas densamente povoadas, deveria ser impossível evitar intensas baixas civis.

Uma excursão pela cidade, no entanto, revelava vinte postos de comando, bases de mísseis e radar, e centros de comunicação reduzidos a escombros, enquanto as pessoas que não se encontravam nos prédios visados haviam sofrido apenas pouco mais que janelas quebradas, e agora contemplavam boquiabertas a confusão.

As autoridades tiveram de se satisfazer com a invenção de um alto tributo de morte de civis e alegações de que aviões americanos haviam caído do céu como folhas de outono.

A maioria dos iraquianos, embotada por anos de propaganda, acreditou nessas primeiras informações... por algum tempo.

Os generais no comando da defesa aérea sabiam que não era bem assim. Por volta do meio-dia, era evidente para eles que haviam perdido quase todas as estações de radar, os mísseis terra-ar (SAMs) estavam cegos, e a comunicação com as unidades distantes fora praticamente cortada. Pior ainda, os operadores de radar que sobreviveram à catástrofe insistiam que os danos haviam sido causados por bombardeiros que sequer apareceram em suas telas. Os mentirosos foram presos no mesmo instante.

Algumas baixas civis de fato ocorreram. Pelo menos dois mísseis Tomahawks Cruise, as aletas avariadas pelos disparos da artilharia antiaérea convencional, e não por foguetes SAMs, "ficaram estúpidos" e se desviaram dos alvos. Um destruíra duas casas e arrancara as telhas de uma mesquita, uma afronta que foi mostrada aos jornalistas estrangeiros naquela tarde.

O outro caíra num terreno baldio, abrindo uma enorme cratera. Ao final da tarde, o corpo de uma mulher foi encontrado no fundo dessa cratera, mutilado pelo impacto que aparentemente a matara.

Os bombardeios continuaram durante o dia, e por isso a equipe da ambulância limitou-se a envolver o corpo com uma manta e levá-lo às pressas para o necrotério do hospital mais próximo, deixando-o ali.

O hospital, por acaso, ficava perto de um importante centro de comando da Força Aérea, que fora bombardeado, e todos os leitos se achavam ocupados por militares feridos no ataque. Dezenas de cadáveres foram levados para o mesmo necrotério, todos mortos por causa da explosão da bomba. O da mulher era apenas um deles.

Com seus recursos à beira do colapso, o patologista tinha de trabalhar depressa, de uma maneira superficial. A identificação e a causa da morte eram as prioridades maiores, e não havia tempo para exames meticulosos. Podia-se ouvir as explosões de mais bombas no outro lado da cidade, o barulho da artilharia antiaérea era incessante, e não restava a menor dúvida de que o final da tarde e a noite testemunhariam a chegada de mais corpos.

O que surpreendeu o médico foi o fato de que todos os cadáveres eram de militares, à exceção da mulher. Ela parecia ter cerca de 30 anos, fora atraente, e a poeira de concreto grudada no sangue do rosto destruído somada ao lugar em que fora descoberta não deixavam margem para outra explicação que não a de que ela corria quando o míssil caíra no terreno baldio e a matara. O corpo foi assim etiquetado e depois metido num saco para sepultamento.

A bolsa, encontrada ao lado do corpo, continha pó de arroz, batom e seus documentos de identidade. Tendo determinado que uma certa Leila Al-Hilla era com certeza uma vítima civil da explosão de uma bomba, o patologista assoberbado de trabalho mandou remover o corpo para um rápido enterro.

Uma autópsia meticulosa, para a qual ele não tinha tempo naquele dia 17 de janeiro, mostraria que fora estuprada várias vezes, e de uma forma brutal, antes de ser sistematicamente espancada até a morte. O corpo só fora jogado na cratera várias horas depois da explosão.

O general Abdullah Kadiri deixara seu suntuoso gabinete no Ministério da Defesa dois dias antes. Não havia sentido em permanecer para ser explodido por uma bomba americana, e ele tinha certeza de que o prédio do Ministério seria atingido e destruído no início da guerra aérea. Estava certo.

Instalara-se em sua casa, com a certeza relativa de que era bastante anônima, embora luxuosa, para não ser um alvo em qualquer dos mapas americanos. Também tinha razão nesse ponto.

A casa fora equipada com um centro de comunicações, agora guarnecido por uma equipe do Ministério. Todas as suas comunicações com os vários postos de comando do Corpo de Tanques, ao redor de Bagdá, eram por cabos de fibra óptica enterrados, que também se mantinham fora do alcance dos bombardeiros.

Só as unidades mais distantes tinham de ser contatadas pelo rádio, com o risco de interceptação, além daquelas sediadas no Kuwait.

Seu problema, quando a escuridão cobriu Bagdá naquela noite, não era como entrar em contato com os comandantes de blindados, ou que ordens lhes dar. Não podiam participar da guerra aérea e deviam dispersar seus tanques ao máximo possível, entre as fileiras de contrafações, ou escondê-los em casamatas subterrâneas e esperar.

Era um problema de segurança pessoal; não eram os americanos que ele temia.

Duas noites, ao se levantar da cama com a bexiga quase estourando, os olhos turvos de *arak*, como sempre, cambaleara até o banheiro. Ao deparar com a porta emperrada, como pensava, empurrara com toda força. Seus 90 quilos arrancaram a porta dos parafusos que a prendiam.

Podia estar com os olhos turvos, meio embriagado, mas Abdullah Kadiri não saíra das ruas mais miseráveis nos arredores de Tikrit para comandar todos os tanques do Iraque, excetuando-se os da Guarda Republicana, ou escalara a escada escorregadia das lutas internas do Partido Ba'ath, ou ocupara um cargo de confiança no Conselho do Comando Revolucionário, sem amplas reservas de astúcia animal.

Fitara em silêncio sua amante, envolta por um robe, sentada na tampa da latrina, um papel apoiado na parte de baixo de uma caixa de lenço de papel, a boca formando um O redondo, de horror e surpresa, a caneta imóvel em pleno ar. Depois, ele a levantara e a agredira no queixo.

Quando Leila recuperara os sentidos, depois que a água de um jarro fora jogada em seu rosto, Kadiri já tivera tempo de ler o relatório que ela preparava e chamara Kemal, seu ordenança de confiança, que dormia no outro lado do pátio. Fora Kemal quem levara a prostituta para o porão.

Kadiri lera e relera o relatório que ela quase terminara. Se fosse relacionado com seus hábitos e preferências pessoais, uma arma para chantagem futura, ele o teria ignorado e simplesmente mataria a mulher. De qualquer forma, nenhuma chantagem jamais daria certo. A vileza pessoal de alguns membros do círculo do Rais era maior que a sua, ele sabia... e também sabia que o Rais não se importava.

Aquilo era pior. Ao que tudo indicava, ele falara de coisas que ocorriam dentro do governo e do Exército. E não restava a menor dúvida de que Leila o espionava. Kadiri precisava saber há quanto tempo, o que ela já relatara e, acima de tudo, para quem.

Kemal desfrutara primeiro seu prazer, há tanto tempo esperado, com a permissão de seu superior. Nenhum homem jamais tornaria a desejá-la depois que Kemal concluísse o interrogatório. Prolongara-se por várias horas. Ao final, Kadiri sabia que seu ordenança e guarda pessoal arrancara tudo; ou pelo menos tudo o que a cortesã sabia.

Depois disso, Kemal continuara, por pura diversão, até que Leila morrera.

Kadiri estava convencido de que ela não conhecia a verdadeira identidade do homem que a recrutara e a orientava para espioná-lo, mas a imagem se ajustava a Hassan Rahmani.

A descrição dos encontros de troca de informações por dinheiro, no confessionário da igreja de São José, indicavam que o homem era um profissional, e Rahmani com certeza o era.

O fato de ser vigiado não preocupava Kadiri. Todos os homens em torno do Rais eram vigiados; mais do que isso, vigiavam-se uns aos outros.

As regras do Rais eram simples e claras. Cada homem nos altos escalões era vigiado por três de seus companheiros. Uma denúncia de traição podia levar à ruína, e era quase sempre o que acontecia. Assim, poucas conspirações podiam ir muito longe. Um dos homens procurado com o pedido de sigilo relataria a conversa, e tudo chegaria ao conhecimento do Rais.

Para complicar a situação, cada um dos integrantes do círculo era de vez em quando provocado. Um colega, assim instruído, chamava o amigo para uma conversa confidencial e propunha traição.

Se o amigo concordasse, estava perdido. Se deixava de denunciar a proposta, estava perdido. Portanto, qualquer abordagem podia ser uma provocação... seria inseguro presumir qualquer outra coisa. O que fazia com que cada um denunciasse os outros.

Mas aquele caso era diferente. Rahmani era o chefe da contraespionagem. Tomara a iniciativa por conta própria? E se assim fosse, por quê? Seria uma operação com o conhecimento e aprovação do próprio Rais? E se assim fosse, por quê?

O que ele dissera? Coisas indiscretas, sem dúvida, mas traiçoeiras também?

O corpo permanecera no porão até as bombas caírem, e depois Kemal encontrara uma cratera num terreno baldio e jogara-o ali. O general insistira que a bolsa fosse largada perto. Que o desgraçado do Rahmani soubesse o que acontecera com sua meretriz.

Enquanto a meia-noite passava, o general Abdullah Kadiri suava sozinho, umas poucas gotas de água caindo no décimo copo de *arak*. Se Rahmani agia sozinho, ele liquidaria o filho da puta, mas como podia saber até que ponto da escada era alvo de desconfiança? Teria de ser cuidadoso dali por diante, muito mais do que jamais fora antes. As excursões noturnas pela cidade terminariam. De qualquer forma, com a guerra aérea iniciada, era mesmo tempo de suspendê-las.

SIMON PAXMAN VOARA de volta a Londres. Não havia sentido em permanecer em Riad. Jericó fora definitivamente repelido pela CIA, embora o renegado em Bagdá ainda não soubesse disso, e Mike Martin se achava confinado a seu abrigo, até que pudesse escapar para o deserto e encontrar um caminho para atravessar a fronteira, são e salvo.

Mais tarde, ele seria capaz de jurar, com a mão no coração, que o encontro na noite do dia 18 com o Dr. Terry Martin foi uma autêntica coincidência. Sabia que Martin morava em Bayswater, assim como ele, mas era um distrito enorme, com muitas lojas.

Com a esposa ausente, cuidando da mãe doente, e seu retorno imprevisto, Paxman encontrou o apartamento vazio, sem nada na geladeira, e saiu para fazer compras num supermercado que ficava aberto até tarde da noite, em Westbourne Grove.

O carrinho de Terry Martin quase bateu no seu, quando ele contornou a gôndola de massas e comidas para animais de estimação. Os dois se mostraram surpresos.

– Tenho permissão para reconhecê-lo? – indagou Martin, com um sorriso embaraçado.

– Por que não? – respondeu Paxman. – Sou apenas um humilde servidor civil, fazendo compras para o jantar.

Terminaram as compras juntos e concordaram em seguir para um jantar num restaurante indiano, em vez de fazer uma refeição em casa, sozinhos. Hilary, ao que parecia, também viajara.

Paxman não deveria ter feito isso, é claro. Nunca deveria se sentir constrangido pelo fato de que o irmão mais velho de Terry Martin se encontrava numa situação de grande perigo, em que fora metido por ele, junto com outros. Não deveria preocupar-se com o fato de o pequeno e confiante acadêmico acreditar que seu adorado irmão estivesse seguro na Arábia Saudita. Todos os manuais do ofício insistem que um agente não deve se preocupar com essas coisas. Mas ele se preocupava.

Havia outra preocupação. Steve Laing era seu superior na Century House, mas nunca estivera no Iraque. A experiência de Laing era no Egito e Jordânia. Paxman conhecia o Iraque. E falava árabe. Não como Martin, é verdade, Martin era excepcional. Mas conhecia o bastante, de várias visitas realizadas como chefe da seção iraquiana, para ter adquirido um sincero respeito pela qualidade dos cientistas iraquianos e a competência de seus engenheiros. Não era segredo que a maioria dos institutos técnicos britânicos considerava os estudantes daquele país como os melhores do mundo árabe.

A preocupação que o assediava, desde que seus superiores lhe haviam dito que o relatório de Jericó não podia passar de um absurdo, era o medo de que, apesar de tudo, o Iraque pudesse estar mesmo mais adiantado do que os cientistas ocidentais se mostravam dispostos a admitir.

Ele esperou que as duas refeições fossem servidas, cercadas por pequenos potes com acessórios, sem os quais nenhuma refeição indiana é completa, e só então tomou sua decisão.

– Terry, vou lhe confessar algo que, se algum dia vazar, acarretará o final de minha carreira no Serviço.

Martin se surpreendeu.

– Parece um tanto drástico. Por quê?

– Porque fui oficialmente advertido a não falar com você.

O acadêmico ia colocar um pouco de *mango chutney* em seu prato, e ficou imóvel no mesmo instante.

– Não sou mais confiável? Foi Steve Laing quem me envolveu nessa história.

– Não é isso. O problema é que... você se preocupa demais.

– É possível. Uma questão de treinamento. Os acadêmicos não gostam de enigmas que parecem não ter respostas. E continuamos a nos preocupar, até que hieróglifos confusos adquiram um sentido. Tem algo a ver com aquela expressão na interceptação?

– Isso e mais outros fatores.

Paxman escolhera *khorma* de galinha; Martin preferira algo mais quente, *vindaloo*. Como conhecia a comida oriental, bebia chá preto quente para acompanhar o prato, em vez de cerveja gelada, que só serviria para agravar as coisas. Piscou para Paxman por cima da caneca.

– Muito bem, qual é a grande confissão?

– Vai me dar sua palavra que a conversa não passará adiante?

– Claro.

– Houve outra interceptação.

Paxman não tinha a menor intenção de revelar a existência de Jericó. O grupo que tinha conhecimento do agente no Iraque ainda era mínimo, e assim permaneceria.

– Posso escutá-la?

– Não. Foi suprimida. Não procure Sean Plummer. Ele teria de negar, e isso revelaria onde você obteve a informação.

Martin serviu-se de mais *raita* para esfriar o flamejante *curry*.

– O que diz essa nova interceptação?

Paxman contou. Martin largou o garfo, enxugou o rosto, que se tornara rosado, sob os cabelos ruivos.

– É possível... que seja verdade? – indagou Paxman.

– Não sei. Não sou um físico. O pessoal lá de cima disse que é impossível?

– Isso mesmo. Todos os cientistas nucleares concordam que não pode ser verdade. Portanto, Saddam estava mentindo.

Em particular, Martin refletiu que era uma interceptação de rádio muito estranha. Parecia mais com uma informação saída de uma reunião fechada.

– Saddam mente o tempo todo – comentou ele. – Mas em geral para o consumo público. Ele fez tal declaração para seu círculo íntimo de confidentes? Por quê? Para elevar o moral no limiar da guerra?

– É o que pensam meus superiores – respondeu Paxman.

– Os generais foram informados?

– Não. O raciocínio é que estão muito ocupados neste momento e não precisam ser incomodados por uma coisa que só pode ser absurda.

– E o que você quer de mim, Simon?

– Que me explique a mentalidade de Saddam. Ninguém consegue entendê-la. Suas ações não fazem o menor sentido no Ocidente. Ele é insano de verdade ou louco como uma raposa?

– No mundo dele, a segunda opção. Suas ações fazem sentido por lá. O terror que nos revolta não acarreta um problema moral para ele, e faz sentido. As ameaças e rompantes fazem sentido. Só quando ele tenta se infiltrar em nosso mundo, com aqueles horríveis exercícios de relações públicas em Bagdá, afagando os cabelos do menino inglês, bancando o tio afável, esse tipo de coisa... só quando ele tenta isso é que parece um tolo rematado. Em seu próprio mundo, nada tem de tolo. Saddam sobrevive, permanece no poder, mantém o Iraque unido, seus inimigos caem e perecem...

– Enquanto estamos sentados aqui, Terry, o país dele está sendo pulverizado.

– Não tem importância, Simon. É tudo substituível.

– Mas por que ele disse o que se supõe ter dito?

– O que pensam os altos escalões?

– Que ele mentiu.

– Não pode ser – declarou Martin. – Saddam mente para o consumo público. Não precisa mentir para seu círculo íntimo. De qualquer modo, todos lhe são fiéis. Ou a fonte de informação mentiu, e Saddam nunca disse isso; ou ele disse porque acreditava ser verdade.

– Neste caso, estava mentindo para si mesmo?

– É bem possível. Quem vazou a informação pagará caro quando ele descobrir. Por outro lado, a interceptação pode ser falsa. Um blefe deliberado, destinado a ser interceptado.

Paxman não podia revelar o que sabia: não era uma interceptação. A informação vinha de Jericó. E, em dois anos sob os israelenses e três meses sob os anglo-americanos, Jericó nunca se enganara.

– Mas você tem dúvidas, não é mesmo?
– Acho que sim – admitiu Paxman.
Martin suspirou.
– Palha ao vento, indícios pequenos que sugerem muito, Simon. Uma frase numa interceptação, um homem que recebe a ordem para se calar e é chamado de filho de uma meretriz, um comentário de Saddam sobre triunfar e ser visto a triunfar... em ferir fundo a América... e agora isto. Precisamos de um fio de ligação.
– Como assim?
– A palha só vira um fardo quando é amarrada com um fio. Tem de haver mais alguma coisa sobre suas verdadeiras intenções. Caso contrário, os altos escalões estão certos, e Saddam vai mesmo recorrer às armas de gás que já possui.
– Muito bem, vou procurar o fio de ligação.
– E eu não o encontrei esta noite, não conversamos.
– Obrigado – murmurou Paxman.

HASSAN RAHMANI SOUBE da morte de sua agente, Leila, dois dias depois que ocorreu, em 19 de janeiro. Ela não compareceu a um encontro marcado para entregar mais informações obtidas na cama do general Kadiri. Temendo o pior, ele verificou os registros de óbitos nos necrotérios.

O hospital em Mansour deu a confirmação, embora o cadáver já tivesse sido enterrado, com muitos outros dos prédios militares bombardeados, numa sepultura coletiva.

Hassan Rahmani acreditava tanto que sua agente morrera atingida por uma bomba extraviada, ao passar por um terreno baldio no meio da noite, quanto acreditava em fantasmas. Os únicos fantasmas no céu por cima de Bagdá eram os bombardeiros invisíveis americanos, sobre os quais lera em revistas militares do Ocidente, e não eram fantasmas, mas invenções lógicas. O que também ocorria com a morte de Leila Al-Hilla.

Sua única conclusão lógica era a de que Kadiri descobrira as atividades fora do quarto de Leila e resolvera encerrá-las. O que significava que ela teria falado antes de morrer.

O que significava, para ele, que Kadiri se tornara um inimigo poderoso e perigoso. Pior ainda, seu principal canal para os conselhos internos do poder fora fechado.

Se soubesse que Kadiri se encontrava tão preocupado quanto ele, Rahmani ficaria na maior satisfação. Mas não sabia. Dali por diante, teria de ser extremamente cauteloso.

NO SEGUNDO DIA da guerra aérea, o Iraque lançou sua primeira bateria de mísseis contra Israel. Os crédulos da mídia anunciaram no mesmo instante que eram Scud-Bs, de fabricação soviética, e o título persistiu pelo resto da guerra. Na verdade, não eram Scuds.

O objetivo do ataque nada tinha de absurdo. O Iraque sabia que Israel não era um país disposto a aceitar grandes números de baixas civis. Quando as primeiras ogivas de foguetes caíram nos subúrbios de Tel Aviv, Israel reagiu sem demora, entrando na trilha da guerra. Era exatamente o que Bagdá queria.

Dentro da Coalizão de cinquenta nações aliadas contra o Iraque, havia 17 Estados árabes, e se havia algo que todos partilhavam, além da fé islâmica, era uma hostilidade a Israel. O Iraque calculou, provavelmente com razão, que se conseguisse provocar Israel a ingressar na guerra com um ataque, as nações árabes se retirariam da Coalizão. Até mesmo o rei Fahd, Monarca da Arábia Saudita e Guardião dos Dois Lugares Sagrados, ficaria numa posição insustentável.

A primeira reação à queda dos foguetes em Israel foi a de que podiam estar carregados de gás ou culturas de germes. Se assim fosse, não seria possível conter Israel. Mas logo se constatou que as ogivas eram de explosivos convencionais. Ainda assim, o efeito psicológico em Israel foi tremendo.

Os Estados Unidos imediatamente exerceram uma pressão maciça sobre Jerusalém para que não reagisse com um contra-ataque. Os aliados, Itzhak Shamir foi informado, cuidariam do problema. Israel chegou a desfechar um contra-ataque, sob a forma de uma onda de seus caças-bombardeiros F-15s, mas foram chamados de volta quando ainda se encontravam no espaço aéreo israelense.

O verdadeiro Scud era um míssil soviético impreciso e obsoleto, do qual o Iraque comprara novecentos, vários anos antes. Tinha um alcance inferior a 300 quilômetros e carregava uma ogiva de menos de 500 quilos. Não era guiado, e mesmo em sua forma original poderia cair, no alcance máximo, em qualquer ponto de um raio de 1 quilômetro do alvo.

Do ponto de vista do Iraque, fora uma aquisição virtualmente inútil. O míssil não podia alcançar Teerã, na guerra Irã-Iraque, e também não podia alcançar Israel, mesmo que disparado da fronteira oeste do Iraque.

O que os iraquianos fizeram, com ajuda técnica alemã, foi bizarro. Cortaram os Scuds em pedaços e usaram três deles para criar dois novos foguetes. O mínimo que se pode dizer a respeito é que o novo foguete, Al-Husayn, era uma confusão.

Acrescentando tanques de combustível extras, os iraquianos aumentaram o alcance para 620 quilômetros, a fim de que pudesse atingir Teerã e Israel. Mas a carga útil foi reduzida a um volume patético de 70 quilos. O sistema de orientação, sempre irregular, tornou-se caótico. Dois desses foguetes, lançados contra Israel, não apenas erraram Tel Aviv, mas também não atingiram o país, caindo na Jordânia.

Mas como uma arma de terror quase funcionou. Embora todos os Al-Husayns que caíram em Israel tivesse menos carga útil que uma bomba americana de 1000 quilos lançada sobre o Iraque, deixaram a população israelense num ânimo que beirava o pânico.

Os Estados Unidos reagiram de três maneiras. Mil aviões aliados foram desviados de suas missões predeterminadas sobre o Iraque para atingir as bases fixas de lançamento de foguetes, e também os lançadores móveis, ainda mais esquivos.

Baterias de mísseis americanos Patriots foram enviadas a Israel em poucas horas, numa tentativa de derrubar os foguetes se aproximando, mas acima de tudo para persuadir Israel a permanecer fora da guerra.

E unidades do SAS, e mais tarde os boinas-verdes americanos, foram enviadas aos desertos ocidentais do Iraque, a fim de localizar os lançadores móveis de foguetes e destruí-los com seus mísseis Milans, ou pedir um ataque aéreo pelo rádio.

Os Patriots, embora aclamados como os salvadores de toda a criação, tiveram sucesso limitado, mas não por sua culpa. A Raytheon projetara o Patriot para interceptar aviões, não foguetes, e foi preciso adaptá-lo às pressas para a nova função. O motivo para sua dificuldade em atingir uma ogiva se aproximando nunca foi revelado.

O fato é que os iraquianos, ao aumentarem o alcance do Scud, convertendo-o no Al-Husayn, também aumentaram sua altitude. O novo foguete, penetrando no espaço interior em seu voo parabólico, ficava em brasa ao descer, algo que não constava do projeto do Scud. Ao retornar para a atmosfera da Terra, o foguete se desmanchava. O que atingia Israel não era um foguete inteiro, mas uma lata de lixo caindo.

O Patriot, cumprindo sua missão, subia para interceptar e deparava não apenas com um pedaço de metal caindo, mas sim com uma dúzia. Seu minúsculo cérebro lhe dizia para fazer aquilo para que fora treinado – atacar o pedaço maior. Era em geral o tanque de combustível vazio, caindo desgovernado. A ogiva, muito menor e desligada no rompimento, caía sem obstáculos. Muitas nem explodiram, e a maior parte dos danos sofridos por prédios israelenses foi apenas devido ao impacto.

Se o suposto Scud foi um terror psicológico, o Patriot foi um salvador psicológico. Mas a psicologia deu certo, na medida em que se tornou parte da solução.

Outra parte foi o acordo secreto de três itens celebrado entre os Estados Unidos e Israel. O primeiro item foi a contribuição dos Patriots... de graça. O segundo foi a promessa do foguete Arrow, muito mais moderno, assim que ficasse pronto... a ser instalado por volta de 1994. O terceiro foi o direito de Israel de escolher até uma centena de alvos extras a serem destruídos pelas forças aéreas aliadas. As indicações foram feitas – em geral alvos na região ocidental do Iraque que representavam uma ameaça em potencial para Israel, estradas, pontes, aeroportos, qualquer ponto virado para o território israelense. Nenhum desses alvos, por sua localização geográfica, tinha qualquer relação com a libertação do Kuwait, no outro lado da península.

Os caças-bombardeiros das forças aéreas americana e britânica designados para destruir os Scuds reivindicaram numerosos sucessos, alegações encaradas com imediato ceticismo pela CIA, para irritação do general Chuck Horner e do general Schwarzkopf.

Dois anos depois da guerra, Washington negou oficialmente que um único lançador móvel de Scuds tenha sido destruído pela força aérea, uma sugestão capaz ainda hoje de provocar uma raiva incandescente em qualquer dos pilotos envolvidos. Na verdade, os pilotos foram em grande parte enganados, mais uma vez, pela *maskirovka*.

Se o deserto meridional do Iraque é liso e plano como uma mesa de bilhar, os desertos a oeste e a noroeste são rochosos, montanhosos, cruzados por mil *wadis* e ravinas. Era o território que Mike Martin percorrera para se infiltrar em Bagdá. Antes de lançar seus ataques com foguetes, Bagdá criara dezenas de falsos lançadores móveis de Scuds, todos escondidos, assim como os verdadeiros, pela paisagem.

O hábito era mostrá-los à noite, um tubo de metal montado sobre a carroceria de um caminhão velho, e de madrugada atear fogo a um tambor de óleo e refugo de algodão dentro do tubo. À distância, os sensores dos AWACS captavam a fonte de calor e registravam um lançamento de míssil. Os caças voavam para o local, atingiam o alvo e reivindicavam uma vitória.

Os homens do SAS não podiam ser enganados dessa maneira. Embora apenas um punhado, espalharam-se pelos desertos ocidentais, em Land-Rovers e motocicletas, observando durante os dias sufocantes e as noites geladas. A 200 metros de distância, podiam constatar o que era de fato um lançador móvel de foguetes e o que não passava de uma simulação.

Quando os lançadores de foguetes saíam de debaixo das pontes e outros esconderijos, onde evitavam a observação aérea, os homens silenciosos nos penhascos observavam-nos através de binóculos. Se havia muitos iraquianos ao redor, pediam um ataque aéreo pelo rádio. Se podiam escapar sem baixas, usavam seus próprios foguetes antitanque Milans, que provocavam uma tremenda explosão ao atingir o tanque de combustível de um verdadeiro Al-Husayn.

Logo se percebeu que havia uma linha norte-sul invisível estendendo-se pelo deserto. A oeste dessa linha, os foguetes iraquianos podiam atingir Israel; a leste, ficavam fora do alcance. O objetivo era aterrorizar as guarnições iraquianas para não se arriscar a oeste dessa linha, mas disparar de leste e mentir para seus superiores. Demorou oito dias, mas depois os ataques com foguetes a Israel cessaram. Nunca recomeçaram.

Mais tarde, a estrada de Bagdá para a Jordânia passou a ser usada como uma linha divisória. Ao norte se situava a avenida Scud Norte, território das Forças Especiais Americanas, que patrulhavam em helicópteros de grande autonomia de voo. No outro lado ficava a avenida Scud Sul, a região SAS, o serviço aéreo especial. Quatro soldados morreram naqueles desertos, mas realizaram a missão para a qual foram incumbidos, onde bilhões de dólares em tecnologia foram enganados.

No quarto dia da guerra aérea, 20 de janeiro, a 336ª Esquadrilha, baseada em Al Kharz, era uma das unidades que não haviam sido desviadas para os desertos ocidentais.

Sua missão naquele dia incluía uma grande base de mísseis SAMs a noroeste de Bagdá. Os SAMs eram controlados por duas enormes antenas de radar.

Os ataques aéreos previstos no plano do general Horner começavam agora a se deslocar para o norte. Com a destruição de quase todas as bases de mísseis e estações de radar ao sul de uma linha horizontal que passava pela zona meridional de Bagdá, chegara o momento de garantir a segurança do espaço aéreo a leste, oeste e norte da capital.

Com 24 Strike Eagles na esquadrilha, 20 de janeiro seria um dia de várias missões. O comandante da esquadrilha, tenente-coronel Steve Turner, designara um grupo de 12 aviões para a base de mísseis. Um enxame de Eagles tão grande assim era conhecido como um "gorila"

O gorila era liderado por dois comandantes de voo. Quatro dos 12 aviões levavam HARMs, os mísseis especializados na destruição de estações de radar, guiados pelos sinais infravermelhos das antenas. Cada um dos outros oito carregava duas bombas compridas, com uma carcaça reluzente de aço inoxidável, guiadas por *laser*, conhecidas como GBU-10-Is. Depois que os radares estivessem desativados e os mísseis cegos, seguiriam os HARMs e explodiriam as baterias de foguetes.

Não havia a menor indicação de que algo pudesse sair errado. Os doze Eagles decolaram em três grupos de quatro, entraram numa formação de esquadrilha não muito rígida e subiram para a altitude de 7.500 metros. O céu era de um azul brilhante e o deserto ocre lá embaixo absolutamente visível.

O boletim meteorológico sobre o alvo indicava um vento mais forte do que havia na Arábia Saudita, mas não mencionava uma *shamal*, uma dessas rápidas tempestades de areia que podem encobrir um alvo em segundos.

Ao sul da fronteira, os 12 Eagles encontraram os aviões de reabastecimento, dois KC-10s. Cada avião de reabastecimento podia alimentar seis caças famintos. Um a um, os Eagles assumiram a posição por trás dos KC-10s e esperaram que o operador da mangueira, espiando-os através de sua janela de *perspex*, a poucos metros de distância, encaixasse o bocal.

Ao final, os 12 Eagles, reabastecidos para a missão, viraram para o norte, na direção do Iraque. Um AWACS sobrevoando o Golfo informou que não havia atividade aérea hostil em seu caminho. Se houvesse caças iraquianos no ar, os Eagles carregavam, além de suas bombas, dois tipos de foguete ar-ar, o AEM-7 e o AIM-9, mísseis de interceptação aérea, mais conhecidos como Sparrow e Sidewinder.

A base de mísseis estava mesmo ali. Mas seus radares não se encontravam ativos. Se as antenas de radar não operavam durante a aproximação, deveriam ter-se "iluminado" no instante seguinte, a fim de guiar os SAMs, em sua busca aos intrusos atacantes. Assim que os radares se tornassem ativos, os quatro Strike Eagles com os HARMs os explodiriam, ou, no jargão da Força Aérea dos Estados Unidos, arruinariam todo o seu dia.

Os americanos nunca souberam se o comandante iraquiano teve medo por sua pele ou apenas era muito esperto. Mas aqueles radares se recusaram a adquirir vida. Os primeiros quatro Eagles, liderados pelo comandante do voo, foram baixando cada vez mais, a fim de provocar os iraquianos a ligar os aparelhos de radar. Mas permaneceram desligados.

Seria tolice para os aviões com bombas atacarem com os radares ainda intactos – se fossem iluminados de repente, sem aviso, os SAMs poderiam atingir os Eagles.

Depois de vinte minutos sobre o alvo, o ataque foi cancelado. Os componentes do gorila foram desviados para seus alvos secundários.

Don Walker trocou algumas palavras com Tim Nathanson, seu copiloto, sentado por trás. O alvo secundário para o dia era uma base fixa de Scuds ao sul de Samarra, que já seria atacada por outros caças-bombardeiros, porque era uma instalação conhecida de gás venenoso.

O AWACS confirmou que não havia atividade de decolagem nas duas grandes bases aéreas iraquianas, em Samarra Leste e Balad Sudeste. Don Walker falou com seu ala, e a formação de dois aviões seguiu para a base dos Scuds.

Todas as comunicações entre os aviões americanos eram codificadas pelo sistema Have-quick, que distorce as palavras para qualquer um que esteja tentando escutar fora do sistema. As codificações podiam ser mudadas todos os dias, mas eram comuns a toda a aviação aliada.

Walker olhou ao redor. O céu estava claro; a pouco menos de um quilômetro de distância, o ala Randy "R-2" Roberts voava por trás, um pouco acima, com o copiloto Jim "Boomer" Henry sentado atrás.

Ao alcançar a base fixa de lançamento de Scuds, Walker desceu para identificar o alvo direito. Ficou furioso ao verificar que se encontrava encoberto por nuvens turbilhonantes de areia do deserto, uma *shamal* que surgira de repente, provocada por ventos fortes lá embaixo.

Suas bombas guiadas por *laser* não errariam, desde que pudessem acompanhar o facho projetado do avião para o alvo. Para projetar o facho de orientação, no entanto, ele precisava avistar o alvo.

Irritado, com o combustível se esgotando, Don Walker fez a volta. Duas frustrações na mesma manhã eram demais. Detestava a perspectiva de pousar com todo o seu material bélico. Mas não havia nada a fazer, e ele seguiu para o sul, de volta à base.

Três minutos depois, avistou um enorme complexo industrial lá embaixo.

– O que é aquilo? – perguntou ele a Tim.

O copiloto, oficial de armamentos, consultou seus mapas de instruções.

– O lugar se chama Tarmiya.
– É muito grande.
– É mesmo.

Embora nenhum dos dois soubesse, o complexo industrial de Tarmiya continha 381 prédios e cobria uma área de 16 x 16 quilômetros.

– Está na lista?
– Não.
– Vou descer assim mesmo. Randy, me dê cobertura.
– Entendido – respondeu o ala.

Walker baixou seu Eagle 3 mil metros de altitude. O complexo industrial era imenso. Bem no centro havia um prédio enorme, do tamanho de um ginásio de esportes coberto.

– Vamos atacar.
– Don, não é um alvo.

Baixando para 2.400 metros, Walker ativou o sistema de orientação por *laser*, e alinhou a vasta fábrica lá embaixo e à frente. O mostrador indicava a distância diminuindo e o registro dos segundos para o disparo.

Quando o último chegou a zero, ele lançou as bombas e manteve o nariz ainda apontado para o alvo se aproximando.

O sensor de *laser* na ogiva das duas bombas era o sistema PAVEWAY. O módulo de orientação ficava embaixo da fuselagem, chamado Lantirn. O Lantirn projetou um facho infravermelho invisível para o alvo, que ali ricocheteou, formando uma espécie de cesta eletrônica, como um funil, apontando de volta para o avião.

As ogivas do PAVEWAY captaram essa cesta, entraram nela e seguiram o funil para baixo e para dentro, até atingir o ponto exato em que o facho mirava.

As duas bombas fizeram seu trabalho. Explodiram sob o beiral do telhado da fábrica. Tendo observado a explosão, Don Walker levantou o nariz do Eagle, retornou à altitude de 7.500 metros. Uma hora depois, ele e seu ala, depois de um novo reabastecimento em pleno ar, pousaram em Al Kharz.

Antes de erguer o nariz do avião, Walker vira o clarão ofuscante das duas explosões, a enorme coluna de fumaça que subira, e vislumbrara a nuvem de poeira que se seguiria ao bombardeio.

O que ele não viu lá de cima foi que as duas bombas destruíram uma extremidade da fábrica, projetando pelo ar grande parte do telhado, como se fosse a vela de um navio no mar.

Também não observou que o forte vento do deserto naquela manhã, o mesmo vento que criara a tempestade de areia que encobrira a base dos Scuds, fez o resto. Arrancou o telhado da fábrica, como se fosse a tampa de uma lata de sardinha, e fragmentos letais de aço voaram em todas as direções.

De volta à base, Don Walker, como todos os outros pilotos, teve de responder a várias perguntas sobre a missão. Era um processo cansativo, pilotos extenuados, mas tinha de ser feito. Foi conduzido pela oficial de informações da esquadrilha, major Beth Kroger.

Ninguém supôs que o gorila tivera êxito, mas todos os pilotos haviam atingido os alvos secundários, à exceção de um. O impetuoso oficial de armamentos da esquadrilha fora frustrado no alvo secundário e escolhera um terceiro ao acaso.

– Por que fez isso? – perguntou Beth Kroger.

– Porque a fábrica era enorme e parecia importante.

– Mas nem mesmo constava da Ordem de Missões.

Ela registrou o alvo escolhido por Walker, a locação exata e a descrição, seu relatório de danos causados pelas bombas, e encaminhou tudo para o CCTA, o Centro de Controle Tático Aéreo, que partilhava o porão do QG da Força Aérea saudita, junto com os analistas do Buraco Negro, em Riad.

– Se descobrirem que é uma fábrica de engarrafamento de água ou de alimentos para bebês, vão tirar seu couro – advertiu ela.

– Sabe, Beth, você fica linda quando está zangada – disse Walker.

Beth Kroger era uma competente oficial de carreira. Se quisesse flertar com alguém, preferia coronéis para cima. Como os únicos três em Al Kharz eram bem-casados, a base estava se tornando insuportável.

– Está saindo da linha, *capitão* – protestou ela, antes de se retirar para preparar seu relatório.

Walker suspirou e foi se deitar. Ela estava com a razão. Se ele tivesse bombardeado o maior orfanato do mundo, o general Horner arrancaria pessoalmente suas divisas para fazer palitos. Nunca comunicaram a Don Walker o que ele bombardeara naquela manhã. Mas não era um orfanato.

16

Karim foi jantar com Edith Hardenberg em seu apartamento em Grinzing naquela mesma noite. Encontrou o caminho para o subúrbio pelo sistema de transporte público e levou presentes: um par de velas aromáticas, que pôs na mesinha na área de jantar e acendeu, e duas garrafas de um bom vinho.

Edith deixou-o entrar, corada e embaraçada, depois voltou a cuidar do bife à milanesa que estava preparando na pequena cozinha. Fazia vinte anos que não aprontava uma refeição para um homem; descobrira que a experiência era assustadora, mas ao mesmo tempo, o que a deixou surpresa, emocionante.

Karim a cumprimentara com um casto beijo no rosto ao chegar, o que a deixara ainda mais afogueada, depois encontrara um LP do *Nabucco* de Verdi entre seus discos e o pusera para tocar.

Não demorou muito para que o aroma das velas, almíscar e patchuli, se juntasse às suaves cadências do *Coro dos escravos*, impregnando todo o apartamento.

Era exatamente como ele fora informado pela equipe *neviot*, que ali estivera semanas antes; muito arrumado, tudo em ordem, uma limpeza impecável. O apartamento de uma mulher meticulosa, que vivia sozinha.

Quando o jantar ficou pronto, Edith apresentou-o com profusas desculpas. Karim experimentou a carne e proclamou que era a melhor que já provara, o que a deixou ainda mais atordoada, mas também imensamente satisfeita.

Conversaram enquanto comiam, sobre assuntos culturais, a planejada visita ao Palácio Schönbrunn, e aos fabulosos cavalos Lippizaner, na Hofreitschule, a Escola de Equitação Espanhola, dentro do Hofburg, na Josefsplatz.

Edith comeu da maneira como fazia todas as coisas, com precisão, igual a um passarinho bicando um petisco. Usava os cabelos penteados para trás, como sempre, presos por um coque austero.

À luz das velas, pois ele apagara a luz por cima da mesa, forte demais, Karim se mostrava bonito e cortês, como de costume. Enchia o copo de vinho de Edith a todo instante, o que a levou a consumir muito mais do que o copo ocasional que se permitia de vez em quando.

O efeito da comida, o vinho, as velas, a música e a companhia de seu jovem amigo corroeram pouco a pouco as defesas de seu retraimento.

Karim inclinou-se por cima dos pratos vazios, fitou-a nos olhos.
– Edith...
– O que é?
– Posso lhe perguntar uma coisa?
– Se assim deseja...
– Por que usa os cabelos penteados para trás desse jeito?

Era uma pergunta impertinente, pessoal. Ela corou ainda mais profundamente.

– Eu... sempre usei assim.

Não, não era verdade. Houvera um tempo, recordou Edith, com Horst, em que os cabelos caíam soltos pelos ombros, abundantes e castanhos, no verão de 1970. Houvera um tempo em que eram soprados pelo vento, no lago do Schlosspark, em Laxenburg.

Karim levantou-se sem dizer nada e foi se postar atrás dela. Edith sentiu um pânico crescente. Aquilo era um absurdo. Dedos hábeis tiraram a enorme travessa de casco de tartaruga do coque. Aquilo tinha de parar. Ela sentiu os grampos retirados, os cabelos caindo soltos pelas costas. Continuou sentada, rígida. Os mesmos dedos ergueram seus cabelos, empurraram-nos para a frente, a fim de caírem pelos lados do rosto.

Karim passou para o seu lado e ela fitou-o. Ele estendeu as mãos, sorrindo.

– Assim é melhor. Parece dez anos mais jovem, muito mais bonita. Vamos sentar no sofá. Escolha a sua música predileta para tocar, enquanto eu faço o café. Combinado?

Sem permissão, ele pegou as mãos de Edith e a levantou. Largando uma das mãos, levou-a da mesa para a sala de estar. Soltou a outra mão e foi para a cozinha.

Ainda bem que ele fizera isso. Edith tremia da cabeça aos pés. A amizade entre os dois devia ser apenas platônica. Mas também ele nunca a tocara, nunca a tocara de verdade. E é claro que ela jamais permitiria *esse tipo de coisa*.

Contemplou-se num espelho na parede, o rosto corado, os cabelos nos ombros, cobrindo as orelhas, emoldurando o rosto. Teve a sensação de que vislumbrava uma menina que conhecera vinte anos antes.

Fez um esforço para se controlar e escolheu um disco. Seu amado Strauss, as valsas que tão bem conhecia, *Rosas do sul*, *Bosques de Viena*, *Patinadores*, *Danúbio azul*... Ainda bem que Karim estava na cozinha, não a viu quase largar o disco ao colocá-lo na vitrola. Ele parecia não ter a menor dificuldade para encontrar o café, a água, o coador, o açúcar.

Edith se sentava num canto do sofá quando ele voltou à sala. Juntou os joelhos, baixou a xícara de café para o colo. Queria conversar sobre o novo concerto na Musikverein, marcado para a semana seguinte, mas as palavras não saíram. Em vez disso, tomou um gole do café.

– Edith, por favor, não tenha medo de mim – murmurou ele. – Sou seu amigo, não é mesmo?

– Não diga bobagem. Claro que não tenho medo de você.
– Ainda bem. Porque nunca vou magoá-la, e quero que saiba disso.

Amigos. Isso mesmo, eram amigos, uma amizade nascida do amor comum pela música, arte, ópera, cultura. E nada mais, com toda certeza. Mas era um pequeno passo, de amigo para namorado. Edith sabia que outras secretárias no banco tinham maridos e namorados, observava-as excitadas, antes de saírem para um encontro, rindo no corredor na manhã seguinte, compadecidas porque ela vivia tão sozinha.

– Essa não é *Rosas do sul*?
– É, sim.
– Acho que é minha valsa predileta.
– A minha também.

Era melhor assim, voltar à música. Karim pegou a xícara de Edith, colocou-a numa mesinha do seu lado. Depois levantou-se, estendeu as mãos, ajudou-a a ficar de pé também.

– O que...?

Edith descobriu sua mão direita segura pela esquerda de Karim, um braço forte e persuasivo envolveu-a pela cintura e começou a girar lentamente sobre o assoalho, no exíguo espaço entre os móveis, dançando uma valsa.

Gidi Barzilai teria dito para Karim desfechar logo o ataque, não desperdiçar mais tempo. Mas o que ele sabia? Nada. Primeiro a confiança, depois a queda. Karim manteve a mão direita bem no alto das costas de Edith.

Enquanto giravam, os corpos separados por vários centímetros, Karim levantou as mãos dadas para mais perto de seu ombro, enquanto o braço direito puxava mais um pouco o corpo de Edith. Foi imperceptível.

Edith descobriu seu rosto comprimido contra o peito de Karim, teve de virá-lo de lado. Os seios encostavam naquele corpo, podia sentir de novo o cheiro de um homem.

Ela se afastou. Karim deixou, soltou a mão direita de Edith, usou a mão esquerda para erguer o queixo dela. Então a beijou, enquanto dançavam.

Não foi um beijo úmido. Manteve os lábios juntos, não fez qualquer esforço para entreabrir os lábios de Edith. A mente de Edith era um turbilhão de pensamentos e sensações, um avião fora de controle, girando, caindo, protestos aflorando para que resistisse sendo ignorados. O banco, Gemütlich, a reputação dela, a juventude de Karim, o fato de ser estrangeiro, a diferença de idade, o calor, o vinho, o odor, a força, os lábios. A música cessou.

Se ele fizesse qualquer outra coisa, Edith o expulsaria. Mas Karim afastou seus lábios, puxou a cabeça de Edith para a frente, até encostar em seu peito. Permaneceram imóveis nessa posição, no apartamento em silêncio, por vários segundos.

Foi Edith quem se desvencilhou. Voltou para o sofá, sentou-se, olhando fixamente para a frente. E percebeu os joelhos de Karim ali. Ele pegou suas mãos.

– Está zangada comigo, Edith?
– Não deveria ter feito aquilo.
– Não tinha a intenção. Juro. Mas não pude evitar.
– Acho que deve ir embora.
– Edith, se está zangada comigo e quer me punir, só há uma maneira de fazê-lo. Não permitir que eu torne a vê-la.
– Não tenho certeza...
– Por favor, diga que me deixará vê-la de novo.
– Tenho de pensar.
– Se disser não, abandonarei o curso e voltarei para minha terra. Não poderia viver em Viena sem me encontrar com você.
– Não diga bobagem. Deve continuar os estudos.
– Então vai continuar se encontrando comigo?
– Está bem.

Karim foi embora cinco minutos depois. Ela apagou as luzes, vestiu a camisola de algodão, lavou o rosto, escovou os dentes e foi para a cama.

Deitou-se no escuro, com os joelhos levantados contra o peito. Depois de duas horas, fez algo que não fazia há anos. Sorriu na escuridão. Havia um pensamento louco aflorando com insistência em sua mente e ela não se importava. Tenho um namorado. É dez anos mais jovem, estudante, estrangeiro, árabe e muçulmano. E não me importo.

O CORONEL DICK BEATTY, da Força Aérea dos Estados Unidos, estava de serviço naquela noite, no porão na estrada Old Airport, em Riad.

O Buraco Negro nunca parava de funcionar, nunca diminuía o ritmo, e nos primeiros dias da guerra aérea trabalhava com mais afinco e mais depressa do que nunca.

O plano-mestre do general Chuck Horner para a guerra aérea passava por um reajustamento, causado pelo desvio de centenas de seus aviões para caçar os lançadores de Scuds, em vez de bombardearem os alvos predeterminados.

Qualquer general de combate confirmará que um plano pode ser elaborado até os mínimos detalhes, mas depois que se inicia a execução, nunca transcorre como o previsto. A crise decorrente dos foguetes caindo em Israel estava se tornando um grave problema. Tel Aviv protestava contra Washington, e Washington protestava contra Riad. O desvio de todos aqueles aviões para caçar os esquivos lançadores móveis era o preço que Washington tinha de pagar para impedir que Israel efetuasse uma ação retaliativa, e as ordens de Washington não admitiam argumentos em contrário. Todos podiam perceber que Israel começava a perder a paciência e seu ingresso na guerra seria desastroso para a frágil Coalizão agora formada contra o Iraque. Mas o problema era ainda maior.

Os alvos marcados para o Dia Três estavam sendo adiados por falta de aviões, e o efeito era de dominó. Um problema adicional era o fato de que ainda não podia haver uma redução na ADB. Era essencial, e tinha de ser feito de qualquer maneira. A alternativa podia ser terrível.

A Avaliação de Danos de Bombardeio era crucial porque o Buraco Negro precisava saber o nível de sucesso, ou sua ausência, da onda de ataques aéreos a cada dia. Se um grande centro de comando iraquiano, uma estação de radar ou uma bateria de mísseis constava de uma Ordem de Missão Aérea, seriam devidamente atacados. Mas foram destruídos? E neste caso, até que ponto? Dez por cento, cinquenta por cento ou uma pilha de escombros fumegantes?

Limitar-se a presumir que a base iraquiana fora eliminada não era suficiente. No dia seguinte, aviões aliados podiam sobrevoar o local, a caminho de outra missão. Se o lugar ainda funcionasse, pilotos poderiam morrer.

Assim, a cada dia, as missões eram realizadas e os exaustos pilotos tinham de descrever com precisão o que haviam feito, o que haviam atingido. Ou pensavam ter atingido. No dia seguinte, outros aviões sobrevoavam os alvos e fotografavam tudo.

Todos os dias, quando a Ordem de Missão Aérea iniciava seus preparativos de três dias, a lista original de alvos designados precisava incluir missões de "segunda visita", para concluir os bombardeios apenas parciais.

No quarto dia da guerra aérea, 20 de janeiro, as forças aéreas aliadas ainda não haviam iniciado oficialmente o ataque às instalações industriais suspeitas de fabricar armas de destruição em massa. Continuavam a se concentrar na SDAI – Supressão das Defesas Aéreas do Inimigo.

Naquela noite, o coronel Beatty preparava a lista das missões de reconhecimento fotográfico para o dia seguinte, com base nos dados fornecidos pelos oficiais de informações das esquadrilhas.

Por volta de meia-noite, ele já estava quase terminando, e as primeiras ordens já eram encaminhadas a várias esquadrilhas designadas para as missões de reconhecimento, ao amanhecer.

– Tem esta também, senhor.

Foi um subtenente da Marinha dos Estados Unidos quem falou. O coronel olhou para o alvo.

– O que significa isso... Tarmiya?

– É o que diz o relatório, senhor.

– Mas onde fica Tarmiya?

– Aqui, senhor.

O coronel verificou no mapa. O local nada significava para ele.

– Radar? Mísseis? Base aérea? Posto de comando?

– Não, senhor. Uma instalação industrial.

O coronel sentia-se cansado. A noite já era longa, e seu trabalho continuaria até o amanhecer.

– Ainda nem começamos a atacar as instalações industriais. Mas passe-me a lista, assim mesmo.

Ele passou os olhos pela relação. Incluía todas as instalações industriais que os aliados sabiam ser dedicadas à produção de ADM, as armas de destruição em massa. Tinha fábricas que produziam granadas, explosivos, veículos, componentes de armas e peças sobressalentes de tanques.

Na primeira categoria, estavam relacionadas Al-Qaim, As-Sharqat, Tuwaitha, Fallujah, Hillah, Al-Atheer e Al-Furat. O coronel não podia saber que não constava da relação a Rasha-dia, onde os iraquianos haviam instalado sua segunda cascata de centrífugas de gás, para a produção de urânio enriquecido, o problema que se esquivara aos peritos do Comitê Medusa. Essa instalação, descoberta pela ONU muito mais tarde, não era enterrada, mas disfarçada como uma fábrica de engarrafamento de água.

O coronel Beatty também não podia saber que Al-Furat era a locação enterrada da primeira cascata de urânio, a que fora visitada pelo alemão Dr. Stemmler, "em algum lugar perto de Tuwaitha", e que sua posição exata fora informada por Jericó.

– Não vejo nenhuma Tarmiya na lista.

– Não está aí, senhor – disse o subtenente.

– Dê-me a tela de referência.

Ninguém podia esperar que os analistas memorizassem centenas de confusos nomes de lugares em árabe, ainda mais porque em alguns casos um único nome podia incluir dez alvos separados. Por isso, todos os alvos receberam uma tela de referência, pelo Sistema de Posicionamento Global, um quadrado de 50 x 50 metros.

Ao bombardear a enorme fábrica em Tarmiya, Don Walker anotara a referência, que fora incluída em seu relatório de informações.

– Não está aqui – protestou o coronel. – Sequer é um alvo. Quem bombardeou o lugar?

– Um piloto da 336ª Esquadrilha, em Al Kharz. Não conseguiu bombardear os dois primeiros alvos designados, embora não fosse por culpa sua. Acho que não queria voltar à base com todas as bombas.

– Mas que idiota! – murmurou o coronel. – Muito bem, vamos fazer uma ADB assim mesmo. Mas pouca prioridade. Não desperdicem filme com isso.

O CAPITÃO DE CORVETA Darren Cleary se sentava aos controles de seu F-14 Tomcat, na maior frustração.

Por baixo do avião, o enorme casco cinzento do porta-aviões americano *Ranger* avançava de proa contra a brisa ligeira, desenvolvendo uma velocidade de 27 nós.

O mar do norte do Golfo era sereno antes do amanhecer, o céu muito em breve se tornaria claro e azul. Deveria ser um dia de prazer para um jovem piloto da Marinha voando um dos melhores aviões de caça do mundo.

Apelidado de Defensor da Esquadra, o Tomcat, tripulado por dois homens, teve uma vasta audiência quando estrelou o filme *Top Gun*. Sua cabine é provavelmente o lugar mais procurado na aviação de combate americana, pelo menos na Marinha, e assumir os controles de um avião assim, num dia tão maravilhoso, apenas uma semana depois de chegar a seu posto no Golfo, deveria deixar Darren Cleary muito feliz. O motivo para sua consternação era o fato de não ter sido designado para uma missão de combate, mas sim para a ADB, tirar fotos felizes, como se queixara na noite anterior. Bem que suplicara ao oficial de operações da esquadrilha que o deixasse caçar MiGs, mas fora em vão.

– Alguém tem de fazer esse trabalho – declarara o oficial de operações.

Como todos os pilotos de combate na superioridade aérea dos aliados, na guerra do Golfo, ele receava que os jatos iraquianos saíssem dos céus depois de poucos dias, acabando com qualquer oportunidade de travar uma batalha.

Por isso é que se sentia consternado por ter sido designado para uma simples missão de reconhecimento.

Por trás dele e seu oficial de voo, dois motores a jato da General Electric entraram em funcionamento, enquanto a guarnição do convés prendia o avião à catapulta a vapor, no convés de voo inclinado, o nariz um pouco além da linha central do *Ranger*. Cleary esperou, o manete na mão esquerda, o manche firme e neutro na direita, enquanto eram efetuados os últimos preparativos. Finalmente veio a indagação lacônica, o aceno de cabeça, e o manete foi empurrado para a frente, direto para e empuxo adicional, ao mesmo tempo em que a catapulta o lançava e as 36 toneladas de avião do zero para 150 nós, em três segundos.

O aço cinzento do *Ranger* desapareceu para trás, o mar escuro faiscou lá embaixo, o Tomcat sentiu o ar fluindo ao seu redor, encontrou sustentação e subiu suave pelo céu clareando.

Seria uma missão de quatro horas, com dois reabastecimentos. Tinha 12 alvos para fotografar, e não estaria sozinho. Já seguia à sua frente um A-6 Avenger com bombas guiadas por *laser*, caso encontrassem artilharia antiaérea. Se isso acontecesse, o Avenger ensinaria aos artilheiros iraquianos que era melhor se manterem quietos. Um EA-6B Prowler participaria da mesma missão, armado com HARMs, para o caso de depararem com uma base de SAMs guiados por radar. O Prowler usaria suas HARMs para explodir o radar e o Avenger empregaria suas bombas para destruir os mísseis.

No caso de a Força Aérea iraquiana aparecer, mais dois Tomcats estariam de guarda, por cima e nos lados do fotógrafo, seus potentes radares de voo AWG-9 capazes de discernir as medidas por dentro das pernas do piloto iraquiano antes que ele saísse da cama.

Todo esse metal e tecnologia era para proteger o que pendia por baixo e por trás dos pés de Darren Cleary, um Sistema de Reconhecimento Aéreo Tático, o TARPS.

Pendendo um pouco à direita da linha central do Tomcat, o TARPS parecia um caixão afilado, com 5 metros de comprimento e um tanto mais complexo que a Pentax de um turista.

Tinha no nariz uma potente câmera fotográfica, com duas posições: para a frente e para baixo, e diretamente para baixo. Por trás ficava a câmera panorâmica, com o visor para fora, para os lados e para baixo. Mais atrás havia o aparelho de reconhecimento infravermelho, destinado a registrar imagens térmicas e suas fontes. Além disso, o piloto podia ver, no visor dentro da cabine, o que estava fotografando, enquanto sobrevoava o objetivo.

Darren Cleary subiu para 4.500 metros, encontrou-se com o restante da escolta e seguiram todos para o contato com o avião de reabastecimento KC-135 designado, ao sul da fronteira iraquiana.

Sem ser assediado por qualquer resistência iraquiana, ele fotografou os 11 alvos principais que lhe haviam sido designados, depois seguiu para Tarmiya, a décima segunda locação, de interesse secundário.

Ao sobrevoar Tarmiya, olhou para seu visor e murmurou:

– Mas o que é isso?

Foi esse o momento em que a última das 750 chapas em cada uma das câmeras principais foi batida.

Depois de um segundo reabastecimento, a missão tornou a pousar no *Ranger*, sem qualquer incidente. A guarnição do convés removeu as câmeras, que foram levadas ao laboratório fotográfico para revelação das chapas.

Cleary fez um relato completo sobre uma missão monótona e depois desceu para a mesa iluminada, em companhia do oficial de informações. Assim que os negativos apareceram na tela, com a luz branca por baixo, Cleary explicou o que representava cada um e onde fora tirado. O oficial de informações fez anotações para seu próprio relatório, que seria anexado ao de Cleary, mais as fotos.

Quando chegaram às últimas vinte chapas, o oficial de informações perguntou:

– O que é isso?

– Não me pergunte – disse Cleary. – São daquele alvo em Tarmiya. Está lembrado, aquele que Riad incluiu no último momento?

– Claro. O que são essas coisas dentro da fábrica?

– Parecem discos de brinquedo para gigantes – sugeriu Cleary, hesitante.

Foi uma frase que pegou. O oficial de informações usou-a em seu relatório, acrescentando que não tinha a menor ideia do que eram.

Quando o pacote ficou pronto, um Lockheed S-3 Viking decolou do convés do *Ranger*, levando-o para Riad. Darren Cleary voltou às missões de combate aéreo, nunca enfrentou nenhum dos esquivos MiGs e deixou o Golfo, com o *Ranger*, ao final de abril de 1991.

WOLFGANG GEMÜTLICH começou a se sentir cada vez mais preocupado, ao longo da manhã, com o estado de sua secretária particular.

Ela se mostrava polida e formal como sempre, tão eficiente quanto se podia exigir, e Herr Gemütlich exigia muito. Nunca um homem de extrema sensibilidade, ele nada percebeu a princípio, mas na terceira visita da secretária à sua sala, para anotar uma carta, notou que havia algo estranho em Edith Hardenberg.

Nada de jovialidade em excesso, é claro, muito menos um comportamento frívolo, algo que Herr Gemütlich jamais toleraria. Era um certo ar que ela irradiava. Observou-a mais atentamente, enquanto a secretária se inclinava sobre seu bloco, anotando o ditado.

Ela usava o habitual *tailleur* desalinhado, a bainha abaixo dos joelhos. Os cabelos ainda formavam um coque atrás da cabeça... Foi na quarta visita que ele compreendeu, com um sobressalto de horror, que Edith Hardenberg passara pó de arroz no rosto. Não muito, apenas uma insinuação. Herr Gemütlich apressou-se em verificar se não havia batom nos lábios e ficou aliviado ao não encontrar qualquer vestígio.

Talvez estivesse enganado, pensou ele. Era janeiro, talvez o frio lá fora tivesse deixado a pele da secretária áspera; o pó de arroz servia com certeza para atenuar a irritação. Mas havia algo mais.

Os olhos. Nada de rímel, um *Gotteswillen*, permita que não seja rímel. Ele tornou a conferir, e não havia mesmo rímel. Enganara-se, tranquilizou a si mesmo. Foi na hora do almoço, ao abrir o guardanapo de linho sobre a mesa e começar a comer os sanduíches que Frau Gemütlich preparava todos os dias, que a solução lhe ocorreu.

Os olhos faiscavam. Isso mesmo, os olhos de Fraülein Hardenberg faiscavam. Não podia ser por causa do inverno; afinal, ela já se encontrava fazia quatro horas dentro do prédio do banco. O banqueiro largou o sanduíche pela metade e refletiu que vira a mesma síndrome em algumas das secretárias mais jovens, pouco antes de saírem para casa, ao final de uma tarde de sexta-feira.

Era felicidade. Edith Hardenberg sentia-se de fato feliz. Transparecia, ele compreendeu agora, na maneira como andava, como falava, como sorria. Ela se mostrara assim durante toda a manhã... isso e mais o vestígio de pó de arroz. Foi o suficiente para deixar Wolfgang Gemütlich profundamente perturbado. Esperava que sua secretária não estivesse esbanjando dinheiro.

As FOTOS TIRADAS pelo capitão de corveta Darren Cleary chegaram a Riad à tarde, parte de um dilúvio de novas imagens que desabava todos os dias no quartel-general do CENTAF.

Algumas das imagens eram dos satélites KH-11 e KH-12, muito acima da Terra, oferecendo a visão de grandes dimensões, o ângulo amplo, a plenitude do Iraque. Se não apresentavam qualquer variação em relação ao dia anterior, eram arquivadas.

Outras eram das constantes missões de reconhecimento fotográfico, em nível mais baixo, tiradas pelos TR-1s. Algumas revelavam atividade iraquiana, militar ou industrial, que era novidade – movimentos de tropas, aviões de guerra taxiando onde não se encontravam antes, lançadores de mísseis em novas locações. Essas imagens iam para a Análise de Alvos.

As tiradas pelo Tomcat do *Ranger* eram da Avaliação de Danos de Bombardeio. Foram filtradas através do Celeiro, o conjunto de barracas verdes à beira da base aérea militar, sendo classificadas e identificadas, e depois seguiram para o Buraco Negro, onde foram parar no departamento de ADB.

O coronel Beatty entrou de serviço às 19 horas. Trabalhou por duas horas nas fotos de uma base de mísseis (parcialmente destruída, pois duas baterias ainda pareciam intactas) e um centro de comunicações (reduzido a escombros), mais diversos abrigos reforçados que alojavam MiGs, Mirages e Sukhois iraquianos (destruídos).

Franziu o rosto quando chegou a uma dúzia de imagens de uma fábrica em Tarmiya, levantou-se e foi até a mesa de um sargento britânico da RAF.

– Charlie, o que é isto?
– Tarmiya, senhor. Não está lembrado? Aquela fábrica que foi atingida ontem por um Strike Eagle, e que não constava da lista.
– Ah, sim... a fábrica que sequer era um alvo?
– Isso mesmo. Um Tomcat do *Ranger* tirou essas fotos pouco depois das 10 horas da manhã de hoje.

O coronel Beatty ergueu as fotos na mão.

– O que está acontecendo aqui?
– Não sei, senhor. Foi por isso que coloquei sobre sua mesa. Ninguém consegue entender.
– Parece que aquele jóquei do Eagle acertou em algo grande. Eles estão na maior agitação.

O sargento britânico e o coronel americano examinaram as imagens de Tarmiya tiradas pelo Tomcat. Eram bastante nítidas, com uma definição fantástica. Algumas haviam sido tiradas pela câmera na frente do TARPS, mostrando a fábrica em ruínas, enquanto o Tomcat se aproximava, a 4.500 metros de altitude, outras eram da câmera no meio do sistema. Os homens no Celeiro haviam separado as 12 melhores e mais nítidas.

– Qual é o tamanho desta fábrica? – perguntou o coronel.
– Cerca de 100 x 60 metros, senhor.

O enorme telhado fora arrancado, restava apenas um fragmento, cobrindo um quarto da fábrica iraquiana.

Nos três quartos expostos, podia-se observar a disposição da fábrica, pelo ângulo de uma ave. Havia subdivisões lá embaixo, e cada uma era ocupada por um enorme disco escuro.

– Essas coisas são de metal?
– São, sim, senhor, segundo os sensores infravermelhos. Aço de alguma espécie.

Ainda mais intrigante, e a razão para toda atenção do pessoal da ADB, era a reação iraquiana ao ataque de Don Walker. Em torno da fábrica sem teto havia não apenas um, mas cinco enormes guindastes, as hastes projetadas para o interior, como cegonhas debruçadas sobre um banquete. Com todos os danos que o Iraque vinha sofrendo, os guindastes daquele tamanho tinham o maior valor.

Em torno e dentro da fábrica, havia um enxame de operários, suados, empenhados em prender os discos aos guindastes, para remoção.

– Contou esses caras, Charlie?

– Mais de duzentos, senhor.

– E esses discos... – O coronel Beatty consultou o relatório do oficial de informações do *Ranger*. – Esses discos de brinquedo para gigantes?

– Não tenho ideia do que sejam, senhor. Nunca vi nada parecido.

– Pois parece que são muito importantes para o Sr. Saddam Hussein. Tarmiya é de fato uma zona sem alvo?

– É o que está na lista, coronel. Pode dar uma olhada nisto? – O sargento apresentou outra foto, que recuperara dos arquivos.

O coronel examinou o ponto que ele indicou.

– Uma cerca de elos.

– Uma cerca dupla. E aqui?

O coronel Beatty pegou a lupa e tornou a olhar.

– Uma faixa minada... baterias antiaéreas... torres de vigia. Onde encontrou tudo isso, Charlie?

– Veja isto. Uma imagem panorâmica.

O coronel Beatty olhou para a nova foto posta à sua frente, uma panorâmica de todo o conjunto de Tarmiya e da área ao redor. Deixou escapar um longo suspiro.

– Santo Deus! Teremos de reavaliar toda a posição de Tarmiya. Como deixamos escapar uma coisa assim?

O fato é que todo o complexo industrial de Tarmiya, com 381 prédios, fora declarado pelos primeiros analistas como não militar e não alvo, por motivos que mais tarde se tornaram parte do folclore das toupeiras humanas que trabalhavam e sobreviveram no Buraco Negro.

Eram americanos e britânicos, e todos pertenciam à OTAN. Haviam sido treinados para a avaliação de alvos soviéticos, e procuravam pela maneira soviética de fazer as coisas.

As pistas que visavam acima de tudo eram indicadores-padrão. Se o prédio ou complexo era militar e importante, seria uma área proibida. Estaria guardada contra intrusos e protegida de ataques.

Havia torres de vigia, cercas de elo, baterias antiaéreas, mísseis, campos minados, alojamentos para soldados? Havia indícios de caminhões pesados entrando e saindo, havia cabos de alta voltagem ou uma estação geradora? Tais sinais significavam um alvo. Tarmiya não tinha nada disso... aparentemente.

O que o sargento da RAF fizera, num pressentimento, fora reexaminar uma foto de altitude elevada de toda a área. E lá estava... a cerca, as baterias, os alojamentos, os portões reforçados, os mísseis, os rolos de arame farpado, a faixa minada. Mas muito longe.

Os iraquianos haviam simplesmente cercado uma área de 100 x 100 quilômetros. O isolamento de uma área tão vasta jamais seria possível no Ocidente nem mesmo na Europa Oriental.

O complexo industrial, com 381 prédios, dos quais setenta se dedicavam à produção de guerra, situava-se no centro do quadrado, bastante dispersos para se evitar maiores danos de bombardeio, mas ainda assim ocupando apenas 200 hectares dos 4 mil da zona protegida.

– E as linhas de energia elétrica? Não há nada aqui que pudesse acionar mais que uma escova de dentes.

– Estão aqui, senhor. Quarenta e cinco quilômetros a oeste. As linhas seguem na direção oposta. Cinquenta libras por uma cerveja como essas linhas de energia são falsas. Os verdadeiros cabos estão enterrados e vão direto da estação geradora para o centro de Tarmiya. Isto aqui é uma estação geradora de 150 megawatts, senhor.

– Filhos da puta! – murmurou o coronel.

Ele se empertigou, recolheu todas as fotos.

– Bom trabalho, Charlie. Levarei tudo isso para Buster Glosson. Enquanto isso, não há necessidade de esperar para saber o que representa aquela fábrica sem telhado. É importante para os iraquianos, então vamos explodi-la.

– Certo, senhor. Vou incluí-la na lista.

– Não para daqui a três dias. Amanhã. O que temos livre?

O sargento foi a um painel de computador e conferiu a indagação.

– Nada, senhor. Todas as unidades já estão com missões designadas.

– Não podemos desviar uma esquadrilha?
– Não realmente. Por causa da caça aos Scuds, estamos sobrecarregados. Ah, espere um pouco... Temos a 430ª em Diego. Eles têm condição.
– Muito bem, entregue a missão aos Buffs.
– Se me permite dizê-lo, senhor – comentou o sargento, com o elaborado fraseado cortês que disfarça uma discordância –, os Buffs não são exatamente bombardeiros de precisão.
– Dentro de vinte e quatro horas, Charlie, os iraquianos terão retirado tudo de lá. Não temos opção. Encarregue os Buffs da missão.
– Pois não, senhor.

MIKE MARTIN SENTIA-SE inquieto demais para se manter isolado na casa do diplomata soviético por mais que poucos dias. O mordomo russo e sua esposa estavam transtornados, não conseguiam dormir à noite, por causa da interminável dissonância de bombas e foguetes caindo, somada ao rugido da artilharia antiaérea de Bagdá, que parecia ilimitada, mas era em grande parte ineficaz.

Gritavam imprecações pelas janelas contra todos os aviadores americanos e britânicos, mas também começavam a ficar sem alimentos, e o estômago russo é um argumento compulsivo. A solução era enviar Mahmoud, o jardineiro, para comprar mantimentos outra vez.

Martin já pedalava pela cidade fazia três dias quando viu a marca de giz. Avistou-a na parede dos fundos de uma velha casa de Khayat, em Karadit-Mariam e significava que Jericó deixara uma mensagem no ponto de correspondência combinado.

Apesar dos bombardeios, a flexibilidade natural das pessoas comuns, tentando continuar com suas vidas, já voltava a prevalecer. Sem que se dissesse expressamente, a não ser em murmúrios, e mesmo assim só para uma pessoa da família que se tinha certeza que não trairia o autor do comentário à AMAM, já surgira nas classes trabalhadoras a compreensão de que os Filhos de Cães e os Filhos de Naji pareciam capazes de atingir o que queriam atingir e deixar o restante em paz.

Depois de cinco dias, o palácio presidencial era uma pilha de escombros (Dia Dois), o Ministério da Defesa não mais existia, nem a central telefônica, nem a principal estação geradora de energia elétrica. Ainda mais inconveniente, todas as nove pontes agora ornamentavam o fundo do Tigre, mas uma multidão de pequenos empresários instituíra serviços de transporte de uma margem para outra, em todos os tipos de embarcações, algumas bastante grandes para levar caminhões e carros, além de barcaças em que cabiam dez passageiros e suas bicicletas, e até pequenos botes a remo.

A maioria dos grandes prédios permanecia intacta. O Hotel Rashid, em Karch, ainda se encontrava repleto de jornalistas estrangeiros, embora o Rais se encerrasse com toda segurança na casamata por baixo. O que era pior, o quartel-general da AMAM, um conjunto de casas interligadas, com velhas fachadas e interiores modernizados, numa rua bloqueada, perto da Qasr-el-Abyad, em Risafa, nada sofrera. Por baixo de duas dessas casas ficava o Ginásio, jamais mencionado, exceto em sussurros, onde Omar Khatib, o Carrasco, arrancava confissões dos presos.

No outro lado do rio, em Mansour, o enorme prédio de escritórios que era o quartel-general da Mukhabarat, tanto da espionagem no exterior quanto da contraespionagem, continuava ileso.

Mike Martin avaliou o problema da marca de giz enquanto voltava à propriedade soviética. Sabia que suas ordens eram expressas – nenhuma tentativa de retomar o contato. Se fosse um diplomata chileno, teria obedecido a essa instrução, e estaria certo. Mas Moncada nunca fora treinado para se esconder imóvel, se necessário por dias, num único posto de observação, e vigiar a área ao redor, até os passarinhos fazerem ninho em seu chapéu.

Naquela noite, a pé, ele tornou a atravessar o rio, em Risafa, enquanto os ataques aéreos recomeçavam, e seguiu para o mercado de frutas e verduras em Kasra. Havia vultos nas calçadas, aqui e ali, correndo para se abrigar em suas humildes habitações, a fim de evitar um Tomahawk Cruise, e ele parecia apenas mais um. Mais importante ainda, sua previsão sobre as patrulhas da AMAM estava se confirmando: os agentes secretos também não se sentiam à vontade nas ruas com os americanos passando por cima.

Martin encontrou sua posição de vigia no telhado de uma quitanda, de cuja beira podia avistar a rua, o pátio e a laje de pedra que era o "ponto de correspondência". Durante oito horas, das 20 horas às 4 horas, ficou deitado ali, observando.

Se o ponto de correspondência era vigiado, a AMAM não usaria menos de vinte homens. Em todo esse tempo, teria de haver o ruído de uma sola arrastada na pedra, uma tosse, um movimento de músculos com cãibras, o barulho de um fósforo, o brilho de um cigarro, a ordem gutural para apagá-lo; algo aconteceria. Ele não acreditava que o pessoal de Khatib ou Rahmani pudesse se manter imóvel e silencioso por oito horas.

O bombardeio cessou pouco antes de 4 horas da madrugada. Não havia luzes no mercado lá embaixo. Ele tornou a procurar uma câmera instalada numa janela alta, mas não havia janelas altas na área. Às 3h50 saiu do telhado, cruzou a viela, uma mancha escura num *dish-dash* cinzento, movendo-se pela escuridão, encontrou a laje de pedra, pegou a mensagem e foi embora.

Retornou à residência de Kulikov pouco antes do amanhecer, e já se encontrava em seu chalé antes que alguém despertasse.

A mensagem de Jericó era simples. Não tinha notícias há nove dias. Não vira marcas de giz. Desde seu último despacho, não houvera qualquer contato. E o pagamento não fora depositado em sua conta bancária. Contudo, sua mensagem anterior fora apanhada; ele sabia disso porque verificara. Qual era o problema?

Martin não transmitiu a mensagem para Riad. Sabia que não deveria desobedecer às ordens, mas achava que ele, não Paxman, era o homem no local e tinha o direito de tomar algumas decisões por si mesmo. Seu risco naquela noite fora calculado; empenhara sua habilidade contra homens que sabia serem inferiores no jogo das operações secretas. Se houvesse a menor indicação de que a viela era vigiada, teria ido embora como chegara e ninguém o veria.

Talvez Paxman tivesse razão e Jericó estivesse comprometido. Ou Jericó apenas transmitisse o que ouvira Saddam Hussein dizer.

O importante era o milhão de dólares que a CIA se recusara a pagar. Martin preparou com todo o cuidado sua resposta.

Dizia que houvera dificuldades, causadas pelo início da guerra aérea, mas que não havia qualquer problema que um pouco de paciência não pudesse resolver. Informava a Jericó que seu despacho anterior fora de fato recolhido e transmitido, mas que ele, Jericó, um homem experiente, deveria compreender que 1 milhão de dólares era uma quantia vultosa e que a informação precisava ser conferida. O que levaria mais algum tempo. Jericó deveria se manter calmo naqueles momentos conturbados e esperar pela próxima marca de giz, que o alertaria para a retomada da operação.

Durante o dia, Martin deixou a mensagem por trás do tijolo no muro ao lado do fosso de água estagnada na Antiga Cidadela, em Aadhamiya, e ao crepúsculo fez a marca de giz na superfície avermelhada de ferrugem da porta de garagem em Mansour.

Vinte e quatro horas depois a marca estava apagada. Todas as noites, Martin sintonizava Riad, mas não recebeu outra mensagem. Sabia que suas ordens eram para fugir de Bagdá e que seus controladores provavelmente esperavam que cruzasse a fronteira em breve. Só que ele decidiu esperar mais um pouco.

DIEGO GARCIA NÃO é um lugar dos mais visitados do mundo. Trata-se de uma pequena ilha, pouco mais que um atol de coral, no arquipélago de Chagos, ao sul do oceano Índico. Outrora um território britânico, fazia anos fora arrendada aos Estados Unidos.

Apesar de seu isolamento, durante a Guerra do Golfo se tornou a base do 430º Grupo de Esquadrilhas de Bombardeiro da Força Aérea dos Estados Unidos, voando as estrato-fortalezas B-52.

O B-52 era sem dúvida o mais antigo veterano na guerra, um avião em serviço fazia mais de trinta anos. Durante grande parte desse tempo, fora a base do Comando Aéreo Estratégico, baseado em Omaha, Nebraska, o enorme mastodonte voador que circulava pela periferia do império soviético dia e noite, com ogivas termonucleares.

Podia ser antigo, mas ainda se tratava de um bombardeiro poderoso, e na Guerra do Golfo a versão atualizada "G" foi usada com um efeito devastador sobre as tropas entrincheiradas, supostamente de elite, da Guarda Republicana, nos desertos ao sul do Kuwait. Se essa nata do exército iraquiano saiu de suas casamatas assustada e com os braços erguidos, durante a ofensiva por terra da Coalizão, foi em parte porque seus nervos ficaram abalados e o moral destruído pelo incessante bombardeio dos B-52s.

Houve apenas oitenta desses bombardeiros na guerra, mas era tão grande sua capacidade de carga que lançaram 26 mil toneladas de material bélico, 40 por cento de toda a tonelagem lançada na guerra.

São tão grandes que, em repouso no solo, suas asas, sustentando oito motores Pratt and Whitney J-57 em quatro carcaças com dois em cada, pendem para o chão. Na decolagem, com carga completa, as asas se elevam primeiro, parecendo se projetar acima da enorme fuselagem como as de uma gaivota. Apenas em voo é que se projetam retas dos lados.

Um dos motivos para semearem tanto terror entre a Guarda Republicana no deserto era o fato de voarem fora de vista e de audição, tão alto que suas bombas caem sem qualquer aviso, o que as torna ainda mais assustadoras. Mas se são eficazes no bombardeio de dispersão, a acurácia não é seu ponto forte, como o sargento britânico ressaltara.

Ao amanhecer de 22 de janeiro, três Buffs levantaram voo de Diego Garcia e seguiram para a Arábia Saudita. Cada um transportava a carga útil máxima, 51 bombas de 350 quilos, de "ferro" ou "estúpidas", que caíam sem maior precisão, de uma altitude de 10 mil metros. Havia 27 bombas em compartimentos internos, e as demais eram transportadas em encaixes por baixo das asas.

Os três bombardeiros constituíam a "célula" usual das operações com os Buffs, e suas tripulações haviam pensado que passariam o dia em pescarias e mergulhos pelos recifes de seu refúgio tropical. Com resignação, traçaram um curso para a fábrica distante, que nunca tinham visto e nunca veriam.

O B-52 não é chamado de Buff só porque é pintado de uma cor amarelo-claro, nem por ter qualquer relação com o antigo regimento com esse nome de East Kent, Inglaterra. A palavra sequer é uma derivação das duas primeiras sílabas de seu nome, BEE-FIFty-two, B-52 em inglês. Representa apenas Big Ugly Fat Fucker, grande, feio, gordo, escroto.

Os Buffs voaram para o norte, encontraram Tarmiya, captaram a "imagem" da fábrica designada e lançaram suas 153 bombas. Depois retornaram à sua base, no arquipélago de Chagos.

Na manhã do dia 23, mais ou menos na ocasião em que Londres e Washington começaram a clamar por mais fotos daqueles misteriosos discos gigantes, uma missão adicional de ADB foi determinada, mas desta vez realizada por um Phantom de reconhecimento, lançado pela Guarda Nacional Aérea do Alabama, partindo da base de Sheikh Isa, em Bahrain, conhecida localmente como Pizza do Shakey.

Numa extraordinária quebra da tradição, os Buffs haviam atingido o alvo. Onde existia a fábrica dos discos, havia agora uma enorme cratera. Londres e Washington teriam de se satisfazer com a dúzia de fotos tiradas pelo capitão de corveta Darren Cleary.

Os melhores analistas do Buraco Negro haviam visto as fotos, admitido sua ignorância e as enviado para seus superiores, nas duas capitais.

Cópias foram enviadas imediatamente para o JARIC, o centro de interpretação de fotos britânico, e para o CNIF, em Washington.

As pessoas que passam por aquele prédio de alvenaria, quadrado e insípido, na esquina de uma área miserável da capital americana, dificilmente imaginam o que acontece lá dentro. A única pista para o CNIF, Centro Nacional de Interpretação Fotográfica, deriva do complexo: tubos de descarga para o ar-condicionado interno, que mantém em temperaturas controladas uma impressionante bateria dos mais potentes computadores dos Estados Unidos.

Quanto ao restante, as janelas empoeiradas e riscadas pelas chuvas, a porta sem a menor imponência e o lixo espalhado pela rua lá fora podem sugerir que não passa de um armazém não muito próspero.

Mas é para lá que são levadas as imagens tiradas por satélites, e são os analistas que trabalham ali que dizem aos homens do Centro

Nacional de Reconhecimento, do Pentágono e da CIA, o que significa exatamente o que todos aqueles "pássaros" dispendiosos registraram. São muito competentes, os analistas do CNIF, sempre atualizados em seus conhecimentos de tecnologia – jovens, inteligentes, brilhantes. Mas nunca haviam visto discos como aqueles em Tarmiya. Foi o que disseram, depois de examinar as imagens.

OS PERITOS DO Ministério da Defesa, em Londres, e do Pentágono, em Washington, que conheciam praticamente todas as armas convencionais, desde a balista, também examinaram as fotos, balançaram a cabeça, e devolveram-nas.

Para o caso de terem alguma relação com armas de destruição em massa, foram mostradas a cientistas em Porton Down, Harwell e Aldermaston, na Inglaterra, e a outros em Sandia, Los Alamos e Lawrence Livermore, nos Estados Unidos. O resultado foi o mesmo.

A melhor sugestão foi a de que os discos faziam parte de enormes transformadores elétricos, destinados a uma nova estação geradora iraquiana. Foi a explicação com que todos tiveram de se contentar, quando se respondeu o pedido de mais fotos a Riad com a notícia de que a fábrica de Tarmiya cessara literalmente de existir.

Era uma ótima explicação, mas deixava de elucidar um problema: por que as autoridades iraquianas, como se podia constatar pelas imagens, tentavam com o maior afinco encobrir ou resgatar os discos?

Foi só na noite do dia 24 que Simon Paxman, falando de uma cabine telefônica, ligou para o apartamento do Dr. Terry Martin.

– Não gostaria de outro jantar indiano? – perguntou ele.

– Não posso esta noite – respondeu Martin. – Estou arrumando as malas.

Ele não mencionou que Hilary voltara, e também desejava passar a noite com seu amigo.

– Para onde vai?

– Estados Unidos. Recebi um convite para uma conferência sobre o Califado Abassid. Um convite dos mais lisonjeiros, diga-se de passagem. Parece que gostaram muito da minha pesquisa sobre a estrutura jurídica do Terceiro Califado. Sinto muito.

– É que acabamos de receber uma coisa do sul. Outro enigma que ninguém consegue explicar. Não se trata de nuances da língua árabe, mas de uma questão técnica. Mesmo assim...
– O que é?
– Uma foto. Providenciei uma cópia.
Martin hesitou.
– Algum indício de algo importante? Está certo, no mesmo restaurante, às 20 horas.
– Talvez seja insignificante – comentou Paxman.
O que ele não sabia é que tinha na mão, enquanto falava da cabine telefônica gelada, uma foto tão importante.

17

Terry Martin chegou ao Aeroporto Internacional de São Francisco pouco depois das 3 horas da tarde, horário local, no dia seguinte, sendo recebido por seu anfitrião, o professor Paul Maslowski, cordial e efusivo, usando o uniforme do acadêmico americano, paletó de *tweed* com reforços de couro nos cotovelos. Foi logo envolvido pelo calor da típica hospitalidade americana.

– Betty e eu achamos que um hotel seria impessoal, e gostaríamos de saber se não prefere ficar hospedado em nossa casa – disse Maslowski, enquanto deixava o aeroporto em seu pequeno carro e pegava a estrada.

– Obrigado. Seria maravilhoso – respondeu Martin, com toda a sinceridade.

– Os estudantes estão ansiosos por sua conferência, Terry. Não são muitos, é verdade... nossa faculdade de estudos árabes deve ser menor do que a sua, mas são todos muito entusiasmados.

– Isso é ótimo. Também me sinto ansioso por conhecê-los.

Os dois continuaram a conversa, satisfeitos, sobre a paixão partilhada, a Mesopotâmia medieval, até chegarem à casa do professor Maslowski, num condomínio em Menlo Park.

Ali, Martin conheceu Betty, a mulher de Paul, e foi conduzido a um aconchegante quarto de hóspedes. Ele olhou para o relógio; marcava 16h45.

– Posso usar o telefone? – perguntou, ao descer.

– Claro – respondeu Maslowski. – Quer telefonar para casa?

– Não. É uma ligação local. Tem uma lista telefônica?

O professor entregou a lista e saiu da sala. Martin encontrou o número em Livermore, Laboratório Nacional Lawrence L. Ficava no condado de Alameda. Fez a ligação bem a tempo.

– Pode me ligar para o Departamento Z? – pediu ele, quando a telefonista atendeu, pronunciando "Zed".

– Como?

– Departamento Zee. Gabinete do diretor.

– Um momento, por favor.

Outra voz de mulher entrou na linha.

– Gabinete do diretor. O que deseja?

O sotaque britânico deve ter ajudado. Martin explicou que era um acadêmico da Inglaterra numa breve visita, e agradeceria se pudesse falar com o diretor. Uma voz de homem entrou na linha.

– Dr. Martin?

– Isso mesmo.

– Sou Jim Jacobs, vice-diretor. Em que posso ajudá-lo?

– Sei que o prazo é muito curto. Vim para uma visita rápida, uma conferência na Faculdade de Estudos Orientais, em Berkeley, e terei de voar de volta logo depois. Queria saber se posso dar um pulo ao Livermore para visitá-los.

A reação de perplexidade foi transmitida pela linha.

– Pode me dar alguma indicação do assunto, Dr. Martin?

– Não é fácil. Sou membro da parte britânica do Comitê Medusa. Isso lhe diz alguma coisa?

– Claro que sim. Estamos prestes a encerrar o expediente. A reunião pode ser amanhã?

– Pode, sim. Minha conferência será à tarde. Posso ir até aí pela manhã.

– Às 10 horas está bom?

O encontro foi marcado. Com a devida habilidade, Martin deixara de mencionar que não era um físico nuclear, mas sim um arabista. Não havia necessidade de complicar a situação.

NAQUELA NOITE, NO outro lado do mundo, em Viena, Karim levou Edith Hardenberg para a cama. A sedução não foi apressada nem desajeitada, mas pareceu ser a consequência natural de uma noite de música de concerto e jantar. Mesmo enquanto o levava em seu carro do centro da cidade para seu apartamento, em Grinzing, Edith tentou convencer a si mesma que seria apenas para um café e um beijo de boa-noite, embora no fundo soubesse que apenas se enganava.

Quando Karim a abraçou e beijou, com extrema gentileza, mas persuasivo, ela se deixou arrebatar, sua convicção anterior, de que protestaria, desvaneceu-se por completo, e nada pôde fazer para evitar. E, no fundo, também não queria mais resistir.

Quando ele a pegou no colo e carregou-a para seu pequeno quarto, Edith encostou o rosto em seu ombro e deixou que acontecesse. Mal sentiu quando seu vestido austero resvalou para o chão. Os dedos de Karim possuíam uma destreza que Horst nunca demonstrara, nada de puxar, empurrar, arrancar zíperes e botões.

Ela ainda estava de combinação quando Karim também se meteu sob o *Bettkissen*, o enorme e macio edredom vienense, e o calor de seu corpo jovem e forte foi como um grande conforto, numa noite gelada de inverno.

Edith não sabia o que fazer, e por isso fechou os olhos, permitiu tudo. Sensações estranhas, terríveis e pecaminosas começaram a se espalhar pelos seus nervos desacostumados, sob as atenções dos lábios e dedos suaves de Karim. Horst nunca fora assim.

Ela quase entrou em pânico quando os lábios de Karim se desviaram dos seus e dos seios, desceram para outros lugares, horríveis, proibidos, aquilo a que sua mãe sempre se referira como "lá embaixo".

Tentou empurrá-lo, com débeis protestos, sabendo que as ondas pulsando na parte inferior de seu corpo não eram apropriadas e decentes, mas ele se mostrava ansioso como um filhote de *cocker spaniel* com uma perdiz abatida.

Não deu a menor atenção aos murmúrios reiterados de Edith, *"nein, Karim, das sollst du nicht"*, e as ondas se transformaram num maremoto, e ela se tornou como um bote a remo perdido no oceano em turbilhão, até ser engolfada e se afogar numa sensação com que nem uma única vez, em seus 39 anos, precisara sobrecarregar os ouvidos de seu padre confessor, na Votivkirche.

Depois, ela aconchegou a cabeça de Karim entre seus braços, comprimiu seu rosto contra os seios magros e embalou-o em silêncio.

Por duas vezes, durante a noite, ele fez amor com Edith, uma logo depois da meia-noite, e outra na escuridão que antecedia o amanhecer, sempre gentil e vigoroso, de tal forma que todo o amor que ela tinha acumulado se despejou ao seu encontro, com uma intensidade que nunca julgara ser possível. Só depois da segunda vez é que ela foi capaz de passar suas mãos pelo corpo de Karim, enquanto ele dormia, admirando o lustro da pele, atordoada com o amor que sentia por cada pedaço.

EMBORA NÃO TIVESSE ideia de que seu hóspede tinha qualquer outro interesse no mundo que não os estudos árabes, o Dr. Maslowski insistiu em levar Terry Martin em seu carro ao Livermore pela manhã, em vez de permitir que fosse de táxi.

– Acho que tenho em minha casa alguém mais importante do que imaginava – sugeriu ele, durante a viagem.

Mas embora Martin alegasse que não era bem assim, o estudioso californiano tinha um conhecimento suficiente do Laboratório Lawrence Livermore para saber que nem todos podiam entrar ali a partir de um mero telefonema. Só que o Dr. Maslowski, com magistral discrição, absteve-se de fazer mais perguntas.

No portão principal, guardas uniformizados examinaram o passaporte de Martin, deram um telefonema e orientaram-nos para um estacionamento.

– Esperarei aqui – propôs Maslowski.

Considerando o trabalho que realiza, o laboratório é um conjunto de prédios de estranha aparência, na Vasco Road, alguns modernos, mas muitos datando da época em que ali existia uma antiga base militar. Aumentando a diversidade de estilos, blocos de acomodações "temporárias", que de alguma forma se tornaram permanentes, foram construídos entre os antigos alojamentos. Martin foi conduzido a um conjunto de salas no lado do complexo que dava para a East Avenue.

Não parece grande coisa, mas é desse aglomerado de prédios que um grupo de cientistas monitora a disseminação da tecnologia nuclear pelo Terceiro Mundo.

Jim Jacobs era apenas um pouco mais velho do que Terry Martin, com menos de 40 anos, um ph.D. e físico nuclear. Recebeu Martin em sua sala atulhada de papéis.

– Uma manhã fria. Aposto que pensou que a Califórnia seria mais quente. É o que todo mundo pensa. Mas não aqui no norte. Café?

– Eu adoraria.

– Com açúcar? Creme?

O Dr. Jacobs apertou o botão de um interfone.

– Sandy, pode nos trazer dois cafés? Já sabe como é o meu. O outro puro.

Ele sorriu através da mesa para o visitante. Não se deu ao trabalho de mencionar que falara com Washington para conferir o nome do visitante inglês e constatar se era de fato um membro do Comitê Medusa. Alguém no lado americano do comitê, a quem ele conhecia, verificara a relação e confirmara a alegação. Jacobs estava impressionado. O visitante podia parecer jovem, mas era evidente que tinha grande importância na Inglaterra. O americano sabia de tudo sobre o Medusa, porque ele e seus colegas há semanas que eram consultados sobre o Iraque e transmitiram tudo o que tinham, cada detalhe da história de insensatez e negligência do Ocidente, que quase proporcionara a Saddam Hussein uma opção atômica.

– Como posso ajudá-lo? – indagou ele.

– Sei que é um tiro no escuro – disse Martin, abrindo uma pasta –, mas por acaso já viu isto? – Pôs na mesa uma cópia da dúzia de fotos da fábrica em Tarmiya, a que Paxman, num gesto de desobediência, lhe entregara. Jacobs olhou a foto, acenou com a cabeça.

– Claro. Recebemos uma dúzia de Washington, há três ou quatro dias. O que posso dizer? Não significa nada para mim. Não posso lhe dizer mais do que informei a Washington. Nunca vi nada parecido.

Sandy entrou com o café numa bandeja, uma exuberante loura californiana, irradiando autoconfiança.

– Oi – disse ela a Martin.

– Ahn... Olá. O diretor viu essas imagens?

Jacobs franziu o rosto. A implicação era a de que ele próprio podia não ter autoridade suficiente.

– O diretor está esquiando no Colorado. Mas mostrei as fotos a alguns dos melhores cérebros que temos aqui, e pode ter certeza de que são mesmo muito bons.

– Sei disso – murmurou Martin.

Outro beco sem saída. De qualquer maneira, fora apenas um tiro no escuro.

Sandy pôs as xícaras com café na mesa. Seus olhos se fixaram na fotografia.

– Ah, isso de novo... – murmurou ela.

– Tem razão, isso de novo – disse Jacobs, com um sorriso zombeteiro. – O Dr. Martin acha que talvez alguém... alguém mais velho... devesse dar uma olhada.

– Neste caso, mostre a Daddy Lomax – sugeriu Sandy.

E, com isso, ela se retirou.

– Quem é Daddy Lomax? – perguntou Martin.

– Ora, não dê atenção a Sandy. Ele trabalhava aqui. Aposentou-se, vive sozinho nas montanhas. Aparece de vez em quando, para recordar os velhos tempos. As mulheres o adoram, pois ele lhes traz flores das montanhas. Um velho esquisito.

Tomaram o café, mas não havia mais o que dizer. Jacobs tinha trabalho a fazer. Pediu desculpas, mais uma vez, por não ser capaz de ajudar. Depois, conduziu o visitante ao corredor, voltou à sua sala, fechou a porta.

Martin esperou no corredor por alguns segundos, antes de enfiar a cabeça pela antessala e perguntar a Sandy:

– Onde eu poderia encontrar Daddy Lomax?

– Não sei. Ele vive nas montanhas. Ninguém jamais esteve em sua casa.

– Ele tem telefone?

– Não. Nenhuma linha telefônica sobe até lá. Mas acho que tem um celular. A seguradora exigiu. Ele é velho demais.

O rosto de Sandy se contraiu, na preocupação sincera que só a juventude da Califórnia pode demonstrar por alguém que já passou dos 60 anos. Ela verificou num fichário e encontrou o número. Martin anotou-o, agradeceu e foi embora.

A DEZ FUSOS HORÁRIOS de distância, já era noite em Bagdá. Mike Martin pedalava em sua bicicleta, pela rua Port Said. Acabara de passar pelo antigo Clube Britânico, no que costumava ser chamado de Southgate, e como o recordava da infância, virou-se para contemplá-lo.

A falta de atenção quase causou um acidente. Alcançara a praça Nafura, e sem pensar continuou a pedalar para a frente. Uma enorme limusine vinha da esquerda, e embora não tivesse a preferência, era evidente que seus dois batedores em motocicletas não tinham a menor intenção de parar.

Um deles derrapou para evitar o desajeitado *fellagha* com uma cesta de verduras na traseira da bicicleta, a roda da frente batendo na bicicleta e arremessando-a pelo calçamento.

Martin caiu com a bicicleta, rolando pela rua, as verduras se espalhando. A limusine freou, parou por um instante, contornou-o, e depois tornou a acelerar.

De quatro no chão, Martin levantou o rosto no momento em que o carro passou. O passageiro no banco traseiro contemplou pela janela o idiota que ousara atrasá-lo por uma fração de segundo.

Era um rosto fino, num uniforme de general de brigada, rude e agressivo, rugas descendo pelos lados do nariz e emoldurando a boca amarga. Naquele meio segundo, o que Martin notou mais foram os olhos. Nem frios, nem irados, nem injetados, astutos, ou mesmo cruéis. Olhos vazios, absoluta e totalmente vazios, os olhos da morte que havia muito já sobrevivera. E, depois, o rosto na janela passou.

Martin não precisou dos sussurros dos dois trabalhadores que o ajudaram a se levantar e a recolher suas verduras. Já vira aquele rosto antes, embora meio desfocado, fazendo uma continência, uma fotografia que lhe fora mostrada em Riad, semanas antes. Acabara de contemplar o homem mais temido do Iraque depois do Rais, talvez até mais do que o Rais. Era o homem a quem chamavam de Al Mu'azib, o Carrasco, o homem que extraía confissões, o chefe da AMAM, Omar Khatib.

TERRY MARTIN TENTOU o número que lhe fora fornecido na hora do almoço. Ninguém atendeu, apenas o tom suave da voz gravada avisou-o: "O assinante que você chamou não está disponível, ou se encontra fora do alcance. Por favor, tente de novo mais tarde."

Paul Maslowski levara Martin para almoçar no *campus*, com seus colegas do corpo docente. A conversa foi animada e acadêmica. Martin tentou outra ligação depois do almoço, a caminho de Barrows Hall, guiado pela diretora de estudos da faculdade, Kathlene Keller, mas de novo ninguém atendeu.

A conferência transcorreu sem problemas. Havia 27 estudantes de pós-graduação, todos caminhando para seus doutorados, e ele ficou impressionado com o nível e a profundidade da compreensão dos ensaios que escrevera sobre o Califado que dominara a região central da Mesopotâmia no período que os europeus chamaram de Idade Média.

Ao final, um dos estudantes levantou-se para agradecer por ele ter saído de tão longe para a conferência. Terry Martin corou, murmurou seus agradecimentos, e foi nesse instante que avistou um telefone na parede do auditório. Assim que pôde, ligou de novo, e desta vez uma voz ríspida atendeu.

– Alô?
– Com licença, mas é o Dr. Lomax?
– Só existe um, amigo, e sou eu.
– Sei que parece absurdo, mas vim da Inglaterra e gostaria de vê-lo. Meu nome é Terry Martin.

— Inglaterra, hein? É bem longe. O que pode querer com um velho tolo como eu, Sr. Martin?

— Preciso muito consultar sua memória. Mostrar-lhe uma coisa. Em Livermore disseram que tem mais experiência do que a maioria, viu praticamente tudo. Quero lhe mostrar uma coisa. É difícil explicar pelo telefone. Posso visitá-lo?

— Não é um formulário de imposto de renda?

— Não.

— Nem a página dupla central de *Playboy*!

— Receio que não.

— Agora me deixou curioso. Conhece o caminho?

— Não. Mas tenho lápis e papel. Pode me explicar?

Daddy Lomax informou como ele poderia chegar à sua casa. Levou algum tempo. Martin anotou tudo.

— Amanhã de manhã — acrescentou o físico aposentado. — É tarde demais agora, e você se perderia no escuro. Vai precisar de um veículo com tração nas quatro rodas.

FOI UM DOS DOIS únicos E-8A J-STARs na Guerra do Golfo que captou o sinal naquela manhã de 27 de janeiro. Os J-STARs ainda eram aviões experimentais e voavam em grande parte com técnicos civis a bordo, ao serem despachados às pressas, no início de janeiro, de sua base na fábrica da Grumman Melbourne, na Flórida, para o outro lado do mundo, até a Arábia.

Naquela manhã, um dos dois decolara da base aérea militar de Riad e sobrevoava bem alto a fronteira iraquiana, ainda dentro do espaço aéreo saudita, o radar Norden apontado para baixo e para o lado, cobrindo 160 quilômetros do deserto ocidental do Iraque.

O *"plink"* era fraco, mas indicava metal, em lento movimento, dentro do Iraque, um comboio que não devia ter mais do que dois ou três caminhões. De qualquer forma, era para isso que o J-STAR servia, e o comandante da missão entrou em contato com um dos AWACS, circulando sobre a extremidade norte do Mar Vermelho, e forneceu a posição exata do pequeno comboio iraquiano.

Dentro do AWACS, o comandante da missão registrou o local preciso e procurou ao redor por um elemento no ar que pudesse estar disponível para efetuar uma visita hostil ao comboio. Todas as operações no deserto ocidental ainda se concentravam na caça aos Scuds na ocasião, além da atenção dispensada às duas enormes bases aéreas iraquianas, chamadas H2 e H3, situadas naquela região. O J-STAR poderia ter captado um lançador móvel de Scuds, embora isso fosse um tanto insólito durante o dia claro.

O AWACS encontrou um pequeno destacamento de dois F-15E Strike Eagles vindo do sul, da Avenida Scud Norte.

Don Walker retornava do sul, a 6 mil metros de altitude, depois de uma missão nos arredores de Al Qaim, em que ele e seu ala, Randy Roberts, destruíram uma base fixa de mísseis, protegendo uma das fábricas de gás venenoso marcadas para destruição posterior.

Walker respondeu ao chamado e verificou seu combustível. Não restava muita coisa. Pior ainda, depois de lançadas as bombas guiadas por *laser*, seus olhais por baixo das asas continham apenas dois Sidewinders e dois Sparrows. Só que eram mísseis ar-ar, para a eventualidade de deparar com caças iraquianos.

Em algum ponto ao sul da fronteira, o avião designado para seu reabastecimento esperava paciente, e ele precisaria de cada gota para retomar a Al Kharz. Mas o comboio encontrava-se a apenas 80 quilômetros de distância, e o desvio do curso projetado seria de pouco mais de 20 quilômetros. Embora não lhe restasse muita coisa em termos de material bélico, não custava nada dar uma olhada.

O ala ouvira tudo pelo rádio, e por isso Walker gesticulou para o companheiro, a menos de um quilômetro de distância, através do céu claro, e os dois Eagles deram uma volta, mergulhando para a direita.

A 2.400 metros de altitude, ele avistou a fonte do "*plink*" que aparecera na tela do J-STAR. Não era um lançador de Scuds, mas dois caminhões e dois BRDM-2s, veículos blindados leves, de fabricação soviética, sobre rodas, em vez de lagartas.

Do ponto em que se encontrava, Walker podia ver muito mais do que o J-STAR. Num *wadi* profundo, bem por baixo de seu avião, havia um único Land-Rover. A 1.500 metros, ele viu os quatro britânicos do SAS em torno do Land-Rover, como formigas na superfície castanha do deserto. O que eles não podiam perceber lá de baixo era que os quatro veículos iraquianos formavam uma ferradura ao redor, nem perceberam os soldados saindo pelas traseiras dos dois caminhões para cercar o *wadi*.

Don Walker conhecera o pessoal do SAS em Omã. Sabia que operavam nos desertos ocidentais, contra os lançadores de Scuds, e vários pilotos de sua esquadrilha já haviam mantido contato pelo rádio com aquelas vozes inglesas que falavam de uma maneira tão estranha, sempre que os homens do SAS deparavam com um alvo que não podiam destruir com seus próprios recursos.

A 900 metros, ele verificou que os quatro britânicos o observavam, curiosos. E a menos de um quilômetro de distância, o mesmo acontecia com os iraquianos. Walker apertou o botão de transmissão.

– Ala, fique com os caminhões.

– Entendido.

Embora não lhe restasse bombas nem foguetes, Walker ainda contava, sob a asa direita, junto da abertura de ingestão de ar, com um canhão M-61-A1 Vulcan, de 20mm, seis canos giratórios capazes de disparar todo o pente de 450 balas com uma rapidez impressionante. A granada do canhão de 20mm é do tamanho de uma banana pequena e explode ao impacto. Para os homens apanhados num caminhão ou correndo em campo aberto, podem arruinar tudo.

Walker ligou os controles de "alvo" e "disparo" e seu visor mostrou os dois veículos blindados na tela, e a mira automática orientou o canhão.

O primeiro BRDM foi atingido por cem disparos e explodiu. Levantando um pouco o nariz do Eagle, Walker virou-o para a traseira do segundo veículo. Viu o tanque de gasolina explodir e tratou de subir, rolando, até que o deserto pardo parecia estar por cima de sua cabeça.

Continuou a rolar, Walker tornou a nivelar o avião. O horizonte azul e pardo recuperou sua posição normal, com o deserto por baixo, o céu azul por cima. Os BRDMS estavam em chamas, um caminhão capotara, o outro fora destruído. Vultos frenéticos corriam para a proteção das rochas.

Dentro do *wadi*, os quatro homens do SAS entenderam a mensagem. Trataram de embarcar e partiram pelo leito seco do curso d'água, escapando da emboscada. Nunca saberiam quem os avistara e denunciara sua posição – provavelmente algum pastor errante – mas sabiam com certeza quem acabara de salvar suas vidas.

Os Eagles subiram, balançando as asas, seguindo para a fronteira, e o avião de reabastecimento os esperava.

O comandante da patrulha do SAS era o Sargento Peter Stephenson, que levantou a mão para os caças se afastando e murmurou:

– Não sei quem vocês são, companheiros, mas fico lhes devendo uma.

A SRA. MASLOWSKI tinha um jipe Suzuki para excursões, embora nunca o tivesse guiado com o módulo de tração nas quatro rodas. Insistiu para que Terry Martin o tomasse emprestado. Seu voo para Londres só partiria às 17 horas da tarde, mas ele saiu cedo, pois não sabia quanto tempo levaria. Disse que pretendia voltar até 14 horas, no máximo.

O Dr. Maslowski tinha de voltar à faculdade, mas providenciou um mapa, para que Martin não se perdesse.

A estrada para o vale do rio Mocho levou-o a passar por Livermore, onde encontrou a Mines Road, partindo de Tesla.

Quilômetro a quilômetro, as últimas casas da área suburbana de Livermore ficaram para trás, enquanto a estrada subia. O tempo lhe era favorável. O inverno naquelas bandas nunca é tão frio como pode se tornar em outros lugares dos Estados Unidos, mas a proximidade do mar acarreta densas nuvens e súbitas massas de nevoeiro turbilhonante. Naquele 27 de janeiro o céu estava azul e claro, o ar frio e calmo.

Através do para-brisa, ele podia avistar, à distância, o pico nevado de Cedar Mountain. Quinze quilômetros adiante, ele deixou a Mines Road, passando a seguir por um caminho no lado de uma encosta íngreme.

No fundo do vale, lá embaixo, o Mocho faiscava ao sol, enquanto descia impetuoso entre as rochas.

A relva nos lados era sucedida por uma mistura de artemísias e arbustos da família do carvalho; lá no alto, dois milhafres circulavam contra o azul do céu. E o caminho continuava pela beira das montanhas, por uma região selvagem.

Martin passou por uma casa de fazenda, mas Lomax lhe dissera para ir até o fim do caminho. Depois de mais 5 quilômetros, ele encontrou a cabana, de madeira, com uma chaminé de pedra, de onde uma fumaça azul de lenha subia para o céu.

Parou no quintal e saltou. De um estábulo, uma única vaca Jersey o contemplou, com olhos aveludados. Sons ritmados vinham do outro lado da cabana. Martin deu a volta até a frente e foi encontrar Daddy Lomax à beira de um penhasco, dando para o vale e o rio lá embaixo.

Ele tinha 75 anos e, apesar da preocupação de Sandy, dava a impressão de que espancava ursos pardos por diversão. Em torno de l,85 metro de altura, usando um jeans sujo e uma camisa xadrez, o velho cientista cortava lenha com a facilidade de quem parte um pão ao meio.

Os cabelos brancos caíam até os ombros, e a barba branca por fazer aflorava pelo rosto. Mais cachos brancos se projetavam da abertura em V da camisa. Parecia não sentir frio, embora Terry Martin se sentisse contente por ter vestido um anoraque acolchoado.

– Descobriu o caminho, hein? – disse Lomax. – Ouvi você se aproximando.

Ele partiu uma tora com um único golpe. Depois, largou o machado, aproximou-se do visitante. Trocaram um aperto de mão; Lomax gesticulou para um tronco próximo e foi sentar-se em outro.

– Dr. Martin, não é?

– Isso mesmo.

– Da Inglaterra?

– Exato.

Lomax tirou do bolso da camisa uma bolsa de tabaco e um papel de palha de arroz e começou a enrolar um cigarro.

– Não é politicamente correto, não é mesmo?

– Não, acho que não – respondeu Martin.

Lomax soltou um grunhido em aparente aprovação.

– Tive um médico politicamente correto. Sempre gritando comigo para deixar de fumar.

Martin notou o verbo no passado.

– Deixou esse médico?

– Não. Ele é que me deixou. Morreu na semana passada. Aos 56 anos. Estresse. O que o traz até aqui em cima?

Martin abriu a pasta.

– Talvez eu deva pedir desculpa de saída. É provável que esteja desperdiçando seu tempo e o meu. Mas queria que visse isto.

Lomax pegou a fotografia estendida, examinou-a.

– Veio mesmo da Inglaterra?

– Vim.

– Percorreu uma longa distância para me mostrar isto.

– Reconhece?

– Claro. Passei cinco anos da minha vida trabalhando nesse lugar.

Martin ficou boquiaberto, em choque.

– Esteve mesmo lá?

– Já disse que vivi lá durante cinco anos.

– Em Tarmiya?

– Que lugar é esse? Isto é Oak Ridge.

Martin engoliu em seco, várias vezes.

– Dr. Lomax, essa fotografia foi tirada há seis dias por um caça da Marinha dos Estados Unidos, sobrevoando uma fábrica bombardeada no Iraque.

Lomax levantou o rosto, os olhos azuis faiscando sob as hirsutas sobrancelhas brancas, depois tornou a contemplar a foto.

– Filhos da puta! – murmurou ele, depois de algum tempo. – Alertei os sacanas. Escrevi um memorando advertindo que era esse o tipo de tecnologia que o Terceiro Mundo provavelmente usaria.

– E o que aconteceu com esse memorando?

– Imagino que eles jogaram no lixo.

– Eles quem?

– Você sabe, os idiotas.

– Esses discos dentro da fábrica, sabe o que são?
– Claro. Calutrons. Isto é uma réplica da antiga instalação em Oak Ridge.
– Calu o quê?
Lomax tornou a erguer o rosto.
– Não é doutor em ciências, não é mesmo? Não é um físico?
– Não. Eu me dedico aos estudos árabes.

Lomax soltou outro grunhido, como se não ser um físico representasse um fardo muito pesado para um homem carregar pela vida.
– Calutrons. Cíclotrons californianos. Calutrons, na abreviação.
– O que eles fazem?
– SEI. Separação eletromagnética de isótopos. Em sua linguagem, refinam o urânio 238 bruto para filtrar o urânio 235 próprio para a bomba. Disse que esse lugar fica no Iraque?
– Isso mesmo. Foi bombardeado por acaso há uma semana. Esta foto foi tirada no dia seguinte. Ninguém parece saber o que isso significa.

Lomax olhou através do vale, tragou o cigarro, soprou a fumaça azulada.
– Filhos da puta! – murmurou ele outra vez. – Vivo aqui em cima porque quero. Longe de toda aquela poluição e tráfego... já tive o suficiente disso há anos. Não tenho TV, mas tenho um rádio. A história tem a ver com o tal de Saddam Hussein, não é?
– Isso mesmo. Poderia me falar sobre os calutrons?

O velho apagou o que restava do cigarro, o olhar se tornou fixo, contemplando não apenas o vale, mas também o passado distante.
– Foi em 1943. Bastante tempo, hein? Quase cinquenta anos. Antes de você nascer, antes da maioria das pessoas de hoje nascer. Éramos um punhado, tentando fazer o impossível. E éramos jovens, ansiosos, engenhosos, e não sabíamos que era impossível. Por isso, fizemos.

"Havia Fermi, da Itália, e também Pontecorvo; Fuchs, da Alemanha, Nils Bohr, da Dinamarca, Nunn May, da Inglaterra, além de outros. E nós, os ianques, Urey, Oppie e Ernest. Eu era um aprendiz. Tinha 27 anos.

"Tateávamos pelo caminho na maior parte do tempo, fazendo coisas que nunca haviam sido tentadas, testando coisas que diziam que nunca poderiam ser feitas. Dispúnhamos de um orçamento que hoje em dia não daria para comprar nada, e por isso trabalhávamos dia e noite, procurávamos atalhos. Não havia outro jeito, pois o prazo era tão apertado quanto o dinheiro. E, não sei como, conseguimos, em três anos. Deciframos os códigos e fabricamos a bomba. Little Boy e Fat Man.

"Depois, a Força Aérea lançou-as em Hiroxima e Nagasaki, e o mundo disse que não deveríamos ter feito aquilo, no final das contas. O problema era que se não o fizéssemos, outros o fariam. A Alemanha nazista, a Rússia de Stalin..."

– Calutrons... – lembrou Martin.
– Certo. Já ouviu falar do Projeto Manhattan?
– Claro.
– Tínhamos muitos gênios em Manhattan, dois em particular. Robert J. Oppenheimer e Ernest O. Lawrence. Ouviu falar deles?
– Ouvi.
– E pensou que eram colegas, parceiros, certo?
– Acho que sim.
– Errado. Eram rivais. Todos sabíamos que a chave era o urânio, o elemento mais pesado do mundo. E sabíamos, em 1941, que somente o isótopo 235, mais leve, criaria a reação em cadeia de que precisávamos. O problema era separar o 0,7 por cento do 235 escondido em algum lugar na massa do urânio 238.

"Quando a América entrou na guerra, tivemos um grande impulso. Depois de anos de negligência, os altos escalões queriam resultados para ontem. A mesma história de sempre. Por isso, tentamos todos os meios para separar os isótopos.

"Oppenheimer optou pela difusão de gás... reduzir o urânio a um fluido, e depois a um gás, o hexafluoreto de urânio, venenoso e corrosivo, difícil para se trabalhar. A centrífuga só surgiu mais tarde, inventada por um austríaco capturado pelos russos, e posto para trabalhar em Sukhumi. Antes da centrífuga, a difusão de gás era lenta e difícil."

"Lawrence seguiu outro caminho... a separação eletromagnética por aceleração de partículas. Sabe o que isso significa?"

– Não.

– Basicamente, você acelera os átomos a uma tremenda velocidade e depois usa ímãs gigantescos para lançá-los numa curva. Dois carros de corrida entram numa curva a toda velocidade, um carro pesado e um carro leve. Qual deles acaba na pista externa?

– O pesado – respondeu Martin.

– Certo. É esse o princípio. Os calutrons baseiam-se em ímãs enormes, com cerca de 7 metros de extensão. Estes... – Ele bateu com os dedos na fotografia dos discos. – ...São os ímãs. O que tem aqui é uma réplica da minha antiga instalação em Oak Ridge, Tennessee.

– Se funcionava, por que o sistema foi abandonado? – indagou Martin.

– Uma questão de rapidez. Oppenheimer venceu. Seu método era mais rápido. Os calutrons eram muito lentos e caros. Depois de 1945, e ainda mais quando aquele austríaco foi libertado pelos russos, veio para cá e nos mostrou sua invenção da centrífuga, a tecnologia do calutron foi posta de lado. Deixou de ser secreta. Pode-se encontrar todos os detalhes e as plantas na Biblioteca do Congresso. Deve ter sido isso que os iraquianos fizeram.

Os dois permaneceram em silêncio por vários minutos.

– O que está dizendo, em suma – comentou Martin –, é que o Iraque decidiu usar a tecnologia do Ford antigo e, porque todos presumiam que partiriam para os carros de Fórmula Um, ninguém notou.

– Pegou a coisa, filho. As pessoas esquecem que o Ford pode ser velho, *mas funcionava*. Chegava lá. Levava você de A para B. E quase nunca enguiçava.

– Dr. Lomax, os cientistas que meu governo e o seu consultaram sobre o assunto sabem que o Iraque possui uma cascata de centrífugas de difusão de gás em funcionamento, há pelo menos um ano. Outra se encontra prestes a entrar em operação, mas provavelmente ainda não começou. Com base nisso, calculam que o Iraque não pode ter refinado suficiente urânio puro, certa de 35 quilos, para fabricar uma bomba.

– É isso mesmo. São necessários cinco anos com uma cascata, talvez mais. E um mínimo de três anos com duas cascatas.

– Mas vamos supor que eles tenham usado calutrons em série. Se o senhor fosse o chefe do programa da bomba do Iraque, como agiria?

– Não seria assim – respondeu o velho físico, enquanto enrolava outro cigarro. – Disseram-lhe em Londres que se começa com o bolo amarelo, que é chamado de zero por cento puro, e que se tem de refiná-lo até 93 por cento de pureza, para se obter o grau de qualidade para a bomba?

Martin pensou no Dr. Hipwell, com seu cachimbo que mais parecia uma fogueira, numa sala sob Whitehall, dizendo exatamente isso.

– Isso mesmo.

– Mas não se deram ao trabalho de explicar que a purificação de 0 a 20 consome a maior parte do tempo? Ressaltaram que quanto mais puro se torna o urânio, mais rápido é o processo?

– Não.

– Pois é o que acontece. Se eu tivesse calutrons e centrífugas, não os usaria separados, mas em sequência. Passaria o urânio básico pelos calutrons para ir de 0 a 20, talvez 25 por cento de pureza, e depois usaria as novas cascatas.

– Por quê?

– Reduziria o tempo de refino nas cascatas por um fator de dez.

Martin pensou a respeito, enquanto Daddy Lomax fumava.

– Neste caso, diria que o Iraque já possui aqueles 35 quilos de urânio puro?

– Depende do momento em que começaram a usar os calutrons.

Martin refletiu mais um pouco. Depois que os israelenses destruíram o reator iraquiano em Osirak, Bagdá desenvolvera duas políticas: dispersão e duplicação, espalhando os laboratórios por todo o país, a fim de que nunca mais pudessem ser todos bombardeados ao mesmo tempo, e o uso de uma técnica de encobrir todos os ângulos, na aquisição dos materiais e nas experiências. A destruição de Osirak ocorrera em 1981.

– Digamos que eles tenham comprado os componentes no mercado aberto em 1982, e conseguiram montar tudo em 1983.

Lomax pegou um graveto no chão, perto dos pés, e começou a rabiscar na terra.

– Os caras têm algum problema para obter o bolo amarelo, a substância básica?

– Não. Contam com suprimentos abundantes.

– Imagino que hoje em dia se pode comprar essa porcaria no supermercado da esquina – resmungou Lomax.

Depois de algum tempo, ele bateu na foto com o graveto.

– Esta foto mostra cerca de vinte calutrons. É tudo o que eles tinham?

– Talvez mais. Não sabemos. Vamos presumir que é tudo o que tinham em funcionamento.

– Desde 1983, certo?

– Suposição básica.

Lomax continuou a rabiscar na terra.

– O Sr. Hussein tem algum problema de escassez de energia elétrica?

Martin pensou na estação geradora de 150 megawatts perto de Tarmiya, e a sugestão do Buraco Negro de que um cabo subterrâneo se estendia até o complexo industrial.

– Não, não há escassez de energia.

– Nós tínhamos. Os calutrons exigem uma quantidade espantosa de energia elétrica para funcionar. Em Oak Ridge, construímos a maior estação geradora a carvão que já existira. Mesmo assim ainda tínhamos de usar energia da rede pública. Cada vez que os ligávamos, havia um blecaute por todo o Tennessee, de tanta eletricidade que puxávamos.

Ele continuou a rabiscar com o graveto, fazendo cálculos, depois apagou tudo e recomeçou no mesmo lugar.

– Eles têm uma escassez de fios de cobre?

– Não. Também podem comprá-los no mercado aberto.

– Esses ímãs gigantescos devem ser envoltos por milhares de quilômetros de fios de cobre. Durante a guerra, não conseguimos obter nenhum. Era tudo necessário para a produção de guerra. Sabe o que Lawrence fez?

– Não tenho a menor ideia.

– Tomou emprestadas todas as barras de prata em Fort Knox e derreteu-as para fazer fios. Funcionou tão bem quanto cobre. Ao final da guerra, tivemos de devolver tudo a Fort Knox. – Lomax soltou uma risada. – Ele era mesmo incrível.

Quando concluiu seus cálculos, o velho cientista empertigou-se.

– Se eles montaram vinte calutrons em 1983 e passaram por lá o bolo amarelo até 1989... e depois pegaram o urânio com 30 por cento de pureza e o passaram pela cascata de centrífuga por um ano, teriam os seus 35 quilos de urânio de 93 por cento para a bomba... em novembro.

– Novembro próximo? – indagou Martin.

Lomax levantou-se, espreguiçou-se, estendeu a mão e ajudou o visitante a ficar de pé.

– Não, filho. Novembro passado.

MARTIN DESCEU a montanha. Consultou o relógio. Meio-dia. Vinte horas em Londres. Paxman já teria deixado o escritório e ido para casa. Não tinha o telefone de sua casa.

Podia esperar doze horas em San Francisco ou voar de volta. Ele decidiu voltar. Pousou em Heathrow às 11 horas de 28 de janeiro e encontrou-se com Paxman as 12h30. Por volta das 14 horas, Steve Laing falou com a maior urgência com Harry Sinclair, na embaixada americana, na Grosvenor Square. Uma hora depois, o chefe da estação da CIA em Londres falava por uma linha direta e absolutamente segura com seu vice-diretor de operações, Bill Stewart.

Foi só na manhã de 30 de janeiro que Bill Stewart conseguiu apresentar um relatório completo ao diretor, William Webster.

– Tudo confere – declarou ele ao ex-juiz no Kansas. – Mandei homens à cabana perto de Cedar Mountain, e o velho, Lomax, confirmou as informações. Procuramos seu memorando original... fora arquivado. Os registros de Oak Ridge confirmam que os discos são calutrons...

– Como isso pôde acontecer? – indagou o diretor. – Como deixamos de perceber?

– A ideia deve ter sido de Jaafar Al-Jaafar, que dirige o programa iraquiano. Além de Harwell, na Inglaterra, ele também estudou no CERN, nos arredores de Genebra. É um gigantesco acelerador de partículas.

– E daí?

– Os calutrons são aceleradores de partículas. De qualquer maneira, toda a tecnologia do calutron deixou de ser secreta em 1949. Está disponível, a pedido, desde então.

– E onde eles compraram os calutrons?

– Em componentes separados, principalmente da Áustria e França. As aquisições não despertaram estranheza por causa da natureza antiquada da tecnologia. A fábrica foi construída por iugoslavos, sob contrato. Disseram que precisavam de plantas para construir, e os iraquianos lhes deram as plantas de Oak Ridge... é por isso que Tarmiya é uma réplica.

– Quando aconteceu tudo isso?

– Em 1982.

– Portanto, aquele agente, como é mesmo o seu nome...

– Jericó.

– O que ele disse não era uma mentira?

– Jericó apenas relatou o que alega ter ouvido Saddam Hussein dizer numa reunião secreta. Receio que não possamos mais excluir a conclusão de que desta vez o homem dizia a verdade.

– E suspendemos os contatos com Jericó?

– Ele pediu 1 milhão de dólares por essa informação. Nunca pagamos essa quantia, e na ocasião...

– Pelo amor de Deus, Bill, é um preço bem barato!

O diretor da CIA levantou-se, foi até a janela panorâmica. Os choupos se achavam desfolhados agora, ao contrário do que acontecia em agosto. O Potomac corria tranquilo pelo vale, a caminho do mar.

– Bill, quero que mande Chip Barber de volta a Riad. Veja se há qualquer meio de restabelecer o contato com o tal de Jericó...

– Há um canal, senhor. Um agente britânico em Bagdá. Ele se passa por árabe. Mas sugerimos ao pessoal da Century que o tirasse de lá.

– Reze para que isso não tenha ocorrido, Bill. Precisamos ter Jericó de volta. Não se preocupe com os recursos. Autorizarei tudo o que for necessário. Onde quer que o artefato esteja escondido, precisamos descobri-lo e destruí-lo, antes que seja tarde demais.

– Certo, senhor. Hã.. quem vai contar aos generais?

O diretor suspirou.

– Falarei com Colin Powell e Brent Scowcroft dentro de duas horas.

Melhor você do que eu, pensou Stewart, enquanto se retirava.

18

Os dois homens da Century House chegaram a Riad antes de Chip Barber, que vinha de Washington. Steve Laing e Simon Paxman desembarcaram antes do amanhecer, tendo viajado no voo noturno que partia de Heathrow.

Julian Gray, o chefe da estação em Riad, recebeu-os no carro sem identificação usual e levou-o à casa nos arredores da cidade onde praticamente vivia fazia cinco meses, saindo apenas para visitas ocasionais à esposa.

Ficou perplexo com o súbito retorno de Paxman de Londres, e ainda mais com a presença de Steve Laing, para supervisionar uma operação que fora encerrada.

Na casa, por trás de portas fechadas, Laing explicou a Gray o motivo pelo qual Jericó tinha de ser encontrado, sem demora.

– Então os filhos da puta realmente conseguiram...

– Temos de presumir que sim, apesar de não haver qualquer prova – declarou Laing. – Quando Martin tem uma janela de escuta?

– Entre 23h15 e 23h45 desta noite – informou Gray. – Por medida de segurança, não lhe transmitimos nada há cinco dias. Temos esperado que ele reapareça neste lado da fronteira a qualquer momento.

– Vamos torcer para que ele ainda esteja por lá. Caso contrário, será terrível. Precisaríamos reinfiltrá-lo, e isso poderia durar uma eternidade. Há patrulhas por toda parte nos desertos iraquianos.

– Quantos sabem disso? – perguntou Gray.

– O mínimo possível, e vai ficar assim – respondeu Laing.

Um grupo bastante restrito de só-quem-precisa-saber fora definido entre Londres e Washington, mas para os profissionais ainda era gente demais. Em Washington, havia o presidente americano, quatro membros de seu gabinete, o presidente do Conselho de Segurança Nacional e o chefe do Estado-Maior das Forças Armadas. Acrescente-se a isso os quatro homens em Langley, dos quais um, Chip Barber, estava a caminho de Riad. O desventurado Dr. Lomax tinha um hóspede indesejável em sua cabana, para garantir que não houvesse qualquer contato com o mundo exterior.

Em Londres, a informação fora comunicada ao novo primeiro-ministro, John Major, ao secretário do gabinete, e mais dois membros do gabinete; na Century House, três homens sabiam.

Em Riad, havia agora três homens a par da situação na base de operações do SIS, e Barber se juntaria a eles em breve. Entre os militares, a informação estava limitada a quatro generais, três americanos e um britânico.

O Dr. Terry Martin sofrera um ligeiro resfriado e se encontrava confortavelmente instalado numa casa segura do SIS, no campo, sob os cuidados de uma governanta maternal e de três guardas não tão maternais.

Dali por diante, todas as operações contra o Iraque que envolvessem a busca e destruição do artefato que os aliados presumiam ter o codinome de Qubth-ut-Allah, ou o Punho de Deus, seriam realizadas sob a cobertura de medidas ativas para liquidar o próprio Saddam Hussein, ou por alguma outra razão plausível.

Duas dessas tentativas já haviam ocorrido, na verdade. Foram identificados dois lugares em que o presidente iraquiano poderia residir, pelo menos em caráter temporário. Ninguém podia determinar quando, pois o Rais se movimentava como fogo-fátuo, de um esconderijo para outro, sempre que deixava a casamata em Riad.

Efetuara-se uma permanente vigilância aérea sobre as duas locações. A primeira era uma casa no campo, a cerca de 70 quilômetros de Bagdá, a outra um enorme *trailer* residencial, convertido em caravana de guerra e centro de planejamento.

Em uma ocasião, a vigilância aérea registrara a presença de baterias de mísseis e blindados leves tomando posição em torno da casa no campo. Uma esquadrilha de Strike Eagles destruíra a casa. Fora um falso alarme, o pássaro não se encontrava no poleiro.

Na segunda ocasião, dois dias antes do final de janeiro, o enorme *trailer* se deslocara para uma nova posição. Outro ataque fora desfechado, e mais uma vez não descobrira o alvo em casa.

Nas duas ocasiões, os aviadores assumiram grandes riscos ao persistir no ataque, pois os artilheiros iraquianos reagiram com extrema fúria. O fracasso em liquidar o ditador iraquiano, nas duas ocasiões, deixara os aliados consternados. Não tinham como saber os movimentos precisos de Saddam Hussein.

Na verdade, ninguém sabia, à exceção de um pequeno grupo de guardas pessoais, tirados da Amn-al-Khass, e sob o comando de seu próprio filho, Kusay.

Na realidade, ele circulava durante a maior parte do tempo. Apesar da suposição de que Saddam passou toda a guerra aérea em sua casamata, o fato é que ele só permaneceu ali por menos da metade desse tempo.

Mas sua segurança era garantida por uma série de elaboradas manobras de despistamento e falsas trilhas. Em diversas ocasiões, ele foi "visto" sendo aclamado por seus soldados... e os cínicos dizem que os soldados aclamavam-no porque não eram eles que se encontravam na linha de frente, sendo bombardeados pelos Buffs. O homem visto por soldados iraquianos, em todas essas ocasiões, era um dos sósias, que podiam passar por Saddam, a não ser para as pessoas do círculo mais íntimo.

Em outras ocasiões, comboios de até uma dúzia limusines atravessavam Bagdá com as janelas escuras, levando os habitantes a acreditarem que o Rais viajava numa delas. Não era bem assim; tais desfiles não passavam de engodos. Quando ia de um lugar para outro, Saddam às vezes usava um único carro, sem qualquer identificação.

As precauções de segurança prevaleciam até mesmo no círculo mais íntimo. Os ministros de Estado eram avisados sobre uma reunião com o Rais em cima da hora, dispondo apenas de cinco minutos para sair de suas residências, embarcar em seus carros e seguir um batedor de motocicleta. Mesmo assim, o destino não era o local da reunião.

Eram conduzidos a um ônibus estacionado, com as janelas fechadas por cortinas, e ali encontravam outros ministros, sentados no escuro. Havia uma tela entre os ministros e o motorista. O próprio motorista tinha de seguir um motociclista da Amn-al-Khass até o destino eventual.

Por trás do motorista, os ministros, generais e assessores sentavam-se no escuro; como colegiais numa excursão misteriosa, nunca sabiam para onde iam, e depois ignoravam o lugar onde haviam estado.

Na maioria dos casos, essas reuniões eram realizadas em casas grandes e isoladas, requisitadas para o dia e desocupadas antes do anoitecer. Um destacamento especial da Amn-al-Khass só tinha como função descobrir casas assim quando o Rais queria uma reunião. Os donos da casa eram mantidos incomunicáveis, e só tinham permissão para voltar muito tempo depois de Saddam já ter ido embora.

Portanto, não era de admirar que os aliados não conseguissem localizá-lo. Mas bem que tentaram... até a primeira semana de fevereiro. Depois disso, todas as tentativas de assassinato foram canceladas, e os militares jamais compreenderam por quê.

CHIP BARBER CHEGOU à casa ocupada pelos britânicos nos arredores de Riad pouco depois de meio-dia, no último dia de janeiro. Trocados cumprimentos, os quatro homens sentaram-se e esperaram horas até poder entrar em contato com Martin, se é que ele continuava em Bagdá.

– Posso supor que temos um prazo fatal nesta operação? – indagou Laing.

Barber acenou com a cabeça.

– 20 de fevereiro. Stormin' Norman quer desfechar o ataque por terra no dia 20 de fevereiro.

Paxman assoviou.

– Apenas vinte dias. Tio Sam vai pagar a conta?

– Claro. O diretor já autorizou o depósito de 1 milhão de dólares na conta de Jericó ainda hoje. Pela localização do artefato, presumindo que haja um, e apenas um, pagaremos cinco ao filho da puta.

– Cinco milhões de dólares? – protestou Laing. – Ninguém jamais pagou tanto dinheiro por uma informação.

Barber deu de ombros.

– Jericó, quem quer que seja, é um mercenário. Quer dinheiro, mais nada. Portanto, vamos deixá-lo ganhar. Há uma condição. Os árabes barganham, nós não. Cinco dias depois que ele receber a mensagem, vamos começar a baixar o prêmio em meio milhão por dia, até que ele descubra o local exato. Ele precisa saber disso.

Os três britânicos pensaram nas quantias envolvidas, que constituíam mais que a soma dos salários de todos, por uma vida inteira de trabalho.

– Creio que isso vai fazê-lo agir depressa – comentou Laing.

A mensagem foi elaborada ao final da tarde e início da noite. Primeiro, era preciso restabelecer o contato com Martin, que teria de confirmar, por meio de palavras em código predeterminadas, que ainda se encontrava em Bagdá, e como um homem livre.

Depois, Riad tinha de lhe comunicar a oferta a Jericó, em detalhes, e insistir na grande urgência agora envolvida.

Os homens comeram pouco, remexendo a comida, dominados pela tensão. Às 22h30, Simon Paxman foi para a sala de rádio, junto com os outros, e gravou a mensagem. A gravação foi acelerada em duzentas vezes e toda a fala espremida em menos de dois segundos.

Dez segundos depois das 23h15, o operador de rádio sênior enviou um breve sinal – a mensagem: "Você está na escuta?" Três minutos mais tarde, veio uma pequena erupção de som, que parecia estática. Quando a velocidade foi diminuída, os cinco homens na escuta ouviram a voz de Mike Martin:

– Black Bear para Rocky Mountain, recebendo. Câmbio.

Houve uma explosão de alívio na casa em Riad, quatro homens maduros batendo nas costas uns dos outros, como colegiais que acabassem de vencer o torneio interno de futebol.

As pessoas que nunca estiveram em tal situação não podem imaginar a sensação de saber que "um dos nossos", na retaguarda das linhas inimigas, continua vivo e livre.

– Durante 14 dias ele ficou sentado lá – murmurou Barber, admirado. – Por que o sacana não se mandou, como foi instruído?

– Porque é um idiota teimoso – disse Laing. – Ainda bem.

O operador de rádio, mais controlado, estava transmitindo outra breve pergunta. Queria cinco palavras para confirmar, embora o oscilógrafo informasse que o padrão de voz era mesmo de Martin e que o major do SAS não falava sob pressão. Quatorze dias é mais do que suficiente para quebrar a resistência de um homem. A mensagem enviada a Bagdá foi tão curta quanto era possível:

– De Nelson e o Norte, repito, de Nelson e o Norte. Câmbio.

Outros três minutos transcorreram. Em Bagdá, Martin, agachado no chalé no fundo do jardim da casa do diplomata soviético, o primeiro-secretário Kulikov, captou o *bip*, deu sua resposta para o gravador, apertou o botão de acelerar e transmitiu-a num décimo de segundo para a capital saudita. Os homens na sala de rádio ouviram-no dizer:

– Cante o renome do dia brilhante.

O operador de rádio sorriu.

– É ele mesmo, senhor. Vivo e livre.

– Isso é um poema? – indagou Barber.

Foi Laing quem explicou:

– O verso, na verdade, é "cante o renome do dia glorioso". Se ele falasse certo, é porque estaria com uma arma encostada na têmpora. Neste caso...

Ele deu de ombros. O operador enviou a mensagem final, a verdadeira mensagem e encerrou o contato. Barber pegou sua valise.

– Sei que pode não estar estritamente de acordo com os costumes locais, mas a vida diplomática tem certos privilégios.

– Sugiro Dom Perignon – murmurou Gray. – Acha que Langley tem condições de assumir a despesa?

– Langley acaba de pôr 5 milhões de verdinhas na mesa de pôquer – respondeu Barber. – Creio que posso oferecer a vocês uma garrafa de champanhe.

– Uma grande ideia! – exclamou Paxman.

Uma única semana provocara uma transformação em Edith Hardenberg, isto é, uma semana e os efeitos de estar apaixonada.

Com o gentil estímulo de Karim, ela foi a um *coiffeur* em Grinzing, que soltou seus cabelos, cortou-os, mudou o penteado, fazendo-os cair até o queixo, pelos lados do rosto, o que enchia as feições finas e proporcionava uma insinuação de encanto maduro.

Seu amante também escolheu alguns produtos de maquiagem, com sua tímida aprovação; nada de espalhafatoso, apenas delineador para os olhos, um creme de base, um pouco de pó de arroz e um toque de batom nos lábios.

No banco, Wolfgang Gemütlich sentia-se particularmente consternado e sempre a observava cruzar a sala, mais alta agora, sobre saltos de 2 centímetros. Não eram os saltos altos, os cabelos ou a maquiagem que o afligiam, embora fosse capaz de proibir tudo, categórico, se Frau Gemütlich sequer aventasse a ideia. O que o perturbava era a atitude de Edith Hardenberg, o ar de autoconfiança que exibia quando trazia suas cartas para assinatura ou anotava um ditado.

Ele sabia o que acontecera, é claro. Uma daquelas tolas moças lá de baixo a persuadira a gastar dinheiro. Era a explicação para tudo, gastar dinheiro. Em sua experiência, sempre levava à ruína, e Gemütlich temia o pior.

A timidez natural da secretária não se dissipara por completo, e no banco ela continuava a se mostrar tão retraída quanto antes na fala, se não também na atitude. Na presença de Karim, quando ficavam a sós, ela se surpreendia constantemente com sua ousadia. Durante vinte anos, as coisas físicas haviam sido abomináveis para ela, e agora era como uma viajante numa excursão de lenta e maravilhada descoberta, meio envergonhada e horrorizada, meio curiosa e excitada. Assim, o ato de amor, a princípio unilateral, foi se tornando mais exploratório e mútuo. Na primeira vez em que o tocou "lá embaixo", Edith pensou que morreria de choque e mortificação, mas sobreviveu, para sua surpresa.

Na noite de 3 de fevereiro, ele levou para o apartamento de Edith uma caixa embrulhada com papel de presente, preso por uma fita.

— Karim, você não deve fazer essas coisas. Está gastando demais.

Ele a abraçou, acariciou seus cabelos. Edith aprendera a adorar quando ele fazia isso.

— Ora, querida, meu pai é rico. E me manda uma mesada generosa. Preferia que eu gastasse em boates?

Ela também gostava quando Karim a provocava assim. Claro que ele nunca iria a um desses lugares horríveis. Por isso, ela aceitava os perfumes e artigos de vestuário que nunca sequer olharia apenas duas semanas antes.

— Posso abrir? — perguntou ela.

— Foi para isso que eu trouxe.

A princípio, Edith não compreendeu o que eram. O conteúdo da caixa parecia ser um turbilhão de seda, rendas e cores. Quando percebeu, porque vira anúncios em revistas, embora não fossem do tipo que costumava comprar, ela corou.

— Oh, Karim, eu não poderia... de jeito nenhum!

— Pode, sim — insistiu ele, sorrindo. — Vá para o quarto e experimente, meu bem. Feche a porta. Não vou olhar.

Edith estendeu os trajes na cama, contemplou-os. Ela, Edith Hardenberg? Nunca. Havia meias e cintas, calcinhas e *sutiãs*, camisolas curtas em preto, rosa, vermelho, creme e bege. Coisas de rendas delicadas, ou ornadas com rendas, tecidos sedosos, sobre os quais as pontas dos dedos escorregavam como se fosse em gelo.

Ela passou uma hora sozinha no quarto, antes de abrir a porta, usando um chambre. Karim largou a xícara de café, levantou-se, adiantou-se. Fitou-a com um sorriso gentil, começou a abrir a faixa que prendia o chambre. Edith ficou vermelha, não foi capaz de sustentar seu olhar, virou o rosto. Ele abriu o chambre e murmurou:

— Você está maravilhosa, querida...

Edith não sabia o que dizer, e por isso enlaçou-o pelo pescoço, não mais assustada ou horrorizada quando sua coxa encostou na rigidez no *jeans* de Karim.

Depois de fazerem amor, ela se levantou, foi para o banheiro. Ao voltar, parou junto da cama, admirando-o. Não havia uma única parte de Karim que não amasse. Sentou-se na beira da cama, passou um dedo pela pequena cicatriz que ele tinha no lado do queixo, a que dissera ter sofrido quando caíra pelo vidro da estufa no pomar do pai, nos arredores de Amã.

Ele abriu os olhos, sorriu, estendeu a mão para seu rosto; Edith pegou sua mão, acariciou os dedos, contornou o anel de sinete que ele usava no dedo mínimo, o anel com a opala rosa que a mãe lhe dera.

– O que vamos fazer esta noite? – perguntou ela.
– Vamos sair. Sirk's, no Bristol.
– Você gosta demais de carne.

Karim estendeu as mãos, apertou as nádegas pequenas, sob o tecido delicado, enquanto murmurava, com um sorriso:

– É desta carne que eu gosto.

Edith desvencilhou-se, viu seu reflexo no espelho. Como pudera mudar tanto?, pensou. Como fora capaz de usar aquela *lingerie*? E depois compreendeu por quê. Por Karim, o seu Karim, a quem amava, que a amava, faria qualquer coisa. O amor viera tarde, mas chegara com o ímpeto de uma torrente descendo pela montanha.

Departamento de Estado dos Estados Unidos,
Washington, D.C. 20520

5 de fevereiro, 1991

Memorando para: James Baker, Secretário de Estado
De: Grupo de Informações e Análises Políticas
Assunto: Assassinato de Saddam Hussein
Classificação: Só para seu conhecimento

Não escapou à sua atenção, com toda certeza, que desde o início das hostilidades entre as Forças Aéreas da Coalizão, decolando da Arábia Saudita e países vizinhos, e a República do Iraque, houve pelo menos duas, possivelmente mais, tentativas de eliminar o presidente iraquiano, Saddam Hussein.

Todas as tentativas foram por meio de bombardeio aéreo, e apenas por nós.

Este grupo, portanto, considera urgente projetar as prováveis consequências de uma tentativa bem-sucedida de assassinar o Sr. Hussein.

O resultado ideal, é claro, seria que qualquer regime que sucedesse à atual ditadura do Partido Ba'ath fosse instituído sob os auspícios das forças vitoriosas da Coalizão e assumisse a forma de um governo humano e democrático.

Acreditamos que tal esperança é ilusória.

Em primeiro lugar, o Iraque não é, e nunca foi, um país unido. Mal se passou uma geração do tempo em que era uma colcha de retalhos de tribos rivais, muitas vezes em guerra. Abriga, em partes quase iguais, duas seitas do islã potencialmente hostis, os sunitas e os xiitas, além de três minorias cristãs. Deve-se acrescentar a tudo isso a nação curda, ao norte, mantendo vigorosamente seu empenho por uma independência.

Em segundo lugar, nunca houve nenhum vestígio de experiência democrática no Iraque, que passou do domínio dos turcos para os hashemitas e para o Partido Ba'ath sem o benefício de um interlúdio de democracia, como a compreendemos.

No caso, portanto, do fim súbito da atual ditadura, por assassinato, só há duas perspectivas realistas.

A primeira seria uma tentativa de impor de fora um governo de consenso, incluindo todas as principais facções, em linhas de uma coalizão de bases amplas.

Na opinião deste grupo, tal estrutura sobreviveria no poder por um período extremamente limitado. Rivalidades tradicionais e seculares precisam de pouco tempo para destruí-la.

Os curdos, com toda a certeza, aproveitariam a oportunidade, por tanto tempo negada, de optar pela sucessão e instituir sua própria república, ao norte. Um governo central fraco em Bagdá, baseado num acordo por consenso, seria impotente para evitar tal iniciativa.

A reação turca seria previsível e furiosa, já que sua própria minoria curda, ao longo das áreas da fronteira, não perderia tempo em aderir aos curdos do outro lado da fronteira, numa resistência bastante revigorada ao domínio turco.

A sudeste, a maioria xiita, em torno de Basra e do Shatt-al-Arab, encontraria sem dúvida bons motivos para apresentar aberturas a Teerã. O Irã se sentiria tentado a vingar o massacre de seus jovens na recente guerra Irã-Iraque, alimentando essas aberturas, na esperança de anexar o sudeste do Iraque, diante do desamparo de Bagdá.

Os Estados do Golfo pró-Ocidente e a Arábia Saudita seriam lançados a uma situação próxima do pânico, diante da possibilidade do Irã se estender até a fronteira do Kuwait.

Mais ao norte, os árabes do Arabistão Iraniano fariam causa comum com os árabes do outro lado da fronteira, no Iraque, um movimento que seria vigorosamente reprimido pelos aiatolás de Teerã.

No remanescente do Iraque, teríamos a eclosão, quase com certeza, de lutas intertribais, para acertar velhas contas e estabelecer a supremacia sobre o que restou.

Todos acompanhamos com aflição a guerra civil entre os sérvios e croatas na antiga Iugoslávia. Até agora, os combates não se estenderam à Bósnia, onde uma terceira força componente, a dos muçulmanos bósnios, aguarda o desenrolar dos acontecimentos. Quando as hostilidades alcançarem a Bósnia, como ocorrerá um dia, o massacre será ainda mais terrível.

Não obstante, este grupo está convencido de que o sofrimento da Iugoslávia seria ofuscado para a insignificância em comparação com a perspectiva agora descrita de um Iraque em plena desintegração. Neste caso, podemos aguardar uma grande guerra civil no remanescente do território iraquiano, quatro guerras nas fronteiras e a completa desestabilização do Golfo. Só o problema dos refugiados se elevaria a milhões.

O único outro roteiro viável é Saddam Hussein ser sucedido por outro general, ou por um membro sênior da hierarquia do Partido Ba'ath. Mas como todos na atual hierarquia têm as mãos tão manchadas de sangue quanto seu líder, é difícil imaginar que benefícios decorreriam da substituição de um monstro por outro, que talvez seja um déspota ainda mais esperto.

A solução ideal, embora admitamos que não seja perfeita, deve ser, portanto, a manutenção do *status quo* no Iraque, só que com a eliminação de todas as armas de destruição em massa, e com as forças convencionais tão degradadas que não representarão mais uma ameaça para qualquer estado vizinho, pelo menos por dez anos.

Pode-se muito bem argumentar que a continuação das violações dos direitos humanos por parte do atual regime iraquiano, se for permitida sua sobrevivência, se tornará mais aflitiva. Não resta a menor dúvida quanto a isso. Contudo, o Ocidente tem sido obrigado a testemunhar cenas terríveis na China, Rússia, Vietnã, Tibete, Timor Oriental, Camboja e muitas outras partes do mundo. Não é simplesmente possível que os Estados Unidos imponham a humanidade numa escala mundial, a menos que estejam dispostos a entrar numa permanente guerra global.

O resultado menos catastrófico da atual guerra no Golfo e a eventual invasão do Iraque é, portanto, a sobrevivência no poder de Saddam Hussein, como único chefe de um Iraque unificado, embora militarmente impotente, incapaz de qualquer agressão externa.

Por todos os motivos enunciados, este grupo recomenda a cessação de todos os esforços para assassinar Saddam Hussein, ou para marchar até Bagdá e ocupar o Iraque.

Respeitosamente,

GIAP

Mike Martin encontrou A marca de giz no dia 7 de fevereiro e pegou o envelope de plástico com a mensagem no ponto de correspondência naquela mesma noite. Pouco depois de meia-noite, ele armou a antena parabólica apontando para a porta do barraco e leu a escrita árabe do papel fino direto para o gravador. Acrescentou sua tradução para o inglês e transmitiu a mensagem à meia-noite e dezesseis minutos, um minuto depois da abertura da "janela".

Quando a transmissão foi captada em Riad, o operador de rádio de plantão gritou no mesmo instante:

– Acaba de chegar outra mensagem de Black Bear!

Os quatro homens sonolentos vieram correndo da sala ao lado. O enorme gravador encostado na parede reduziu a velocidade e decodificou a mensagem. Quando o técnico apertou o botão para tocar a fita, a voz de Mike Martin espalhou-se pela sala, falando em árabe. Paxman, o que conhecia o árabe melhor, escutou em silêncio até a metade e anunciou:

– Ele descobriu! Jericó diz que descobriu!

– Quieto, Simon.

O árabe cessou e começou o texto em inglês. Quando a voz parou, encerrando a mensagem, Barber bateu com o punho cerrado na palma da outra mão, no maior excitamento.

– Ele conseguiu! Podem me providenciar uma transcrição da mensagem... *agora*?

O técnico voltou a fita, pôs os fones nos ouvidos, virou-se para seu editor de texto e começou a digitar.

Barber foi para um telefone na sala e ligou para o quartel-general subterrâneo do CENTAF. Havia apenas um homem com quem precisava falar.

O general Chuck Horner era um homem que aparentemente precisava de muito pouco sono. Ninguém andava dormindo muito naquelas semanas, nem no quartel-general do Comando da Coalizão, por baixo do Ministério da Defesa saudita, nem no quartel-general das Forças Aéreas Aliadas, por baixo do prédio do Ministério da Aeronáutica saudita, na estrada Old Airport, mas o general Horner parecia dormir ainda menos do que a maioria.

Talvez não se sentisse capaz de dormir quando seus amados aviadores se encontravam no ar, sobrevoando o território inimigo.

E, quando as missões eram realizadas vinte e quatro horas por dia. restava bem pouco tempo para dormir.

Ele tinha o hábito de circular pelas salas do CENTAF no meio da noite, visitando os analistas do Buraco Negro e o Centro de Controle Aéreo Tático. Se um telefone tocava, e ele se encontrava por perto, não hesitava em atender. Vários aturdidos oficiais da Força Aérea, em postos no deserto, ligando para um esclarecimento ou com uma pergunta, e esperando que um major de plantão entrasse na linha, descobriam-se a falar com o Chefe em pessoa.

Era um hábito bastante democrático, mas de vez em quando acarretava surpresas. Numa ocasião, o comandante de uma esquadrilha, que terá de permanecer anônimo, ligou para se queixar de que seus pilotos passavam todas as noites por uma barragem de artilharia antiaérea, a caminho de seus alvos. Os artilheiros iraquianos não poderiam ser destruídos por uma visita dos bombardeiros pesados, os Buffs?

O general Horner disse ao tenente-coronel que não era possível, os Buffs já tinham missões demais. O comandante da esquadrilha, no meio do deserto, bem que protestou, mas a resposta permaneceu a mesma.

– Pois então vá tomar no cu! – arrematou o tenente-coronel.

Bem poucos oficiais podem dizer a um general para fazer isso e escapar impunes. Mostra como Chuck Horner tratava seus aviadores o fato de que duas semanas depois o desbocado tenente-coronel foi promovido a coronel.

Foi o lugar em que Chip Barber localizou-o, pouco antes de uma hora da madrugada. Reuniram-se na sala particular do general, no complexo subterrâneo, quarenta minutos depois.

O general leu a transcrição do texto em inglês transmitido de Bagdá com uma expressão sombria. Barber usara o editor de textos para acrescentar anotações, de tal maneira que não parecia mais uma mensagem de rádio.

– É outra de suas deduções de entrevistas com executivos na Europa? – perguntou ele, sarcástico.

– Estamos convencidos de que a informação é acurada, general.

Horner soltou um grunhido. Como a maioria dos soldados, não tinha muita paciência com o mundo secreto, com as pessoas a que se referia como "espectros". Era sempre assim. E o motivo é simples.

O combate é dedicado à busca do otimismo, talvez um otimismo cauteloso, mas mesmo assim otimismo, ou ninguém jamais participaria. O mundo secreto é dedicado à presunção de pessimismo. As duas filosofias têm pouco em comum, e naquele estágio da guerra a Força Aérea dos Estados Unidos estava se tornando cada vez mais irritada com a reiterada sugestão da CIA de que destruía menos alvos do que alegava.

– E este suposto alvo é associado ao que eu penso? – indagou o general.

– Apenas acreditamos que é muito importante, senhor.

– A primeira coisa, Sr. Barber, é dar uma boa olhada no local.

DESTA VEZ FOI UM TR-1, partindo de Taif, que fez as honras. Uma versão melhorada do velho U-2, o TR-1 era usado como um coletor de informações de múltiplas funções, capaz de sobrevoar o Iraque sem ser visto ou ouvido, utilizando sua tecnologia para sondar fundo as defesas, com imagens de radar e equipamento de escuta. Mas ainda levava câmeras, e de vez em quando era usado não para um quadro amplo, mas para uma única missão "íntima". A incumbência de fotografar uma locação conhecida apenas como *Al-Qubai* era a mais íntima que se podia imaginar.

Havia uma segunda razão para o envio do TR-1: a capacidade de transmitir suas imagens no tempo real. Não era preciso esperar pelo retorno da missão, descarregar o TARPS, revelar o filme, levá-lo para Riad. Enquanto o TR-1 sobrevoava a área designada de deserto, a oeste de Bagdá e ao sul da base aérea de Al-Muhammadi, as imagens seguiam diretas para uma tela de televisão no porão do quartel-general da Força Aérea saudita.

Havia cinco homens na sala, incluindo o técnico que operava o painel, e que podia, a uma palavra dos outros quatro, ordenar que o modem do computador congelasse uma imagem e tirasse uma cópia fotográfica para estudos.

Chip Barber e Steve Laing ali se encontravam, tolerados em seus trajes civis naquela meca de proezas militares; os outros eram o coronel Beatty, da Força Aérea dos Estados Unidos, e um líder de esquadrilha da RAF, chamado Peck, ambos especialistas em análise de alvos.

O motivo para as palavras "Al-Qubai" era apenas o de ser o nome da aldeia mais próxima do alvo; como era um povoado pequeno demais para aparecer nos mapas, era a rede de referência e a descrição que importavam para os analistas.

Os quatro homens observaram o alvo aparecer na tela e parar na melhor imagem. O modem comandou uma imagem impressa para estudo.

– Está lá embaixo? – murmurou Laing.

– Deve estar – respondeu o coronel Beatty. – Não há mais nada assim por quilômetros ao redor.

– Os sacanas são muito espertos – comentou Peck.

Al-Qubai era na verdade a fábrica de engenharia nuclear do programa iraquiano do Dr. Jaafar Al-Jaafar. Um engenheiro nuclear britânico comentou uma ocasião que seu ofício era "10 por cento de gênio e 90 por cento de encanamento". Há um pouco mais do que isso.

A fábrica de engenharia é o lugar em que os técnicos pegam o produto dos físicos, os cálculos dos matemáticos e computadores, os resultados dos químicos e montam o produto final. São os engenheiros nucleares que produzem de fato o artefato, fabricando um pedaço de metal que pode ser usado.

O Iraque enterrara sua fábrica de Al-Qubai no deserto, mais de 20 metros abaixo da superfície, e isso era apenas o telhado. Por baixo do telhado, havia três andares de oficinas. O que levou o oficial britânico a comentar que "os sacanas são muito espertos" foi a habilidade do disfarce.

Não é tão difícil assim construir uma fábrica subterrânea, mas disfarçá-la apresenta grandes problemas. Depois de construída numa gigantesca cratera, pode-se empurrar a areia com tratores contra as paredes de ferro e concreto, e por cima do telhado, até deixar o prédio escondido. Dutos sob o andar inferior podem cuidar da drenagem.

Mas a fábrica vai precisar de ar-condicionado, o que exige uma entrada de ar fresco e uma saída para o ar viciado, ou seja, duas chaminés se projetando da superfície do deserto.

Também vai precisar de muita energia elétrica, o que implica um potente gerador diesel. O que também exige uma entrada e saída... mais duas chaminés.

Deve haver uma rampa ou elevador de pessoas e carga, para entrada e saída de pessoal e material, acarretando outra estrutura acima da superfície. Os caminhões não podem passar sobre a areia macia; precisam de uma pista firme, um trecho de piso vindo da estrada mais próxima.

Haverá emissões de calor, que podem ser ocultas durante o dia, quando o ar lá fora é quente, mas não durante as noites frias.

Assim, como disfarçar da vigilância aérea uma área de deserto virgem, com uma estrada que parece levar ao nada, quatro grandes chaminés, um poço de elevador, a constante chegada e partida de caminhões, e uma fonte de frequentes emissões de calor?

Foi o coronel Osman Badri, o jovem gênio da engenharia militar iraquiana, quem resolveu o problema; e sua solução enganou os aliados, com todos os seus aviões de espionagem.

Do ar, Al-Qubai era um pátio de 20 hectares, um cemitério de carros, um aparente ferro-velho. Embora os analistas em Riad não pudessem perceber, nem mesmo com as melhores lupas, quatro das pilhas de destroços enferrujadas eram estruturas soldadas, domos sólidos de metais retorcidos, por baixo dos quais havia chaminés que sugavam o ar fresco ou expeliam o ar viciado, através de massas de ferro-velho.

O galpão principal, a oficina para desmontar os carros, com tanques de aço de oxigênio e acetileno ostensivos, encobria o acesso aos poços de elevador. O inevitável trabalho de solda num lugar assim justificaria a emissão de calor.

A pista pavimentada era óbvia – os caminhões precisavam chegar com os destroços de carros e partir com os fragmentos de metal.

Todo o sistema já fora observado, logo no início, pelos AWACSs, que registraram uma grande massa de metal no meio do deserto. Uma divisão de tanques? Um paiol? Um voo anterior constatara que era apenas um ferro-velho, e não houvera mais qualquer interesse.

O que os quatro homens em Riad também não puderam perceber foi que quatro outras pilhas de carros enferrujados constituíam estruturas soldadas, a parte interna como domos, mas com macacos hidráulicos por baixo. Duas alojavam poderosas baterias antiaéreas, com o canhão russo ZSU-23-4, de vários canos, e as outras duas escondiam SAMS, modelos 6, 8 e 9, não guiados por radar, mas do tipo menor, que procurava fontes de calor, já que uma antena de radar denunciaria o disfarce.

– Portanto, está lá embaixo – declarou Beatty.

No momento mesmo em que eles observavam, um enorme caminhão, carregado de carros destroçados, surgiu na tela. Parecia se mover em pequenos arrancos, porque o TR-1, voando a 24 mil metros de altitude sobre Al-Qubai, transmitia fotos, em vez de filme, no ritmo de várias por segundo. Fascinados, os dois homens dos serviços de informações viram o caminhão entrar de marcha à ré no galpão de solda.

– Aposto que há água, comida e outros suprimentos dentro das carcaças de carros – comentou Beatty. Ele se recostou. – O problema é que nunca alcançaremos a fábrica. Nem mesmo os Buffs podem efetuar um bombardeio a essa profundidade.

– Mas podemos trancá-los lá embaixo – sugeriu Peck. – Destruir os poços de elevador, fechar os acessos. E depois, se eles enviarem uma equipe de resgate para desobstruir, bombardearemos de novo.

– Parece viável – concordou Beatty. – Quantos dias faltam para a invasão por terra?

– Doze – respondeu Barber.

– Podemos dar um jeito – assegurou Beatty. – Em grande altitude, bombas guiadas por *laser*, muitos aviões.

Laing lançou um olhar de advertência a Barber.

– Preferimos algo um pouco mais discreto – interveio o homem da CIA. – Um ataque com dois aviões, em baixa altitude, confirmação visual da destruição.

Houve um momento de silêncio, rompido por Beatty:

– Estão tentando nos insinuar alguma coisa? Como, por exemplo, que Bagdá não deve saber do nosso interesse?

– Pode fazer dessa maneira, por favor? – insistiu Laing. – Parece não haver defesas. A chave aqui é o disfarce.

Beatty suspirou. Esses caras querem proteger alguém, pensou ele. Mas não é da minha conta.

– O que você acha, Joe? – perguntou ele ao líder de esquadrilha

– Os Tornados podem fazer o serviço – respondeu Peck. – Com Buccaneers marcando o alvo. Seis bombas de 500 quilos na entrada do galpão. Aposto que a folha de flandres tem ferro e concreto por dentro. Deve conter muito bem a explosão.

Beatty acenou com a cabeça.

– Muito bem, será como vocês querem. Falarei com o general Horner. Quem você quer usar, Joe?

– A esquadrilha seis-zero-oito, em Maharraq. Conheço o comandante, Phil Curzon. Posso chamá-lo?

Philip Curzon comandava 12 dos Panavia Tornados da 608[a] Esquadrilha da RAF, baseada na ilha de Bahrain, onde chegara dois meses antes, de sua base permanente, em Fallingbostel, Alemanha. Pouco depois das 12 horas daquele dia, 8 de fevereiro, ele recebeu uma ordem que não admitia qualquer discussão, para se apresentar imediatamente no quartel-general do CENTAF, em Riad. Tão grande era a urgência que, no mesmo instante em que ele acusou o recebimento da mensagem, seu ordenança veio informar que um Huron americano, da Pizza do Shakey, no outro lado da ilha, acabara de pousar, e estava taxiando, para buscá-lo. Quando embarcou no UC-12B Huron, depois de pôr a túnica do uniforme e o quepe, ele descobriu que o jato executivo monomotor era do próprio general Horner.

O comandante de esquadrilha, com toda razão, não pôde deixar de especular sobre o que estaria acontecendo de tão importante.

465

Um carro da Força Aérea americana o aguardava na base aérea militar de Riad, para conduzi-lo pelo quilômetro e meio da estrada Old Airport até o Buraco Negro.

Os quatro homens que haviam se reunido para ver as fotos da missão do TR-1, às 10 horas daquela manhã, ainda se encontravam ali. Só o técnico se retirara. Eles não precisavam de mais fotos. As que tinham se encontravam espalhadas sobre a mesa. Peck fez as apresentações.

Steve Laing explicou o que era necessário e Curzon examinou as fotos.

Philip Curzon não era tolo, ou não teria o comando de uma esquadrilha de aviões de alto custo de Sua Majestade. Nas primeiras missões em baixa altitude, com bombas JP-233, contra aeroportos iraquianos, perdera dois aviões e quatro homens competentes. Dois ele sabia que haviam morrido; os outros dois foram mostrados pela TV iraquiana, espancados e atordoados, em mais uma obra-prima de relações públicas de Saddam Hussein.

– Por que não incluem esse alvo na Ordem de Missão Aérea, como todos os outros? – indagou ele, calmamente. – Por que a pressa?

– Serei franco com você – disse Laing. – Estamos convencidos agora de que esse alvo abriga o principal e talvez único depósito de bombas com um gás letal que Saddam tenciona usar. Há indícios de que as primeiras remessas estão prestes a ser transferidas para a linha de frente. É por isso que temos urgência.

Beatty e Peck trocaram um olhar. Era a primeira explicação que recebiam sobre o interesse dos agentes na fábrica por baixo do ferro-velho.

– Mas dois aviões no ataque? – insistiu Curzon. – Apenas dois?

Isso faz com que seja uma missão de baixa prioridade. O que devo dizer a meus homens? Não mentirei para eles, senhores. Por favor, entendam isso.

– Não há necessidade, e eu também não permitiria – respondeu Laing. – Basta dizer-lhes a verdade. Que a vigilância aérea registrou movimentos de caminhões no local. Os analistas acham que são caminhões militares, e chegaram à conclusão de que aquele aparente ferro-velho esconde um depósito de munição. Principalmente dentro daquele enorme galpão central. Portanto, é esse o alvo. Quanto a ser uma missão de baixo nível, dá para perceber que não há mísseis, nem artilharia antiaérea.

– E é essa a verdade? – indagou o comandante de esquadrilha.

– Juro que é.

– Então por que a evidente intenção, senhores, de que se uma das minhas tripulações for abatida e interrogada, Bagdá não deve saber de onde veio a informação? Não acreditam nessa história de caminhões militares tanto quanto eu.

Beatty e Peck recostaram-se. Aquele homem estava espremendo os agentes para valer, onde mais doía. Ainda bem.

– Conte a ele, Chip – disse Laing, resignado.

– Está certo, comandante, serei franco. Mas é só para o seu conhecimento. O restante é absolutamente verdadeiro. Temos um desertor. Nos Estados Unidos. Foi para lá antes da guerra, como estudante de pós-graduação. Agora, apaixonou-se por uma garota americana e quer ficar. Durante as entrevistas com o pessoal da Imigração, surgiu uma informação importante. Um entrevistador esperto transmitiu-a para nós.

– A CIA? – indagou Curzon.

– Isso mesmo, a CIA. Fizemos um acordo com o cara. Ele recebe o Green Card, o visto permanente, e nos ajuda em troca. Quando esteve no Iraque, no Corpo de Engenharia do Exército, trabalhou em alguns projetos secretos. Agora, está contando tudo. Mas é tudo ultrassecreto. Não altera a missão, e não estaria mentindo para suas tripulações se deixasse de contar. O que, diga-se de passagem, não pode fazer.

– Uma última pergunta – disse Curzon. – Se o homem se encontra são e salvo nos Estados Unidos, por que a necessidade de continuar a enganar Bagdá?

– Há outros alvos que ele vem nos revelando. Leva tempo, mas podemos extrair dele vinte alvos novos. Alertamos Bagdá de que o nosso homem vem cantando como um canário, e eles transferem as mercadorias para outros lugares durante a noite. Também são capazes de somar dois e dois, como já deve ter percebido.

Philip Curzon levantou-se, recolheu as fotos. Cada uma tinha a referência exata num mapa gravado num lado.

– Está certo. Amanhã de manhã. Aquele galpão deixará de existir.

Ele se retirou. No voo de volta, refletiu sobre a missão. Alguma coisa lá no fundo lhe dizia que fedia como um bacalhau velho. Mas as explicações eram aceitáveis, e ele tinha suas ordens. Não mentiria, mas fora proibido de revelar tudo. O lado bom era que o alvo baseava-se no disfarce, não na proteção. Seus homens entrariam e sairiam incólumes. E ele já sabia quem deveria liderar o ataque.

Lofty Williamson, líder de esquadrilha, estava esparramado numa cadeira, satisfeito, ao sol do fim de tarde, quando recebeu a chamada. Lia a última edição de *World Air Power Journal*, a bíblia dos pilotos de combate, e se sentiu contrariado por ser arrancado de um artigo magnífico sobre um caça iraquiano com que poderia se defrontar.

Foi encontrar o comandante da esquadrilha em sua sala, com fotos espalhadas sobre a mesa. Durante uma hora, ele instruiu seu líder de esquadrilha sobre o que queria que fosse feito.

– Terá dois Bucks para marcar o alvo, e por isso deverá ser capaz de subir e sair de lá, antes que os infiéis saibam o que os atingiu.

Williamson encontrou seu navegador, o homem do assento traseiro, seu copiloto, e que hoje em dia faz muito mais do que navegar, pois também tem o controle dos sistemas eletrônicos e de armamentos.

Entre os dois, com a ajuda do comandante de operações, mapearam a missão. Foi determinada a locação exata do ferro-velho, a partir de sua referência, nos mapas aéreos, que têm uma escala de 1/50.000, ou quase 2,5 centímetros para 1,6 quilômetros.

O piloto disse que queria atacar do leste, no próprio momento do nascer do sol, a fim de que quaisquer artilheiros iraquianos estivessem com luz nos olhos, enquanto ele e Williamson divisavam o alvo com absoluta nitidez.

Blair insistiu que queria um "marco de pedra", algum ponto de referência inconfundível ao longo do caminho de acesso, para que pudesse efetuar pequenos ajustamentos de última hora no curso. Encontraram um a 20 quilômetros do alvo, na direção leste, uma antena de rádio situada a 1,5 quilômetro do curso de acesso.

O ataque ao amanhecer lhes proporcionava o vital Tempo Sobre o Alvo, ou TSA, de que precisavam. O motivo para cumprir com absoluto rigor, até o segundo, o TSA é que a precisão faz a diferença entre o sucesso e o fracasso. Se o primeiro piloto se atrasa mesmo que por um segundo, o piloto seguinte pode voar para a explosão das bombas do companheiro; pior ainda, o primeiro piloto terá um Tornado em sua retaguarda a quase 16 quilômetros por minuto... o que não é uma perspectiva das mais agradáveis. Finalmente, se o primeiro piloto se adianta ou se atrasa por um instante, os artilheiros terão tempo para mirá-lo. Com isso, o segundo piloto alcança a área no momento em que se dispersam os estilhaços das primeiras explosões.

Williamson transmitiu as instruções a seu ala e o segundo navegador, dois jovens tenentes-aviadores, Peter Johns e Nicky Tyne. O momento preciso em que o sol se levantaria por trás das colinas baixas a leste foi determinado, e o ataque marcado para seguir um curso oeste de 27°.

Dois Buccaneers da Esquadrilha Número 12, também baseados em Maharraq, foram designados para a missão. Williamson faria a ligação com seus pilotos pela manhã. Os armeiros receberam instruções para colocar três bombas de 500 quilos, equipadas com o nariz de orientação por *laser* PAVEWAY, em cada Tornado. Às 20 horas, as quatro tripulações jantaram, e foram se deitar, para acordar às 3 horas da madrugada.

A escuridão ainda era total quando um aviador num caminhão chegou aos alojamentos da 608ª Esquadrilha para buscar os quatro tripulantes.

Se os americanos em Al Kharz dormiam sob lona, os baseados em Bahrain desfrutavam o conforto de uma vida civilizada. Alguns ocupavam em duplas quartos no Hotel Sheraton. Outros se achavam instalados em acomodações de alvenaria para solteiros perto da base aérea. A comida era excelente, havia bebida disponível, e a pior solidão da vida de combate era aliviada pela presença de trezentas aprendizes de aeromoça na escola de treinamento da Middle East Airways, que ficava próxima.

Os Buccaneers haviam chegado ao Golfo apenas uma semana antes, depois de informados que seus serviços não eram necessários. Desde então, haviam mais do que provado seu valor. Essencialmente um destruidor de submarinos, os Bucks estavam mais acostumados a sobrevoar as águas do Mar do Norte à procura de submersíveis, mas também não se importavam de operar no deserto.

Sua especialidade é o voo em baixa altitude, mas já demonstraram nos exercícios táticos que são capazes de se esquivar de caças americanos muito mais rápidos, pelo expediente simples de "comer terra" – voar tão baixo que se torna impossível segui-los entre as colinas rochosas e as mesas do deserto.

A rivalidade entre as forças aéreas sustenta que os americanos não gostavam de voar baixo, e a menos de 150 metros tratam de arriar o trem de aterrissagem, enquanto o pessoal da RAF adora, e acima de 30 metros tende a se queixar de vertigem. Na verdade, ambos podem voar baixo, ou alto, mas os Bucks, que não são supersônicos, mas têm uma espantosa maneabilidade, consideram que podem voar mais baixo que qualquer outro e sobreviver.

O motivo para irem ao Golfo foram as perdas originais sofridas pelos Tornados em suas primeiras missões ultrabaixas.

Operando sozinhos, os Tornados tinham de lançar suas bombas e depois segui-las até o alvo, enfrentando a artilharia antiaérea. Mas quando passaram a atuar juntos com os Buccaneers, as bombas dos Tornados continham a ogiva PAVEWAY, que procurava o *laser*, enquanto os Bucks conduziam o transmissor de *laser*, chamado PAVESPIKE.

Voando por cima e por trás do Tornado, o Buck podia "marcar" o alvo, permitindo que o Tornado lançasse a bomba e escapasse no instante seguinte.

Além disso, o Buck tinha o PAVESPIKE montado numa suspensão Cardan de estabilização giroscópica, capaz de se movimentar para manter o facho do *laser* bem no alvo, até que a bomba o atingisse.

Na sala de instruções, Williamson e os dois pilotos dos Buccaneers combinaram que o Ponto Inicial, o começo do ataque para o lançamento da bomba, seria 20 quilômetros a leste do galpão-alvo, e depois foram trocar de roupa. Como sempre, haviam chegado em trajes civis; a polícia de Bahrain receava que a presença exagerada de militares nas ruas pudesse alarmar os habitantes locais.

Depois que todos se apresentaram, Williamson, como comandante da missão, completou as instruções. Ainda faltavam duas horas para a decolagem. O chamado *scramble* da Segunda Guerra Mundial, a necessidade de os pilotos decolarem às pressas para interceptar aviões inimigos, há muito que não existe mais.

Havia tempo para um café e o estágio seguinte dos preparativos. Cada homem pegou sua pistola, uma pequena Walther PPK, que todos detestam, calculando que se fossem atacados no deserto, podiam muito bem jogá-la na cabeça do iraquiano, com a esperança de derrubá-lo assim.

Também pegaram suas mil libras e o "vale macabro". Esse documento extraordinário foi apresentado aos americanos durante a Guerra do Golfo, mas os britânicos, que voam missões de combate por aquelas bandas desde a década de 1920, o conheciam muito bem.

O "vale macabro" é uma carta em árabe, e em seis tipos diferentes de dialeto beduíno. Diz o seguinte: "Prezado Sr. Beduíno, o portador desta carta é um oficial britânico. Se o devolver à patrulha britânica mais próxima, completo, inclusive com os testículos, e de preferência onde devem estar, não em sua boca, será recompensado com 5 mil libras em ouro." Às vezes funciona.

Os uniformes dos pilotos tinham ombreiras que refletiam a luz, para que os aparelhos de busca aliados pudessem localizá-los, se por acaso fossem abatidos sobre o deserto; mas não havia asas sobre o bolso esquerdo da túnica, apenas uma bandeira inglesa presa com velcro.

Depois do café, veio a esterilização... que não é uma coisa tão terrível quanto pode parecer. Todos os anéis, cigarros, isqueiros, cartas e fotos de família foram removidos, qualquer coisa que pudesse proporcionar a um interrogador uma "alavanca" sobre a personalidade do prisioneiro. A busca meticulosa era realizada por uma deslumbrante oficial. Os aviadores achavam que essa era a melhor parte de uma missão, e os pilotos mais jovens escondiam seus pertences nos lugares mais surpreendentes, para verificar se Pamela seria capaz de descobri-los. Por sorte, ela já fora enfermeira e aceitava as brincadeiras com bom humor.

Uma hora para a decolagem. Alguns homens comeram, alguns não conseguiram, alguns cochilaram, tomaram café e torceram para não sentir a necessidade de urinar durante a missão, alguns vomitaram.

Um ônibus levou os oito homens para seus aviões, já cercados por mecânicos, abastecedores e municiadores. Cada piloto contornou seu avião, conferindo o ritual pré-decolagem. Ao final de tudo, embarcaram.

A primeira providência era se acomodarem, ajustar todas as correias e ligar o rádio Have-quick, a fim de poder se comunicar. Depois, ligaram a UAF, a unidade auxiliar de força, que acionava todos os instrumentos.

Na popa, a plataforma de navegação inercial entrou em funcionamento, dando a Sid Blair a oportunidade de registrar todos os seus cursos e voltas planejados. Williamson ligou o motor direito, e o Rolls-Royce RB-199 começou a uivar, depois o esquerdo.

A capota foi fechada, e ele taxiou para o Número Um, o ponto de espera. Veio a autorização da torre, Williamson taxiou para o ponto de decolagem. Olhou para a sua direita. O Tornado de Peter Johns se encontrava ao seu lado e, um pouco atrás, os dois Buccaneers. Ele levantou a mão. Três mãos de luvas brancas foram erguidas em resposta.

Os freios de pé comprimidos, Williamson acelerou até o máximo de potência "seca". O Tornado tremia um pouco. O manete passou para o empuxo adicional e o avião estremeceu contra os freios. Um último sinal de polegar para cima, com três respostas correspondentes. Os freios foram soltos, o ímpeto para a frente, a pista faiscando cada vez mais depressa, e depois alçaram voo, quatro aparelhos em formação, efetuando uma volta sobre o mar escuro, as luzes de Manama ficando para trás, fixando o curso para o encontro com o avião de reabastecimento, o Victor da 55ª Esquadrilha, esperando em algum ponto da fronteira saudita com o Iraque.

Williamson desligou o empuxo adicional e subiu a 300 nós para 6 mil metros de altitude. Os dois RB-199s são brutos sedentos e na potência "seca" máxima consomem 140 quilos de combustível por minuto... cada um. Mas com o empuxo adicional ligado, o consumo se eleva para a quantidade impressionante de 600 quilos por minuto, e é por isso que se usa de forma comedida o empuxo adicional – para decolagem, combate e fuga.

Com o radar, encontraram o Victor na escuridão, aproximaram-se por trás, inseriram o bocal nas mangueiras pendentes. Já haviam usado um terço de seu combustível. Depois de reabastecidos, os Tornados deram lugar aos Bucks. Em seguida, os quatro se afastaram sobre o deserto.

Williamson nivelou sua formação a 60 metros de altitude, fixando uma velocidade de cruzeiro máxima de 480 nós, e assim avançaram pelo Iraque. Os navegadores assumiram o comando, fixando o primeiro dos três cursos diferentes, com dois pontos de virada, que os levariam ao Ponto Inicial, do leste. Lá no alto, haviam vislumbrado o sol nascente, mas no deserto ainda era escuro.

Williamson voava com a ajuda do DITL, Designador de Imagem Térmica e Laser, um aparelho produzido numa fábrica de porcelana adaptada, em Edimburgo. O DITL é uma combinação de uma pequena câmera de TV de alta definição, ligada a um sensor térmico infravermelho. Voando baixo sobre o deserto escuro, os pilotos podiam ver tudo à frente, os rochedos, penhascos, afloramentos rochosos, as colinas, como se estivessem iluminados.

Pouco antes do sol nascer, eles viraram no PI, a fim de iniciar o acesso ao alvo. Sid Blair avistou a antena de rádio e avisou a seu piloto para ajustar o curso em um grau.

Williamson passou o mecanismo de lançamento das bombas para o módulo "escravo" e olhou para seu visor, que descontava os quilômetros e segundos para o momento do bombardeio. Voava a 30 metros, sobre um terreno plano, e se mantinha firme. Em algum ponto por trás, seu ala fazia a mesma coisa. O tempo sobre o alvo era exato. Ele entrava e saía do empuxo adicional para manter a velocidade de ataque de 540 nós.

O sol surgiu por trás das colinas, os primeiros raios projetaram-se pela planície, e lá estava o alvo, a 10 quilômetros. Ele podia ver o metal faiscando, as pilhas de carros destroçados, o grande galpão cinzento no centro, a porta dupla virada em sua direção.

Os Bucks voavam 30 metros acima e 1,5 quilômetro atrás. A fala dos Bucks, que começara no PI, continuava a soar em seus ouvidos 10 quilômetros e se aproximando, 8 quilômetros, algum movimento na área do alvo, 6 quilômetros.

– Estou marcando – avisou o navegador do primeiro Buck.

O raio *laser* do Buck se encontrava bem na porta do galpão. A 5 quilômetros, Williamson começou a "elevação", erguendo um pouco o nariz, o que tapava sua visão do alvo. Não tinha importância, pois a tecnologia cuidaria do resto. A 100 metros, os instrumentos disseram-lhe para efetuar o lançamento. Ele acionou o controle, e todas as três bombas de 500 quilos se soltaram de debaixo do avião.

Como estava em "elevação", as bombas também subiram um pouco, antes que a gravidade prevalecesse, e iniciaram uma graciosa parábola na direção do galpão.

Com seu avião 1,5 tonelada mais leve, Williamson subiu depressa para 300 metros, depois fez uma curva de 135°, e continuou a puxar o manche. O Tornado estava mergulhando e descrevendo uma curva, de volta à superfície e ao caminho por que viera. Seu Buck passou por cima e também fez a volta.

Como tinha uma câmera de TV na base do aparelho, o navegador do Buccaneer pôde observar o impacto direto das bombas na porta dupla do galpão. Toda a área na frente do galpão se dissolveu num lençol de fogo e fumaça, enquanto uma coluna de poeira se elevava do lugar em que estivera o galpão. Enquanto o Buck começava a nivelar, Peter Johns, no segundo Tornado, se aproximava, trinta segundos atrás do líder.

O navegador do Buck viu mais do que isso. Os movimentos que percebera antes codificados num padrão. Armas eram visíveis.

– Eles têm Triplo-A! – gritou ele.

O segundo Tornado começava a se elevar. O segundo Buccaneer pôde ver tudo. O galpão fora destruído pelo impacto das três bombas, revelando uma estrutura interior toda retorcida. Mas havia um canhão antiaéreo disparando entre as pilhas de carros destroçados.

— Bombas lançadas! — gritou Johns, levando seu Tornado numa volta.

Seu Buccaneer também se afastava do alvo, mas o PAVESPIKE mantinha o raio *laser* no que restava do galpão.

— Impacto! — anunciou o navegador do Buck.

Houve línguas de fogo entre as pilhas de carros. Dois SAMs partiram no encalço do Tornado.

Williamson nivelara, na saída do mergulho em curva, de volta a 30 metros acima do deserto, mas seguindo para o outro lado, na direção do sol agora nascendo. Ouviu a voz de Peter Johns:

— Fomos atingidos!

Por trás dele, Sid Blair permaneceu em silêncio. Praguejando em raiva, Williamson levou o Tornado em outra volta, pensando que talvez houvesse uma possibilidade de conter os artilheiros iraquianos com seu canhão. Mas era tarde demais. Ele ouviu um dos Bucks avisar:

— Há mísseis lá embaixo!

Depois, viu o Tornado de Johns, subindo, deixando uma esteira de fumaça, um motor em chamas, enquanto o piloto de 25 anos dizia, com absoluta clareza:

— Vamos cair... ejetando.

Não havia mais nada que pudessem fazer. Em missões anteriores, os Bucks costumavam acompanhar os Tornados de volta à base. Agora, porém, já fora acertado que os Bucks podiam retornar por conta própria. Em silêncio, os dois marcadores de alvo fizeram o melhor possível; baixaram a poucos metros do deserto, sob o sol da manhã, e assim continuaram.

Williamson sentia uma raiva intensa, convencido de que lhe haviam mentido. Não fora bem assim; ninguém sabia do Triplo-A e dos mísseis escondidos em Al-Qubai.

Lá em cima, um TR-1 enviou imagens da destruição em tempo real para Riad. Um E-3 Sentry ouvira toda a conversa durante o voo e comunicou a Riad que uma tripulação de Tornado fora perdida na missão.

Williamson voltou à base sozinho, para fazer seu relatório e descarregar sua raiva contra os seletores de alvos em Riad.

No quartel-general do CENTAF, na estrada Old Airport, a satisfação de Steve Laing e Chip Barber, por saberem que o Punho de Deus fora enterrado no útero em que havia sido criado, foi abalada pela perda dos dois jovens aviadores.

Os Buccaneers, voando sobre o deserto no sul do Iraque, a caminho da fronteira, depararam-se com um grupo de camelos beduínos pastando; isso acarretou para os pilotos uma opção difícil, contorná-los ou passar direto por cima.

19

O general Hassan Rahmani se sentava em sua sala, no prédio da Mukhabarat, em Mansour, refletindo sobre os acontecimentos das últimas vinte e quatro horas, quase em desespero.

O fato de os principais centros militares e de produção de guerra de seu país estarem sendo sistematicamente destruídos por bombas e foguetes não o preocupava. Tais desenvolvimentos, que ele previra semanas antes, apenas aproximavam a iminente invasão americana e a derrubada do homem de Tikrit.

O que o preocupava era algo que planejara, pelo qual ansiara e esperara confiante, sem saber naquele meio-dia de 11 de fevereiro que não ocorreria. Rahmani era um homem muito inteligente, mas não tinha uma bola de cristal.

O que o afligia, naquela manhã, era sua própria sobrevivência, a possibilidade de não viver o suficiente para testemunhar a queda de Saddam Hussein.

O bombardeio da fábrica de engenharia nuclear de Al-Qubai, ao amanhecer do dia anterior, uma instalação disfarçada com tanta astúcia que ninguém jamais imaginara que poderia ser descoberta, abalara a elite do poder em Bagdá até as raízes.

Minutos depois da partida dos dois bombardeiros britânicos, os artilheiros sobreviventes haviam entrado em contato com Bagdá, para informar o ataque. Ao ser informado, o Dr. Jaafar Al-Jaafar partira no mesmo instante, ao volante de seu carro, para verificar os danos sofridos por sua equipe na fábrica subterrânea. O acadêmico ficara furioso e por volta do meio-dia se queixara amargurado a Hussein Kamil, sob cujo Ministério da Indústria e Industrialização Militar se desenvolvia o programa nuclear.

Tratava-se de um programa, o pequeno cientista teria gritado para o genro de Saddam, que consumira sozinho 8 bilhões de dólares, de um total de gastos com armamentos de 50 bilhões em dez anos, e estava sendo destruído no momento mesmo de seu triunfo. O Estado não podia oferecer qualquer proteção a seu pessoal etc., etc.?

Angustiado, Hussein Kamil comunicara o acontecimento ao sogro, que tivera um acesso de raiva. Quando isso ocorria, todos em Bagdá tremiam de medo por suas vidas.

Os cientistas na fábrica subterrânea não apenas sobreviveram, mas também conseguiram escapar, pois havia um túnel estreito que se estendia por um quilômetro e meio sob o deserto e terminava num poço circular, com alças na parede para a subida. O pessoal saíra assim, mas seria impossível transportar equipamentos pesados pelo mesmo túnel e poço.

O elevador principal e o guincho de carga haviam sido destruídos, até uma profundidade de 6 metros, e sua recuperação exigiria uma grande obra de engenharia, prolongando-se por semanas... semanas que Hassan Rahmani achava que o Iraque não teria.

Se fosse esse o fim do problema, Rahmani se sentiria aliviado, pois andava profundamente preocupado desde aquela reunião no palácio, antes do início da guerra aérea, quando Saddam revelara a existência de "seu" artefato.

O que atormentava Rahmani agora era a fúria insana de seu chefe de Estado. O vice-presidente Izzat Ibrahim lhe telefonara pouco depois do meio-dia, no dia anterior, e o chefe da contraespionagem nunca vira o confidente mais íntimo de Saddam em tal estado.

Ibrahim lhe dissera que o Rais se encontrava fora de si de tanta raiva e, quando isso acontecia, haveria sangue derramado. Era a única coisa que podia apaziguar a fúria do homem de Tikrit. O vice-presidente deixara claro que esperava que ele, Rahmani, produzisse resultados, e depressa. Que resultados, exatamente, ele tinha em mente?, perguntara Rahmani a Ibrahim. Descubra como eles souberam, respondera Ibrahim.

Rahmani entrara em contato com amigos no Exército, que falaram com seus artilheiros, e as informações eram categóricas num ponto. O ataque britânico envolvera apenas dois aviões. Havia outros dois voando mais alto, mas presumia-se que eram caças dando cobertura; não haviam lançado qualquer bomba, com toda a certeza.

Ele também falara com o pessoal de planejamento de operações da Força Aérea. A opinião deles – e vários oficiais haviam sido treinados no Ocidente – era a de que nenhum alvo de grande significado militar seria atacado apenas por dois aviões. Não havia a menor possibilidade.

Portanto, raciocinava Rahmani, se os britânicos achavam que o alvo não era um depósito de ferro-velho, o que pensavam que era? Talvez os dois aviadores britânicos abatidos pudessem fornecer a resposta. Pessoalmente, ele adoraria conduzir o interrogatório, convencido de que, com a ajuda de determinadas drogas alucinógenas, poderia obrigá-los a falar em poucas horas, contando a verdade.

O exército confirmara que o piloto e o navegador haviam sido capturados três horas depois do ataque, no deserto, um deles mancando com um tornozelo fraturado. Infelizmente, um destacamento da AMAM aparecera, com surpreendente rapidez, e levara os aviadores. Ninguém discutia com a AMAM. Portanto, os dois britânicos encontravam-se agora nas mãos de Omar Khatib, e que Alá tivesse misericórdia por eles.

Privado de sua oportunidade de brilhar com as informações fornecidas pelos aviadores, Rahmani sabia que tinha de contribuir com alguma coisa. O problema era simples – o quê?

Só seria suficiente o que o Rais queria. E o que ele queria? Uma conspiração. Assim, teria uma conspiração. A chave seria o transmissor.

Rahmani pegou o telefone e ligou para o major Mohsen Zayeed, o chefe de seu departamento de *sigint,* incumbido de interceptar transmissões de rádio. Era tempo de conversarem de novo.

Cerca de trinta quilômetros a oeste de Bagdá fica a pequena cidade de Abu Ghraib, um lugar sem nada de extraordinário, mas um nome conhecido em todo o Iraque, embora raramente mencionado. Pois em Ghraib se situava a grande prisão, usada quase que apenas no interrogatório e confinamento de presos políticos. Por isso, sua guarnição e controle não era do serviço penitenciário nacional, mas sim da polícia secreta, a AMAM.

No momento mesmo em que Hassan Rahmani telefonara para seu perito em *sigint,* um Mercedes preto aproximava-se do portão de madeira da prisão. Dois guardas, reconhecendo o ocupante do carro, correram para abrir o portão. Bem a tempo; o homem no carro poderia reagir com uma brutalidade fria a qualquer um que lhe causasse um atraso momentâneo, por negligência no trabalho.

O carro passou, o portão foi fechado. O homem no banco de trás não reconheceu os esforços dos guardas com um aceno de cabeça ou um gesto. Eram irrelevantes.

O carro parou diante da escada para o prédio principal e outro guarda correu para abrir a porta traseira.

O general Omar Khatib desembarcou, elegante em seu uniforme, e subiu os degraus. As portas abriam-se apressadas à sua aproximação. Um oficial inferior, ajudante de ordens, carregava sua pasta.

A fim de alcançar sua sala, Khatib pegou o elevador para o quinto e último andar. Assim que ficou sozinho, pediu um café turco e começou a examinar os papéis, os relatórios do dia sobre o progresso na extração de informações necessárias das pessoas que se encontravam no porão.

Por trás de sua fachada, Omar Khatib sentia-se tão preocupado quanto seu colega no outro lado de Bagdá, um homem a quem detestava, com o mesmo veneno que sabia ser o sentimento retribuído.

Ao contrário de Rahmani, que, com sua educação em parte inglesa, conhecimento de outras línguas e ar cosmopolita, estava fadado a ser sempre suspeito, Khatib podia contar com a vantagem fundamental de ser de Tikrit. Desde que realizasse o trabalho de que o Rais o incumbira e cumprisse bem sua missão, mantendo o fluxo de confissões de traição para aliviar a paranoia insaciável, permaneceria seguro.

Mas as últimas vinte e quatro horas haviam sido perturbadoras. Ele também recebera um telefonema no dia anterior, mas do genro, Hussein Kamil. Como Ibrahim para Rahmani, Kamil comunicara a raiva ilimitada do Rais pelo bombardeio de Al-Qubai e exigia resultados.

Ao contrário de Rahmani, Khatib tinha os aviadores britânicos em seu poder. Isso era uma vantagem, por um lado, mas também uma armadilha, por outro. O Rais queria saber, e depressa, como os aviadores haviam sido instruídos antes da missão... até que ponto os aliados se achavam informados sobre Al-Qubai, e como haviam descoberto?

Cabia a ele, Khatib, produzir as respostas, e seus homens trabalhavam nos aviadores fazia quinze horas, desde 19 horas da noite anterior, quando chegaram em Abu Ghraib. Até agora, os idiotas resistiam.

Do pátio por baixo de sua janela veio o som de um silvo, uma pancada forte e um gemido baixo. Khatib franziu a testa em perplexidade, mas sua expressão logo se desanuviou quando recordou.

No pátio interno, por baixo de sua janela, havia um iraquiano pendurado pelos pulsos de um travessão, as pontas dos pés apenas 10 centímetros acima do chão. Perto, havia uma bacia com água salgada, antes clara, agora de um rosa escuro.

Cada guarda e soldado que passasse pelo pátio tinha a ordem de parar, pegar uma das duas bengalas de rotim na bacia e aplicar um único golpe nas costas do homem pendurado, entre o pescoço e os joelhos. Um cabo sob um toldo ao lado fazia a contagem.

O idiota era um negociante do mercado que fora ouvido quando se referira ao Rais como filho de uma meretriz, e agora aprendia, se bem que um pouco tarde, a verdadeira medida do respeito que os cidadãos deveriam demonstrar, em todas as ocasiões, nas suas alusões a Saddam Hussein.

O intrigante era o fato de que ele continuava ali. Revelava o vigor das pessoas das classes trabalhadoras. O mercador já recebera mais de quinhentos golpes, um recorde impressionante. Morreria antes do milésimo – ninguém jamais fora capaz de resistir a mil golpes – mas era interessante, mesmo assim. O outro fato interessante era o homem ter sido denunciado por seu filho de 10 anos. Ornar Khatib tomou um gole do café, desatarraxou sua caneta-tinteiro, folheada a ouro, e inclinou-se sobre os papéis.

Meia hora depois houve uma discreta batida à porta.

– Entre! – ordenou ele, levantando os olhos, em expectativa.

Precisava de boas notícias, e só um homem podia bater à sua porta sem ser anunciado pelo oficial subalterno na antessala.

O homem que entrou na sala era corpulento, e sua própria mãe teria dificuldade para chamá-lo de bonito. O rosto era todo marcado pela varíola na infância, e duas cicatrizes redondas brilhavam nos lugares em que cistos haviam sido removidos. Fechou a porta e ficou parado, esperando que Khatib lhe dirigisse a palavra.

Embora fosse apenas um sargento, o macacão manchado não exibia sequer as insígnias desse posto; contudo, era um dos poucos homens com os quais o general experimentava um senso de companheirismo. O sargento Ali era o único da guarnição da prisão que tinha permissão para sentar-se em sua presença, quando assim convidado.

Khatib gesticulou para que o homem se acomodasse numa cadeira, ofereceu-lhe um cigarro. O sargento acendeu-o, deu uma tragada, agradecido; seu trabalho era árduo e cansativo, o cigarro tornava-se uma pausa bem-vinda. O motivo para Khatib tolerar tanta familiaridade de um mero sargento era a sincera admiração que acalentava por Ali.

Khatib tinha sua eficiência em alto apreço, e seu sargento de confiança era um homem que nunca lhe falhava. Calmo, metódico, bom marido e pai, Ali era um autêntico profissional.

– E então? – perguntou Khatib.

– O navegador está perto, senhor, bem perto. O piloto... – Ali deu de ombros. – Uma hora ou mais.

– Deixe-me lembrar-lhe de que deve quebrar a resistência de ambos, Ali. Não podem esconder nada. E suas histórias precisam estar de acordo. O próprio Rais conta conosco.

– Acho que deve ir até lá, senhor. Creio que em dez minutos terá sua resposta. O navegador primeiro, e quando o piloto souber disso também contará tudo.

– Está bem.

Khatib levantou-se e o sargento abriu a porta para lhe dar passagem. Juntos, desceram além do térreo. O elevador parou no primeiro porão. Um corredor levava à escada para o segundo porão. Ao longo do corredor, havia portas de aço, por trás das quais se encontravam, no meio da sujeira, sete aviadores americanos, outros britânicos, um italiano e um piloto kuwaitiano de Skyhawk.

No nível abaixo havia mais celas, duas ocupadas. Khatib espiou pela portinhola da primeira.

Uma única lâmpada, sem globo, pendurada do teto, iluminava a cela, as paredes incrustadas de excremento seco, e outras manchas marrons, de sangue ressequido. No centro, numa cadeira de plástico de escritório, sentava-se um homem, inteiramente nu, com vômito, sangue e saliva escorrendo pelo peito. As mãos estavam algemadas nas costas, e uma máscara de pano, sem fendas para os olhos, cobria-lhe o rosto.

Dois homens da AMAM, usando macacões iguais ao do sargento Ali, ladeavam o prisioneiro na cadeira, as mãos acariciando tubos de plástico de 1 metro de comprimento, recheados de betume, que aumenta o peso, sem reduzir a flexibilidade. Mantinham-se um pouco recuados, fazendo uma pausa. Antes da interrupção, ao que tudo indicava, haviam se concentrado nas canelas e rótulas, que se achavam em carne viva, com uma coloração azul-amarelada.

Khatib acenou com a cabeça, passou para a porta ao lado. Pela portinhola, constatou que o segundo prisioneiro não estava mascarado. Um olho se tornara completamente fechado, as carnes da sobrancelha e face unidas pelo sangue ressequido. Quando ele abriu a boca, mostrou as falhas onde antes existiam dois dentes, e uma espuma sangrenta saiu pelos lábios arrebentados.

– Tyne – sussurrou ele. – Nicholas Tyne. Tenente-aviador. Cinco-zero-um-zero-nove-seis-oito.

– O navegador – murmurou o sargento.

– Qual dos nossos homens é o que fala inglês? – indagou Khatib.

Ali gesticulou para o homem à esquerda.

– Chame-o.

Ali entrou na cela do navegador e saiu com um dos interrogadores. Khatib conversou com o homem em árabe. O interrogador acenou com a cabeça, tornou a entrar na cela, cobriu com uma máscara a cabeça do navegador. Só então Khatib permitiu que as portas das duas celas fossem abertas.

O interrogador que falava inglês inclinou-se para a cabeça de Nicky Tyne e falou junto à máscara de pano. Seu inglês tinha um sotaque carregado, mas era compreensível.

– Muito bem, tenente-aviador, agora acabou. Não receberá mais nenhuma punição.

O jovem navegador ouviu. Seu corpo pareceu arriar em alívio.

– Mas seu amigo não teve tanta sorte. Está morrendo agora. Podemos levá-lo para o hospital... lençóis brancos e limpos, médicos, tudo o que ele precisar. Ou podemos concluir o serviço. A escolha é sua. Quando nos contar, suspendemos a punição e o levamos para o hospital.

Khatib balançou a cabeça para o sargento Ali, que ficara no corredor. Ali entrou na outra cela. Pela porta aberta, veio o som do tubo de plástico batendo num peito nu. O piloto gritou.

– Está bem, seus filhos da puta! – beirou Nicky Tyne, por baixo da máscara. – Parem com isso! Era um depósito de munição, para granadas de gás venenoso...

Os golpes cessaram. Ali saiu da cela do piloto, ofegante.

– É um gênio, *sayidi* general.

Khatib deu de ombros, modesto.

– Nunca subestime o sentimentalismo dos britânicos e americanos – comentou ele para seu discípulo. – Chame os tradutores agora, arranque todos os detalhes, até o último. Assim que as transcrições ficarem prontas, leve-as à minha sala.

De volta a seu santuário, o general Khatib deu um telefonema para Hussein Kamil. Uma hora mais tarde, Kamil ligou de volta. Seu sogro estava na maior satisfação; uma reunião seria convocada, provavelmente ainda naquela noite. Omar Khatib deveria se manter disponível para a chamada.

Naquela noite, Karim provocou Edith de novo, com extrema gentileza, sem malícia, desta vez por seu emprego.

– Nunca se sente entediada no banco, querida?
– Claro que não. É um trabalho interessante. Por que pergunta?
– Não sei... Mas não entendo como você pode achar interessante. Para mim, seria o trabalho mais chato do mundo.
– Mas pode ter certeza de que não é.
– Pois então me diga: o que há de interessante no seu trabalho?
– Sabe como é, manipular as contas, fazer investimentos, essas coisas. É um trabalho importante.
– Bobagem. Tudo se resume a dizer Bom-dia; Sim, senhor; Não, senhor; Claro, senhor, a uma porção de pessoas entrando e saindo, para descontar um cheque de 50 xelins. Uma chatice.

Karim estava deitado de costas na cama de Edith. Ela veio deitar-se ao seu lado, passou um braço por seus ombros, aconchegou-se. Adorava se aconchegar.

– Você parece maluco de vez em quando, Karim, mas amo as suas tolices. O Winkler Bank não é um banco comercial, mas sim um banco de investimentos.
– Qual é a diferença?
– Não temos contas correntes, clientes com talões de cheques entrando e saindo. Não é assim que operamos.
– Mas não há dinheiro sem clientes.
– Claro que temos dinheiro dos clientes, mas em contas de investimentos.
– Nunca tive uma dessas – admitiu Karim. – Só uma pequena conta corrente. De qualquer maneira, prefiro usar dinheiro.
– Não se pode ficar com o dinheiro na mão quando se fala em milhões. As pessoas o roubariam. Por isso, você entrega o dinheiro a um banco, que o investe.

— Está querendo dizer que o velho Gemütlich manipula milhões? O dinheiro de outras pessoas?

— Isso mesmo. Milhões e milhões.

— Xelins ou dólares?

— Dólares, libras, milhões e milhões.

— Pois eu não confiaria a ele o *meu* dinheiro.

Edith se sentou na cama, sinceramente chocada.

— Herr Gemütlich é de uma honestidade absoluta. Nunca sonharia em desviar um único centavo.

— Talvez não, mas outra pessoa pode fazê-lo. Por exemplo... conheço um homem que tem uma conta no Winkler. Seu nome é Schmitt. Um dia entro lá, e digo: "Bom dia, Herr Gemütlich. Meu nome é Schmitt, e tenho uma conta aqui." Ele verifica em seus registros e diz: "É verdade, tem, sim." E eu anuncio: "Gostaria de sacar tudo." Depois, quando o verdadeiro Schmitt aparecer, não resta mais nada. É por isso que acho melhor ficar com o dinheiro na mão.

Ela riu de tanta ingenuidade, tornou a enlaçá-lo, mordiscou sua orelha.

— Não daria certo. Herr Gemütlich provavelmente conhece seu cliente Schmitt. Além do mais, ele teria de se identificar.

— Passaportes podem ser falsificados. Aqueles palestinos desgraçados estão sempre fazendo isso.

— E ele precisaria dar sua assinatura, da qual temos uma cópia.

— Não seria problema. Eu praticaria a falsificação da assinatura de Schmitt.

— Karim, acho que você pode se tornar um criminoso um dia. É terrível.

Ambos riram da perspectiva.

— De qualquer maneira, se você fosse um estrangeiro, vivendo no exterior, é bem provável que tivesse uma conta numerada. São absolutamente invioláveis.

Ele a fitou, soerguido sobre um cotovelo, a testa franzida.

— O que é isso?

— Uma conta numerada?

— Aham.

Edith explicou como funcionavam.

– Mas isso é uma loucura! – explodiu Karim, ao final. – Qualquer um pode se apresentar e alegar que é o dono da conta. Se Gemütlich nunca viu o homem...

– Há procedimentos para a identificação, seu tolo. Códigos complexos, métodos de escrever cartas, maneiras determinadas de situar a assinatura... todos os tipos de coisas para confirmar que a pessoa é de fato titular da conta. A menos que tudo confira, ao pé da letra, Herr Gemütlich não vai cooperar. Portanto, é impossível alguém se passar pelo titular da conta.

– Ele deve ter uma memória extraordinária.

– Ora, você é tolo demais. Está tudo anotado. Vai me levar para jantar fora?

– Você merece?

– Sabe que sim.

– Está bem... mas quero um *hors-d'oeuvre*.

Ela ficou perplexa.

– Pode pedir.

– É de você que estou falando.

Karim estendeu a mão, enfiou um dedo em gancho pela calcinha, puxou-a de volta à cama. Edith ria de prazer. Ele rolou por cima dela, começou a beijá-la. Parou de repente. Ela ficou alarmada.

– Já sei o que eu faria – murmurou Karim. – Contrataria um arrombador de cofres, abriria o cofre do velho Gemütlich, daria uma olhada nos códigos. E poderia assim me apossar do dinheiro.

Edith riu aliviada, por saber que ele não mudara de ideia sobre fazerem amor.

– Não daria certo. Ahn... Faça isso de novo.

– Daria, sim.

– Ahn... Não daria.

– Claro que daria. Estão sempre arrombando cofres. Sai nos jornais todos os dias.

Ela estendeu a mão exploradora, "lá embaixo", e seus olhos se arregalaram.

– Puxa... isto tudo é para mim? Você é um homem adorável, grande e forte, Karim, e eu o amo. Mas o velho Gemütlich, como o chama, é um pouco mais esperto do que você...

Um minuto depois, Edith já não mais se importava com a esperteza de Gemütlich.

Enquanto o agente do Mossad fazia amor em Viena, Mike Martin armava sua antena, à medida que a meia-noite se aproximava, e o dia 11 do mês se convertia no dia 12.

O Iraque se encontrava naquele momento a oito dias da invasão programada, a 20 de fevereiro. Ao sul da fronteira, a faixa setentrional do deserto da Arábia Saudita fervilhava com a maior concentração única de homens e armas, canhões, tanques e suprimentos, reunidos numa área relativamente pequena, desde a Segunda Guerra Mundial.

O implacável ataque aéreo continuava, embora a maior parte dos alvos na lista original do general Horner já tivesse sido bombardeada, em alguns casos duas vezes ou mais. Apesar da inclusão de novos alvos, causada pela barragem de curta duração de Scuds lançados sobre Israel, o plano de combate aéreo voltara ao esquema original. Todas as fábricas *conhecidas* de produção de armas de destruição em massa haviam sido pulverizadas, e dessa relação constavam 12 novas, acrescentadas pelas informações de Jericó.

Como uma arma em funcionamento, a Força Aérea Iraquiana cessara virtualmente de existir. Eram raras as ocasiões em que seus caças interceptadores, se decidiam enfrentar os Eagles, Hornets, Tomcats, Falcons, Phantoms e Jaguars dos aliados, conseguiram retornar à base, e em meados de fevereiro sequer se davam ao trabalho de tentar. Alguns dos melhores caças e caças-bombardeiros haviam sido enviados deliberadamente para o Irã, onde foram confiscados. Outros haviam sido destruídos dentro de seus abrigos ou derrubados quando ousavam alçar voo.

No nível mais alto, os comandantes aliados não podiam compreender por que Saddam optara por mandar seus melhores aviões de guerra para o antigo inimigo. O motivo era simples: ele esperava que depois de uma certa data, todas as nações da região não teriam alternativa que não se submeter a seu controle, e a esta altura recuperaria seus aviões.

A esta altura, quase que não restava nenhuma ponte intacta em todo o país, nenhuma estação geradora de energia elétrica em funcionamento.

Em meados de fevereiro, um crescente esforço aéreo aliado se concentrava nas tropas iraquianas no sul do Kuwait e sobre a fronteira do Kuwait e Iraque.

Ao longo da fronteira setentrional da Arábia Saudita, até a estrada Bagdá-Basra, os Buffs bombardeavam as posições de artilharia, tanques, baterias de foguetes e infantaria. Os A-10 Thunderbolts, americanos, apelidados por sua agilidade no céu de "javali voador", voavam à vontade, fazendo aquilo em que eram melhores – destruir tanques. Os Eagles e Tornados também foram deslocados para missões contra tanques.

O que os generais aliados em Riad não sabiam era que quarenta instalações importantes, dedicadas à produção de armas de destruição em massa, permaneciam ocultas sob desertos e montanhas, e que seis bases aéreas ainda continuavam intactas.

Desde o bombardeio de Al-Qubai, os quatro generais que sabiam o que havia ali se sentiam mais animados, e o mesmo acontecia com os homens da CIA e do SIS em Riad.

Era um ânimo refletido na breve mensagem que Mike Martin recebeu naquela noite. Seus controladores em Riad começaram por informá-lo do sucesso da missão dos Tornados, apesar da perda de um avião. Em seguida, parabenizaram-no por continuar em Bagdá, apesar da permissão para ir embora, e por toda a operação. Ao final, disseram-lhe que não restava muito a fazer. Jericó deveria receber uma última mensagem, dizendo que os aliados se sentiam gratos, que todo o seu dinheiro fora depositado e que o contato seria restabelecido depois da guerra. Em seguida, Martin deveria escapar com segurança para a Arábia Saudita, antes que isso se tornasse impossível.

Martin guardou todo o equipamento e passou um longo tempo pensando em sua cama, antes de dormir. Interessante, refletiu ele, os exércitos não viriam até Bagdá. E o que aconteceria com Saddam? Não era esse o objetivo de tudo? Algo mudara.

SE TIVESSE CONHECIMENTO da reunião que ocorria naquele momento no quartel-general da Mukhabarat, a menos de um quilômetro de distância, o sono de Mike Martin não seria tão fácil.

Em questões de habilidade técnica, há quatro níveis – competente, muito bom, brilhante, e "um inato". A última categoria vai além da mera habilidade e se projeta por uma área em que todo o conhecimento técnico é apoiado numa "sensibilidade" nata, um instinto visceral, um sexto sentido, uma empatia com o assunto e as máquinas que não pode constar dos manuais.

Em questões de rádio, o major Mohsen Zayeed era um inato. Ainda muito jovem, com óculos redondos que lhe proporcionavam o ar de um estudante compenetrado, Zayeed vivia, comia e respirava a tecnologia de rádio. Seus aposentos particulares eram apinhados com as últimas revistas técnicas do Ocidente. Sempre que encontrava um novo artefato capaz de aumentar a eficiência de seu departamento de interceptação de rádio, ele o pedia no mesmo instante. Reconhecedor do valor do homem, Hassan Rahmani fazia tudo o que era possível para obtê-lo.

Os dois se reuniram pouco depois de meia-noite, na sala de Rahmani.

– Algum progresso? – perguntou Rahmani.

– Acho que sim – respondeu Zayeed. – Ele está por aqui, não resta a menor dúvida. O problema é que usa transmissões rápidas, quase impossíveis de captar. Ocorrem muito depressa. Quase impossíveis, mas não de todo. Com habilidade e paciência, pode-se de vez em quando captar uma, apesar das transmissões durarem apenas poucos segundos.

– E você já chegou perto?

– Determinei as frequências de transmissão a uma faixa bastante restrita, no âmbito da frequência ultra-elevada, o que torna a vida mais fácil. Tive sorte há alguns dias. Estávamos monitorando por acaso uma dessas frequências, e ele entrou no ar. Escute.

Zayeed pegou um gravador e tocou a gravação. Uma sucessão de sons truncados povoou a sala. Rahmani ficou desconcertado.
- É isso?
- Está codificada, é claro.
- E pode decodificar?
- É quase certo que não. A codificação é efetuada por um único *chip* de silício, padronizado com um complexo microcircuito.
- A mensagem não pode ser decodificada?

Rahmani sentia-se desorientado; Zayeed vivia em seu mundo particular, falava uma linguagem particular. Fazia agora um grande esforço para tentar explicar tudo com o máximo de simplicidade a seu comandante.
- Não se trata de um código. Para converter a mensagem de volta à fala original, seria preciso um *chip* de silício idêntico. As permutações são na casa de centenas de milhões.
- Então de que adianta?
- Permitiu-me obter uma posição, senhor.

Hassan Rahmani inclinou-se para a frente, excitado.
- Uma posição?
- A segunda. E quer saber de outra coisa? Essa mensagem foi transmitida no meio da noite, trinta horas antes do bombardeio de Al-Qubai. Meu palpite é de que continha os detalhes da fábrica nuclear.
- Continue.
- E ele está aqui.
- Em Bagdá?

O major Zayeed sorriu, balançou a cabeça. Guardara a melhor informação para o final. Queria ser reconhecido.
- Mais do que isso, senhor. No distrito de Mansour. E creio que se encontra numa área de 2 quilômetros por dois.

Rahmani pensou depressa. Estava chegando perto, espantosamente perto. O telefone tocou. Ele escutou por vários segundos, depois desligou e levantou-se.
- Fui chamado. Uma última coisa. Quantas interceptações mais precisa para localizá-lo? A um quarteirão, ou mesmo uma casa?

– Com sorte, apenas uma. Posso não captá-lo na primeira vez, mas creio que o localizarei na primeira interceptação. Rezo para que ele envie uma mensagem longa e permaneça no ar por vários segundos. Neste caso, poderei indicar um quadrante de 100 x 100 metros.

Rahmani respirava forte ao descer para o carro à espera.

SEGUIRAM PARA A REUNIÃO com o Rais em dois ônibus com as janelas cobertas. Os sete ministros viajaram num ônibus, os seis generais e três chefes de informações em outro. Ninguém viu para onde iam, e o motorista, no outro lado da tela, limitou-se a seguir o motociclista.

Quando o ônibus parou, num pátio murado, os nove homens no segundo ônibus tiveram permissão para desembarcar. A viagem durara quarenta minutos, com várias voltas. Rahmani calculou que se encontrava no campo, a cerca de 50 quilômetros de Bagdá. Não havia sons de tráfego e as estrelas no céu delineavam os contornos de uma casa enorme, com as janelas cobertas.

Os sete ministros já esperavam na sala principal. Os generais foram para seus lugares designados e sentaram-se em silêncio. Os guardas conduziram o Dr. Ubaidi, do Serviço de Informações no exterior, Rahmani, da contraespionagem, e Omar Khatib, da polícia secreta, a três cadeiras diante do lugar reservado ao Rais.

O homem que convocara a todos entrou na sala poucos minutos depois. Todos se levantaram, e ele gesticulou para que se tornassem a sentar.

Para alguns, já se haviam passado três semanas desde que viram o Rais pela última vez. Ele parecia tenso, as olheiras mais acentuadas, a papada mais flácida.

Sem qualquer preâmbulo, Saddam Hussein pôs-se a falar sobre o motivo da reunião. Houvera um bombardeio – todos sabiam a respeito, mesmo os que antes do ataque ignoravam por completo a existência de um lugar chamado Al-Qubai.

O lugar era tão secreto que não mais que uma dúzia de homens no Iraque conhecia a sua posição exata. Mesmo assim, fora bombardeado. À exceção de poucos homens nos altos escalões e alguns técnicos dos mais dedicados, ninguém jamais visitara a instalação sem estar vendado ou num transporte fechado; mesmo assim, fora bombardeado.

Havia silêncio na sala, o silêncio do medo. Os generais, Radi, da infantaria, Kadiri, dos tanques, Ridha, da artilharia, Musuli, da engenharia, e mais o comandante da Guarda Republicana e o chefe do Estado-Maior olhavam fixamente para o tapete.

Nosso camarada, Omar Khatib, interrogara os dois aviadores britânicos, informou o Rais. Ele explicaria agora o que acontecera.

Ninguém olhara para o Rais, mas todos os olhares fixaram-se agora na presença cadavérica de Omar Khatib.

O Carrasco manteve os olhos fixados na cintura do Chefe de Estado, sentado de frente para ele, no outro lado da sala.

Os aviadores haviam falado, disse ele, sem qualquer inflexão na voz. Nada esconderam. Seu comandante de esquadrilha informara-os de que a aviação aliada avistara caminhões, caminhões militares, entrando e saindo de um certo ferro-velho. Com base nisso, os Filhos de Cães se convenceram de que o ferro-velho disfarçava um depósito de munição, em termos mais específicos, um depósito de bombas de gás. Não fora considerado um alvo de alta prioridade, e ninguém imaginara que contava com defesa antiaérea. Por isso, apenas dois aviões foram designados para a missão, com mais dois voando por cima, para marcar o alvo. Nenhum avião fora incumbido de suprimir a artilharia antiaérea, porque se pensava que não havia nenhuma no local. O piloto e o navegador não sabiam mais do que isso.

O Rais acenou com a cabeça para o general Farouk Ridha.

– Verdade ou mentira, Rafeek?

– É normal, *sayidi* Rais – declarou o homem que comandava a artilharia e as bases de mísseis SAMs –, eles enviarem primeiro os caças com mísseis para atingir as defesas, e depois os bombardeiros para acertar o alvo. Sempre agem assim. Para um alvo de alta prioridade, dois aviões apenas, e sem apoio, jamais aconteceu.

Saddam refletiu sobre a resposta, os olhos escuros nada deixando transparecer de seus pensamentos. Fazia parte do poder que tinha sobre aqueles homens; nunca sabiam como seria sua reação.

– Há alguma possibilidade, Rafeek Khatib, de que aqueles homens tenham lhe escondido qualquer coisa, que saibam mais do que disseram?

– Não, Rais. Eles foram... persuadidos a dar total cooperação.

– Então é esse o fim da história? – indagou o Rais, calmamente. – Foi apenas um ataque infeliz?

Cabeças acenaram em torno da sala. O grito, quando soou, paralisou a todos.

– ERRADOS! Todos vocês estão errados!

No instante seguinte, a voz baixou para um sussurro sereno, mas o medo fora incutido. Todos sabiam que a suavidade da voz podia preceder a mais terrível das revelações, a mais brutal das penalidades.

– Não houve nenhum caminhão do exército, absolutamente nenhum. Uma desculpa, dada aos pilotos para o caso de serem capturados. Há algo mais, não é mesmo?

A maioria suava, apesar do ar-condicionado. Sempre fora assim, desde o amanhecer da história, quando o tirano da tribo chamava o feiticeiro, e todos tremiam, com medo de que a vara mágica apontasse em sua direção.

– Há uma conspiração – sussurrou o Rais. – Há um traidor. Alguém é um traidor, que conspira contra mim.

Ele permaneceu em silêncio por vários minutos, deixando-os tremer. Quando tornou a falar, foi para os três homens que o fitavam do outro lado da sala.

– Descubram-no. Descubram-no e tragam-no para mim. Ele aprenderá a punição para crimes desse tipo. Ele e toda a sua família.

O Rais saiu da sala, seguido por seu guarda pessoal. Os 16 que ficaram nem ao menos olharam uns para os outros. Haveria um sacrifício. Ninguém sabia quem seria. Cada um temia por si mesmo, por causa de algum comentário casual, talvez nem mesmo por isso.

Quinze dos homens mantiveram-se à distância do último, o feiticeiro, o que era chamado de Al Mu'azib, o Carrasco. Ele providenciaria o sacrifício.

Hassan Rahmani também se manteve calado. Aquele não era o momento de mencionar as interceptações de rádio. Suas operações eram delicadas, sutis, baseadas na investigação e dedução. A última coisa de que precisava naquele momento era das botinas da AMAM pisoteando seu trabalho.

Num clima de terror, os ministros e generais voltaram para a noite e seus deveres.

– ELE NÃO GUARDA as informações no cofre em sua sala – anunciou Avi Herzog, também conhecido como Karim, a seu controlador, Gidi Barzilai, enquanto comiam um desjejum atrasado, na manhã seguinte.

Era um encontro seguro, no apartamento de Barzilai. Herzog só fizera a ligação, de uma cabine telefônica na rua, depois que Edith entrara no banco. A equipe *yarid* aparecera logo em seguida, cercando o colega numa "caixa" e escoltando-o ao ponto de encontro, para garantir que não houvesse a menor possibilidade de que o seguissem. Se houvesse alguém em seu "rastro", eles teriam percebido. Era a sua especialidade.

Gidi Barzilai inclinou-se para a frente, sobre a mesa cheia de comida, os olhos brilhando.

– Muito bem, garoto, agora eu sei onde ele não guarda os códigos. Mas o importante é o seguinte: então onde é?

– Em sua mesa.

– Na mesa? Só pode estar louco. Qualquer um pode abrir uma mesa.

– Já viu a mesa dele?

– A mesa de Gemütlich? Não.

– Pelo que parece, é enorme, toda ornamentada e muito velha. Uma autêntica antiguidade. E também contém um compartimento especial, criado pelo fabricante original. Tão secreto, tão difícil de encontrar que Gemütlich acha que é mais seguro do que qualquer cofre. Em sua opinião, um assaltante vai tentar arrombar o cofre, mas nunca se preocupará com a mesa. E mesmo que revistasse a mesa, nunca encontraria o compartimento secreto.

– E ela não sabe onde fica?

– Não. Nunca o viu aberto. Gemütlich sempre se tranca sozinho na sala quando tem de abri-lo.

Barzilai pensou a respeito por um momento.

— O filho da puta é esperto. Eu não lhe daria tanto crédito. É bem provável que esteja certo.

— Posso romper a ligação agora?

— Não, Avi, ainda não. Se você está certo, fez um trabalho brilhante. Mas continue mais um pouco, prossiga na representação. Se desaparecer agora, ela vai se lembrar de sua última conversa, somar dois e dois, sentir uma pontada de remorso, qualquer coisa. Continue com ela, mas nunca mais fale sobre o banco.

Barzilai refletiu sobre seu problema. Ninguém de sua equipe em Viena jamais vira a mesa, mas havia um homem que já estivera lá dentro.

Ele enviou uma mensagem codificada a Kobi Dror, em Tel Aviv. O Batedor foi chamado e sentou-se numa sala com um desenhista.

O Batedor não era um homem de múltiplos talentos, mas possuía uma habilidade espantosa: tinha uma memória fotográfica. Por mais de cinco horas, sentou-se ali, de olhos fechados, e projetou a mente de volta à conversa que tivera com Gemütlich, apresentando-se como um advogado de Nova York. Sua tarefa principal fora a de procurar por alarmes nas janelas e portas, por um cofre, fios que indicassem pontos de pressão... todos os recursos para manter uma sala segura. Registrara tudo isso e comunicara ao controlador. A mesa não o interessara muito. Mas sentado numa sala sob o Bulevar Rei Saul, semanas depois, pôde fechar os olhos e ver tudo de novo.

Linha por linha, descreveu a mesa ao desenhista. De vez em quando o Batedor dava uma olhada no desenho, efetuava uma correção e continuava. O artista trabalhava com tinta nanquim, usando uma pena fina, e coloriu a mesa com aquarela. Depois de cinco horas, concluiu uma reprodução exata e colorida da mesa na sala de Herr Wolfgang Gemütlich, no Winkler Bank, na Ballgasse, Viena.

O desenho foi enviado para Gidi Barzilai pela mala diplomática, de Tel Aviv para a embaixada israelense na Áustria. Ele recebeu-o em dois dias.

Antes mesmo disso, um exame da lista de *sayanim* espalhados por toda a Europa revelara a existência de monsieur Michel Levy, um antiquário do Bulevar Raspail, em Paris, considerado um dos maiores conhecedores de móveis clássicos do continente.

SÓ NA NOITE DO DIA 14, o mesmo dia em que Barzilai recebeu seu desenho em Viena, foi que Saddam Hussein convocou outra reunião com seus ministros, generais e chefes do serviço secreto.

Outra vez o encontro foi a pedido do chefe da AMAM, Omar Khatib, que transmitira a notícia de seu sucesso por meio do genro, Hussein Kamil, e foi outra vez numa casa isolada, ao cair da noite.

O Rais entrou na sala, não disse nada, apenas gesticulou para que Khatib apresentasse seu relatório.

– O que posso dizer, *sayidi* Rais?

O chefe da polícia secreta ergueu as mãos e logo deixou-as cair, num gesto de desamparo. Era uma magistral representação de autodepreciação.

– O Rais, como sempre, estava certo, e todos nós errados. O bombardeio de Al-Qubai não foi mesmo um acaso. Havia um traidor e ele foi descoberto.

Houve um zumbido de espanto adulador pela sala. O homem na cadeira estofada, de costas para a parede sem janela, exibiu uma expressão radiante e levantou a mão para que cessassem os aplausos desnecessários. Cessaram, mas lentamente.

Eu não estava certo?, dizia o sorriso. Não estou sempre certo?

– Como descobriu isso, Rafeek? – perguntou o Rais.

– Uma combinação de sorte e trabalho de detetive – admitiu Khatib, modesto. – Quanto à sorte, como todos sabemos, é uma dádiva de Alá, que sorri para o nosso Rais.

Houve murmúrios de assentimento por toda a sala.

– Dois dias antes do ataque com os bombardeiros dos Beni Naji, foi estabelecido um ponto de controle de tráfego numa estrada próxima. Era uma inspeção de rotina de meus homens, à procura de possíveis desertores, mercadorias contrabandeadas... As placas dos veículos foram anotadas. Verifiquei essas placas há dois dias e constatei que a maioria era de veículos locais... furgões, caminhões. Mas havia também um carro de luxo, registrado aqui em Bagdá. O dono foi identificado, um homem que poderia ter motivos para visitar Al-Qubai. Mas um telefonema confirmou que ele *não* visitara a instalação. Por que então estaria na área?

Hassan Rahmani acenou com a cabeça. Era um bom trabalho de detetive, se fosse verdade. Só que não era típico de Khatib, que preferia recorrer à força bruta.

— E por que ele foi até lá? — indagou o Rais.

Khatib fez uma pausa, para criar expectativa pela revelação.

— Para anotar uma descrição precisa do ferro-velho na superfície, determinar a distância para o ponto de referência mais próximo, e a posição exata... tudo que uma força aérea precisaria para encontrar o alvo.

Todos na sala deixaram escapar a respiração.

— Mas isso só foi descoberto mais tarde, *sayidi* Rais. Primeiro, convidei o homem a me visitar no quartel-general da AMAM, para uma conversa franca.

A mente de Khatib voltou à conversa franca, no porão por baixo do quartel-general da AMAM, em Saadun, Bagdá, o porão conhecido como o Ginásio.

Normalmente, Omar Khatib deixava que seus subalternos conduzissem os interrogatórios, contentando-se em determinar o nível de rigor e supervisionar o resultado. Mas aquela questão era tão delicada que ele próprio assumira o encargo, banindo todos os outros para além da porta à prova de som.

Do teto da sala pendiam dois ganchos de aço, separados um do outro por 1 metro de distância, com duas correntes curtas, presas a um travessão de madeira. Os pulsos do suspeito haviam sido presos nas extremidades do travessão, e por isso o homem se encontrava pendurado com os braços separados por 1 metro. Como os braços não estavam na vertical, a pressão era ainda maior.

Os pés ficaram a 10 centímetros do chão, os tornozelos presos a outro travessão, também com um metro de comprimento. A configuração em X do prisioneiro dava acesso a todas as partes do corpo, e como ele se achava pendurado no meio da cela, podia ser abordado por qualquer lado.

Omar Khatib deixara a vara de rotim numa mesa no lado e fora se postar diante do homem. Os gritos desesperados do homem durante os cinquenta primeiros golpes haviam cessado, reduzindo a uma profusão de súplicas sussurradas. Khatib fitara-o nos olhos.

– Você é um tolo, meu amigo. Poderia acabar com tudo isso na maior facilidade. Traiu o Rais, mas ele é misericordioso. Tudo o que preciso é de sua confissão.

– Não, eu juro... *wa-Allah-el-Adheem*... por Alá o Grande, não traí ninguém.

O homem chorava como uma criança, lágrimas de agonia escorrendo pelo rosto. Ele era mole, pensara Khatib, não vai levar muito tempo.

– Traiu, sim. Qubth-ut-Allah... sabe o que isso significa?
– Claro – choramingara o homem.
– E sabe onde foi guardado em segurança?
– Sei.

Khatib levantara o joelho com toda força contra os testículos expostos. O homem teria gostado de se dobrar, mas não podia. Vomitara, o vômito escorrendo pelo corpo nu e pingando da extremidade do pênis.

– Sabe... o que mais?
– *Sei, sayidi*.
– Assim é melhor. E onde o Punho de Deus foi escondido não era do conhecimento de nossos inimigos?
– Não, *sayidi*. Era um segredo.

Khatib estendera a mão e pegara o rosto do homem pendurado.

– *Manyouk*, seu nojento *manyouk*, então como é possível que hoje, ao amanhecer, aviões inimigos tenham bombardeado e destruído nossa arma?

O prisioneiro arregalara os olhos, o choque superando a vergonha pelo insulto. *Manyouk* em árabe é o homem que assume o papel de fêmea numa união homossexual.

– Mas isso não é possível! Ninguém, além de uns poucos, sabia sobre Al-Qubai...
– Mas o inimigo sabia... e o destruiu.

– *Sayidi*, juro que isso e impossível. Nunca poderia descobrir. O homem que o construiu, coronel Badri, disfarçou-o tão bem...

O interrogatório prolongara-se por mais meia hora, até sua inevitável conclusão.

Khatib foi arrancado de seu devaneio pelo próprio Rais.

– E quem é ele, o traidor?

– O engenheiro, Dr. Saiais Siddiqui, Rais.

Houve murmúrios de espanto. O Rais balançou a cabeça, devagar, como se tivesse desconfiado do homem desde o início.

– Não se pode deixar de fazer uma pergunta – interveio Hassan Rahmani. – Para quem o miserável trabalhava?

Khatib lançou um olhar de puro veneno e se apressou em responder

– Isso ele não disse, *sayidi* Rais.

– Mas ele dirá, ele dirá – garantiu Saddam Hussein.

– *Sayidi* Rais – murmurou Khatib –, devo admitir que o traidor morreu neste ponto da confissão.

Rahmani levantou-se, ignorando o protocolo.

– Senhor presidente, devo protestar. Isso demonstra a mais incrível incompetência. O traidor devia ter um elo de ligação com o inimigo, algum meio de enviar suas mensagens. Agora, talvez nunca saibamos.

Khatib fitou-o com tanto ódio que Rahmani, que lera Kipling quando menino, na escola do Sr. Hartley, lembrou-se de Krait, a serpente que sibilava: "Cuidado, pois eu sou a morte."

– O que tem a dizer? – indagou o Rais.

Khatib se mostrou contrito.

– O que posso dizer, *sayidi* Rais? Os homens que servem sob meu comando o amam como se fosse seu próprio pai, ainda mais. Morreriam pelo Rais Quando ouviram essa sórdida confissão de traição... houve um excesso de zelo.

Porra nenhuma, pensou Rahmani. Mas o Rais balançou a cabeça. Era o tipo de comentário que gostava de ouvir.

– É compreensível – disse ele. – Essas coisas acontecem. E você, Hassan Rahmani, que critica seu colega, já teve algum êxito?

Todos notaram que Rahmani não fora chamado de Rafeek, Camarada. Ele teria de tomar cuidado, muito cuidado.

– Há um transmissor em Bagdá, *sayidi* Rais.

Ele continuou a falar, revelando o que o major Zayeed lhe contara. Pensou em acrescentar uma última informação, mais uma transmissão, se pudermos captá-la, e creio que poderemos capturar o homem que as irradia, mas concluiu que isso podia esperar.

– Como o traidor morreu – declarou o Rais –, posso revelar agora o que não podia dizer há dois dias. O Punho de Deus não foi destruído, nem mesmo está soterrado. Vinte e quatro horas antes do bombardeio, ordenei que fosse transferido para um lugar mais seguro.

Vários segundos se passaram antes que os aplausos cessassem, todo o círculo íntimo manifestando sua admiração pelo gênio de seu líder.

Saddam Hussein comunicou que o artefato fora para a Fortaleza, cuja localização nenhum deles podia saber, e da Qa'ala seria lançado, para mudar toda a história, no dia em que a primeira bota de um soldado americano pisasse no sagrado território do Iraque.

20

A notícia de que os Tornados britânicos não haviam atingido o alvo visado, em Al-Qubai, deixou bastante abalado o homem conhecido apenas como Jericó. Teve de fazer um grande esforço para se levantar e aplaudir o Rais, demonstrando a mesma adoração de todos os outros.

No ônibus com as janelas cobertas, voltando ao centro de Bagdá, junto com os outros generais, ele sentou-se em silêncio no fundo, absorto em seus próprios pensamentos.

Não se importava nem um pouco que o uso do artefato, agora escondido num lugar chamado Qa'ala, a Fortaleza, de que nunca ouvira falar, e cuja localização ignorava, pudesse causar muitas e muitas mortes.

Era sua própria situação que o preocupava. Por três anos arriscara tudo – denúncia, ruína, uma morte terrível – para trair o regime de seu país. O objetivo não fora apenas o de acumular uma enorme fortuna pessoal no exterior; era bem provável que pudesse conseguir isso pela extorsão e roubo ali mesmo, no Iraque, embora isso também acarretasse riscos.

Pretendia partir para o exterior com uma nova identidade e proteção, fornecidas por aqueles que o pagavam para espionar, seguro sob a proteção deles, a salvo de esquadrões da morte vingativos. Vira o destino dos que se limitavam a roubar e fugir, viviam sob um medo constante, até o dia em que os vingadores iraquianos os encontravam.

Ele, Jericó, queria ao mesmo tempo sua fortuna e segurança, e fora por isso que se sentira satisfeito com a transferência de seu controle de Israel para os americanos. Tratariam de protegê-lo, cumpririam o acordo, providenciariam uma nova identidade, permitindo que se tornasse outro homem, com outra nacionalidade, comprando uma mansão à beira-mar no México e levando uma vida de tranquilidade e conforto.

Agora, tudo mudara. Se permanecesse em silêncio, e o artefato fosse usado, pensariam que ele mentira. O que não acontecera, mas os americanos, em sua ira, jamais acreditariam. De um jeito ou de outro, os americanos bloqueariam sua conta, e tudo teria sido por nada. Precisava encontrar algum meio de avisá-los de que houvera um engano. Mais uns poucos riscos, e tudo acabaria... o Iraque derrotado, o Rais derrubado, e ele, Jericó, longe do país.

Na privacidade de sua sala, ele escreveu a mensagem, em árabe, como sempre, num papel fino, que ocupava pouco espaço. Relatou a reunião daquela noite; quando enviara a última mensagem, o artefato se encontrava de fato em Al-Qubai, como dissera, mas já havia sido removido quarenta e oito horas mais tarde, na ocasião do bombardeio dos Tornados. O que não fora culpa sua.

Acrescentou tudo o que sabia, a existência de um lugar secreto conhecido como a Fortaleza, e que o artefato seria lançado da Qa'ala no momento em que o primeiro soldado americano cruzasse a fronteira para invadir o Iraque.

Pouco depois de meia-noite, ele pegou um carro sem qualquer identificação e desapareceu nas ruas secundárias de Bagdá. Ninguém questionou o seu direito de fazer isso; ninguém ousaria. Pôs a mensagem no ponto de correspondência perto do mercado de frutas e legumes em Kasra, e depois fez a marca de giz atrás da Igreja de São José, na Área dos Cristãos. Desta vez a marca de giz foi um pouco diferente. Ele esperava que o homem invisível, que recolhia suas mensagens, não perdesse tempo.

Mike Martin deixou a casa do diplomata soviético no início da manhã de 15 de fevereiro. A cozinheira russa lhe entregara uma longa lista de produtos frescos para comprar, uma lista que se tornaria muito difícil de providenciar. Os alimentos começavam a escassear. O problema não era dos produtores no campo, mas sim o transporte. A maioria das pontes fora destruída, e a planície central do Iraque é uma terra de rios, regando as colheitas que alimentam Bagdá. Obrigados a pagar caro pelo transporte nas barcas, os plantadores preferiam ficar em casa.

Por sorte, Martin começou pelo mercado de condimentos, na rua Shurja, e depois pedalou em torno da Igreja de São José, até a viela nos fundos. Teve um sobressalto ao ver a marca de giz.

A marca naquela parede em particular deveria ser sempre um oito na horizontal, com uma barra curta cortando os dois círculos. Mas ele avisara Jericó antes que se algum dia houvesse uma emergência, a barra deveria ser substituída por duas pequenas cruzes, uma em cada círculo da figura de oito. Eram as cruzes que estavam ali hoje.

Martin seguiu para o pátio da rua Abu Nawas, esperou até que não houvesse ninguém por perto, inclinou-se para ajustar a sandália, como sempre fazia, enfiou a mão no esconderijo e encontrou o pequeno envelope de plástico. Retornou à casa de Kulikov por volta do meio-dia e explicou à furiosa cozinheira que fizera o melhor, mas os produtos estavam chegando à cidade mais tarde do que nunca. Teria de voltar a procurá-los à tarde.

Ao ler a mensagem de Jericó, ele compreendeu por que o homem estava em pânico. Martin compôs sua própria mensagem, explicando a Riad por que se sentia agora obrigado a assumir o comando da situação e tomar suas próprias decisões. Não havia tempo para reuniões em Riad e uma nova troca de mensagens. A pior parte, para ele, era a revelação de Jericó de que a contraespionagem iraquiana tinha conhecimento de um transmissor ilegal irradiando sinais curtos. Não podia saber quão perto se encontravam de localizá-lo, mas tinha de presumir que não podia haver mais um contato prolongado com Riad. Por isso, estava tomando as decisões por si mesmo.

Martin leu a mensagem de Jericó para o gravador, primeiro em árabe, e depois a sua tradução. Acrescentou sua mensagem pessoal e preparou-se para a transmissão.

Só tinha uma "janela" de transmissão tarde da noite, o horário escolhido por ser o momento em que todos na casa de Kulikov se encontravam profundamente adormecidos. Mas, como Jericó, ele também tinha um procedimento de emergência.

Era a transmissão de uma única e longa explosão de som, neste caso um assovio estridente, numa frequência completamente diferente, fora da faixa usual de VHF.

Ele verificou se o motorista iraquiano estava com o primeiro-secretário Kulikov na embaixada, no centro da cidade, e se o criado russo e sua mulher estavam almoçando. Depois, apesar do risco de descoberta, armou a antena junto da porta aberta e enviou o sinal de assovio.

No centro de comunicação instalado num antigo quarto da casa ocupada pelo SIS em Riad, uma única luz piscou. Eram 13h30. O operador de rádio de plantão, cuidando do tráfego normal entre a base e a Century House, em Londres, largou o que estava fazendo, gritou pela porta, pedindo ajuda, e sintonizou para "receber", na frequência do dia de Martin.

O segundo operador enfiou a cabeça pela porta.

– O que aconteceu?

– Chame Steve e Simon. Black Bear está transmitindo, e é uma emergência.

O homem se afastou. Martin deu quinze minutos a Riad e depois enviou a transmissão principal.

Riad não foi o único lugar em que uma antena captou a transmissão. Nos arredores de Bagdá, outra antena parabólica, varrendo incessantemente a faixa de VHF, também captou uma parte. A mensagem era tão longa que, mesmo com a velocidade reduzida, demorou quatro segundos. Os escutas iraquianos captaram os últimos dois segundos e obtiveram uma posição.

Assim que acabou de transmitir, Martin guardou todo o equipamento. Mal terminara quando ouviu passos no cascalho. Era o criado russo, que num acesso de generosidade atravessara o quintal para lhe oferecer um cigarro Balkan. Martin aceitou-o, com muitas mesuras, e murmúrios de "Shukran". O russo, orgulhoso de sua bondade, voltou para a casa.

Pobre coitado, pensou ele, que vida!

Quando tornou a ficar sozinho, o pobre coitado começou a escrever em árabe num bloco de papel de correspondência aérea, que guardava por baixo de seu catre. Nesse momento mesmo, um gênio do rádio chamado major Zayeed examinava um mapa em larga escala da cidade, em particular do distrito de Mansour. Concluiu seus cálculos, conferiu-os e telefonou para Hassan Rahmani, no quartel-general da Mukhabarat, a apenas 500 metros do losango de Mansour que fora assinalado com tinta verde. A reunião foi marcada para as 16 horas.

EM RIAD, CHIP BARBER andava de um lado para outro da sala principal da casa do SIS, com um impresso de computador na mão, praguejando de uma maneira como não fazia desde que deixara o Corpo de Fuzileiros Navais, trinta anos antes.

– O que ele pensa que está fazendo? – perguntou o americano aos dois britânicos que se encontravam na sala.

– Calma, Chip – disse Laing. – Ele teve uma missão longa e árdua. Está sob grande pressão. Os bandidos começam a fechar o cerco. Toda a nossa experiência nos diz que devemos tirá-lo de lá... e agora.

– Sei que ele é um cara sensacional, mas não tem o direito de fazer isso. Somos nós que pagamos a conta, lembra?

– Não esquecemos – interveio Paxman. – Mas é um homem nosso e se encontra desprotegido. Se optar por continuar, será para concluir a missão, tanto por vocês quanto por nós.

Barber acalmou-se um pouco.

— Três milhões de dólares! Como posso explicar a Langley que ele ofereceu a Jericó mais 3 milhões de dólares para obter a informação correta desta vez? Aquele idiota iraquiano deveria ter dado a posição certa na primeira vez. Por tudo o que sabemos, ele pode estar tirando novas cartas do baralho, só para ganhar mais dinheiro.

— Chip, estamos falando de uma bomba nuclear — ressaltou Laing.

— Talvez... *talvez* seja mesmo um artefato nuclear — resmungou Barber. — *Talvez* Saddam tenha obtido o urânio suficiente a tempo, *talvez* tenha providenciado todo o restante a tempo. Tudo o que temos são os cálculos de alguns cientistas e a alegação de Saddam, *se* é que ele fez mesmo tal alegação. Afinal, Jericó não passa de um mercenário, pode estar mentindo. Os cientistas podem estar enganados. Saddam mente como respira. O que temos de concreto em troca de todo esse dinheiro?

— Quer assumir o risco? — indagou Laing.

Barber arriou numa cadeira e só respondeu depois de um longo momento:

— Não, não quero. Muito bem, acertarei tudo com Washington. E depois contaremos aos generais. Eles devem saber. Mas uma coisa posso lhes garantir: se um dia eu encontrar esse tal de Jericó, vou arrancar seus braços e usá-los para espancá-lo até a morte.

Às 16 horas daquela tarde, o major Zayeed levou seus mapas e cálculos para a sala de Hassan Rahmani. Com todo cuidado, explicou que naquele dia obtivera o terceiro ponto da triangulação e reduzira a área ao losango indicado no mapa de Mansour. Rahmani examinou-o, indeciso.

— É uma área de 100 x 100 metros — comentou ele. — Pensei que a tecnologia moderna pudesse determinar as fontes de emissão a 1 metro quadrado.

— É possível, quando se tem uma transmissão longa — explicou o jovem major, paciente. — Posso definir uma faixa do receptor de interceptação que não terá mais que 1 metro de largura. Cruzando-a com a faixa de outro interceptador, de um ponto diferente, teríamos o metro quadrado. Mas essas transmissões são curtas demais. Entram e saem do ar em dois segundos. O melhor que posso fazer, nessas circunstâncias, é indicar um cone estreito, com a ponta no receptor, alargando à medida que se afasta.

"Talvez por um ângulo de um segundo de um grau. Mas a três quilômetros de distância, isso se torna cem metros. Ainda assim, é uma área restrita."

Rahmani tornou a examinar o mapa. Havia quatro construções no losango assinalado.

– Vamos até lá para dar uma olhada – sugeriu ele.

Os dois homens circularam por Mansour com o mapa, até definirem a área marcada. Era residencial e muito próspera. As quatro residências eram todas isoladas, muradas, no meio de jardins. Já começava a escurecer quando acabaram.

– Dê uma batida pela manhã – ordenou Rahmani. – Isolarei toda a área com tropas, de uma forma discreta. Sabe o que está procurando. Entre com seus técnicos e desmonte as quatro casas, se precisar. Descubra o transmissor, e teremos nosso espião.

– Tem um problema – disse o major. – Está vendo aquela placa de latão? É a residência de um diplomata da embaixada soviética.

Rahmani pensou por um momento. Não receberia agradecimentos por provocar um incidente internacional.

– Reviste as outras três casas primeiro. Se nada encontrar, falarei com o Ministério do Exterior e entraremos na casa do soviético.

Enquanto eles conversavam, um dos empregados na casa do diplomata soviético estava a 5 quilômetros dali. O jardineiro Mahmoud Al-Khouri se encontrava no antigo cemitério britânico, pondo um pequeno envelope de plástico numa lápide, numa sepultura há muito abandonada. Mais tarde, ele fez uma marca de giz na parede do prédio do Sindicato dos Jornalistas. Numa volta noturna pelo distrito, ele notou, pouco antes de meia-noite, que a marca de giz fora apagada.

NAQUELA NOITE, houve uma reunião em Riad, uma reunião confidencial, numa sala trancada, dois andares abaixo do prédio do Ministério da Defesa da Arábia Saudita. Havia quatro generais presentes e mais dois civis, Barber e Laing. Depois que eles acabaram de falar, os quatro militares permaneceram num silêncio sombrio por um longo tempo.

– Isso é mesmo verdade? – perguntou um dos americanos.

– Não temos uma prova cem por cento – respondeu Barber. – Mas achamos que há uma grande probabilidade de que a informação seja acurada.

– O que os leva a terem tanta certeza? – indagou o general da Força Aérea dos Estados Unidos.

– Como já devem ter adivinhado, há alguns meses que temos um agente trabalhando para nós, na alta hierarquia em Bagdá.

Houve vários murmúrios de assentimento.

– Nunca achei que todas aquelas informações sobre alvos vinham das bolas de cristal de Langley – comentou o general da Força Aérea, que ainda se ressentia das dúvidas da CIA sobre os êxitos de seus pilotos.

– Acontece que até hoje nunca descobrimos nenhuma informação dele que fosse falsa – acrescentou Laing. – Se resolveu mentir agora, vai nos deixar desorientados. E a questão mais importante é outra: podemos assumir esse risco?

Houve outro momento de silêncio prolongado.

– Há uma coisa que vocês não estão levando em consideração – disse o general da Força Aérea americana. – O lançamento.

– O lançamento? – repetiu Barber.

– Isso mesmo. Dispor de uma arma é uma coisa, lançá-la sobre o inimigo é outra muito diferente. Ninguém pode acreditar que Saddam já tenha entrado na miniaturização. Afinal, trata-se de alta tecnologia. Portanto, ele não pode lançar a bomba, se é que a possui, do canhão de um tanque. Ou de um canhão da artilharia... do mesmo calibre. Ou de uma bateria do tipo Katyushka. Ou de um foguete.

– Por que não de um foguete, general?

– Por causa da carga útil – explicou o aviador, sarcástico. – Se é um artefato tosco, deve pesar meia tonelada. Sabemos agora que os foguetes Al-Abeid e Al-Tammuz ainda se encontravam em estágio de desenvolvimento quando destruímos as instalações em Saad-16. O mesmo acontece com o Al-Abbas e o Al-Badr. São inoperantes, ou porque foram destruídos, ou porque levam uma carga útil pequena demais.

– E o Scud? – perguntou Laing.

– A mesma coisa. O Al-Husayn, que supostamente é de longo alcance, sempre se fragmenta no reingresso, e tem uma carga útil de 160 quilos. Até mesmo o Scud básico, fornecido pelos soviéticos, tem uma carga útil máxima de 600 quilos. Pequena demais.

– Ainda resta a possibilidade da bomba ser lançada de um avião – ressaltou Barber.

O general da Força Aérea se irritou.

– Senhores, posso dar uma garantia pessoal, aqui e agora. Daqui por diante, nenhum avião de guerra iraquiano será capaz de alcançar a fronteira. A maioria nem mesmo conseguirá decolar da pista. Os que por acaso conseguirem, e voarem para o sul, serão derrubados na metade do caminho para a fronteira. Tenho AWACSs e caças em quantidade suficiente para garantir isso.

– E a Fortaleza? – perguntou Laing. – A rampa de lançamento?

– Um hangar ultrassecreto, provavelmente subterrâneo, com uma única pista, partindo da entrada, alojando um Mirage, um MiG, um Sukhoi... armado e pronto para decolar. Mas podemos derrubá-lo antes que alcance a fronteira.

A decisão cabia ao general americano à cabeceira da mesa.

– Vão descobrir onde está escondido o artefato, essa suposta Fortaleza? – indagou ele, em voz baixa.

– É o que estamos tentando. Calculamos que talvez precisemos de mais alguns dias.

– Pois então descubram onde fica, e nós a destruiremos.

– E a invasão começará dentro de quatro dias, senhor?

– Eu avisarei.

NAQUELA NOITE, FOI anunciado que a invasão por terra do Kuwait e Iraque fora adiada, e marcada uma nova data, 24 de fevereiro.

Mais tarde, os historiadores indicaram dois motivos alternativos para esse adiamento. Um foi que os fuzileiros navais americanos queriam alterar seu eixo principal de ataque para alguns quilômetros mais a oeste, o que acarretaria movimentação de tropas, transferência de suprimentos e preparativos adicionais. O que também era verdade.

Uma razão posterior, apresentada pela imprensa, foi a de que dois micreiros britânicos haviam acessado o computador do Ministério da Defesa e interferido nos boletins meteorológicos referentes à área do ataque, causando confusão sobre a escolha do melhor dia para iniciar a ofensiva por terra, em relação ao tempo na região.

Na verdade, fez bom tempo entre os dias 20 e 24, e só piorou quando a ofensiva começou.

O GENERAL NORMAN SCHWARZKOPF era um homem enorme e muito forte, em termos físicos, mentais e morais. Mas seria mais – ou talvez menos – do que humano se a intensa tensão dos últimos dias não cobrasse um tributo.

Vinha trabalhando vinte horas por dia, há seis meses, sem interrupção. Não apenas supervisionara a maior e mais rápida concentração militar na história, uma tarefa que por si só poderia abater um homem mais fraco, mas também lidara com as complexidades dos relacionamentos com as sensibilidades da sociedade saudita, mantivera a paz em uma dúzia de rivalidades internas que poderiam acabar com a Coalizão e evitara as intermináveis interferências do Congresso americano, bem-intencionadas, mas inúteis e exaustivas.

No entanto, não foi nada disso que perturbou seu sono tão necessário naqueles últimos dias. Era a pura responsabilidade de estar no comando de todas aquelas vidas jovens que lhe acarretava o pesadelo.

E o que surgia no pesadelo era o Triângulo. Sempre o Triângulo. Um triângulo reto de terra, estendido de lado. O que podia ser considerado como a base era a linha costeira que descia de Khafji, passava por Jubail e seguia até as três cidades ligadas de Dammam, Al Khoba e Dhahran.

A linha perpendicular do triângulo era a fronteira que se estendia para oeste da costa, primeiro entre a Arábia Saudita e o Kuwait, depois pelo deserto, tomando-se a fronteira iraquiana.

A hipotenusa era a linha inclinada que ligava o mais avançado posto ocidental no deserto à costa em Dhahran.

Dentro desse triângulo, quase meio milhão de homens e algumas mulheres esperavam por sua ordem. Oitenta por cento eram americanos. A leste, estavam os sauditas, outros contingentes árabes e os fuzileiros. No centro, as grandes unidades blindadas e de infantaria mecanizada americanas, junto com a 1ª Divisão Blindada Britânica. No flanco extremo, os franceses.

Antes, o pesadelo mostrava dezenas de milhares de jovens avançando pelas brechas para o ataque, sendo atingidos por uma chuva de gás venenoso e morrendo entre as muralhas de areia e o arame farpado. Agora, era ainda pior.

Apenas uma semana antes, contemplando o triângulo num mapa de batalha, um oficial do serviço de informações do Exército chegara a sugerir:

— Talvez Saddam pretenda lançar uma bomba atômica aqui.

O homem pensava estar gracejando. Naquela noite, o comandante-chefe tentara mais uma vez dormir e não conseguira. Sempre o Triângulo. Eram homens demais, num espaço muito reduzido.

NA CASA DO SIS, Laing, Paxman e os dois operadores de rádio partilhavam um engradado de cerveja, trazido com toda discrição da embaixada britânica. Também estudavam o mapa, também viam o Triângulo. Também sentiam a tensão.

— Uma única bomba, uma porra de uma bomba pequena, tosca, num padrão sub-Hiroxima, explodindo no ar ou no solo... — murmurou Laing.

Eles não precisavam ser cientistas. A explosão mataria mais de 100 mil jovens soldados. Em poucas horas, a nuvem de radiação, com bilhões de partículas de areia radiativas levantadas do deserto, começaria a se deslocar, cobrindo de morte tudo em seu caminho.

Os navios no mar teriam tempo para se afastar, mas não as tropas em terra ou os habitantes das cidades sauditas. A nuvem continuaria para leste, alargando-se à medida que avançava, passando sobre Bahrain e os aeroportos aliados, envenenando o mar, atravessando para a costa do Irã, ali exterminando uma das categorias que Saddam Hussein proclamara serem indignas de viver... "persas, judeus e moscas".

– Ele não pode lançar a bomba – declarou Paxman. – Não dispõe de um foguete ou avião com essa capacidade.

Muito ao norte, oculto na Jebal, em Hamreen, na culatra de um canhão com um cano de 180 metros de comprimento, e um alcance de 1.000 quilômetros, o Punho de Deus se encontrava inerte, pronto para o momento em que fosse chamado a voar.

A casa em Qadisiyah se achava apenas meio desperta e totalmente despreparada para os visitantes que chegaram ao amanhecer. Quando o proprietário a construíra, muitos anos antes, instalara-a no meio de um pomar.

Ficava a 5 quilômetros das quatro residências em Mansour que o major Zayeed, do serviço de contraespionagem, se preparava naquele momento para pôr sob vigilância.

A expansão dos subúrbios a sudoeste de Bagdá envolvera a casa antiga, e a nova estrada de Qadisiyah passava pelo que outrora eram plantações de pêssego e damasco.

Mas ainda era uma boa casa, pertencente a um homem próspero, há muito aposentado, o terreno cercado por um muro e conservando algumas árvores frutíferas no fundo do jardim.

Eram dois caminhões com soldados da AMAM, sob o comando de um major, e não fizeram qualquer cerimônia. A tranca do portão principal foi arrebentada a tiros, o portão aberto a pontapés, e os soldados entraram, arrombando a porta da casa e espancando o criado caduco que tentou detê-los.

Correram por toda a casa, escancarando armários, arrancando cortinas, enquanto o velho apavorado, que era o dono da casa, tentava se defender e proteger sua esposa.

Os soldados despojaram a casa quase que por completo e nada encontraram. Quando o velho suplicou que dissessem o que queriam ou procuravam, o major lhe disse rudemente que ele sabia muito bem e a busca continuou.

Depois da casa, os soldados procuraram no jardim. Foi lá no fundo, perto do muro, que encontraram uma área de terra recém-revolvida. Dois deles seguraram o velho, enquanto outros cavavam. Ele protestou que não sabia por que a terra fora revolvida ali; nada enterrara. Mas os soldados encontraram assim mesmo.

Era um saco de aniagem, e todos puderam constatar, quando foi esvaziado, que continha um aparelho de rádio. O major nada conhecia de aparelhos de rádio, nem teria se importado, se conhecesse, com o fato de que o modelo transmissor de Morse no saco estava a um mundo de distância do transmissor ultramoderno, através de satélite, usado por Mike Martin, e ainda escondido sob o chão de seu chalé no jardim de Kulikov. Para o major da AMAM, rádios eram coisas de espiões e isso era tudo o que importava.

O velho começou a se lamuriar de que nunca vira aquilo antes, que alguém devia ter pulado o muro durante a noite e enterrado ali, mas derrubaram-no com coronhadas de rifle e bateram em sua esposa também quando ela gritou.

O major examinou o material, e até mesmo ele foi capaz de perceber que alguns hieróglifos no saco pareciam ser caracteres hebraicos.

Não queriam o idoso criado, nem a mulher, só o velho. Ele tinha mais de 70 anos, mas carregaram-no de cabeça para baixo, seguro pelos tornozelos e pulsos por quatro soldados, e jogaram-no na traseira de um dos caminhões, como se fosse um saco de figos.

O major sentia-se feliz. Agindo com base numa informação anônima, cumprira seu dever. Seus superiores ficariam satisfeitos. Aquele não era um caso para a prisão de Abu Ghraib. Ele levou o prisioneiro para o quartel-general da AMAM e o Ginásio. Aquele, raciocinou, era o único lugar para espiões israelenses.

NESSE MESMO DIA, 16 de fevereiro, Gidi Barzilai se encontrava em Paris, mostrando um desenho a Michel Levy. O velho antiquário mostrou-se entusiasmado com a oportunidade de ajudar. Só uma vez antes fora chamado a cooperar, quando emprestara alguns móveis a um *katsa* que tentava obter acesso a uma determinada casa, apresentando-se como negociante de antiguidades.

Para Michel Levy era um prazer e um excitamento, algo para animar a existência de um velho, ser consultado pelo Mossad, ser capaz de ajudar de alguma forma.

– Boulle – murmurou ele.

– Como? – disse Barzilai, que achou que o velho estava sendo grosseiro.

– Boulle – repetiu Levy. – Também se soletra Buhl. O grande fabricante de móveis francês. Seu estilo, sem a menor sombra de dúvida. Mas não é dele. O período é tarde demais para Boulle.

– Então de quem é?

Monsieur Levy tinha mais de 80 anos, os cabelos brancos escassos grudados na cabeça enrugada; mas exibia faces rosadas e olhos que faiscavam com o prazer de estar vivo. Já dissera a *kaddish* para muitos de sua geração.

– Ao morrer, Boulle deixou a oficina para seu protegido, o alemão Oeben. Este, por sua vez, passou a tradição para outro alemão, Riesener. Eu diria que esta mesa é do período de Riesener. No mínimo, com toda certeza, de um discípulo, talvez do próprio mestre. Pretende comprá-la?

Ele estava zombando, é claro. Sabia que o Mossad não comprava obras de arte. Seus olhos brilhavam de diversão.

– Digamos apenas que estou interessado – declarou Barzilai.

Levy ficou deliciado. Iam fazer outra das suas, mais uma vez. Nunca saberia o que, mas era divertido assim mesmo.

– Essas escrivaninhas...

– É um *bureau*.

– Esses *bureaux* têm compartimentos secretos?

Cada vez melhor, mais divertido. Ah, quanta emoção!

– Está se referindo a uma *cachette*. Claro. Há muitos anos, meu jovem, quando um homem podia ser desafiado e morto num duelo, por causa de uma questão de honra, uma dama tendo uma ligação precisava ser *muito* discreta. Não havia telefone naquele tempo, nem fax, nem vídeo. Todos os pensamentos imprudentes de seu amante tinham de ser postos no papel. E onde ela poderia esconder as cartas do marido?

Levy sorriu.

– Não num cofre na parede, pois não existia nenhum. Nem numa caixa de ferro... o marido exigiria a chave. Por isso, as pessoas da sociedade daquela época encomendavam móveis com uma *cachette*. Nem sempre, é verdade, mas de vez em quando. E tinha de ser um bom trabalho, ou se tornaria visível.

– Como se poderia saber se uma peça... que se está pensando em comprar... teria uma *cachette* assim?

Mas era maravilhoso! O homem do Mossad não ia comprar um *bureau* Riesener, mas arrombá-lo.

– Gostaria de ver um móvel assim? – perguntou Levy.

Ele deu vários telefonemas, depois saíram da loja, pegaram um táxi. Foram à loja de outro negociante de antiguidades. Levy teve uma conversa sussurrada com o homem, que acenou com a cabeça e deixou-os a sós. Levy dissera que, se pudesse fechar uma venda, haveria uma comissão de intermediário, nada mais. O negociante se satisfizera com isso; era assim que costumava funcionar o mundo das antiguidades.

O *bureau* que os dois examinaram na loja era muito parecido com o de Viena.

– A *cachette* não podia ser grande ou seria percebida nas medições, as externas em comparação com as internas – explicou Levy. – Portanto, será estreita, vertical ou horizontal. Provavelmente não tem mais que 2 centímetros de espessura, escondida num painel que parece sólido, mas que é na verdade oco. A pista é o mecanismo para abri-la.

Ele abriu uma das gavetas superiores e sugeriu:

– Sinta aí dentro.

Barzilai estendeu a mão, até que as pontas dos dedos encostaram no fundo da gaveta.

– Tateie por toda a parte.

– Não encontrei nada – anunciou o *katsa*.

– É porque não há nada aí – disse Levy. – Não neste móvel. Mas pode haver uma maçaneta, uma alça, um botão. Sendo um botão, você aperta; uma maçaneta, gira; e uma alavanca, desloca de um lado para outro, a fim de ver o que acontece.

– E o que deve acontecer?
– Um estalido suave, e uma pequena parte do móvel se abre, impulsionada por uma mola. Por trás, está a *cachette*.

Até mesmo a engenhosidade dos fabricantes de móveis do século XVIII tinha seus limites. Em uma hora, monsieur Levy mostrara ao *katsa* os dez lugares ocultos onde procurar pelo mecanismo que acionaria a mola, para abrir o compartimento.

– Nunca tente usar a força para encontrar – insistiu Levy. – Não conseguiria nada desse jeito e ainda deixaria marcas no *bureau*. – Ele cutucou Barzilai, sorrindo.

Barzilai ofereceu ao velho um bom almoço, no Coupole, depois pegou um táxi para o aeroporto e voltou a Viena.

No início daquela manhã, 16 de fevereiro, o major Zayeed e sua equipe se apresentaram na primeira das três residências que seriam revistadas. As outras duas foram isoladas, com homens em todos os acessos, e os aturdidos moradores confinados lá dentro.

O major mostrou-se polido, mas sua autoridade não admitia objeção. Ao contrário da equipe da AMAM, a pouco mais de 2 quilômetros dali, em Qadisiyah, os homens de Zayeed eram peritos, quase não causaram danos permanentes e foram ainda mais eficientes por causa disso.

Começaram pelo andar térreo, procurando por acesso a um esconderijo sob os ladrilhos do chão e continuaram assim por toda a casa, cômodo por cômodo, armário por armário, cavidade por cavidade.

O jardim também foi revistado, mas não se encontrou qualquer vestígio. Antes do meio-dia, o major convenceu-se de que não havia nada ali, pediu desculpas aos ocupantes e se retirou. Foi para a casa seguinte e começou a trabalhar.

No porão por baixo do quartel-general da AMAM, em Saadun, o velho estava estendido de costas, preso pelos pulsos e cintura a uma resistente mesa de madeira, e cercado por quatro especialistas, que arrancariam sua confissão. Havia também um médico presente, e o general Khatib conferenciava num canto com o sargento Ali.

Foi o chefe da AMAM quem decidiu o cardápio das torturas que seriam infligidas. O sargento Ali alteou uma sobrancelha, compreendendo que naquele dia teria de usar seu macacão. Omar Khatib acenou com a cabeça bruscamente e se retirou. Tinha um trabalho burocrático a fazer em seu gabinete lá em cima.

O velho continuou a suplicar, alegando que nada sabia sobre qualquer transmissor, que há dias não saía para o jardim, por causa do tempo inclemente... Os interrogadores não estavam interessados. Amarraram os tornozelos do preso a um cabo de vassoura, estendido sobre o peito dos pés. Dois homens levantaram os pés para a posição adequada, com as solas viradas para fora, enquanto Ali e outro homem pegaram na parede os rebenques de fio elétrico.

Quando a bastonada começou, o velho gritou, como todos faziam, até que perdeu a voz e acabou desmaiando. Um balde de água gelada, trazido de um canto, onde havia ainda vários outros, fez com que recuperasse os sentidos.

De vez em quando, ao longo da manhã, os homens descansavam, alongando os músculos dos braços, extenuados de tanto esforço. Enquanto eles descansavam, copos com água salgada eram despejados nos pés em carne viva. Depois, revigorados, os interrogadores recomeçavam.

Entre os desmaios, o velho continuou a protestar que sequer sabia operar um transmissor de rádio, e que devia haver algum erro.

No meio da manhã, a pele e a carne dos dois pés já haviam se desprendido, e ossos brancos brilhavam através do sangue. O sargento Ali suspirou, balançou a cabeça, indicando que o processo deveria ser suspenso. Acendeu um cigarro, saboreou a fumaça, enquanto seu assistente usava uma barra de ferro curta para quebrar os ossos das pernas, dos tornozelos aos joelhos.

O velho suplicou ao médico, de um colega para outro, mas o profissional da AMAM limitou-se a olhar para o teto. Tinha suas ordens, que eram para manter o prisioneiro vivo e consciente.

No OUTRO LADO da cidade, o major Zayeed terminou de revistar a segunda casa, às 16 horas, no momento mesmo em que Gidi Barzilai e Michel Levy se levantavam da mesa do restaurante em Paris. Mais uma vez, nada descobrira. Pedindo desculpas corteses ao casal apavorado que observara sua casa ser meticulosamente revistada, ele se retirou e partiu com sua equipe de busca para a terceira e última residência.

EM SAADUN, O VELHO desmaiava com uma frequência cada vez maior, e o médico protestou, dizendo aos interrogadores que ele precisava de mais tempo para se recuperar. Uma injeção foi preparada e injetada na veia do prisioneiro. Surtiu um efeito quase imediato, trazendo-o do estado de quase-coma para a vigília e despertando os nervos para uma nova sensibilidade.

Quando as agulhas no braseiro ficaram avermelhadas, foram enfiadas devagar no saco escrotal murcho e nos testículos ressequidos lá dentro.

Pouco depois das 18 horas, o velho tornou a entrar em coma, e desta vez o médico agiu tarde demais. Bem que se empenhou, frenético, o suor do medo escorrendo pelo rosto, mas todos os seus estimulantes, injetados diretamente no coração, não foram suficientes.

Ali saiu da cela, e voltou cinco minutos depois com Omar Khatib. O chefe da AMAM olhou para o corpo, e anos de experiência lhe disseram uma coisa para a qual não precisava de nenhum diploma de médico. Virou-se e, com a mão aberta, acertou um golpe violento no lado do rosto do médico aterrorizado.

A força do golpe, assim como a reputação do homem que o aplicara, derrubou o médico no chão, entre suas seringas e frascos.

– Cretino! – sibilou Khatib. – Saia daqui!

O médico recolheu o material, guardou-o na maleta e saiu da cela de quatro. O Carrasco examinou o trabalho de Ali. Havia um cheiro enjoativo no ar, que os dois conheciam de uma longa experiência, uma mistura de suor, terror, urina, excremento, sangue, vômito e odor de carne queimada.

– Ele continuou a protestar até o fim – informou Ali. – Se ele soubesse de alguma coisa, juro que teríamos conseguido arrancar.

– Ponha o corpo num saco e devolva à esposa para ser sepultado – ordenou Khatib.

Era um saco de lona branco, resistente, com 2 metros de comprimento e 60 centímetros de largura, e foi jogado na porta da casa em Qadisiyah, às 22 horas daquela noite. Devagar, com extrema dificuldade, pois ambos eram idosos, a viúva e o criado levantaram o saco, levaram-no para dentro da casa, puseram na mesa de jantar. A mulher foi ocupar sua posição, na extremidade da mesa, e pôs-se a entoar sua dor.

O velho e aturdido criado, Talat, foi até o telefone, mas os soldados haviam-no arrancado da parede, e não funcionava mais. Pegando o caderno de telefones da patroa, que não sabia ler, ele desceu pela rua, até a casa do farmacêutico, e pediu ao vizinho que tentasse entrar em contato com o jovem amo... qualquer dos jovens amos serviria.

Na mesma hora em que o farmacêutico tentava fazer uma ligação por meio do precário sistema telefônico do Iraque, e Gidi Barzilai, de volta a Viena, escrevia uma nova mensagem para Kobi Dror, o major Zayeed comunicava a Hassan Rahmani sua falta de progresso no dia.

– Não estava em nenhuma das três casas – garantiu ele ao chefe da contraespionagem. – Se estivesse, teríamos encontrado. Portanto, tem de ser a quarta casa, a residência do diplomata soviético.

– Tem certeza de que não pode estar enganado? – indagou Rahmani. – Não poderia estar em outra casa?

– Não, senhor. A casa mais próxima dessas quatro fica fora da área indicada pelos feixes cruzados. A fonte das transmissões estava dentro do losango indicado no mapa. Posso jurar.

Rahmani ainda hesitava. Era terrível investigar diplomatas, sempre dispostos a correr ao Ministério do Exterior e apresentar um protesto. Para entrar na residência do Camarada Kulikov, ele teria de ir alto, tão alto quanto pudesse.

Depois que o major se retirou, Rahmani telefonou para o Ministro do Exterior. Teve sorte; o ministro, que passara os últimos meses em constantes viagens, encontrava-se em Bagdá naquele momento. Mais do que isso, ainda trabalhava em sua sala. Rahmani marcou um encontro para as 10 horas da manhã seguinte.

O FARMACÊUTICO ERA um homem gentil e continuou a tentar, durante toda a noite. Não conseguiu fazer contato com o filho mais velho, mas usou um contato no Exército para enviar um recado ao mais jovem dos dois filhos de seu falecido amigo. Não conseguiu falar pessoalmente, mas o contato no Exército transmitiu a mensagem.

Chegou ao filho mais jovem em sua base, distante de Bagdá, ao amanhecer. Assim que soube, o oficial pegou o carro e partiu. Em circunstâncias normais, não levaria mais que duas horas. Naquele dia, 17 de fevereiro, levou seis. Havia patrulhas e bloqueios nas estradas. Valendo-se de seu posto, ele pôde passar na frente das filas, exibir seu passe e seguir adiante.

Mas de nada adiantava nas pontes destruídas. Em cada uma, teve de esperar pela barca. Já era meio-dia quando chegou à casa dos pais, em Qadisiyah.

A mãe correu para os braços do filho, chorou em seu ombro. Ele tentou extrair-lhe os detalhes do que acontecera, mas ela já não era mais jovem e estava histérica.

Ao final, ele carregou-a no colo para seu quarto. Na confusão de remédios que os soldados haviam deixado espalhados pelo chão do banheiro, encontrou um vidro de pílulas para dormir que o pai usava quando o frio do inverno piorava sua artrite. Deu duas pílulas à mãe, que dormiu logo em seguida.

Na cozinha, mandou que o velho Talat preparasse um café para ambos e sentaram-se a mesa. O velho descreveu tudo o que ocorrera desde o amanhecer do dia anterior. Depois, mostrou ao filho do patrão morto o buraco no jardim onde os soldados haviam encontrado o saco. O homem mais jovem examinou o muro do jardim e encontrou as marcas no lugar pelo qual o intruso passara para enterrar o saco. Voltou para a casa.

HASSAN RAHMANI TEVE de esperar, o que não lhe agradava, mas acabou se reunindo com Tariq Aziz, o ministro do Exterior, pouco antes das 11 horas.

– Acho que não estou entendendo – disse o ministro de cabelos grisalhos, espiando por cima dos óculos. – As embaixadas têm permissão de se comunicar com suas capitais pelo rádio, e as transmissões são sempre em código.

– Tem toda razão, ministro, e sempre partem do prédio da embaixada. É parte das comunicações diplomáticas normais. Mas este caso é diferente. Trata-se de um transmissor secreto, como os usados por espiões, enviando transmissões de explosão, para um receptor que não está em Moscou, temos certeza, porém muito mais perto.

– Transmissões de explosão? – repetiu Aziz.

Rahmani explicou o que era.

– Ainda não estou entendendo. Por que um agente da KGB, e devemos presumir que se trata de uma operação da KGB, enviaria mensagens da residência do primeiro-secretário, quando tem todo o direito de mandá-las por transmissores muito mais potentes da embaixada?

– Não sei.

– Neste caso, deve me providenciar uma explicação melhor. Tem alguma ideia do que vem acontecendo fora de seu gabinete? Não sabe que voltei ontem de Moscou, depois de manter intensas negociações com o Sr. Gorbachov, e com seu representante, Yevgeny Primakov, que esteve aqui na semana passada?

"Não sabe que trouxe comigo uma proposta de paz que, se o Rais a aceitar... e vou apresentá-la dentro de duas horas... pode levar a União Soviética a convocar o Conselho de Segurança e proibir os americanos de nos atacarem?

"E diante de tudo isso, neste exato momento, espera que eu humilhe a União Soviética, ordenando uma batida na residência de seu primeiro-secretário? Deve estar louco."

Foi o fim da conversa. Hassan Rahmani deixou o ministério furioso, mas impotente. Havia uma coisa, no entanto, que Tariq Aziz não proibira. Dentro dos muros de sua casa, Kulikov podia ser inacessível. Dentro de seu carro, podia ser intocável. Mas as ruas não pertenciam a Kulikov.

– Quero que a casa seja cercada – ordenou Rahmani à sua melhor equipe de vigilância, assim que voltou a seu gabinete. – Mantenham-se quietos, discretos, sem qualquer ostentação. Mas quero total vigilância sobre o prédio. Quando os visitantes saírem, pois deve haver visitantes, quero que sejam seguidos.

Por volta do meio-dia, a equipe de vigilância já se instalara no local. Sentavam-se em carros estacionados sob as árvores, cobrindo os quatro muros da residência de Kulikov e controlando as extremidades da única rua que levava até lá. Outros, mais distantes, embora ligados pelo rádio, informariam a aproximação de qualquer pessoa e seguiriam quem saísse de lá.

O FILHO MAIS JOVEM sentou-se na sala de jantar da casa dos pais e contemplou o saco de lona que continha o corpo do pai. Deixou as lágrimas escorrerem pelo rosto, fizeram manchas de umidade na túnica do uniforme, e pensou nos dias bons do passado. O pai era então um próspero médico, com uma clínica grande, tinha até cuidado das famílias de alguns membros da comunidade britânica, aos quais fora apresentado por seu amigo Nigel Martin.

Pensou na época em que ele e o irmão brincavam no jardim dos Martins, com Mike e Terry, e se perguntou o que teria acontecido com os dois.

Depois de uma hora, notou algumas manchas na lona, que pareciam maiores do que antes. Levantou-se, foi até a porta.

– Talat!
– Pois não, senhor?
– Traga uma tesoura e uma faca de cozinha.

Sozinho na sala, o coronel Osman Badri abriu o saco de lona no alto, desceu pelo lado, até o fundo. Depois, puxou o saco de lona e enrolou-o. O corpo do pai ainda estava completamente nu.

Segundo a tradição, deveria ser um trabalho de mulher, mas a mãe não tinha condições de realizá-lo. Ele pediu água e ataduras, lavou e limpou o corpo mutilado, enfaixou os pés arrebentados, esticou e enfaixou as pernas quebradas, cobriu os órgãos genitais enegrecidos. Enquanto trabalhava, ele chorava; e enquanto chorava, mudou.

Ao crepúsculo, falou com o imã no Cemitério de Alwazia, em Risafa e acertou tudo para o funeral na manhã seguinte.

Mike Martin saiu pela cidade em sua bicicleta naquela manhã de domingo, 17 de fevereiro, mas voltou depois de fazer as compras e dar uma espiada nos três locais combinados à procura de marcas de giz, chegando à propriedade pouco antes do meio-dia. Ficou ocupado durante a tarde, cuidando do jardim. O Sr. Kulikov, embora não fosse cristão nem muçulmano, e não celebrasse o dia santo muçulmano, na sexta-feira, nem o cristão, no domingo, ficou em casa, por causa de um resfriado, e reclamou do estado das roseiras.

Enquanto Martin trabalhava nos canteiros, a equipe de vigilância da Mukhabarat assumiu seus postos, sem alarde, além do muro. Jericó, raciocinou Martin, não poderia ter notícias em menos de dois dias; ele só voltaria a procurar pelas marcas de giz na noite seguinte.

O sepultamento do Dr. Badri foi efetuado em Alwazia, pouco depois das 9 horas. Os cemitérios de Bagdá andavam bastante movimentados na ocasião, e o imã tinha muito o que fazer. Poucos dias antes, os americanos haviam bombardeado um abrigo antiaéreo público, causando mais de trezentas mortes. Algumas pessoas em outro funeral perguntaram ao silencioso coronel se seu parente morrera das bombas americanas. Ele respondeu, lacônico, que a morte fora de causas naturais.

Pelo costume muçulmano, o enterro é bem rápido, sem um longo período de espera entre a morte e o sepultamento. E não havia caixão de madeira, à maneira dos cristãos; o corpo era envolto por pano. O farmacêutico compareceu, amparando a Sra. Badri, e se retiraram juntos, assim que acabou a breve cerimônia.

O coronel Badri se encontrava a poucos metros do portão de Alwazia quando ouviu alguém gritar seu nome. Havia uma limusine de janelas escuras estacionada ali perto. Uma das janelas traseiras estava entreaberta. A voz tornou a chamá-lo.

Ele pediu ao farmacêutico que levasse sua mãe para casa, em Qadisiyah; iria mais tarde. Depois que se foram, o coronel encaminhou-se para o carro. A voz disse:

— Por favor, coronel, venha comigo. Precisamos conversar.

Ele abriu a porta, olhou o interior do carro. O único ocupante afastara-se para o outro lado, a fim de lhe dar espaço. Badri teve a impressão de que conhecia o rosto, mas vagamente. Vira-o em algum lugar. Ele embarcou, fechou a porta. O homem num terno cinza-escuro apertou um botão e a janela se levantou, isolando o som exterior.

– Acaba de sepultar seu pai.

– Isso mesmo.

Quem era o homem? Por que ele não conseguia identificar o rosto?

– Foi lamentável o que fizeram com ele. Se eu tivesse sabido a tempo, poderia ter impedido. Mas só fui informado tarde demais.

Osman Badri experimentou uma sensação parecida com um murro na barriga. Lembrara com quem falava, um homem que lhe fora indicado numa recepção militar dois anos antes.

– Vou lhe dizer algo, coronel, que pode me levar, se for denunciado, a sofrer uma morte pior que a de seu pai.

Só havia uma coisa que poderia causar tal morte, pensou Badri. Traição.

– Houve um tempo em que amei o Rais – murmurou o homem.

– Eu também – disse Badri.

– Mas as coisas mudam. Ele enlouqueceu. Em sua loucura, comete uma crueldade atrás da outra. Deve ser detido. Conhece Qa'ala, com toda certeza.

Badri ficou surpreso de novo, desta vez pela súbita mudança de assunto.

– Claro que conheço. Eu a construí.

– Exatamente. Sabe o que tem lá dentro agora?

– Não.

O oficial superior informou-o.

– Ele não pode estar pensando nisso a sério – comentou Badri.

– Está, sim. Pretende usá-la contra os americanos. O que pode não ser da nossa conta. Mas sabe o que a América fará em retaliação? Vai responder da mesma forma. Não restará pedra sobre pedra aqui. O Rais sobreviverá sozinho. Quer ser parte disso?

O coronel Badri pensou no corpo no cemitério, que os coveiros ainda cobriam com terra seca.

– O que você quer?

– Fale-me sobre Qa'ala.
– Para quê?
– Os americanos a destruirão.
– Pode passar a informação para eles?
– Confie em mim. Há meios para consegui-lo. A Qa'ala...

Assim, o coronel Osman Badri, o jovem engenheiro que outrora queria projetar belos prédios que durassem por séculos, como seus ancestrais haviam feito, contou tudo ao homem chamado Jericó.

– Referência.

Badri informou.

– Volte para seu posto, coronel. Estará são e salvo ali.

O coronel Badri saiu do carro, afastou-se a pé. Sentia o estômago embrulhado. Cem metros adiante, começou a se perguntar, repetidamente: O que eu fiz? E compreendeu que precisava conversar com o irmão, o irmão mais velho que sempre tivera a cabeça mais fria, os conselhos mais sensatos.

O HOMEM QUE A equipe do Mossad chamava de Batedor voltou a Viena naquela segunda-feira, convocado de Tel Aviv. Mais uma vez, era um renomado advogado de Nova York, com todos os documentos de identificação necessários para prová-lo.

Embora o verdadeiro advogado não estivesse mais ausente em férias, era mínima a possibilidade que Gemütlich, que detestava telefones e aparelhos de fax, ligasse para Nova York, a fim de confirmar. Tratava-se de um risco que o Mossad estava disposto a assumir.

Mais uma vez, o Batedor hospedou-se no Sheraton e escreveu uma carta pessoal para Herr Gemütlich. Pediu desculpas por chegar sem avisar à capital austríaca, mas explicou que estava acompanhado pelo contador de sua firma e desejavam fazer um primeiro e substancial depósito, por conta de seu cliente.

A carta foi entregue por um mensageiro no final da tarde, e na manhã seguinte a resposta de Gemütlich chegou ao hotel, propondo uma reunião às 10 horas.

O Batedor estava de fato acompanhado. O homem com ele era conhecido apenas como o Arrombador, pois era essa a sua especialidade.

Se o Mossad possui em seu quartel-general em Tel Aviv uma coleção sem paralelo de falsas companhias, passaportes forjados, papéis timbrados e toda a parafernália para um embuste, o maior orgulho ainda é pelos arrombadores e serralheiros. A capacidade do Mossad de entrar em lugares trancados ocupa uma posição de destaque no mundo secreto. Na ciência do arrombamento, o Mossad é considerado há muito tempo como o melhor. Se uma equipe *neviot* estivesse atuando em Watergate, ninguém jamais saberia.

A reputação dos arrombadores israelenses é tão grande que quando os fabricantes britânicos enviavam um novo produto para o SIS comentar, a Century House o passava para Tel Aviv. O Mossad, sempre insidioso, estudava o produto, descobria como abri-lo e devolvia a Londres como "inexpugnável". O SIS acabou descobrindo.

Na próxima vez em que um fabricante britânico de fechaduras inventou um produto novo, particularmente brilhante, a Century House pediu que o guardasse, mas fornecesse outro, um pouco "mais fácil", para análise. Foi o mais fácil que seguiu para Tel Aviv. Ali foi estudado, descoberta a maneira de abri-lo, e depois devolvido a Londres, como "inarrombável". Mas foi a fechadura original que o SIS aconselhou a companhia a lançar no mercado.

Isso provocou um incidente embaraçoso, um ano mais tarde, quando um serralheiro do Mossad passou três horas suadas e aflitivas trabalhando numa fechadura daquele tipo, no corredor de um prédio de escritórios numa capital europeia, antes de sair, lívido de raiva. Desde então, os britânicos testam diretamente suas fechaduras e deixam o Mossad encontrar as soluções por si mesmo.

O serralheiro levado a Viena não era o melhor em Israel, mas o segundo melhor. Havia um motivo para isso: ele tinha uma vantagem com a qual o melhor não contava.

O jovem foi submetido a uma sessão de instruções de seis horas, durante a noite, com Gidi Barzilai discorrendo sobre o trabalho do fabricante de móveis franco-alemão do século XVIII chamado Riesener, e também ouviu uma descrição meticulosa do Batedor sobre as disposições internas do prédio do Winkler. A equipe de vigilância *yarid* completou sua preparação com um relato dos movimentos do vigia noturno, conforme observado pelos momentos e lugares em que as luzes acendiam e apagavam dentro do banco, durante a noite.

Nessa mesma segunda-feira, Mike Martin esperou até as 17 horas, antes de atravessar o pátio de cascalho com sua velha bicicleta. Foi para o portão no fundo do jardim de Kulikov, abriu-o e saiu.

Montou e começou a pedalar, a caminho do rio, para o ponto de travessia de barca mais próximo, no lugar em que antes existia a ponte Jumhuriya, até que os Tornados haviam concentrado nela sua atenção.

Ele virou a esquina, fora de vista da casa, e avistou o primeiro carro estacionado. E logo o segundo, mais adiante. Quando dois homens saltaram do segundo carro, postando-se no meio da rua, Martin sentiu um aperto no estômago. Arriscou um olhar para trás; dois homens do outro carro bloqueavam qualquer possibilidade de retirada. Sabendo que estava tudo acabado, ele continuou a pedalar. Não havia mais nada a fazer. Um dos homens à sua frente apontou para o lado da rua e gritou:

– Ei, você, pare aqui!

Mike Martin parou sob uma árvore, na beira da rua. Mais três homens apareceram, soldados. As armas apontavam em sua direção. Lentamente, ele ergueu os braços.

21

Naquela tarde em Riad, os embaixadores americano e britânico se encontraram, aparentemente numa reunião informal, com o propósito de se regalarem no típico hábito britânico de chá e bolos.

Também presentes, no gramado da embaixada britânica, estavam Chip Barber, que passava por adido da embaixada americana, e Steve Laing, que diria a qualquer curioso casual que trabalhava no departamento cultural de seu país. Um terceiro convidado, num raro intervalo em suas funções abaixo da superfície, era o general Norman Schwarzkopf.

Em pouco tempo, os cinco homens se descobriram juntos num canto do gramado, com suas xícaras de chá. A vida era mais fácil quando todos sabiam o que todos os outros faziam para ganhar seu sustento.

Entre todos os convidados, o tópico exclusivo das conversas era a guerra iminente, mas aqueles cinco homens tinham informações negadas aos demais. Entre elas, estavam os detalhes do plano de paz apresentado por Tariq Aziz a Saddam Hussein naquele dia, o plano acertado em Moscou, depois de negociações com Mikhail Gorbachov. Era uma causa de preocupação, mas por diferentes motivos.

O general Schwarzkopf já repelira naquele dia uma sugestão de Washington para que desfechasse o ataque por terra mais cedo do que o planejado. O plano de paz soviético previa uma declaração de cessar-fogo e uma retirada iraquiana do Kuwait no dia seguinte.

Washington tomara conhecimento desses detalhes não por Bagdá, mas por intermédio de Moscou. A resposta imediata da Casa Branca fora a de que o plano tinha méritos mas não tratava das questões essenciais. Não fazia menção a uma renúncia permanente do Iraque a qualquer reivindicação sobre o Kuwait; não levava em consideração os imensos danos causados ao Kuwait – quinhentos poços de petróleo em chamas, milhões de toneladas de petróleo se derramando no Golfo, para envenenar suas águas, os duzentos kuwaitianos executados, o saque da Cidade do Kuwait.

– Colin Powell me informou que o Departamento de Estado pressiona por uma linha ainda mais dura – disse o general. – Querem exigir a rendição incondicional.

– Era de se imaginar – murmurou o embaixador americano.

– Eu disse a eles que precisavam de um arabista para avaliar a questão – comentou o general.

– É mesmo? – interveio o embaixador britânico. – E por que isso seria necessário?

Os dois embaixadores eram experientes diplomatas, com anos de serviços prestados no Oriente Médio... e ambos *eram* arabistas.

– Porque esse tipo de ultimato não funciona com os árabes – explicou o general. – Eles preferem morrer primeiro.

Houve silêncio no grupo. Os embaixadores estudaram o rosto sem astúcia do general, à procura de uma insinuação de ironia.

Os dois agentes secretos permaneceram calados, mas ambos pensaram a mesma coisa: é justamente esse o problema, meu caro general.

– VOCÊ VEIO DA casa do russo.

Era uma declaração, não uma pergunta. O homem da contraespionagem estava à paisana, mas era sem dúvida um oficial.

– Sim, *bey*.
– Documentos.

Martin vasculhou os bolsos do *dish-dash*, tirou o cartão de identidade e a carta suja e amarrotada escrita por Kulikov. O oficial estudou o documento, levantou os olhos para comparar, depois examinou a carta.

Os falsificadores israelenses haviam feito um bom trabalho. O rosto simples e com a barba por fazer de Mahmoud Al-Khouri aparecia por trás do plástico encardido.

– Reviste-o – ordenou o oficial.

O outro agente à paisana passou as mãos pelo corpo de Martin, por baixo do *dish-dash*, depois sacudiu a cabeça. Não havia nenhuma arma.

– Os bolsos.

Os bolsos revelaram algumas notas de dinar, algumas moedas, um canivete, diversos pedaços de giz colorido e um saco de plástico. O oficial levantou o saco de plástico.

– O que é isto?
– O infiel jogou fora. Uso para o meu fumo.
– Não há fumo aqui.
– Não, *bey*. Acabou. Eu esperava comprar um pouco no mercado.
– E não me chame de "*bey*". Isso era para os turcos. De onde você é, afinal?

Martin descreveu a pequena aldeia no norte.

– É um lugar conhecido por seus melões – acrescentou ele, parecendo ansioso em agradar.

– Não estou interessado nos seus malditos melões! – disse o oficial, ríspido, pois tinha a impressão de que os soldados faziam um esforço para não sorrir.

Uma enorme limusine apareceu no outro lado da rua e logo parou, a 200 metros de distância. O segundo agente cutucou seu superior, acenou com a cabeça. O oficial virou a cabeça para olhar e disse a Martin em seguida:

– Espere aqui.

Ele se encaminhou para a limusine, inclinou-se para falar com alguém lá dentro, pela janela.

– Quem é aquele? – perguntou Hassan Rahmani.

– O jardineiro, senhor. Cuida das rosas e faz compras para a cozinheira.

– Esperto?

– Não, senhor. Praticamente retardado. Um camponês, de alguma região em que se cultivam melões.

Rahmani pensou por um momento. Se detivesse o jardineiro, os russos especulariam por que seu criado não voltara. O que os alertaria. Ele esperava que, se a iniciativa de paz russa fracassasse, as autoridades superiores lhe concedessem permissão para revistar a casa. Se deixasse o homem completar seus serviços externos e voltar, ele poderia avisar ao patrão. Na experiência de Rahmani, havia uma linguagem que todos os iraquianos pobres falavam, e muito bem. Ele pegou a carteira, tirou uma nota de 100 dinares.

– Dê isto a ele. Diga-lhe para terminar suas compras e voltar. E deve ficar de olhos abertos para alguém com um guarda-chuva grande e prateado.

"Se guardar silêncio sobre nós e informar amanhã tudo o que viu, será bem recompensado. Se contar aos russos, eu o entregarei à AMAM."

– Certo, senhor.

O oficial pegou o dinheiro, voltou e deu instruções ao jardineiro sobre o que fazer. O homem parecia perplexo.

– Um guarda-chuva, *sayidi*?

529

– Isso mesmo, grande e prateado, talvez preto, apontando para o céu. Já viu algum assim?

– Não, *sayidi* – respondeu o homem, desolado. – Sempre que chove, eles correm para dentro da casa.

– Por Alá o Grande – murmurou o oficial –, não é para a chuva, seu tolo, mas para mandar mensagens.

– Um guarda-chuva que manda mensagens – repetiu o jardineiro, bem devagar. – Vou procurar, *sayidi*.

– Siga o seu caminho – disse o oficial, em desespero. – E fique calado sobre o que viu aqui.

Martin saiu pedalando, passou pela limusine. Quando ele se aproximou, Rahmani arriou no banco traseiro. Não havia necessidade de deixar o camponês ver o chefe da contraespionagem da República do Iraque.

Martin encontrou a marca de giz às 19 horas, recolheu a mensagem às 21 horas. Leu-a à luz da janela de um café, não uma luz elétrica, pois não restava mais nenhuma, mas de um lampião de querosene. Ao terminar, soltou um assovio baixo, dobrou o pequeno papel e meteu-o por dentro da cueca.

Não havia a menor possibilidade de voltar à casa de Kulikov. O transmissor fora descoberto, e uma mensagem adicional acarretaria o desastre. Ele pensou na estação rodoviária, mas havia patrulhas do exército e da AMAM por toda parte, à procura de desertores.

Em vez disso, foi para o mercado de frutas e legumes em Kasra e encontrou um motorista de caminhão seguindo para oeste. O homem iria apenas até poucos quilômetros além de Habbaniyah, e 20 dinares o persuadiram a levar um passageiro. Muitos caminhoneiros preferiam viajar de noite, acreditando que os Filhos de Cães, lá no alto, em seus aviões, não poderiam avistá-los no escuro, sem saber que de dia ou de noite os velhos caminhões transportando produtos dos campos não eram uma prioridade do general Chuck Horner.

Viajaram ao longo da noite, os faróis bem fracos, e ao amanhecer; Martin foi largado na estrada, a oeste do lago Habbaniyah, onde o motorista virou para as terras férteis do vale superior do Eufrates.

Haviam sido detidos duas vezes por patrulhas, mas em ambas as ocasiões Martin mostrara seu documento, junto com a carta do russo, explicando que trabalhara como jardineiro para o infiel, mas ele ia voltar para sua terra, e por isso o despedira. Queixou-se da maneira como fora tratado, até que os soldados impacientes mandaram que calasse a boca e seguisse em frente.

Naquela noite, Osman Badri não estava muito longe de Mike Martin, só que à sua frente, embora seguindo na mesma direção. Seu destino era a base de caças em que o irmão mais velho, Abdelkarim, era comandante de esquadrilha.

Durante a década de 1980, uma construtora belga, chamada Sixco, fora contratada para construir oito bases aéreas superprotegidas, a fim de alojar os melhores caças iraquianos.

Quase tudo era subterrâneo – os alojamentos, hangares, depósitos de combustível, paióis, oficinas, salas de instruções e os grandes geradores diesel que alimentavam as bases.

As únicas coisas visíveis na superfície eram as pistas, com 3 mil metros de comprimento. Mas, como pareciam não ter prédios ou hangares associados, os aliados pensaram que se tratava de aeroportos "descarnados", como Al Kharz, na Arábia Saudita, antes dos americanos se instalarem ali.

Uma inspeção mais atenta do terreno teria revelado portas de concreto, de resistência a impacto, com 1 metro de espessura, na abertura das rampas, nas extremidades das pistas. Cada base situava-se num quadrado de 5 x 5 quilômetros, o perímetro cercado por uma cerca de arame farpado. Mas, como acontecera com Tarmiya, as bases construídas pela Sixco pareciam inativas, e por isso não foram bombardeadas.

Para sair delas, os pilotos recebiam instruções debaixo da superfície, entravam em suas cabines e ligavam os motores ali. Só depois que alcançavam a plena aceleração, com paredes de impacto protegendo o restante da base da descarga dos jatos e desviando os gases para cima, a fim de se misturarem com o ar quente do deserto lá em cima, é que as portas eram abertas.

Os caças podiam disparar pelas rampas, emergir a plena potência, com o empuxo adicional ligado, correr pela pista e alçar voo em segundos.

Mesmo quando os AWACSs os avistavam, davam a impressão de ter surgido do nada, e presumia-se que era uma missão em voo baixo, proveniente de outro lugar.

O coronel Abdelkarim Badri estava baseado em uma das seis bases da Sixco, conhecida apenas como KM 160, porque ficava ao largo da estrada Bagdá-Ar Rutbah, 160 quilômetros a oeste de Bagdá. Seu irmão apresentou-se no posto da guarda na cerca de arame farpado pouco depois do pôr do sol.

Por causa de seu posto, um guarda ligou no mesmo instante para os alojamentos particulares do comandante da esquadrilha, e logo depois apareceu um jipe, atravessando o deserto vazio, dando a impressão de que viera do nada.

Um jovem tenente da Força Aérea escoltou o visitante para a base, o jipe descendo por outra rampa oculta, mas pequena, para o complexo subterrâneo.

Deixando o jipe num estacionamento, o tenente conduziu o visitante por longos corredores de concreto, passando por cavernas em que mecânicos trabalhavam em MiGs 29. O ar era puro e filtrado, por toda parte se ouvia o zumbido de geradores.

Entraram na área reservada aos oficiais superiores, e o tenente foi bater numa porta. A uma ordem lá de dentro, ele introduziu Osman Badri no alojamento do comandante.

Abdelkarim levantou-se e os irmãos se abraçaram. O mais velho tinha 37 anos, também era coronel, de uma beleza morena, com um bigode fino, ao estilo de Ronald Colman. Era solteiro, mas jamais carecia de atenções femininas. Sua aparência, comportamento sarcástico, o uniforme vistoso e as asas de piloto garantiam a atração. E que não se diga que a aparência era o fator prevalente; os generais da Força Aérea admitiam que ele era o melhor piloto de caça do país, e os russos, que o haviam treinado na melhor esquadrilha de caças soviética, formada pelo MiG 29 "Fulcrum", concordavam com isso.

– E então, meu irmão, o que o traz até aqui?

Osman, depois de sentar-se, com um café fresco, tomou algum tempo para estudar o irmão mais velho. Havia linhas de tensão em torno da boca e um cansaço nos olhos que não existiam antes.

Abdelkarim não era um tolo, nem um covarde. Voara oito missões contra os americanos e britânicos. Voltara de todas... por um triz. Vira seus melhores colegas serem derrubados ou explodidos pelos mísseis SideWinder e Sparrow, e ele próprio esquivara-se de quatro.

As chances, ele reconhecia, depois da primeira tentativa de interceptar os bombardeiros americanos, eram impossíveis. Do seu lado, não dispunha de informações ou orientação sobre a posição do inimigo, quantos eram, de que tipo, a que altura voavam ou em que curso. Os radares iraquianos haviam sido destruídos, os centros de controle e comando não mais existiam, os pilotos encontravam-se entregues à própria sorte.

Pior ainda, os americanos, com seus AWACSs, podiam localizar os aviões iraquianos antes que alcançassem 300 metros de altitude, informando a seus pilotos para onde ir e o que fazer, a fim de garantir a melhor posição de ataque. Para os iraquianos, Abdelkarim Badri sabia, cada missão de combate era uma busca de suicídio.

Ele não fez qualquer comentário a respeito de tudo isso, forçando um sorriso e pedindo notícias ao irmão. A notícia dissipou o sorriso.

Osman relatou os acontecimentos das últimas sessenta horas; a chegada das tropas da AMAM ao amanhecer, a revista, a descoberta no jardim, a surra aplicada na mãe e em Talat, a prisão do pai. Contou como fora chamado, quando o vizinho farmacêutico conseguira finalmente que lhe transmitissem um recado, e como voltara para casa e encontrara o corpo do pai na mesa de jantar.

A boca de Abdelkarim se contraiu numa linha de fúria quando Osman revelou o que descobrira ao abrir o saco de lona e a maneira como o pai fora sepultado naquela manhã.

O irmão mais velho inclinou-se bruscamente para a frente quando Osman disse que fora interceptado ao sair do cemitério e relatou a conversa que tivera na limusine.

– Contou-lhe tudo isso? – perguntou ele, quando o irmão concluiu.
– Contei.

– Então é mesmo verdade? Você realmente construiu essa Fortaleza, essa *Qa'alal!*
– Isso mesmo.
– E disse onde ficava, para que ele pudesse avisar aos americanos?
– Disse. Agi errado?
Abdelkarim pensou por um momento.
– Quantos homens, em todo o Iraque, sabiam dessas coisas, meu irmão?
– Seis – respondeu Osman.
– Quem são?
– O próprio Rais, Hussein Kamil, que cuidou das finanças e da mão de obra, Amer Saadi, que tratou da tecnologia, mais o general Ridha, que forneceu os artilheiros, e o general Musuli, do Corpo de Engenheiros... foi ele quem me propôs para o trabalho. E eu que a construí.
– Os pilotos de helicóptero que levam os visitantes?
– Precisam saber da posição para poder navegar. Mas não o que existe lá dentro. E são mantidos de quarentena numa base em algum lugar, não sei onde.
– Entre os visitantes, quantos podem saber?
– Nenhum. São vendados antes da decolagem, e assim permanecem até a chegada.
– Se os americanos destruírem esse Qubth-ut-Allah, de quem acha que a AMAM vai suspeitar? Do Rais, dos ministros, dos generais... ou de você?
Osman pôs a cabeça nas mãos.
– Por que fiz isso?
– Receio, irmão, que você destruiu a todos nós.
Os dois conheciam as regras. Por traição, o Rais não exige apenas um único sacrifício, mas o extermínio de três gerações; pai e tios, para que não haja mais a semente maculada; irmãos, pelo mesmo motivo; e filhos e sobrinhos, para que nenhum possa crescer e mover uma vingança contra ele. Osman Badri começou a chorar.
Abdelkarim levantou-se, fez o irmão ficar de pé e abraçou-o.
– Agiu bem, irmão, fez a coisa certa. Agora, precisamos determinar como sair daqui.

Ele consultou o relógio. Eram 20 horas.

– Não há linhas telefônicas para o público daqui a Bagdá. Apenas cabos subterrâneos para o pessoal do comando, em suas casamatas. Mas esta mensagem não é para eles. Quanto tempo você levaria para voltar à casa de nossa mãe?

– Três horas, talvez quatro – respondeu Osman.

– Tem oito horas para chegar até lá e voltar. Diga à nossa mãe para pegar todos os seus bens valiosos e partir no carro de nosso pai. Ela sabe guiar, não muito bem, mas o suficiente. Deve seguir com Talat e ir para a aldeia dele. Ficará com sua tribo, até que um de nós entre em contato com ela. Entendido?

– Entendido. Posso voltar até aqui ao amanhecer. Por quê?

– Antes do amanhecer. Amanhã levarei uma esquadrilha de MiGs para o Irã. Outros já foram antes. É um plano absurdo do Rais para salvar os seus melhores caças. Não faz o menor sentido, é claro, mas pode salvar nossas vidas. Você irá comigo.

– Pensei que o MiG 29 era um avião de um só lugar.

– Tenho uma versão de treinamento com dois lugares. O modelo UB. Estará vestido como um oficial da Força Aérea. Com um pouco de sorte, conseguiremos escapar. E agora deve partir.

MIKE MARTIN caminhava para oeste naquela noite, ao longo da estrada para Ar Rutba, quando o carro de Osman Badri passou por ele, a caminho de Bagdá. Nenhum dos dois notou o outro. O destino de Martin era a travessia do próximo rio, a 25 quilômetros de distância. Ali, com a ponte destruída, os caminhões seriam obrigados a esperar pela barca, e ele teria a oportunidade de pagar a outro motorista para levá-lo mais para oeste.

Durante a madrugada, ele encontrou um caminhão assim, mas que só o levou a um ponto pouco além de Muhammadi. Ali, Martin tornou a esperar. Às 3 horas, o carro do coronel Badri tornou a passar por ele. Martin não fez sinal e o carro não parou. Era evidente que o motorista tinha a maior pressa. Pouco antes do amanhecer um terceiro caminhão apareceu, saindo de uma estrada secundária para a principal, e parou para que Martin embarcasse. Ele tornou a pagar ao motorista, de sua reserva minguante de notas de dinar, agradecido a quem quer que tivera a ideia de lhe dar aquele dinheiro, em Mansour. Ao amanhecer, ele presumia, o pessoal na casa de Kulikov se queixaria de ter perdido o jardineiro.

Uma busca em seu chalé revelaria o bloco de papel por baixo do colchão, um estranho artigo para um analfabeto, e uma revista mais meticulosa descobriria o transmissor escondido por baixo do chão. Por volta do meio-dia, a caçada já teria sido iniciada, a princípio por Bagdá, mas logo se estendendo por toda a região. Ao cair da noite, ele precisaria estar bem longe no deserto, seguindo para a fronteira.

O caminhão em que viajava já passara do quilômetro 160 quando os MiGs 29 decolaram.

OSMAN BADRI SENTIA-SE apavorado, já que era uma dessas pessoas que têm pavor de voar. Nos compartimentos subterrâneos que constituíam a base, ele se mantivera de lado, enquanto o irmão dava instruções aos quatro jovens pilotos que também participariam do voo. A maioria dos contemporâneos de Abdelkarim já morrera, e aqueles pilotos eram mais jovens do que ele pelo menos dez anos, saídos pouco antes da academia. Escutaram o comandante da esquadrilha com uma atenção fascinada e acenaram com a cabeça em assentimento.

Dentro do MiG, mesmo com a capota fechada, Osman pensou que nunca ouvira um rugido assim, enquanto as duas turbinas RD 33, soviéticas, aceleravam para a potência seca máxima, dentro do espaço fechado. Encolhido no assento traseiro, por trás do irmão, Osman viu as enormes portas se abrirem, acionadas por pistões hidráulicos, e um quadrado de céu azul-claro surgiu na extremidade da caverna. O barulho aumentou quando o piloto empurrou o manete para o empuxo adicional e o interceptador soviético estremeceu nos freios.

Soltos os freios, Osman experimentou a sensação de que levara o coice de uma mula nas costas. O MiG saltou para a frente, as paredes de concreto ficaram para trás num relance, o jato subiu pela rampa e emergiu para a claridade do amanhecer.

Osman fechou os olhos e rezou. O ruído das rodas cessou, ele parecia estar flutuando e resolveu abrir os olhos. Estavam no ar, o primeiro MiG circulando baixo sobre o quilômetro 160, enquanto os outros quatro saíam do túnel subterrâneo. Depois, as portas fecharam-se e a base aérea deixou de existir.

Ao redor de Osman, já que a versão UB é de treinamento, havia mostradores e relógios, botões, alavancas, telas. Entre suas pernas, havia a duplicata de um manche. O irmão lhe dissera para não tocar em nada, e ele sentia-se contente por atendê-lo.

A 300 metros, os cinco MiGs entraram em formação, os quatro jovens pilotos por trás do comandante da esquadrilha. Abdelkarim fixou um curso sudeste, em voo baixo, esperando evitar a detecção. Passariam pelos arredores meridionais de Bagdá, os MiGs se perdendo dos olhos atentos dos americanos no amontoado de instalações industriais e outras imagens nas telas de radar.

Era uma manobra de alto risco, tentar evitar os radares dos AWACSs sobrevoando o Golfo, mas ele não tinha alternativa. Suas ordens eram expressas e tinha agora uma razão para desejar chegar ao Irã.

A sorte estava do seu lado naquela manhã, por causa de um desses acasos na guerra que não deveriam acontecer, mas sempre acabam ocorrendo. Ao final de cada longo "turno" de posição sobre o Golfo, o AWACS tinha de retornar à base, sendo substituído por outro. Era o que se chamava de "troca de motorista do táxi". Durante essas trocas, havia às vezes um breve intervalo em que a cobertura de radar ficava suspensa. O voo dos MiGs, passando baixo pelo sul de Bagdá e Salman Pak, coincidiu com um desses intervalos afortunados.

O piloto iraquiano esperava que se se mantivesse na altitude de 300 metros poderia se esquivar de quaisquer voos americanos, que tendiam a operar a 6 mil metros de altitude, ou mais. Ele queria contornar a cidade iraquiana de Al Kut, ao norte, e depois seguir direto para a segurança da fronteira iraniana, em seu ponto mais próximo.

NAQUELA MANHÃ, àquela hora, o capitão Don Walker, da 336ª Esquadrilha Tática de Caças, baseada em Al Kharz, liderava um voo de quatro Strike Eagles para o norte, na direção de Al Kut. Sua missão era bombardear uma grande ponte sobre o Tigre, do outro lado da qual tanques da Guarda Republicana haviam sido avistados por um J-STAR seguindo para o sul, na direção do Kuwait.

A 336ª passara a maior parte da guerra realizando missões noturnas, mas a ponte ao norte de Al Kut era um "alvo rápido", significando que não havia tempo a perder, se tanques iraquianos a usavam em deslocamento para o sul. Por isso, o ataque naquela manhã tinha o código de "direta de Jeremias"; o general Chuck Homer queria que fosse realizada sem qualquer demora.

Os Eagles carregavam bombas guiadas a *laser* de 1.000 quilos e mísseis ar-ar. Por causa do posicionamento dos olhais das bombas, sob as asas do Eagle, a carga era assimétrica, as bombas num lado sendo mais pesadas dos que os mísseis Sparrows no outro. Era o que se chamava de "carga desgraçada". Um controle automático compensava a diferença, mas ainda assim não era a carga que a maioria dos pilotos gostaria de levar sob seu caça.

Enquanto os MiGs, agora a 150 metros e sobrevoando a paisagem, aproximavam-se de oeste, os Eagles vinham do sul, a 130 quilômetros de distância.

A primeira indicação que Abdelkarim Badri teve da presença dos Eagles foi um trinado baixo em seus ouvidos. Seu irmão não sabia o que era, mas todos os pilotos de caça conheciam aquele som. O MiG de treinamento seguia na frente, com os outros quatro aviões em sua esteira, numa formação em V não muito rígida. Os outros pilotos também ouviram.

O ruído vinha do RAR – Receptor de Aviso de Radar. Significava que havia outros radares no ar, em algum lugar, vasculhando o céu.

Os quatro Eagles tinham seus radares no módulo de "busca", os raios se projetando à frente, a fim de determinar o que havia por lá. Os RARs soviéticos haviam captado esses raios e informavam a seus pilotos.

Não havia nada que os MiGs pudessem fazer, a não ser continuar em frente. A 150 metros, encontravam-se muito abaixo dos Eagles e num rumo que cruzava o curso projetado dos aviões americanos.

A 100 quilômetros de distância, o som nos ouvidos dos pilotos iraquianos elevou-se para um *bip* estridente. Isso significava que os

RARs davam uma nova informação: alguém por aí saiu do módulo de busca e fixou em você.

Por trás de Don Walker, seu copiloto Tim viu a mudança na atitude de seu radar. De um movimento suave de um lado para outro, os radares americanos passaram para o contato, os raios se estreitando, concentrados no que haviam encontrado.

– Temos cinco não identificados, abaixo da altura de 10 horas – murmurou Tim.

Ele acionou o IAI, e os outros três copilotos no voo fizeram o mesmo.

O Identificador de Amigo ou Inimigo é uma espécie de *transponder*, carregado por todos os aviões de combate. Transmite uma pulsação em determinadas frequências, que são mudadas todos os dias. Os aviões de guerra do mesmo lado recebem esses impulsos e respondem "Sou amigo". O avião inimigo não pode fazer isso. Os cinco *bips* na tela de radar, cruzando o curso projetado dos Eagles, quilômetros à frente, e próximos do sol, podiam ser cinco "amigos", voltando de uma missão. O que era bem provável, já que havia mais aviação aliada nos céus do que aparelhos iraquianos.

Tim questionou os não identificados nos módulos um, dois e quatro. Não houve resposta.

– Hostis – informou ele.

Don Walker acionou o controle de radar de seus mísseis, murmurou "Combate" para os outros três pilotos e baixou o nariz do Eagle, começando a descer.

Abdelkarim Badri estava em desvantagem e sabia disso. Compreendeu desde o momento em que os americanos o fixaram no radar. Tinha certeza, sem qualquer IAI para informá-lo, que aqueles outros aviões não podiam ser iraquianos. Sabia que fora avistado por hostis e também sabia que seus jovens companheiros não seriam adversários à altura para os americanos.

A desvantagem era do MiG que pilotava. Por ser a versão de treinamento, o único tipo com dois lugares, nunca se destinara ao combate.

Enquanto os MiGs de um só lugar contavam com radares de 360° para servir seus mísseis, a versão de treinamento tinha um radar de alcance simples, sem qualquer utilidade operacional, proporcionando ao coronel Badri um âmbito de apenas 60° além do nariz. Ele sabia que alguém o localizara mas não podia ver os outros aviões.

– O que você tem? – gritou ele para seu ala.

A resposta foi ofegante e assustada:

– Quatro hostis, altura de 3 horas, mergulhando depressa.

Portanto, a manobra falhara. Os americanos desciam pelo céu, do sul, empenhados em abatê-los.

– Espalhem-se, mergulhem, entrem no empuxo adicional, direto para o Irã! – gritou ele.

Os jovens pilotos não precisaram de um segundo aviso. Dos tubos de descarga de cada MiG saiu uma língua de fogo, quando os quatro manetes foram empurrados para a frente, levando os caças a ultrapassar a barreira do som, quase dobrando de velocidade.

Apesar do imenso aumento no consumo de combustível, os aparelhos de um só lugar poderiam manter o empuxo adicional pelo tempo suficiente para se esquivar dos americanos, e ainda assim alcançar o Irã. A vantagem inicial sobre os Eagles significava que os americanos nunca os alcançariam, apesar de também se encontrar agora no empuxo adicional.

Abdelkarim Badri não tinha essa opção. Ao fabricarem a versão de treinamento, os engenheiros soviéticos não apenas haviam instalado um radar mais simples, mas também, para acomodar o peso extra do aprendiz e da cabine, reduziram a capacidade interna de combustível de forma considerável.

O caça do coronel iraquiano levava sob as asas tanques de combustível de longo alcance, mas não seriam suficientes. Ele tinha quatro opções. Não levou mais de dois segundos para defini-las.

Podia entrar no empuxo adicional e escapar dos americanos, retornar a uma base iraquiana, onde seria preso, e mais cedo ou mais tarde entregue à AMAM, para tortura e morte.

Podia entrar no empuxo adicional e continuar a seguir para o Irã, escapando dos americanos, mas ficando sem combustível logo depois de cruzar a fronteira. Mesmo que ele e o irmão ejetassem sãos e salvos, cairiam nas mãos de membros de tribos persas, que haviam sofrido horrivelmente na guerra Irã-Iraque, com cargas lançadas por aviadores iraquianos.

Podia usar o empuxo adicional para evitar os Eagles e depois voar para o sul, ejetando sobre a Arábia Saudita, onde se tornariam prisioneiros. Nunca lhe ocorreu que ali seria tratado de uma maneira humanitária.

Algumas palavras afloraram-lhe na mente, de um passado distante, versos de um poema que aprendera na escola do Sr. Hartley, na Bagdá de sua infância. Tennyson? Wordsworth? Não, Macaulay, isso mesmo, Macaulay, alguma coisa sobre um homem em seus últimos momentos, algo que lera em aula:

> Para cada homem neste mundo,
> A morte vem, cedo ou tarde.
> E como morrer melhor do que
> Enfrentando os maiores obstáculos,
> Pelas cinzas de seus antepassados,
> E pelos templos de seus Deuses?

O coronel Abdelkarim Badri empurrou o manete para o empuxo adicional, levou o MiG Fulcrum numa volta ascendente, ao encontro dos americanos que se aproximavam.

Assim que completou a volta, os quatro Eagles entraram no alcance de seu radar. Dois haviam se desviado, partindo atrás dos quatro caças iraquianos em fuga, todos no empuxo adicional, além da barreira do som.

Mas o líder dos americanos vinha em sua direção. Badri sentiu o Fulcrum estremecer ao se tornar supersônico, ajustou o manche por uma fração e partiu para o Eagle mergulhando à sua frente.

– Ei, ele está vindo direto para nós! – gritou Tim, do assento posterior.

Walker não precisava ser avisado. Sua tela de radar mostrava os quatro *bips* se desvanecendo dos aviões iraquianos em fuga para o Irã e o brilho solitário do caça inimigo subindo em sua direção para o combate. O mostrador de distância tremia como um despertador descontrolado. A 50 quilômetros, eles zuniam... na direção um do outro, a uma velocidade de 3.200 quilômetros horários. Walker ainda não tinha um contato visual com o Fulcrum, mas não demoraria muito a alcançá-lo.

No MiG, o coronel Osman Badri se encontrava totalmente atordoado. Não compreendia o que acontecera. A súbita ligação do empuxo adicional tornou a golpeá-lo nas costas e a volta em alta velocidade deixou-o apagado por vários segundos.

– O que está acontecendo? – gritou ele para a máscara, sem saber que o irmão não podia ouvi-lo.

Don Walker mantinha o polegar suspenso sobre o controle dos mísseis.

Tinha duas opções, o AIM-7 Sparrow, de alcance maior, que era guiado por radar do próprio Eagle, ou o AIM-9 Sidewinder, de alcance menor, um míssil que buscava o calor.

A 25 quilômetros, ele pôde avistar o pequeno ponto preto avançando em sua direção. As duas aletas indicavam que era um MiG 29 Fulcrum, sem dúvida um dos melhores caças interceptadores do mundo, nas mãos certas. Walker não sabia que se defrontava com a versão desarmada de treinamento UB. O que ele sabia era que aquele caça podia carregar o míssil soviético AA-10, de alcance tão longo quanto os seus AIMS-7. Foi por isso que optou pelos Sparrows.

A 20 quilômetros, lançou dois Sparrows direto para a frente. Os mísseis captaram a energia de radar refletida do MiG e partiram obedientes em sua direção.

Abdelkarim divisou os clarões quando os Sparrows deixaram o Eagle, dando-lhe mais alguns segundos de vida, a menos que pudesse forçar o americano a se desviar. Ele estendeu a mão para a esquerda e puxou uma alavanca.

Don Walker muitas vezes especulara como seria, e agora sabia. De debaixo das asas do MiG veio um lampejo de luz em resposta. Foi como se uma mão gelada lhe apertasse as entranhas, a terrível sensação de puro medo. Outro homem lançara dois mísseis contra ele, deparava-se com a morte inevitável.

Dois segundos depois de lançar os Sparrows, Walker desejou ter usado os Sidewinders. O motivo era simples: os Sidewinders eram mísseis que se podia disparar e esquecer, pois encontrariam o alvo independente da posição do Eagle. Os Sparrows precisavam do Eagle para guiá-los; se ele se desviasse agora, os mísseis, sem orientação, se tornariam "estúpidos", vagueando pelo céu até cair no solo, inofensivos.

Ele estava a uma fração de segundo de se desviar quando percebeu os "mísseis" lançados pelo MiG caindo aos rodopios para o solo. Incrédulo, compreendeu que não eram foguetes; o iraquiano tentara enganá-lo, soltando os tanques de combustível sob as asas. Os tubos de alumínio haviam refletido o sol da manhã ao cair, faiscando, como se fossem as chamas de mísseis lançados. Era um truque, e ele, Don Walker, de Tulsa, Oklahoma, quase se deixara enganar.

No MiG, Abdelkarim Badri constatou que o americano não ia se desviar. Testara o controle nervoso do inimigo e perdera. No assento traseiro, Osman encontrou o botão de transmissão. Podia ver que subiam, já a quilômetros acima do solo.

– Para onde estamos indo? – gritou ele.

A última coisa que ouviu foi a voz de Abdelkarim, muito calma:

– Paz, meu irmão. Cumprimente nosso pai. *Allah-o-Akhbar.*

Walker observou os dois Sparrows explodirem nesse instante, enormes peônias de chamas vermelhas, a 5 quilômetros de distância, e depois os fragmentos do caça soviético despencando para o solo. Sentia o suor escorrendo por seu peito em filetes.

Seu ala, Randy Roberts, que se mantivera em posição por cima e por trás, apareceu ao largo de sua asa direita, a mão na luva branca erguida, o polegar esticado. Walker respondeu da mesma forma, e os outros dois Eagles, tendo abandonado a caçada inútil aos outros MiGs, aproximaram-se por baixo, para retomar a formação, e assim continuaram para a ponte ao norte de Al Kut.

Tamanha é a rapidez dos eventos no combate de caças que toda a ação, do primeiro contato do radar até a destruição do Fulcrum, durara apenas trinta e oito segundos.

O Batedor chegou ao Winkler Bank às 10 horas em ponto, acompanhado por seu "contador". O homem mais jovem carregava uma pasta com 100 mil dólares em dinheiro.

Era um empréstimo temporário providenciado pelo *sayan* bancário, que se mostrara bastante aliviado ao saber que o dinheiro seria apenas depositado no Winkler por algum tempo, depois seria retirado e devolvido.

Ao ver o dinheiro, Herr Gemütlich ficou na maior satisfação. Não teria tanto entusiasmo se notasse que os dólares ocupavam apenas a metade da altura da pasta e se sentiria horrorizado se visse o que havia por baixo do fundo falso.

Pelo bem da discrição, o contador foi banido para a sala de Fraülein Hardenberg, enquanto o advogado e o banqueiro acertavam os códigos de operação confidenciais para a nova conta. Ele voltou para cuidar do recibo pelo dinheiro, e por volta das 11 horas a transação já fora concluída. Herr Gemütlich chamou o guarda para acompanhar os visitantes de volta ao saguão e à porta da rua.

Na descida, o contador sussurrou alguma coisa no ouvido do advogado americano, que traduziu para o guarda. Com um brusco aceno de cabeça, o guarda parou o velho elevador de porta de grade sanfonada no mezanino e os três saltaram.

O advogado apontou a porta do banheiro para seu companheiro e o contador entrou. O advogado e o guarda ficaram esperando do lado de fora.

Neste momento, chegaram aos seus ouvidos os sons de um tumulto no saguão, audíveis porque o saguão ficava a 6 metros pelo corredor e a 15 degraus de mármore abaixo.

Com uma desculpa murmurada, o guarda afastou-se pelo corredor, até poder ver do alto da escada o que acontecia lá embaixo. E o que viu ali fez com que descesse apressado os degraus de mármore para resolver o problema.

Era uma cena afrontosa. Três desordeiros, visivelmente embriagados, haviam entrado no saguão e assediavam a recepcionista, pedindo dinheiro para continuar bebendo. Ela contaria mais tarde que fora enganada e só abrira a porta porque um deles alegara ser o carteiro.

Muito indignado, o guarda empenhou-se em expulsar os desordeiros. Ninguém notou que um dos bêbados, ao entrar, largara um maço de cigarro no batente da porta. Com isso, a porta automática não se fecharia por completo.

Ninguém notou também, na confusão, que um quarto homem entrou no saguão, engatinhando. Quando ele se levantou, recebeu no mesmo instante a companhia do advogado, que descera a escada para o saguão atrás do guarda.

Os dois ficaram parados num lado, enquanto o guarda empurrava os desordeiros de volta ao lugar a que pertenciam – a rua. Ao se virar, o guarda percebeu que o advogado e o contador haviam descido a escada do mezanino. Com profusas desculpas pelo tumulto inadmissível, ele conduziu-os até a porta.

Assim que saíram para a calçada, o contador deixou escapar um profundo suspiro de alívio.

– Espero nunca mais ter de fazer isso – comentou ele.
– Não se preocupe – disse o advogado. – Saiu-se muito bem.

Falaram em hebraico, porque o "contador" não conhecia nenhuma outra língua. Era na verdade um caixa de banco de Beershe'eva, e só se encontrava em Viena, na sua primeira e última missão secreta, porque também era o gêmeo idêntico do Arrombador, que naquele momento se escondia, de pé, imóvel, na escuridão do armário de material de faxina no mezanino. Ali permaneceria, sem se mexer, por doze horas.

MIKE MARTIN CHEGOU a Ar-Rutba no meio da tarde. Levara vinte horas para percorrer uma distância que, em circunstâncias normais, não exigiria mais que seis horas de carro.

Nos arredores da cidade, encontrou um pastor com um rebanho de cabras e deixou-o espantado, mas muito feliz, ao comprar quatro animais, com o que lhe restava de dinares, pagando quase o dobro do preço que o homem poderia conseguir no mercado.

As cabras pareceram felizes ao ser levadas para o deserto, embora usassem agora cordas no pescoço. Não se podia esperar que soubessem que só estavam ali para explicar por que Mike Martin vagueava pelo deserto sul da estrada, sob o sol da tarde.

O problema era que não tinha bússola; ficara com o restante de seus equipamentos, escondidos sob o chão de um barraco em Mansour. Usando o sol e seu relógio barato, Martin definiu da melhor forma possível o curso da antena de rádio na cidade para o *wadi* onde enterrara a motocicleta.

Era um percurso de 8 quilômetros, e as cabras o retardaram, mas valeu a pena, porque em duas ocasiões foi observado por soldados na estrada, enquanto se afastava. Mas os soldados nada fizeram.

Encontrou o *wadi* certo pouco depois do pôr do sol, identificando as marcas que fizera em rochas próximas. Descansou até ficar escuro, antes de começar a cavar. As cabras felizes se afastaram.

A motocicleta ainda estava ali, envolta pelo saco plástico, uma Yamaha de 125cc, *cross-country*, toda preta, com tanques de combustível extras. Também havia uma bússola, mais uma pistola e munição.

Durante muitos anos, o SAS preferira a Browning de 13 tiros, mas nessa ocasião mudara para a pistola suíça Sig Sauer, de 9mm. Foi essa arma mais pesada que ele pôs no coldre, no quadril direito. Desse momento em diante, não haveria mais qualquer possibilidade de farsa; nenhum camponês iraquiano andaria de motocicleta por aquela região. Se fosse interceptado, teria de atirar e fugir.

Martin viajou pela noite, alcançando uma velocidade maior do que os Land-Rovers haviam conseguido. Com a motocicleta, podia acelerar pelos trechos planos e levá-la pelas encostas rochosas dos *wadis*, usando o motor e os pés.

Parou à meia-noite, reabasteceu, bebeu água, comeu um pouco das rações K deixadas junto com a motocicleta. Depois, continuou para o sul, a caminho da fronteira saudita.

Nunca soube o momento exato em que cruzou a fronteira. Era tudo uma paisagem uniforme de rochas e areia, cascalho e seixos e, por causa do curso em zigue-zague a que era obrigado a seguir, não tinha como calcular quantos quilômetros em linha reta percorrera.

Esperava descobrir que se encontrava na Arábia Saudita ao alcançar a estrada Tapline, a única que havia naquela região. O terreno se tornou mais fácil, e ele avançava a 30 quilômetros por hora quando avistou o veículo. Se não estivesse tão cansado, teria reagido mais depressa; mas se sentia meio tonto de exaustão e seus reflexos eram lentos.

A roda da frente da motocicleta bateu no fio de arame e ele caiu, rolando pela areia, até parar, estendido de costas. Quando abriu os olhos, deparou com um vulto de pé à sua frente e viu o reflexo da luz das estrelas em metal.

– *Bouge pas, mec.*

Não era árabe. Martin vasculhou a mente exausta. Alguma coisa, no passado distante. Isso mesmo, Haileybury, um infeliz professor tentando lhe ensinar as complexidades da língua de Corneille, Racine e Molière.

– *Ne tirez pas* – murmurou Martin. – *Je suis anglais.*

Há apenas três sargentos britânicos na Legião Estrangeira Francesa e um deles se chama McCullin.

– É mesmo? – disse ele, em inglês. – Pois vamos para o nosso carro. E ficarei com essa pistola, se não se incomoda.

A patrulha da Legião se achava muito a oeste de sua posição designada na linha aliada, efetuando uma inspeção na estrada Tapline, à procura de possíveis desertores iraquianos. Com o sargento McCullin como intérprete, Martin explicou ao tenente francês que estivera numa missão no território do Iraque.

O que era aceitável para a Legião, pois operar por trás das linhas inimigas é uma de suas especialidades. A boa notícia era a de que eles tinham um rádio.

O Arrombador esperou paciente na escuridão do armário de vassouras durante a terça-feira, entrando pela noite. Ouviu diversos empregados do banco entrarem no banheiro, fazerem o que os levara ali e irem embora. Através da parede, podia escutar de vez em quando o barulho do elevador subindo e descendo. Sentou-se em sua pasta, de costas para a parede, um olhar ocasional para o mostrador luminoso do relógio informando-o da passagem das horas.

Entre 17h30 e 18 horas, ouviu os empregados passarem pelo corredor, a caminho do saguão lá embaixo e de suas casas. Sabia que o vigia noturno chegaria às 18 horas, seria admitido pelo guarda, que a esta altura já teria conferido a saída de todos os funcionários, pela lista diária que recebia.

Quando o guarda se retirasse, pouco depois das 18 horas, o vigia trancaria a porta da frente e ligaria os alarmes. Depois, trataria de se acomodar com sua TV portátil, que trazia para o banco todas as tardes, e assistiria às transmissões de jogos, até chegar o momento de efetuar sua primeira ronda.

Segundo a equipe *yarid*, até mesmo as faxineiras eram vigiadas. Cuidavam das áreas comuns – corredores, escadas e banheiros – nas noites de segunda, quarta e sexta-feira, mas numa noite de terça-feira o Arrombador não deveria ser incomodado. Voltavam no sábado para limpar as salas, sob a vigilância do guarda, que as acompanhava o tempo todo.

A rotina do vigia noturno, ao que tudo indicava, era sempre a mesma. Fazia três rondas do prédio, verificando todas as portas, às 22 horas, 2 horas e 5 horas.

Entre a entrada em serviço e a primeira ronda, ele via TV e jantava o que trazia. No intervalo mais longo, entre 22 horas e 2 horas, o vigia cochilava, ligando um pequeno despertador para avisá-lo quando eram 2 horas. O Arrombador pretendia agir durante esse intervalo.

Já vira a sala de Gemütlich, com sua porta imponente. Era de madeira maciça, mas por sorte sem nenhum alarme. Havia um alarme na janela, e ele notara os tênues contornos de dois blocos de pressão entre o assoalho e tapete.

Às 22 horas em ponto, ouviu o elevador subir, trazendo o vigia para o início de sua ronda pelas portas das salas, iniciada no último andar, com a descida pela escada.

Meia hora depois, o idoso vigia já terminara, esticou a cabeça pela porta do banheiro dos homens, iluminou com a lanterna para verificar o alarme na janela, fechou a porta e retornou à sua mesa no saguão. Ali, resolveu assistir a uma transmissão esportiva tarde da noite.

Às 22h45, o Arrombador saiu do armário de vassouras, deixou o banheiro dos homens, na mais completa escuridão, e subiu pela escada para o quarto andar.

Levou quinze minutos para abrir a porta da sala de Herr Gemütlich. O último tambor da fechadura de quatro níveis girou, ele empurrou a porta e entrou na sala.

Embora usasse um elástico em torno da cabeça segurando uma pequena lanterna, ele pegou outra, maior, para esquadrinhar a sala. Pôde assim evitar os dois alarmes de pressão e aproximou-se da mesa pelo lado desguarnecido. Desligou a lanterna grande e passou a trabalhar à luz da menor.

As fechaduras nas três gavetas de cima não ofereceram qualquer dificuldade, mecanismos de latão com mais de cem anos. Retirou as gavetas e pôs-se a procurar por uma maçaneta, botão ou alavanca. Nada. Só uma hora mais tarde, no fundo da terceira gaveta, no lado direito, é que ele encontrou. Uma pequena alavanca, de latão, não mais que 2 ou 3 centímetros de comprimento. Quando a acionou, houve um estalido baixo e uma faixa de incrustação, na base da coluna, abriu-se por 1 centímetro.

A bandeja lá dentro era bastante rasa, cerca de 2 centímetros apenas, mas o suficiente para guardar 22 folhas de papel fino. Cada uma era uma réplica da carta de autorização que seria suficiente para operar as contas sob os cuidados de Gemütlich.

O Arrombador pegou sua câmera e o tripé, com pernas de alumínio dobráveis, para manter a lente pré-focalizada na distância correta do papel por baixo, a fim de se obter uma exposição de alta definição.

O papel de cima descrevia o método de operação da conta aberta na manhã anterior pelo Batedor, por conta de um cliente fictício nos Estados Unidos. O documento que o Arrombador procurava era o sétimo. Já conhecia o número, pois o Mossad passara dois anos depositando dinheiro na conta de Jericó, antes de os americanos assumirem o comando.

Por margem de segurança, ele fotografou todos os papéis. Depois de repor a *cachette* em seu estado original, ele recolocou e trancou as gavetas, saiu da sala e trancou a porta. Já voltara ao armário de vassouras à 1h10.

Quando o banco abriu, pela manhã, o Arrombador deixou o elevador subir e descer por meia hora, sabendo que o guarda nunca escoltava os empregados às suas salas. O primeiro visitante apareceu às 9h50. Depois que o elevador passou, na subida, o Arrombador saiu do banheiro, encaminhou-se na ponta dos pés até a extremidade do corredor e olhou para o saguão. Não havia ninguém à mesa do guarda; ele estava lá em cima, acompanhando um visitante.

O Arrombador tirou um *bip* do bolso, apertou o botão duas vezes. A campainha da porta soou três segundos depois. A recepcionista ligou o sistema de alto-falante e disse:

– *Ja*?

– *Lieferung* – respondeu um fio de voz.

Ela apertou o botão do mecanismo que abria a porta, e um entregador enorme e jovial entrou no saguão. Carregava um enorme quadro a óleo, embrulhado em papel pardo, preso com um cordão.

– Aqui está, senhora – disse ele –, todo limpo, pronto para ser pendurado de novo.

Por trás dele, a porta deslizou automaticamente para fechar. Nesse instante alguém estendeu a mão, ao nível do chão, e inseriu um chumaço de papel. A porta pareceu fechar, mas a tranca não pegou.

O entregador segurava o quadro a óleo na beira da mesa da recepcionista. Era enorme, com 1,5 metro de largura, 1,20 metro de altura. Bloqueava por completo a visão do saguão pela recepcionista.

– Mas não sei de nada... – protestou ela.

A cabeça do entregador estendeu-se pela beira do quadro.

– Basta assinar este recibo, por favor. – Esticou para a recepcionista uma prancheta com um formulário de recibo. Enquanto ela o examinava, o Arrombador desceu os degraus de mármore e passou pela porta.

– Mas aqui diz Harzmann Galerie – ressaltou a recepcionista.

– É isso mesmo. Ballgasse, 14.

– Mas aqui é o número oito. Winkler Bank. A galeria fica mais adiante.

O surpreso entregador pediu desculpas e se retirou. O guarda desceu os degraus de mármore. A recepcionista relatou o que acontecera. Ele soltou um grunhido, tornou a sentar-se à sua mesa, no outro lado do saguão, e retomou a leitura do jornal da manhã.

Quando o helicóptero Blackhawk desceu com Mike Martin no Aeroporto Militar de Riad, ao meio-dia, havia um pequeno e expectante comitê para recebê-lo. Steve Laing se encontrava ali, junto com Chip Barber. O homem que Martin não esperava ver ali era o seu comandante, coronel Bruce Craig. Enquanto ele operava em Bagdá, a disposição do SAS nos desertos ocidentais do Iraque aumentara, passando a envolver dois dos quatro esquadrões baseados em Hereford. Um deles permanecera em Hereford, de sobreaviso, e o outro se achava disperso, em unidades menores, em missões de treinamento ao redor do mundo.

– Conseguiu, Mike? – perguntou Laing.

– Consegui. Mas não pude mandar pelo rádio a última mensagem de Jericó.

Ele explicou rapidamente por que e entregou a única folha de papel, bastante suja, com o relatório de Jericó.

– Ficamos preocupados quando não conseguimos fazer contato com você nas últimas quarenta e oito horas – comentou Barber. – Fez um grande trabalho, major.

– Só mais uma coisa, senhores – interveio o coronel Craig. – Se não precisam mais dele, posso levar meu oficial de volta?

Laing estava estudando o papel, decifrando o árabe o melhor que podia. Ele desviou os olhos do papel.

– Hã... acho que sim. Com os nossos sinceros agradecimentos.

– Espere um instante – disse Barber. – O que pretende fazer com ele agora, coronel?

– Uma cama para se deitar em nossa base, no outro lado do aeroporto, alguma comida...

– Tenho uma ideia melhor – anunciou Barber. – Major, o que acha de um filé com fritas, uma hora numa banheira de mármore e uma cama enorme e macia?

– Um tesão – respondeu Martin, rindo.

– Ótimo. Coronel, seu homem vai passar vinte e quatro horas numa suíte no Hyatt, cortesia do meu pessoal. Certo?

– Certo – respondeu Craig. – Até amanhã, a esta hora, Mike.

No curto percurso até o hotel, em frente ao quartel-general do CENTAF, Martin fez para Laing e Barber uma tradução da mensagem de Jericó. Laing anotou tudo, literalmente.

– Está resolvido – murmurou Barber. – Agora, o pessoal da aviação vai até lá e explode tudo.

Chip Barber teve de se valer de sua posição para registrar o imundo camponês iraquiano na melhor suíte do Hyatt. Depois que Martin se instalou, o homem da CIA se retirou e atravessou a rua para o Buraco Negro.

Martin teve sua hora na banheira cheia de água quente, usou o aparelho de cortesia na pia para fazer a barba. Quando saiu do banheiro, o filé com fritas o esperava numa bandeja, na sala da suíte.

Estava na metade da refeição quando o sono o dominou. Mal conseguiu alcançar a cama larga e macia, antes de adormecer.

Enquanto ele dormia, diversas coisas aconteceram. Cueca, meias, sapatos, calça e camisa, tudo limpo, as roupas passadas, foram entregues na sala da suíte.

Em Viena, Gidi Barzilai enviou os detalhes operacionais da conta numerada de Jericó para Tel Aviv, onde uma réplica idêntica foi preparada, com o fraseado apropriado.

Karim se encontrou com Edith Hardenberg quando ela deixou o banco, ao final do expediente, levou-a a um café e explicou por que tinha de voltar à Jordânia por uma semana, para visitar a mãe doente. Ela aceitou a alegação, apertou-lhe a mão e disse-lhe que voltasse depressa, assim que pudesse.

Ordens partiram do Buraco Negro para a base aérea em Taif, onde um avião-espião TR-1 se preparava para decolar numa missão sobre o extremo norte do Iraque, a fim de tirar fotos de um vasto complexo de armas em As-Sharqat.

A missão recebeu uma nova incumbência, com outras coordenadas no mapa, devendo sobrevoar e fotografar uma área de colinas, no setor norte da Jebal al Hamreen. Quando o comandante da esquadrilha protestou pela súbita mudança, foi informado de que as ordens eram "diretas de Jeremias". O protesto acabou.

O TR-1 decolou pouco depois de 14 horas, e por volta das quatro suas imagens apareceram nas telas dentro da sala de reunião designada, no fundo do corredor do Buraco Negro.

Havia nuvens e chuva sobre Jebal naquele dia, mas com seu radar infravermelho e de imagens térmicas, o artefato ASARS-2, que desafia nuvem, chuva, granizo, neve e escuridão, o avião-espião obteve as imagens assim mesmo.

Foram estudadas ao chegarem pelo coronel Beatty, da Força Aérea dos Estados Unidos, e o líder de Esquadrilha Peck, da RAF, os dois principais analistas de fotos de reconhecimento do Buraco Negro.

A conferência de planejamento começou às 18 horas. Havia apenas oito homens presentes. Foi presidida pelo auxiliar do general Homer, um homem igualmente decidido, embora mais jovial, general Buster Glosson. Os homens dos serviços de informações, Steve Laing e Chip Barber, também participaram, porque eram os responsáveis pela indicação do alvo e conheciam os antecedentes para sua revelação. Os dois analistas, Beatty e Peck, explicaram suas interpretações das fotos da área. Havia ainda três oficiais de estado-maior, dois americanos e um britânico, que anotariam o que teria de ser feito e providenciariam a execução.

O coronel Beatty começou com o que se tornaria o tema principal da conferência.

– Temos um problema aqui – anunciou ele.

– Explique – determinou o general.

– Senhor, a informação fornecida nos proporciona uma grade de referência. Doze dígitos, seis de longitude e seis de latitude. Mas não é uma referência SATNAV, restringindo a área a poucos metros quadrados. Estamos falando aqui de cerca de 1 quilômetro quadrado. Como margem de segurança, ampliamos a área para 1,5 quilômetro quadrado.

– E que mais?

– Aqui está.

O coronel Beatty gesticulou para a parede. Quase todo o espaço era coberto por uma fotografia ampliada, de alta definição, acentuada por computador, de 1,80 x 1,80 metro. Todos a estudaram.

– Não vejo nada – declarou o general. – Só montanhas.

– É justamente esse o problema, senhor. Não tem nada lá.

As atenções se desviaram para os agentes. Afinal, eles é que tinham fornecido a informação.

– O que deveria existir ali? – indagou o general.

– Um canhão – respondeu Laing.

– Um canhão?

– O chamado canhão Babilônia.

– Pensei que seu pessoal tivesse interceptado todos, ainda no estágio de fabricação.

– Foi o que também pensamos. Ao que tudo indica, porém, um escapou.

– Já discutimos isso antes. Deve ser um foguete, ou uma base secreta de caça-bombardeiros. Nenhum canhão pode disparar uma carga útil desse tamanho.

– Este pode, senhor. Verifiquei com Londres. Um cano com mais de 180 metros de comprimento e diâmetro de 1 metro. Uma carga útil de mais de meia tonelada. Um alcance superior a 1.000 quilômetros, dependendo do propulsor usado.

– E qual é a distância deste lugar ao Triângulo?

– Setecentos e cinquenta quilômetros, general. Seus caças podem interceptar uma granada?

– Não.

– E os mísseis Patriot?

– Talvez, se estiverem no lugar certo, no momento certo, e puderem avistá-los a tempo. Provavelmente não.

– O fato é que, canhão ou míssil, não está lá – interveio Beatty.

– Enterrado sob a superfície, como a fábrica de montagem em Al-Qubai? – sugeriu Barber.

– Aquele lugar fora disfarçado com um ferro-velho por cima – respondeu Peck. – Mas aqui não há nada. Nenhuma estrada, trilhas, cabos de energia elétrica, defesas, heliporto, cerca de arame farpado, alojamentos para os guardas, absolutamente nada, a não ser montanhas e vales vazios.

– E se eles usaram o mesmo truque que em Tarmiya – aventou Laing, na defensiva –, instalando o perímetro de defesa tão longe que não aparece na foto?

– Já tentamos isso – informou Beatty. – Examinamos por 80 quilômetros, em todas as direções. Nada, nenhuma defesa.

– Não poderia ser uma operação de disfarce? – propôs Barber.

– De jeito nenhum. Os iraquianos *sempre* defendem seus recursos mais valiosos, até do seu próprio pessoal. Vejam aqui.

O coronel Beatty foi até a fotografia e apontou um grupo de cabanas.

Uma aldeia de camponeses, bem ao lado. Fumaça de lenha, cercados de cabras, os animais aqui, pastando no vale. Há duas outras, fora da foto.

– Talvez tenham escavado todo o interior da montanha – disse Laing. – Foi o que vocês fizeram na montanha Cheyenne.

– O que existe ali é uma série de cavernas e túneis, um labirinto por trás de portas reforçadas – respondeu Beatty. – Está falando de um cano com 180 metros de comprimento. Para tentar metê-lo dentro de uma montanha, seria necessário derrubá-la por cima. Posso imaginar a culatra, o paiol, todos os alojamentos subterrâneos, mas uma parte desse canhão tem de se projetar acima da superfície. E isso não acontece.

Todos tornaram a examinar a foto. Dentro do quadrado, havia três colinas e parte de uma quarta. A maior das três não exibia qualquer sinal de portas de impacto ou estrada de acesso.

– Se está em algum lugar por aí, por que não efetuar um bombardeio de saturação em todo o quilômetro e meio quadrado? – propôs Peck. – Isso faria com que qualquer montanha desmoronasse em cima da arma.

– Boa ideia – concordou Beatty. – General, podemos usar os Buffs. Arrasar toda a área.

– Posso fazer uma sugestão? – indagou Barber.

– Por favor – disse o general Glosson.

– Se eu fosse Saddam Hussein, com sua paranoia, e contasse só com uma arma desse valor, poria no comando um homem em quem pudesse confiar. E lhe daria a ordem para disparar, se algum dia a fortaleza fosse bombardeada. Em suma, se as duas primeiras bombas caírem ao largo, e um quilômetro e meio quadrado é uma área bastante grande, as outras podem ser lançadas uma fração de segundo tarde demais.

O general Glosson inclinou-se para a frente.

– Aonde está querendo chegar, Sr. Barber?

– General, se o Punho de Deus se encontra naquelas colinas, foi escondido por uma operação de encobrimento de extrema habilidade. A única maneira de destruí-lo a tempo é por meio de uma operação similar. Um único avião, surgindo do nada, desfechando um ataque e acertando no alvo logo no primeiro e único disparo.

– Não sei quantas vezes tenho de dizer isso – protestou o coronel Beatty, exasperado –, mas não sabemos com precisão onde se encontra o alvo.

– Creio que meu colega está falando sobre marcação de alvo – interveio Laing.

– Mas isso implicaria outro avião – ressaltou Peck. – Como os Buccaneers, marcando o alvo para os Tornados. Só que o marcador precisa ver o alvo primeiro.

– Funcionou com os Scuds – declarou Laing.

– Tem razão – confirmou Peck. – Os homens do SAS marcaram os lançadores de mísseis e nós os destruímos. Só que eles se encontravam bem ali, no solo, a 1.000 metros dos mísseis, com binóculos.

– Exatamente.

Houve silêncio por vários segundos.

– Ou seja – disse o general Glosson –, sua sugestão é enviar homens às montanhas para nos dar um alvo de 10 metros quadrados.

O debate prolongou-se por mais duas horas. Mas sempre voltava à argumentação de Laing.

Primeiro descobrir, depois marcar, em seguida destruir... e tudo sem que os iraquianos nada percebessem, até que fosse tarde demais.

À meia-noite, um cabo da RAF foi ao hotel Hyatt. Não houve resposta quando bateu à porta externa da suíte, e por isso o gerente deixou-o entrar. Ele foi até o quarto e sacudiu pelo ombro o homem que dormia ali, de roupão.

– Acorde, major. Estão à sua espera no outro lado da rua.

22

– Está mesmo lá – afirmou Mike Martin, duas horas depois.

– Onde? – perguntou o coronel Beatty, com uma sincera curiosidade.

– Em algum lugar.

Na sala de reunião, no fundo do corredor do Buraco Negro, Martin debruçava-se sobre a mesa, estudando uma fotografia de um trecho maior da cordilheira de Jebal al Hamreen. Mostrava um quadrado de 8 x 8 quilômetros. Ele apontou com o indicador.

– As aldeias, as três aldeias, aqui, aqui e aqui.

– O que têm elas?

– São falsas. Muito bem-feitas, réplicas perfeitas das aldeias dos camponeses das montanhas, mas estão cheias de soldados.

O coronel Beatty olhou para as três aldeias na foto. Uma ficava num vale, a menos de um quilômetro do meio das três montanhas no centro da foto. As outras duas ocupavam platôs nas encostas, mais além.

Nenhuma era bastante grande para ter uma mesquita; na verdade, eram povoados mínimos. Cada uma tinha seu celeiro central para estocar feno e suprimentos durante o inverno e estábulos menores para as ovelhas e cabras. Uma dúzia de cabanas humildes constituíam o restante do povoado, habitações de tijolos de barro, com telhados de colmo ou folha de flandres, do tipo encontrado em qualquer lugar das montanhas do Oriente Médio. No verão, podia haver pequenas hortas cultivadas nas proximidades, mas não no inverno.

A vida nas montanhas do Iraque é árdua durante o inverno, com muita chuva e nuvens pesadas. A noção de que todos os lugares do Oriente Médio são quentes não passa de uma falácia popular.

— Muito bem, major, conhece o Iraque, eu não. Por que são falsas?
— O sistema de manutenção de vida — explicou Martin. — Aldeias demais, camponeses demais, ovelhas e cabras demais. Não haveria suprimentos em quantidade suficiente. Eles morreriam de fome.
— Merda! — exclamou o coronel Beatty. — Uma coisa tão simples!
— Isso prova que Jericó não estava mentindo, nem se enganou outra vez. Se fizeram isso, é porque escondem alguma coisa ali.

O coronel Craig, comandante do SAS, que também participava da reunião no porão, conversava em voz baixa com Steve Laing. Aproximou-se da mesa agora.

— O que você acha, Mike?
— Está lá, Bruce. É bem provável que se possa ver... a 1.000 metros de distância, com um bom binóculo.
— O alto-comando quer uma turma para marcar o alvo. Você fica de fora.
— Porra nenhuma, senhor. As montanhas devem estar cheias de patrulhas a pé. Pode ver que não há estradas.
— E daí? Sempre se pode evitar as patrulhas.
— E se a unidade esbarrar com alguma? Não há mais ninguém que fale árabe como eu, e sabe disso. Além do mais, é uma queda AABA. Os helicópteros não poderiam operar ali.
— Você já teve toda a ação de que precisa, pelo que sei.
— Isso também é besteira, senhor. Não vi nenhuma ação. Estou cansado de bancar o agente secreto. Deixe-me cuidar disso. Os outros tiveram os desertos durante semanas, enquanto eu fiquei cuidando de um jardim.

O coronel Craig ergueu uma sobrancelha. Não perguntara a Laing o que Martin andara fazendo exatamente — e, de qualquer maneira, não obteria uma resposta — mas ficou surpreso por saber que um dos seus melhores oficiais passara por jardineiro.

— Vamos voltar à base. Podemos planejar melhor ali. Se eu gostar de sua ideia, pode ficar com a missão.

Antes do amanhecer, o general Schwarzkopf concordara que não havia alternativa e dera seu consentimento. No canto isolado da base aérea militar de Riad, que era a reserva particular do SAS, Martin relatou suas ideias ao coronel Craig e recebeu a autorização para colocá-las em prática.

A coordenação do planejamento ficaria com o coronel Craig para os homens no solo, e com o general Glosson para o eventual ataque aéreo.

Buster Glosson tomou o café da manhã com seu amigo e superior Chuck Homer.

– Alguma ideia sobre a unidade que gostaríamos de usar nesta missão? – indagou ele.

O general Horner pensou num certo oficial que duas semanas antes lhe dissera para fazer algo grosseiro.

– Já, sim – respondeu ele. – Entregue à 336ª.

MIKE MARTIN GANHARA a discussão com o coronel Craig ao ressaltar – com uma lógica indiscutível – que com a maior parte dos soldados do SAS no teatro do Golfo já ocupando posições no Iraque, ele era o oficial mais graduado disponível, que era o comandante do Esquadrão B, então em operações no deserto, sob o comando de seu Número Dois, e que era o único que falava um árabe fluente.

Mas o argumento decisivo foi sua experiência em salto de paraquedas em queda livre. Enquanto servia com o 3º Batalhão do Regimento de Paraquedistas, cursara a escola de treinamento da RAF, em Brize Norton, ele saltara com a equipe de provas. Mais tarde, fizera o curso de queda livre em Netheravon e saltara com a equipe de exibição dos paraquedistas, os Demônios Vermelhos.

A única maneira de avançar pelas montanhas iraquianas sem provocar um alarme seria uma queda AABA – Alta Altitude, Baixa Abertura – significando o salto do avião a 8 mil metros de altitude e descendo em queda livre para abrir os paraquedas a 1.000 metros do solo. Não era uma operação para inexperientes.

O planejamento de toda a missão deveria durar uma semana, mas não havia tempo viável. A única solução era planejar simultaneamente os vários aspectos do salto, a marcha pelo terreno desconhecido e a escolha do ponto de observação. Para isso, ele precisava de homens aos quais pudesse confiar sua vida, o que aconteceria de qualquer maneira.

No setor do SAS, na base aérea militar de Riad, sua primeira pergunta ao coronel Craig foi a seguinte:

– Com quem eu posso contar?

A lista era pequena, pois muitos se encontravam em operações no deserto. Quando o ajudante de ordens mostrou a relação, um nome logo se destacou.

– Peter Stephenson, sem qualquer dúvida.

– Teve sorte – comentou Craig. – Ele cruzou a fronteira de volta há uma semana e tem descansado desde então. Está nas melhores condições.

Martin conhecia o sargento Stephenson desde a época em que ainda era cabo, e ele capitão, em seu primeiro turno de serviço no regimento como um comandante de tropa. Stephenson também era um especialista em queda livre e membro da Tropa Aérea de seu esquadrão.

– Ele é bom – disse Craig, apontando outro nome. – Um homem de montanha. Creio que vai precisar de dois assim.

O nome apontado era do cabo Ben Eastman.

– Eu o conheço. Tem toda razão. Vou levá-lo comigo. Quem mais?

O quarto indicado foi o cabo Kevin North, de outro esquadrão. Martin nunca operara com ele, mas North era especialista em montanhas e muito bem recomendado por seu comandante de tropa.

Havia cinco áreas de planejamento que deveriam ser cuidadas ao mesmo tempo. Ele dividiu as tarefas entre os homens, ficando com a supervisão geral.

Primeiro, vinha a escolha do avião que os lançaria. Sem hesitação, Martin optou pelo C-130 Hercules, que servia como rampa de lançamento habitual do SAS, e havia nove deles em serviço no Golfo. Todos estavam baseados no Aeroporto Internacional Rei Khaled, ali perto. Uma notícia ainda melhor veio com o café da manhã: três dos Hercules pertenciam à 47ª Esquadrilha, baseada em Lyneham,

Wiltshire, a mesma que tinha anos de experiência com as equipes de queda livre do SAS.

Entre a tripulação de um dos três havia um certo tenente-aviador Glynn Morris.

Ao longo da Guerra do Golfo, os aviões de transporte Hercules participaram de uma operação incessante, transportando cargas que chegavam em Riad para as bases avançadas da RAF, em Tabuk, Muharraq, Dhahran, e até mesmo Seeb, em Omã. Morris servia como supervisor ou mestre de carga, mas sua verdadeira função era a de ISP, Instrutor de Salto de Paraquedas, e Martin já saltara com ele antes.

Ao contrário da noção geral de que os paraquedistas e o SAS cuidam de seus próprios lançamentos, todos os saltos de combate nas forças armadas britânicas ficam sob o controle da RAF, e o relacionamento baseia-se na confiança mútua de que cada parte sabe exatamente o que está fazendo.

Ian Macfadyen, comandante da RAF no Golfo, no mesmo instante cedeu o Hercules desejado para a missão do SAS, assim que voltasse da entrega de suprimentos em Tabuk. No momento em que pousou, começou a ser adaptado para a missão AABA, marcada para aquela mesma noite.

A principal entre as tarefas de conversão era a instalação de um sistema de oxigênio no piso do compartimento de carga. Voando normalmente em baixa altitude, o Hercules nunca precisara, até aquele momento, de oxigênio atrás, para manter os soldados vivos, em altitude elevada. O tenente-aviador Morris não necessitava de treinamento para o que estava fazendo e convocou um segundo ISP, de outro Hercules, o sargento-aviador Sammy Dawlish. Trabalharam durante o dia no Hercules e aprontaram tudo ao pôr do sol.

A segunda prioridade era a dos próprios paraquedas. A esta altura, o SAS ainda não se lançara dos céus sobre o Iraque; haviam se embrenhado pelos desertos em diversos veículos, mas as missões de treinamento eram constantes, na preparação para uma guerra de fato.

Na base aérea militar havia uma seção de equipamentos de segurança, sempre fechada, com temperatura controlada. Era ali que o SAS guardava seus paraquedas. Martin pediu e obteve um lote de oito paraquedas principais e oito de reserva, embora ele e seus homens só fossem precisar de quatro jogos. O sargento Stephenson foi incumbido de inspecionar e preparar os oito, ao longo do dia.

Os paraquedas não eram mais do tipo circular, aerocônico, associado as regimento de paraquedistas, mas sim do tipo mais moderno, chamados de "quadrados". Na verdade, não são quadrados, mas retangulares, e têm duas camadas de tecido. Em voo, o ar passa entre as camadas, formando uma "asa" semirrígida, com um aerofólio transversal permitindo que o homem em queda livre "voe" para baixo com maior mobilidade, podendo dar voltas e efetuar diversas manobras. É esse o tipo que se costuma ver nas demonstrações de queda livre.

Os dois cabos foram encarregados de providenciar e verificar os demais suprimentos de que iriam precisar. Incluíam quatro jogos de roupas, quatro mochilas Bergen, garrafas com água, capacetes, cinturões, armas, CAVs – concentrados de alto valor, teriam só isso para comer –, munição, estojos de primeiros socorros... a lista era interminável. Cada homem carregaria 36 quilos nas Bergens e podia precisar de cada grama.

Os mecânicos trabalharam no Hercules, num hangar designado, efetuando uma revisão nos motores e cuidando de todas as outras partes.

O comandante da esquadrilha escolheu seu melhor aviador, cujo navegador acompanhou o coronel Craig ao Buraco Negro, para selecionar a zona de lançamento apropriada, da maior importância.

O próprio Martin conversou com seis técnicos, quatro americanos e dois britânicos, que lhe explicaram tudo sobre os "brinquedos" que teria de operar para encontrar o alvo, localizá-lo numa área de poucos metros quadrados e transmitir a informação para Riad.

Ao final, os diversos aparelhos foram acondicionados num pacote de segurança, contra a possibilidade de quebra acidental, e levados para o hangar, onde a pilha de equipamentos para os quatro homens se tornava cada vez maior. Como medida de segurança, havia dois de cada aparelho científico, aumentando o peso que os homens carregariam.

Martin foi se juntar aos planejadores no Buraco Negro. Estudavam fotos novas, espalhadas sobre uma mesa, tiradas por outro TR-1 naquele dia, pouco depois do amanhecer. O tempo estava claro, e as fotos mostravam cada recesso e fenda de Jebal al Hamreen.

– Presumimos que o tal canhão deva estar apontando de sul para sudeste. Assim, o melhor ponto de observação parece ser aqui – explicou o coronel Craig.

Ele indicou uma série de recessos no lado de uma montanha, ao sul da posição presumida da Fortaleza, a colina no centro do grupo, dentro do quilômetro quadrado indicado pelo falecido coronel Osman Badri.

– Quanto à ZL, há um pequeno vale aqui, cerca de 40 quilômetros ao sul... dá para ver a água faiscando num pequeno córrego que passa pelo vale.

Martin verificou. Era uma pequena depressão nas colinas, com 500 metros de comprimento, cerca de 100 de largura, com as encostas cobertas de relva, pedras aqui e ali, o regato correndo e o filete de água de inverno no fundo.

– É o melhor lugar? – indagou Martin.

O coronel Craig deu de ombros.

– Para ser franco, é praticamente o único. O outro mais próximo fica a 70 quilômetros do alvo; e, se saltar mais perto, eles podem vê-lo no momento em que pousar.

No mapa, à luz do dia, seria fácil; em plena escuridão, mergulhando através do ar gelado, a uma velocidade de 200 quilômetros por hora, seria fácil errar. Não haveria luzes de orientação, nenhum foguete de iluminação disparado do solo. Da escuridão para a escuridão.

– Está certo – disse Martin.

O navegador da RAF empertigou-se.

– Muito bem, vou fazer os cálculos.

Ele teria uma tarde bastante ocupada. Seu encargo seria determinar o curso, sem luzes, por meio de um céu sem lua, não até a zona de lançamento, mas a um ponto no espaço do qual, levando-se em consideração a direção e intensidade do vento, quatro corpos caindo teriam de deixar o avião para encontrar aquele pequeno vale. Mesmo corpos caindo se deslocam a favor do vento; o navegador teria de estimar quanto.

Ao anoitecer os homens voltaram a se reunir no hangar, que se tornara área proibida para os demais na base. O Hercules estava pronto, abastecido. A pilha de equipamentos que os quatro homens precisariam se encontrava por baixo de uma asa. Dawlish, o instrutor de saltos da RAF, reempacotara cada um dos oito paraquedas de 22 quilos como se ele próprio fosse usá-los. Stephenson estava satisfeito. Havia num canto uma mesa grande para a reunião de instruções. Martin, que trouxera fotografias ampliadas do Buraco Negro, levou Stephenson, Eastman e North para a mesa, a fim de definir o curso da marcha da ZL aos recessos em que deveriam se deitar e estudar a Fortaleza, por tanto tempo quanto fosse necessário. Tudo indicava que seriam necessárias duas noites de marcha forçada, os quatro se escondendo durante o dia de intervalo. Não havia a menor possibilidade de marcharem durante o dia claro, e o percurso podia não ser direto.

Ao final, cada homem arrumou sua Bergen, o último item sendo o Cinturão de Serviço, pesado, com numerosos bolsos, a ser tirado da mochila logo depois do pouso e usado na cintura.

Hambúrgueres americanos e refrigerantes foram trazidos da cantina ao pôr do sol, e os quatro homens descansaram até o momento da decolagem. Fora marcada para 21h45, e o salto deveria ocorrer às 23h30.

Martin sempre achara que a espera era o pior, depois da frenética atividade do dia, era como um longo anticlímax. Não havia nada em que se concentrar, a não ser a tensão, a constante preocupação de que, apesar de todas as verificações, algum item vital fora esquecido. Era o período em que alguns homem comiam, liam, escreviam para casa, cochilavam ou apenas iam ao banheiro e se esvaziavam.

Às 21 horas, um trator rebocou o Hercules para a pista e a tripulação de piloto, copiloto, navegador e engenheiro de voo iniciou a conferência dos motores. Vinte minutos depois, um ônibus com as janelas pretas entrou no hangar, a fim de levar os homens e equipamentos para o avião de lançamento, esperando com as portas traseiras abertas, a rampa arriada.

Os dois ISPs estavam prontos, junto com o mestre de carga e o inspetor dos paraquedas. Apenas sete subiram pela rampa a pé, entrando na vasta caverna do Hercules. A rampa foi recolhida, as portas fechadas. O inspetor de paraquedas retornara ao ônibus; não voaria com eles.

Junto com os ISPs e o mestre de carga, os quatro soldados prenderam-se nos assentos ao longo da parede e esperaram. Quando faltavam dezesseis minutos para as 22 horas, o Hercules decolou de Riad e seguiu para o norte.

Enquanto o avião da RAF decolava para o céu noturno, em 21 de fevereiro, um helicóptero americano teve de aguardar ao lado da pista, antes de receber autorização para pousar no setor americano da base.

Fora enviado a Al Kharz para buscar dois homens. Steve Turner, comandante da 336ª Esquadrilha de Caças Táticos, fora convocado a Riad por ordem do general Glosson. Viera com ele o homem que considerava seu melhor piloto para as incursões em terra, à baixa altitude.

Nem o comandante dos Rocketeers nem o capitão Don Walker tinham a menor ideia do motivo da chamada. Numa pequena sala de instruções, por baixo do quartel-general do CENTAF, uma hora depois, foram informados de tudo e do que era preciso fazer. Também foram avisados de que ninguém mais, à exceção do oficial de sistemas de armamentos de Walker, o homem voando no assento por trás dele, poderia saber de todos os detalhes.

Depois voltaram de helicóptero para sua base.

APÓS A DECOLAGEM, os quatro soldados puderam desafivelar os cintos de segurança e circular pelo casco do avião, à tênue claridade das luzes vermelhas por cima. Martin foi para a frente, subiu a escada para o convés de voo e sentou-se por algum tempo com a tripulação.

Voaram a 3 mil metros para a fronteira iraquiana, antes de começar a subir. O Hercules nivelou a 7 mil metros e entrou no espaço aéreo iraquiano, aparentemente sozinho no céu estrelado.

Na verdade, porém, não se encontrava sozinho. Sobrevoando o Golfo, um AWACS recebera ordens expressas para manter uma permanente vigilância no céu ao redor e por baixo do Hercules. Se alguma tela de radar iraquiana, que por alguma razão desconhecida não fora ainda destruída pelas forças aéreas aliadas, se "iluminasse" naquele momento, deveria ser imediatamente atacada. Com essa finalidade, duas esquadrilhas de Wild Weasels, com os mísseis antirradar HARM, circulavam por baixo.

Se algum piloto de caça iraquiano decidisse decolar naquela noite, uma esquadrilha de Jaguars da RAF voava por cima e à esquerda do Hercules, enquanto uma esquadrilha de F-15C Eagles seguia à direita. O Hercules voava dentro de uma caixa protetora de tecnologia letal. Nenhum outro piloto no céu naquela noite sabia por quê. Apenas cumpriam ordens.

O fato é que se alguém no Iraque viu algum *bip* no radar naquela noite, presumiu que o avião de carga seguia para o norte a caminho da Turquia.

O mestre de carga fez o possível para agradar seus convidados, oferecendo chá, café, refrigerantes e biscoitos.

Quarenta minutos antes do Ponto de Lançamento, o navegador acendeu uma luz de advertência, indicando P-menos-quarenta, e os preparativos finais foram iniciados.

Os quatro soldados puseram os paraquedas, o principal e o de reserva, o primeiro estendido sobre os ombros, o segundo por baixo, nas costas. Em seguida ajeitaram as Bergens, viradas de cabeça para baixo, nas costas, sob os paraquedas, com a ponta entre as pernas. As armas, a submetralhadora Heckler and Koch MP5, com silenciador, foram presas no lado esquerdo, e o tanque de oxigênio pessoal preso na barriga, em posição horizontal.

Finalmente, puseram os capacetes e máscaras de oxigênio, que prenderam ao painel central, uma estrutura do tamanho de uma mesa de jantar grande, com vários tubos de oxigênio. Depois que todos respiravam pela máscara, sem problemas, o piloto foi informado e começou a reduzir o ar e o nível de pressão dentro do casco, soltando-o para a noite lá fora, até ficar tudo igual.

Levou quase vinte minutos. Todos tornaram a sentar-se e esperaram. Quinze minutos antes do Ponto de Lançamento, veio uma nova mensagem do convés de voo para o mestre de carga. Ele disse aos ISPs que deviam gesticular para os soldados, mandando se desligarem do painel central e ligarem-se a seus tubos de oxigênio pessoais. Cada um desses tubos dispunha de oxigênio para trinta minutos, e eles precisariam de três ou quatro minutos para a queda livre.

A esta altura, apenas o navegador, no convés de voo, sabia exatamente onde se encontrava; a equipe do SAS tinha absoluta confiança de que seria lançada no lugar certo.

O mestre de carga mantinha contato com os soldados por um constante fluxo de sinais de mão, que terminaram quando ele apontou as mãos para as luzes por cima do painel. Durante todo esse tempo, o navegador continuara a transmitir instruções para o mestre de carga.

Os homens levantaram-se, começaram a se movimentar, devagar, como espaçonautas, ao peso dos equipamentos, e se encaminharam para a rampa. Os ISPs, também com tubos de oxigênio pessoais, acompanharam-nos.

Os homens do SAS pararam em fila diante da porta traseira, ainda fechada, cada um verificando o equipamento na sua frente.

A P-menos-quatro, as portas foram abertas e eles contemplaram o ar escuro correndo lá fora, a uma altitude de 8 mil metros. Outro sinal de mão, dois dedos levantados por um ISP, informou que estavam em P-menos-dois. Os homens avançaram para a beira da rampa e olharam para as luzes (apagadas) nos lados da abertura. As luzes acenderam-se, vermelhas, e logo se tornaram verdes...

Os quatro homens deram meia-volta, ficaram de frente para a caverna e saltaram para trás, os braços estendidos, os rostos virados para baixo. A soleira da rampa faiscou por baixo de suas máscaras e o Hercules desapareceu.

O sargento Stephenson seguiu na frente.

Estabilizando a posição de queda, os quatro homens caíram pelo céu noturno por 8 quilômetros, sem qualquer ruído. A 1.000 metros de altitude, os mecanismos automáticos operados por pressão abriram os paraquedas. Na segunda posição, Mike Martin teve a impressão de que a sombra 15 metros abaixo parava de se mover. No mesmo instante, sentiu a vibração da abertura de seu paraquedas principal, e depois o "quadrado" absorveu a tensão, e a velocidade da queda passou de 190 quilômetros por hora para 20, os amortecedores reduzindo o choque.

A 300 metros, cada homem abriu a tranca que prendia sua Bergen nas costas e deixou que a carga escorregasse pelas pernas, para enganchar nos pés. As Bergens permaneceriam assim pelo restante da descida, sendo soltas a apenas 30 metros do solo, pendendo por toda a extensão de um fio de náilon de 4 metros.

O paraquedas do sargento deslocava-se para a direita, e Martin tratou de segui-lo. O céu era claro, as estrelas visíveis, as formas negras das montanhas subiam por todos os lados. Depois ele percebeu o que o sargento avistara, o brilho de água, no regato que passava pelo vale.

Peter Stephenson foi direto para o centro da zona, a poucos metros da beira do regato, sobre a relva e o musgo macios. Martin soltou sua Bergen pelo fio de náilon, desviou-se um pouco, pairou no ar, sentiu a Bergen alcançar o solo e gentilmente pousou os pés no chão.

O cabo Eastman passou por cima dele, virou-se, voltou, e caiu a 50 metros de distância. Martin desafivelava o paraquedas e não viu Kevin North pousar.

O montanhista era o quarto e último na fila, e desceu a 100 metros de distância, mas na encosta da colina, e não na faixa plana relvada. Tentava se aproximar dos companheiros, puxando as alças de direção, quando a Bergen por baixo bateu na encosta. Ao tocar no solo, a Bergen foi arrastada de lado pelo homem flutuando por cima, a cuja cintura estava presa. Desceu aos solavancos pela encosta por 5 metros, até ficar presa entre duas rochas.

O súbito puxão no cordão arrastou North para baixo e para o lado, fazendo-o pousar não com os pés, mas de lado. Não havia muitas pedras naquela encosta, mas uma delas partiu seu fêmur em oito lugares.

O cabo sentiu o osso fraturar com absoluta nitidez, mas o impacto foi tão forte que amorteceu a dor. Por alguns segundos. Depois, a dor veio, em ondas sucessivas. Ele rolou de lado, comprimiu a coxa com as mãos, sussurrando, várias vezes:

– Não, Deus, por favor, não!

Embora ele não percebesse, porque aconteceu dentro da perna, começou a sangrar. Um dos fragmentos de osso na múltipla fratura cortara a artéria femoral, que passou a bombear o sangue vital pela coxa mutilada.

Os outros três encontraram-no um minuto depois. Todos haviam soltado os paraquedas estufados e as Bergens, convencidos de que North fazia o mesmo. Quando constataram que ele não se encontrava por perto, saíram à sua procura. Stephenson acendeu sua pequena lanterna, iluminou a perna.

– Oh, merda! – balbuciou ele.

Tinham equipamentos de primeiros socorros, até mesmo ataduras para ferimentos de granada, mas nada para uma emergência assim.

O cabo precisava de tratamento médico, plasma, uma cirurgia extensa, e depressa. Stephenson correu para a Bergen de North, pegou um *kit* de primeiros socorros e começou a preparar uma injeção de morfina. Não houve necessidade. Junto com o sangue, a dor estava se desvanecendo.

North abriu os olhos, focalizou-os no rosto de Mike Martin por cima do seu e sussurrou:

– Desculpe, chefe.

Tornou a fechar os olhos e morreu dois minutos depois. Em outra ocasião, em outro lugar, Martin poderia manifestar algum sinal do sofrimento que experimentava por perder um homem como North, operando sob seu comando. Mas não havia tempo agora; e aquele não era o lugar apropriado. Os outros dois soldados compreenderam isso e fizeram o que tinham de fazer num silêncio sombrio. O pesar poderia ser deixado para depois.

Martin esperava recolher os paraquedas e sair logo do vale, encontrando uma fenda nas rochas para esconder os equipamentos excedentes. Agora, isso era impossível. Tinha de dar um destino ao corpo de North.

– Pete, comece a reunir tudo o que vamos deixar. Procure um buraco em algum lugar ou trate de cavá-lo. Ben, comece a recolher pedras.

Martin inclinou-se sobre o corpo, removeu a plaqueta de identificação e a arma, depois foi ajudar Eastman. Juntos, com facas e as mãos, os três abriram um buraco na relva e puseram o corpo ali. Havia outras coisas a empilhar por cima: quatro paraquedas principais abertos, quatro paraquedas de reserva fechados, quatro tubos de oxigênio, correias, cordões.

Empilharam pedras por cima, não de uma forma ordenada, como uma sepultura, que poderia ser reconhecida, mas ao acaso, como se tivessem rolado da encosta da montanha. Trouxeram água do córrego para lavar as manchas vermelhas das pedras e relva. Os pontos vazios, onde as pedras se encontravam antes, foram nivelados com os pés e cobertos com musgo da beira do regato. Era preciso, da melhor forma possível, deixar o vale parecido com o que era uma hora antes da meia-noite.

Planejavam cinco horas marchar antes do amanhecer, mas esse trabalho consumiu mais de três. Parte do conteúdo da Bergen de North continuou lá dentro e foi enterrada junto com ele: roupas, alimentos, água. Outros itens foram divididos entre os três, tornando suas cargas ainda mais pesadas.

Saíram do vale uma hora antes do amanhecer, iniciando o POP – procedimento operacional permanente. O sargento Stephenson assumiu a função de batedor, seguindo à frente, estendendo-se no solo antes de alcançar uma crista, espiando por cima, para o caso de haver alguma surpresa desagradável no outro lado.

A trilha era ascendente, e ele fixou um ritmo extenuante. Embora pequeno e magro, além de cinco anos mais velho do que Martin, podia caminhar mais depressa que a maioria dos homens, e ainda por cima carregando um peso de 35 quilos.

As nuvens acumularam-se sobre as montanhas no momento em que Martin precisava, protelando o amanhecer e proporcionando uma hora extra de marcha. Em noventa minutos, percorreram 13 quilômetros, afastando-se do vale por várias cristas e duas colinas. O avanço da claridade cinzenta acabou por obrigá-los a procurar um lugar para se abrigar.

Martin optou por uma fenda horizontal nas rochas, sob uma projeção, protegida por uma cortina de mato, pouco acima de um *wadi*. Nos últimos momentos de escuridão, comeram rações, beberam água, cobriram-se com uma rede de camuflagem e trataram de dormir. Acertaram três turnos de vigia e Martin fez o primeiro.

Acordou Stephenson às 11 horas e dormiu enquanto o sargento montava guarda. Foi às 16 horas que Ben Eastman cutucou Martin nas costelas com um dedo rígido. No momento em que abriu os olhos, o major viu Eastman com o polegar encostado nos lábios. Martin escutou. Do *wadi*, 3 metros abaixo, vinham os sons guturais de vozes falando árabe.

O sargento Stephenson também despertou, alteou uma sobrancelha. O que faremos agora? Martin escutou por algum tempo. Eram quatro iraquianos, em patrulha, entediados com a obrigação de andanças intermináveis pelas montanhas, muito cansados. Em dez minutos, ele percebeu que os homens pretendiam acampar ali pela noite.

Martin já perdera tempo demais. Tinha de partir às 18 horas, quando a escuridão tornasse a envolver as montanhas, e precisava de cada hora disponível para cobrir a distância até os recessos na colina em frente à Fortaleza, no outro lado do vale. Talvez houvesse necessidade de mais tempo para encontrar os recessos.

A conversa no *wadi* lá embaixo indicava que os iraquianos iam procurar lenha para acender uma fogueira. Com toda certeza, um deles daria uma olhada nas moitas por trás das quais os homens do SAS se escondiam. Mesmo que isso não ocorresse, podiam se passar horas antes que todos pegassem num sono profundo, permitindo que a patrulha de Martin se esgueirasse despercebida. Não havia tempo para tanta espera.

A um sinal de Martin, os outros dois tiraram da bainha a faca de gume duplo, e os três desceram para o *wadi*.

Concluído o trabalho, Martin examinou os documentos dos iraquianos mortos. Notou que todos tinham o patronímico de Al-Ubaidi. Portanto, eram da tribo Ubaidi, homens das montanhas que viviam naquela região. Usavam a insígnia da Guarda Republicana. Era evidente que a guarda escolhera os guerreiros daquelas montanhas para formar as patrulhas que tinham por missão manter a Fortaleza a salvo de intrusos. Martin notou também que eram magros e vigorosos, sem nenhum grama de gordura no corpo, e deviam ser incansáveis num terreno como aquele.

Ainda custou uma hora arrastar os quatro corpos para a fenda, cortar a barraca de camuflagem em vários pedaços de lona, que taparam a fenda na rocha, cobertos com moitas e galhos. Ao final, seria preciso ter uma vista muito aguçada para perceber o esconderijo sob a projeção rochosa. Por sorte, a patrulha iraquiana não tinha rádio, e assim não deveria manter qualquer contato com a base até voltar, quando quer que fosse o momento. Agora, nunca mais voltariam, mas talvez se passassem dois dias antes que alguém desse pela falta dos homens.

Assim que escureceu, os homens do SAS retomaram a marcha, tentando recordar, à luz das estrelas, os formatos das montanhas nas fotografias, seguindo a indicação da bússola para o lugar que procuravam.

O mapa levado por Martin era uma obra brilhante, elaborado por um computador, com base nas fotos aéreas do TR-1, e mostrando o percurso entre a ZL e o ponto de observação desejado. Parando a intervalos para consultar seu SATNAV e estudar o mapa à luz da pequena lanterna, Martin podia conferir o rumo e o progresso. Por volta de meia-noite, estavam bem adiantados. Ele calculou que ainda restavam 16 quilômetros de marcha.

Nas Brecons, em Gales, Martin e seus homens seriam capazes de cobrir 6,5 quilômetros por hora naquele tipo de terreno, uma caminhada rápida numa superfície plana para homens passeando com seus cachorros, e sem carregar uma mochila de 35 quilos. O cálculo da distância nesse ritmo era normal.

Mas naquelas colinas hostis, com a possibilidade de patrulhas ao redor, o progresso tinha de ser mais lento. Bastava um confronto com iraquianos, um segundo seria tarde demais.

Uma vantagem que levavam sobre os iraquianos eram os OVNS, os óculos de visão noturna, que pareciam com olhos de rã à espreita.

Com a nova versão de ângulo amplo, podiam ver todo o terreno a frente, num brilho verde-claro, pois a função dos intensificadores de imagens era a de recolher todos os vestígios de luz natural no ambiente e concentrá-la na retina do observador.

Duas horas antes do amanhecer, eles avistaram a massa da Fortaleza em frente e começaram a subir pela encosta à esquerda. A montanha que haviam escolhido ficava na margem sul do quilômetro quadrado indicado por Jericó, e dos recessos perto do cume poderiam olhar para o lado sul da Fortaleza – se é que se tratava mesmo da Fortaleza – de uma altura quase igual à de seu pico.

Subiram por uma hora, a respiração difícil, ofegante. O sargento Stephenson, na vanguarda, seguiu por uma pequena trilha de cabras, e contornaram a curva da montanha. Pouco antes do cume, encontraram o recesso que o TR-1 registrara com sua câmera. Era melhor do que Martin imaginara, uma fenda natural na rocha, com 2,5 metros de comprimento, um 1,20 de profundidade, e 60 centímetros de altura. Fora da fenda, havia uma saliência com 60 centímetros de extensão, sobre a qual Martin poderia estender o tronco, com a parte inferior do corpo e os pés dentro da fenda.

Os homens tiraram as redes de camuflagem das mochilas e passaram a tornar seu nicho invisível a olhos vigilantes.

Rações e água foram guardadas nos bolsos do cinturão, os componentes dos equipamentos técnicos de Martin aprontados, as armas verificadas. Pouco antes do sol nascer, Martin usou um dos seus equipamentos.

Era um transmissor, muito menor do que o aparelho que levara para Bagdá, mal chegando ao tamanho de dois maços de cigarro. Era ligado a uma bateria de cádmio e níquel, com potência suficiente para lhe proporcionar mais tempo no ar do que jamais precisaria.

A frequência era fixa, e no outro lado havia uma escuta vinte e quatro horas por dia. Para atrair atenção, ele só precisava apertar o botão de transmitir, numa sequência combinada de *bips* e pausas, e depois esperar pela sequência de resposta.

O terceiro componente do aparelho era uma antena parabólica, dobrável, como a que usara em Bagdá, só que menor. Embora estivesse agora muito ao norte da capital iraquiana, também se encontrava num ponto muito mais elevado.

Martin armou a antena, apontada para o sul, e depois apertou o botão de transmitir. Um-dois-três-quatro-cinco, pausa, um-dois-três, pausa, um, pausa, um.

Cinco segundos depois saiu um som baixo do rádio em suas mãos. Quatro *bips*, quatro *bips*, dois.

Ele apertou o botão de transmissão, manteve o polegar comprimido e murmurou pelo microfone:

– Em Nínive, em Tiro. Repito, em Nínive, em Tiro.

Martin soltou o botão e esperou. O aparelho emitiu os sinais, um-dois-três, pausa, um, pausa, quatro. Mensagem recebida.

Ele guardou o aparelho na cobertura à prova d'água, pegou o binóculo potente e arrastou o tronco pela saliência. Por trás, o sargento Stephenson e o cabo Eastman se encontravam espremidos como embriões na fenda rochosa, mas pareciam confortáveis. Dois gravetos suspendiam a rede à sua frente, oferecendo uma abertura em que enfiou o binóculo, pelo qual um observador de aves daria o seu braço direito.

Enquanto o sol subia pelas montanhas de Hamreen, na manhã de 23 de fevereiro, o major Martin começou a estudar a obra-prima de seu antigo colega de escola, Osman Badri, a Qa'ala que nenhuma máquina podia ver.

Em Riad, Steve Laing e Simon Paxman olharam para a folha de papel entregue pelo operador de rádio, que viera correndo da sala de comunicações.

– Sensacional! – exclamou Laing, emocionado. – Ele está lá, nas malditas montanhas!

Vinte minutos depois, a informação chegou a Al Kharz, transmitida pelo gabinete do general Glosson.

O CAPITÃO DON WALKER retornara à sua base na madrugada do dia 22, dormira um pouco no que restava de escuridão e começara a trabalhar logo depois do amanhecer, quando os pilotos que haviam efetuado missões durante a noite completavam seus relatórios e se arrastavam para a cama.

Por volta do meio-dia, ele tinha um plano para apresentar a seus superiores. Foi enviado imediatamente a Riad e aprovado. Durante a tarde, foram determinados o avião apropriado, tripulação e serviços de apoio.

O plano era um ataque de quatro aviões a uma base aérea iraquiana ao norte de Bagdá, chamada Tikrit Leste, não muito longe do lugar em que Saddam Hussein nascera. Seria um ataque noturno, com bombas de 1.000 quilos, guiadas por *laser*. Don Walker lideraria a missão, com seu ala habitual e mais dois Eagles.

Milagrosamente, a operação apareceu na Ordem de Missões Aéreas, enviada de Riad, embora planejada há apenas doze horas, em vez dos três dias de antecedência.

As outras três tripulações necessárias foram retiradas de quaisquer outros ataques e destacadas para a missão Tikrit Leste, marcada para a noite do dia 22 (talvez), ou outra noite em que fosse dada a ordem. Até lá, permaneceriam de sobreaviso, para decolar em uma hora.

Os quatro Strike Eagles foram aprontados ao pôr do sol do dia 22 e às 22 horas a missão foi cancelada, sem ser substituída por nenhuma outra. Os oito aviadores receberam a instrução para descansar, enquanto o restante da esquadrilha destruiria tanques de unidades da Guarda Republicana ao norte do Kuwait.

Quando os caças voltaram, ao amanhecer do dia 23, as quatro tripulações ociosas foram alvo de zombarias.

O pessoal de planejamento de missões definiu um curso para Tikrit Leste que levaria os quatro Eagles pelo corredor entre Bagdá e a fronteira iraniana, a leste, com uma volta de 45° sobre o lago As Sa'diyah, e depois uma linha reta, para noroeste, até Tikrit.

Enquanto tomava o café da manhã, no refeitório, Don Walker foi chamado pelo comandante da esquadrilha.

– Seu marcador de alvo já está no lugar – informou o comandante. – Trate de descansar. Pode ter uma noite difícil.

AO SOL NASCENTE, Mike Martin começou a estudar a montanha no outro lado do vale íngreme. Na ampliação máxima do binóculo, podia divisar moitas características; puxando o foco para trás, podia ver uma área de qualquer tamanho que quisesse.

Durante a primeira hora, parecia apenas com uma montanha comum. A relva crescia na encosta, como em todas as outras. Havia moitas e arbustos raquíticos, como em todo o restante. Aqui e ali aparecia um trecho de rocha vazio, com pequenos blocos rochosos equilibrando-se nas encostas. Como todas as demais em seu campo de visão, tinha um formato irregular. Parecia haver nada de anormal.

De vez em quando Martin fechava os olhos com força, para descansá-los, apoiava a cabeça no antebraços por um momento e depois recomeçava.

No meio da manhã, um padrão começou a se definir. Em determinadas partes da montanha, a relva parecia crescer de uma maneira diferente. Havia áreas em que a vegetação dava a impressão de ser regular demais, como se plantada em fileiras. Mas não havia nenhuma porta, a menos que estivesse no outro lado, nenhuma estrada, nenhuma trilha com marcas de pneus, nenhum tubo de ventilação, nenhum sinal de escavação atual ou antiga. Foi o sol em movimento que proporcionou a primeira pista.

Pouco depois das 11 horas, ele pensou ter avistado um brilho de algo no meio da relva. Apontou o binóculo para a área e aumentou-o para a ampliação máxima. O sol escondeu-se por trás de uma nuvem. Quando tornou a aparecer, houve o brilho de novo. Martin percebeu a fonte: um fragmento de arame na relva.

Martin piscou, tentou outra vez. Enviesado, um pedaço de arame com 30 centímetros, no meio da relva. Era parte de um arame mais comprido, encapado com plástico verde, do qual um pequeno trecho fora corroído, revelando o metal por baixo.

Era um de vários, todos enterrados na relva, de vez em quando revelados, quando o vento soprava as hastes de um lado para outro. Em diagonal, na direção oposta, uma rede de arame interligado, por baixo da relva.

Por volta do meio-dia, ele pôde ver melhor. Uma parte da encosta tinha uma rede de arame verde, prendendo o solo a uma superfície por baixo da terra; a relva e os arbustos plantados em cada intervalo, no formato de um losango, haviam se espalhado, cobrindo a rede por baixo.

Depois ele percebeu o muro de contenção. Uma parte da encosta era feita de blocos de concreto, presumivelmente de concreto, cada um recuado 7 centímetros do que ficava por baixo. Ao longo dos pequenos platôs horizontais assim criados, havia uma depressão cheia de terra, onde arbustos cresciam, formando linhas horizontais. Não parecia assim a princípio, por causa das alturas diferentes, mas quando se observava apenas as hastes, ficava evidente que estavam em linhas. A natureza não cresce em linhas.

Ele observou outras partes da montanha, mas o padrão terminava, para só recomeçar mais à sua esquerda. Só no início da tarde, Martin conseguiu desvendar o mistério.

Os analistas em Riad tinham razão... até certo ponto. Se alguém tentasse escavar todo o centro da colina, esta teria desmoronado. Quem realizara aquela obra, devia ter usado três colinas existentes, escavando as encostas internas e preenchendo os espaços entre os picos, a fim de criar uma gigantesca cratera.

Ao preencher os espaços, o construtor seguira os contornos das colinas verdadeiras, empilhando seus blocos de concreto para trás e para cima, criando os platôs mínimos e despejando dezenas de milhares de toneladas de terra do topo.

A cobertura de disfarce fora feita depois, redes de arame encapado em vinil verde, provavelmente presas no concreto por baixo, contendo a terra nas encostas. Depois, as sementes de relva, espalhadas sobre a terra, criando raízes, espalhando-se, moitas e arbustos em depressões mais fundas, nos platôs de concreto.

A relva entrelaçara-se, ao longo do verão anterior, criando sua própria rede de raízes para segurar a terra, os arbustos cresceram além do arame e da relva, para igualar a vegetação das colinas originais.

Por cima da cratera, o telhado da Fortaleza era sem dúvida um domo geodésico, construído com milhares de depressões em que a relva podia crescer. Havia até blocos artificiais, pintados com o cinza das rochas autênticas, com listras por onde a chuva escorrera.

Martin concentrou-se na área perto do ponto em que teria estado a borda da cratera, antes da construção da rotunda.

Cerca de 15 metros abaixo do topo do domo, ele encontrou o que procurava. Já passara o binóculo umas cinquenta vezes pela ligeira protuberância sem ter percebido nada.

Era um afloramento rochoso, de um cinza desbotado, mas havia duas linhas pretas de um lado ao outro. Quanto mais estudava as linhas, mais se perguntava por que alguém se daria ao trabalho de subir tão alto para traçar duas linhas através de uma rocha.

Uma rajada de vento veio de nordeste, ondulando a rede em torno de seu rosto. O mesmo vento fez com que as linhas se mexessem. Quando o vento parou, as linhas voltaram a ficar imóveis. Martin então compreendeu que não eram linhas riscadas, mas fios de aço, passando pela rocha e se prolongando pela relva.

Havia blocos menores no perímetro em torno do maior, como sentinelas num círculo. Por que tão circular, por que os fios de aço? Se alguém, lá embaixo, puxasse com toda força aqueles fios... o bloco se deslocaria?

Às 15h30 ele concluiu que não se tratava de um afloramento rochoso. Era uma lona cinza, presa por um círculo de pedras, que seria deslocada para o lado quando os fios fossem puxados para a caverna por baixo.

Sob a lona, ele divisou pouco a pouco uma forma circular com 1,5 metro de diâmetro. Olhava para a lona por baixo da qual, invisível para ele, se projetava o último metro do canhão Babilônia, desde sua culatra quase 200 metros dentro da cratera. Apontava para sul-sudoeste, na direção de Dhahran, a 750 quilômetros de distância.

– Telêmetro – murmurou Martin para os homens por trás.

Ele entregou o binóculo, pegou o aparelho estendido. Parecia uma luneta.

Quando o levou ao olho, como lhe haviam ensinado em Riad, viu a montanha e a lona que escondia o canhão, mas sem qualquer ampliação.

Sobre o prisma, havia quatro asnas em forma de V, todas as pontas viradas para dentro. Lentamente, ele girou o botão no lado do visor, até que todas a pontas encostaram, formando uma cruz, fixada na lona.

Tirando o telêmetro do olho, ele verificou os números na faixa giratória: 987 metros.
– Bússola.
Martin estendeu o telêmetro para trás, pegou a bússola eletrônica. Não era um artefato que dependia de um prato boiando numa tigela com álcool, nem mesmo um apontador equilibrado sobre uma suspensão Cardan. Ele levou ao olho, apontou para a lona no outro lado do vale e apertou o botão. A bússola fez o restante, dando uma direção de sua posição para a lona: 348 graus, 10 minutos e 18 segundos.

O posicionador SATNAV informou o último item de que precisava – sua própria locação, exata, na superfície do planeta, o máximo próximo de um quadrado de 15 metros por 15.

Foi um tanto difícil armar a antena parabólica no espaço restrito, e demorou dez minutos. Quando ele ligou para Riad, a resposta foi imediata. Martin leu três conjuntos de números para o pessoal à escuta na capital saudita, sua posição exata, a direção da bússola dele para o alvo e a distância. Riad podia calcular o restante e transmitir as coordenadas ao piloto.

Martin rastejou para dentro da fenda, sendo substituído por Stephenson, que ficaria atento a patrulhas iraquianas, e tentou dormir.

Às 20h30, na mais completa escuridão, testou o marcador de alvo infravermelho. No formato, era como uma lâmpada, com um cabo de pistola, mas tendo um visor atrás.

Ligou-o à bateria, apontou para a Fortaleza e olhou. Toda a montanha estava clara, como se iluminada por uma enorme lua verde. Mirou o intensificador de imagem para a lona que encobria o cano da Babilônia e puxou o gatilho, como de uma pistola.

Um raio único e invisível de luz infravermelha projetou-se pelo vale, e Martin viu um pequeno ponto vermelho aparecer na encosta da montanha. Passando para o visor noturno, manteve o ponto vermelho na lona por meio minuto. Satisfeito, desligou o aparelho e voltou para baixo da rede.

OS QUATRO STRIKE EAGLES decolaram de Al Kharz às 22h45 e subiram para 6 mil metros. Para três das tripulações, tratava-se de uma missão rotineira, bombardear uma base aérea iraquiana. Cada Eagle carregava duas bombas de 1.000 quilos, guiadas por *laser*, além dos mísseis de defesa ar-ar.

O reabastecimento pelo KC-10 designado, ao sul da fronteira iraquiana, foi normal, sem qualquer incidente. Depois, retomaram a formação, não muito rígida, e o voo, com o codinome Bluejay, seguiu em curso quase para o norte, passando sobre a cidade iraquiana de As-Samawah às 23h14.

Voavam em silêncio de rádio, como sempre, e sem luzes, cada copiloto podendo divisar os outros três aviões em seu radar. A noite era clara, e o AWACS sobre o Golfo lhes dera um aviso de "imagem clara", significando não haver nenhum caça iraquiano no ar.

Às 23h39, o copiloto de Don Walker murmurou:

– Ponto de volta em cinco.

Todos ouviram e compreenderam que estariam descrevendo uma volta sobre o lago As Sa'diyah dentro de cinco minutos. No momento em que iniciara a volta de 45° para bombordo, a fim de iniciar o novo curso para Tikrit Leste, as outras três tripulações ouviram Don Walker dizer claramente:

– Voo Bluejay... líder tem problemas no motor. Vou iniciar RAB. Bluejay três, assuma.

Bluejay três era Bull Baker naquela noite, líder dos outros dois aviões. Dessa transmissão em diante, tudo começou a sair errado, e de uma maneira muito estranha.

O ala de Walker, Randy "R-2" Roberts, voava perto de seu líder mas não percebeu qualquer problema aparente nos motores do companheiro. Mesmo assim, o líder de Bluejay começava a perder altitude e potência. Se ele ia iniciar RAB – retorno à base –, seria normal que o ala o acompanhasse, a menos que o problema fosse mínimo. Um problema de motor sobre território inimigo não é mínimo.

– Entendido – respondeu Baker.

E foi então que Walker acrescentou:

– Bluejay dois, acompanhe Bluejay três, repito, acompanhe Bluejay três. É uma ordem. Continue para Tikrit Leste.

O ala, aturdido, obedeceu à ordem e subiu para acompanhar o restante de Bluejay. O líder do voo continuou a perder altura sobre o lago; os outros podiam vê-lo pelo radar.

Nesse mesmo momento, compreenderam que ele fizera o inconcebível. Por algum motivo, talvez a confusão causada pelo problema de motor, Walker não falara pelo rádio Have-quick, codificado, mas sim "em claro". Mais espantoso ainda, ele mencionara expressamente o destino.

Sobre o Golfo, um jovem sargento da Força Aérea dos Estados Unidos, guarnecendo parte da bateria de controles dentro do avião AWACS, chamou seu controlador de missão na maior perplexidade.

– Temos um problema, senhor. O líder do Bluejay está com problemas de motor. Quer iniciar RAB.

– Certo, anotado – disse o comandante da missão.

Na maioria dos aviões, o piloto tem o comando completo. Num AWACS, o piloto tem o comando da segurança do avião, mas o comandante da missão é quem manda quando se trata de dar ordens pelo rádio.

– Mas, senhor – protestou o sargento –, o líder de Bluejay falou em claro. Indicou o alvo da missão. Devo ordenar RAB para todos?

– Negativo, a missão continua – declarou o controlador.

O sargento voltou a se concentrar em seu painel, mais espantado do que nunca. Aquilo era uma loucura; se os iraquianos tivessem ouvido a transmissão, suas defesas em Tikrit Leste entrariam em alerta total.

E foi nesse instante que ele tornou a ouvir Walker.

– Líder de Bluejay, *Mayday, Mayday*. Ambos os motores em pane. Ejetando.

Ele ainda falava "em claro". Os iraquianos, se estivessem na escuta, ouviriam tudo.

O sargento estava certo. As mensagens foram ouvidas. Em Tikrit Leste, os artilheiros removeram as lonas de suas armas antiaéreas e os mísseis que procuravam o calor ficaram na expectativa do som de motores se aproximando. Outras unidades foram alertadas a seguir imediatamente para a área do lago, à procura de dois aviadores ejetados.

– Senhor, líder do Bluejay caiu. Temos de ordenar RAB para os outros.

– Registrado, mas negativo – respondeu o comandante da missão.

Ele olhou para seu relógio. Tinha suas ordens. Não sabia por quê, mas iria cumpri-las.

O Voo Bluejay se encontrava então a nove minutos do alvo, seguindo para um comitê de recepção. Os três pilotos voavam seus Eagles num silêncio total.

No AWACS, o sargento ainda podia ver o *bip* do líder do Bluejay, descendo para a superfície do lago. Era evidente que o Eagle fora abandonado e cairia na água a qualquer momento.

Quatro minutos depois, o comandante da missão pareceu ter mudado de ideia.

– Voo Bluejay, AWACS para Voo Bluejay, RAB, repito, RAB.

Os três Strike Eagles, seus tripulantes abatidos e desolados com os acontecimentos da noite, mudaram seu curso e voltaram para a base. Os artilheiros iraquianos em Tikrit Leste, privados de radar, esperaram em vão por mais uma hora.

Na extremidade meridional de Jebal al Hamreen, outro posto de escuta iraquiano também ouvira a conversa pelo rádio. O coronel dos sinaleiros no comando não tinha a obrigação de alertar Tikrit Leste ou qualquer outra base aérea para a aproximação de aviões inimigos. Sua função exclusiva era garantir que nenhum entrasse em Jebal.

Quando o Voo Bluejay efetuara uma volta sobre o lago, ele passara para alerta âmbar; o curso do lago para a base aérea levaria os Eagles a passarem pela extremidade meridional da serra. Quando um dos aviões caiu, ele ficou na maior satisfação; e quando os outros três desviaram para o sul, sentiu-se aliviado. Reduziu o estado de alerta.

Don Walker descera em parafuso para a superfície do lago, até nivelar a 30 metros e lançar seu chamado de *Mayday*. Enquanto sobrevoava as águas do As Sa'diyah, ele introduziu suas novas coordenadas e virou para o norte, na direção de Jebal. No mesmo momento, entrou em LANTIRN.

LANTIRN – navegação e missão em baixa altitude, infravermelha para a noite – é o equivalente americano do sistema britânico TIALD. Passando para LANTIRN, Walker podia olhar por sua capota e ver a paisagem à frente, com toda clareza, iluminada por facho infravermelho sendo emitido de debaixo da asa.

Colunas de informações em seu visor forneciam-lhe agora o curso e velocidade, altitude, tempo para Ponto de Lançamento.

Poderia ter passado para o piloto automático, deixando o computador voar o Eagle, levando-o entre desfiladeiros e vales, enquanto mantinha as mãos nas coxas. Mas Walker preferiu permanecer no "manual" e pilotar pessoalmente.

Com a ajuda de fotos de reconhecimento fornecidas pelo Buraco Negro, ele traçara um curso através da serra que nunca o deixava se elevar acima da linha do horizonte. Permaneceu em voo baixo, sobrevoando o fundo dos vales, passando de uma abertura para outra, um curso em zigue-zague, como uma montanha-russa, subindo pouco a pouco, a caminho da Fortaleza.

Quando Walker emitira o chamado de *Mayday*, o rádio de Mike Martin soara, com uma série de *bips* previamente combinados. Ele rastejara para a beira da saliência sobre o vale, apontara o raio infravermelho do marcador de alvo para a lona, a 1.000 metros de distância, fixara o ponto vermelho bem no centro do alvo e agora o mantinha ali.

Os *bips* no rádio significavam "sete minutos para lançamento de bomba", e desse momento em diante Martin não deveria deslocar o ponto vermelho por 1 centímetro sequer.

– Já não era sem tempo – murmurou Eastman. – Estou congelando aqui.

– Não vai demorar muito agora – disse Stephenson, guardando os últimos equipamentos em sua Bergen. – Depois, você poderá correr tudo o que quiser, Benny.

Só o rádio ficou de fora, pronto para a próxima transmissão.

No assento traseiro do Eagle, Tim podia ver as mesmas informações que seu piloto. Quatro minutos para o lançamento, três e meio, três... os números no HUD estavam em contagem regressiva, enquanto o Eagle disparava através das montanhas, na direção de seu alvo. Passou pelo pequeno vale em que Martin e seus homens haviam pousado e levou segundos para percorrer o terreno pelo qual eles haviam marchado com tanto esforço, ao peso das mochilas.

– Noventa segundos para o lançamento...

Os homens do SAS ouviram o som dos motores se aproximando do sul, no instante em que o Eagle iniciou a "elevação".

O caça-bombardeiro passou sobre a última crista, 5 quilômetros ao sul do alvo, no momento em que a contagem regressiva chegou a zero. Na escuridão, as duas bombas em forma de torpedos deixaram seus suportes, sob as asas, e subiram por poucos segundos, levadas pela própria inércia.

Nas três falsas aldeias, os soldados da Guarda Republicana foram despertados pelo rugido dos jatos, surgindo do nada, por cima de suas cabeças, saltaram da cama, correram para suas armas. Em poucos segundos, os telhados dos celeiros começaram a se levantar, acionados por macacos hidráulicos, revelando os mísseis por baixo.

As duas bombas sentiram a pressão da gravidade e começaram a cair. Em suas ogivas, sensores infravermelhos farejavam o facho de orientação, os raios invisíveis, refletidos do ponto vermelho no alvo; depois que os detectava, nunca mais poderiam se desviar.

Mike Martin continuou deitado de bruços, esperando, atordoado pelo barulho do jato, enquanto as montanhas pareciam tremer, mas manteve o ponto vermelho firme no canhão Babilônia.

Sequer viu as bombas. Num segundo ele olhava para uma montanha verde-claro, à luz do intensificador de imagem, no seguinte teve de desviar os olhos e protegê-los, enquanto a noite se transformava num dia vermelho como sangue.

As duas bombas tiveram um impacto simultâneo, três segundos antes do coronel da Guarda Republicana no fundo da montanha oca estender a mão para a alavanca de "lançamento". Nunca a alcançou.

Olhando através do vale, sem o visor noturno, Martin viu todo o topo da Fortaleza irromper em chamas. Ao clarão, divisou a imagem fugaz de um enorme cano, empinando para trás, como uma besta abatida, contorcendo-se, partindo-se, desabando com os fragmentos do domo na cratera por baixo.

– Um fogo infernal – sussurrou o sargento Stephenson, ao seu lado.

A analogia até que cabia. Um fogo alaranjado passou a iluminar a cratera, enquanto as chamas da explosão desvaneciam-se e a semi-escuridão retornava as montanhas. Martin pôs-se a transmitir seus códigos de "alerta" para o posto de escuta em Riad.

Don Walker rolara o Eagle depois do lançamento das bombas, descrevendo uma curva numa inclinação lateral de 135°, a fim de iniciar o curso de volta ao sul. Como não se encontrava sobre terreno plano, e montanhas erguiam-se ao seu redor, tinha de ganhar mais altitude do que o normal ou correr o risco de bater num daqueles picos.

Foi a aldeia mais distante da Fortaleza que teve a melhor oportunidade. Por uma fração de segundo, ele a sobrevoou, na inclinação lateral, fazendo a curva para o sul, e nesse instante os dois mísseis foram disparados. Não eram SAMS russos, mas o melhor de que o Iraque dispunha, os Rolands, de fabricação franco-alemã.

O primeiro saiu baixo, disparando no encalço do Eagle, enquanto este sumia de vista, através das montanhas. O Roland não conseguiu passar pela crista. O segundo roçou sobre o pico e alcançou o caça no vale seguinte. Walker sentiu o tremendo choque no instante do impacto do míssil sobre o avião, destruindo e quase arrancando o motor de boreste.

O Eagle foi arremessado pelo céu, seus sistemas delicados em desordem, o combustível pegando fogo, formando uma cauda de cometa em sua esteira. Walker ainda testou os controles, inertes, onde antes havia reações firmes. Estava acabado, seu avião morria, todas as luzes de alerta de incêndio acesas, 30 toneladas de metal em chamas, prestes a cair do céu.

– Ejetar, ejetar...

A capota se estilhaçou automaticamente um microssegundo antes dos dois assentos serem ejetados, subindo pela noite, para depois virar e estabilizar. Seus sensores registraram no mesmo instante que estavam baixo demais e soltaram as correias que prendiam o piloto no assento, livrando-o do metal em queda, para que o paraquedas pudesse se abrir.

Walker nunca ejetara antes. A sensação de choque entorpeceu-o por um momento, privando-o da capacidade de decisão. Por sorte, os fabricantes haviam pensado nisso. Enquanto o pesado assento de metal caía para longe, o paraquedas se abriu. Atordoado, Walker descobriu-se na mais completa escuridão, balançando nas correias, sobre um vale que não podia ver.

Não foi uma descida longa, pois ele voava muito baixo. Em segundos, o chão pareceu subir e atingiu-o, ele caiu, rolou, as mãos procurando pelo mecanismo para soltar o paraquedas, freneticamente. Depois o paraquedas se foi, soprado pelo vale, e ele se descobriu caído de costas sobre a relva. Tratou de se levantar.

– Tim! – chamou ele. – Tim! Você está bem?

Walker desatou a correr pelo vale, à procura do outro paraquedas, certo de que ambos haviam pousado na mesma área.

Tinha razão nesse ponto. Ambos os aviadores haviam caído dois vales ao sul do alvo. No céu, ao norte, ele podia divisar um clarão avermelhado.

Depois de três minutos, seu joelho esbarrou em alguma coisa. Pensou tratar-se de uma rocha, mas à tênue claridade constatou que era um dos assentos ejetados. Talvez o seu. Ou o de Tim? Continuou a procurar.

Walker acabou encontrando seu copiloto. O jovem ejetara com perfeição, mas parte da explosão do míssil arrebentara a unidade de separação do assento de seu ejetor. Ele caíra na encosta ainda preso no assento, o paraquedas fechado. O impacto da queda finalmente separara o corpo do assento, mas nenhum homem sobrevive a um choque assim.

Tim Nathanson estava estendido de costas no vale, um emaranhado de braços e pernas quebrados, o rosto encoberto pelo capacete e visor. Walker tocou a máscara, arrancou as plaquetas de identificação, virou-se para o outro lado do clarão nas montanhas e saiu correndo, as lágrimas escorrendo pelo rosto.

Correu até não poder mais, encontrou uma fenda na montanha e se meteu ali, para descansar.

DOIS MINUTOS DEPOIS das explosões na Fortaleza, Martin fez seu contato com Riad. Transmitiu sua série de *bips* e depois a mensagem:

– Agora Barrabás, repito, agora Barrabás.

Os três homens do SAS guardaram o rádio, ajeitaram as Bergens nas costas e começaram a descer a montanha... depressa. Haveria patrulhas agora como nunca antes, não à procura deles, pois era improvável que os iraquianos deduzissem, pelo menos por algum tempo, por que o bombardeio fora tão acurado, mas em busca dos aviadores americanos abatidos.

O sargento Stephenson verificara o curso do jato em chamas ao passar sobre suas cabeças e a direção onde caíra. Presumindo que tivessem flutuado por algum tempo, depois de ejetados, os aviadores, caso sobrevivessem, deviam se encontrar agora em algum lugar nessa direção. Andaram depressa, um pouco à frente dos homens da tribo Ubaidi, que formavam a Guarda Republicana, e agora deixavam as aldeias, subindo pela serra.

Vinte minutos depois, Mike Martin e os dois homens do SAS depararam-se com o cadáver do oficial de armamentos. Não havia nada que pudessem fazer, e por isso seguiram em frente.

Dez minutos mais tarde, ouviram lá atrás o matraquear de armas de fogo. Os Al-Ubaidi haviam descoberto o corpo também e descarregaram suas armas nele, raivosos. O gesto serviu para denunciar sua posição. Os homens do SAS continuaram em frente.

Don Walker mal sentiu a lâmina da faca do sargento Stephenson em sua garganta. Era tão leve quanto um fio de seda encostando em seu pescoço. Mas levantou os olhos e viu um homem de pé à sua frente. Era moreno e esguio, tinha uma pistola na mão direita, apontada para o peito de Walker e usava o uniforme de um capitão da Guarda Republicana do Iraque, Divisão Montanhesa. Mas o homem disse:

– Uma péssima hora de vir para o chá. Vamos sair daqui o mais depressa possível?

NAQUELA NOITE, o general Norman Schwarzkopf encontrava-se sozinho em sua suíte, no quarto andar do prédio do Ministério da Defesa saudita.

Não fora ali que passara a maior parte dos últimos sete meses, pois saíra para visitar tantas unidades de combate quanto podia, ou ficara no porão, com seu estado-maior e planejadores. Mas a suíte grande e confortável era o lugar onde se refugiava quando queria ficar sozinho.

Sentava-se à sua mesa, diante do telefone vermelho que o ligava por uma rede de segurança máxima a Washington, e esperava.

O outro telefone tocou quando faltavam dez minutos para 1 hora da madrugada de 24 de fevereiro.

– General Schwarzkopf?

Era um sotaque britânico.

– Isso mesmo.

– Tenho uma mensagem para o senhor.

– Pode falar.

– É a seguinte: Agora Barrabás, senhor. Agora Barrabás.

– Obrigado.

O comandante-chefe das forças aliadas desligou. Às 4 horas daquele dia a invasão por terra começou.

23

Os três homens do SAS seguiram em marcha forçada pelo restante da noite, num ritmo que deixou Don Walker, que não carregava nenhuma mochila e se julgava em boa forma física, exausto e ofegante.

Havia momentos em que ele caía de joelhos, convencido de que não poderia mais continuar, que até a morte seria preferível à dor interminável em cada músculo.

Sempre que isso acontecia, sentia duas mãos de aço suspendendo-o, sob as axilas, e ouvia a voz *cockney* do sargento Stephenson em seu ouvido:

– Vamos, companheiro, só mais um pouco. Está vendo aquela crista? Provavelmente descansaremos no outro lado.

Mas nunca descansavam. Em vez de seguir para o sul, na direção dos contrafortes, onde calculavam que encontrariam uma rede de soldados da Guarda Republicana, com veículos, Mike Martin foi para leste, pelas colinas mais altas, a caminho da fronteira iraniana. Era um curso que obrigava os Al-Ubaidis a partir em seu encalço.

Pouco depois do amanhecer, olhando para trás e para baixo, Martin viu um grupo de seis homens, mais aptos do que os outros, ainda subindo e diminuindo a distância que os separava. Quando os iraquianos alcançaram a crista seguinte, avistaram um dos fugitivos sentado no chão, virado para o outro lado.

Abrigando-se por trás de rochas, os soldados abriram fogo, crivando de balas as costas do estrangeiro. O cadáver tombou. Os seis homens da Guarda Republicana abandonaram sua cobertura e saíram correndo.

Só tarde demais perceberam que o corpo era uma mochila Bergen, coberta por uma rede de camuflagem, tendo por cima o capacete de voo de Walker. As três Heckler and Kock MP5s, com silenciador, liquidaram-nos quando se reuniram em torno do "corpo".

Por cima da cidade de Khanaqin, Martin finalmente resolveu parar e fez uma transmissão para Riad. Stephenson e Eastman ficaram de vigia, virados para oeste, de onde deveria vir qualquer patrulha em perseguição.

Martin informou a Riad que restavam três homens do SAS e levavam junto um único aviador americano. Para o caso da mensagem ser interceptada, não deu sua posição. E depois continuaram.

No alto das montanhas, perto da fronteira, encontraram abrigo numa cabana de pedra, usada pelos pastores locais no verão, quando os rebanhos eram levados para pastagens mais elevadas. Ali, com turnos de vigia, esperaram pelos quatro dias da guerra no solo, enquanto para o sul os tanques aliados e a força aérea esmagavam os exércitos iraquianos, numa *Blitzkrieg* de noventa horas e entravam no Kuwait.

NAQUELE MESMO DIA, o primeiro da guerra em terra, um soldado solitário entrou no Iraque por oeste. Era um israelense, dos comandos Sayeret Matkal, escolhido por seu árabe fluente.

Um helicóptero israelense, adaptado com tanques extras para voos longos, e disfarçado com a pintura do exército jordaniano, veio do

Negev, sobrevoou o deserto jordaniano e largou o homem logo depois da fronteira do Iraque, ao sul do ponto de travessia em Ruweishid.

Depois, voara de volta através da Jordânia e retornara a Israel sem ser percebido.

Como Martin, o soldado tinha uma motocicleta leve e resistente, com pneus de "deserto". Embora disfarçada para parecer velha, amassada e enferrujada, seu motor se encontrava em magníficas condições e havia combustível extra em dois galões presos sobre a roda traseira.

O soldado seguiu pela estrada principal para leste, e ao pôr do sol entrou em Bagdá.

As preocupações de seus superiores com sua segurança haviam sido supercautelosas. Pelo espantoso telégrafo boca a boca, que parece superar até mesmo as comunicações eletrônicas, os habitantes de Bagdá já sabiam que seu exército estava sendo esmagado nos desertos ao sul do Iraque e no Kuwait. Ao anoitecer do primeiro dia, a AMAM se recolhera aos seus quartéis e não mais saíra.

Agora que o bombardeio cessara, pois toda a aviação aliada era necessária nos campos de batalha, o povo de Bagdá pôde circular livremente, falando às claras sobre a iminente chegada dos americanos e britânicos para derrubar Saddam Hussein.

Essa euforia duraria uma semana, até se tornar evidente que os aliados não viriam e o controle da AMAM voltaria a prevalecer.

A estação rodoviária central era uma massa fervilhante de soldados, a maioria apenas de camiseta e cueca, tendo se livrado de seus uniformes no deserto. Eram os desertores que haviam se esquivado dos pelotões de fuzilamento, esperando por trás das linhas de frente. Vendiam seus Kalashnikovs pelo preço de uma passagem para suas aldeias. No início da semana, esses rifles valiam 35 dinares cada; quatro dias depois, o preço caíra para 17.

O infiltrador israelense tinha uma missão, que cumpriu durante a noite. O Mossad só conhecia os três pontos de correspondência para deixar mensagens para Jericó que Alfonso Benz Moncada usara até agosto. Martin cancelara dois, por motivos de segurança, mas o terceiro continuava em operação.

O israelense deixou mensagens idênticas nos três lugares, fez as marcas de giz correspondentes, pegou a motocicleta e tornou a partir para oeste, juntando-se à multidão de refugiados que seguiam nessa direção.

Levou outro dia para alcançar a fronteira. Cruzou-a ao sul da estrada principal, pelo deserto vazio, entrou na Jordânia, recuperou o farolete direcional escondido e usou-o. Os *bips* foram captados no mesmo instante por um avião israelense que circulava sobre o Negev, e o helicóptero voltou ao ponto de encontro para buscar o infiltrador.

Ele não dormira nas últimas cinquenta horas e comera muito pouco, mas cumprira sua missão e voltou para casa são e salvo.

No TERCEIRO DIA da guerra em terra, Edith Hardenberg voltou à sua mesa no Winkler Bank ao mesmo tempo perplexa e furiosa. Na manhã anterior, quando se preparava para sair de casa, a caminho do trabalho, recebera um telefonema.

O interlocutor, falando um alemão impecável, com sotaque de Salzburg, apresentara-se como o vizinho de sua mãe. Dissera-lhe que Frau Hardenberg caíra da escada e ficara bastante machucada.

Ela tentara ligar para a mãe, mas o telefone sempre dava sinal de ocupado. Ao final, frenética, ligara para o serviço telefônico de Salzburg, que a informara de que o telefone devia estar com defeito.

Telefonara para o banco, avisando que não ia trabalhar naquele dia, pegara seu carro e partira para Salzburg, através da neve e lama, lá chegando ao final da manhã. A mãe, em saúde perfeita, mostrara-se surpresa ao vê-la. Não sofrera nenhuma queda, não tinha qualquer ferimento. Pior ainda, algum vândalo cortara o cabo de seu telefone, fora do apartamento.

Quando Edith voltara a Viena, já era tarde demais para ir trabalhar.

Naquela manhã, assim que chegou, encontrou Wolfgang Gemütlich num ânimo ainda pior do que o seu. Censurou-a com rigor por sua ausência no dia anterior e escutou sua explicação de mau humor.

O motivo para sua irritação logo foi revelado. No meio da manhã anterior, um jovem aparecera no banco e insistira em lhe falar.

O visitante informara que seu nome era Aziz, e era filho do titular de uma substancial conta numerada. Seu pai, explicara o árabe, não podia comparecer e mandara o filho como seu representante.

A essa altura, Aziz Júnior apresentara uma documentação que o autenticava de forma plena e perfeita como procurador do pai, com autoridade total para operar a conta numerada. Herr Gemütlich examinara os documentos, à procura da menor falha, mas não havia nenhuma. Não lhe restava alternativa que não aceitar a procuração.

O jovem desgraçado insistira que o desejo do pai era encerrar a conta e transferir os recursos. E isso, Fräulein Hardenberg, apenas dois dias depois de um novo depósito na conta, de 3 milhões de dólares, elevando o total a mais de dez milhões.

Edith Hardenberg ouviu em silêncio a história de pesar de Gemütlich, e depois perguntou pelo visitante. Isso mesmo, ela foi informada, seu primeiro nome era Karim. Agora que ela mencionava, Herr Gemütlich podia se lembrar de que havia um anel de sinete, com uma opala rosa, no dedo mínimo de uma das mãos, e uma cicatriz no queixo. Se não estivesse tão consumido por seu senso de indignação, o banqueiro poderia ter estranhado o interrogatório preciso de sua secretária sobre um homem que ela não podia ter visto.

Gemütlich admitiu que sabia que o titular da conta devia ser algum árabe, mas não imaginava que o homem era do Iraque, nem que tinha um filho.

Depois do expediente, Edith Hardenberg voltou para casa e começou a limpar o pequeno apartamento. Esfregou e lavou por horas. Levou duas caixas de papelão para uma caçamba de lixo a algumas centenas de metros de distância e despejou-as ali. Uma continha diversos artigos de maquiagem, perfumes, loções e sais de banho, a outra uma variedade de roupas de baixo femininas caríssimas. Depois, ela retornou à sua faxina.

Os vizinhos disseram mais tarde que ouviram música pela noite afora, não o Mozart e Strauss que Edith costumava tocar, mas Verdi, em particular uma ária de *Nabucco*. Um vizinho de ouvido mais aguçado identificou como *O coro dos escravos*, que ela tocara muitas vezes.

A música parou de madrugada, e ela saiu em seu carro, levando dois itens da cozinha.

Foi um contador aposentado, passeando com seu cachorro pelo Prater Park, às 7 horas da manhã seguinte, que a encontrou. Ele saíra da Hauptallee para deixar o cachorro fazer suas necessidades no mato, longe da calçada.

Ela usava um casaco cinza de *tweed*, os cabelos presos num coque atrás da cabeça, meias grossas nas pernas, sapatos sem saltos. A corda de varal passada pelo galho de um carvalho aguentara firme e o banco de cozinha caíra para um metro de distância.

Estava quieta e rígida na morte, as mãos pendendo nos lados do corpo, os pés apontando para baixo. Sempre uma mulher impecável, assim era Edith Hardenberg.

VINTE E OITO DE fevereiro foi o último dia da guerra em terra. Nos desertos iraquianos, a oeste do Kuwait, o exército iraquiano fora flanqueado e aniquilado. Ao sul da cidade, as divisões da Guarda Republicana que haviam entrado no Kuwait a 2 de agosto deixaram de existir. Nesse dia, as forças que ocupavam a cidade atearam fogo a tudo que queimava e procuraram destruir o que não queimava, partindo para o norte numa coluna sinuosa de veículos blindados, caminhões, furgões, carros e carroças.

A coluna foi atacada no ponto ao norte em que a estrada corta o Passo Mutla. Os Eagles e Jaguars, Tomcats e Hornets, Tornados e Thunderbolts, Phantoms e Apaches lançaram-se sobre a coluna e reduziram-na a escombros crestados. Com a vanguarda da coluna destruída e bloqueando a estrada, os demais não podiam escapar, nem para a frente, nem para trás, e também não podiam deixar a estrada, por causa dos paredões rochosos nos lados. Muitos morreram naquela coluna e o restante rendeu-se. Ao pôr do sol, as primeiras forças árabes entraram no Kuwait para libertá-lo.

NAQUELA NOITE, Martin fez contato com Riad de novo e soube da notícia. Deu sua posição e de uma campina relativamente plana nas proximidades.

Os homens do SAS e Walker estavam sem alimentos, derretiam neve para beber e sentiam um frio intenso, mas não ousavam acender uma fogueira, com receio de revelar sua posição. A guerra terminara, mas as patrulhas nas montanhas podiam não saber disso ou não se importar.

Pouco depois do amanhecer, dois helicópteros Blackhawk de longo alcance, emprestados pela 101ª Divisão Aerotransportada americana, vieram buscá-los. Tão grande era a distância desde a fronteira saudita que eles haviam partido da base de campanha da 101ª, 80 quilômetros dentro do Iraque, depois da maior ofensiva de helicópteros da história. Mesmo dessa base de campanha, à margem do rio Eufrates, ainda era uma longa viagem até as montanhas na fronteira, perto de Khanaqin.

Essa a razão da necessidade dos dois helicópteros; o segundo carregava ainda mais combustível para a viagem de volta.

Como precaução, oito Eagles circulavam lá em cima, dando cobertura protetora, enquanto se efetuava o reabastecimento na campina. Don Walker olhou para cima, os olhos contraídos.

– Ei, é o meu pessoal! – gritou ele.

Enquanto os Blackhawks voltavam, os Strike Eagles continuaram a lhes dar cobertura, até se encontrar ao sul da fronteira.

Despediram-se uns dos outros numa faixa de areia agitada pelo vento, cercados pelos escombros de um exército derrotado, perto da fronteira saudito-iraquiana. Os rotores de um Blackhawk levantaram a poeira e cascalho, ao alçar voo para levar Don Walker a Dhahran, de onde pegaria um avião para Al Kharz. Um Puma britânico levou os homens do SAS à sua base secreta e isolada.

NAQUELA NOITE, numa confortável casa de campo nas planícies ondulantes de Sussex, o Dr. Terry Martin foi informado sobre o lugar onde o irmão estivera desde outubro, e que ele deixara agora o Iraque e se encontrava na Arábia Saudita, são e salvo.

O acadêmico quase ficou doente de alívio, e os agentes do SIS levaram-no de volta a Londres, onde ele retomou sua vida como professor na Escola de Estudos Orientais e Africanos.

Dois dias depois, em 3 de março, os comandantes das forças da Coalizão reuniram-se numa barraca, num pequeno aeroporto iraquiano, chamado Safwan, com dois generais de Bagdá, para negociar a rendição.

Os únicos porta-vozes do lado aliado eram o general Norman Schwarzkopf e o príncipe Khalid bin Sultan. Ao lado do general americano sentou-se o comandante das forças britânicas, general Sir Peter de la Billière.

Os dois oficiais ocidentais acreditam até hoje que apenas dois generais iraquianos estiveram em Safwan. Na verdade, foram três.

A rede de segurança americana era extremamente rigorosa, a fim de excluir qualquer possibilidade de um assassino entrar na barraca em que se reuniam os generais inimigos. Toda uma divisão americana cercava o aeroporto, virada para fora.

Ao contrário dos comandantes aliados, que chegaram do sul em helicópteros, a delegação iraquiana recebera ordens de seguir por terra para um entroncamento na estrada, ao norte do aeroporto. Deixaram seus carros ali, transferiram-se para veículos blindados de transporte de tropas americanas, e foram conduzidos por motoristas americanos pelos últimos 3 quilômetros até o aeroporto e o aglomerado de barracas, onde eram aguardados.

Dez minutos depois que os generais entraram na barraca de conferência, com seus intérpretes, outro Mercedes preto aproximou-se pela estrada de Basra, seguindo para o entroncamento. A barreira ali era comandada naquele momento por um capitão da 1ª Brigada Blindada americana, pois todos os oficiais superiores haviam-se deslocado para o aeroporto. O Mercedes inesperado foi detido.

No banco traseiro viajava um terceiro general iraquiano, embora apenas um general de brigada, carregando uma pasta preta. Nem ele nem seu motorista falavam inglês, e o capitão não falava árabe. Já ia fazer contato pelo rádio com o aeroporto para pedir instruções, quando se aproximou um jipe guiado por um coronel americano, trazendo outro no banco de passageiro. O motorista usava o uniforme das forças especiais, os Boinas-Verdes, o passageiro tinha a insígnia de G2, o Serviço de Informações militar.

Os dois mostraram suas identificações para o capitão, que as examinou, reconheceu a autenticidade e bateu continência.

– Está tudo certo, capitão – disse o coronel dos Boinas-Verdes.
– Esperávamos por esse filho da puta. Parece que ele se atrasou por causa de um pneu furado.

– Aquela pasta contém os nomes de todos os nossos prisioneiros de guerra, inclusive os aviadores desaparecidos – acrescentou o oficial G2, apontando para a pasta preta do general iraquiano, parado ao lado de seu carro, sem compreender coisa alguma. – Storming Norman quer essa relação, agora.

Não restava mais nenhum veículo blindado de transporte ali. O coronel dos Boinas-Verdes deu um violento empurrão no general iraquiano, na direção do jipe. O capitão estava perplexo. Nada sabia sobre um terceiro general iraquiano. Também sabia que sua unidade constava da lista negra do general Schwarzkopf, por ter alegado que ocupara Safwan antes de completar esse objetivo. A última coisa de que ele precisava era atrair uma ira ainda maior do comandante-chefe contra a 7ª Blindada, ao retardar a entrega da lista dos aviadores americanos desaparecidos. O jipe partiu na direção de Safwan. O capitão deu de ombros e gesticulou para que o motorista iraquiano fosse estacionar junto com os outros.

No caminho para o aeroporto, o jipe passou entre fileiras de veículos blindados americanos estacionados, por mais de um quilômetro e meio. Depois, havia um trecho de estrada vazio, antes do cordão de isolamento de helicópteros Apaches, em torno da área de negociações.

Longe dos blindados, o coronel G2 virou-se para o iraquiano e falou num árabe fluente:

– Debaixo do banco. Não saia do jipe, mas vista-se depressa.

O iraquiano usava o uniforme verde-escuro de seu país. O uniforme por baixo do banco era bege-claro, de um coronel das forças especiais sauditas. O iraquiano trocou num instante a calça, a túnica e a boina.

Pouco antes do círculo de Apaches na pista, o jipe desviou-se para o deserto, contornou o aeroporto e continuou para o sul. No outro lado de Safwan, retornou à estrada principal para o Kuwait, a 30 quilômetros de distância.

Os tanques americanos estavam por toda parte, virados para fora. Sua função era impedir a penetração de infiltradores. Seus comandantes, no alto das torres, observaram um jipe americano, com dois de seus próprios coronéis e um oficial saudita, sair do perímetro e se afastar da zona proibida, e por isso não se preocuparam.

O jipe levou quase uma hora para alcançar o aeroporto do Kuwait, que se achava então arrasado, destruído pelos iraquianos e coberto por uma mortalha de fumaça preta dos incêndios nos poços de petróleo, ardendo por todo o emirado. A viagem demorou tanto porque o motorista do jipe, para evitar o massacre do Passo Mutla, dera uma grande volta pelo deserto, a oeste da cidade.

A 8 quilômetros do aeroporto, o coronel G2 tirou um comunicador manual do porta-luvas e emitiu uma série de *bips*. Sobre o aeroporto, um único avião iniciou seu acesso.

A torre de controle improvisada do aeroporto operava num *trailer*, guarnecida por americanos. O avião se aproximando era um Aerospace HS 125 britânico. Não apenas isso, era o avião pessoal do comandante britânico, general De la Billière. Devia ser; tinha todos os registros apropriados e o chamado certo. O controlador de tráfego aéreo autorizou o pouso.

O HS 125 não taxiou para os escombros do terminal do aeroporto; em vez disso, seguiu para um distante ponto de dispersão, onde se encontrou com um jipe americano. A porta do avião foi aberta, a escada arriada e três homens embarcaram no jato.

– Granby Um pedindo autorização para decolagem.

O controlador de tráfego aéreo ouviu o pedido. Naquele momento, orientava um Hercules canadense que se aproximava, trazendo suprimentos para o hospital de campanha.

– Espere, Granby Um... qual é o seu plano de voo?

O que ele queria dizer era que o avião mal pousara e já queria decolar, que diabo você pensa que está fazendo?

– Desculpe, Torre do Kuwait.

A voz era incisiva e precisa, típica da RAF. O controlador já ouvira a RAF, e todos pareciam iguais. Tradicionais.

– Torre do Kuwait, acabamos de receber a bordo um coronel das forças especiais sauditas. Muito doente. Um dos oficiais do estado-maior do príncipe Khalid. O general Schwarzkopf pediu sua evacuação imediata, e por isso Sir Peter ofereceu seu próprio avião. Autorize a decolagem, por favor, meu velho.

De um fôlego só, o piloto mencionara um general, um príncipe e um cavaleiro do império britânico. O controlador era um sargento e competente em seu ofício. Tinha uma excelente carreira na Força Aérea dos Estados Unidos. Recusar a evacuação de um coronel saudita doente, do estado-maior de um príncipe, a pedido de um general, e no avião do comandante britânico, podia não ter qualquer proveito para sua carreira.

– Granby Um, decolagem autorizada – disse ele.

O HS 125 levantou voo do Kuwait, mas não seguiu para Riad, que tem um dos melhores hospitais do Oriente Médio; em vez disso, foi para oeste, ao longo da fronteira setentrional do reino.

O AWACS, sempre alerta, registrou o aparelho e pediu seu destino. A impecável voz britânica explicou desta vez que voavam para a base britânica de Akrotiri, em Chipre, evacuando um amigo íntimo e colega do general De la Billière, que sofrera graves ferimentos de uma mina terrestre. O comandante de missão no AWACS nada sabia a respeito, mas se perguntou como exatamente poderia objetar. Deveria mandar que derrubassem o avião?

Quinze minutos depois, o HS 125 deixou o espaço aéreo saudita, cruzando a fronteira da Jordânia.

O iraquiano sentado no fundo do jato executivo nada entendeu de tudo isso, mas estava impressionado com a eficiência dos britânicos e americanos. Ficara desconfiado ao receber a última mensagem de seus pagadores do Ocidente, mas acabara concordando que seria sensato sair agora, em vez de deixar para mais tarde e ter de cuidar de tudo sozinho, sem qualquer ajuda. O plano descrito na mensagem funcionara como um sonho.

Um dos dois pilotos no uniforme tropical da RAF veio da cabine de voo e murmurou alguma coisa em inglês para o coronel G2 americano, que sorriu.

– Seja bem-vindo à liberdade, general – disse ele, em árabe, a seu hóspede. – Deixamos o espaço aéreo saudita. Muito em breve o embarcaremos num avião de passageiros para a América. Por falar nisso, temos uma coisa para lhe dar.

Ele tirou um pedaço de papel do bolso da túnica e entregou-o ao iraquiano, que o leu com a maior satisfação. Era uma cifra, a soma em sua conta bancária em Viena, agora com mais de 10 milhões de dólares americanos.

O coronel dos Boinas-Verdes abriu um armário, pegou vários copos e uma coleção de miniaturas de *scotch*. Despejou uma garrafa em cada copo e distribuiu-os.

– Meu amigo, à aposentadoria e prosperidade.

Ele bebeu, o outro americano bebeu. O iraquiano sorriu e bebeu também.

– Descanse um pouco – disse o coronel G2 em árabe. – Estaremos lá em menos de uma hora.

Depois disso, eles o deixaram sozinho. O iraquiano recostou a cabeça na almofada da poltrona e deixou a mente vaguear pelas últimas vinte semanas, em que ganhara sua fortuna.

Correra tremendos riscos, mas dera certo. Recordou o dia em que, sentado na sala de reunião no palácio presidencial, ouvira o Rais anunciar que o Iraque finalmente possuía, no momento exato, sua bomba atômica.

Fora um terrível choque, assim como a interrupção de todas as comunicações, depois que passara essa informação para os americanos.

Depois, eles voltaram a fazer contato, mais insistentes do que nunca, querendo saber onde o artefato estava escondido.

Ele não tinha a menor ideia, mas pela recompensa oferecida, de 5 milhões de dólares, era o momento de apostar tudo. E acabara sendo mais fácil do que previra.

O engenheiro nuclear, Dr. Salah Siddiqi, fora capturado nas ruas de Bagdá e acusado, em meio ao mar de sua própria dor, de ter traído a localização do artefato. Protestando inocência, ele revelara a locação em Al-Qubai e o disfarce do ferro-velho. Como o cientista poderia saber que estava sendo interrogado três dias antes do bombardeio, e não dois dias depois?

O choque seguinte de Jericó fora a descoberta de que dois aviadores britânicos haviam sido derrubados. Isso não fora previsto. Precisava desesperadamente saber se, em suas instruções, haviam recebido qualquer indicação sobre a maneira como a informação chegara aos aliados.

Sentira um profundo alívio quando se tornara evidente que eles nada sabiam além de suas instruções, a de que o lugar podia ser um depósito de munição de artilharia. Só que o alívio fora de curta duração, pois o Rais insistira no fato de que devia haver um traidor. A partir desse momento, o Dr. Siddiqi, acorrentado numa cela por baixo do Ginásio, tinha de ser liquidado, o que fora providenciado com uma injeção de ar no coração, causando uma embolia coronária.

Os registros do tempo de interrogatório, de três dias antes do bombardeio até dois dias depois, foram devidamente alterados.

Mas o maior de todos os choques fora descobrir que os aliados tinham errado, que a bomba havia sido removida para algum esconderijo chamado Qa'ala, a Fortaleza. Que fortaleza? Onde?

Um comentário casual do engenheiro nuclear, antes de morrer, revelara que o perito em camuflagem era um certo coronel Osman Badri, do Corpo de Engenheiros, mas uma verificação nos arquivos mostrara que o jovem oficial era um fã ardoroso do presidente Saddam Hussein. Como fazê-lo mudar de posição?

A solução fora a prisão, sob acusações forjadas, e o assassinato brutal de seu amado pai. Depois disso, o desiludido Badri se tornara uma massa informe nas mãos de Jericó, durante o encontro no banco traseiro do carro, assim que acabara o funeral.

O homem chamado Jericó, também conhecido como Mu'azib, o Carrasco, sentia-se em paz com o mundo. Um torpor sonolento invadiu-o, talvez o efeito da tensão dos últimos dias. Tentou se mexer, mas descobriu que braços e pernas não funcionavam. Os dois coronéis americanos o fitavam, falando numa língua que ele não podia entender, mas sabia que não era inglês. Tentou responder, mas sua boca não conseguiu formular qualquer palavra.

O HS 125 virara para sudoeste, descendo pela costa jordaniana, abaixo de 3 mil metros de altitude. Sobre o Golfo de Aqaba, o coronel dos Boinas-Verdes abriu a porta de passageiro, e uma torrente de ar invadiu o compartimento, embora o jato tivesse diminuído a velocidade, quase ao ponto de estol.

Os dois coronéis levantaram-no, sem qualquer resistência, pois tinha o corpo inerte, impotente, e não era capaz de falar qualquer coisa, embora tentasse. Sobre as águas azuis ao sul de Aqaba, o general de brigada Omar Khatib deixou o avião e mergulhou para a superfície, o corpo se arrebentando ao impacto. Os tubarões cuidaram do resto.

O HS 125 virou para o norte, passou sobre Eilat, depois de reentrar no espaço aéreo israelense, e foi pousar em Sde Dov, o aeroporto militar ao norte de Tel Aviv. Ali, os dois pilotos tiraram seus uniformes britânicos, e os coronéis, seus uniformes americanos. Todos os quatro tornaram a vestir seus uniformes israelenses. As insígnias da RAF foram removidas do jato executivo, que foi repintado como antes e devolvido ao *sayan* que operava um serviço de voo *charter* em Chipre.

O dinheiro de Viena foi transferido primeiro para o Banco Kanoo, em Bahrain, e de lá para outro banco, nos Estados Unidos. Parte foi retransferida para o Banco Hapoalim, em Tel Aviv, e devolvida ao governo israelense; era o que Israel pagara a Jericó até sua transferência para a CIA. O restante, mais de 8 milhões de dólares, foi para o que Mossad chama de "Fundo da Diversão".

CINCO DIAS DEPOIS que a guerra terminou, outros dois helicópteros americanos de longo alcance voltaram aos vales de Hamreen. Não pediram permissão, não solicitaram aprovação.

O corpo do oficial de armamentos do Strike Eagle, tenente Tim Nathanson, nunca foi encontrado. Os soldados da Guarda Republicana haviam-no dilacerado com suas rajadas de metralhadora, e os chacais, abutres, corvos e milhafres haviam feito o resto.

Até hoje, seus ossos devem continuar em algum lugar daqueles vales frios, a menos de 150 quilômetros do lugar em que seus antepassados outrora trabalharam e choraram, pelas águas de Babilônia.

Seu pai recebeu a notícia em Washington e fez ritual de luto, sentou a *shiva* por ele, disse a *kaddish*, e lamentou sozinho na mansão em Georgetown.

O corpo do cabo Kevin North foi recuperado. Enquanto os Blackhawks pairavam sobre o vale, mãos britânicas removeram as pedras, retiraram o corpo, meteram-no num saco. Foi levado primeiro para Riad e de lá para a Inglaterra, num Hercules.

Em meados de abril, uma breve cerimônia foi realizada no quartel-general do SAS, um agrupamento de prédios baixos, de tijolos vermelhos, nos arredores de Hereford.

Não há um cemitério especial para os homens do SAS. Muitos jazem em cinquenta campos de batalha no exterior, cujos nomes são desconhecidos para a maioria das pessoas.

Alguns estão sob as areias do deserto líbio, onde tombaram combatendo Rommel, em 1941 e 1942. Outros ficaram nas ilhas gregas, nas montanhas Abruzzi, no Jura e Vosges. Jazem dispersos pela Malásia e Bornéu, Iêmen, Muscat e Omã, nas selvas e vastidões geladas, sob as águas frias do Atlântico, ao largo das Falklands.

Quando os corpos são recuperados, voltam para a Grã-Bretanha, mas são sempre entregues às famílias para sepultamento. Mesmo assim, nenhuma lápide menciona o SAS, pois o regimento indicado é sempre a unidade original da qual o soldado saiu para o SAS – fuzileiros, paraquedistas, sentinelas, qualquer que seja.

Há apenas um monumento. No centro do quartel, em Hereford, há uma torre baixa e larga, coberta de tábuas, pintadas de um marrom opaco. No alto, um relógio marca as horas, e por isso a estrutura é conhecida simplesmente como Torre do Relógio.

Em torno da base, há placas de bronze, em que são gravados os nomes e lugares em que os homens do SAS morreram.

Naquele mês de abril, mais cinco nomes foram inscritos ali. Um fora fuzilado pelos iraquianos no cativeiro, dois mortos em combate, ao tentarem atravessar de volta a fronteira saudita. O quarto morrera de hipotermia, depois de dias com roupas encharcadas, num frio intenso. O quinto era o cabo North.

Havia vários ex-comandantes do regimento presentes, naquele dia, sob a chuva. John Simpson compareceu, assim como o conde Johnny Slim e Sir Peter. O diretor das forças especiais, J. P. Lovat, estava lá, e também o coronel Bruce Craig, que na ocasião exercia o comando. Mais o major Mike Martin e alguns outros.

Como se encontravam em casa, os que ainda serviam no regimento podiam usar a boina cor de areia que raramente é vista, com seu emblema da adaga alada e o lema "Quem ousa vence".

Não foi uma longa cerimônia. Os oficiais e praças viram o pedaço de pano ser removido da placa, os novos nomes realçados, brancos, contra o bronze. Bateram continência e se afastaram para os diversos prédios do quartel.

Pouco depois, Mike Martin foi para seu carro pequeno no estacionamento, passou pelos portões vigiados e seguiu para o chalé que ainda tinha numa aldeia nas colinas de Herefordshire.

Enquanto guiava, pensou em tudo que havia acontecido nas ruas e areias do Kuwait, nos céus por cima, nas vielas e bazares de Bagdá, e nas montanhas de Hamreen. Como era um homem discreto, sentiu-se contente pelo menos por uma coisa: ninguém jamais saberia.

Uma nota final

Todas as guerras devem ensinar lições. Se isso não ocorre, são travadas em vão, e os que tombam em batalha morrem por nada.

A Guerra do Golfo ensinou duas lições nítidas, se as grandes potências possuem a sensatez para aprendê-las.

A primeira é a de que é uma loucura, para as trinta nações de maior desenvolvimento industrial do mundo, que dispõem de cerca de 95 por cento dos armamentos de alta tecnologia e dos meios para produzi-los, vender esses artefatos para os insanos, agressivos e perigosos, pelo lucro financeiro a curto prazo.

Durante dez anos, o regime da República do Iraque teve permissão para se armar, em um nível assustador, em decorrência de uma combinação de insensatez política, cegueira burocrática e ganância empresarial. A destruição eventual, em parte, daquela máquina de guerra custou muito mais do que sua preparação.

Uma recorrência pode ser facilmente evitada pela instituição de um registro central de todas as exportações para determinados regimes, com penalidades draconianas para a omissão de informações. Analistas que examinassem os registros logo perceberiam, pelo tipo e quantidade de materiais entregues ou encomendados, se armas de destruição em massa estariam sendo fabricadas.

A alternativa será uma proliferação dos armamentos de alta tecnologia para fazer com que os anos da Guerra Fria pareçam uma época de paz e tranquilidade.

A segunda lição relaciona-se com a coleta de informações. Ao final da Guerra Fria, muitos esperavam que isso pudesse ser reduzido com toda a segurança. A realidade indica o oposto.

Durante os anos de 1970 e 1980, os progressos técnicos na coleta eletrônica de informações foram tão espetaculares que governos do

Mundo Livre foram levados a acreditar, à medida que os cientistas produziam seus dispendiosos milagres, que as máquinas sozinhas poderiam realizar todo o trabalho. O papel da *humint*, a coleta de informações por pessoas, foi menosprezado.

Na Guerra do Golfo, toda a panóplia técnica ocidental foi empenhada em ação, e presumiu-se, em parte por causa de seu custo extraordinário, que era virtualmente infalível.

Não era. Com uma combinação de habilidade, inventividade, astúcia e trabalho árduo, partes consideráveis do arsenal do Iraque e dos meios para produzi-lo já haviam sido escondidas ou disfarçadas de tal maneira que as máquinas não podiam vê-las.

Os pilotos voaram com extrema coragem e competência, mas também foram enganados, com frequência, pela astúcia dos que criaram as réplicas e a camuflagem.

O fato de não se ter usado a guerra bacteriológica, os gases venenosos, ou a possibilidade nuclear foi, como o resultado da Batalha de Waterloo, "uma coisa por um triz".

O que se tornou evidente, ao final, foi que para determinadas missões, em determinados lugares, ainda não há substituto para o mais antigo artefato de coleta de informações do mundo: o Olho Humano.

Este livro foi composto na tipologia Minion Pro Regular, em corpo 11/12,5, e impresso em papel off-set 56g/m² no Sistema Cameron da Divisão Gráfica da Distribuidora Record.